Das geheime Leben der Fabelwesen 1

W0085164

Meer-
jungfrauen

Herausgeberin: Katharina Gerlach

Das geheime Leben der Fabelwesen 1: Meerjungfrauen
published by the Independent Bookworm, Hachfeldstr. 16, Bockenem, D
dieses Buch ist auch als eBook erhältlich

Alle Rechte vorbehalten. Dieses Buch darf nicht vervielfältigt, kopiert, elektronisch versendet, oder in Teilen oder als Ganzes, inklusive Grafiken und Illustrationen, verwendet werden, ohne die ausdrückliche Erlaubnis des Verlags oder der Autor*innen. Erlaubt sind kurze Zitate für Werbezwecke oder Buchbesprechungen.

Diese Geschichten sind Fiktion. Charaktere, Geschehen, und Orte, die in diesem Buch beschrieben sind, sind komplett frei erfunden. Jede Ähnlichkeit zu lebenden Personen, aktuellen Geschehen oder Orten ist ausschließlich zufällig und von den Autor*innen nicht beabsichtigt.

Die Deutsche Nationalbibliothek verzeichnet diese Publikation in der Deutschen Nationalbibliografie; detaillierte bibliografische Daten sind im Internet über http://dnb.d-nb.de abrufbar.

© 2020, alle Rechte an den Geschichten liegen bei den Autor*innen
© 2020, cover design by Dr. Katharina Kolata, Independent Bookworm
© 2020, cover background by StockSnap, Pixabay
© 2020, cover girl by jenyhanter, Depositphoto
© 2020 cover more hair by cokacoka, Depositphoto
© 2020, cover decorative border, © 2020 Rebecca Read, Pixabay
© 2020, Interior decorative border, © 2020 Rebecca Read, Pixabay
© 2020, Spacer waves, © 2020 Clker-Free-Vector-Images, Pixabay
Lektorat Dr. Katharina Kolata, Independent Bookworm
Korrektorat Juno Dean

printed by SOWA Druck Sp. z o.o., 05-500 Piaseczno, ul. Raszyńska 13, Polen
ISBN-13: 978-3-96698-866-7

Verlagshomepage: www.IndependentBookworm.de

Inhaltsverzeichnis

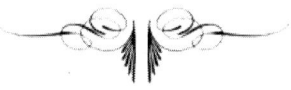

Vorwort

Meerjungfrauen faszinieren uns Menschen bereits seit des klassischen Altertums, als Ovid seine Metamorphosen schrieb. Ihre scheinbare Hilflosigkeit, die scharfen Zähne und der starke Kontrast zwischen menschlich-anschmiegsam und kämpferisch-bestialisch wirft Fragen auf, auf die dieses Buch Antworten sucht.

In dreißig Kurzgeschichten erzählt es von geerbten Fischen, illegalen Geschäften, bezaubernden Liedern, Bündnissen, Umweltsünden, der Suche nach sich selbst, nach Kameradschaft oder Liebe und von vielem mehr.

Dabei wird uns gleichzeitig ein Spiegel vorgehalten, der uns zum Nachdenken zwingt. Sind wir wirklich so anders? Trägt nicht jeder Mensch in seinen Genen ein kleines Stück Fisch mit sich herum? Wer sich mit der Entwicklung eines Babys im Mutterleib befasst, wird diese Frage bejahen können. Doch wie steht es mit der Magie, die den Meermenschen nachgesagt wird?

Hörst du ihren Gesang in deinem Herzen? Vielleicht hilft ja diese Geschichtensammlung, die Melodie deutlicher werden zu lassen.

Viel Freude beim Lesen

Katharina Gerlach

Hildesheim, Juni 2020

9

Opas Glücksfisch

Susanne Bonn

Ich will niemanden mit der Lebensgeschichte von Opa Kurt langweilen. Es reicht zu wissen, dass er fast hundert Jahre alt geworden ist und inmitten völlig trockener Umgebung Mitglied der Marinekameradschaft war. Letzten Endes ist er dann doch gestorben, und meine Tante, die ein paar Jährchen jünger ist als ich, hat geerbt. Ich hatte lange Zeit kaum noch mit ihm zu tun gehabt. Bei der Beerdigung war ich trotzdem aufgekreuzt, hatte ein paar kleine Scheine für Grabschmuck und eine nichtssagende Karte in den dafür vorgesehenen Kasten gesteckt und die Sache vergessen.

Ein paar Tage später kam dann ein Anruf von der besagten Tante. Sie redete gar nicht lang um den Brei herum: »Willst du Opas Glücksfisch haben?«

»Äh …« Ganz dunkel kam mir die Erinnerung. Als kleiner Knirps hatte ich Opa noch regelmäßig besucht, und da stand immer ein riesiges Aquarium im Keller. Darin lag auf der einen Seite ein rötlicher Gesteinsbrocken, der oben aus dem Wasser ragte, und neben dem Stein hing träge ein dicker Fisch. Auch wenn er nur das Maul auf und zu klappte und ab und zu eine Flosse bewegte, fand ich, sah er aus, als ob er irgendwann an Land krauchen und der erste Dinosaurier werden wolle. Vielleicht habe ich das auch mal zu Opa gesagt, denn er machte mir angehendem Erstklässler weis, dass der Fisch hin und wieder auf diesen Stein krabbelte und sang. Bei Vollmond natürlich.

Tante Tine riss mich aus meinen Erinnerungen.

»Wir haben keinen Platz für das Aquarium.«

»Aber ich, oder was?« Dabei hatte ich mir schon ein paarmal überlegt, wo ich so etwas unterbringen könnte. Halt eher für einen Leguan, aber der braucht auch recht viel Platz.

»Keine Ahnung, ich frag ja nur. Oder weißt du was, wo du das Vieh verkloppen kannst?«

So aus dem Stand natürlich nicht.

»Egal, bring ihn her. Da fällt mir schon was ein.« Ich könnte wenigstens den nächsten Vollmond abwarten.

»Ich dachte, du holst ihn ab. Mit dem Aquarium.«

Auf dem Rad?

»Wenn ich einen Truck auftreiben kann …«

»Ach so.« Jetzt fing Tante Tine offenbar doch an nachzudenken. »Ich frag mal Ralf, der hat so Fahrzeuge.«

Ich hatte zwar keine Ahnung, wer Ralf sein sollte, aber egal.

»Mach das«, sagte ich, »und dann telefonieren wir noch mal.«

Wir telefonierten noch mal, und kurze Zeit später fuhr Ralf im verbeulten weißen Lieferwagen vor. Darin stand das Aquarium mit allem Zubehör. Den Glücksfisch hatte er in ein Gewurstel aus Eimern und Mülltüten gepackt. Hm, ja, offenbar konnte das Wesen es doch eine Zeitlang an der Luft aushalten. Gemeinsam schleppten wir das Aquarium in mein überflüssiges Zimmer und setzten es so schnell wie möglich wieder in Gang. Dann wuchteten wir den Fisch hinein.

Der sah genau so merkwürdig aus, wie ich ihn in Erinnerung hatte. Ein grün schillernder Schwanz und ein etwas unförmiger Vorderkörper mit einer Andeutung von Hals. Oder kam mir das nur so vor?

Ich spendierte Ralf ein Bier, und als er wieder weg war, setzte ich mich vor meinen neuen Mitbewohner und starrte ihn meditativ an. So wirkt ein Aquarium eben. Wäre vielleicht besser, wenn viele kleine, bunte Fische darin herumwuselten, aber mit dem großen ging es auch. Ich versuchte, mich an alles zu erinnern, was ich von Opa zu dem Thema gehört hatte. Oder was ich als Kind gesehen hatte. Es war nur schon so verdammt lange her. Und Oma hatte immer dazwischengefunkt, wenn Opa mir was erzählen wollte. Wie er zu diesem Fisch gekommen war zum Beispiel. War das überhaupt noch derselbe? Und was hatte es mit dem Glück auf sich?

Irgendwie hatte ich dazu eine Geschichte im Kopf, in der Opas Schiff untergegangen war. Es hatte wohl auch was mit dem Krieg zu tun. Er war jedenfalls heil an Land gekommen, irgendwo in England, und hatte es von dort bis nach Hause geschafft. Seitdem hatte er den Fisch bei sich, der mit der Zeit wohl noch ein Stück gewachsen war.

Je länger ich das Ding anstarrte, desto komischer kam es mir vor. Als ob die Flossen gar keine Flossen wären, sondern Arme. Und Haare auf dem Kopf. Zugegeben, nicht sehr viele. Hatte das was mit der Mondphase zu tun? In Sachen Esoterik war ich nicht so bewandert, das musste ich also nachschlagen. Und weil ich gerade dabei war, suchte ich auch gleich nach Adressen, wo ich das seltene Exemplar korrekt loswerden könnte.

Der interaktive Mondkalender sagte mir, dass nur noch ein paar Tage zum Vollmond fehlten. Außerdem stand der Mond im Zeichen der Jungfrau, ich sollte das Abstillen vorbereiten, einen Brunnen bohren, aber keine neuen Fenster einsetzen. Okay, an die letzte Empfehlung hielt ich mich dann sogar.

Die Sache mit dem Loswerden gestaltete sich schwieriger. Tierheime rieten dringend dazu, geerbte Tiere über Kleinanzeigen oder ähnliche Wege weiterzugeben. Wenn man trotz allem ein exotisches Wesen bei ihnen einliefern wollte, verlangten sie eine »angemessene Spende«. Da ich nicht mal wusste, mit welcher Art ich es zu tun hatte, sollte ich es wohl im nächsten Zoo probieren. Nach dem Vollmond.

Futter für meinen Fisch hatte ich, Tante Tine hatte die Restbestände von Opa angeliefert. Ich notierte mir die Marke und organisierte Nachschub. Ich dachte, aus derselben Online-Quelle könnte ich auch mehr über meinen neuen Mitbewohner und seine Gewohnheiten in Erfahrung bringen, aber Fehlanzeige. Dazu war mein eigenes Wissen zu spärlich. Das Exemplar war über einen Meter lang und wohnte in kaltem Salzwasser. Mehr konnte ich dazu nicht sagen. Ich versuchte es noch mit einem Foto, aber auch das war nicht von Erfolg gekrönt.

★ ✂ ✦

In der Vollmondnacht setzte ich mich wieder vor das Aquarium, Kamera in Griffweite, ebenso Tee und Knabberkram. Ich wollte hinterher sicher sein, dass ich tatsächlich etwas beobachtet und nicht halluziniert hatte. Das Licht ließ ich aus. Es war verdammt schwierig, nicht zu daddeln oder blöden Kram zu lesen. Aus lauter Verzweiflung drehte ich am Zauberwürfel.

Der Mond schien durchs Fenster, wie er sollte, heller als die Straßenlaternen. Mein Fisch hing immer noch träge im Wasser und klappte hin und wieder mit der Flosse. Dann drehte er die kleine Kurve, die er in dem engen Becken schaffte, und robbte auf den Steinbrocken.

Äh.

Ich setzte die Kamera in Gang. Hoffentlich kam dabei was Erkennbares raus.

Der Fisch drapierte sich auf den Stein wie eine Touristin, die Selfies machen will, und fing an zu singen.

Nein, oder?

Eine Frauenstimme, nicht zu hoch. Den Text verstand ich nicht, vielleicht war es auch gar keiner. Und die Melodie ging mir durch alles.

Immerhin dachte ich daran, die Kamera draufzuhalten. Da saß eine Meerjungfrau und schaute zum Mond hinauf. Na gut, jung war sie nicht mehr, aber sie hatte die entsprechende Figur. Halb Fisch, halb Madame. Ein paar dünne, silberne Haarsträhnen hingen von ihrem Kopf.

Nochmal äh.

Mein Eso-Mondkalender hatte mich darüber aufgeklärt, dass es immer drei Vollmondnächte gab. Deshalb bereitete ich mich auf die folgende Nacht ein wenig vor und übte mit der Aufnahme aus der ersten Nacht. Dann wartete ich, bis die Meerfrau wieder auf den Stein geklettert kam und zum Mond hinauf sang. Es klang ebenso sehnsüchtig und verlassen wie gestern.

Ich antwortete ihr, mit unsinnigen Silben und so melodisch, wie ich eben konnte. Sie drehte sich nicht zu mir um, aber ihr Gesang veränderte sich. Er wurde tiefer und passte sich dem an, was ich von mir gab.

Langsam ging ich um das Aquarium herum, bis ich seitlich zwischen dem Becken und dem Fenster stand, durch das der Mond hereinschien.

Die Meerfrau schaute mich immer noch nicht an und sang mit so viel Sehnsucht in der Stimme, dass ich mich anstrengen musste, nicht sofort loszulaufen, zum nächsten Gewässer, von dem ich wusste. Das war der Springbrunnenteich im Stadtpark, alles andere als Salzwasser.

Mit einem zornigen Schrei riss der Gesang ab, die Meerfrau platschte ins Wasser und zog sich hinter den Steinbrocken zurück.

Was war *das* jetzt?

Obwohl unser Duett so abrupt geendet hatte, hielt ich mich in der nächsten Nacht noch einmal zum Singen bereit.

Wie erwartet, ließ sich die Meerfrau wieder auf dem Stein nieder, das Gesicht dem Mond zugewandt. Aber sie sang nicht. Sie seufzte und wimmerte nur leise. War sie enttäuscht von mir? Was hatte sie erwartet?

Irgendetwas musste ich jedenfalls machen. Nur was? Singen wahrscheinlich. Ich fing an mit »Guter Mond, du gehst so stille …« Da fiel mir auch schon kein Text mehr ein, und ich machte mit Lalala weiter. Nach einer Weile hörte ich die Meerfrau. Dünn und kläglich sang sie neben meiner ohnehin wackligen Melodie her. Ich schaffte es noch zu »Der Mond ist aufgegangen«, und sie sang weiter mit. Als wir beim kranken Nachbarn angekommen waren, drehte sie sich zu mir um und schaute mir direkt ins Gesicht.

Ihre Augen waren so blau und so tief wie das Meer in einem Reiseprospekt. Ich hatte das Gefühl, gleich hineintauchen zu müssen und den Boden unter den Füßen zu verlieren.

Irgendwann kam ich wieder zu mir, weil mir alles wehtat. Ich lag krumm und schief auf dem Fußboden, anscheinend genau so, wie ich zusammengeklappt war. Im Aquarium hing träge Opas Glücksfisch und bewegte ab und zu eine Flosse.

Misstrauisch ging ich in der nächsten Nacht wieder zum Aquarium. Diesmal tat sich wirklich nichts. Der Fisch drehte eine mühsame Runde im Becken, und das war es. Vielleicht hätte ich mich an den Gedanken gewöhnt, dass es nur ein Traum oder doch etwas im Tee gewesen war. Aber ich hatte diesen Film auf dem Handy, mit dem Gesang, der sich auch bei der miesen Klangqualität der Aufnahme noch mitten ins Herz bohrte. Es dauerte eine Weile, bis ich ihn nicht mehr jedes Mal aufrief, sobald ich das Gerät in die Hand nahm.

✦ ✂ ✦

Als ich den Zwang endlich überwunden hatte, wollte ich mit meinem Kumpel Kostja ins Kino. Ich steckte das Handy ein – ohne den Film laufen zu lassen –, da quakte Tante Tine auf meine Mailbox. »Du kannst das Aquarium jetzt wieder zurückbringen. Wir haben einen Platz dafür gefunden.«

»Was?« Ich fuhr herum und schaute die Meerfrau an.

Die sah allerdings genau wie ein Fisch aus und machte keine Anstalten, zu singen oder auf ihren Gesteinsbrocken zu robben.

War Tante Tine am Ende dahintergekommen, was, oder genauer wer, da in dem Becken saß? Vielleicht. Aber war das ein Grund, das Aquarium wiederhaben zu wollen? Kleiner war der Kasten schließlich nicht geworden. Und wie ich gemerkt hatte, wollte er gepflegt werden und saugte eine Menge Strom. Ich würde mir die Sache auf jeden Fall gründlich überlegen, bevor ich Tante Tine zurückrief.

Im Kino kam mir die Erleuchtung.

Hinter dem Popcorn-Tresen werkelte ein schlaksiger Knabe mit braunen Timm-Thaler-Locken und Zahnspange, der mir schon bei Opas Beerdigung aufgefallen war mein niedlicher kleiner Cousin. Er verdiente sich hier dann wohl ein paar Kröten für ein noch cooleres Handy.

Und im Foyer, zwischen Popcorn-Tresen, Superhelden aus Pappe und Eingang zum Klo stand ein riesiges Einbau-Aquarium, das bis hinauf in den ersten Stock reichte. Darin schwammen kleine Haie. Laminierte Zettel wiesen darauf hin, wie artgerecht sie in diesem Riesentank untergebracht waren. Auf Augenhöhe für Grundschüler hing ein buntes Plakat, auf dem die gleiche Erklärung der Disney-Meerjungfrau in den Mund gelegt wurde. Zum Abschluss kam die Frage: »Kannst du mich entdecken?«

Mir wurde ziemlich flau im Magen.

In meinem Kopf ratterte es während des ganzen Films. Wenn auf der Leinwand nicht so viel Kawumm gewesen wäre, hätte Kostja das bestimmt gehört. Aber als die Helden den Endboss wegzappten, hatte ich meinen Plan fast fertig, und am nächsten Morgen ging ich an die Umsetzung.

Ich organisierte mir über die Aquaristik-Gruppe, in der ich die besten Tipps bekommen hatte, einen Salzwasserfisch in der richtigen Größe. Ich überzeugte Kostja davon, dass sein oller Kastenwagen noch tausend Kilometer aushalten würde. Ich besorgte im Baumarkt die größten, stabilsten Müllsäcke, die es gab, und ein Badewannenmodell, das in den Kastenwagen passte. Ich reichte Urlaub ein.

Inzwischen rief mehrmals Tante Tine an. Die ließ ich auf die Mailbox schwätzen und rief zu Uhrzeiten zurück, zu denen sie garantiert schlief. Erst als der organisierte Fisch in meiner Badewanne schwamm, wollte ich sie tatsächlich am Apparat haben.

»Hast du meine Nachrichten nicht gekriegt?«

»Doch, ich hab' doch zurückgerufen.«

»Mitten in der Nacht! Aber egal. Was ich eigentlich will: Du kannst uns das Aquarium , wir haben einen Platz dafür gefunden.«

»Och, also, eigentlich …«

»Ich kann auch Ralf noch mal anrufen, dass er's holt.«

»Anders wird das wohl kaum gehen«, sagte ich leicht gereizt. »Aber ab morgen bin ich ein paar Tage beim Kunden, danach können wir was ausmachen.«

Tante Tine seufzte ungeduldig.

»Ja, gut. Ich ruf ihn an … Wer versorgt denn in der Zeit den Fisch?«, fragte sie plötzlich misstrauisch.

»Äh …«

»Kannst du mir nicht den Schlüssel geben? Dann kümmere ich mich um den Kerl, und wenn Ralf Zeit hat, holen wir das Ganze gleich rüber.«

Ich zierte mich noch ein bisschen, dann versprach ich, den Schlüssel in ihren Briefkasten zu werfen, wenn ich losfuhr.

★ ✂ ★

Am nächsten Morgen stand Kostja mit dem Kastenwagen vor der Haustür und starrte mich mit offenem Mund an, während ich die Badewanne einlud, sie mit Salzwasser füllte, die Meerjungfrau, die immer noch aussah wie ein Fisch, hineinlegte und mit Schraubzwingen einen Deckel auf die Wanne setzte. Noch ein Streifen Klebeband über die Naht, dann konnten wir es eventuell ohne Überschwemmung bis ans Meer schaffen.

»Können wir noch einen Abstecher zu meiner Tante machen?«, fragte ich, als Kostja hinter dem Steuer saß und ich auf dem Beifahrersitz.

»Klar.«

Er schwieg, bis ich den Schlüssel wie vereinbart bei Tante Tine eingeworfen hatte und wir losfuhren.

»Du brauchst mir nix zu erzählen, wenn du nicht willst«, sagte er dann.

»Ist alles ziemlich abgefahren«, sagte ich, »aber ich probier's mal.«

Er hörte geduldig zu, was blieb ihm auch anderes übrig?

»Hm. Jetzt frag ich mich nur noch, wie deine Tante ist. Ich geh mal davon aus, der Kino-Fritze hat ihr ordentlich Geld geboten.«

»Denke ich auch«, murmelte ich. Kostja hatte genau die Frage erwischt, die mich auch schon die ganze Zeit plagte.

»Vielleicht hat dein Opa irgendwo was dazu aufgeschrieben. Feldpostbriefe oder so.«

»Und die hat Tante Tine jetzt gefunden, als sie das Haus ausgeräumt hat.« Das kam mir sogar fast wahrscheinlich vor. Das Finden jedenfalls. Ob Opa wirklich so eifrig seine Erlebnisse aufgeschrieben hatte, wusste ich nicht.

⭐✶✦

Es war eine klare, mondhelle Nacht, als Kostja und ich mit unserer Badewanne samt Inhalt an der Nordsee ankamen. Jetzt mussten wir den Fisch noch durch die Dünen und über den Deich schaffen. Laut Navi war der Weg nicht allzu weit, trotzdem kam es mir zu gewagt vor, ihn ganz ohne Wasser einfach auf den Armen zu tragen. Also mussten die Riesenmülltüten, extra stark, herhalten. Kostja kam mächtig ins Fluchen, aber weil er nun mal ein guter Kumpel war und ich ihm Karten für ein Konzert seiner obskuren Lieblingsband versprochen hatte, schleppte er trotzdem eifrig mit.

Kleine weiße Wellen flitzten über den schimmernden Sand. Wir legten unsere Last vorsichtig auf den feuchten Boden und zogen die Tüten auseinander. Der unförmige Fisch schlug mit den Flossen, japste leise und robbte sofort los in Richtung Meer. Der Vollmond schickte sein kaltes Licht herunter, und nach und nach veränderte sich der Fisch. Alles wurde menschenähnlicher: Arme, ein weiblicher Oberkörper, ein Hals, schüttere Haare, ein zahnloses Gesicht.

Die kleinen, schaumigen Wellen umflossen die Meerfrau, als ob sie sie begrüßen wollten. Sie seufzte tief und schlängelte sich weiter ins Wasser. Als der Fischschwanz damit bedeckt war, öffnete sie den Mund und sang, sanft und traurig und herzzerreißend.

Kostja nahm das Käppi ab.

Ich schloss die Augen und hörte nur noch zu. Das Lied breitete sich über das Meer aus und sank in die Tiefe darunter. Es fühlte sich an wie im warmen Wasser zu treiben. Hier und da flirrte ein Licht, ein leuchtender Farbfleck vorbei.

Dann wurde der Gesang leiser, wie ein Fade-out. Ich öffnete die Augen wieder.

Da draußen, vielleicht drei oder vier Schritte vom Strand entfernt, verschwamm die Meerjungfrau mit den Wellen.

»Gehen wir«, sagte Kostja.

Susanne Bonn, Jahrgang 1967, lebt nach einigen Jahren in den Niederlanden und der Pfalz im Odenwald. Sie schreibt allerlei Fantastisches, übersetzt Sachbücher und Spiele und spielt historische Blasinstrumente. Online findet man sie auf ihrer Website (www.laballade.de) und bei Facebook (www.facebook.com/SusanneBonnLindenfels).

à la carte

Maxi Schilonka

Als ich den Markt betrat, blieb das Rauschen der Stadt hinter mir zurück. Die großen, belebten Hallen glichen einer eigenen Welt, in die man zwar eintauchen, sie jedoch nie vollständig verstehen konnte. Man schritt durch die eisernen Tore in ein Universum unendlicher Gerüche, Geschmäcker und Geräusche. Sich selbst gab man vorübergehend an der Tür ab. Obwohl der Siegeszug des Supermarktes in den westlichen Gesellschaften seit Jahrzehnten abgeschlossen war, waren Lebensmittelmärkte wie dieser in anderen Teilen der Welt nichts Ungewöhnliches.

Ich kämpfte mich durch die mit Menschen verstopften Gassen, die sich durch die Stände zogen wie Adern durch einen Körper. Dabei versuchte ich tunlichst jede Berührung mit den anderen Besuchern zu vermeiden, was sich als quasi unmöglich herausstellte.

Verkäufer priesen die unterschiedlichsten Waren an: das Fleisch zahlreicher Tierarten und Meereskreaturen, exotische Früchte und Gemüse, in Zuckersirup eingelegtes Gebäck. Und das war nur, was ich auf den ersten Blick sehen konnte. Dazwischen die in aller Eile aufgebauten Buden, die ein schnelles Mittagessen versprachen und deren wacklige Kochstellen einzig durch die angebotenen Gerichte an Fragwürdigkeit übertroffen wurden. Was die Speisen nicht weniger verlockend machte.

Doch deswegen war ich nicht hier. Ich hatte etwas Bestimmtes im Sinn.

Ich zog meinen dünnen Mantel enger um mich, als ich an einem Stand vorbeikam, der etwas anbot, das aussah wie ein gehäutetes Gürteltier. Der Verkäufer hielt mir strahlend eines der Tiere entgegen, woraufhin ich höflich lächelnd weitereilte. Ich verstand ohnehin nicht, was er sagte.

Die Bündel Scheine in meiner Tasche zogen meinen Mantel einseitig nach unten. Alle paar Sekunden überprüfte ich mit einem schnellen Griff, ob das Geld noch an seinem Platz war. Jeder Dieb, der geschickt genug war, hätte seine Arbeit für eine Weile an den Nagel hängen können. Doch ich war nur einer von vielen – jemand, der den Markt besuchte, um sich Zutaten fürs Abendessen zu kaufen. Dass niemand erkannte, was ich in meiner Manteltasche verbarg, war mir ein Rätsel. Es hätte mich nicht gewundert, wenn das Geld wie eine Leuchtreklame geblinkt hätte.

Achtzigtausend Dollar in Hundert-Dollar-Scheinen, säuberlich gebündelt zu acht Stapeln von je zehntausend Dollar. Als ich das Geld erstmals in den Händen gehalten hatte, war ich überrascht, nach wie wenig es aussah. Achtzigtausend Dollar – das war mehr Geld, als ich je zuvor besessen hatte! Und dennoch konnte ich den Stapel bequem mit den Händen halten. Jedes der Bündel war nicht viel breiter als eine Tafel Schokolade.

Eine hutzlige Verkäuferin versperrte mir lachend den Weg und hielt mir eine Schüssel mit winzigen getrockneten Fischen entgegen. Sie waren grausilbrig, beinahe durchscheinend und jeder einzelne nicht länger als eine Fingerkuppe. Dutzende stecknadelkopfgroße Augen starrten mich an.

»Nein, danke«, wimmelte ich sie höflich ab. »Nein, wirklich, danke.«

Ich war auf etwas Größeres aus. Etwas viel Größeres.

Langsam schob ich mich durch die engen Gänge. Obwohl die Beschreibung, die man mir gegeben hatte, sehr detailliert gewesen war, glaubte ich, mich verirrt zu haben. Es waren einfach zu viele Menschen, und alles sah anders und doch wieder gleich aus! Nach dem Weg fragen konnte ich auch nicht.

Ich drückte mich in eine Nische und zog den Zettel heraus, den man mir gegeben hatte. *Osteingang, circa hundert Meter hineinlaufen, dann an einem Banner mit Marktregeln orientieren …* – Ich hob den Blick und sah das Banner wenige Meter hinter mir, zumindest hielt ich es dafür. - ... *von dort aus ein Buntglasfenster mit einer Schiffsabbildung suchen und so lange gehen, bis man darunter steht.* Ich faltete den Zettel wieder zusammen. Danach sollte es nicht zu verfehlen sein. Ganz leicht.

Ich kehrte zu dem Banner zurück und drehte mich einmal im Kreis. Zu meiner Rechten zog das besagte Schiff hoch über unseren Köpfen dahin. Neu motiviert lief ich auf das rot leuchtende Fenster zu. Für einen Moment hatte ich befürchtet, man hätte mich auf eine falsche Spur geschickt!

Als ich unter dem Fenster stand, überkamen mich erneut Zweifel. Es sollte ganz einfach sein. Quasi nicht zu übersehen. Und trotzdem übersah ich es offenbar.

Das Geld wog schwer in meiner Tasche – ich fürchtete, es könne jeden Moment ein Loch in meinen Mantel brennen.

Wo war es? Alles, was ich sah, waren ein Stand, der Salate verkaufte, eine Frau, die nach Wunsch Omeletts zubereitete, wenn man ihr die Zutaten brachte, und einen alten Mann, der Kaffee in Starbucks-Bechern anbot. Ich runzelte die Stirn, als ich das grüne Logo auf der weißen Pappe betrachtete.

Das musste es sein. Zumindest hatte man es mir so – oder zumindest so ähnlich – beschrieben.

Mit aufgesetzter Zuversicht marschierte ich zu dem Stand hinüber. Sofort sprang der kleine Mann auf und strahlte mich zahnlos an. Sein Verkaufsstand bestand aus nicht viel mehr als einem Klapptisch, auf dem er zwei French-Press-Kaffeemaschinen mit entsprechendem Wasserkocher, eine Moka-Espressokanne auf einer Kochplatte sowie einen Stapel Starbucks-Becher präsentierte. Dahinter sah ich mehrere Beutel gemahlenen Bohnenkaffee und die notwendige Mehrfachsteckdose. Das dazugehörige Kabel verschwand hinter einem Vorhang, der einen Teil der Wand bedeckte.

»Espresso, Mister?«, rief der Mann mir freudig zu. Sein Akzent war ebenso schwer wie mir unbekannt.

»Äh, nein, ich bin wegen etwas anderem hier«, sagte ich und nickte ihm, wie ich glaubte, verschwörerisch zu. Mein Blick fiel auf die Starbucks-Becher, von denen mich die Sirene mit den zwei Fischschwänzen in dutzendfacher Ausführung anlächelte.

Der Mann blinzelte mich unverständig an, einmal, zweimal. »Mister, Espresso? Mister?«, fragte er mich erneut und wackelte freudig mit der Espressokanne.

Da fiel mir ein, dass ich etwas sehr Wichtiges vergessen hatte. Entschuldigend lächelnd begann ich, in meinen Manteltaschen zu wühlen. Wo hatte ich es denn nur hingeräumt?

Argwöhnisch betrachtete mich der Kaffeeverkäufer.

»Espresso?«, fragte er ein drittes Mal, diesmal sehr viel skeptischer. Er hatte sich scheinbar längst von dem Gedanken verabschiedet, mir einen Kaffee verkaufen zu können.

»Ha!«, rief ich triumphierend und zog einen handtellergroßen Stofffetzen aus einer meiner Manteltaschen. Als ich ihn entfaltete, kam eine Zeichnung zum Vorschein – ein Logoprint, um genau zu sein. Es war Teil eines Versace-Shirts, dessen Markensymbol der Kopf Medusas war. Zugegeben, man brauchte etwas Fantasie, aber dennoch.

Angespannt lächelnd hielt ich dem Mann das Stoffstück entgegen.

Lange sah er erst mich, dann die Abbildung, dann wieder mich an.

Anschließend schüttelte er unwissend den Kopf und grinste mich an. »Espresso, Mi …«

»Hör auf mit dem Unsinn, ich weiß, dass du mich verstehst!«, blaffte ich ihn an. Ich hatte die Schnauze voll. Ich *wusste*, dass ich am richtigen Ort war.

Augenblicklich änderte sich die Haltung des Verkäufers, und er schürzte trotzig die Lippen.

»Was willst du?«, fragte er, auf einmal völlig akzentfrei.

»Ich will rein«, entgegnete ich und wedelte mit dem Stofffetzen.

»Wo rein? Ich brauche keinen Assistenten.«

»Du weißt, was ich meine!«

Daraufhin sah er mich nur finster an.

»Ich habe mich an die Regeln gehalten!«, beharrte ich. »Ich habe eine Eintrittskarte mitgebracht. Medusa ist doch eine Figur aus der Mythologie? Und das ist Versace. Man hat mir gesagt, der Teil mit dem Logo reicht.«

Der Mann riss mir den Stoff aus den Händen und rieb ihn zwischen Daumen und Zeigefinger.

»Das ist echt«, sagte ich, woraufhin ich ein unfreundliches Knurren erntete. Offenbar war er nicht geneigt, mir zu glauben.

»Ich habe Geld«, flüsterte ich. Letztendlich sind immer das die Zauberworte, die einem alle Türen öffnen.

Der kleine Mann ließ seinen Blick über mich wandern – vom Haaransatz zur Schuhspitze und zurück. Natürlich, ich sah nicht nach Geld aus. Aber der Markt sah auch nicht nach dem aus, was er verbarg.

Schließlich entschloss sich der Verkäufer, mir zu glauben. Er sprang von seinem Schemel, winkte mich heran und zog dann den Vorhang zur Seite. Dahinter kam eine schwere Holztür zum Vorschein, die an dieser Stelle eigentlich nichts zu suchen hatte. Er hämmerte laut dagegen, und im oberen Bereich wurde eine kleine Sichtluke geöffnet. Ein Paar Augen schaute durch den Spion auf den Mann und mich, bevor sich das Fenster wieder schloss. Es rumpelte und rasselte ein paar Mal, dann schwang die Tür nach innen. Der Mann, der dahinter auftauchte, sah genauso aus, wie ich mir einen Türsteher immer vorgestellt hatte. Er war fast zwei Meter groß, gebaut wie ein Schrank, mit Bürstenhaarschnitt und einem Schulterhalfter, in dem eine Pistole steckte. Er nickte uns kurz zu und trat dann zur Seite. Hinter ihm führte ein schmaler Ziegelgang in die Finsternis.

Der Kaffeeverkäufer bedeutete mir, ihm zu folgen. Hinter dem Türsteher standen ein Stuhl für den Hünen und ein Tisch, auf dem ein Buch mit Kreuzworträtseln und eine Kiste mit Krimskrams lagen. In eben diese warf der Mann den Stofffetzen, den ich ihm gegeben hatte. Bei näherer Betrachtung sah ich, worum genau es sich bei dem Ramsch handelte: Stoff- und Lederstücke mit dem

Nike-Logo, noch mehr Artikel von Starbucks und Versace, die Verpackung einer Dove-Seife, eine Schmuckschatulle von Pandora, ein Gillette Venus-Rasierer und etwas – ich traute meinen Augen kaum -, was aussah wie der Schlüssel eines Maserati. Das Dreizack-Symbol war unverkennbar. Doch er konnte unmöglich echt sein.

Oder doch? Waren Menschen dazu bereit, ihre Sportwagen zu verpfänden, um hier Eintritt zu erhalten?

Der kleine Mann führte mich schweigend durch den Gang. Als wir an einer weiteren Tür ankamen, hatte ich die Markthalle längst vergessen. Ich hatte nur noch Augen für das, was vor mir lag.

Er klopfte kräftig gegen die Tür, und das Spielchen mit der Sichtluke wiederholte sich. Der Wächter, der uns hinter diesem Eingang erwartete, stand dem ersten in nichts nach. Dann wurde ich endlich eingelassen.

Das war es.

Deswegen war ich gekommen.

Ich betrat eine weitere, sehr viel kleinere Halle, die dem Markt früher einmal als Lager gedient haben musste. Man hatte sie durch künstlerische Raumtrenner und Paravents mehrfach unterteilt. Boden, Decke und Wände waren mit schweren Teppichen, roten Seidentüchern und dunklen Gemälden ausstaffiert. Kronleuchter und verhangene Fenster sorgten für eine schummrige Atmosphäre, die durch Nebelschwaden aus zig altmodischen Duftkannen verstärkt wurde. Ich fühlte mich in ein viktorianisches Boudoir versetzt. Überall zwischen den Tüchern und Teppichen flackerten kniehohe Kerzen. Es war sowohl fahrlässig als auch zutiefst geschmacklos.

Der Verkäufer übergab mich an eine Frau im seidenen Morgenmantel und verschwand dann. Die untere Hälfte ihres Gesichts war unter einer Maske verborgen, doch ihre stark geschminkten Augen lächelten mich an. Ihr Haar war kunstvoll arrangiert und mit Blüten verziert.

»Folgen Sie mir«, drang ihre Stimme gedämpft zu mir. Sie führte mich zwischen den Abteilen hindurch, die pompöser und protziger wurden, je weiter wir in die

Tiefen des Etablissements vordrangen. Einfache Holzbänke mit Campingtischen wurden zu gepolsterten Stühlen mit Echtholztafeln wurden zu Armsesseln mit Steintischen wurden zu Chaiselongues gänzlich ohne Tisch, dafür mit persönlichem Butler. In eben einem dieser Separees kam meine Begleitung zum Stehen. Ich nahm an, dass mein Versace-Fetzen mir diesen Platz beschert hatte. Für eine Packung Dove wäre ich höchstwahrscheinlich an einem der Campingtische gelandet, und wer weiß, was mir ein Maserati eingebracht hätte. Ich reckte den Hals und versuchte, einen Blick auf die weiter hinten gelegenen Plätze zu erhaschen, aber die Mischung aus Tüchern und Rauchschwaden verhinderte dies.

»Womit kann ich Sie heute glücklich machen?«, fragte die Frau mit der Maske, nachdem ich mich auf einer Chaiselongue niedergelassen hatte. In dem Separee standen noch zwei weitere, die beide besetzt waren. Auf dem einen lag der dickste Mann, den ich je gesehen hatte. Ich war ehrlich überrascht, dass das Sofa unter ihm standhielt. Auf der anderen Liege räkelte sich eine junge Schönheit, die kaum alt genug sein konnte, um den Champagner trinken zu dürfen, den sie in ihren perfekt manikürten Fingern hielt.

»Ich dachte, wir hätten die Ecke für uns allein«, jammerte sie in Richtung des dicken Mannes.

»Ich habe es versucht, mein Schatz, aber die wollten mir kein eigenes Separee geben«, versuchte er sie zu beruhigen, woraufhin sie ihn mit beleidigtem Schmollen strafte. Ich musste nicht mehr von den beiden mitbekommen, um zu erraten, was sie aneinander attraktiv fanden.

»Womit kann ich Sie heute glücklich machen?«, fragte die Bedienung erneut, als wäre das erste Mal nicht passiert.

Kurz setzte mein Gehirn aus, und ich starrte sie dümmlich an, dann sagte ich: »Ich weiß nicht genau, ich bin zum ersten Mal hier. Was können Sie denn …« Ich wedelte nach Worten ringend mit der Hand. » … empfehlen?«

Sie nickte mir zu, verschwand für einen Moment und tauchte anschließend mit einem Album voll Polaroids auf.

»Diese Auswahl steht heute für Sie bereit«, sagte sie.

Das war es.

Deswegen war ich hier.

Endlich.

Aufgeregt blätterte ich durch die Fotos. Ich lag also richtig. Jedes der Bilder zeigte eine Kreatur, die man für gewöhnlich nur aus Märchen kannte. Es waren Fotos von Wesen, die aussahen wie eine Mischung aus Adler und Pferd, Hunde mit drei Köpfen, geflügelte Löwen mit Frauengesichtern, in Flammen stehende Vögel. Ich blätterte weiter durch die Auflistung von Monstrositäten: Trolle, Basilisken, Yetis. Es gab alles, was mir je Albträume beschert hatte und noch mehr. Unter jedem Foto stand eine Preisliste – man bekam, wofür man zahlen konnte. Die Summen fingen bei kleineren vierstelligen Beträgen an und reichten bis zu 'Preis auf Nachfrage', und jeder wusste, was das bedeutete.

»Finden Sie etwas, das Sie glücklich machen würde?«, fragte die Betreuerin süßlich. Vermutlich dauerte es ihr zu lange.

»Ehrlich gesagt suche ich …«, setzte ich an, doch in diesem Moment erschien eine andere Bedienung, die mit der meinen geradezu identisch war. Sie brachte zwei kleine Teller und reichte sie dem Pärchen mir gegenüber. Darauf lag etwas, das aussah wie medium gebratene Lammkoteletts, nur dunkler. Die Bedienung flüsterte meiner Begleitung etwas ins Ohr. Daraufhin lächelte diese mir entschuldigend zu – zumindest glaubte ich das – und zog eines der Fotos aus meiner Karte.

»Ausverkauft«, erklärte sie knapp. Auf dem Bild war das größte Kaninchen, das ich je gesehen hatte, und zusätzlich zu seinen Ohren ragte ein beachtliches Geweih aus seinem Kopf.

Doch ich hatte bereits keinen Blick mehr für das Tier, denn auf derselben Seite sah ich sie. Sie war anders, als man sie sich vorstellte und nichts im Vergleich zu den Geschichten, die Buch und Film einem weismachen wollen. Der Fischschwanz war hingegen unverkennbar.

Die auf dem Foto abgebildete Meerjungfrau war alles andere als schön: Ihre Haut war fahl vom fehlenden Sonnenlicht, das schwarze Haar stumpf und strähnig. Die Finger wirkten etwas zu lang und schmal, das Gesicht zu glatt und konturlos. Richtige Ohren hatte sie keine. Ihre Augen, die beinahe vollständig weiß waren, starrten leer vor sich hin.

Man hatte sie in ein umfunktioniertes Hummerbecken gezwängt und ihr einen alten Sport-BH gegeben, um ihre Brüste zu bedecken – ich vermutete, mehr um der Gäste als um ihretwillen. Es war geradezu grotesk. Einzig der türkisglänzende Fischschwanz ließ ihre frühere Schönheit erahnen: Die Schuppen schimmerten in den unterschiedlichsten Nuancen von Grün und Blau, und starke Muskeln zeichneten sich darunter ab. Die Flosse selbst war an den Enden abgeknickt – der Tank war zu klein für sie.

Der Höchstpreis unter dem Foto betrug achtzigtausend Dollar. Genau die Summe, die ich dabeihatte.

Meinen Informationen zufolge, war sie erst vor Kurzem reingekommen, und da sie noch immer im Ganzen angeboten wurde, musste sie noch leben.

Ich winkte meine Bedienung heran. »Die hier«, sagte ich und zeigte mit dem Finger auf die Meerjungfrau.

»Ausgezeichnete Wahl«, gurrte sie. Langsam wurde sie mir unangenehm, und das lag nicht ausschließlich daran, dass ich nur die Hälfte ihres Gesichts sehen konnte.

»Ich höre, die Teile am Bauch sind besonders gut«, erklärte sie mir und deutete auf die Preisliste. Tatsächlich war ein Filet vom Bauchbereich der drittteuerste Schnitt.

Ich nickte und versuchte, dabei ein wissendes Gesicht aufzusetzen.

»Ich fürchte, ich brauche etwas mehr«, erwiderte ich und zwinkerte ihr zu.

»Sie können so viel haben, wie Sie bezahlen können.«

»Nun dann, äh …« Ich räusperte mich und hoffte inständig, dass ich mich nicht verzählt hatte. » … nehme ich alles.«

Die Bedienung hielt in der Bewegung inne. Ihre Augen verengten sich zu Schlitzen.

»Wie bitte?«, fragte sie leise.

»Alles. Ich nehme alles. Das ganze, äh, Produkt.«

»Für Sie allein? Das ist zu viel. Das bieten wir für gewöhnlich nur für Gruppen an.«

»Sie haben gesagt, so viel ich bezahlen kann. Und ich kann. Also hätte ich gern alles.«

Einige Sekunden passierte gar nichts, und wir schwiegen uns an. Es war offensichtlich, dass die Bedienung nicht wusste, wie sie reagieren sollte. Das Pärchen gegenüber hatte unseren Austausch interessiert verfolgt.

»Da muss ich kurz nachfragen«, sagte meine Betreuerin und verschwand.

»Tun Sie das«, rief ich ihr überflüssigerweise hinterher. Ich warf einen Blick auf meine Armbanduhr. Das dauerte alles entschieden zu lange. So war das nicht geplant gewesen.

»Na da haben Sie sich ja ganz schön was vorgenommen«, sagte der Mann gegenüber nach einer Weile. »Eine ganze Meerjungfrau. Donnerwetter!«

»Ja, ich feiere das Ende der Fastenzeit«, erwiderte ich abwesend. Ich war wirklich nicht an Smalltalk interessiert.

»Fastenzeit? Diesen Monat? Welcher Religion gehören Sie an?«

»Oh, das ist der …«, setzte ich an und nuschelte den Rest des Satzes in meinen Mantelkragen. Ich blickte ungeduldig über die Schulter. Wo blieb sie nur?

»Der was?«

Tief atmend wandte ich mich ihm zu. Merkte er nicht, dass ich nicht mit ihm sprechen wollte? Zum Glück kam in diesem Moment die Bedienung zurück und ersparte mir den Rest der Unterhaltung.

»Wenn Sie zahlen können, gehört sie Ihnen«, sagte sie.

»Wie ich bereits sagte, kann ich zahlen.« Ich machte Anstalten, in meine Manteltasche zu greifen und das Geld hervorzuholen, doch sie gebot mir Einhalt.

»Nicht hier. Bitte folgen Sie mir.«

Sie deutete mit ausgestreckter Hand in Richtung des hinteren Teils des Etablissements, dann ging sie mit schnellen Schritten voran.

»Guten Appetit«, rief mir der Mann hinterher.

Wir verließen das Restaurant und betraten ein Hinterzimmer, aus dem es einen weiteren Ausgang gab.

»Bitte warten Sie kurz hier«, sagte die Bedienung und verschwand dann durch die Tür. Das gefiel mir überhaupt nicht: kahle Wände, nackter Boden, keine Fenster und als einziges Mobiliar ein schwerer Holztisch. Hier wäre es ihnen ein Leichtes, mich umzubringen und verschwinden zu lassen.

Stattdessen kam eine andere Frau mit zwei Security Guards zurück. Sie sah aus, als gehöre sie eigentlich in ein Manhattaner Büro und nicht ins Hinterzimmer eines Lebensmittelmarktes.

»Das macht dann achtzigtausend Dollar, bitte«, verlangte sie. Ihre Stimme schien scharf genug, um Glas zu schneiden.

»Zuerst möchte ich die Meerjungfrau sehen.«

»Weswegen?«

»Na, ich muss doch wissen, ob sie noch lebt! Für achtzigtausend erwarte ich etwas Frisches und nichts aus dem Tiefkühler!«

Die drei wechselten ein paar Blicke, dann nickte die Frau knapp in Richtung des zweiten Ausgangs, und einer der Sicherheitsmänner öffnete die Tür für mich. Als ich auf der anderen Seite ankam, fühlte ich mich an eine Mischung aus Streichelzoo und Schlachterei erinnert.

Diese Halle war von Gehegen und Bassins durchzogen – manche von ihnen waren besetzt, andere bereits leer. Wesen mit Hufen, Klauen, Krallen, Fängen, Flügeln, Schwänzen, Schuppen oder Fell waren hinter Glas oder in Umzäunungen eingepfercht. Die meisten von ihnen waren in einem erbärmlichen Zustand. Zwischen den Gehegen liefen eilig Mitarbeiter hin und her. Manche waren für Pflege und Fütterung zuständig, die meisten trugen jedoch rotfleckige Schürzen, und es war nicht schwer zu erraten, was ihre Aufgabe war.

»Da ist sie«, sagte die Frau und deutete auf einen Wassertank direkt vor mir. Er war groß und dennoch viel zu klein für die Meerjungfrau darin. Ich trat an das Glas heran und legte vorsichtig eine Hand gegen die Scheibe. Ihre leeren Augen schienen durch mich hindurchzusehen.

»Sie sieht krank aus«, sagte ich.

»Sie ist nur den geringen Druck nicht gewohnt. Normalerweise leben sie in großer Tiefe.«

Die Meerjungfrau hob die Hand und drückte einen ihrer langen, schmalen Finger gegen das Glas, wo ich es von der anderen Seite berührte.

»Aus dem Kaspischen Meer, richtig?«, fragte ich, und die Hehlerin bejahte.

»Sie kennen sich aus«, entgegnete sie knapp. »Wie Sie sehen, geht es ihr gut. Wenn ich nun das Geld haben dürfte.« Langsam wurde sie ungeduldig.

»Richtig!«, sagte ich geschäftsmäßig und drehte mich zu ihr um. »Achtzigtausend. Für diese Meerjungfrau.«

Ich griff in meine Manteltasche und zog die Geldbündel heraus. Einer der Sicherheitsmänner nahm sie entgegen und reichte eines an seine Chefin weiter.

»Zählen Sie es ruhig«, sagte ich laut. »Es sind achtzigtausend.«

Die Frau fuhr mit dem Finger über den Rand des Bündels und fächerte die Scheine durch wie ein Daumenkino.

»In Ordnung«, bestätigte sie knapp. »Sie gehört Ihnen.«

»Nur, dass ich das richtig verstehe. Sie verkaufen mir diese Meerjungfrau für achtzigtausend Dollar.«

Die Frau sah mich an, als sei ich nicht ganz dicht.

»Wie bitte?«

Ich räusperte mich.

»Na ja, achtzigtausend Dollar für eine lebendige Meerjungfrau, das wirkt zu gut, um wahr zu sein.«

»Diese Art verkauft sich nicht gut«, erwiderte die Frau. Offenbar war ihr nicht mehr daran gelegen, mich einzulullen, jetzt wo sie mein Geld hatte.

»Sehr gut. Damit habe ich sie also gekauft«, stammelte ich.

Die Frau sah mich mit gerunzelter Stirn an.

»Für achtzigtausend Dollar.«

Langsam ließ die Frau das Geld sinken und musterte mich aus zusammengekniffenen Augen.

»Hab' ich sie gekauft. Diese Meerjungfrau.«

Bevor ich etwas tun konnte, griff die Frau nach meinem Hemd und zog es nach oben.

Die schwarzen Drähte des Abhörgeräts kamen zum Vorschein.

»Verfluchte Schei …«, doch ihr Schrei ging in lautem Klirren unter, als gleichzeitig alle Fenster der Halle barsten. Durch jedes einzelne seilte sich ein Mitglied der Spezialeinheit ab, die nur auf mein Zeichen gewartet hatte. Ein schreckliches Getöse ging los. Sowohl Mitarbeiter als auch Gefangene kreischten wild durcheinander und suchten nach einem Ausweg.

»Sie sind verhaftet«, brüllte ich der Frau zu und zeigte ihr meinen Dienstausweis, »für den Besitz, den Verkauf und die illegale Tötung geschützter Tierwesen in einem nicht amtlich registrierten Lokal sowie für einen schweren Verstoß gegen das Humanoidenhandelsgesetz. Dafür blühen Ihnen einige Jahre!«

Die Frau schlug wild um sich, als ein Mitglied des Teams ihr Handschellen anlegte. Im Hintergrund wehrten sich die Sicherheitsmänner noch, doch sie würden letztendlich verhaftet werden. Sowohl die beiden Türsteher, die mich reingelassen hatten, als auch der Mann, der zur Tarnung Kaffee verkaufte, waren vermutlich längst weg. Höchstwahrscheinlich würden wir bei weitem nicht alle der Gäste erwischen, doch wer weiß, vielleicht hatten wir Glück. Ich seufzte schwer, als ich meinen Blick über die Gatter der Halle schweifen ließ. Es waren so viele. Und mit jeder Zelle, die wir ausnahmen, entstanden zwei weitere. Wenigstens fühlte es sich so an – ein endloser Kampf gegen Windmühlen.

Ich riss mir das versteckte Mikro vom Körper und stopfte es in meine Jackentasche. Nächstes Mal musste das besser laufen, es hatte alles viel zu lange gedauert!

Dann trat ich an den Tank der Meerjungfrau. Mit ihr hatte alles begonnen. Wäre sie nicht gewesen, hätte man uns die Mission vermutlich gar nicht erlaubt. Und selbst wenn, wären die Strafen für alle Beteiligten viel geringer gewesen. Weil sie mindestens zu einundfünfzig Prozent menschlich war.

»Das war's für dich«, flüsterte ich ihr zu. Ihre Augen flackerten kurz auf. Vielleicht hatte sie mich verstanden.

»Ab nach Hause mit dir«, sagte ich und hoffte inständig, dass ich sie nie wiedersehen musste.

Maxi Schilonka schreibt seit frühester Kindheit. Fast ebenso lange drängt sie ihrer Familie und ihren Freunden ihre Geschichten auf, um sie lesen und verbessern zu lassen und um sie weiterzuempfehlen, ob sie wollen oder nicht. Sie bezeichnet sich selbst als begabten Amateur, als Mensch mit hundert Interessen, aber geringer Konzentrationsfähigkeit und als jemanden, der sich manchmal zunächst verlieren muss, um sich zu finden.

Ihre Geschichten handeln meist von starken, jungen Frauen, die jede noch so gefährliche Situation meistern, wenn auch erst beim dritten Anlauf. Fluchend, denn alles andere wäre unrealistisch. Online findet man Maxi auf Facebook (www.facebook.com/Maxi-Schilonka-369794176478515).

Bibliographie

Die Weltenwanderin, Roman, Aavaa Verlag Berlin, 2015
Alice=Alice, Roman, Papierverzierer Verlag, 2017
Zwei Seelen, Theaterstück, Eröffnung MEX Berlin, 2019

Den Mond aus dem Meer fischen

Damaris McColgan

Chinesische Sprichwörter:
Den Mond aus dem Meer fischen – Etwas Unerreichbares anstreben
Lieber ein zerbrochenes Stück Jade als ein heiles Stück Tonware – Der Tod ist besser als Schande
Ein Blinder auf einem blinden Pferd – Ins Verderben gehen

Flink wie ein Hase schlüpfte Shu Zhen durch das Gebüsch und näherte sich den Klippen. Sie hatte es eilig, denn der Himmel war bereits in rotes Licht gebadet. Nach dem Essen hatte sie sich aus dem Haus gestohlen und war mit nackten Füßen losgelaufen. Freundlich strich der Wind ihr über Arme und Gesicht. Sie hielt sich am Ast einer Kiefer fest und lehnte sich vor, um auf das Wasser hinauszublicken. Die Wellen waren heute leicht und verspielt; das gute Wetter würde noch eine Weile andauern.

Shu Zhen verlangsamte ihre Schritte, als sie auf der Seite der Klippe in die Bucht hinunterkletterte. Wenn sie nicht aufpasste, würde sie sich wieder die Fußsohlen aufschneiden, und dann würde Mutter sie schelten. Bei ihrem Felsen direkt am Wasser angekommen, setzte sie sich hin, wartete und beobachtete das Schauspiel der wechselnden Farben. Bald war von der Sonne nur noch Glut zu sehen.

Die Nacht verwandelte das Meer in dunkle Jade und Shu Zhen achtete darauf, dass sie es in diesem Zustand nie berührte. Das sonst so Vertraute hatte auf einmal etwas Verwunschenes an sich. Gespannt beobachtete sie die wogende Fläche. Wenn die ersten Strahlen des Vollmonds das Wasser trafen, tauchte *sie* für gewöhnlich auf.

Shu Zhen hatte die Fischfrau zum ersten Mal bemerkt, als sie von zu Hause ausgerissen war, um dem Stock zu entkommen. Sie hatte sich hier in der Nähe im Dickicht versteckt. Wilde Rosen zerkratzten ihre Beine, aber das war ihr lieber als Vaters Zorn. So kauernd, wartend brach die Nacht über sie herein, und auf einmal vernahm sie diese Stimme. Sie folgte der Melodie zu den Wellen hinunter. Unter den Dorfbewohnern wusste man von der Geistermelodie, die an der Küste manchmal nachts ertönte. Es war ein schlechtes Omen, und man musste sich schnellstmöglich außer Hörweite begeben, um kein Unglück über sich und seine Familie zu bringen. Wer von dem Gesang betört wurde, würde im Dunklen ertrinken. Doch Shu Zhen war nicht ertrunken.

Plötzlich stieg ein schönes Gesicht aus dem Jademeer, und feuchte Hände griffen nach Halt. Das Mondlicht spiegelte die bleiche Haut auf dem Wasser. Die Fischfrau drückte ihren nackten Oberkörper hoch, bis nur noch die Spitze ihres Fischschwanzes im Wasser lag und ließ sich auf dem Stein nieder. Ihre Haare breiteten sich wie Seidenfäden über ihrem Rücken aus.

Das Mädchen liebte es, ihrem Gesang zu lauschen, obwohl die Worte keinen Sinn ergaben. Sie war nicht sicher, ob die Fischfrau sprechen konnte. Langsam hob Shu Zhen ihre Hand und winkte. Das hatte sie bisher noch nie gewagt. Die Fischfrau drehte ihren Kopf ruckartig wie ein wilder Vogel und fixierte sie mit ihren Augen. Dann erhellte ein Lächeln ihre Züge und sie winkte zurück. Ihre Schuppen schimmerten silbergrün.

Als sie ihr Lied beendet hatte, glitt sie wie eine Schlange zurück ins Dunkle. Shu Zhen erhob sich und streckte ihre steifen Glieder, um sich auf den Weg nach Hause zu machen. Doch dann hörte sie neben sich ein leises Glucksen. Das Gesicht war wieder da, diesmal nur eine Armlänge von ihr entfernt. Shu Zhen machte einen hastigen Schritt rückwärts und verlor beinahe das Gleichgewicht.

Das Gesicht lächelte immer noch. Shu Zhen wusste nicht, ob sie weglaufen oder bleiben sollte. Die Fischfrau hob eine Hand und streckte sie nach ihr aus. Zwischen ihren Fingern spannte sich eine Hautschicht, so dünn, dass das Mondlicht hindurchschien. Das Mädchen erwartete, gepackt zu werden, doch die Hand verharrte nur weiter ausgestreckt in der Luft.

Vorsichtig ging Shu Zhen in die Knie. Sie nahm den Geruch von Salz und Fisch und die vom Wasser aufsteigende Kälte plötzlich viel stärker wahr. Wie von selbst bewegte sich ihre Hand von ihrem eigenen warmen Körper weg. Als sich ihre Hände berührten, vergaß das Mädchen einen Moment lang, wie man atmet. Die Fischfrau fühlte sich genau so kühl und glatt und schön an, wie sie aussah.

Dann zog sie sich ins Meer zurück. Shu Zhen konnte die kräftigen Stöße erahnen, mit denen sie sich entfernte. Die Wellen funkelten. Es fiel dem Mädchen schwer, sich von dem Anblick zu lösen. Als sie es schließlich doch tat, war ihr, als ob sich auch am Ufer eine Gestalt entfernte. War ihr einer ihrer Brüder gefolgt? Eilig, aber zielgerichtet kletterte sie über die Felsen zurück. Erst als sie wieder sandigen Boden unter den Füßen hatte, rief sie in die Büsche hinein:

»Hallo? Ist da jemand?«

»Du hast keine Angst vor dem Wassergeist?« Die Stimme war viel näher, als Shu Zhen angenommen hatte.

»Nein.«

Die Blätter raschelten und eine gebeugte Gestalt erschien. Es war Lü Shun Ping, eine der Frauen aus dem Dorf, die so alt war, dass sie wie die Fischerboote und die bestellten Felder bereits zur Landschaft gehörte. Shu Zhen reckte das Kinn.

»Sie ist kein Geist. Ich habe sie berührt.«

Die Alte kniff die Augen zusammen, als versuche sie, Schriftzeichen auf ihrem Gesicht zu entziffern. Dann setzte sie sich breitbeinig auf einen Stein.

»Sie hält dich wohl für ihre kleine Schwester.«

Unschlüssig verlagerte Shu Zhen das Gewicht von einem Bein auf das andere. Sie wollte nach Hause gehen, bevor es zu spät wurde, aber gleichzeitig war sie begierig darauf, mehr über die Fischfrau herauszufinden. Wenn irgendjemand mehr über sie wusste, dann Lü Shun Ping; und die Alte brach ihr Schweigen selten.

»Warum sagst du das?«

»Weil ihre kleine Schwester als Einzige wusste, dass sie da ist.«

»Warum?« Shu Zhen verschränkte die Arme vor der Brust, aber bewegte sich nicht vom Fleck.

Die Alte lächelte ein einsames Lächeln. Während der Mond seinen Lauf am Himmel fortsetzte und das Meer leise die Felsen kitzelte, begann sie zu erzählen, was so lange nicht erzählt worden war. Shu Zhen achtete auf jedes einzelne Wort.

Vor langer Zeit lebte in diesem Dorf ein Mädchen namens Hai Yu. Sie lebte mit ihren Eltern und ihrer Schwester, die mehrere Jahre jünger war. Wie alle Dorfbewohner waren sie einfache Leute, die vom Fischen lebten und von dem wenigen Korn und Gemüse, das sie auf ihrem Acker anbauten. Das Leben war hart, aber Hai Yu besaß eine zauberhafte Stimme, und der kleinen Schwester war, als würden ihre Lieder jede Arbeit leichter machen. Obwohl die anderen im Dorf darüber lachten, behauptete Hai Yu immer, sie würde eines Tages für die edlen Damen und Herren im Palast singen. Auch ihre kleine Schwester glaubte fest daran.

Eines Tages kam eine Gruppe Abgesandter vom Hof des Fürsten im Dorf an, unter ihnen Yan Kuo Fan, der erste Diener des Gongzi. Dieser verkündete, dass anlässlich der bevorstehenden Hochzeit des edlen Herrn jede Familie ein Geschenk für das Fest zu spenden habe. Darüber waren die Dorfbewohner, die ohnehin nur wenig besaßen, sehr bekümmert. Der Diener rümpfte die Nase über die groben Tücher und Säcke voller Korn, ließ aber trotzdem alles auf den Wagen packen. Nur Fische wollte er keine annehmen. Als Hai Yus Familie an der Reihe war, trat das Mädchen vor, ehe ihre Eltern etwas abgeben konnten.

»Unser Geschenk an den edlen Herrn soll mein Gesang bei seinem Fest sein«, sagte sie mit fester Stimme.

Der Diener lachte und lachte und wollte nicht mehr aufhören zu lachen, während alle anderen Anwesenden schwiegen und ihre Blicke abwandten.

»Diese hier denkt, sie kann den Mond aus dem Meer fischen!«

Er lenkte seinen Schimmel mehrmals im Kreis um Hai Yu und begutachtete sie von allen Seiten.

»Nicht übel. Gut. Sie kann mitkommen.«

Die Dorfbewohner kehrten um und trotteten in ihre Häuser zurück. »Wie ein Blinder auf einem blinden Pferd«, hörte die kleine Schwester sie einander zuflüstern. Sie blieb allein stehen und winkte Hai Yu zu, die mit angezogenen Knien zwischen den Geschenken auf dem Wagen saß. Immer kleiner wurde die Gesandtschaft, bis sie schließlich hinter einem Hügel verschwand.

Sie sahen Hai Yu eine Woche später wieder. Ein guter Freund der Familie trug sie über die Türschwelle. Er hatte ihr behelfsmäßig ein Tuch um die Hüfte gebunden. Ihr Körper war übersät mit blauen Flecken; Blut floss an ihren Beinen herunter. Ein Reiter habe sie vor dem Dorf liegen gelassen.

Mit Tränen in den Augen sah die kleine Schwester ihre geliebte Hai Yu, die leblos wie eine Puppe auf eine Matte gelegt wurde. Ihr Gesicht war eine auf Porzellan gemalte Maske des Horrors.

»Sie ist noch nicht tot«, sagte der Freund und verneigte sich zum Gehen.

Niemand schlief in dieser Nacht. Niemand sprach. Die kleine Schwester weinte leise, und Hai Yu lag da, mit Augen starr wie ein Fisch. Als die Sonne aufging, brach der Vater die Stille:

»Besser ein zerbrochenes Stück Jade.« Da flossen auch bei der Mutter Tränen. Sie hieß die kleine Schwester dableiben und über Hai Yu zu wachen. Sie solle sie rufen, wenn eine Veränderung eintrete. Dann ging sie ohne Frühstück auf das Feld hinaus. Auch der Vater ging, hinaus zu den Netzen.

Die kleine Schwester lag neben Hai Yu und strich über ihr Haar, bis sie schließlich gegen Nachmittag einschlief.

Sie erwachte durch ein schwaches Rütteln an ihrer Schulter. Hai Yus Stimme hatte selbst jetzt nichts von ihrer Anmut verloren.

»Xiao Ping, du weißt, dass ich sterbe.«

»Das darfst du nicht!«, rief Xiao Ping verzweifelt.

»Nein, ich werde nicht sterben. Nicht so.« Sie schaute die kleine Schwester eindringlich an. »Meine Beine sind gebrochen. Du musst mir helfen.«

»Was soll ich tun?«

»Bring mich zur Hexe!«

Die kleine Schwester sog scharf Luft ein.

»Hai Yu, sie wird deine Seele fressen!«

»Meine Seele wurde schon gefressen«, entgegnete Hai Yu mit einer plötzlichen Schärfe, die so untypisch war, dass ihre kleine Schwester zurückwich.

»Bitte nicht!«

»Bring mich! Ich will nicht sterben!«

Die Hexe wohnte abseits des Dorfes in einer Hütte. Sie war eine Frau ohne Namen und ohne Alter. Gerüchten zufolge war sie eine ehemalige Konkubine des göttlichen Kaisers, die verschiedene Zauber beherrschte, um Männer gehörig zu machen und ungeborene Kinder nach Belieben erscheinen oder verschwinden zu lassen. Ob die Dorfbewohner sie tatsächlich nicht bemerkt hatten oder es schlicht für nicht angebracht hielten, sie zu bemerken, konnte die kleine Schwester nicht sagen. Sie schleifte Hai Yu mühsam hinter sich her, die sich mit verzweifelter Kraft an der Matte festhielt.

Allerlei seltsame Pflanzen wuchsen um die Hütte der Hexe herum. An einen hölzernen Rahmen waren Tierhäute gespannt. Verdorrte Salamander und kleine Nagetiere hingen an flächsernen Stricken vom Dach. Dem Mädchen wurde übel davon. Als sie an die Tür klopfte, wollten ihre Füße gleich wieder weglaufen, aber sie zwang sich, stillzustehen. Die Hexe erschien. Sie hatte ihr Haar zu einem komplizierten Knoten gebunden und trug ein blaues Kleid, das so kostbar schien wie die Hütte ärmlich. Der

Duft von Feigen und Kirschblüten mischte sich mit dem Gestank der verwesenden, getrockneten Tierteile.

»Was willst du?«

»Rette mich, Hexe!«, verlangte Hai Yu vom Boden her. »Tu mit mir, was du willst. Aber lass mich nicht sterben!«

Die kleine Schwester beobachtete die Hexe, wie sie zu Hai Yu schwebte.

»So so, du willst nicht sterben.« Unsanft packte sie die Sterbende, wobei sich ihre langen Nägel in das Fleisch ihres Armes bohrten, drehte sie einmal zur Seite und wieder zurück. »Was haben sie mit dir gemacht? Du bist wie halbiert. Die eine Hälfte kämpft verbissen darum zu leben und die andere ist bereits tot.«

Hai Yu erwiderte den Blick der Hexe, ohne zu antworten.

»Gut, gut. Ich will dir offen erklären, was ich kann. Ich kann dich retten, wenn du willst. Aber nur deine obere Hälfte, die untere ist, wie gesagt, tot. Das heißt, ich brauche die Hälfte eines anderen Körpers. Hast du einen mitgebracht?«

Die kleine Schwester fühlte, wie sich ihre Innereien zusammenzogen, als versuchten sie sich hinter der Bauchwand zu verstecken. Sie wollte Hai Yu zum Gehen auffordern, doch kein Laut kam über ihre Lippen.

»Das Mädchen hier taugt nicht – sie ist zu klein«, fuhr die Hexe unbekümmert fort. »Was schlägst du also vor?«

Hai Yu ließ den Blick nicht von ihr. Nach einer kurzen Pause sagte sie: »Kann es auch ein Tier sein?«

»Ein Tier?« Das Lachen der Hexe klang wie das abgehackte Zupfen einer Laute. »Ja, warum nicht? Woran hast du denn gedacht?«

»An einen Fisch.«

»Das muss aber ein großer Fisch sein.« Immer noch aufs Höchste amüsiert ging die Hexe um die Hütte herum und kam mit einem langen Fleischmesser und einem kleinen Beutel zurück, von dem ein merkwürdiger Geruch ausging. Sie steckte das Messer neben Hai Yu in den Erdboden. »Ich werde dich in der Mitte durchtrennen und die untere Hälfte des Fisches annähen. Das wird sehr schmerzhaft.«

Die kleine Schwester spürte ihre Knie schlottern, doch Hai Yu verzog keine Miene.

»Nenne deinen Preis, Hexe!«

»Preis? Den Preis, den du dafür bezahlst, ist bereits in deinem Wunsch enthalten.« Beiläufig zog die Hexe eine goldene Nadel aus ihrem Haar, welches sich daraufhin wie ein Wasserfall aus dem Knoten löste. Sie pflückte ein einzelnes Haar und fädelte es in die Nadel ein, bevor sie diese in Vorbereitung an ihren Ärmel steckte. »Jeder Eingriff in den natürlichen Verlauf der Dinge hat seine Konsequenzen. Du bist dir schon bewusst, dass du so deine Menschlichkeit aufgeben musst, um zu überleben?«

»Es ist bereits geschehen.« Hai Yus Augen funkelten mit einer besessenen Entschlossenheit. »Diesmal werde ich den Mond aus dem Meer fischen.«

»Umso besser.« Die Hexe grinste mit scharfen Zähnen. »Er ist jetzt abnehmend. Dann warte ich, bis er hervorkommt, bringe dich zum Wasser und fange den Fisch. Der Ersatzkörper muss so frisch wie nur möglich sein.«

»Gut.« Hai Yu schloss die Augen. Nach einigen Atemzügen zuckten ihre Lider und sie sagte leise: »Warte nicht mit mir, Xiao Ping! Geh, aber erzähle niemandem, was wir vorhaben. Sag, ich sei zu den Klippen gekrochen und hätte mich ins Meer gestürzt, während du schliefst. Sag, ich sei verschwunden.«

»Hai Yu …« Hilflos warf die kleine Schwester ihre Hände vor das tränennasse Gesicht.

»Wenn du mich liebhast und mich wiedersehen willst, komm beim nächsten Vollmond ans Meer. Ich werde für dich singen. Geh jetzt!«

Am Ende ihrer Erzählung angelangt, brach die Alte abrupt ab. Ihre Finger vergruben sich auf dem Schoß ineinander. Seufzend schaute sie hinauf zu der silbernen Kugel, als teile diese ihre innersten Regungen. Shu Zhen folgte ihrem Blick. Dabei fröstelte sie und rieb sich die Arme. Der Wind hatte wieder angefangen, um die Büsche zu streichen, und die Wellen schwappten lauter.

»Ist Hai Yu jetzt unsterblich?«

»Ich weiß es nicht. Vermutlich lebt Hai Yu, solange auch die Hexe und ihre Magie weiterleben. Die ist aber schon lange weitergezogen.«

»Aber warum denkt sie, ich sei ihre kleine Schwester?«

»Hai Yu lebt schon so lange draußen im Meer, dass sie immer mehr vergessen hat. Nach und nach hat sie ihr eigenes Leben als Mensch vergessen, ihre Geschichte und ihre Sprache. Sie weiß nicht, wie viel Zeit vergangen ist. Nur, dass sie hierherkommt und für ihre kleine Schwester singt, das ist ihr geblieben.«

Das Mädchen nickte. Obwohl die Alte ein gutes Stück entfernt von ihr hockte, schienen sich die beiden in diesem Moment zu berühren. Shu Zhen stellte sich vor, sie würde auf dem Boot ihres Vaters hinausfahren und dem gespiegelten Mondlicht mit einem Netz nachjagen.

Erst als in der Ferne eine einzelne Möwe rief, kehrten ihre entlaufenen Vorstellungen zu ihr zurück. Shu Zhen bedankte sich für die geteilte Geschichte und überließ die Alte sich selbst. Schon bald warteten die Hühner darauf, gefüttert zu werden. Aber in einem Monat würde der Mond wieder voll und rund sein.

Auf dem Heimweg war ihr, als würde der Wind von den Wellen immer noch eine Melodie an ihre Ohren tragen. Sie begann mitzusummen. Der Mond lächelte gütig auf sie herab und leuchtete ihr den Weg.

Damaris McColgan wuchs in einem kleinen Dorf nicht weit der Alpen auf, wo sich Zwerg und Heinzelmann ‚Gute Nacht‘ sagen. Sie studierte Psychologie und Germanistik und schrieb daneben für mehrere Studierendenmagazine sowie ein Experimentaltheater.

Gegen Ende des Studiums heiratete sie einen Welshman. Mit diesem zog sie nach England, wo sie in einer Bibliothek arbeitete. Zurück in der Schweiz bekam sie vor knapp einem Jahr eine Tochter. Sie schreibt auf Deutsch und Englisch und träumt davon, ihrer Tochter einmal selbst verfasste Bücher vorzulesen. Sie schreibt am liebsten moderne Märchen, aber auch Fantasy und Kindergeschichten.

Die Dame vom See

Martina Dinkel

Das Monster schob sich schwerfällig durch das Wasser. Seine Turbinen wühlten den See auf, und der Gestank, der aus seinen Schornsteinen drang, schwängerte die staubgelbe Luft. Die Fische wussten, dass sie die Beute waren, und flohen in alle Richtungen.

Aber vor dem Monster gab es kein Entkommen. Seine gewaltigen Kiefer öffneten sich, und hervor schoss ein großes Netz, das sich wie ein tödlicher Schleier über alles legte. In ihrer Panik stießen die Fische immer wieder gegeneinander und versperrten sich so selbst den Fluchtweg. Das Netz schnürte sich träge wie ein selbstsicheres Raubtier zusammen, und der Schwarm hatte keine Chance mehr. Mit Präzision zog sich das Netz ins Innere des Monsters zurück und nahm die zappelnden Fische mit sich. Im Bauch des Monsters herrschte rege Betriebsamkeit, doch was genau darin geschah, konnte Allanah von ihrem Beobachtungspunkt in sicherer Entfernung zu dem Monster nicht wahrnehmen. Nur die Stimmen, rau und brüllend, wurden aus dem Bauch des Monsters durch das Wasser an ihre Ohren getragen.

Dann drehte sich das Monster unter lautem Stöhnen und nahm wieder Kurs auf das Ufer des Sees. Das aufgewühlte, verschmutzte Wasser nahm Allanah die Sicht und den Atem. Mit wenigen Schlägen ihrer kräftigen Flosse beförderte sie ihren Kopf über Wasser, doch die Luft dort war kaum geeigneter für ihre Lunge. Durch die düstere Mischung aus Seenebel und Qualm konnte Allanah gerade noch sehen, wie sich die Silhouette des Monsters in Richtung Hafen schob. Es würde bald zurückkommen, um wieder Beute zu machen, denn das Monster war kein Lebewesen und damit unersättlich.

Aurel versuchte, sein Pferd am Stadttor zu zügeln. Der Anblick der mechanischen Kutschen, die seit einigen Monaten die Straßen der Hauptstadt in großer Zahl bevölkerten, beunruhigte das Tier noch immer. Aus den Augenwinkeln konnte er sehen, wie sich ihm die Torwächter näherten, ein Mann und eine Frau in leichter Rüstung, die geschäftsmäßig, aber nicht übermäßig unfreundlich wirkten.

»Was ist Euer Anliegen?«, fragte die Frau mit einer überraschend tiefen Stimme. Aurel streifte seine Kapuze ab und fuhr sich mit einer Hand durch die langen, blonden Haare, während er auf das Unvermeidliche wartete. Beide Wächter saugten hörbar Luft ein und traten einen respektvollen Schritt zurück.

»Lord Aurel!« Der Mann blickte erstaunt und ehrfürchtig zu ihm hoch. Aurel nickte ihm knapp zu. Den Kult um seine Person hatte er noch nie verstehen können, und er war ihm auch sehr unangenehm.

»Der König hat mich zu sich bestellt«, sagte Aurel, um auf die Frage der Frau zu antworten, die auch jetzt noch professioneller wirkte als ihr Kollege.

»Selbstverständlich. Bitte, seid uns willkommen!« Die Frau schenkte ihm ein Lächeln. Aurel erwiderte die Geste, mehr aus antrainierter Gewohnheit denn aus echter Gefühlsregung.

Der Weg durch die Stadt war einfach und beschwerlich zugleich. Die Hauptstadt war eine Planstadt und innerhalb der Stadtmauern verliefen alle Straßen in geordneten Rechtecken. Auch die Häuser waren zum größten Teil von den Stadtplanern entworfen worden und fügten sich zahm in die ihnen zugewiesenen Plätze. Um zum Palast zu gelangen, musste Aurel nichts weiter tun als die Hauptstraße, durch die er die Stadt betreten hatte, entlang zu reiten. Der Weg war also das Einfache.

Auf den Straßen jedoch herrschte Chaos. Dreck und Abfall säumten die Fahrbahnen, und neben Reitern und Pferdekutschen drängten sich auch die motorgetriebenen Kutschen und verdunkelten die Luft mit ihren Abgasen.

Die Menschen waren mal fein, mal ärmlich gekleidet, doch sie alle schienen ein Ziel zu haben, das sie um jeden Preis erreichen wollten, denn sie stürzten sich mit blinder Zuversicht vor Wagen und Pferde. Mehr als einmal musste Aurel anhalten, um eine Motorkutsche und in einem Fall einen der noch seltenen riesigen, motorisierten Transportwagen vorbeizulassen.

In seiner Kindheit und Jugend hatte die Stadt anders geklungen und gerochen. Damals prägten Pferde und Kutschen das Stadtbild, und das Getrappel der Hufe auf dem Stein war allgegenwärtig. Jetzt zogen nur noch wenige Pferde durch die Straßen, und stattdessen übertönte der Motorenlärm alles. Obwohl er es nicht zugeben konnte, fühlte sich Aurel unwohl in dieser neuen Welt. Er zog abwehrend die Schultern hoch und ritt eilig zum Palast, wo ihn der König bereits zu einer Audienz erwartete.

Man nahm ihm dort sein Pferd ab und führte ihn in die private Audienzkammer des Königs, wo ihn dessen hagere, hochgewachsene Gestalt auf einem kleinen Thron sitzend erwartete. Das Alter des Königs war schwer zu schätzen, aber Aurel wusste, dass der Mann noch recht jung war. Es war ihm zu verdanken, dass der Fortschritt im Königreich Einzug gehalten hatte und immer mehr motorisiert wurde.

Aurel kniete vor seinem König.

»Mein König.« Er hielt den Blick zu Boden gerichtet.

»Aurel«, erwiderte der König knapp und kam gleich zur Sache. »Ich habe Euch aus einem bestimmten Grund rufen lassen. Im Spiegelsee an unserer westlichen Grenze wurde ein Monster gesichtet. Wie Ihr sicherlich wisst, gehen unsere Erträge aus der Fischerei im See zurück. Nun, wir müssen davon ausgehen, dass es dieses Ungeheuer ist, das unsere Fische vertreibt.« Der König erlaubte sich eine dramatische Pause, aber Aurel ahnte schon, was von ihm erwartet wurde. »Ich möchte, dass Ihr zum Spiegelsee reist und dieses Monster tötet. Ihr seid der beste Ritter Unseres Landes. Bringt mir seinen Kopf oder ich werde mir den Eurigen holen.«

Die Drohung wurde so beiläufig ausgesprochen wie eine Einladung zum Essen unter Freunden, aber für Aurel war sie nichts Neues. Schon häufiger hatte ihm der König im Falle seines Versagens mit dem Tod gedroht. Aurels Überlebensgeheimnis war einfach. Er versagte nie.

⭐✕◈

Allanah beobachtete die Versammlung der Menschen am Hafen. Sie schwebte etwas unter der Oberfläche des dreckigen Wassers und versuchte, durch die herumwirbelnden Schmutzpartikel zu sehen, was dort vor sich ging. Die Menschen warteten aufgeregt auf etwas, und das hatte in den letzten Jahren selten etwas Gutes bedeutet. Das allgegenwärtige Rauschen menschlicher Stimmen verstummte mit einem Mal.

Allanah wagte es, die Augen über die Oberfläche zu schieben. Eine große, vornehm verzierte Motorkutsche fuhr die Straße zum Hafen entlang und hielt mitten in der Menschenmenge. Umschwirrt von Reitern auf nervösen Pferden stieg ein großgewachsener, hagerer Mann aus. Selbst auf die Entfernung konnte Allanah durch Nebel und aufgewühlten Staub das Leuchten der goldenen Krone auf seinem Kopf sehen. Der König war hier.

Allanahs Gedanken rasten. Was konnte der Höchste aller Menschen hier wollen? Bisher hatte sie ihn erst einmal gesehen, und das war an dem Tag, an dem die Menschen das Monster freigelassen hatten. Dass er jetzt wieder hier war verhieß nichts Gutes.

Die Menschen jubelten ihrem König zu, doch Allanahs feine Ohren konnten die Lüge hinter dem Jubel hören. Die Unzufriedenheit, den Hunger, aber auch die Hoffnung, dass dieser Mann mit dem goldenen Haupt ihre Probleme auf magische Weise lösen würde.

Der König gab ein Signal, und an der Werft setzten sich Menschen hektisch in Bewegung. Allanah gefror das Blut in den Adern, als sich die Tore der Werft öffneten wie die Türen zur Hölle selbst. Aus dem Dunkel der Halle leuchteten die roten Glutaugen eines zweiten Monsters durch den schwarzen Rauch. Ohne es zu merken war

Allanah weiter aufgetaucht und drückte sich jetzt eine Hand auf den Mund, um ihren Schrei zu unterdrücken. Salzige Tränen quollen aus ihren Augen, als sie erstarrt beobachtete, wie das zweite Monster mit einem grausigen Stöhnen ins Wasser gelassen wurde. Das musste das Ende von allem sein.

✦✖✦

Aurel ritt langsam durch die Gassen der Vorstadt. Die Kapuze tief ins Gesicht gezogen versuchte er, keine Aufmerksamkeit zu erregen und möglichst flach zu atmen. Rechts und links der verdreckten Straße wuchs die Vorstadt wie ein Geschwür um die Stadtmauern herum. Niedrige Baracken wechselten sich mit mehrstöckigen, toten Häusern aus grauem Beton ab.

Staub und Hoffnungslosigkeit hingen in der Luft. Hier herrschte das Gesetz des Marktes mit kalter Härte und seine Monumente waren die turmhohen Schornsteine der Fabriken. Wer ihnen nicht diente, würde früher oder später verenden. Neben den Müllbergen am Straßenrand krümmten sich Bettler; Verwundete, die die Fabriken ausspien.

Aurel konzentrierte sich auf den Weg vor ihm. Mit der Zeit wurde die Bebauung spärlicher. Die Stadt endete nicht an einer harten Grenze, sondern franste an den Rändern aus. Erst als er die letzten Baracken hinter sich gelassen hatte, wagte es Aurel wieder, tiefer einzuatmen.

Um die Stadt herum gab es schon lange keine Bäume mehr. Die Fabriken hatten das Holz gefressen wie ewig hungrige Tiere. Stattdessen gab es ausgedehnte, knorrige Buschlandschaften, immer wieder durchbrochen von Getreidefeldern, die dort angelegt wurden, wo der Boden noch genug Nahrung für die Pflanzen bereithielt.

Die Straße nach Westen zum Spiegelsee war gut ausgebaut und relativ sicher, denn es mussten täglich Fische von den Fischereien in die Hauptstadt und die umliegenden Märkte gebracht werden. Das Wetter war schlecht. Die letzten Tage waren recht warm gewesen, und nun lag eine dichte Decke aus grauen Wolken über dem Himmel, die die Menschen mit ihren Abgasen einschloss. Selbst so weit entfernt von den großen Industriezentren schien die Luft leicht nach Rauch zu riechen. Aurel versuchte, nicht an die Wälder und an den sanften Blütenduft seiner Kindheit zu denken.

Stattdessen dachte er an seinen Auftrag. Er war seit vielen Jahren nicht mehr in der Nähe des Spiegelsees gewesen und wusste nicht, welche Art von Monster ihn dort erwartete. Er wusste nur, dass einmal mehr sein Leben davon abhing, dass er es fand und zur Strecke brachte.

✦ ✕ ✦

Beide Monster durchpflügten den See und schleppten ihre tödlichen Netze hinter sich her. Unermüdlich schaufelten die Männer an Bord Kohle in die Kamine und brachten die Schornsteine zum Lodern. Allanah saß auf einem der Felsen, die am Ufer aus dem Wasser ragten, und beobachtete die Szenerie mit wachsender Verzweiflung. Zusammen deckten die Monster einen viel größeren Bereich ab, und es war selbst für sie zu gefährlich geworden, zur Jagdzeit im Wasser zu bleiben. Sie spürte die Angst der Tiere im Wasser, ihr verzweifeltes Schnappen nach Luft.

Plötzlich hörte Allanah hinter sich ein Geräusch, das nicht von einem Tier stammte. Ihre Nasenflügel blähten sich, und sie nahm den unverwechselbaren Geruch eines Menschen wahr. Mit rasendem Herzen sah sie sich um. Wohin fliehen? Ins Wasser zurück konnte sie nicht, dort jagten die Monster noch immer mit weit ausgebreiteten Netzen. Und zu Land hatte sie kaum eine Möglichkeit, sich fortzubewegen. Allanah fühlte ein bitteres Lächeln auf ihrem Gesicht. Dann würde es nun also enden. Mühsam drehte sie sich auf ihrem Felsen, um dem Tod mutig ins Auge zu blicken. Hinter ihr stöhnten die Monster auf, als sie sich am anderen Ufer drehten, um ihre Beute zurück zum Hafen zu bringen.

Aus dem Unterholz brach ein Mann hervor. Er trug eine leichte Lederrüstung, die an manchen Stellen mit Metallplatten verstärkt worden war. Sein langes, hellblondes Haar trug er in einem praktischen Zopf. Seine dunklen Augen waren auf Allanah gerichtet.

Er richtete eine geladene Armbrust auf sie.

Immer noch lächelnd hob Allanah die Arme, um zu zeigen, dass sie selbst unbewaffnet war. Nicht, dass das einen Unterschied machte, denn der Mann zielte mit seiner Waffe, und seine Hände zitterten nicht.

»Nicht gerade die feine Art, eine Dame zu begrüßen«, sagte Allanah süffisant. Mit einem entsetzten Gesichtsausdruck senkte der Mann seine Waffe und kam näher. Allanah völlig ignorierend trat er an das Ufer neben ihrem Felsen und starrte auf den See hinaus, wo die Monster ihre Beute zielstrebig zum Hafen schleppten. Der Mann stieß plötzlich ein bellendes Geräusch aus, und Allanah erkannte erst nach einem Moment, dass es die Karikatur eines Lachens war. Dann ließ der Mann die Armbrust fallen, sank auf die Knie und lachte. Es war ein Geräusch, das sich an Grausamkeit mit dem Brüllen der Monster messen konnte.

✦✖✦

Aurel lachte und lachte. Sein ganzer Körper wurde von Krämpfen geschüttelt und wand sich am Ufer des Spiegelsees. Eine Bitterkeit, die bisher in ihm nur geschlummert hatte, brach ungehindert aus ihm heraus und drohte, seinen Verstand ganz mit sich zu reißen.

»Was ist mit Euch?«, fragte ihn eine besorgte Stimme, und etwas ganz hinten in Aurels Kopf erinnerte sich an die Meerjungfrau auf dem Felsen. Sein Lachen erstickte tief in seiner Brust. Aurel drehte sich zu der Kreatur um.

»Das!« Er zeigte auf die gigantischen Schiffe, die sich durch das Wasser walzten. »Das sind die Monster, von denen er gesprochen hat, nicht wahr?«

Die Frau betrachtete ihn aus großen, gelben Augen. Ihr langer, geschuppter Leib wurde plötzlich ganz still, und ihre Arme legten sich um ihren Oberkörper als wolle sie sich selbst umarmen.

»Ja«, sagte sie. »Das sind die Monster. Ich zumindest nenne sie so.«

Aurel hatte keine echte Antwort auf seine Frage erwartet.

»Ja«, seufzte er. Dann fühlte er plötzlich eine alles verschlingende Leere in sich und setzte sich hin, den Rücken an den Felsen der Meerjungfrau gelehnt. Sollte sie ihn jetzt töten, es bedeutete nichts mehr.

Der tödliche Biss blieb aus. Stattdessen bewegte sich die Kreatur ungelenk und glitt dann neben ihn auf den Boden.

»Was führt Euch zu den Monstern, Mensch?«, fragte sie und wandte sich ihm direkt zu. Ihre silbernen Schuppen leuchteten im schwachen Sonnenlicht. Ein grausames Lachen entrann Aurels Kehle, und die Meerjungfrau schreckte zurück. Ihre Reaktion sprach etwas Menschliches in ihm an, und er nahm sich zusammen.

»Der König hat mich geschickt. Er sagte mir …« An dieser Stelle musste Aurel mit sich ringen. »Er sagte mir, dass ein Monster die Fische des Sees vertreibt. Er befahl mir, das Monster zu töten.«

Einen Moment lang war es still. Dann begann die Meerjungfrau sanft zu sprechen, als würde sie verstehen, wie viel von Aurels Leben soeben wie Glas auf kaltem Beton zersplittert war.

»Euer König war hier, als sie das zweite Monster freigelassen haben.«

Als er diese Worte hörte, brach ein zweiter Lachanfall aus Aurel heraus.

»Natürlich war er das. Natürlich«, brachte er erstickt hervor, und Tränen rannen ihm aus den Augen.

»Ich verstehe nicht ganz …«

Aurel wandte sich der Meerjungfrau zu. Das Lachen hatte aufgehört, aber die Tränen flossen weiter, und er konnte und wollte sie nicht mehr aufhalten.

»Der Befehl des Königs war eindeutig. Er würde am Ende meiner Mission einen Kopf bekommen. Den Kopf des Monsters … oder meinen.«

»Die Monster haben keinen …«, begann die Frau zu sprechen, unterbrach sich aber, als sie verstand. Aurel schüttelte den Kopf.

»Nein. Schiffe haben keinen Kopf, den man ihnen mit dem Schwert abschlagen könnte. Diese ganze Mission war ein Scherz, den sich der König mit mir erlaubt hat.«

Die Meerjungfrau schien klug zu sein, denn sie zog die richtigen Schlüsse und stellte die entscheidende Frage.

»Warum will Euch der König töten?«

★ ✹ ✦

Allanah beobachtete die Reaktion des Menschen auf ihre Frage. Die Situation hatte eine interessante Wendung genommen. Anstatt tot auf dem See zu treiben, saß sie mit dem Mann im feuchten Ufergras und versuchte zu verstehen, wie ein einzelner Mensch so viel Trauer und Bitterkeit ausstrahlen konnte. Der Mann atmete tief durch und schenkte ihr dann ein Lächeln, das mehr nach Gewohnheit als nach echten Gefühlen aussah. Seine Augen blieben traurig.

»Wenn Ihr möchtet, erzähle ich Euch eine kleine Geschichte«, sagte er. Noch bevor Allanah über dieses Angebot nachgedacht hatte, nickte sie instinktiv. Der Mann wollte offensichtlich reden, und sie war neugierig, was er ihr berichten würde.

»Mein Name ist Aurel, und ich bin ein Ritter des Königs. Ich diene ihm schon seine ganze Regierungszeit über, so wie ich zuvor seinem Vater gedient habe. Ich war stets treu und loyal, tötete Monster genauso wie Verräter. Die Bedingungen des Königs waren immer gleich. Entweder ich bringe ihm den Kopf seines Feindes oder er würde mir meinen abschlagen.«

Allanah konnte nicht länger still bleiben.

»Warum habt Ihr das getan? Was bewegt Euch, einem anderen Menschen so zu dienen?«

Aurel starrte sie an, als hätte sie ihn nach dem Gewicht der Erde gefragt.

»Ich … Ich weiß es nicht. Mein Vater diente der Krone und meine Großväter vor ihm. Ich lebe, um zu dienen.«

»Ihr lebt, um für jemanden zu sterben, der Euch schon immer tot sehen wollte«, zischte Allanah wütend und zeigte eine Reihe spitzer Zähne. Aurel war nicht eingeschüchtert, sondern sah sie nur besiegt an.

»Das weiß ich nun auch.« Eine Zeit lang schwiegen beide. Die beiden Monster hatten mittlerweile den Hafen erreicht, und das Wasser des Sees lag einmal mehr friedlich da.

»Es muss für Euren König sehr frustrierend gewesen sein, dass Ihr jedes Mal siegreich zurückgekehrt seid«, sagte Allanah in einem Versuch, die Stimmung zu heben. Aurel atmete aus und lächelte ihr kurz zu.

»Ja, wahrscheinlich. Deswegen schickt er mich jetzt, um etwas zu töten, das ich nicht töten kann.«

»Warum hat er solche Angst vor Euch?«

»Angst?«, fragte Aurel verwirrt. Allanah nickte versonnen.

»Töten Menschen nicht hauptsächlich aus Angst?«

»Ich … Ihr könntet recht haben.« Aurel schien nachzudenken, und so blieb Allanah still, obwohl ihr eine Antwort auf der Zunge lag. Etwas sagte ihr, dass Aurel diese letzte Erkenntnis selbst finden musste, um sie zu glauben. Plötzlich lachte der Mann wieder sein unheimliches Lachen. Allanah fuhr ein Schauer über den Rücken, und sie wurde daran erinnert, dass sie neben einem Menschen saß, der schon viele Leben beendet hatte.

»Was ist?«, fragte Allanah vorsichtig. Aurel wurde wieder still.

»Ich bin beliebt beim Volk. Und mit jeder scheinbar unmöglich scheinenden Aufgabe, die ich für den König erfüllt habe, wurde es schlimmer. Für mich war dieses Ansehen nie wichtig, aber für den König muss ich immer mehr zur Bedrohung geworden sein, je mehr er versuchte, mich … zu beseitigen.«

Allanah nickte und zog ihre Flosse an ihren Körper.

»Es tut mir leid, dass es so für Euch enden musste«, sagte Allanah und stellte fest, dass sie es ehrlich meinte. Aurel schnaubte.

»Ich muss Euch nicht leidtun. Das hier«, er machte eine weit ausholende Geste, »sollte Euch leidtun.«

»Was meint Ihr?«

»Seht Euch doch um. Seht Euch den See an. Als ich als Junge einmal hier war, verdiente er seinen Namen noch. Und jetzt? Wie könnt Ihr in diesem Wasser leben?«

Allanah verzog das Gesicht.

»Auch ich erinnere mich noch daran. Man sagt jedoch, der Fortschritt der Menschheit ist unaufhaltsam.«

Aurel schnaubte wieder und warf Allanah einen Seitenblick zu.

»Ist es Fortschritt, nur weil die Jahreszahlen fortlaufen?«

Allanah seufzte.

»Ihr werdet Euren König nicht von dieser Sichtweise überzeugen können.«

Aurel schwieg wieder eine Weile. In seinem Kopf schien es zu arbeiten. Allanah wollte sich nicht vorstellen, was in seinen Gedanken vorging. Plötzlich grinste Aurel freudlos und sah Allanah aufmerksam an.

»Nein, aber ich werde ihm wenigstens den Kopf seines Monsters bringen.«

Allanah schüttelte verständnislos den Kopf.

»Was meint Ihr? Ihr habt doch selbst gesagt, dass es unmöglich ist.«

»Ich habe noch einmal über alles nachgedacht und denke, ich kann es doch schaffen. Mit Eurer Hilfe.«

Allanah musste nicht lange überlegen. Früher oder später wären die Monster sowieso ihr Tod. Warum also nicht ehrenvoll für das Leben eines verzweifelten Menschen sterben? Sie nickte und streckte eine Hand aus.

»Ich bin Allanah. Dann lasst uns anfangen.«

Aurel ergriff ihre Hand und drückte sie mit festem Blick.

***

Allanah beobachtete aus sicherer Entfernung, wie eines der Monster den See durchpflügte. Dann glitt sie von ihrem Felsen ins Wasser und schwamm direkt auf das Schiff zu. Im aufgewühlten Wasser war es schwer, etwas zu erkennen, aber ihre anderen Sinne waren scharf, und so fand sie den Schwarm Fische, den das Netz vor sich her trieb. Allanah atmete tief ein und sammelte ihren Mut. Es war eine Sache, einen Plan am sicheren Ufer zu besprechen, aber etwas ganz anderes, diesen Plan auch umzusetzen. Sie wusste, dass das Netz gleich zuschnappen würde. Jetzt musste sie sich beeilen.

Allanah wurde Teil des Schwarms, und als sich das Netz um die panischen Fische zog, war sie ebenfalls gefangen. Jetzt kam es darauf an, nicht gesehen zu werden, bis das Schiff im Hafen war und der Fang ausgeladen werden sollte. Sie spürte den Zug des Netzes und das Aufheulen der Motoren, die es wieder in den Bauch des Monsters zogen. Allanah wühlte sich durch die Masse an Fischen und arbeitete sich vorwärts, bis sie relativ mittig im Schwarm positioniert war. Als der Fang in das Schiff gezogen wurde, fühlte Allanah, wie das Gewicht der angstvoll um sich schlagenden Fische langsam größer wurde. Für einen Moment befürchtete sie, erdrückt zu werden, aber dann war es geschafft, und die Beute lag im Bauch des Monsters. Allanah war umgeben von sterbenden Fischen.

Sie konnte hören, wie das Schiff aufstöhnte, als es wendete und zurück zum Hafen dampfte. Allanah wartete geduldig. Endlich, nach einer gefühlten Ewigkeit, kam das Monster mit einem weiteren Aufheulen zum Stehen. Allanah versuchte nicht daran zu denken, dass sie das einzige noch lebende Wesen im Bauch des Monsters war. Doch der Gedanke war stark und ließ ihr einen Schauer den Rücken hinunterlaufen. Jetzt lag es an ihr, dieses grausige Schauspiel für immer zu beenden. Es war so weit.

Ein Teil der Mannschaft kam herunter, um den Fang zu begutachten. Durch eine Spalte zwischen den toten Fischen beobachtete Allanah angespannt, wie die Menschen näher kamen. Einer der Männer streckte gerade die Hand aus, als Allanah zuschlug.

Mit aller Kraft stieß sie sich mit ihrer Flosse ab und katapultierte ihren sich windenden Körper direkt auf den Mann. Er schrie, aber Allanah kreischte lauter. Wild um sich schlagend, kam sie auf dem völlig entsetzten Mann zum Liegen.

Seine Kameraden hatten sich aus ihrer Schockstarre befreit und wollten ihm zur Hilfe kommen, aber Allanah war schnell. Wieder rammte sie ihre Flosse in den Boden und katapultierte ihr ganzes Gewicht auf die herbeieilenden Männer. Den Mund weit aufgerissen, rammte sie die spitzen Zähne in das erste Stück Menschenfleisch, das sie zu fassen bekam.

Der Mann schrie und versuchte sie abzuschütteln, aber Allanah war schwer und verbiss sich in seinem Arm, während sie mit den Krallen nach den anderen Menschen schlug. Sie schmeckte Blut. Dann gelang es ihr, die Zähne aus dem Arm des Mannes zu ziehen, und sofort begann sie wieder zu kreischen und zu zischen.

Der Mann befreite sich aus ihrem Griff, und seine Kameraden zogen ihn weg. Ihre Vorstellung hatte Wirkung gezeigt, keiner wollte ihr zu nahe kommen. Stattdessen traten die Menschen den Rückzug an.

Allanah wütete noch eine Weile im Bauch des Monsters und beruhigte sich erst, als sie sicher sein konnte, dass die Mannschaft von Bord gegangen war. Dann konnte sie nur noch warten.

★✂☆

Aurel nickte langsam, als ihm ein völlig entsetzter Mann von dem Monster berichtete, das sie an Bord des Schiffs angegriffen hatte. Als der Fischer geendet hatte, legte Aurel ihm kameradschaftlich eine Hand auf die Schulter.

»Seid unbesorgt. Noch heute Nacht werde ich mir den Kopf des Monsters holen«, versprach er.

Sobald es Nacht geworden war, kletterte Aurel an Bord des besagten Schiffes und ging die Stufen in den Bauch hinunter.

»Allanah?«

»Hier drüben«, kam die Antwort sofort, und Aurel hob seine Öllampe, um in den Raum blicken zu können. Allanahs silbrige Schuppen glänzten im Licht, und so konnte er sie schnell finden. Aurel stellte seine Lampe an der Treppe ab und ging zu Allanah hinüber.

»Alles in Ordnung?«, fragte er. Allanah grinste ihn an und zeigte ihre scharfen Zähne.

»Ihr hättet sie sehen sollen, wie sie gerannt sind.« Die Meerjungfrau überlegte einen Moment. »Ich habe einen von ihnen gebissen«, fügte sie dann mit Stolz hinzu. Über Aurels Gesicht huschte ein Lächeln.

»Ich bringe dich zurück ins Wasser«, sagte er und trug Allanah in seinen Armen nach oben an Deck. Die Meerjungfrau warf einen kurzen Blick über die Reling ins tiefdunkle Wasser und nickte.

»Ich werde hier auf dich warten. Und nun beeil dich!«

Aurel nickte ihr zu und warf sie über Bord. Noch im Fallen streckte sie sich aus und tauchte senkrecht ins Wasser ein, um möglichst wenig Lärm zu verursachen. Aurel verlor keine Zeit. Er war schnell und gründlich. Wie die meisten Schiffe, wurden auch die Antriebe der Monster mit Kohle betrieben. Andere Gerätschaften, wie die Maschine zum Einholen der Netze, hatten jedoch Benzinmotoren. Er fand das Lager mit den Benzinkanistern und verteilte ihren Inhalt großzügig auf dem Schiff, wobei er darauf achtete, dass die Kohlevorräte ihren Teil abbekamen. Zuletzt legte er eine Spur aus Benzin zu der Stelle, an der er Allanah ins Wasser geworfen hatte. Aurel kletterte auf die Reling. Dann zerschmetterte er die Öllampe mitten in der Benzinpfütze und stieß sich ab. Rückwärts prallte er auf die Wasseroberfläche und sank sofort. Über sich konnte er das Lodern des Feuers sehen. Gerade als auch dieses Licht zu verglimmen drohte, legten sich starke Arme um seinen Körper und zogen ihn zurück zur Oberfläche. Aurel schnappte nach Luft.

»Alles in Ordnung?«, fragte Allanah, und Aurel nickte knapp.

»Nichts wie weg hier.«

Zielstrebig ritt er in Richtung des Schlosses, und die Menschen waren bemüht, ihm auszuweichen. Selbst sein Pferd hatte seine Scheu vor den Motorkutschen überwunden. Dieses Mal erlaubte sich Aurel, den Gestank und das Unglück der Stadt wahrzunehmen.

Als er die Tore zum Thronsaal aufstieß, zogen die Wachen ihre Waffen, senkten sie aber wieder, als Aurel seine Kapuze herunterzog. In einer Hand hielt er ein eisernes, verbogenes Steuerrad. Der König schreckte zusammen und schoss hoch, als er Aurel näher kommen sah.

»Was wollt Ihr hier?«, fragte er mit vor Entsetzen triefender Stimme. Aurel warf ihm das Steuerrad zu Füßen.

»Ich bringe Euch den Kopf des Monsters vom Spiegelsee«, verkündete er. Er blieb nicht stehen. Dann passierten mehrere Dinge sehr schnell. Aurel zog sein Schwert.

»Wie könnt Ihr es wagen!«, schrie der König und stieß dann ein gurgelndes Geräusch aus, als Aurel ihn durchbohrte. Mit einem Klirren fiel die goldene Krone von seinem Kopf und rollte einige Meter weg.

Aurel ließ sein Schwert los. Er war bereit zu sterben, bereit dafür, dass die Wachen ihre Schwerter hoben und ihn hier und jetzt wegen Königsmords hinrichteten. Doch nichts geschah. Im Thronsaal herrschte atemlose Stille.

Dann bewegte sich einer der Wächter und hob die Krone auf, die vor seine Füße gefallen war. Er trug sie zu Aurel und verneigte sich tief.

»Ihr habt etwas verloren, mein König«, sagte die Wache und reichte ihm die Krone.

Wie hypnotisiert starrte Aurel auf das Objekt in seinen Händen, dann fasste er einen Entschluss. Ohne zu zittern setzte er sich die Krone auf den Kopf. Die Wächter knieten nieder.

⭐ 🌟 ⭐

Allanah schwamm zum Hafen. Am Ufer stand ein Mann mit goldenen Haaren und einer ebenso goldenen Krone. Flankiert wurde er rechts und links von drei Wachen. Sie tauchte aus dem Wasser auf, und keiner der Menschen erschrak.

»König Aurel«, begrüßte sie den Mann. Aurel lächelte ihr zu, und dieses Mal schien das Gefühl echt zu sein.

»Lady Allanah vom Spiegelsee, es ist mir wie immer eine Freude.« Er verneigte sich.

Allanah war sich sicher, dass mit Aurels Hilfe der Spiegelsee seinen Namen bald wieder verdient haben würde.

Martina Dinkel wurde 1995 in Lichtenfels geboren. Sie studierte nach dem Abitur Angewandte Informatik und arbeitet seit einigen Jahren in diesem Bereich. Mittlerweile hat sie aus Interesse auch noch ein Studium der Geschichte und der Lateinischen Philologie begonnen. In ihrer Freizeit beschäftigt sie sich mit ihrem Pferd, liest und schreibt viel. Ihre Geschichten wurden bereits in zwei Anthologien veröffentlicht.

Durch dünnes Eis

Elena L. Knödler

Die Nachricht von Uuuna kam zu einem schlechten Zeitpunkt. Ein neuer Auftrag wartete auf Boo, und seine zwei Kollegen waren bereits vor Ort, aber er konnte seinen ältesten Freund nicht ignorieren. Statt entspannt in dem perfekt gefilterten Wasser des Konzerngebäudes zu treiben, eilte er durch die dreckigen Kanäle der Großstadt. Seine kybernetische Kiemenverbesserung verhinderte zwar das Schlimmste – und man konnte an jeder Ecke sauerstoffangereicherte Atemflaschen kaufen –, aber die unangenehme Wärme der Stadt war allgegenwärtig, und die öligen Partikel verklebten die Gelenke seiner Schwanzflossenprothese. Manchmal wünschte Boo sich, den Luxus des Konzerns gar nicht erst kennengelernt zu haben, statt ihn alle paar Tage vor die Kiemen gehalten zu bekommen.

Fluoreszierende Schilder in allen Farben und Formen erhellten die Kanäle bis kurz vor dem Graben, der das Ende der Stadt bildete. Die Korallengebäude hier waren geradezu mittelalterlich. Die Leute konnten sich nichts Moderneres leisten, oder wollten zumindest, dass es so aussah.

Uuunas Laden für Cyber- und Bioware hockte in einer unförmigen, grauen Koralle, die unterhalb des Randes in den Graben hineinwuchs, mit direktem Blick hinab in die tödliche Tiefe. Auch wenn sich so nah an der Stadt kein Leviathan herumtrieb, schauderte Boo bei dem Anblick.

Ein Mechanismus an der Türmembran ploppte, als Boo sich hineinzwängte. Das Geräusch ließ Uuuna herumwirbeln.

»Ach, du bist es!« Er drängte sich aus einer Wolke kleiner Schwebemodule heraus und stieß sich prompt den Kopf an einer von der Decke hängenden Kiste. Boo beäugte seinen Freund.

»Wechselst du etwa schon wieder?«

Uuuna verzog das Gesicht.

»Ja, verdammter Schwefel. Hab das blöde Wachstum vergessen.« Er rieb sich den Kopf. Es musste die erste Woche im Wechsel von Mann zu Frau sein, wo man die Änderungen als Außenstehender kaum wahrnahm. »Wegen so was ruf ich dich aber nicht.«

»Worum geht's?«

»Hab den Tipp bekommen, dass ich diese Stunde noch geraided werde.« Uuuna warf einen schnellen Blick durch das kleine Fenster hinauf zur Stadt und kramte dann einen Rucksack hervor, an den ein Kiemenschutz mit Kopfhörern angeschlossen war. Statt mit ihren Stimmbändern zu sprechen, wechselte sie zur Flossensprache: DU MUSST DAS HIER FÜR MICH AUFHEBEN.

Flossensprache war unsittlich, aber effizient, wenn man nicht gehört werden wollte, und wer nicht gehört werden wollte, war kriminell. Natürlich konnte auch Boo die Flossensprache, schaffte es aber kaum, dabei nicht ungewollt im Raum umherzudriften. WAS IST DAS?

EIN TRANSLATOR AUF ROTWALHIRN-BASIS. HÖCHST ILLEGAL, HÖCHST EFFIZIENT. BITTE NICHT OHNE MICH NUTZEN.

ROTWAL ... SIND DIE NICHT FAST AUSGESTORBEN?

RAT MAL, WARUM.

Unsicher linste Boo in den Rucksack und schloss ihn ganz schnell wieder. Es war kein Scherz gewesen.

»Ich weiß nicht, Uuuna«, murmelte er, nun wieder akustisch.

»Stell dir vor, ich hätte das damals zu dir gesagt! Du sollst es nur aufbewahren.«

Für einen Moment starrten sich die beiden an, dann warf sich Boo das Ding wütend auf den Rücken und machte auf der Flosse kehrt. Er hatte es so satt, Schulden bei jedem und allem zu haben. »Viel Spaß mit dem Raid. Und dem Wechsel.«

»Hör' ich da etwa Eifersucht heraus?«

»Pff. Ich bin froh, meine Flosse nicht ständig tauschen zu müssen.«

⭐✂⭐

Das Wasser im Bürogebäude war kühl und ließ seine Prothese schmerzen. Es bewegte sich kaum, man fühlte sich abgeschnitten vom Rest des Ozeans. Wie so vieles erinnerte es ihn an die Begegnung mit einem Leviathan, weit draußen in verbotenen Gewässern. Bevor er das Tier bemerkt hatte, war alles um ihn herum still und reglos geworden. Seine zweite Rückenflosse hatte ihm buchstäblich den Rücken freigehalten, sodass er nur sie und einen großen Teil seiner Schwanzflosse verloren hatte statt sein Leben …

Er drängte sich durch die Türmembran in den Besprechungsraum. Die anderen waren bereits da.

»Eine volle Stunde zu spät«, grüßte sein Chef, Baaki.

»Entschuldigung.«

Iiri, die kaum eine Flossenlänge neben der Tür trieb, lehnte sich zu ihm herüber und beäugte den Rucksack. »Hast du uns was mitgebracht?«

»Aufmerksamkeit zu mir!«, forderte Baaki und drückte einen Knopf an der Wand. Das Hologramm einer topografischen Karte entstand in der Mitte des Raumes. Kuk schwamm sofort hindurch und betrachtete es von allen Seiten.

»Was ich euch jetzt erzähle, steht unter absoluter Geheimhaltung. Wir haben aus dem Gebiet des Siin-Konzerns ein Signal empfangen. Es ging einher mit der unvorhergesehenen Wasserverschiebung vor einem Tag.«

»Ein Signal von einem Asteroiden?«, fragte Kuk.

»Der CEO geht davon aus, dass es sich möglicherweise um Außermeerische handeln könnte. Ich weiß, es klingt absurd. Aber falls er mit dieser Mutmaßung tatsächlich richtigläge, können wir es den Siin nicht überlassen. Euer Auftrag lautet–«

»Eindringen, Prüfen, Mitnehmen«, unterbrach Iiri.

»Genau.«

»Wie immer also.«

»Wie immer?« Boo schwamm nun selbst über die Karte. Das Gebiet lag nur eine halbe Tagesreise von hier entfernt. »Aliens sind *wie immer?*«

Iiri wiegte ihre Nackenflossen. »Rohstoffe, Blaupausen, Aliens … Es macht keinen Unterschied für die Arbeit. Wie viele Kreditpunkte erhalten wir dafür?«

»Das kommt ganz darauf an, was ihr vorfindet.«

»Die Arbeit ist die gleiche, egal, was wir vorfinden!«, protestierte Boo.

Baaki betrachtete ihn abschätzig, und Boo zog unwillkürlich alle Flossen ein. Er hatte hier nichts zu melden. Seine Kollegen auch nicht. Sie waren das, was man in den Kanälen verächtlich »Kreditsklaven« nannte, und das Wort beschrieb ihre Stellung hier ganz gut. Iiri bewies trotzdem Kampfesgeist und zeigte ihre spitzen Zähne.

»Du weißt, dass er Recht hat, Baaki. Was sind die Preise? Für *streng geheim* muss es sich doch bereits lohnen.«

»Tut es auch. Fünftausend, wenn es ein falscher Alarm ist«, Baaki hob beschwichtigend die Hand, »und bis zu vollständige Kredittilgung, wenn es ein Alien ist und ihr es mit seiner kompletten Technologie zurückbringt.«

Kuk steckte seinen Kopf aus dem Hologramm, und eine aufgeregte Stille legte sich über das Besprechungszimmer. Nur das Wort Kredittilgung klang noch süß in ihren Ohren nach.

Hi. Ginny hier. Grüßt man in Logbucheinträgen?

Also, ich hab' im Orbit um einen Wasserplaneten, äh, den Planeten nicht verfehlt. Ich kann mir nicht erklären, wie es passiert ist. Irgendein Systemfehler, nehme ich an. Ich wollte nur kurz Sonne tanken, die Akkus waren leer.

Zum Glück ist mein Shuttle für Oberflächenflüge geeignet, sonst wär' ich nur noch ein Häufchen Asche. Ich hab' versucht, auf dem Eis an einem der Pole zu landen. Ging auch, bis es einfach unter mir weggebrochen ist. Boden ist noch nicht in Sicht, und ich weiß nicht, wie viel Bar das Shuttle aushält. Kann das Handbuch nicht finden und …

Okay, eventuell war ich kurzzeitig betrunken. Bin es immer noch. Das ist aber ganz sicher nicht der Grund für mein baldiges Ertrinken. Hatten nichts miteinander zu tun. Wenigstens hab' ich gelernt, dass Adrenalin für ein paar Minuten relativ nüchtern machen kann. Aber nicht genug, um rechtzeitig zu reagieren, wenn der Sensor sagt: »Dünnes Eis«.

Wie auch immer. Das war hoffentlich nicht zu schlecht für mein erstes, möglicherweise letztes Log. Ich werd' mich jetzt mit meinem restlichen Cognac ins Bett begeben. Äh, wo geht das Ding aus? Ach d–

⭐✦⭐

Heiligste Scheiße, ich hatte gerade Erstkontakt! Und nicht nur mit Mikroben oder Pflanzen, sondern mit … Meerjungfrauen. Fischmenschen. Wasserlebenden Semi-Humanoiden. Was auch immer.

Es war ganz bestimmt nicht der Cognac, auch wenn der jetzt leer ist. Sie haben ans Fenster geklopft – also, sie haben Arme und Hände, aber mit Schwimmhäuten zwischen den Fingern, und irgendwie erinnern sie mich an Seekühe mit mehr Nacken, aber einem nicht so einfältigen Gesicht. Das war alles, was ich erkennen konnte, bevor ich die Schutzluken geschlossen habe. Ja, die hatte ich vergessen.

Was mach' ich denn jetzt?

Die Kommission wird mir den Hintern heiß machen, wenn ich das hier überlebe. Ah, verfickte Asteroidengürtel, ich sollte gar nicht erst Logbuch hierüber führen.

⭐✦⭐

Uneingeladen Reviergrenzen zu überschreiten, war ein nicht ganz ungefährliches Unterfangen, aber für Boo, Kuk und Iiri geradezu Gewohnheit. Kuk konnte interpretieren, welche Fischschwärme in die angestrebte Richtung strebten und als Sonarschutz dienen konnten. Außerdem konnte er den Kurs der Tiere sanft und unauffällig anpassen. Iiris Aufgabe war es, die zur Zerstäubung der Schwärme eingesetzten Jägerfische effektiv auszuschalten, wo immer es nötig war. Und Boo versuchte, alle Übertragungen zu entschlüsseln, die es bis zu ihm schafften. Teilweise war es Konzernkommunikation, meist aber Belangloses.

Zwischendurch steckte er eine kleine Membranantenne aus ihrem Transportschwarm hinaus und hörte dem Meer zu. Es trug den Lärm der Städte mit sich, die Gesänge der verschiedenen Walspezies und anderer Tiefseegiganten, aber auch sensiblere Informationen, wenn man Glück hatte. Die Antenne schloss sich direkt an das Implantat in seinem rechten Gehörgang an, welches wiederum automatisch die Lautstärke regulierte. Er würde keine ganzen Sätze aufgreifen können, dafür wirbelte der Schwarm um sie herum zu viel Wasser durcheinander, aber zumindest die Stimmungen der weit entfernten Sprecher ließen sich manchmal erahnen.

Dabei kam ihm der Rucksack mit dem Translator ständig in den Weg. Er hatte so spontan kein Versteck für die hochsensible Ware gefunden, deswegen schleppte er sie mit. Vor lauter Ärger über Uuuna konnte er sich kaum konzentrieren, also schloss er letztendlich seine Ersatzantenne an das Ding an. Sollte es wenigstens arbeiten, vielleicht konnte es etwas auffangen, das Boo selbst überhörte.

Dabei musste er sich eingestehen, dass es auch Eifersucht auf Uuuna war. Er hatte schon lange keinen Wechsel mehr gehabt. Seit seinem Unfall.

So schwammen sie knapp einen Tag lang in einem großen Kreis um den Zielort, bis sie eine günstige Strömung erwischten, die die Geräusche von dort fortleitete. Ungeduld schwang in ihnen mit. Anspannung, Unsicherheit. Boo prüfte sein Equipment auf abgefangene Übertragungen und auch den Translator, aber die hatten nichts Hilfreiches hinzuzufügen. Boo wandte sich zu Iiri um.

»Etwas steht bevor. Es klingt, als würde bald eine fragwürdige Entscheidung getroffen werden.«

»Was für eine?«

»Keine Ahnung.«

»Dann will ich vorher drin sein. Kuk?«

»Wir passieren demnächst eine Schlucht, die sich bis zum Zielort zieht. Die könnten wir nehmen.«

Logbucheintrag Nummer zwei. Ginevra T. Koch. Siebter Juli 2109, 1600 Stunden Standardzeit, etwa siebenunddreißig Stunden nach der Bruchlandung.

Wegen einem furchtbaren Kater konnte ich gestern kein Log führen. Aber hey, ich lebe noch. Das Shuttle liegt mittlerweile irgendwo auf festem Grund, zu tief für die Sonnenkollektoren. Notbetrieb, reine Sauerstoffproduktion. Die Wärmeerhaltung ist auch aus. Ich bin es nicht mehr gewohnt, Socken zu tragen oder mit Decke zu schlafen.

Vorhin hab' ich die Schutzluken wieder geöffnet. Die Fisch-Aliens haben wohl eine Art Basis um mein Shuttle gebaut und scheinen es zu studieren. Sie wirken fortgeschritten, inklusive Stromnetz für ihre Scheinwerfer. Je länger ich sie beobachte, desto menschlicher erscheinen sie mir. Eines der Aliens hat sogar so etwas wie Tattoos, leicht fluoreszierend.

Ich kann sie zwar einigermaßen durch das Shuttle hören, es klingt ein bisschen wie Delfingezwitscher, aber ich versteh' nichts, und sie reagieren nicht auf meine Zeichensprachversuche. Nur das Alien mit den Tattoos scheint überhaupt ein Interesse an Kommunikation zu haben. »Auf etwas zeigen« scheint hier kein anwendbares Konzept zu sein, aber zumindest »Dinge anschauen« verstehen sie … möglicherweise.

Hoffentlich hat es verstanden, dass ich zurück an die Oberfläche muss, und zwar bald.

★✖★

Logbucheintrag Nummer fünf. Achter Juli 2109, 0800 Stunden Standardzeit.

Die Aliens versuchen gerade, in meinen Cargoraum einzubrechen. Das Alien mit den Tattoos — ich nenne es jetzt Bubbles — schwimmt vor dem Fenster hin und her, es wirkt … unentschlossen. Wenn ich raten müsste, würd' ich sagen, dass es mit der Aktion nichts zu tun haben will. Ich würde ihm gerne sagen, dass ich beinahe dankbar für die Abwechslung bin.

Den Cargoraum hab' ich schon kurz nach der Landung stillgelegt, Lebenserhaltung ist nur noch im vorderen Bereich aktiv, um Strom zu sparen, also muss ich mir erstmal keine

Sorgen um mich machen. Ich hoffe nur, dass sie die Fässer nicht anfassen, für die war hier vorne kein Platz mehr …

Es war tatsächlich ein Alien. Es musste von einem Ort wie der Oberfläche kommen, soweit Boo die Worte interpretierte, die an seine Membranantenne schwappten. Iiri beobachtete von ihrem Versteck aus die Anlage, während Kuk bereits nach Uniformen oder dergleichen suchte. Boo stellte, entgegen allen Funkstilleregeln, seinen ArmCom an, um Baaki knapp zu informieren. Man würde einen wasserleeren Raum für das Alien brauchen. Ein paar Mitteilungen von Uuuna kamen dabei rein, aber für Geschwätz von ihrem Wechsel hatte Boo weder Zeit noch Nerven. Die Freiheit winkte …

»Die sind jetzt eingebrochen«, sagte Iiri. »So wie's aussieht, ist das Alien in einem separaten Teil … Die Crew schwimmt rein. Fünf Leute, unbewaffnet.«

»Warum sollten sie Waffen mitnehmen? Das Alien steckt eh fest.«

Iiri antwortete nicht. Dann: »Ohren auf. Irgendwas passiert.«

Eilig positionierte sich Boo neben Iiri. Rufe echoten an ihnen vorbei und überlagerten sich, aber ein Wort wurde immer wiederholt.

»Alkohol …? Es klingt, als hätte das Alien eine chemische Waffe an Bord.«

»Das erklärt, warum der Bereich gerade geräumt wird. Zwei sind noch drin.«

»Meinst du, sie sind tot?«

»Keine Ahnung. Man wird sicher Leute zur Bergung reinschicken.«

»Unsere Einstiegschance,« sagte Boo und schulterte den Translator. »Vielleicht hab' ich mehr Glück als der Siin-Übersetzer dort unten.«

Es konnte nicht viel Alkohol im Spiel gewesen sein, aber der Aufruhr bildete genau die Art von Ablenkung, die sie brauchten, um nicht weiter beachtet zu werden. Als sie Kuk hinter einer der Lagerkorallen trafen, hatte er bereits Schutzkleidung für sie drei gefunden. Boo benötigte dank kybernetischer Kiemen eigentlich keine, aber in der flexiblen, semi-transparenten Membran würde er weniger auffallen.

Mittlerweile waren nur noch wenige Leute unterwegs, allesamt in Schutzanzügen. Niemand hielt die kleine Gruppe auf, denn wer war schon freiwillig in verseuchtem Wasser unterwegs?

»Ich werd' zu dem Trupp auf der Rückseite gehen, vielleicht gibt es dort schon was zu holen«, sagte Iiri. »Kuk, schau nach, wie fest das Ding verankert ist, ob wir es nicht sogar ganz klauen könnten. Boo, kannst du den Außermeerischen zumindest glauben lassen, dass wir ihm helfen wollen?«

»Ich werd's versuchen.«

⭐✕🐚

Einige der Aliens haben sich offensichtlich mit dem Whiskey vergiftet, jetzt rennen hier nur noch ein paar wenige herum und tragen transparente Anzüge. Bubbles ist quasi sofort abgehauen.

Mein guter Whiskey! Hoffentlich haben sie nur ein Fass geöffnet, viel hab' ich eh nicht mehr, war ja auf Zutatensuche ... Was ich hier eigentlich nicht erwähnen sollte.

Jedenfalls kam vor einer halben Stunde ein neues Alien an, das einige metallische Augmentierungen hat. Es steckte einen länglichen Stab mit Saugkopf an mein Fenster. Langes Gestikulieren, kurzer Sinn: Es deutet auf Dinge und lässt sie mich benennen. Ich bin überrascht, dass es Hände als Sprachrohr versteht. Das macht es wesentlich einfacher.

Die letzte Anweisung war, vor mich hin zu reden. Glaube ich. Es sieht zufrieden aus, dass ich gerade Log führe. Ich kann mir nicht –

Was? Sag das noch mal. Ja, ich höre dich. Wie kannst du ...?

⭐✕🐚

Obwohl Boo am liebsten Saltos geschwommen wäre, als sie die ersten Worte austauschten, ging die Arbeit nur schleppend voran. Er hatte es mit Flossensprache versucht; ein Konzernmitarbeiter hätte sich dazu ganz sicher nicht herabgelassen. Das Alien – der Mensch – schien diese Form der Sprache extrem schnell aufzufassen. Danach machte das Walgehirn den Rest. Innerhalb kurzer Zeit hatten sie eine gute Basis an Wörtern etabliert. In Verbindung mit der Membranantenne war der Translator in der Lage, in beide Richtungen akustisch zu übersetzen, rein ins wasserleere Schiff und auch raus. Doch nicht so unnütz.

Es ging trotzdem nicht schnell genug. Normalerweise blieb sein Team nie derart lange in offenem Wasser, selbst mit funktionalen Verkleidungen. Es musste nicht mal jemand Verdacht schöpfen. Ein gelangweilter Mitarbeiter könnte sie schon versehentlich auffliegen lassen. Außerdem wurde seine Prothese immer unerträglicher in der frischen Kälte.

»Schwimmt dein Schiff?«, fragte Boo.

»Nein. Es braucht *Schdroon.*«

»Was?«

»Äh. Da.«

Der Mensch deutete in die Richtung der Scheinwerfer, die das Schiff erleuchteten. »Ach, Strom. Es schwimmt mit Strom?«

»Nein. Ja. Über der Oberfläche schwimmt es mit Strom. Und ich brauche *Ufd.*« Wieder ein neues Wort. Boo wartete ab, bis der Mensch sich Umschreibungen einfallen ließ: »Oberfläche. Wasser ohne Wasser. Kiemen.«

Boo dachte kurz nach, suchte eine Darstellung eines Sauerstoffmoleküls auf seinem ArmCom heraus und zeigte sie dem Menschen. Er musste warten, bis der Mensch auf seinem eigenen Computer eine vergleichbare Darstellung fand und eilig nickte – eine zustimmende Geste, wie Boo gelernt hatte. Chemie und Flossensprache als Basis für Alienkommunikation, das wäre einen wissenschaftlichen Preis wert.

Kuk aalte sich aus einer Spalte unter dem Schiff heraus und lehnte sich neben das runde Fenster.

»Wie läuft's?«

»Mäßig.«

»Uns schwimmt die Zeit davon. Iiri hat sich Freunde gemacht, aber bald steht Schichtwechsel an. Und ich spüre ungewöhnliche Wasserbewegungen.«

»Inwiefern ungewöhnlich?«

»Etwas verschiebt große Mengen an Wasser, und es kommt näher.«

»Vielleicht ein Transporter, um das Schiff zu verlegen«, sagte Boo und hoffte gleichzeitig, falsch zu liegen. Dann würde ihnen wirklich die Zeit davontreiben. »Hast du so was wie einen Stromanschluss an dem Ding gefunden?«

Kuk flatterte unsicher mit seinen Nackenflossen.

»Möglich. Ich prüfe das nochmal.« Schlank und gelenkig wie er war, verschwand Kuk aalgleich wieder unter dem Metallkoloss. Wenn tatsächlich ein Transporter kam, mussten sie schnell sein.

»Ihr schwimmt … weg?«, fragte der Mensch, und Boo sah auf. Es war erstaunlich, wie ähnlich dieses Alien ihnen in gewisser Weise war, auch wenn es stark einer unterernährten Krabbe mit zu wenig Beinen ähnelte. Boo wollte nicht darüber nachdenken, was sein Konzern mit dem Menschen anstellen würde.

»Wir sind nicht von hier. Wenn wir dir Strom und Sauerstoff geben, wirst du mit uns mitkommen?«

»Die im Rücken des Schiffs helfen nicht?«

»Nein.« Das war keine Lüge. Iiri hatte herausgefunden, dass gerade der Wert des Alienlebens versus dessen Technologie diskutiert wurde. Zumindest plante Baaki, es am Leben zu halten. Das war doch besser, oder?

»Ich schwimme an die Oberfläche«, sagte der Mensch nach ein paar Sekunden. Er klang herausfordernd.

»Nein. Du schwimmst mit uns. Dafür gibt es Strom und Sauerstoff.«

Der Mensch sah nicht glücklich aus, aber er nickte.

✦ ✖ ✦

Das Team musste sich zunächst zurückziehen, als der Schichtwechsel kam. Die Frage war, wie sie weiter vorgehen sollten. Kuk war sich nun sicher, dass er einen Transporter auf sie zukommen spürte. Nichts Anderes kam hier draußen in Frage, auch wenn niemand der Konzernleute etwas Derartiges erwähnt hatte.

»Wir klauen uns Gefährte vom Konzern, schwimmen dem Transport entgegen, übernehmen ihn und holen ganz regulär das Schiff inklusive Alien ab«, sagte Iiri. »Leichter wurde noch nie jemand schuldenfrei.«

»Der Transporter muss gigantisch sein,« erwiderte Kuk. »Den übernimmt man nicht einfach so. Ich sage, wir laden lieber das Alienschiff mit Strom auf. Der, äh, Mensch ist ja scheinbar überzeugt, dass wir ihm helfen.«

»Das ist ungewöhnlich viel eigene Meinung von dir, Kuk.«

Kuk starrte Iiri wütend an und sagte nichts mehr. Dafür blickte er hilfesuchend zu Boo.

»Ich weiß nicht. Beides klingt furchtbar planlos für mich, wir wissen einfach zu wenig.«

»Wir haben keine Zeit für bessere Vorbereitung.«

Dem musste Boo wiederum zustimmen.

»Na gut, wie wäre es, wenn wir beides versuchen? Kuk lädt das Schiff mit Strom auf, während Iiri und ich dem Transporter entgegen schwimmen. Eines von beiden wird vielleicht funktionieren.«

Die Begeisterung für den Kompromiss hielt sich in Grenzen, aber es gab keine Gegenstimmen, also war es damit beschlossen.

Noch immer neunter Juli, 1800 Stunden.

Ich bin mir nicht ganz sicher, was für eine Fraktion diese neuen Aliens sind, aber sie sind effizienter als Bubbles und Co. Ich habe sie jetzt eine Weile nicht mehr gesehen, aber die internen Systeme behaupten, dass sich der Strom auflädt, die Notakkus sind schon fast voll. Bei dieser Geschwindigkeit brauch' ich noch mindestens fünf Tage, wenn ich zurück ins All will.

Das augmentierte Alien hat mir außerdem Sauerstoff versprochen. Falls das was wird, kann ich ihn an meinen Ionenantrieb anschließen, um etwas Ressourcen zu sparen. Ich sollte eigentlich genug Xenon für den Weg ins All haben, aber wer weiß, wie weit die mich erstmal durchs Meer schippern lassen …

Es war verdammt noch mal *kein* Transporter! Boo spürte es, bevor er es sehen konnte. Der Ozean um sie herum war plötzlich still, bis auf das Surren ihrer Motorfische. Die Angst fraß sich in Boos Knochen, und es war unaufhaltsame Panik, die ihn seine Schwanzflosse zur Seite reißen ließ, sodass das Gefährt eine halsbrecherische Kurve einlegte. Eisiger Schmerz durchzog seine Prothese, das Wasser zerrte an ihr. Beinahe kollidierte er mit Iiri.

»Boo!« Ihr Motorfisch heulte, und sie holte ihn wieder ein. »Was zum Schwefel tust du?«

Boo starrte sie an. Seine Stimmbänder wollten nicht reagieren, aber das mussten sie auch nicht, denn das Wasser drängte sich zur Seite und gab die Gestalt preis.

»Leviathan«, flüsterte Iiri.

Sie fasste mit einer Hand an den Griff von Boos Motorfisch und steuerte hinab. Er wollte sich wehren – die Tiefe war, wo diese Monster lebten, wo noch mehr warten konnten, wo … – das Kielwasser des Leviathans saugte sie an und schleuderte sie herum.

Dann war wieder Stille.

Der Leviathan schwamm weiter. Er war dreimal größer als jener, an den Boo vor Jahren seine Flossen verloren hatte.

Für ein paar Minuten wagten beide nicht, auch nur einen Mucks zu machen, ließen sich einfach von dem sanften Strom des Ozeans treiben, aber der Leviathan kehrte nicht zurück.

Iiri beendete das Schweigen zuerst.

»Was macht das Vieh so weit oben?«

»Wir leben noch, also war es nicht auf der Jagd.« Boos ArmCom leuchtete auf, und er sah halb betäubt hinab. Er musste im Strudel den Sender versehentlich wieder angestellt haben. Was wollte Uuuna ausgerechnet jetzt von ihm? Er schaltete den Anruf aus, da jegliche Kommunikation auch vom Siin-Konzern abgefangen werden konnte, und bekam angezeigt, dass er einige Anrufe von ihr verpasst hatte. Und mehrere Nachrichten.

Mit einem Tippen wählte er eine davon aus. Iiri linste über seine Schulter mit auf den ArmCom.

Du verdammter Schwefelhai! Ich hab' dir gesagt, du sollst es nicht ohne mich benutzen! Ich hab' gelogen, okay? Das Teil ist nicht von einem Rotwal, sondern von einem Leviathan. Ohne Sicherheitsvorkehrungen kann das Ding viel Scheiße anstellen. Beispiel: Eins der Viecher scheint es gehört zu haben, hat mir meine Koralle zerschmettert und ist jetzt wohl auf dem Weg zu dir. Viel Spaß.

»Äh, was?«, fragte Iiri verwirrt.

»Der Translator. Er zieht den Leviathan an.«

»Wo hast du den liegen gelassen?«

»Unter dem Schiff … für Kuk …«

✦✂✦

Es, äh, sieht so aus, als würde die Basis evakuiert werden. Also diesmal vollständig. Nur eines von den neuen Aliens ist noch hier und arbeitet. Es hat mir sauerstoffhaltiges Wasser durch die Schleuse gereicht und zapft scheinbar den kompletten Strom der Basis für mich ab. Ich kann durch keine meiner Luken erkennen, was sie verscheucht haben könnte, und das Alien redet nicht.

Zumindest hab' ich so genug Strom, um Wasser und Sauerstoff zu trennen und den Antrieb vorzubereiten. Ich hab' auch testweise mal alle Systeme hochgefahren, jetzt kann ich im Licht meines Schiffs endlich mal genauer sehen, wie es dort draußen aussieht. Ich– Moment, da bewegt sich was.

Es ist groß … Ein rundes Maul mit mehreren Zahnreihen. Eine Kreuzung aus Wal hinten und Oktopus vorne, wirklich gigantisch! Scheiße, ich glaube es bewegt sich auf mich zu.

Hör auf zu hämmern, Fischtyp, ich weiß, dass wir weg müssen!

Komm schon, Shuttle, komm schon!

✦✂✦

Boo und Iiri jagten dem Leviathan hinterher, aber ihre Motorfische waren nur minimal schneller, und sie durften nicht zu nah kommen. Kuk hielt sich an die verdammte

Funkstille, also schickte Boo eine offene Warnung an die Siin-Mitarbeiter. Hoffentlich bekam Kuk es auch mit.

Endlich kam die Basis in Sicht. Hier wurde es eng für das Ungeheuer, und es wurde etwas langsamer.

Das Alienschiff bewegte sich. Kuk hatte es geschafft!

Boo stoppte, und Iiri tat es ihm gleich. Wenn das Schiff dem Leviathan ausweichen konnte, mussten sie sich nicht weiter in Gefahr bringen. Es erhob sich, unsicher wie ein neugeborener Wal, wirbelte Wasser auf.

»Ich geh' rein«, sagte Iiri und sauste wieder los.

Boo starrte ihr hinterher. Er konnte sich nicht bewegen, er konnte nicht näher schwimmen. Der Leviathan ist nicht auf der Jagd, sagte er sich, das Schiff war in Sicherheit. Auch wenn es die richtige Größe für das Maul des Tieres hatte. Auch wenn es schwankte, weil der rückwärtige Teil offen war.

Die Fühler des Leviathans tasteten um sich. Iiri erreichte das Schiff, ließ ihren Motorfisch los und schwamm hinein.

Etwas schwebte aus der Rückseite heraus und zur Basis hinab: Der Rucksack mit dem verdammten Translator. Erleichterung wusch über Boo hinweg.

Ein hässliches, metallisches Knacken erreichte seinen Gehörgang schneller, als seine Augen es verarbeiten konnten. Das Schiff war im Maul des Leviathans.

Ehe Boo einen klaren Gedanken fassen konnte, startete er seinen Motorfisch wieder. Iiri und Kuk flüchteten aus der metallenen Falle. Es knackte wieder, aber noch stiegen keine Blasen auf.

»Der Alkohol!«, rief Kuk ihm entgegen. »Es ist noch Alkohol da!«

Boo reichte ihm die Hand, wollte ihn mit auf sein Gefährt nehmen und abhauen, aber Kuk weigerte sich. Das Schiff versank im Maul wie eine Muschel im Sand.

»Keine Zeit für Schutzanzüge. Boo, du musst rein.«

»Brech' die Alkoholfässer auf«, fügte Iiri hinzu und zog Kuk dabei zu ihrem eigenen Motorfisch. »Du kannst das als Einziger überleben.«

Die Panik pulsierte in Brust und Kopf. Seine Prothese schmerzte mehr denn jemals zuvor.

»Ich kann nicht!«

»Dann stirbt der Mensch *und* unsere Kredittilgung.«

★✕☆

Um eines klarzustellen, ich wollte nie Alkohol mit Wasser von belebten Planeten brauen, aber meine Familie hat mir keine Wahl gelassen. Schmugglertraditionen und so. Das hast du davon, Ma. Deine Tochter endet gleich als Cthulhu-Futter, und ich hab' nicht mal mehr was zu trinken übrig!

Irgendwo ist schon ein Riss, ich hör' es plätschern.

Ich kann den Whiskey geradezu riechen.

Warte, das ist tatsächlich Whiskey.

★✕☆

Der Alkohol brannte auf Boos Haut, und trotz des Schutzes seiner Kiemen konnte er kaum atmen. Das letzte Fass fiel der Klinge in seiner Schwanzprothese zum Opfer. Der eine Tentakel, den er von hier drin sehen konnte, bewegte sich kein Stück. Der Alkohol verteilte sich nicht schnell genug.

Genug Heldentum, er musste raus, und zwar sofort. Auch wenn es seine Schuld gewesen war … Der Leviathan war so beschäftigt mit dem Schiff, dass Boo sich unbemerkt aus dem rückwärtigen Teil zwängen konnte. Er saugte tief das kühle Wasser ein und drehte sich noch einmal um. Blasen stiegen aus dem Schiff und zwischen den Zähnen des Untiers in die Höhe.

Boo wollte nicht sterben, ganz bestimmt nicht, ohne noch ein oder zweimal gewechselt zu haben, und der Mensch wollte es ganz bestimmt auch nicht. Fluchend setzte sich Boo wieder in Bewegung, auf den Tentakel zu, der dem rückwärtigen Teil des Schiffs am nächsten war.

Das Tier würde ihn gleich nicht mehr ignorieren.

Er rammte die Klinge seiner Schwanzprothese so tief er konnte in das weiche Fleisch. Der Tentakel zuckte nicht einmal. Doch als er sie wieder herauszog, kam die Wunde mit dem Alkohol in Kontakt. Der Ozean drehte sich für eine Sekunde. Boo wurde von dem Tentakel mitgerissen. Das Tier versuchte, sich von dem Alkohol abzuwenden und verteilte ihn damit nur noch weiter um sich. In einem glücklichen Moment fand Boo Halt am Schiff, zog sich hinein und krallte sich irgendwo fest.

Sprudelnd kam das Schiff in Bewegung.

Sie jagten Richtung Oberfläche. Sein Kopf dröhnte, er konnte kaum atmen, kaum den Druck ausgleichen. Es wurde immer heller, und Boo wurde klar, dass die Oberfläche nicht mehr weit sein konnte. Er eilte durch das Loch zurück ins Meer. Gerade rechtzeitig, bevor das Alienschiff über die Wasseroberfläche hinausschoss und auf dem Polareis strandete.

Boo war noch nie an der Oberfläche gewesen. Iiri und Kuk würden eine Weile brauchen, um aufzuholen.

Das Eis knackte und knarzte, und Boo wunderte sich, wie wenig überhaupt davon zu sehen war. Es sollte sich viel weiter erstrecken, wenn sein Lehrer damals nicht gelogen hatte.

Ein Teil des Schiffs öffnete sich, und der Mensch kam heraus. Er war in etwas gekleidet, das entfernt an eine Schutzmembran erinnerte, und streckte sich, hüpfte auf und ab, drehte sich um sich selbst. Boo winkte.

Der Mensch sah ihn und eilte ihm entgegen. Es sah ein wenig seltsam aus, wie er sich bewegte. Er sagte etwas, und Boo sagte etwas, und sie verstanden sich nicht, aber der Mensch wirkte glücklich. Es ging ihm gut.

Sie würden wieder von vorne anfangen müssen mit der Kommunikation.

Vielleicht waren es die Endorphine, die dafür sorgten, dass Boo plötzlich kein Interesse mehr an der Kredittilgung hatte. Stattdessen bildeten sich die Umrisse von neuen Ideen in seinem Kopf. Er würde seine Kollegen überzeugen müssen.

Der Mensch kniete sich ans Ufer und streckte langsam die Hand aus. Boo musste sich in seichtes Wasser begeben, seine Kiemen berührten die seltsame Luft der Oberfläche, aber er wagte es trotzdem. Er hielt seinerseits die Hand vor sich, und ganz sanft berührte der Mensch ihn. Nicht direkt, es war noch feste Membran zwischen ihnen, aber sie berührten sich.

Etwas in Boos Magen machte einen Sprung, und er realisierte, dass sich seine Haut straff anfühlte. Das erste Anzeichen für einen Wechsel. Was für ein ungewöhnlicher Zeitpunkt.

Elena L. Knödler ist 1993 in Mainz geboren, studiert aktuell vorderasiatische Archäologie in Frankfurt und arbeitete davor vier Jahre in der Games-Branche. Sie schreibt in allen fantastischen Genres, wenn sie nicht gerade gegen Orks, Zombies und Magier kämpft. Online findet man sie auf ihrer Webseite (www.elena-knoedler.de).

Kinder des Wassers

Alex Daran

Bevor die Welt ins Chaos gestürzt war – dem Kind von Krieg, Ausraubung und Gier –, hatte man sich Geschichten über diese Wesen erzählt; Sagen, Mythen, Märchen. Dinge, deren Namen alleine auf der Zunge der heutigen Menschen so fremd waren, dass sie *obsolet* und *unfein* schmeckten. Menschen in ihrer körperlichen Form gab es noch immer, aber ihr Leben war weder für ihre Völker geschaffen noch lebenswert.

Die Wesen besaßen nicht einen einzigen Namen, sondern tausende – in den Sprachen, die von allen auf der Erde noch existierten; und jeder gab ihnen einen neuen. Ich nannte sie bei einem Wort, das mir meine Großmutter beigebracht hatte. Sie war in der Welt aufgewachsen, als sie noch heil war, daher schien sie mir die verlässlichste Quelle.

Meerjungfrauen.

Hübsch sollten sie in den Erzählungen einiger sein, grässlich und tödlich in denen anderer.

Erst mied ich die Gegend, in der sie aufgetaucht waren. Wo sich neues Leben entwickelte, war immer etwas faul. In der Welt im Chaos *verdarb* etwas und wurde nicht *geboren*. So lautete die unausgesprochene Regel, das Gesetz der Natur.

Als meine Vorräte knapp wurden und in mir das Fieber ausbrach, änderte ich meine Meinung. Ich war nicht versessen darauf, die Wesen mit eigenen Augen zu sehen oder überhaupt in ihre Nähe zu kommen, aber ich würde – um in die nächste Siedlung zu gelangen – meinen Keller verlassen und über das Trümmerfeld im Osten steigen müssen. Wenn ich einen weiten Bogen um das Atomkraftwerk inmitten des Felds machte, würde es mich eine Tagesreise länger kosten – Zeit, die ich mit einem in mir brütenden Virus nicht hatte. Das Fieber war eine

Krankheit, die unter anderem Gelenke anschwellen und schuppenartige, graue Ausschläge wachsen ließ. Etwas, das man in unserer Zeit schwer heilen konnte. Aber in der Siedlung gab es laut den Nomaden, die ab und zu vorbeikamen, Medizin. Pillen und andere Medikamente, die die Symptome linderten und den Tod einige Jahre hinauszögerten, wenn man Glück hatte.

Leben war kein Leben in dieser Welt, aber der Tod war immer noch der Tod. Damit war meine Entscheidung getroffen.

So zog ich also los, eines Morgens, mit nichts weiter als meiner zusammengeflickten Kleidung und einem Rucksack mit Wasser, Getrocknetem, Eingelegtem und Gedörrtem. Gegen Mittag des zweiten Tages stand ich vor dem Eingang des Geländes des Atomkraftwerks.

Es war bereits am Horizont ein Koloss gewesen, doch aus der Nähe sah es mit seinen Zylindertürmen und den hohen Mauern aus Stein und Stahl aus wie die verkorkste Version eines Schlosses.

»Ein Palast für einen Verstrahlten«, scherzte ich, obwohl ja niemand da war, der es hätte hören können.

Mein Weg hätte mich nun auch um dem Atomkraftpalast herumführen können, aber in der Mittagssonne, die die Einöde des Trümmerfelds in eine Wüste aus Häuserresten verwandelte, war Schatten zu verlockend. Ein Angebot, das man nicht ablehnen konnte, auch wenn man dafür Gebiet betrat, das den Naturgesetzen trotzte.

Ich blieb wachsam, horchte mit jeder Faser meines Körpers, jeder noch so kleinen, anschwellenden Pore, auf ein Lebenszeichen.

Der Wind wirbelte vertrocknetes Gras und Sand auf, aber er trug keine Geräusche an mein Ohr. Der Hof des Werks war verlassen.

Die erste Zeit lehnte ich mich an die kühle, von Flechten überwucherte Mauer der Halle und sah dem Grünpilz beim Wachsen zu. Noch eine Besonderheit, die das Chaos mit sich gebracht hatte. Pflanzen entwickelten einen gierigen

Lebensdrang, als wollten sie die Menschen in ihrer Anpassung und ihren Überlebensstrategien übertrumpfen.

Vielleicht wollten sie das ja auch, oder sie waren einfach nur Opfer einer unersättlichen Mutation. Wenn ich lange genug hier sitzen blieb, würden die Ranken sicher auf mich zu kriechen, und wenn ich still hielt, würde es nicht lange dauern, und sie hätten meinen Körper umschlungen – verschlungen –, wie sie es bei dieser Mauer schon getan hatten. Dann würden sie sich auf der Suche nach Nährstoffen – so kostbar in dieser unfruchtbaren Welt, in mein Fleisch graben – mich *fressen*.

Ich kaute auf einem Striemen Dörrfleisch herum. Würgte. Kaute weiter. Bei diesem Gedanken spuckte ich es in meine von Dreck befleckte Hand und betrachtete es eine Weile. Dann stopfte ich es zurück in den Mund und schluckte.

Um den Flechten zu entkommen, lief ich über den Hof zur anderen Seite des Gebäudes, wo sich eine Tür in mein Sichtfeld stahl. Rote und gelbe Warnzeichen waren darauf schräg wie Pflaster verklebt. Ich schenkte ihnen keine Bedeutung, dafür brachte mich der Spalt der Tür zum Halten. Ja, die Tür stand offen, wenn ich meinen Augen trauen durfte. Meine Hand glitt zur Stirn. Halluzinationen?

Schweiß verklebte die Finger. In der Hitze wäre Fieber sowieso untergegangen.

»Fieber«, lachte ich auf. Ich hätte lieber geschrien, aber man wusste nie, welche ungebetenen Gäste der Lärm anlocken mochte. Die Wüsten und Trümmerfelder waren nahezu unbewohnbar, das hieß aber nicht, dass sie *unbewohnt* waren.

»Ich habe doch schon Fieber.« Eine Weile sprach ich noch mit mir selbst. Wenn man nach langer Zeit Worte in den Mund nahm, endlich wieder sprechen konnte und nicht nur lauschen musste oder schweigend da hockte, kam man in einen Rausch. Auch bei dem Gedanken, ein Jäger oder eine Mutation könnte sich anschleichen, wollte ich nicht damit aufhören. Es tat so gut, mit sich selbst zu sprechen.

Als mir der Gesprächsstoff ausging, griff ich nach der Türklinke. Obwohl viele der Türen hier von Rost und Altersschwäche angegriffen waren, ließ sich diese ohne Knarren und Widerstand öffnen. Als hätte sie auf mich gewartet. Bei diesem Gedanken musste ich beinahe von neuem lachen, doch dann hustete ich nur und trat ein. Vielleicht waren vor Kurzem andere Menschen vorbeigekommen und hatten sie für eine Nachhut oder für den Rückweg offen gelassen. Andere Menschen wären eine angenehme, wenn auch gefährliche Abwechslung.

Das Innere des Komplexes strahlte eine unnatürliche Kälte aus. Was meinen Körper an Kleidung zuvor von den sengenden Strahlen der Sonne abgeschirmt hatte, schützte mich nun notdürftig vor den Winden, die durch die Gänge zogen. Grau in grau lagen sie unter der flackernden Notbeleuchtung da, grüne Lichtspritzer auf trockenem, rissigem Grund. Meine Hände begannen zu zittern. Ich presste sie mir unter die noch von Schweiß überzogenen Achseln und marschierte weiter, immer gegen die Böen an.

Schien der Komplex von außen gigantisch, war er umso monströser, sobald man sich in seinem Inneren befand. Schächte wanden sich wie dicke Arterien durch die Betonmauern, Rohre und Leitungen rosteten vor sich hin wie sterbendes Gewebe, das von Decken und Wänden hing. Hier und da offenbarte eine Tür den Blick in eine Halle oder ein Büro. Bei allen waren die Scheiben eingeschlagen oder die Knäufe zertrümmert. Man hatte sich mit Gewalt Zugang verschafft, aber die grünen Pilze, die über die Überreste wucherten, erzählten ihren Teil der Geschichte. Dieser Einbruch musste schon lange Zeit zurückliegen.

Nach einer Weile, die mir ohne die Absicherung meiner hektisch tickenden Uhr wie mein halbes Leben vorgekommen wäre – zwanzig Minuten –, erreichte ich das Ende des Hauptganges. Eine Doppelflügeltür, elegant geschwungen, wie sie besser nicht in einen Konzertsaal gepasst hätte, thronte in einem Loch in der Wand. Zeit und Rost hatten den Metallrahmen angefressen, Ungeziefer Löcher in Holz und Stoffüberzügen hinterlassen. Trotzdem ließen sich unter den Schäden und dem Schmutz kräftige Farben erkennen – Rot, Gold und Grün. An diesem Durchgang befanden sich keine Warnschilder.

Meine Nackenhaare stellten sich steiler auf, je näher ich dem Tor kam. Die Haut prickelte elektrisiert. Hinter diesen Schwingen lauerte etwas, und es waren mit Sicherheit keine Menschen. Die Hoffnung auf ein friedliches Treffen hatte ich nach den ersten hundert Metern aufgegeben. Aber wenn nicht der Weg durch diese Tür, welcher Weg blieb mir dann noch?

Funken stoben durch die Luft, als ich meine Finger auf die Türklinken legte. Schmerz pochte durch meine Haut. Geruch von angebranntem Fleisch. *Nicht hinsehen*, ermahnte ich mich. Blut hatte ich viel gesehen, Blut war in dieser Welt zu oft geflossen. Aber Brandwunden …

Feuer hatte mir meine Familie genommen. Feuer hatte einen Großteil der Häuser, Städte und Natur zerstört.

Nicht hinsehen. Ich nahm meinen weißen Schal ab, ein zerfetztes Stück Stoff, das ich mir um den Kopf wickelte, um einen Sonnenstich hinauszuzögern, wenn ich wanderte. Jetzt brauchte ich ihn für etwas anderes: Ich zerriss den Stoff und band mir eine Hälfte um jede Hand, immer darauf bedacht, die verbrannten Handflächen zum Boden zu richten und sie erst zu betrachten, als sie voll in Weiß eingewickelt waren.

Mit den behelfsmäßigen Bandagen um die Hände und einem kräftigen Stoß mit der Schulter rammte ich schließlich die Flügeltür auf. Bunte Flecken tanzten in der Luft, als grelles Licht auf meine Augen traf. Die Halle, die ich betreten hatte, war von der Größe einer Siedlung und vollkommen mit Strahlern ausgeleuchtet. Tatsächlich standen in ihrer Mitte drei große Kästen, grau und ähnlich geformt wie die Häuser in den wiederaufgebauten Städten. Mein Herz raste und hüpfte, bis ich die Scheiben und Gucklöcher entdeckte, die sich an ihren Seiten befanden.

Wasser.

Dahinter befanden sich Tonnen von Wasser. Die Kühlbecken für stillgelegte Aggregate.

»Keine Menschen also«, sagte ich, als hätte ich tatsächlich noch Hoffnung auf neue Weggefährten gehabt. Vielleicht hatte ich das ja. Mein Fieber musste das Hirn bereits erreicht haben. *Halluzinationen …*

Eine Bewegung. Etwas flitzte durch das Blau hinter den Scheiben.

Halluzinationen.

Ehe ich mich's versah, stand ich vor einem der Becken, starrte durch das gepanzerte Glas in das dröhnende, surrende Wasser. Ein Aggregat glühte mit letzter Energie, einem letzten Funken Lebenskraft.

Und dort – eine weitere Bewegung. Ein Zucken, ein dunkler Blitz.

Halluzina…

Das Etwas im Wasser kam zum Halten, schwebte als riesiger schlangenartiger Fisch im tiefen Blau zwischen den Rohren und Leuchtdioden.

Dies war der Moment, an dem sich mein Geist, mein Verstand, endgültig teilte. Er spaltete sich in die eine Hälfte, die meine letzte Logik festhielt, und die andere, die das, was sie da sah, mit einem einzigen Wort beschreiben konnte: *Meerjungfrau.* Die erste, wissende Hälfte wollte rennen. Sie erzählte panisch von den Auswirkungen des Fiebers, wie dumm es gewesen war, diesen Ort zu betreten, wie dumm ich gewesen war. Hier waren keine anderen Menschen, nur dieses Etwas, und es gab auch keine Vorräte, die geteilt oder geplündert werden konnten.

Mein Ausflug war sinnlos, eine Zeitverschwendung, noch dazu eine tödliche. Wenn mich die Strahlung nicht umbrachte, mich langsam wie einen Schwamm aufquellen und an flüssigen Innereien ersticken ließ, dann würde es das Fieber tun, wenn ich die Siedlung auf der anderen Seite des Trümmerfelds nicht rechtzeitig erreichte. Bei Nacht waren die Wüstenanwohner aktiver – Wesen, deren Bilder allein Menschen erblinden lassen konnten –, nachts fehlte die brütende, oh so tödliche Sonne. Mit meinem Aufenthalt hatte ich also auch kostbare, zumindest *einigermaßen* sichere Tageszeit verschwendet.

Und wer verspricht mir, dass dieses Seemonster nicht sein Wasser verlassen kann?

Das Wesen wandte mir den Rücken zu, obwohl seine ruhigen, schwerelosen Bewegungen im Becken bedeuteten, dass es mich bemerkt hatte.

Meine zweite Hälfte ließ mich nicht kehrt machen, sie schlug Wurzeln, tief in den Boden. Es war nicht so, dass diese Seite von mir die Gefahr leugnete, nein, sie übersah sie freiwillig. Zu Gunsten der Entdeckerfreude. Diese Hälfte war pure Neugier, Faszination, und diese Hälfte schreckte nicht zurück, als sich die Kreatur im Wasser zu ihr umdrehte und auf das Bullauge zu schwebte. Die Scheibe schien mit einem Mal dünn wie ein Streifen Papier, eine Trennung, die bei der kleinsten Vibration brechen mochte.

Die Luft war von dem fernen Singen der Aggregate erfüllt. Sie arbeiteten noch immer, pulsierten mit grünblauer Energie, auch wenn man sie vor Jahren, Jahrzehnten womöglich, verlassen hatte. Vielleicht arbeiteten sie für dieses Wesen, vielleicht war dieser ganze Ort eine Überschneidung aus Himmel – oder Hölle – und Erde.

Diese Gedanken kamen mir im Wahn, als ich die Augen nicht von der Meerjungfrau nehmen konnte, die dort auf der anderen Seite der papierdünnen Scheibe schwebte.

Sie hatte tatsächlich die Gestalt einer jungen Frau, so weit die grobe Anatomie reichte. Ihr Kopf war in Größe und Form meinem eigenen ähnlich. Ihr Hals verband ihn mit einem schmalen Oberkörper, an dem Brust und Rippen zu erkennen waren. Zwei Arme wuchsen aus den Schultern. Doch statt einer hellen Farbe schimmerte auf ihrer Haut Silber, ein metallischer Ton. Erst sah es aus, als bestünde ihr Oberkörper aus Glas. Die Gliedmaßen der Meerjungfrau waren von winzigen Schuppen überzogen, ihre Ohren besaßen die Form spitz zulaufender Muscheln, der Hals und die Haut knapp unter den Rippenbögen waren von Furchen durchzogen. *Kiemen.*

Im Gesicht der Meerjungfrau saß keine menschliche Nase, es gab lediglich eine längliche Erhöhung mit zwei Schlitzen – wohl zurückgebildete Nasenlöcher. Lippen und Augen waren dunkel umrandet, Haare besaß das Wesen keine. Dafür regten sich im Wasser um den Kopf des Wesens herum Hautfortsätze. Wie Büschel gläsernen Seetangs schwangen sie hin und her.

Erst blinzelte mich die Meerjungfrau an und schwenkte eine Hand, vor der Brust erhoben. Etwas in ihrem Gesicht veränderte sich: es bekam einen Ausdruck. Wie sich ein Messer in Speckstein grub und es zu einem Bild formte, so fraß sich die Angst in das Gesicht des Wesens. Sie schien zu winken, doch mit ihren wie vor Schmerz verzerrten Zügen war die Geste eine hektische Abwehr, keine freundliche Begrüßung.

Die Reflexion im Glas tat es ihr nach, führte dieselben Bewegungen aus. Und da: Blickte ich nicht in ein panisch keuchendes Spiegelbild?

Ich hielt inne, und damit kam auch das Schauspiel der Meerjungfrau zum Stehen. Sie hatte Papagei gespielt – und mich nachgemacht.

Mit dem letzten Rest Sorge und Verstand, der noch nicht von Fieberblasen und kalter Hitze weggeschwemmt worden war, legte ich die Hand auf das Glas. Es vibrierte, summte vor Energie. Konnten die Strahlen des Wassers Scheiben durchdringen?

Es wäre gut gewesen, auf eine anständige Schule zu gehen. Hätte meine Großmutter mich nur in die nächste Siedlung gezwungen, meinen Starrsinn bekämpft …

Sie war eine gute Frau gewesen. Nur zu schwach, einem dummen Kind Überlebenswillen beizubringen. Nach ihrem Tod war die Einsamkeit mein Lehrer geworden, und sie war jemand, dem man nicht widersprechen konnte.

Blasen stiegen im Becken hinter der Scheibe auf. Das Gesicht der Kreatur war wieder ein unbeschriebenes Blatt – einzig ihre Augen, gefüllt von großen schwarzen Pupillen, glühten unsicher. Verzweiflung. Vielleicht war es aber auch nur mein eigenes Spiegelbild, das ich dort zittern sah.

Lippenbewegungen. Frische Blasen. Perlen, die im verseuchten Blau Richtung Himmel aufstiegen. Der obere Rand des Beckens lag unerreichbar ein Stockwerk über mir.

Die Blasen schwebten davon.

Mein Blick glitt zurück zu der Meerjungfrau und ihren Lippen. Unter Wasser war ihre Stimme gedämpft, doch ihre Aussprache klar und abrupt. *Es wäre gut gewesen*, formte ihr Mund. Mein Magen drehte sich um, noch ehe der zweite Teil des Satzes folgte. *Auf eine anständige Schule zu gehen* …

Oh, hätte ich bei den Nomaden bloß nie das Lippenlesen gelernt!

Meine Beine hätten mich aus diesen Hallen hinaustragen können. Die Meerjungfrau spielte wieder Papagei, plapperte immer weiter, bis sie auch die Bedeutung meines letzten Wortes ausgesaugt hatte. Es war als hätte man mir Energie gestohlen, mich heruntergefahren – Stand-by – no signal – leer. Leere Dateien, meine Gedanken ausgemerzt.

Da schwieg sie.

Warum stiehlst du meine Gedanken?

Warum, flüsterte sie. Ein Strudel silberner Perlen zerplatzte im Wasser. *Stiehlst*, an diesem Worten hatte sie einen Moment zu kauen … *du meine Gedanken?*

Meine Reflexion war aus der Scheibe verbannt worden. Das Wasser wurde von Wirbeln erschüttert. Unsichtbare Hände und Stäbe rührten in den blauen Massen, wälzten sie um und bleichten das tiefe Blau zu einem klaren Ton. Das Glas spiegelte nicht länger die Welt jenseits des Tanks, nun war es das Tor zur Welt der Kreatur. Ich legte meine Hand, die ich kurz weggezogen hatte, zurück auf das Bullauge. Würde sie hindurch tauchen?

Kühles Nass streifte meine Hand. Schauer explodierten in meinem Nacken und glitten meinen Rücken hinab. Das Wesen gab ein fischartiges Gurgeln von sich, und die Illusion zerbrach.

Schweiß. Was ich gefühlt hatte, war mein eigener Schweiß, ein schmieriger Film auf der kalten Scheibe, kein Wasser. Und dieses Wesen jenseits der Scheibe war keine Märchengestalt, keine bildhübsche Kreatur, sondern lediglich eine Mutation. Eine abscheuliche Zucht aus Mensch und Fisch, die vielleicht aus einer Arbeiterin entstanden war, als sie in den verseuchten Tank gefallen war. Vor so vielen Jahren.

Ich drehte mich auf dem Absatz um und rannte ohne einen Blick zurück auf die Flügeltür zu, das Tor zur Welt draußen. Auf der Hälfte des Wegs hörte ich sie. Die Meerjungfrau sprach wieder, mit einer Stimme rau wie tosendes Meer, aber sie imitierte nicht meine Gedanken. Was sie sagte, waren eigene Worte, *menschliche* Worte.

»Hab keine Angst vor mir.« Es war nicht, dass ich ihre Stimme deutete oder ihren Atem fühlte – ich spürte ihn vielmehr, als hätte mit ihr im Gleichtakt sämtliches Leben in diesen Hallen ausgeatmet. Die Worte waren nicht von Wasser verschleiert, und tatsächlich: als ich den Kopf ein kleines Stück drehte, gerade so viel, um den Tank aus den Augenwinkeln zu erkennen, sah ich sie oben schwimmen.

Auf den Tanks waren keine Abdeckungen, und das Wasser musste bis zum obersten Rand reichen. Das Wesen konnte sich darüber lehnen.

Ihre Worte waren die eines listigen Jägers. Wie viele behaupteten, harmlos zu sein, nur um später den Schafspelz abzustreifen und die Klauen in unser Fleisch zu schlagen? Das war die Welt nach dem Chaos und die Welt während des Chaos. Hoffnung war Sünde.

Aber – so redete ich mir ein, als ich mit einem Stolpern zum Stehen kam, die Tür bereits in Reichweite – es war nicht die Hoffnung, die mich zum Umkehren bewegte. Es waren Logik, Neugier, ein wenig Abenteuerlust. Als Fast-Toter konnte man wohl Risiken eingehen; sehr gut sogar.

Konnte diese Meerjungfrau womöglich doch mehr als eine Mutation sein?

Bisher war ich keiner begegnet, die Gedanken lesen konnte. Und wäre sie eine Arbeiterin gewesen, warum hätten die Leute erst vor Kurzem von ihr erzählt? Eine Mutation hätte seit Jahren hier gelebt, und in solch auffälligem Zustand und gefangen in ihrem Becken wäre sie rasch gesichtet worden. Ich war nicht die Einzige, die diese Mauern betreten hatte – weit vor den Sichtungen hatten Menschen die Hallen bereits aufgebrochen, wie mein Fund von vorhin bewies.

Mit bleiernen Schritten kehrte ich zum Becken zurück. Angst vor dem Wasser ließ mich zittern, also wartete ich in einigen Metern Abstand, bis ich meine Atmung und den kalten Schweiß unter Kontrolle hatte. Meine Finger bogen sich zu starren Krallen, unter meiner Haut kribbelte es.

»Ich werde dich nicht nass spritzen«, sprach die Kreatur. Ihre Stimme sandte neue Schauer über meinen Rücken. *Angenehmes Prickeln*, wisperte die Stimme meines Verräter-Bewusstseins. Es war, als hörte man rauschende Wellen, den Strand, Freiheit, Unbändigkeit. Wenn ich meine Füße bewegte, über den Boden zog, würden sie Sandhügel teilen. Wärme breitete sich mit dem Prickeln aus, vertrieb das bereits vorhandene Kribbeln und brachte Wachsamkeit in meine Gliedmaßen zurück. Ich war nicht länger verkrampft, stattdessen erfasste mich ein Gefühl des Schwebens; eine Leichtigkeit, als wäre ich selbst im Wasser. Gierig ruderte ich mit den Armen durch die Luft, um möglichst viel von dieser neugewonnen Energie zu nutzen, sie zu erkunden.

Fieber. *Dein Fieber …*

Schwindel erfasste mich, und ich erstarrte. Ließ die Arme sinken.

Die Meerjungfrau …

»Du kannst sprechen.«

»Ich werde dich nicht nass spritzen. Du bist kostbar.«

Wieder rollte eine Woge von Energie über mich hinweg. Ein neues Zittern kam über mich. Diesmal war es das einer Ekstase.

»Du bist eine Mutation. Oder eine Halluzination. Du kannst gar nicht …« Meine Stimme brach, als die Wärme in eine angenehme Kälte überschwappte, ehe sie sich ganz aus mir zurückzog. » … echt sein.«

»Ich bin keine Mutation. Auch wenn ich unseren Namen nicht kenne, weiß ich doch, dass wir so viel mehr sind als das – *Mutationen*.«

Von hier unten, ohne die Wassermassen zwischen uns, wirkte das Gesicht der Meerjungfrau blasser. Als hätte man es aus Weidenholz geschnitzt. Ihre Gesichtszüge hatten jedoch ihre Steife und Härte verloren. Sie waren weich und zart wie die eines Neugeborenen.

Du kannst meine Gedanken lesen? Es kitzelte mich auf der Zunge, doch ich schluckte die Frage hinunter. Sie wusste, dass ich es wusste – sie erforschte auch in diesen Sekunden jede Zelle meines Kopfes. Ihre Augen leuchteten wissend auf, als würden sie lächeln.

»Dieses Wasser ist nichts für Lebende. Deshalb habe ich es gebeten, sich zu wandeln.«

»Du hast es gebeten, sich zu wandeln? War es das, was du … vorhin getan hast?« Ich hob die Hand und deutete Wirbel an.

»Das Wasser und wir sind eine Einheit. Es hat unser Leben geformt, also lässt es im Ausgleich zu, dass wir seines formen.« Langsam hob auch die Meerjungfrau ihre Hand und ließ Wasser von ihren Fingern auf mich hinab tropfen. Ich hatte gar nicht gemerkt, wie nah ich inzwischen am Becken stand. Den Kopf weit im Nacken starrte ich zu ihr hoch. Neben mir, eine Armesbreite entfernt, war die Treppe hinauf zur Plattform, die die Becken umgab. Als das Wasser meine ausgestreckten Hände streifte und Rinnsale von Wärme hinterließ, ging ich darauf zu. Der Anstieg war leicht, so viel leichter, als es jeder Schritt zuvor gewesen war. Meine Glieder hatten die Schmerzen des Fiebers und der Entkräftung vergessen.

»Wir?«

»Ich und meine Schwestern. Sie haben ihre Tanks verlassen, um in der Trümmerwüste zu jagen.«

Wie viele seid ihr? Werdet ihr mich auch jagen? Es ist sicherlich gegen das Gesetz der Natur, die anderen Mutationen in der Wüste zu fressen … Zwischen diesen Gedanken und mir lag eine Wand aus Watte und Glas.

»Ihr könnt die Becken verlassen?« Ich hatte die Plattform erreicht. Als sie mich erblickte, schwebte die Frau durch das Blau auf mich zu. Eine Bewegung und ich wäre mit ihr im Becken. Aber die Wärme und Energie, die langsam abebbten, schützten mich vor bösen Gedanken.

»Wir erhalten eine neue, menschlichere Form, wenn wir das tun. Auch das ist Teil unseres Pakts mit dem Wasser.«

»Ihr seid Märchenwesen.«

Meine Worte zauberten ein Lächeln auf das Gesicht der Frau. Es war eine elegante Bewegung.

»Vor vielen Jahren ist hier ein Unglück passiert. Arbeiterinnen stürzten. Deshalb ist das Werk stillgelegt«, erzählte sie. Ihre Hand war weich, als sie meinen nackten Knöchel umfasste, ihn streichelte. Wie Seide. Meine Knie wurden weich. »Das Gen, das uns zu diesen Wesen macht. Ich glaube, es hat lange in den Menschen geschlummert. Unser Unfall hat es nur in uns geweckt. Wir sind seitdem hier zu Hause. Normalerweise verjagen wir Eindringlinge, aber du bist kostbar.« Das Wort rollte sanft über ihre Zunge.

»Warum bin ich kostbar?« Mit unsichtbaren Fingern griff ich nach vorne, gierte nach ihrer Antwort.

»Weil du es auch hast.«

»Was habe ich?«

Ein neues Lächeln huschte über ihre Lippen. Sie ließ meinen Knöchel los. Sofort rauschte eine Welle der Enttäuschung über mich hinweg. Ich schaute ihrer Hand hinterher, als sie zurück ins Wasser tauchte.

»Du bist krank«, sagte die Frau. Wieder dieses wissende Leuchten. Die Pupillen waren nicht länger schwarz, sie waren blau und klar wie das Becken.

»Das Fieber. Ich werde sterben, wenn ich …« Die Siedlung. Bald würde es dämmern. »Ich werde wohl sterben.«

»Es gibt mehr als einen Weg, geheilt zu werden.«

»Und du kennst einen?«

Auf diese Frage erhielt ich keine Antwort. Die Meerjungfrau schwamm in die Mitte des Beckens und tauchte unter. Im Wasser hätte es nur Dreckbrocken geben dürfen, Trümmer. Die Leuchtstäbe der Zelle, in denen die Energie der Atome gelagert war, sahen von hier oben wie harmlose Lampen aus.

Als die Frau wieder auftauchte, hatte ich mich an den Rand des Beckens gesetzt. Das Wasser schwappte zutraulich über den Rand der Plattform, nippte an dem Metall.

In ihrer Hand hielt sie einen winzigen Fisch, kaum größer als mein Daumen. Er besaß keine Schuppen, kein Maul und keine Augenhöhlen. Es war ein Klumpen Fleisch in *Fischform*, wurde mir klar.

»Soll ich … das essen?«

Zur Antwort hielt sie mir den Fisch entgegen. Mit einem Schlucken nahm ich ihn an. Warm und trocken. Ich hielt meine Nase daran. Kein Geruch.

»Es ist ein Geschenk des Wassers an dich. Du darfst dich daran stärken.«

Ich suchte nach einer Antwort, doch ein Hustenanfall nahm mir die Gelegenheit, sie auszusprechen. Als ich die Hand vom Mund senkte, rann rote Flüssigkeit über die Innenfläche. *Es ist so weit …*

Das Fieber breitete sich wohl schneller im Körper aus, als man mir verraten hatte.

Dann sterbe ich eben hier. Mit diesem Gedanken grub ich die Zähne in den Fisch. Ich riss das Fleisch heraus und kaute inbrünstig. Nach dem ersten Bissen hielt ich inne. Dörrfisch.

Meine Großmutter hatte früher so ein Gericht zubereitet. Der Geschmack nahm mir etwas von dem Schmerz, der in meinen Lungen pochte. Mein Kopf fühlte sich wieder schwer an. Die Heilung des Wassers ebbte wohl ab.

Als ich den Fisch bis auf die letzte Faser gegessen hatte, war der Schmerz jedoch schwächer.

Die Meerjungfrau tauchte ein weiteres Mal hinab und noch ein weiteres. Sie holte zwei Fische herauf, die dem ersten bis auf seine Farbe glichen. Rot, schwarz, silbern. Ich verzehrte sie in wenigen Minuten. Jeder Bissen gab mir Energie und ließ das Pochen in Lunge und Kopf in die Ferne driften. Schließlich sank ich ermüdet auf der Plattform zusammen, strich mir über den prallen Bauch.

»Du bist kostbar. Aber deine Zeit ist noch nicht gekommen«, sagte die Meerjungfrau. Sie lehnte wieder am Rand, legte ihre Hände in meine und zog mich zu sich heran. Ich nahm die Berührungen dankbar entgegen.

Eine letzte Weisheit flüsterte mir die Frau noch ins Ohr. Dann tauchte ich in das Becken ein, und Wasser füllte meine Lunge.

Ich wachte von den Rufen der Farmer auf. Ich war nicht in der Siedlung, aber ich war auch nicht in der Halle. Diese Farmer kannte ich, seit ich ein kleines Kind war, und sie verließen nie ihren Bau am Ende des Trümmerfelds. Wenn ich bei ihnen war, war ich dort, wo meine kleine Reise begonnen hatte.

Nicht im Himmel. Nicht tot.

Aus dem Weiß, das in meine Augen stach, traten Konturen hervor. Die Sonne schien auf mein Gesicht herab, doch zum ersten Mal seit Jahren war sie kein brennendes Licht, sondern seichte Wärme. Es fühlte sich gut an, hier zu liegen. *Alles* fühlte sich gut an.

Die Farmer setzten mich auf, als sie mein Blinzeln bemerkten. Ob alles in Ordnung wäre, wie ich hierher gekommen sei. Man habe mich in die Wüste gehen, aber nicht zurückkommen sehen. Ich sei einfach in einem Haufen Trümmer aufgetaucht, in einer Pfütze schimmernden Wassers. *Wasser*, in der Wüste.

Es war der nächste Tag. Die Nacht hatte mir keine Träume beschert. Ich fühlte mich, als wäre ich aus einem tiefen Schlaf erwacht, tiefer noch als ein Koma. Etwas in mir hatte sich verändert, war mit dem Rest von mir geweckt worden. Stärke.

Als ich ganz bei mir war, wusch man mir das Gesicht, reichte mir eine Schale gekochten Reis und aufgeweichtes Getreide. Ich hatte keinen Hunger.

Erst als sie mir einen Krug Wasser reichten, nahm ich die Geste der Farmer an. Durst plagte mich ebenfalls keiner, aber so wie das Wasser im Krug plätscherte, musste ich einfach meine Hände danach ausstrecken.

Ich trank es nicht direkt, sondern starrte eine Weile in das Blau hinab. Kein Spiegelbild. In Worten, die ich noch nicht verstand, sprach ich mit dem Wasser. In meinem Kopf, damit die Farmer mich nicht hörten.

Bevor ich den Krug an die Lippen hob, blitzte es auf. Fast, als würde es mir zublinzeln wollen. »*Kinder des Wassers sind kostbar. In dieser Welt ist Wasser unser treuster Verbündeter …*«, so hatte die Meerjungfrau es mir versprochen.

Alex Daran ist Sammlerin von allerlei Krimskrams mit 1.001 Buch auf der Wunschliste.

Nachdem sie sich die letzten Jahre in ihr eigenes kleines Reich zurückgezogen hat, um hinter verschlossenen Türen zu schreiben, möchte sie nun einige Texte in die große weite Welt hinausschicken. Einige Romanmanuskripte liegen bereits fertig in der Schublade. Bis sie ihren Weg zu Lesern finden, vertreibt sie sich die Zeit mit Kurzgeschichten, Gedichten und willkürlichen Szenen, die vielleicht irgendwann einmal Platz in einem Manuskript finden.

Ihren Lieblingsgenres Fantasy und Science Fiction bleibt sie zwar immer treu, liest und schreibt aber die meiste Zeit querfeldein, was ihr gefällt. Online findet man sie als **@ alex_daran** auf Instagram und Twitter.

Der Nixe größter Wunsch

Meara Finnegan

Warmes Blut befleckte die Hände des Barden, und er fluchte ungehalten. So lange reiste er schon mit der Söldnerin und zeigte sich noch immer ungeschickt in der Kunst des Tötens.

Zu allem Unglück besudelten nun kleine Flecken seine Stiefel. Möglicherweise besänftigte diese Strafe die Geister der getöteten Kaninchen – denn Blutflecken ließen sich kaum aus dem feinen Leder entfernen. Stiefel aus *Solièdrin*, dem zivilisiertesten Königreich mit den besten Handwerkern, ließen sich so tief im Süden unmöglich ersetzen. Und für einen *Solièdr'iy*, selbst einen Verbannten, kam nichts Geringeres in Frage. Das Exil bot keine Entschuldigung für minderwertiges Schuhwerk. Auch wenn Fellian nicht wusste, was ihm sein neues Leben bieten würde, ein gewisses Maß an Stil musste er aufrechterhalten!

Sein Herz machte einen Satz, als sich die Äste bogen und lautes Geraschel ertönte. Doch es war nur der Wind, keine Feinde. Unauffällig lugte er zu seiner Reisegefährtin, während er die Herzen beiseitelegte und unter einem großen Rindenstück verbarg. Doch das unwillige Knurren der sonnenverbrannten Kriegerin zeigte, dass sie ihn beobachtet hatte. Reysha schien mit sich zu kämpfen. Würde sie schweigen?

»Soll ich die weitere Zubereitung unseres Abendessens übernehmen, damit du schnell deine Opfergabe vergraben kannst? Die Ungewissheit muss dich um den Verstand bringen – göttlicher Zorn könnte jederzeit deinen Tod bedeuten!«

Ihr spöttischer Tonfall fachte sein Temperament an, doch er schaffte es, sich zu zähmen. Sie wies als Fremdländerin natürlich einen Mangel an derartiger Selbstbeherrschung auf.

»Vielleicht bleibt dir aber Zeit auszuweichen, während die Vergeltung ihren langen Weg zurücklegen muss … Du weißt schon, dass zwischen uns und deinen Heimatgöttern mehrere hundert Meilen liegen?«

Bisweilen vermisste er den Anfang ihrer Reise, in der sie sich geweigert hatte, mit ihm zu sprechen.

»Es ist keineswegs für *Thao'rach,* den Waldgott meiner Heimat, bestimmt. Letztendlich verehrt doch jedes Volk dieselben Götter und gibt ihnen bloß eigene Namen. Die Götter dieses Landes fühlen sich gewiss ebenso angesprochen.«

Sie fixierte ihn mit zusammengekniffenen Augen. Doch was auch immer die Kriegerin dachte, es hielt sie nicht davon ab, weiter zu streiten.

»Meinst du etwa, ihnen ist gleich, dass du einen falschen Namen verwendest? In den Geschichten, die du ständig zum Besten gibst, sind Menschen für weniger umgebracht worden.«

Fellian seufzte leise. Fast war er überzeugt, dass sie seine Gesellschaft inzwischen schätzte, doch vereinzelt gewann er den Eindruck, dass die freundliche Geschwätzigkeit eines Barden an Reyshas Nerven zerrte … Vielleicht hatte sie ihn in den letzten Tagen als anstrengend empfunden. So schluckte er die aufgebrachte Erwiderung hinunter. Manchmal war Schweigen wirklich Gold.

Doch die Kriegerin gab keine Ruhe.

»Nie besuchst du einen Tempel oder opferst etwas. Gläubig könnte man dich nicht nennen! Aber jetzt im Wald, ausgeliefert den Naturgewalten, wirst du zum frommen Mann. Meinst du nicht, die Götter geben acht, in welchem Sinne etwas getan wird? Opfer, die aus Angst geschenkt werden, zählen sicher nicht genug.«

Fellian war überrascht, dass seine Gefährtin ein philosophisches Streitgespräch suchte.

»Menschen erklären alles, was ihnen Angst macht, mit Göttern. Doch ob dies nun der Wahrheit entspricht, oder ob es sich um bloße Naturgeister handelt, können wir in diesem Leben nicht erfahren – selbst wenn die Priester meinen, sie könnten es ergründen. Götter greifen kaum in unser Leben ein; doch Naturgeister sind schnell beleidigt und treiben ihren Schabernack. Deshalb halte ich es für besser vorzusorgen.«

»Naturgeister! Nur ein Städter vermutet hinter jedem Baum und jedem Teich etwas Übernatürliches. Ihr *Solièdr'iy* müsst hinter allem eine Gottheit suchen! Natürlich sind Götter oder Naturgeister für eure Missgeschicke verantwortlich, etwas Geringeres ist nicht möglich, immerhin seid ihr *Solièdr'iy!* Ein Wunder, dass ihr euch herablasst, mit normalen Menschen überhaupt zu reden! *Solièdr'iy acha-en kentôvil!«*

Die letzten Worte entzogen sich seinem Verständnis, doch der Tonfall war eindeutig. Der Barde schritt mit seinen Kaninchenherzen hastig zum Waldrand, während Reysha weiter in ihrer eigenen Sprache schimpfte.

Mechanisch suchten seine Augen den richtigen Baum, während sich seine Gedanken überschlugen. Ob ihre harten Worte der nervlichen Anspannung geschuldet waren – oder rief tatsächlich seine bloße Anwesenheit solche Gefühle hervor? War es nicht der keimenden Freundschaft geschuldet, dass sie weiterhin zusammen reisten? Den Großen Krieg hatte sie als eine der wenigen mit allen ihren Gliedmaßen überstanden. Er hatte gedacht, dass sie beide durch ihre Verluste eine Basis für eine Kameradschaft gefunden hatte. Aber vielleicht hatte er sich getäuscht.

Dies war der Baum: die richtige Art, das passende Alter und die Zeichen *Thao'rachs* auf ihm. Lebloser als in früheren Tagen kamen die rituellen Worte über des Barden Lippen, während seine Finger die Opfergaben im weichen Boden vergruben. Einem Traumwandler gleich erhob er sich und wandte sich dem Plätschern von Wasser zu. Er konnte Reysha jetzt nicht gegenübertreten, wenn sie ihn derartig verachtete. Jedes Gefühl von Kameradschaft war wohl eine Illusion gewesen. Sie hatte nie ihren Hass auf sein Volk vergessen.

Die Schönheit des kleinen Sees überraschte ihn. Auf den ersten Blick erschien er klein. In einer annähernden S-Form schwang sich das Ufer des Gewässers verschlungen unter hohen, schlanken Bäumen hindurch. Die sanften Wellen leuchteten hellgrün, türkis, azurblau und in Dutzenden Schattierungen zwischen diesen Farben, für die nicht einmal der reiche Wortschatz eines *Solièdr'iy*-Barden Namen kannte.

Am Ende des Sees mischte sich Weiß in das Farbenspiel; dort prallte ein Wasserfall auf die Oberfläche. In seiner Nähe ragte ein dunkler Stein aus den Fluten, dem Ende einer gewaltigen Fischflosse ähnelnd. Seine winzigen Vertiefungen fingen gleißend das Licht der Mittagssonne in kleinen Wasserlachen.

Fasziniert starrte Fellian ihn an: So musste ein *Roalyiae* aussehen, ein Nixenfelsen, auf dem sich die Wassergeister sonnten und mit ihrer Schönheit arglose Wanderer in ihren Bann zogen. Unersättlich glitten seine Augen von links nach rechts, während er versuchte, diesen verwunschenen Anblick unauslöschbar auf die Leinwand seiner Phantasie zu malen.

Leises Plätschern zog seine Aufmerksamkeit auf sich. Die Wellen teilten sich, und eine vollkommene, unbekleidete Frau schob sich wie auf magische Weise aus dem Wasser empor, ihre Haut so weiß wie Gischt, und Augen tief wie die Fluten des Wassers. Die langen Haare wallten in grünlichen Locken um ihre zarten nackten Schultern, tanzend, verführerisch, als seien sie eigene Lebewesen. Vollkommen geformte Lippen teilten sich zu einem Lächeln – der Anblick Dutzender spitzer Zähne löste den Bann.

Fellian schrak zurück. Zu spät erinnerte er sich der Worte, die jeder *Solièdr'iy* an einem See sprach, um die Nixen und Wassergeister abzuwehren. *Verdammt seist du, Coralye,* dachte er. *Einmal nur versage ich dir die Ehrerbietung, und du lässt mich zahlen!* Der Barde öffnete den Mund, um zu schreien, doch bevor sich ein Ton seiner Kehle entrang, ergriff die Nixe ihre Beute und zog sie auf den Grund des verwunschenen Sees.

Ein erstickter Schrei zog Reyshas Aufmerksamkeit auf sich. Als die Söldnerin an den Weiher stürmte, sah sie Fellians blonde Haare in den Fluten versinken, umschlungen von einem dünnen Arm, an dem winzige Schuppen funkelten.

Ungläubig starrte Reysha auf die harmlosen Wellen, die ihren Weggefährten verschlungen hatten. Geraubt von einem Wesen, das es nicht geben dürfte. Sie zögerte nur einen kurzen Moment, dann warf sie Harnisch und Gürtel von sich. Die Stiefel folgten, und sie stürzte sich, nur mit einem kleinen Dolch bewaffnet, in die tiefen Fluten. Was auch immer dieses Wesen war, es schien zu leben – und was lebte, konnte man töten.

Selbstredend konnte Reysha schwimmen, doch das Tauchen hatte sie nie erlernt. Hilflos strampelte sie einige Fuß unter der Oberfläche, unfähig, tiefer zu gelangen. Weit unter ihr leuchtete des Barden helles Haar, gedämpft durch das grünliche Wasser. Der Boden des Sees schien weit entfernt – wie konnte ein Mensch bis auf den Grund gelangen, ohne zu atmen? Mit jedem Zoll, den sie hinabsank, schloss sich ein eisernes Band stärker um ihren Körper, das sie lähmte. Reysha löste sich aus der Starre und stieg auf, kletterte ans Ufer und brach im Gras zusammen. Keuchend schnappte sie nach Luft und versuchte, sich einen neuen Plan auszudenken.

✦ ✶ ✦

Wohlklingende Laute hüllten Fellian ein. Das Wasser am Grund des Sees wogte sanft gegen seinen Körper, drang durch die feinen Nähte seiner Kleidung und berührte seine nackte Haut. Fremdartige Harmonien erklangen durch jeden Tropfen, jedes Erdkörnchen und Lebewesen. Der See spielte sein Lied und benutzte des Barden Körper als Saite. Ein strahlend weißer Engel bewegte sich mit lockenden Bewegungen auf ihn zu. Die langen Haare in der Farbe der Fluten umhüllten ihren Körper gleich einer Decke. Bogenförmige Lippen, so wohlgeformt und verführerisch, dass er glaubte, Yaililyäi vor sich zu sehen, die Göttin der Fruchtbarkeit. Ihre elfenbeinernen Finger berührten seine und verflochten sie miteinander …

Plötzlich erfuhr die Harmonie des Sees einige heftige Dissonanzen. Unwillig hob Fellian den Kopf. Diese Klangstörungen schmerzten in seinen empfindsamen Ohren. Über sich erblickte er eine blitzende Gestalt, die sich schwerfällig auf sie zu bewegte.

Reysha!

Sie vermochte nicht zu tauchen und war auf die naheliegendste Lösung verfallen, sich mit ihren schwersten Ausrüstungsgegenständen zu behängen. Vermutlich wollte sie diese am Grund des Sees abwerfen – sobald sie Fellian zu fassen bekam. *Oh Reysha, dein kostbares Kettenhemd – und das Schwert deiner Mutter …*

Als er begriff, was sie für ihn zu opfern bereit war, wurde er aus der traumhaften Versunkenheit gerissen. Die Finger, die seine Hand hielten, fühlten sich rau an. Er hob den Kopf zu der Nixe – und prallte schier zurück. Das eben noch so engelhafte Gesicht war spitz und fremdartig, unmenschlich. Die elfenbeinerne Haut erinnerte an eine Wasserleiche, die wallenden Locken an würgende Schlingpflanzen. Sie würde Reysha verletzen! Hastig sah er sich nach einer Waffe um. Doch hier lagen nur ebenmäßige, weiße Kiesel, nichts, was er verwenden konnte, um dieses Wesen zu verletzen.

Die Augen der Nixe wurden immer größer, bis ihr Gesicht aus nichts anderem mehr zu bestehen schien, bis sich alle Farben der Gewässer in der gewaltigen Iris wiederfanden. Ihre Zunge trillerte und pfiff seltsame Geräusche, der ganze Körper bewegte sich geschmeidig wie ein Fisch im Rhythmus und vollführte ausladende Bewegungen. Da erbebten die Fluten des Sees und schienen sich anzuspannen. Fellian konnte nun verschiedene Schichten sehen, deutlich abgegrenzt wie Tag und Nacht.

Ein gewaltiges Tosen warf den Barden zu Boden, und als er aufblickte – war Reysha fort. Sein panischer Gesichtsausdruck bewegte die Nixe zu sprechen.

»Sie ist am Leben«, sagte das Wasserwesen mit einer Wehmut, die der *Solièdr'iy* nicht verstand. »Mein See hat den Störenfried von sich gestoßen. Hier dulde ich keinen Eindringling.«

»Und was bin ich?«, krächzte der Barde mit vor Angst unmelodischer Stimme.

Mit geschmeidigen Bewegungen schwamm die Nixe näher zu ihm, ihre grünlichen Haare wallten gleich einer kalten Feuerlohe um sie.

»Du bist willkommen«, sang sie mit ihrer unmenschlichen Stimme, und ein magisches Vibrieren legte sich gleich einem Mantel um den Barden. Doch der Zauber hatte seine Macht verloren.

Die Landung war hart. Reysha rappelte sich auf und humpelte entschlossen zu dem Weiher zurück. Jeder Teil ihres Körpers schmerzte.

Das glasklare Wasser hatte sich grünlich eingefärbt. Doch die Söldnerin machte sich keine Hoffnungen, dass das Blut dieses scheußlichen Wesens die Fluten getrübt hatte. So weit hatte sie sich ihm nicht nähern können. Gewiss hatte dieses Scheusal absichtlich das Wasser verändert, damit sie nicht beobachtet werden konnte … während sie Fellian auffraß? Reysha fluchte in drei verschiedenen Sprachen. Dieses Monster hatte nicht nur ihren Reisegefährten, sondern auch ihre kostbarsten Besitztümer verschlungen. So schnell würde sie in dieser Einöde keinen guten Waffenschmied finden. Wütend warf sie sich in die Fluten und versuchte erneut zu tauchen. Wieder und wieder verausgabte sie sich, bis Himmel und Wellen sich zu einem flirrenden Ganzen vermischten. Keuchend streckte sie die Arme dem Himmel entgegen. Zumindest glaubte sie dies. Ihre Lungen schienen bersten zu wollen, als ihre Finger endlich an einem glatten, kühlen Gegenstand abrutschten. Mit letzter Kraft zog sie sich an den felsigen Rand des Ufers und versuchte, ihre tränenden Augen und die brennende Lunge zu beherrschen.

Unfähig, sich vollständig an Land zu ziehen, hing sie mit ganzem Gewicht an den kühlen Felsen. Als sie spürte, dass die Fingerkuppen taub wurden, kam ihr die rettende Idee. Nun musste sie lediglich einen losen Stein finden –

Stein? Einen Felsen! – und sich davon in die Tiefe ziehen lassen. So leicht gab sie nicht auf!

Das spitze Gesicht des Wasserwesens wirkte eingefallen, scharf traten die Wangenknochen hervor.

»Ihre Kraft wird nicht ewig reichen«, fauchte sie mit unmenschlicher Stimme und verfluchte sich sogleich für ihre mangelnde Selbstbeherrschung. Doch ihr neuer Mensch zeigte keinerlei Angst, sondern wirkte katatonisch.

»Nein, das wird sie nicht«, flüsterte er, und die Unsterbliche schmeckte das Salz seiner Tränen im Wasser. »Sie wird versuchen, in die Tiefe zu gelangen, bis sie dich erreichen kann – oder beim Versuch sterben.«

Der Schmerz in seiner Stimme ließ keinen Zweifel an dem Ausgang dieses Wettstreites. Die Trauer des Menschen – des Mannes, den sie in ihren Bann gelockt hatte – bohrte sich gleich einer Scherbe in ihre Seele.

Kurz zögerte die Unsterbliche. Menschliche Frauen waren ihr fremd und bedeuteten nichts als ein Ärgernis. Doch wenn die Frau starb, war mit dem Mann nichts mehr anzufangen – und vielleicht schaffte es die störrische Kriegerin doch, bis auf den Grund zu gelangen? Die Nymphe fasste einen Beschluss. Mit lauter, durchdringender Stimme sang sie eine fremdartige Weise, die die Fluten zittern ließ unter ihrer Magie. Plötzlich verschwand die Sonne aus ihrem Blickfeld, und das Wasser wurde dunkler. Irritiert sich blickte der Mann um.

»Ich habe den See versiegelt«, sagte die Unsterbliche und bemühte sich um eine sanfte Stimmlage und ein menschenähnlicheres Erscheinungsbild. »Sie kann die Wasser nicht erreichen und sich nicht verausgaben. Jetzt kann sie nicht mehr in meinem See ertrinken.«

»Danke – ich danke dir«, stammelte ihr neuer Mensch.

Am Rande ihrer Einflusssphäre spürte die Nymphe, wie die junge Frau verzweifelt weinend zusammenbrach.

Ein dicker Fisch mit silbrigen Schuppen saugte sich an Fellians Hand fest. Ruckartig wollte er ihn abschütteln, doch die Wassermassen verwandelten seine kraftvollen Bewegungen in elegante, langsame Schwünge, denen der Fisch mühelos folgte. Sein riesiges Auge glupschte den Barden vertraulich an, und Staub tanzte im Wasser, als der Barde sich heftiger gegen ihn wehrte.

Ein Wort der Nixe, und das kalte Geschöpf trollte sich.

»Ein jedes Lebewesen gehorcht hier meinem Willen«, flötete sie sanft.

Die Spur aus kleinen Luftbläschen, die den Weg des Fisches anzeigten, zogen Fellians Aufmerksamkeit an. Entsetzt schnappte er nach Luft, aus purer Gewohnheit, und fürchtete schon das Wasser in seinen Lungen – doch nichts geschah.

»Ich atme nicht!« Der *Solièdr'iy* geriet in Panik. Wenn er ertrunken war, wieso gelangte er nicht in die Zwischenwelt? Wurde ihm der Zugang verwehrt, da er auf unnatürliche Weise ums Leben kam?

Blaugrüne Wirbel umfingen ihn, als sein Geist haltlos durch Raum und Zeit irrte. Leicht wie eine Feder und beweglich wie das Licht trieb er von dannen. Doch schließlich wies ihm sanfter Gesang den Weg in seinen Körper. Beklemmung erfasste ihn, als seine Seele in sein Fleisch zurückkehrte.

Das liebliche Gesicht der Nixe, nun unschuldig wie ein junges Menschenmädchen, hing vor seinen Augen, ihre kalten rauen Finger streichelten seinen Nacken.

»In meinem Reich musst du nicht atmen, nicht essen, nicht schlafen.«

Überdeutlich betonte sie ihre Worte, als spräche sie zu einem Kind, und Fellian wurde bewusst, dass sie dies nicht zum ersten Mal zu ihm sagte. Beschämt stellte er fest, dass er vor Furcht und Panik beinah irrsinnig geworden war – *lahnui-kauri* nannte man dies in seiner Heimat, *von Kyauri besessen*. Bedrückt fragte er sich, ob er jemals wieder seine Heimaterde betreten würde, bevor er starb … Ob er diesen See jemals wieder verlassen könnte.

Wehmütig betrachtete die Unsterbliche den Mann, den ersten Menschen seit langer Zeit, der sich an ihren See verirrt hatte. Sie hatte völlig vergessen, wie wunderbar glatt und weich sich menschliche Haut anfühlte, wie warm ihre Körper waren und wie beruhigend sich der Klang eines menschlichen Herzens anfühlte, verlangsamt im Takt ihres Sees.

Nichts geschah so, wie es sich die Nymphe ausgemalt hatte. Ihr ureigener Zauber, der zumindest für die ersten paar Jahrzehnte einen Menschen zu betäuben vermochte, wurde umgehend zerstreut von der Musik, die der Seele dieses Mannes innewohnte.

Noch nie hatte ein Mann gegen seine Gefangenschaft angekämpft, obwohl eines Tages stets der Moment kam, da sie um ihre Freiheit baten. Doch für gewöhnlich war sie ihrer Anwesenheit dann längst überdrüssig geworden.

Doch die Unsterbliche spürte, dass sie den Barden nicht erneut in ihren Bann ziehen konnte. Ihre Magie wirkte bei ihm nicht mehr, nachdem er sich einmal aus ihrem Geflecht befreit hatte. Die Musik seiner Seele sang ein wildes Lied von Freiheit. Die Harmonien seines Blutes erinnerten ihn an seine Menschlichkeit. Hunderte, Tausende von Geschichten mahnten ihn an die Welt, die er zurückgelassen hatte.

Vorwurfsvoll blickten seine blauen Augen sie an. Menschliche Augen waren ein schwacher Abglanz des Ausdrucks, den ein Unsterblicher trug, doch sie sprachen ihr Gefühl auf eine besondere Weise an, wie es kein Mensch je zuvor getan hatte, und sie spürte den Wunsch, sich zu rechtfertigen, die Verurteilung ihrer selbst aus diesen blauen Augen zu löschen.

»Viele, viele Sonnenumläufe ist es her, dass mir ein Mensch die Zeit vertrieb«, beteuerte sie mit einer Stimme, die dünner und zerbrechlicher klang, als sie es beabsichtigt hatte, und hob bittend die Hände. Ob wegen ihres Schauspieles oder des echten, tiefen Gefühls von Einsamkeit, das ihrem Wesen zugrunde lag – seine Züge entspannten sich.

»Die anderen dachten sicherlich daran, ihren Zauber aufzusagen«, seufzte er.

»Welchen Zauber?«, erkundigte sich die Unsterbliche irritiert. Ihre Magie verlieh ihr die Gabe sämtlicher Zungen, doch nicht zum ersten Mal hatte sie das Gefühl, sie habe den Mann missverstanden. Die gebräunte Haut zwischen seinen hellen Brauen furchte eine tiefe Falte.

»Jedes Kind in *Solièdrin* lernt den Zauber, mit dem man der Wassergöttin *Coralye* seine Ehrfurcht bezeugt, Lobpreisungen zu ihren Ehren, sodass sie uns verschont.«

»**Göttin!**« Die Wucht des nymphischen Zornes ließ den Grund des Sees erbeben. Fische und anderes Getier flüchtete zwischen die Steine oder grub sich ein. Die Musik der Wellen donnerte bedrohlich, während sich die Wasserschichten des Sees in hungrigen Strudeln vermischten.

Ihre Beute versuchte fort zu schwimmen und wurde von den Wirbeln zurückgeworfen. Mühsam rang die Unsterbliche um Beherrschung, und das Wasser beruhigte sich schließlich.

»*Coralye* ist ebenso wenig Göttin wie ich«, modulierte sie mit kalter, beherrschter Stimme und entsetzte dennoch ihren neuen Menschen durch ihren Anblick. »Die Anmaßung unserer Schwester hat schon Nymphen in allen Ländern aufgebracht. Falls eure Sprüche die Unsterblichen in den stehenden Gewässern fernhielten, war dies keinesfalls ein Zauber oder ein Schutz von dieser …«

Unmelodische Geräusche ertönten, als das Wasserwesen in seiner ganz eigenen Sprache schimpfte.

»Zorn und Erbitterung hielten uns auf dem Grund unserer Seen, wenn ihr von ihr spracht«, zischte sie verhalten, als sie wieder den Zugang zu seiner menschlichen Sprache gefunden hatte. Sein erschrockenes Gesicht zeigte ihr, dass sie erneut einen schauerlichen, durch und durch furchteinflößenden Anblick bieten musste. Endlich hatte sie sich beruhigt und fragte: »Was erzählt man über uns Nymphen?«

»Ich möchte eure Ohren nicht damit langweilen, Herrin«, antwortete er geschmeidig. Seine betonte Ehrerbietung und der Geschmack von Angst im Wasser brachten sie zum Schmunzeln.

»Mir ist wohl bekannt, dass die unwissenden Menschen so manche Geschichte erfanden«, sagte sie und vibrierte mit ihren Kehlklappen, damit unhörbare Schwingungen den Menschen beruhigten.

»Ich bin also nicht tot«, wiederholte der Barde, und es schien, als könne er es noch immer nicht glauben.

Majestätisch schüttelte sie den Kopf und ließ ihre wundervollen Haare neckisch tanzen. Seine Augen glitten widerstrebend zu ihren Locken. Wie hatte sie es vermisst, männliche Gesellschaft zu haben.

"Menschen können in eurem Reich leben?", fragte er ungläubig.

»Selbstredend. Sonst hätte ich dich niemals hier herab geholt«, trillerte sie ihre Lügen. Und wenn es seinen Tod bedeutet hätte, sie hätte dennoch den Mann entführt. Tod und Verzweiflung der Menschen kümmerten sie nicht.

Kein Mensch konnte sich vorstellen, was es hieß, unsterblich zu sein. Sie würde alles tun, um Gesellschaft neben den Fischen und anderem Seegetier zu bekommen. Doch weder Zauber noch Lügen beeindruckten ihn.

»Warum hörte man dann niemals wieder von den Männern, die den Nixen in die Seen folgten?«, fragte er hartnäckig weiter. Der Barde schien dauerhaft gegen ihre Zauber immun zu sein. Langsam ermüdeten die nicht enden wollenden Fragen des Mannes die Nixe. Doch sein Geist bot Zerstreuung, so köstlich, wie die keines anderen Menschen, den sie jemals ihr Eigen genannt hatte.

»Im Reich der Unsterblichen vergeht die Zeit anders. Brüder, Nachbarn, Nichten, sie waren alle schon in die Erde eingegangen, als meine Männer ans Ufer zurückkehrten. Doch erhielten sie mit dem Kuss der Nymphe Geschenke, die sie reich dafür entschädigten.«

Der Geschmack von Angst, kurzzeitig verschwunden, kehrte nun umso stärker zurück.

»Warum ... warum könnt ihr keines der Wasserwesen zum Gefährten nehmen?«

Die vielen Fragen strengten die Unsterbliche an. Doch überrascht registrierte sie, dass die Neugier ihres neuen Menschen jede Form der Furcht überwand. Dies war unzweifelhaft der interessanteste Mensch, den sie je besessen hatte.

»Ein jeder von uns ist an seinen See gebunden. Ihn zu verlassen, bedeutet den Tod. Kein Wassermann kann mit einer Nymphe eine Bindung eingehen.«

»Aber wie vermehrt ihr euch denn?«, fragte er nach, jede Form von Angst verschwunden angesichts des Wissensdurstes. »Wie kamt ihr in die Welt?«

»Ich kann mich an keine Zeit erinnern, in der ich nicht existierte. Nie sah ich einen Wassermann oder eine andere Nymphe. Mit dem Wissen um die Welt wurde ich in diesem Körper geboren – in der Zählung der Menschen vor Tausenden von Jahren.«

Das betroffene Gesicht des Mannes – Fellian, so hieß er – ließ sie ihre Einsamkeit überwältigend spüren. Und zum ersten Mal in der Geschichte ihrer Existenz vergoss die Unsterbliche Tränen, so warm wie die Haut ihres Menschen.

Die Tränen machten sie blind, sodass sie sein Gesicht nicht mehr erkennen konnte.

✦ ✤ ✦

Fellian konnte nicht abschätzen, wie lange er sich schon am Grund dieses Sees befand. Er wusste nur, dass es höchste Zeit war, in die Welt der Menschen zurückzukehren. Und er setzte seinen Plan in die Tat um.

»Du musst mich gehen lassen«, sagte der *Solièdr'iy*.

»Ich muss?« Ihr Lächeln war grausam, doch das beeindruckte ihn nicht. Inzwischen wusste er um seinen Wert für das Wasserwesen.

»Hier bleibe ich jedenfalls nicht«, erwiderte er hochmütig, als würde er sich bei einem Gastwirt über die schlechte Unterbringung beschweren. Das perlende Lachen der Wasserfrau ließ die Fluten heller strahlen.

»Und wie willst du es fertigbringen, meinen See zu verlassen?«

»Du wirst mir den Weg freigeben«, antwortete er selbstherrlich, als sei die Nixe in der schwächeren Position. *Solièdr'iy* ... Kein anderes Volk hätte in solch einer Situation diese Darstellung von Arroganz zustande gebracht. Vermutlich hatten es seine Landsleute verdient, dass jeder Fremdländer sie verachtete. Wenn diese Attitüde ihm doch nur helfen würde, wieder nach oben zu gelangen.

»Zum ersten Mal seit unendlich langer Zeit verfüge ich über Gesellschaft, die nicht beschuppt ist. Nichts könnte mich dazu bringen, dich aufzugeben!«

»*Ich* werde dich so weit bringen.«

Das spöttische Grinsen verzerrte die Züge des Wesens zu einer unmenschlichen Maske.

»Und was willst du tun ... Mensch?«

»Nichts.«

Mit einem unangenehmen Lächeln wandte sich die Nixe ab, als Fellian weitersprach.

»Nichts werde ich tun – weder dich anblicken, noch mit dir sprechen und schon gar nicht Zärtlichkeiten austauschen. Meine Anwesenheit wird eine einzige Qual für dich bedeuten, denn du wirst ebenso einsam sein wie zuvor – mit einem warmen Menschen in Reichweite.«

Stets sollte man beachten, wie weit man einen Unsterblichen reizen kann ... Die Wucht des Nixen-Zornes schleuderte den Barden über den Grund des gesamten Sees. Über sich hörte er beharrliches Trommeln – das musste der Wasserfall sein, der auf den versiegelten See prasselte.

Noch während er oben und unten zu unterscheiden suchte, schoss die Nixe auf ihn zu. Sein Herz raste so schnell, dass er kaum atmen konnte. Ihr Gesicht bildete eine furchterregende Maske und schien nur aus Augen und spitzen Zähnen zu bestehen. Machtvoll wie eine Göttin in ihrer Wut stoppte sie über ihm und fauchte, kaum menschlich: »Das wirst du niemals durchhalten.«

»Ich bin ein *Solièdr'iy.* Wenn du meine Forderung nicht erfüllst, bekommst du gar nichts.« Sein Geist wollte sich verkriechen angesichts der tobenden Unsterblichen. Jeder Muskel seines Körpers erstarrte in Todesangst. Nur sein Stolz hielt ihn aufrecht. Gerade als ihr Mund sich grotesk weit über ihm öffnete und Tausende kleiner Zähne entblößte, übertönte er ihren Zorn mit der Stimme eines ausgebildeten Barden. »Denn wenn du mich gehen lässt, werde ich Balladen dichten und Geschichten erzählen, sodass jeder deinen See kennt.«

Der groteske Mund schien sich etwas zu verkleinern.

»Von überall her werden abenteuerlustige Männer herbeiströmen, um die Nixe zu betrachten – und viele von ihnen werden gerne einige Zeit in deinem See verbringen, wenn sie dafür mit dem Kuss der Nixe beschenkt werden. «

Kaum wagte er zu atmen, als sich der Gesichtsausdruck der Nixe wieder veränderte. Sie wirkte nachdenklich.

»Schwörst du es bei deinen Göttern?«

✦✕✦

Eine Handbewegung nur hatte es die Nymphe gekostet, das Siegel zu lösen. Ihre Augen schimmerten feucht, als die Gestalt des Barden kleiner wurde. Ihre Magie trieb nicht nur Mann, sondern auch die Ausrüstung der wütenden Menschenfrau ans Ufer. Fort war der kurzweiligste Mensch, den sie je besessen hatte. Denn der Nixe größter Wunsch konnte sich nicht erfüllen: niemals würde sich ein anderes unsterbliches Wesen auf den Grund ihres Sees begeben. Und ein Mensch verlöre den Verstand, gewährte man ihm ewiges Leben. So war ihr Dasein bestimmt von Verlust und Einsamkeit.

✦✕✦

Reysha kugelte ihm beinahe einen Arm aus, als sie ihn unter die Bäume zerrte.

»Wie lange war ich fort?«, brachte er atemlos hervor. Doch die streitbare Kriegerin fiel ihm wortlos um den Hals.

Fellian fühlte sich bedrängt, so umklammert zu werden, nachdem er gerade erst der Gefangenschaft eines anderen weiblichen Wesens entronnen war. Doch die sehnigen Arme der Söldnerin ließen ihn nicht los. Später argwöhnte er, dass sie Tränen geweint hatte, die sie verbergen wollte.

Er hatte sich die Schicksalsbande also nicht eingebildet, die ihre Wege verknüpft hatten! Sobald sie zu Pferde dem unheilvollen Ort entflohen, befragte sie ihn über seine Erlebnisse. Und – wie könnte es anders sein – missbilligte sie das Versprechen des Barden gegenüber seiner glücklosen Geiselnehmerin. So lagen sie bald wieder im Streit.

»Dass du auch nur überlegst, ein Lied zu dichten, das andere in dieselbe Falle locken wird …«

Fellian seufzte. Die Diskussion drehte sich im Kreis.

»Du sagst doch immer, dass selbst schuld ist, wer sich unnütz in Gefahr begibt.«

»Es ist ein Unterschied, ob ich jemanden auf eine Gefahr hinweise, und dieser Narr sich dorthin begibt, oder ob man mit romantischen Balladen solche Dummheiten schmackhaft macht!«

»Meine Lieder haben denselben Effekt, den deine Worte haben«, erwiderte Fellian hochmütig, der ein unschlagbares Argument zu finden glaubte. »Wenn eine bewährte Kriegerin, eine Veteranin des Großen Krieges, eine *Heldin* sagt: *Dies ist zu gefährlich,* so spornt es die Menschen doch nur an, etwas zu vollbringen, was dir nicht gelingen will.«

Seine Freundin – nicht Reisegefährtin, Freundin – fluchte etwas Unverständliches. Es klang ziemlich bösartig. Nun verfiel sie erneut in ihre knurrige Schweigsamkeit, für die nächsten Meilen, wenn nicht gar Tage. Fellian wollte singen vor Erleichterung.

Noch immer hatte er ihr nicht alles erzählt, was auf dem Grunde des Sees passiert war. Er sah sich außerstande, ihr die Empfindungen zu vermitteln. Eines Tages würde er einmal ein Lied über eine einsame todunglückliche Nymphe dichten und über einen Mann mit freiem Willen – und Reysha würde es verstehen.

Einstweilen machte er sich an die Erfüllung seines Versprechens. Er wusste genau, welche Worte er finden musste, um die richtigen Männer anzusprechen. Menschen, die keine Gefahren scheuten, weil sie bereits alles verloren hatten. Menschen, deren Abwesenheit niemandem Kummer bereiten würde.

Der Barde strich über die Saiten seiner winzigen Reiseharfe und erinnerte sich an den Grund des Sees. Schon verblasste das Bild der Unsterblichen vor seinen Augen. Doch es würde ihm gelingen, die Harmonien der Fluten einzufangen und die Schwingungen ihrer Magie – ein Schlüssel zur Erinnerung.

In seinem Geist entfaltete sich eine Ballade über Einsamkeit, Verlust, Verzweiflung – und die Möglichkeit eines neuen Lebens durch den Kuss einer wunderschönen Nixe, tief unten in den grünen Fluten. Es würde von einer Welt erzählen, die weder Schmerz noch Zeit kannte und aus der man als neuer Mensch auftauchte, gereinigt von allem, was an die dunkelsten Zeiten des Lebens erinnerte.

Meara Finnegan stammt aus dem Rheinland und liebt Geschichte ebenso sehr wie die Phantastik. Düstere Kurzgeschichten schreibt sie besonders gerne; entgegen aller Gerüchte gibt es häufig Überlebende. Online findet man ihre Website hier: www.meara-finnegan.de

Meermädchenliebe

Laszlo Hartmann

Es war einmal Wasser, das stieg hoch und höher gen Polarhimmel, ein Meer, das gierig Küsten verschlang. Eis, das gestern noch ewig schien, würde morgen vielleicht verschwunden sein. Ja, es war sehr schön gewesen und nichts war für immer, seufzten die Eisberge sterbend. Nur die Dunkelzeit kehrte immer wieder, aber wie lange noch, wer wusste das schon.

»Nimm alles von mir. Auf ewig dein, ich liebe dich«, Meermädchen wiederholte diese Wundersätze immer wieder, die alleine sie retten konnten. Sie flüsterte, obwohl keiner sie hörte, keiner sie hören konnte, und sie nicht wusste, wen sie lieben und wem sie sich schenken sollte.

Alle ihre Freunde waren fort: die immer zu einem Scherz aufgelegten Hundsrobben, die lebensklugen Eisfüchse, die drollig tollpatschigen Walrösser. Sogar die arroganten Schnösel-Polarbären, mit denen Meermädchen oft gezankt hatte, flüchteten an Land. Obwohl Menschenmänner dort auf sie schossen.

Meermädchenseelenallein, die letzte ihrer Art war sie, seit ihre Schwestern vor vielen Lichtzeiten Menschenmädchen geworden waren. Die Lichtliebe schickte die älteste und schönste in ein Land namens Deutschland, die jüngste und frechste ins Griechenland, und die, die Meermädchen besonders nahestand, sendete sie ins Russenland. Unvorstellbar weit entfernt von ihr.

Ob ihre Schwestern sie vermissten, fragte Meermädchen die Blauwale, die Lichtzeit für Lichtzeit vorbeikamen. Doch sie wussten es nicht. Ob sie glücklich wären, glücklicher als sie, wollte sie wissen. Doch die Blauwale antworteten nicht, so oft sie auch fragte. Die Schätze, die Meermädchen ihnen im Tausch für eine Antwort anbot, lehnten sie ab. Sie wollten weder die neonbunten Halme noch die algengrün glitzernden Scherben, die Meermädchen auf dem Meeresboden gefunden hatte. Sogar den gezackten Silberring, den sie von einem rotweißen Leib getrennt hatte, verschmähten sie. Wale sind eigenwillige Geschöpfe, fast unmöglich, sich mit ihnen zu befreunden.

Von Lichtzeit zu Lichtzeit stimmte der Gesang der Blauwale Meermädchen trauriger. Sie sangen nicht länger - wie einst auch die Seelöwen, bevor sie verstummten - von der Sehnsucht der Wellen nach Klarheit. Die Blauwale besangen nun Menschenmüllteppiche, größer als die majestätischsten aller Eisberge. Sie beweinten die Gier der Menschen, die wenig verstanden, weniger noch achteten und alles, sogar die Zukunft, wegwarfen. Ihre Gesänge über den qualvollen Todeskampf der Hoffnung, die doch eigentlich zuletzt sterben sollte, trieben Meermädchen Eisтränen in die Augen.

»Was wird sein? Gibt es auch für mich eine Liebe?« Auch wenn Meermädchen die Antwort - nämlich keine - lange kannte, fragte sie die Blauwale immer wieder. Trotzig zuerst, *dann jetzt erst recht*, inzwischen eher *ach egal*. Die Blauwale lachten nur. Und wer jemals einen Blauwal lachen hörte, weiß, dass das schauriger klingt als jedes ihrer Lieder.

Meermädchen betete zum Schicksal, sich ihrer zu erbarmen. Doch das Schicksal war, glaubte man den Walgesängen, ein launischer Geselle, der bevorzugt die Gestalt von Papageientauchern, Schwanzstirnwürgern oder Doppelschnepfen annahm. Die sich aber allesamt niemals weiter nördlich als hinter den Horizont verirrten. Die Chancen standen schlecht für Meermädchen.

Wenn Menschenmänner auftauchten - seit Beginn der Schmelze kamen sie auf Schiffen, die *Polarstern*, *Hoffnung* oder *Atlantis* hießen, und schlugen und bohrten im schwindenden Eis herum - glich Meermädchens Herz einem der Berge, die nun auch während der Dunkelzeit ins Meer rutschten und krachten wie Gelenke, wenn sie brachen, zerbarsten. Alles in ihr rief dann *Aber*, brüllte *Reißaus*.

Aber diese kalten Augen, die durch sie hindurch starrten als wäre sie ein seelenloser Aalmutternschwarm, *reiß aus!* *Aber* dieser Geruch von Untergang, selbstgerechtem Egal und abgestandenen Lügen, den sie verströmten. Kein bisschen rochen sie nach sauberem, fischsalzigem Glück, *reiß aus!* Dachte Meermädchen an das emporgereckte *Aber* zwischen ihren Beinen - nur einmal und rein zufällig erblickt - stellten sich die Schuppen ihrer verhassten Schwanzflosse auf, wie sie es sonst nur bei den heftigsten Eisstürmen der Dunkelzeit taten.

Wie oft hatte sie sich vorgenommen, die *Abers* zu ignorieren, sicher Krebstierrudel-oft. Einen Menschenmann zu lieben, anders konnte sie den Fischschwanz nicht loswerden. Konnte nicht ihre bis zum Horizont und zurück reichende Einsamkeit eintauschen gegen ein bisschen Glück, nicht mal eisschollengroß musste es sein.

Lichtzeithell wurde es sogar in der Dunkelzeit unter dem Eis, seit die Menschenmänner in durchsichtigen Kapseln hinab in die Tiefe tauchten. Sie verhedderten sich mit ihren Kraken-Arm-Kolossen in den Untereis-Algenmatten-Vorhängen vor Meermädchens Schlafgemach. Sie durchpflügten den Meeresfußboden, vernichteten ihre Kraftorte, Geborgenheitsinseln, Trostverstecke. Auch ihre Unterwassergärten zerstörten sie brutal, entwurzelten die Manganknollenaussaat, die gerade erst knospte und Meermädchen während der Dunkelzeit mit ausreichend Lichtzeitvitamin versorgte, ihre Planktonfelder, die noch nie zuvor Licht gesehen hatten und die die Helligkeit nicht vertrugen.

Die Menschenmänner benahmen sich, als suchten sie etwas. Suchten sie etwa nach ihr? Hatte die Lichtliebe ihre Finger im Spiel, wenn sie Seesternfamilien und Krebstierpärchen entzweiten? Wurde vielleicht doch noch alles gut, auch wenn sie nicht wussten, dass Meermädchen nur für den einen sichtbar würden, den sie liebten? Bedingungslos und ohne *Aber* liebten, wohlgemerkt.

Meermädchen verstand nicht, warum die Kraken der Menschenmänner Haarsterne und Muschelkolonien in walrossfamiliengroße Gefäße schaufelten und sie auf ihre Schiffe hievten.

Als sich ihre Augen an das gleißende Hell unter Wasser gewöhnt hatten, tauchte sie mit ihnen. Wer nichts wagt, der darf nichts hoffen, hatte ihre Lieblingsschwester gesagt, als sie ihrem Menschenmann ins Russenland folgte. Wie sehr Meermädchen sie vermisste!

Sie deutete auf besonders schillernde Eis-Algen und lustige Seegurken. Sie zeigte ihnen Langnasenchimären, die das Licht scheuten wie Meermädchen das *Aber*. Manchmal setzte sie sich sogar auf einen der Krakenarme und baumelte frech mit dem Fischschwanz. Doch keiner sah sie. Es war zum Verzweifeln.

Es mussten Russenmenschenmänner sein, denn sie rollten das R wie der Menschenmann ihrer Lieblingsschwester es getan hatte. Einer erinnerte Meermädchen an eines der Bartrobbenjungen, mit denen sie Anno Lichtzeit zusammen mit ihren Schwestern in den Schmelztümpeln geplantscht hatte. Unbeschwerte Zeiten waren das gewesen!

Sie stellte sich vor, der Menschenrobbenrussenmann wäre der Eine. Sie würde ihren Kopf an seine Schulter lehnen, ihre Lippen auf seine Lippen drücken, seine Seele atmen, seine Barthaare würden kitzeln. An das *Aber* zwischen seinen Beinen würde sie sich schon gewöhnen. Es mögen lernen, vielleicht. Sicher würde sie ihre Schwester wiedersehen.

Meermädchen machte es sich auf dem Krakenarm bequem und lauschte der Unterhaltung der beiden Menschenrussenmänner in der Kapsel. Der Menschenrobbenrussenmann saugte an einem neonbunten Halm, den Meermädchen zu gerne in ihre Haare geflochten hätte.

»Krass, da schwebt eine Cola-Dose, ich werde verrückt, so viel habe ich doch gestern gar nicht gesoffen. Alter, mach mal eine Aufnahme, das ist doch überhaupt nicht möglich!« Er deutete auf Meermädchen. Sah er sie? Hießen Meermädchen in der Russenmenschenmannsprache vielleicht Cola-Dosen? Sollte sie die Worte sagen, die sie dann nicht mehr zurücknehmen konnte? Nimm alles von mir, auf ewig dein, ich liebe dich, steckten in ihrem Hals fest und schafften es partout nicht hinaus. Weil sie nicht liebte. Wer einmal ein Meermädchen traf, weiß, dass sie nicht lügen können, so sehr sie es auch manchmal möchten. Es liegt nicht in ihrer Natur.

Der Krakenarm vibrierte, der Saugnapf mit dem spiegelnden Auge schnurrte. Meermädchen beugte sich vor und betrachtete sich. Hübsch sah sie aus, und das rotweiße Schmuckstück, das sie in ihre Mähne geflochten hatte, stand ihr ausnehmend gut.

»Alter Schwede! Die Cola bewegt sich. Das geht doch nicht mit rechten Dingen zu. Glaubst du, es gibt hier Unterwasserelfen oder Meerjungfrauen?«, fragte der Menschenrobbenrussenmann den anderen in der Kapsel.

»Klar, du Odysseus der Tiefsee. Der Mikroplastikscheiß heißt sicher nicht ohne Grund Mermaid´s Tears. Da hinter den schwarzen Rauchern lungert eine, die will dich vernaschen. Hörst du sie nicht singen? Wuhu, wuhuuu«, der Menschenrussenmann bleckte seine spitzen Haifischzähne und deutete an Meermädchen vorbei auf die steinernen Türme, aus deren Spitze schwarzer Rauch brodelte. »Du bist so was von untervögelt«, sagte er. Meermädchen verstand nicht, von welchen Vögeln er sprach. Der Menschenrobbenrussenmann lachte dreckiger als eine Lachmöwe.

Aber dieses Lachen!

Meermädchen kaute an diesem *Aber*, sie hätte geflucht, wenn sie gewusst hätte wie, aber Meermädchen fluchen so wenig wie sie lügen. Nicht einfach, das *Aber* herunterzuschlucken, doch sie gab sich Mühe, wirklich.

»Das sind Sirenen, die singen, Idiot«, sagte der Menschenrobbenrussenmann, »von wegen untervögelt. Gib mir zwei Tage, und ich mach die scharfe kleine Journalistin klar, wetten?« Was waren Sirenen? Was Journalistin? Aber sein Gesichtsausdruck schrie laut und deutlich: *reiß aus*. Wieder ein Fluch, wenn sie fluchen könnte.

»An der beißt selbst du dir die Zähne aus, Casanova, die hat was mit der fetten Lesbe, der Köchin. Ich wette dagegen«, sagte der Haifischzahnrussenmenschenmann. Sie klopften sich auf die Schultern, und der Menschenrobbenrussenmann verzog das Gesicht zu einem *aber-aber-aber*-hässlichen Lachen. Unmöglich zu schlucken. Während Meermädchen überlegte, was denn Lesbe war, was Köchin, spuckte sie - gar nicht meermädchen-like - das unzerkaute, unverdaute *Aber* wieder aus. Den konnte sie nicht lieben.

Enttäuscht, ein bisschen Erleichterung war auch im Spiel, schwamm Meermädchen zum Schiffsrumpf, um nach *aber*-losen Menschenrussenmännern zu suchen, und schaute durch eines der Schiffsaugen ins Innere. Sie konnte nicht glauben, was sie da sah, träumte sie?

Zwei Menschenfrauen wickelten sich umeinander, verknoteten ihre Arme und ihre Beine, eisaal-glatte und eisaal-lange herrliche Beine. Sogar ihre Seelenzungen umschlangen sich. Sie bebten, glitschten, pulsierten, lächelten und seufzten. Das gab es wirklich? Warum hatten die Blauwale niemals von diesem Wunder gesungen? So schön waren diese beiden, dass es schmerzte. Die Eisblumenkruste auf Meermädchens Seele bekam einen Riss, es knackte wie ein zerberstender Eisberg.

Kein *Aber* weit und breit!

Meermädchen bestaunte die Brüste der Menschenfrauen, die der Lichtzeithell-Haarigen waren spitz und frech himmelwärts aufgerichtet - fast wie ihre - die der Sternschnuppen-Blassen kugelfischrund. Die Lichtzeithell-Haarige kratzte den sternengesprenkelten Rücken der Kugelfischmenschenfrau.

»Ja«, rief sie, »ja.«

Meermädchen presste ihre Nase an die Scheibe, sie roch saubere Fischmeer-Salzig-Lichtliebe.

»Ja«, antwortete sie, »Ja«.

Ohne zu zögern sprach sie die magischen Sätze, die alles ändern würden: »Nimm alles von mir. Auf ewig dein, ich liebe dich.« Zweimal, denn sie meinte sie beide. Die, deren Augen eisblau wie der wolkenlose Himmel der Lichtzeit strahlten, und die, deren Augen schwärzer als die Tiefe waren, bevor die Menschenmänner kamen. Die

Leuchtende liebte sie vielleicht ein drachenfischkleines Bisschen mehr. Meermädchens Herz peitschte in ihrer Brust wie ein Eisorkan durch die Dunkelzeit.

»Wer soll uns denn hier sehen? Entspann dich mal, Liebes«, sagte die Kugelfischmenschenfrau.

»Ich fühle mich aber beobachtet. Ich bin eben nicht anders, nicht wie du, Folke. Das ist alles Neuland für mich, weißt du doch«, die Leuchtende schaute Meermädchen direkt in die Augen. Meermädchen strahlte, diesmal würde es klappen.

Kein *Aber* in Sicht!

»Jetzt habe ich sie auch gesehen. Sie sieht aus wie Undine,« die Kugelfischmenschenfrau kitzelte die Leuchtende. »Traurig, auch wenn sie lächelt wie du am Anfang der Expedition, wegen diesem Idioten.«

Sie hatten sie gesehen!

Meermädchen hatte sich niemals weniger traurig gefühlt. Auch wenn eine schreckliche Wahrheit in ihr heranreifte wie eine wohlgehegt-gepflegte Manganknollenernte. Sie hätte geflucht und so weiter.

Dass sie sich entscheiden musste!

Dass geteilte Meermädchenlichtliebe zu schwach war!

Dass zwei Wunder vielleicht eines zu viel und beide zu lieben sicher unmöglich war, unmöglich wie eine Ein- oder Zwei-Lichtzeitliebe. Ein Meermädchen, eine Lichtliebe, lebenslang. Sie sollte dankbar sein, nicht ausverschämt wie eine nimmersatte Seekuh, in deren Natur das Gieren lag.

»Undine bekommt erst dann eine Seele, wenn sie sich mit einem Menschen vermählt. Sie zerfällt zu Meerschaum, weil keiner sie liebt, das ist traurig«, sagte die Kugelfischmenschenfrau. Wer war Undine? Zu Meerschaum zerfiel doch alles Leben, wussten sie das nicht?

»Aber das passiert dir nicht, Kind der Liebe, du wirst jetzt tüchtig durchgeliebt«, die Kugelfischmenschenfrau zwinkerte Meermädchen zu, die sich soeben, wenn auch Blauwal-schweren Herzens, gegen sie und für die Leuchtende entschieden hatte.

Die Leuchtende schloss die himmelblauen Augen, und wieder umschlangen sich Beine, Arme, Zungen, Seelen, und Meermädchen staunte, und konnte sich nicht sattsehen. Sie warf der Leuchtenden Wellenschaumküsse zu, sie sagte die magischen Sätze, doch die Leuchtende sah sie nicht. Niemals.

War das ihr *Aber*?

Die Kugelfischmenschenfrau dagegen sprach manchmal mit ihr. Sie trank aus einer grünen Flasche eine Eisbärenblutfarbige Flüssigkeit und lag menschenmädchenseelenalleine auf ihrem Bett. Sie hörte Musik, gegen die der schaurigtraurige Gesang der Blauwale heiter klang, schlang die Arme um ihren Kugelfischkörper und weinte. Sie hob das gläserne Gefäß voller Eisbärenblut, das niemals leer zu werden schien, in die Luft und rief: »Auf die Scheißliebe trinke ich, Prost.« Immer öfter, als das Ende der Lichtzeit nahte. Es roch bereits nach der Dunkelzeit, nach Abschied, nach Einkehr, nach Tiefe.

»Kleine Undine, du bist nicht die Einzige, die nicht geliebt wird. Es tut so weh, Prost«, sagte sie dann. Oder: »Verdammte Liebe, Undine, warum muss ich mir immer die falschen aussuchen? Ich hasse sie. Glaubt das Luder wirklich, ich bemerke nicht, dass sie mit diesem Widerling rummacht?« Was war Luder, was Widerling? Wie gerne hätte Meermädchen die traurige Kugelfischmenschenfrau das gefragt. Und warum sie Eisbärenblut trank. Sie wollte sie trösten, mit ihr weinen, mit ihr trinken, wenn es sein musste. Doch Meermädchen hatte sich für die Leuchtende entschieden, die wie vom Meeresboden verschluckt schien.

Gab es kein Zurück? Einmal sah Meermädchen die Leuchtende in der Kapsel, sie ritt auf dem *Aber* des Robbenrussenmenschenmannes und stöhnte wie ein Seeelefantenweibchen. So schön war die Leuchtende, Meermädchen liebte sie schmerzlich. Selbst als sie das Robbenrussenmenschenmann-*Aber* küsste und die Grenze zwischen seinem *Aber* und ihrem wunderschönen Gesicht verschwamm, liebte Meermädchen die Leuchtende. Die

Sehnsucht zerrte an ihr schlimmer, als der Nordwind der Dunkelzeit es je vermochte.

Was sollte sie nur tun?

Die Blauwale kamen erst in der nächsten Lichtzeit wieder, sofern das Schicksal es wollte, sofern es noch einmal Licht wurde, und wer wusste das schon. Ihre Wal-Wortkargheit - außer in ihren Gesängen natürlich – hatte Meermädchen niemals auch nur krebstier-weit geholfen. Hier wäre wieder ein Fluch angebracht oder zwei. Meermädchen seufzte nur, keiner kann so leicht aus seiner Natur.

»Ich werde mit Folke Schluss machen, noch heute«, sagte die Leuchtende. Der Robbenrussenmenschenmann nickte.

»Mach es mir nicht schwerer als es ist,«, sagte die Leuchtende kurz darauf zu der Kugelfischmenschenfrau und wand sich aus deren Umarmung. »Tut mir leid, aber ich kann keine Frau lieben. Ich liebe Barker. Du wusstest ja, dass ich auf Kerle stehe und auf wen du dich einlässt.« Aus den Augen der Kugelfischmenschenfrau tropften, nein, flossen Bäche, und auch Meermädchen weinte, als sie verstand.

Mit einer ihrer glitzernden Scharfscherben schnitt sie Strähne um Strähne ihrer langen Mähne ab. Zu gerne hätte sie sich auch das traurige Herz herausgeschnitten, doch das schaffte sie einfach nicht. Sie zwirbelte die Haare zusammen, flocht aus ihnen einen Bart wie ihn der Robbenrussenmenschenmann hatte und schnürte sich mit Algen die Brüste ab. Kein *Aber* zwischen den Beinen, dass die Leuchtende so ab-meer-göttisch liebte. Immer noch der leidige Fischschwanz, doch oben herum ging Meermädchen nun als Meerrobbenrussenmann durch, auch wenn sie noch nie einen gesehen hatte.

Noch einmal sagte sie: »Nimm alles von mir. Auf ewig dein, ich liebe dich.« Vergeblich. Die Leuchtende bemerkte sie trotz Meerrobbenrussenmann-Verkleidung nicht, hörte sie nicht, liebte sie nicht.

Nur noch einmal sah Meermädchen sie, wieder verzückt verschlungen mit dem Robbenrussenmenschenmann. Traurig fasste Meermädchen einen Entschluss. Sie löste die Algenbänder, die ihre Brust einschnürten, riss den Meermännerrussen-Bart ab. Sie liebte auch die Kugelfischmenschenfrau, ob das nun ausverschämt-nimmersatt-gierig war oder vorgesehen.

Aber das war ihr egal!

»Nenn mich Seekuh, Luder, Prost«, sagte Meermädchen, was einem Fluch durchaus nahekam. Sie schwamm zurück zum Schiff, spähte durch das Auge in die Kabine der Kugelfischmenschenfrau, in der alles Glück begonnen und alles Leid enden sollte. Doch sie war leer, nur ein eisschollengroßer Eisbärenblutfleck auf dem algengrünen Teppich und das leere Gefäß, das hin und her rollte.

Die Kugelfischmenschenfrau entdeckte sie ganz oben auf der Schiffsbergspitze. Wunderschön sah sie aus und lächelte Meermädchen zu, als sie sprang. Wie eine schlafende Robbe sank sie gen Meeresboden, die dunkelzeitschwarzen Augen weit geöffnet. Nein, sie schlief nicht.

Aber sie atmete nicht!

Meermädchen zog die zitternde Kugelfischmenschenfrau auf ihren Fischschwanz-Schoß, bettete ihren kalten Kopf an ihre Schulter, drückte ihre Lippen auf ihre Lippen, schloss die Augen, öffnete die Seele und atmete Lichtliebe in ihren Mund. Kein Barthaar kitzelte. Sie sagte die magischen Sätze: »Nimm alles von mir. Auf ewig dein, ich liebe dich.« Ihr Herz klopfte gegen die Meermädchenbrust, als wollte es sie sprengen.

Zuerst bemerkte sie es nicht, war zu berauscht von Armen, die sie umschlangen, Lippen, die zurückküssten, vom Beben, Glitschen, Pulsieren, Lächeln und Seufzen. Dann sah Meermädchen es: Dort, wo die geliebte Kugelfischmenschenfrau ihre betörend eisaal-glatten, eisaal-langen Beine gehabt hatte, trug sie nun einen Fischschwanz. Die Lichtliebe hatte sie in ein Meermädchen verwandelt. Ja, für immer nur ja.

Und wenn sie nicht gestorben sind - und das sind sie nicht, glaubt man den Gesängen der Blauwale - dann leben sie noch heute meermädchenseelenvereint am kalten Polar, wo es immer wärmer wird. Eis, das einmal ewig schien, ist nun fast gänzlich verschwunden.

Aber die Lichtliebe, die lebt!

Laszlo Hartmann wuchs Ende der 1960er Jahre in Flensburg auf. Nach dem Abitur zog sie nach Westberlin, lebte in einem von Frauen besetzten Haus und jobbte als erste weibliche Türsteherin Kreuzbergs in einer Szenediskothek. Nebenbei studierte sie Allgemeine und Vergleichende Literaturwissenschaft und Publizistik.

Mitte der 90er Jahre stieg sie quer in die Medienwelt ein und arbeitet seitdem als freiberufliche Autorin, Redakteurin und Regisseurin, vor allem für das öffentlich-rechtliche Fernsehen. Sie schreibt Kurzprosa und veröffentlichte 2019 zwei Erzählungen in der im Independent Bookworm erschienenen Anthologie »Fremd – Jede Geschichte hat zwei Seiten«.

Zurzeit schreibt sie ihren ersten Roman »*Fremde Wellen*« (AT). Einblicke in ihr Leben und Schreiben gibt sie unter www.hauptsache-geschichten.com

(Keine) Nixen im Bodensee

Janika Rehak

Es gibt keine Nixen im Bodensee.

Deutschlehrer M. stellt diese These in den Raum. Einfach so. Levin und ich schauen einander an, dann heben wir gleichzeitig die Hand.

Lehrer M. fährt noch eine Weile in seinem Monolog fort. Freitagmittag, sechste Stunde, Deutsch, Wahlpflichtfach. Der halbe Kurs träumt offen vor sich hin, die andere Hälfte träumt mit offenen Augen, und ein paar hoffnungslose Fälle hängen Lehrer M. an den Lippen oder sie tun gekonnt so als ob.

Die Geschichte des Bodensees. Mythen, Sagen und Märchenhaftes.

Mir wird der Arm lahm. Levin ist ausdauernder. Lehrer M. ordnet seine Papiere, klopft mit der schmalen Kante auf den Schreibtisch, schiebt alles sorgfältig zusammen, Ecke auf Ecke.

»Ja?«, fragt er schließlich in unsere Richtung. Sein Tonfall ist leidend, als hätte er auf eine Chilischote gebissen.

»Sagt wer?«, fragt Levin.

»Wie bitte?« Lehrer M. schaut verwirrt.

»Das mit den Nixen im Bodensee.«

»Was soll mit den Nixen in Bodensee sein?«

»Ja, nichts«, versetzt Levin.

»Wie, nichts?«

»Na, wenn es sie nicht gibt, dann kann ja nicht viel mit ihnen los sein«, erklärt Levin.

Ein paar halbwache Gesichter wenden sich ihm zu. Levin kann so was gut, Aufmerksamkeit erregen. Und aushalten.

Lehrer M. malmt mit den Zähnen. Die Chilischote war wirklich schmerzhaft scharf.

»Wer sagt das?«, fragt Levin. »Es gibt keine Nixen im Bodensee? Wer hat das behauptet?«

»Nun«, Lehrer M. räuspert sich. »Es gibt eine Menge Stoff über den Bodensee, hunderte Märchen, Sagen und Geschichten. Und keine davon berichtet etwas über Nixen, Undinen, Wassermänner oder Meerjungfrauen.«

»Natürlich nicht«, sagt Levin.

»Wie bitte?«, fragt Lehrer M.

»Der Bodensee ist kein Meer. Also gibt es dort auch keine Meerjungfrauen. Das ist quasi technisch unmöglich. Oder biologisch. Geografisch. Ganz, wie Sie wollen.«

Verhaltenes Gelächter.

»Ja«, sagt Lehrer M. langsam.

»Ja«, bestätigt Levin.

»Übertreib es nicht«, raune ich ihm zu.

»Also«, setzt Lehrer M. nochmals an. »Es gibt viele Geschichten über den Bodensee. Und keine berichtet von Nixen, Undinen und …«, ein scharfer Blick auf Levin, »sonstigem Wasservolk.«

Levin nickt langsam.

»Verstehe ich das also richtig: Nur weil keine alten weißen Männer etwas über Nixen, Undinen und …«, ein Grinsen, »sonstiges Wasservolk aufgezeichnet haben, dann kann es sie auch nicht geben, richtig?«

Au weia, denke ich. Das war übertrieben.

»Rausgeschmissen«, sagt Levin.

»Ja«, sage ich.

»Cool.« Levin sieht stolz aus.

»Na ja«, sage ich.

Wir liegen am Ufer, schauen in den Himmel, betrachten die Wolken und hören dem Wind zu. Er singt leise raschelnd im Schilf. Etwas schreckt einen Entenschwarm auf, sie fliegen schnatternd über uns hinweg.

»Danke für den Schulterschluss«, sagt Levin.

»Klar«, sage ich.

So läuft das immer. Levin provoziert. Seine Argumente sind scharf, geschliffen, manchmal etwas schräg, aber schlüssig und schwer zu widerlegen, vor allem, weil Levin durch Charisma punktet. Man möchte ihm einfach glauben.

Irgendwann hatte Lehrer M. sich müde diskutiert, wollte die Debatte beenden, was Levin überhaupt nicht einsah, der Lehrer sprach ein Machtwort, ich kam Levin zu Hilfe, mit einem scheuen: »Aber er hat doch recht …?«

Dann hieß es: »Raus. Alle beide.«

So ist das schon in der ersten Klasse gewesen. Levin baut Mist, und ich hänge mit drin. Oder an ihm dran. Ich hänge tatsächlich an Levin, sehr sogar. Auch schon seit der ersten Klasse.

Er setzt sich auf und umschlingt die Knie mit den Händen. Ich tue es ihm nach, und da sitzen wir, lassen die Blicke schweifen. Der Bodensee erstreckt sich nach allen Seiten. Auch wenn man die Augen zusammenkneift, ist kein Ende in Sicht. Nur tiefblaues Wasser, bis zum Horizont.

»Keine Nixen im Bodensee.« Levin schüttelt den Kopf. »Ich meine, nichts. Gar nichts. In dieser riesigen Wassermenge. Kannst du dir das vorstellen?«

Ich kann mir so einiges vorstellen, nur hat das wenig mit Nixen und sonstigem Wasservolk zu tun. Der Wind trägt Levins Geruch zu mir herüber und bringt mich durcheinander. Levin dreht sich zu mir um und lächelt. Mir wird warm. Er beugt sich vor. Meine Füße kribbeln. Levin knabbert an meinem Ohrläppchen. Ich ziehe den Kopf zwischen die Schultern und betrachte die Gänsehaut auf meinen Armen. Levin folgt meinem Blick und grinst.

»Ganz schön windig heute«, sage ich.

Levins Lächeln verblasst.

»Ich weiß. Du brauchst Zeit.«

»Danke«, sage ich.

Levin schaut geradeaus.

»Du brauchst ganz schön viel Zeit.«

»Tut mir leid.« Es ist kompliziert. Das mit Levin und mir. Klischeehaft kompliziert. Ich hab' ihm gesagt, ich muss es erst rausfinden. Ob ich auf Jungs stehe. Für Levin ist das einfach. Er steht auf Jungs. Auch auf Jungs. Jedenfalls auf mich. Sagt er.

Vielleicht habe ich genau davor Angst. Dass für ihn immer alles so einfach ist. Freunde finden. Überall Anschluss kriegen. Mich hoffnungslos verliebt machen. Und mich dann, mit ebendieser Leichtigkeit, wieder fallen zu lassen.

Levin zieht eine Zigarettenschachtel aus der Tasche. Ich habe das Feuerzeug. Wir rauchen, schauen über das Wasser, reden über alles Mögliche, viel sinnloses Zeug, sehen der Sonne beim Untergehen und dem Himmel beim Verdunkeln zu.

Irgendwann fängt er wieder von dieser Nixen-und-Meerjungfrauen-Sache an. Wenn Levin sich einmal an einer Sache festgebissen hat, dann kann er sehr hartnäckig sein. Ich bin mehr der pragmatische Typ, und Nixen im Bodensee beschäftigen mich ziemlich wenig. Entweder gibt es sie. Oder es gibt sie nicht. Ende der Beweisführung.

»Was habt ihr bloß immer mit euren Beweisen?« Levin verdreht die Augen. »Das ist doch gerade das Tolle an Märchen. Sie müssen nicht wahr sein. Und irgendwie sind sie es trotzdem.«

Meine Gedanken sind verlangsamt, wie in Watte gepackt, ich kann ihm nicht ganz folgen.

»Also glaubst du wirklich daran?«

»Klar«, sagt Levin. »Solange, bis mir jemand das Gegenteil beweist. Und dann werde ich diesen Beweis anzweifeln.« Er lehnt den Kopf an meine Schulter. »Ohne Geheimnisse wäre die Welt ziemlich öde, meinst du nicht?«

»Vielleicht«, sage ich. Ich fühle mich wohler, wenn die Dinge eindeutig sind. Dann verstehe ich sie besser.

Levin bleibt an mich gelehnt sitzen, so schläft er ein. Das ist unbequem, aber mir gefällt die Nähe, vor allem, wenn ich sie ungestört genießen kann. Sein Kopf ist schwer. Kein Wunder bei all diesen verrückten, klugen, rebellischen Gedanken darin.

Ich schaue zum Himmel hinauf. Es hat aufgeklart, alles ist voller Sterne. Levin murmelt im Schlaf. Vielleicht streitet er wieder mit Lehrer M. Ich stupse ihn an, will den Traum vertreiben, Lehrer M. hat in Levins Unterbewusstsein nichts verloren. Levin zuckt, sein Kopf sinkt in den Sand, dann atmet er wieder ruhig. Ich wende mich erneut dem

Himmel zu. Leise sage ich die Sternenbilder auf, der Wind im Schilf flüstert leise mit.

Krebs.

Drache.

Großer Bär, kleiner Bär.

»Kassiopeia«, wispert das Mädchen neben mir.

»Vega«, haucht das andere Mädchen.

»Ist doch dasselbe«, murmele ich.

Die beiden Mädchen rücken näher an mich heran. Grüne Haare fallen auf meine Arme, eine schuppige Hand tippt mir auf die Stirn.

»Schau an«, sagt die erste. »Ein ganz Schlauer.«

Die Berührung ist kalt, der Fingernagel hart, irgendwie krallenspitz, und sie hat Schwimmhäute zwischen den Fingern. Die Bilder sickern sehr langsam in mein Bewusstsein, die Erkenntnis kommt dafür sehr plötzlich.

Sofort sitze ich senkrecht.

»Äh«, beginne ich.

»Hi«, sagen sie gleichzeitig.

»Ihr seid Nixen«, platze ich heraus.

Die beiden kichern.

»Schau an«, sagt die Erste noch einmal.

»Ein ganz Schlauer«, sagt die Zweite erneut.

»Entschuldigung«, murmele ich. »Heißt es Undinen? Oder Wasserfräulein? Meerjungfrauen seid ihr ja wohl kaum, weil der Bodensee ist ja kein Meer … also …« Meine Gedanken verheddern sich, meine Stimme wird leise und verstummt schließlich ganz. Mir fällt etwas ein.

»Darf ich«, ich schaue die beiden an, »ein Foto machen?«

»Selfie!«, rufen beide, und wir posieren.

Klick macht es. Ich lade das Bild sofort bei Instragram hoch. Levin wird Augen machen. Es gibt viele Sagen und Märchen über den Bodensee, und keine erzählt was vom Wasservolk. Mit den sozialen Medien hat keiner gerechnet.

Sie heißen Varja und Valeska. Ich finde die zwei sofort super, und im Gegenzug scheinen sie mich auch nicht komplett blöd zu finden. Zuerst wollen sie auch etwas rauchen, dann wollen sie schwimmen gehen. Ich schüttele den Kopf.

»Hab kein Badezeug dabei.«

Sie lachen.

»Ist doch egal.«

Ich blicke auf den schlafenden Levin, zucke die Achseln, dann streife ich Schuhe, Socken und T-Shirt ab, spüre Kies und Sand unter meinen Füßen. Das Wasser ist warm, Schlamm quillt zwischen meinen nackten Zehen hindurch, Wasserpflanzen kitzeln meine Sohlen. Ich gleite aus, die zwei halten mich fest, wie zwei große Schwestern, die den tollpatschigen Nachzügler-Bruder liebevoll zum Baden zwingen.

»Geht schon«, wehre ich ab, die zwei lassen mich los, und ich wate weiter, bis ich keinen Grund mehr unter den Füßen spüre. Es fühlt sich gut an, so ganz ohne Bodenhaftung.

»Schau mal«, sagt Varja und zeigt zum Vollmond hinauf.

»Schau mal«, sagt Valeska und deutet auf dessen Spiegelbild, das silberweiß vor uns im Wasser tanzt.

Sie gleiten dicht an mich heran, Varja rechts, Valeska links.

»Holst du ihn uns?«, fragt Valeska.

»Ja, hol uns den Mond«, sagt Varja.

Dann, beide gleichzeitig: »Bitte!«

Ich schaue zum Himmel. Und dann zum Wasser.

»Welchen denn?«

Es war wohl eine gute Antwort, denn die beiden grinsen breit. Ich fange bescheiden an, strecke die Hand aus und pflücke die Mondscheibe aus dem Wasser. Das silberne Licht strahlt auf unsere Gesichter. Die Haare der Mädchen phosphoreszieren.

»Fang!«, sage ich und werfe Valeska den Mond zu.

Wir spielen Mondfrisbee. Die silberne Scheibe fliegt zwischen uns hin und her, manchmal geht es daneben, ich muss danach tauchen. Das silberne Licht beleuchtet den Seegrund, ich kann alles sehen. Einen Wald aus Schlingpflanzen mit lächelnden Gesichtern, sie strecken die Hände nach mir aus. Das kleinste Gewächs gibt mir ein High Five und versteckt sich dann scheu hinter Schlingpflanzenmama und Schlingpflanzenpapa. Hechte ziehen an mir vorbei, ein Schwarm Rotfedern spritzt auseinander, ein meterlanger Wels hebt träge den Kopf aus dem Schlamm.

Er nickt mir zu. Ich nicke zurück.

Wir spielen weiter. Valeska wirft, ich fange. Ich werfe, zu kurz, und Varja muss tauchen. Varja spielt Valeska an, Valeska mich. Ich strecke die Hand aus. Da bricht ein mächtiger Arm aus dem Wasser, greift nach der Mondscheibe, schnappt sie mir buchstäblich vor der Nase weg.

»Oh«, sage ich.

»Oh, oh«, sagen Varja und Valeska.

Ein Kopf taucht auf. Seine Haare sind grün, aber viel dunkler als die von Varja und Valeska, in seinem Bart zappelt ein kleiner Krebs, und auf seinen Oberkörper wäre jeder Profiboxer neidisch.

Varja und Valeska rücken dicht zusammen und sagen leise: »Hi, Daddy!«

Vor mir steht – schwimmt – ein Wassermann. Nein, Korrektur. Er ist *der* Wassermann. Der König des Bodensees. Nicht, dass er sich vorgestellt hätte. Und nicht, dass er das nötig gehabt hätte. Ich weiß es einfach. Und wünschte, ich könnte auf die Knie gehen, was aber nicht geht, weil ich sonst versinke.

Seine Stimme kommt vom Grunde des Sees. Und da geht es verdammt weit runter.

»Du«, sagt er zu mir, »schielst also nach meinen Töchtern, Menschenjunge?«

»Nein!«, sage ich. Und schiele dann doch hin, zu Varja und Valeska, die immer noch eng beieinander sind und uns aus sicherer Entfernung beobachten. »Ich meine … also … nicht dass sie nicht hübsch wären, Eure Töchter, Herr … König … ich meine, Eure Majestät« Ein weiterer Blick zu Varja und Valeska. Die zwei könnten mir ruhig ein bisschen helfen, wenigstens bei der korrekten Anrede. »Die Sache liegt nämlich so«, haspele ich weiter, »ich bin, könnte man sagen, in keiner Weise an Euren Töchtern interessiert …«

Eine königliche Braue hebt sich, und mir wird ganz anders in der Magengegend. Im Übrigen wünschte ich, ich hätte wenigstens mein T-Shirt angelassen.

»Was, wie gesagt, absolut nicht an Euren Töchtern liegt.« Ich hoffe, ich rede mich nicht um Kopf und Kragen. »Weil, die sind wirklich wunderschön, Eure Töchter, überaus gelungen, großartige Mädchen, doch, ja …«

»Aber?«, fragt der Seekönig.

»Aber …«, ich schlucke schwer, »also … da gibt es schon jemanden, könnte man sagen, in meinem Herzen … oder so ähnlich. Ich bin, gewissermaßen vergeben, an jemand anderen, könnte man sagen …«

»So?«, fragt der König. »An wen denn?«

Ich deute zu der Stelle, an der Levin auf der Decke schläft. Im Dunkeln sind nur vage Umrisse zu sehen.

»An ihn«, sage ich. Und weiß in diesem Moment mit absoluter Gewissheit, dass es stimmt. Dass mein Herz Levin gehört. Schon immer. Seit der ersten Klasse.

Der Mann mit dem grünen Bart sieht mich lange an. Das Wasser plätschert, mir ist plötzlich kalt und warm zugleich, Varja und Valeska tuscheln leise.

Es wäre sehr traurig, denke ich. *Wenn ich bei dem König in Ungnade Falle. Wenn er mich zur Strafe entführt, mich in sein nasses Reich hinabzerrt und dort zur Belustigung in einen Käfig sperrt, oder was Bodenseekönige sonst mit Personen tun, die ihnen lästig sind oder die etwas angestellt haben. Es wäre traurig, wenn ich Levin nicht mehr sagen könnte, dass ich verliebt bin, schon ewig unrettbar in ihn verliebt bin.*

»Na schön«, sagt der Bodenseekönig. »Dann spielt mal schön.« Er nickt mir zu und sieht dann seine Töchter scharf an. »Aber kommt nicht zu spät zum Essen, eure Mutter macht mir sonst die Hölle heiß.«

Varja und Valeska nickten, sagen brav: »Ja, Daddy«, und der König taucht ab.

»Tut uns leid«, sagt Varja, als sie sich zu mir umdreht.

»Er ist immer so streng«, mault Valeska.

»Er ist bestimmt ein ganz toller Daddy«, murmele ich und merke erst jetzt, wie sehr ich zittere.

»Wollen wir weiterspielen?«, fragt Varja.

»Ein andermal«, sage ich. »Mir ist kalt.«

Die beiden begleiten mich noch bis zum Ufer. Ich kriege zwei Küsschen, links auf die Wange, rechts auf die Wange, ihre Lippen sind ein bisschen fischig. Varja und Valeska verabschieden sich, und ich wate durchs flache Wasser zu Levin zurück, der friedlich auf unserer Decke schnarcht.

Es gibt keine Nixen im Bodensee. Na, von wegen!

Ich will Levin wecken, will ihm alles erzählen. Von Varja, Valeska, dem Mondfrisbee, riesigen Welsen, Schlingpflanzen und vom Bodenseekönig. Und natürlich will ich ihm noch eine Menge anderer Dinge sagen.

Dann fallen mir seine Worte von vorhin ein. Das über Märchen. Und dass er solange daran glaubt, bis jemand ihm das Gegenteil beweist. Und mit einem Mal wird mir klar, dass ich Levin gar nichts beweisen muss. Ihm nicht. Und der Welt auch nicht.

Ich hole mein Handy hervor und rufe Instagram auf. Ich muss das Foto löschen, das ich vorhin so unbedacht geknipst und noch viel unbedachter in den sozialen Medien geteilt habe. Der Beweis muss verschwinden. Nicht nur, weil der König des Bodensees mich am Ende doch noch entführt, in einen Käfig sperrt oder an den Riesenwels verfüttert. Die haben doch garantiert auch Instragram da unten. Auch wenn der Empfang bestimmt mies ist.

Nein, nicht nur deswegen. Sondern, weil es das Richtige ist. Manche Geheimnisse müssen Geheimnisse bleiben.

Ich öffne meinen Account, sehe die Kommentare unter dem Bild. Und muss laut lachen.

»Was soll denn das sein?«

»Dunkelkammer?«

»Blitz vergessen?«

»Ist das Kunst oder kann das weg?«

Das Bild ist vollkommen schwarz. Nur ein paar dunkle Umrisse sind zu sehen. Mit anderen Worten: Man erkennt überhaupt nichts.

Keine Nixen im Bodensee.

Ich könnte schwören, dass der Blitz eingeschaltet war, vorhin, als ich das Bild gemacht habe. Aber vielleicht war ich einfach zu aufgeregt. Ich lösche es trotzdem. Sicher ist sicher.

Levin dreht träge den Kopf.

»Was ist denn so lustig?«

»Gar nichts, ich hab nur …« Ich kann den Satz nicht beenden. »Gar nichts.«

Eine Weile liegen wir stumm auf der Decke. Levins Atem geht langsam und ruhig. Der Mond spiegelt sich wider als silberne Scheibe im Wasser.

»Du, Levin?«

»Hm?«

»Ich mag dich. So richtig, meine ich.«

Er lächelt mit geschlossenen Augen.

»Hat ja lange gedauert, diese Erkenntnis.« Er dreht den Kopf, und seine Nase zuckt. »Du riechst nach Fisch.«

Ich grinse.

»Hab mit 'ner Wassernixe geknutscht.«

Das Schilf raschelt leise, und der Wind trägt ein Kichern herüber. »Stimmt doch gar nicht!« Es klingt nach Valeska, aber ganz sicher bin ich nicht.

Levin schaut sich um.

»Was war das?«

»Na, die Wassernixe«, sage ich und beuge mich über ihn.

»Du spinnst doch«, murmelt Levin und lässt sich von mir küssen. Irgendwann werde ich Levin alles erzählen. Eines Tages. Ganz bestimmt.

Aber nicht jetzt.

Anmerkung:
Die These, dass es keinerlei Sagen oder Mythen über Nixen, Undinen und sonstiges Wasservolk im Bodensee gibt, ist entnommen aus dem Buch: *Verzauberter Bodensee – Märchen und Sagen* von Sigrid Früh und Silvia Studer-Frangi, 2. Auflage 2010, Silberburg-Verlag, Tübingen

Janika Rehak (*1983) studierte in Hannover und arbeitet heute als Autorin, Texterin und Journalistin, unter anderem für das deutsch-tschechisch-slowakische Online-Magazin jádu und den Bremer Weserkurier. Sie schreibt Romane, Kurzgeschichten und Flash Fiction, gern mit surrealen Inhalten.

Seit 2018 ist sie Vorstandsmitglied des Verbands deutscher Schriftstellerinnen und Schriftsteller (VS ver.di) des Landesverbands Bremen-Niedersachsen sowie Mitglied im Literaturkontor Bremen und organisiert gemeinsam mit anderen VS-Mitgliedern selbst Lesungsprojekte.

Sie lebt mit ihrer Familie in der Nähe von Bremen, hält Prag für die schönste und Tokio für die coolste Stadt der Welt und begeistert sich für japanische Sprache und (Pop-) Kultur, die 1920er Jahre sowie für Märchen aus aller Welt. Ihre Herzensthemen sind die *Verbindung von Mutterschaft und Kunst* sowie die *LGBTQ-Szene,* insbesondere *Queeres Leben in Kultur, Gesellschaft, Partnerschaft und Familie.*

Am liebsten liest sie Franz Kafka, Haruki Murakami und Yoko Ogawa und freut sich über ihre stetig wachsende Sammlung an Graphic Novels.

Geheimnisse der Tiefe

Lisa Veron

Leo griff nach dem kleinen Buch und öffnete es, um noch einmal ihre Lieblingsgeschichte zu lesen.

✦✸✦

»Eine einzelne Rose, zartgrün mit roter Blüte, schwamm auf dem glatten Spiegel des Weihers. Da kam ein großer Fisch und zog an ihrem Stengel, sodass die Blume unter die Wasseroberfläche tauchte und ganz langsam hinab sank, in den Schlamm, in den Schlick, dem Grund entgegen. Es war dunstig trüb am Boden des Weihers. Nur wenn die Sonne im Sommer hoch am Himmel stand, verirrten sich einige Sonnenstrahlen bis in die tieferen Lagen. Hier unten, das war sicher, existierte ein ganz eigenes Reich mit eigenen Gesetzen. Und das war nicht von dieser Welt. Hier herrschte eine Düsternis, die einen wie eine grauneblige Blase umschloss, die Gleichgültigkeit und ewige Dämmerung versprach. Verheißungsvoll und verdammt, ein nasses stilles Grab.

Francine saß in dem grün gestrichenen Holzboot, die schlanken glatten Ruder in den Händen, die sie jetzt einzog und spähte über den Bootsrand. Gerade noch hatte die Rose an ihrem Jackenaufschlag gesteckt, nun war sie nicht mehr zu sehen. Das dunkle Wasser, welches sie so unergründlich umgab, hatte sie verschluckt. Francine nahm eine Bewegung wahr, das Wasser kräuselte sich. Wie gebannt starrte sie auf die Stelle, als ein glatter Fischrücken auftauchte und im nächsten Moment wieder verschwand. War es wirklich ein Fisch gewesen? Sie war sich nicht sicher. Sie hatte glänzende Schuppen gesehen und die fließende Bewegung eines großen Leibes.

Sie atmete tief aus und legte den Kopf in den Nacken. Warme Luft strich über ihre Wangen. Sicherlich spiegelte sich das Blau des Himmels jetzt in ihren Augen. Francine ließ ihre Gedanken jetzt zu, erlaubte ihnen, Gestalt anzunehmen. Sie würde den ihr zugesprochenen Herrn von und zu, diesen adeligen, arroganten Kerl nicht ehelichen. Keinesfalls!

»Ich werde ihn nicht heiraten. Das ist so sicher wie das Amen in der Kirche«, sagte Francine laut und deutlich.

Es fühlte sich gut an, diese schon lange in ihr gereifte Entscheidung nun endlich wirklich auch vor sich selbst einzugestehen. Schluss mit all den Lügen!

Ich bin frei, dachte Francine, fast glücklich.

Wie leicht alles schien, hier an diesem lauen Sommertag im hellen Sonnenlicht. Vergessen all die nass geweinten Kissen und die Traurigkeit und Wehmut, die ihre Brust eng werden ließen. Vergessen all das Sehnen, die nicht gesagten Worte und die wilden Gedanken, Schwärmen von Schmetterlingen gleich, die ihren Kopf bevölkert hatten.

Ihre Eltern hatten den Mann gewählt, an deren Seite Francine ihr Leben verbringen sollte.

"Er ist eine gute Partie", hatten sie gesagt. Eine gesellschaftlich anerkannte Verbindung ihres Standes sollte es werden. Alles war schon geplant, die Verlobungsfeier, die Hochzeit, ihr Leben. Aber Francine würde diesen Weg nicht gehen, das hatte sie beschlossen. Denn sie besaß ein wohlgehütetes Geheimnis. Sie hatte ihr Herz schon verschenkt. Francines Liebe galt einer jungen Frau namens Mary.

Sie hatte im Nachbarsgut die Kinder unterrichtet. Stets aufrecht, die roten Locken unter ihrem mit Seidenbändern verzierten Hut gebändigt, war sie täglich an Francines Anwesen vorbeigekommen. Anfangs grüßten sie sich nur, wechselten ein paar Worte, mit der Zeit blieb Mary immer länger am Gartenzaun stehen. Sie sprachen über ihr Leben, ihre Wünsche und Pläne. Sie wurden sich vertraut und mehr als das. Mit der Zeit stahlen sie sich davon, weg aus dem Alltag, wann sie nur konnten, sparten sich Minuten und Stunden ab, um sich zu treffen. Sie tauschten Briefe, die sie in einem Versteck hinterlegten, zarte Berührungen und sanfte Küsse. Letztlich teilten sie miteinander das Wissen um ihre innige Liebe.

Doch ein gemeinsames Leben war unmöglich. Francine wusste, dass es keine Zukunft und keine Wirklichkeit gab, in welche sie hinein passten. In ihrer Welt kannte sie niemanden, der so fühlte wie sie beide und dem sie sich hätten anvertrauen können. Die Verzweiflung zog am Horizont auf wie ein drohendes Unwetter, erst noch in weiter Ferne, dann näher und näher. Für beide Mädchen war ihre gemeinsame Zeit getrübt. Dann kam der Tag, der schwärzeste Moment in Francines Leben, den sie zwar gefürchtet hatte, der sie aber dennoch völlig überraschte.

Es war ein heller Sommermorgen, als sie an ihrer Stelle unterm Haselstrauch am Gartenzaun einen Brief fand. Mary war gegangen. Ohne ein Wort des Abschieds, ohne einen letzten gemeinsamen Moment, war sie zu Verwandten in eine entfernte Stadt gezogen.

"Ich halte es ohne dich nicht aus und mit dir darf ich nicht sein." Ein roter Lippenabdruck und ein blaues Seidenband waren alles, was Francine von dieser Liebe geblieben war. Das war der Moment gewesen, in dem ihr Herz zersprang und ihr Leben zerbrach. Im Grunde hatte sie in diesem Augenblick ihren Entschluss gefasst.

Jetzt saß sie dort im Boot, in der Mitte des Weihers. Alles in ihr wurde ganz ruhig. Alles war klar, alles Wichtige gesagt, alles Notwendige erledigt, alles Echte gefühlt und alles Unersetzliche war fort.

Francine atmete tief ein und dann ganz aus. Jetzt! Sie ließ sich über den Bootsrand fallen und hinabsinken in das braungrüne Dämmerlicht des Sees. Die Kühle des Wassers strich über ihr Gesicht. Sie bestaunte mit weit offenen Augen das diffuse Licht um sich, die Blätter und Algen. Ihr langes Kleid sog sich voll Wasser und zog sie hinab, immer tiefer und tiefer. Die Luft wurde knapp. Francines Körper verlangte nach Sauerstoff. Eine Reihe von Luftblasen, einer Perlenkette gleich, entwich ihrem Mund und stieg zur Oberfläche auf. Immenser Schmerz breitete sich in ihren Lungen aus, ihre Brust drohte zu zerspringen. Schwarze Punkte tauchten am Rand ihres Blickfeldes auf und wurden rasch mehr und mehr. Als ihre Sinne schwanden, schloss sie die Augen.

Francine öffnete die Augen. Um sich erblickte sie einen Kreis zarter Gesichter mit großen, grünen Augen und langem Haar. Schlanke Arme und Hände fassten nach ihr. Finger strichen über ihre Haut und Stimmen, fein wie Glocken, murmelten und säuselten ihr ins Ohr. Ganz genau hörte sie hin und dann verstand sie die Worte.

»Du gehörst uns. Du bist unser Schatz. Jetzt wirst du eine von uns … von uns … Du …« Lippen teilten sich und es bot sich ihr ein Bild schrecklich grausiger Schönheit. Die vollen Lippen, nun zu einem Lächeln geöffnet, entblößten oben und unten je zwei Reihen scharfer, spitzer Zähne.

Francine war gefangen zwischen überirdischer Anmut und gefährlichem Angriff und es gab kein Entrinnen. Die Gesichter kamen nah, ganz nah und dann bissen die Zähne zu.

Das Boot trieb ans Ufer. Einige Zeit später fanden es Bedienstete von Francines Eltern. Eine verzweifelte Suche begann. Die Wiesen und der umliegende Wald wurden durchkämmt. Rufe, Hundegebell und Francines Name drangen durch die laue Sommerluft. Es wurde Abend und Nacht, die Dunkelheit zog über dem See auf, doch Francine wurde nicht gefunden. Die Rufe und aufgeregten Stimmen verstummten, Stille senkte sich herab. Als schließlich der Mond aufging, schien ihm sein weißes Antlitz aus dem dunklen Spiegel entgegen. Grillen zirpten, ein Frosch quakte, ein Nachtvogel schrie.

In tiefer Nacht tauchte plötzlich eine Gestalt aus dem Wasser und reckte die Arme über die Oberfläche. Francine warf den Kopf nach hinten, vollführte eine Drehung und ließ sich dann auf dem Rücken liegend treiben. Langes Haar wallte und waberte um ein wunderschönes Gesicht. Die Haut der Schultern und Arme war milchweiß. Sie hob ihren glänzenden, perlenden Fischschwanz aus dem Wasser und tauchte ihn wieder ein in die Kühle. Die Gestalt bewegte sich hin und her. Leicht und anmutig tanzte sie unter dem

Sternenhimmel. Und als die Meerjungfrau lachte, laut und schallend und glücklich, mit weit geöffnetem Mund, da blitzten im Mondlicht ihre zweireihigen, scharfen Zähne.«

Leo klappte das Buch zu und lehnte sich in ihrem Bett zurück. Auch sie wünschte sich manchmal, dem Leben auf diese Art entfliehen zu können. Zu verlockend erschien die Vorstellung eines Auswegs, der keine Verstellung und Selbstverleugnung mehr notwendig machte. Sie sah sich in ihrem Zimmer um. Sie mochte es. Tatsächlich. Erst vor einiger Zeit war sie mit ihrem Vater in dieses Haus in der Stadt gezogen, fort aus dem kleinen Ort in dem sie aufgewachsen war. Ihr Vater hatte an ihre Vernunft appelliert und erklärt, es ginge um eine besser bezahlte Arbeit. Leo war mit gemischten Gefühlen dort weggegangen, hatte alles hinter sich gelassen, vertraute Winkel, Wege und Wiesen, Kinderfreundschaften und unbeschwerte Tage. Immer begleitet waren diese Erinnerungen aber auch von dem verwirrenden und doch sicheren Wissen, dass ihr Inneres nicht zu ihrem Aussehen und Körper eines Jungen passte. Von jeher war ihr Vater die einzige Person, auf die Leo wirklich zählen konnte. Er akzeptierte sie so wie sie war, stellte sie nicht infrage und wollte sie auch nicht verändern. Stets besorgt um sie, war er immer bemüht, sie zu beschützen.

Ihre Eltern hatten sich früh getrennt. Die Mutter hatte dann die Familie für ein anderes Leben verlassen. Sie zeigte wenig Verständnis für Leo. An den Mama-Wochenenden versuchte sie stets, Kraft, Mut und Männlichkeit aus Leo herauszuholen und hatte nur Verachtung für ihre Tränen und ihren Wunsch nach Gesprächen und Verständnis. Je älter Leo wurde, desto weniger wurden die gemeinsam verbrachten Zeiten und desto größer die Kluft zwischen ihnen.

Leo war neugierig auf die Veränderung gewesen, das neue Haus, das neue Leben. In der Schule erwies es sich aber als schwer, Kontakte zu knüpfen. Um ihren Vater nicht unnötig zu beunruhigen, erzählte Leo Zuhause wenig davon. Sie verbrachte viel Zeit allein, zeichnete, spielte Gitarre und las.

So war ihr eines Tages dieses Buch in die Hände gefallen. Es war *eine* Geschichte zwischen *vielen* in dem kleinen, mit hellblauem Leinen eingebundenen Buch. Sie hatte es neben anderen Werken – dicken Schinken und dünnen Heftchen – im Regal gefunden, wusste aber nicht, wie es ins Haus gekommen war. Nur eine Geschichte, aber sie sprach ihr aus dem Herzen. Sie hatte Leo verzaubert und begeistert und es schien ihr, als wüsste sie, um welchen See es sich handelte. Sie war schon oft mit dem Rad am Ufer entlanggefahren. Das gleiche dunstig grüne Wasser, die gleichen Weiden mit ihren tiefhängenden Zweigen, deren Blätter die Oberfläche berührten. Natürlich konnte es jeder Weiher sein, nichts gab einen Hinweis auf eine geographische Verankerung, aber in Leos Vorstellung war es gerade dieser See. Alles Beschriebene war ihr so vertraut. Die gesprächige Stille, die sie dort erlebte, lockte und zog sie immer wieder aufs Neue dorthin.

Aber heute nicht. Leo rappelte sich vom Bett hoch und lächelte in sich hinein. Heute war Samstag. Die lange erwartete und von allen heiß ersehnte Schulfeier stand an: eine Kostümparty. Leo hatte all ihren Mut zusammengenommen und es gewagt. 663096015 *Wenn nicht jetzt, wann dann,* hatte sie sich gefragt. Gemeinsam mit ihrem Vater hatte sie tagelang an dem Kostüm gewerkelt, geschneidert und gefeilt.

Nun war es endlich soweit. Leo stellte sich in dem Kostüm vor den großen Spiegel. Was sie sah, fühlte sich gut an, richtig und ganz sie selbst. Endlich passte ihr Äußeres mit ihrem Inneren zusammen. Die Aufregung vibrierte in ihrem Körper. Was würde geschehen? Was würden die anderen denken? Und was würde Marco dazu sagen? Ihr Herz begann schneller zu schlagen und sie dachte an die nächtliche Feier im Wald vor ein paar Wochen.

Alle waren ziemlich betrunken gewesen. Auf dem dunklen Weg zurück, hatte sich Marco zu ihr gesellt und ehe Leo es sich versah, zog er sie vom Weg, drückte sie gegen einen Baum und küsste sie. Er schmeckte gut, nach Alkohol, Karamell und Pfefferminz. Seine Küsse erzeugten feine elektrische Impulse in Leos Körper und noch Tage danach konnte sie die weiche warme Zunge in ihrem Mund spüren. Als sie weitergegangen waren, hatte Marco nach ihrer Hand gegriffen und sie erst wieder losgelassen, als die ersten Straßenlaternen am Wegesrand auftauchten.

Doch in der folgenden Zeit ging ihr Marco aus dem Weg. Wenn sie sich auf den Schulgängen zufällig trafen, senkte er den Blick, zog den Kopf zwischen die Schultern und hatte es plötzlich ganz eilig. Und so hatte Leo bis heute keine Gelegenheit gefunden, nochmals mit ihm zu sprechen oder ihn um ein Treffen zu bitten.

Jetzt schaltete Leo die Lampe in ihrem Zimmer aus und ging nach unten, wo ihr Vater bereits auf sie wartete und sie glücklich betrachtete.

»Ich bin stolz auf dich«, sagte er schlicht und nahm sie in die Arme. Er brachte sie mit dem alten Ford zur Schule. Vorsichtig stieg Leo aus dem Auto, warf ihrem Vater, der ihr zum Abschied winkte, einen dankbaren Blick zu und drehte sich zum Eingang um.

In ihren Ohren dröhnte und sauste es und ihr wurde schwindlig. Leo wusste nicht, was sie erwartete, fühlte Vorfreude und banges Zweifeln gleichzeitig. Sie ging langsam und geschmeidig über den ausgelegten roten Teppich. Die Umstehenden wandten sich ihr zu. Sie hörte wispernde Stimmen, Lachen, ungläubiges Raunen. Sie ging kerzengerade, ihr langes, seidiges Haar floss den Rücken hinab. Leo hatte ein zartes, fast durchsichtiges Seidenhemd an, mit Muscheln, die ihre Brust zierten. Von der Hüfte abwärts verdeckte ein blauschimmernder Fischschwanz ihre Beine und eine große, seitwärts gewandte Flosse ihre Füße. Nun konnten endlich alle sehen, wer sie war.

Ich bin Leo, dachte sie. *Eine Meerjungfrau!*

Noch bevor sie die große Halle betreten konnte, stellte sich ihr eine Gruppe Jungen in den Weg. Jonas, Konstantin, Cem und Viktor. Etwas abseits stand Marco. Leos Herz machte einen Sprung, als sie ihn sah. Sie blickte ihn offen an, sein hübsches Gesicht, seinen weichen Mund. Sie war ganz vertieft und abgelenkt, da hörte sie Jonas laute Stimme.

»Was ist das denn?« Jonas riss in übertriebenem Erstaunen die Augen auf.

»Ich glaube ich bin im Märchen!«, ließ sich Konstantin vernehmen.

»Wie peinlich!«

»Was bist du, ein Mädchen?«

»Ne, eine Schwuchtel! Das sieht man doch!«

»Geh' nach Hause!«

»Opfer!«

»Ich bin eine Frau«, sagte Leo, so ruhig sie konnte. »Das war ich schon immer.« Höhnendes Gelächter ertönte. Die Jungen grölten, brüllten. Der Kreis, den sie um Leo formten, wurde enger. In all dieser Bedrängnis, in all ihrer Not, suchte Leo Marcos Blick. *Schau mich an*, flehte sie innerlich. *Gib mir ein Zeichen, dass du zu mir stehst.*

Doch Marco wich ihr aus. Er wandte sich ab, zeigte sich unbeteiligt.

Das war zu viel. Leo drehte sich um und hastete hinaus. Doch die Verfolger ließen nicht von ihr ab. Sie hörte ihre Schritte hinter sich, doch dann die laute Stimme des Sportlehrers: »Was ist hier los? Was macht ihr da?«

Leo warf einen Blick über die Schulter zurück und erkannte einen älteren Schüler, der den Lehrer mit beschwichtigendem Lächeln in ein Gespräch verwickelte und ihn damit ablenkte. Leo sah sich gehetzt um, wusste nicht wohin, keiner der hereinströmenden jungen Menschen schien sie wahrzunehmen, sodass sie nicht auf Hilfe hoffen konnte.

Sie strauchelte, stolperte, fiel fast und fing sich im letzten Moment. Sie wandte sich nach rechts und lief um das langgestreckte Gebäude herum auf den dunklen Hof dahinter.

Als Leo sich schnell atmend umdrehte, kamen die anderen schon auf sie zu: schwarze Schatten, unaufhörlich, bedrohlich und schnell. Hier im Schutz der Dunkelheit konnte niemand sie bremsen, brauchten sie keine eingreifenden Zuschauer zu fürchten. Die Horde drängte sich zusammen und kam immer näher. Die Jungen begannen, Leo hin und her zu schubsen. Sie zogen an ihr, traten nach ihr. Dann schlug der Erste zu. Es war ein Kinnhaken, der Leos Kopf zurückwarf und sie taumeln ließ. Sie schmeckte Blut. Schmerz füllte dumpf ihren Kopf. Da kam der zweite Schlag. Und von da an gab es kein Halten mehr. Entfesselte Wut, Überlegenheit und grobe Gewalt prasselten auf Leo ein.

Die Angreifer ließen erst von ihr ab, als sie auf dem Boden lag und sich nicht mehr bewegte. Ihr Kostüm war zerrissen, über ihr Gesicht lief Blut aus einer Platzwunde über der Augenbraue. Jemand hatte sein Handy gezückt und das Ganze gefilmt. Im fahlen Licht des Gerätes sah Leo Marco dort stehen, zwischen den anderen. In seinem Gesicht entdeckte sie Verzweiflung aber auch grimmige Entschlossenheit. Plötzlich trat er einen Schritt vor, blickte auf sie hinab und grinste.

»Dir fehlt da noch was«, sagte er laut, mehr zu den Umstehenden als zu Leo. Er beugte sich hinab, tauchte seinen Finger in das Blut auf Leos Gesicht und strich ihr damit über die Lippen. Rot glänzte Leos Mund.

Marco lachte trocken, stand da über ihr mit blutigen Händen. Dann spuckte er ihr mitten ins Gesicht, drehte sich um und schon hatte die Dunkelheit ihn verschluckt. Die anderen verschwanden ebenfalls und Leo war schließlich ganz allein.

Später schleppte sie sich nach Hause und verbrachte das gesamte Wochenende im Bett. Ihrem Vater erzählte sie etwas von zu viel Alkohol und einem Sturz, weigerte sich aber, auf sein Drängen mehr preiszugeben.

In der darauffolgenden Woche schwänzte Leo die Schule. Sie zog sich morgens an, Kleider, Röcke, bunte Blusen, sie trug Kajal und Wimperntusche auf, wollte sich nicht mehr verstecken, aber fühlte sich gleichzeitig elend. Ihrem Vater versuchte sie vorzugaukeln, alles sei in Ordnung, spürte aber, dass ihr dies nicht wirklich gelang. Sie spürte den besorgten Blick des Vaters auf sich, hörte seine vorsichtigen

Fragen und reagierte gereizt und aufbrausend. Langsam aber stetig baute sie eine Mauer.

Leo stieg morgens in den Bus, kauerte sich auf der letzten Bank zusammen und fuhr stundenlang von einer Endhaltestelle zur anderen. Manche Leute musterten sie unverhohlen, manche beachteten sie nicht. Einmal bemerkte sie einen Mann, der sie von der übernächsten Sitzreihe aus beobachtete. Er hatte ein weiches Gesicht, trotz seines Dreitagebarts und seine freundlichen, dunklen Augen hielten Leos Blick fest. Er schien in ihr zu lesen, wie in einem offenen Buch. Der Mann beugte sich unmerklich vor und öffnete leicht den Mund, als wolle er etwas sagen. Doch dann bremste der Bus plötzlich scharf und der Moment war vorüber. Leo wandte den Kopf ab und fühlte sich unendlich müde.

An anderen Tagen kam Leo an den Weiher, nachdem ihr Vater das Haus verlassen hatte. Sie saß am Wasser und blickte vor sich hin, die silbergrauen Augen waren verhangen. Sie sah nicht die kräuselnden Wellen auf der Oberfläche des Sees und auch nicht die Libellen, die mit surrenden Flügeln durch die Luft schwebten. Sie hing ihren Gedanken nach.

An diesem Tag verließ Leo ihr Zuhause wie schon so oft zuvor und doch war alles anders. Sie schwang sich auf ihr Fahrrad, den Rucksack auf dem Rücken. Als sie auf den Weg zum Weiher einbog, kam ihr ein Mann entgegen, der dort joggte. Für den Bruchteil einer Sekunde kreuzten sich ihre Blicke. Er kam Leo vage bekannt vor, doch im nächsten Moment war sie an ihm vorbei.

Sie fuhr bis zur Böschung am Rand des Weihers und stellte ihr Rad ab. Sie setzte sich ins Gras und spürte, wie ihr Atem und ihr Herzschlag zur Ruhe kamen. Still saß sie und lauschte, sah und spürte die Welt um sich. Ihre Augen und Ohren waren weit offen, ebenso alle Türen ihres Herzens. Wie eine frische Wunde in ihrer Brust brannte der Schmerz des erlebten Verrats. Doch sie wollte sich nicht länger verstecken. Nie mehr! Davon hatte sie genug und es erfüllte sie mit Stolz, zu wissen wer sie war.

Zuletzt dachte Leo voller Liebe und Wehmut an ihren Vater und heiße Tränen rannen ihre Wangen hinab. *Ich habe alles auf eine Karte gesetzt und verloren.*

Die Sonne sank tiefer. Bald würde sie den Rand der Welt berühren und den Himmel färben. Über Leo senkte sich der farbenfrohe Abend wie eine wärmende Decke. Fröhliches Lachen erklang und ein Hund bellte, weit, weit entfernt.

Sie erhob sich ganz langsam und sah zum Himmel hinauf, dort wo alles möglich schien. Ihr Blick wanderte über das glitzernde Wasser, das sie leise rief. Leo entkleidete sich, stand nackt und zitternd da. Aus ihrem Rucksack zog sie das Nixenkostüm und schlüpfte hinein. Es war zerrissen, aber das spielte keine Rolle mehr. Wie in einer Zeremonie, die sie nur für sich selbst zelebrierte, spürte sie den weichen kühlen Stoff zwischen den Fingern und legte ihn sich an, wie eine zweite Haut. Leo verschwand darunter, löste sich auf und wurde gleichsam eins mit der Verkleidung.

Dann machte sie den ersten Schritt. Als das Wasser ihre nackten Füße umspülte, kribbelte ihr ganzer Körper und eine Gänsehaut breitete sich auf ihrer Haut aus. Sie fühlte sich leicht und euphorisch. *Ich bin frei*, dachte Leo, endlich glücklich.

Sie stürzte sich kopfüber ins Wasser. Es schlug über ihr zusammen und verschluckte sie. Doch schon nach kurzer Zeit kam sie wieder zum Vorschein. Sie streckte sich der Länge nach aus. Leo ließ sich auf dem Rücken treiben, grüne Algen hatten sich in ihrem langen Haar verfangen, der Fischschwanz lag auf der spiegelnden Oberfläche des Sees und glänzte in der untergehenden Sonne.

»Das ist doch … Das kann nicht sein! Schau mal!«

»Eine Meerjungfrau!«

Vom Ufer hörte sie aufgeregte ferne Stimmen. Scheinbar hatte sie doch Aufsehen erregt, aber das bedeutete ihr nichts mehr. Es gab nur noch das glucksende Wasser, ihren eigenen Atem und den Abendstern über ihr. Leo fühlte tiefen Frieden in sich. Sie schloss die Augen, leerte ihre Lungen und sank unter Wasser.

Kurz darauf schon kämpfte sie gegen den Drang aufzutauchen an. Sie versuchte tiefer hinab zu kommen, trieb aber immer wieder nach oben. Sie wollte atmen, spürte den Druck in der Brust und die aufkeimende Panik. Es gab Schlingpflanzen, die sich um ihre Fußgelenke wickelten und glitschige Fische. Leo versuchte mit ein paar kräftigen Schwimmzügen weiter nach unten zu kommen und merkte, das ihr Vorhaben zu scheitern drohte.

Ich bin nicht schwer genug, dachte sie. *Ich will mein Leben beenden, aber schaffe noch nicht einmal das.* Frustration und Wut erfüllten sie.

Plötzlich wurde sie von hinten gepackt und nach oben gezogen. Helles Licht umflutete sie. Leo hustete, sog die Luft gierig ein, spuckte und hustete wieder. Sie wusste nicht wie ihr geschah. Schon spürte sie Grund unter den Füßen und lag am Rand des Weihers. Neben ihr kniete ein Mann und sah sie aufmerksam an. Und jetzt erkannte Leo ihn. Es war der Fremde aus dem Bus, der mit seinem Blick in ihr Innerstes geschaut hatte. Er musterte Leo jetzt mit väterlicher Sorge.

Es ist, als würde ich ihn schon lange kennen, dachte Leo.

Aus seinen dunklen Haaren tropfte Wasser und lief in feinen Rinnsalen über Schultern und Brust. Ein paar feuchte schwarze Haare kringelten sich auf seinem Brustbein, ansonsten war seine Haut ganz glatt. Leo erkannte zwei rötliche Linien, die waagrecht unterhalb der Brustwarzen verliefen. Waren das OP-Narben? Von *der* OP?

Der Mann ließ sich neben Leo nieder und lächelte sie an.

»Ich bin René.«

»Ich heiße Leo.«, antwortete sie leise.

Beide lehnten sich zurück und ließen sich Zeit, wieder zu Atem zu kommen. Langsam zog die Dämmerung herauf und eine sanfte Brise raschelte in den Bäumen.

Seine Stimme durchbrach die Stille.

»René war ich schon immer, auch wenn ich als Franka geboren wurde. Es war ein langer und schwieriger Weg, bis ich endlich für die ganze Welt sichtbar René wurde. Aber Wunder geschehen und ich hatte gute Wegbegleiter und Zuhörer für meine Ängste und Sorgen. Das wünsche ich dir auch. Hier bin ich. Willkommen im neuen Leben kleine Meerjungfrau!«

Leo sah ihn von der Seite an, erstaunt und verwirrt. Da wandte René ihr das offen strahlende Gesicht zu und Freude erfüllte sie. Sie hörte erneutes Lachen, ganz nah jetzt, und erkannte, dass sie selbst es war, die laut und glücklich lachte.

Lisa Veron, geboren 1978, wuchs in München auf. In ihrer Kindheit entdeckte sie ihre Liebe zur Sprache und erfand Geschichten, die sie sich selbst und den Menschen in ihrer Umwelt erzählte. Im Jugendalter verfasste sie Kurzgeschichten und Lyrik und nahm an unterschiedlichen Wettbewerben teil.

Lisa Veron ist Diplom-Sozialpädagogin, sie arbeitet und lebt mit ihrem Mann und drei Kindern im Raum Stuttgart.

Das letzte Lied

Christina Gmeiner

Alles begann vor ein paar Tagen, als ich gerade durch das Meer schwamm, nichtsahnend, dass sich mein Leben bald verändern würde. Ich erinnerte mich noch genau an das Gefühl in meiner Flosse, als ich immer weiter nach oben trieb; als zöge mich ein starker Magnet an, der mich nicht frei geben wollte. Schon oft hatte ich mich gefragt, was mich dort erwarten würde. Wie es wohl aussah? Ob es anders roch? Und ob die Luft auch so salzig schmeckte wie mein Wasser? Natürlich liebte ich den Ozean; die kleinen Strömungen, die mich spontan von hier nach dort brachten, oder die Schwärme von Fischen, die plötzlich auftauchten und im Nu wieder verschwanden. Genau wie ich den Seetang liebte, der mich nachts kitzelte, oder die Blauwale, die mich morgens mit ihrem Gesang weckten.

Doch an diesen Morgen packte mich die Neugierde. Ich hatte in der Nacht einen seltsamen Traum gehabt. Ich war dort oben gewesen, im Menschenreich. Alles war so unglaublich hell, die Sonne strahlte auf mich herab, der Wind zerzauste meine Haare, und aus der Ferne hatte ich Gesang wahrgenommen. Das Lied spukte mir seitdem im Kopf herum.

> *Lass das Träumen, Kind,*
> *Blick nicht immer in die Sterne,*
> *Dein Zuhause dir entschwind,*
> *Deine Sehnsucht ist die Ferne.*

Irgendwann wurde das Wasser deutlich wärmer, und die Sonnenstrahlen durchbrachen die ruhige See. Einen Moment zögerte ich, als würde mich auf der anderen Seite etwas Schlimmes erwarten. Es musste ja schließlich einen Grund dafür geben, dass ich nie die Grenze überquert hatte, oder?

Meine Freundin sagte stets: »Bleib auf dem Boden. Die Menschen haben dir nichts zu bieten.«

Sie kamen mit ihren riesigen Schiffen und zerstörten sich gegenseitig. Wrackteile, Holz, Segel und leblose Körper trieben auf der Oberfläche, bis die See diese schließlich zu sich holte.

Doch nun schien alles ruhig, und ich war schon kurz vor meinem Ziel. Ich atmete ein letztes Mal ein, bevor ich mit einem kräftigen Schlag meiner Flosse das Wasser durchstieß und plötzlich salzige Luft schmeckte. Einen kurzen Moment war ich erschrocken. Ich hatte mir keinerlei Gedanken darüber gemacht, ob ich hier atmen könnte. Erleichtert darüber, dass dies der Fall war, sah ich mich in der neuen Umgebung um.

Auf den ersten Blick war nicht viel zu sehen. Das Wasser vor mir schien unendlich, doch als ich mich umdrehte, sah ich einen Felsen, der aus dem Meer ragte. Ich entschloss mich, diesen genauer anzusehen. Meine Hände zitterten, als ich den rauen Stein das erste Mal berührte. Ich lehnte mich mit meinem Oberkörper dagegen, genoss die Wärme und schloss die Augen. Dann fing ich leise an, das Lied aus meinem Traum zu summen.

»Schönes Lied.«

Erschrocken blickte ich auf und starrte in ein Paar dunkle, durchdringende Augen.

Vier mir sehr ähnliche Wesen saßen auf einmal vor mir auf dem Felsen und blickten mich neugierig an. Sie hatten wie ich eine Schwanzflosse – allerdings länger und drahtiger, in einem blassen Grün angehaucht –, die sie ins Wasser hängen ließen. Die Schuppen waren bereits von den rauen Felsen zerschrammt. Ihre hellen, langen Haare, die im Licht der Sonne so grün wirkten wie meine, fielen glatt hinab, bis zu ihren Hüften. Eines der Mädchen lächelte mich an, sodass ihre weißen Zähne aufblitzen. Sie waren scharf wie die Felsen unter ihr. Sie hatte kleine, schwarze Sommersprossen unter den Augen, was sie von den anderen unterschied. Ihre Haut war aschfahl, und doch war ihr Anblick das Schönste, das ich je gesehen hatte.

Mein Herz klopfte laut in meiner Brust, und ich unterdrückte mit Mühe ein Zittern.

Auf einmal fing das Mädchen an zu singen. Es war dasselbe Lied, das ich bis vor Kurzem noch gesummt hatte, und – was mich am meisten erschreckte – es war die Stimme aus meinem Traum. Sie war es. Das Mädchen, das auf den Steinen saß und einer Meerjungfrau zum Verwechseln ähnlich sah und doch keine war. Da war ich mir ganz sicher. Auch die anderen Wesen neben ihr fingen an zu singen und zu klagen. Aber nichts konnte sich mit ihrer Stimme messen. So rein, unschuldig und wunderschön, dass sie mich in ihren Bann zog und ich an nichts mehr denken konnte, außer an ihren Gesang.

»Thelxinoe«, sagte sie, als sie aufhörte zu singen.

Kurz war ich verwirrt, was sie mir bestimmt an meinem Gesicht ablesen konnte, denn sie sagte: »Mein Name ist Thelxinoe.«

Ich nickte. Natürlich, was hätte sie mir auch sonst mitteilen sollen? Den Namen einer Seekuh?

»Ich heiße Rieella«, antwortete ich zögerlich.

»Du bist eine Meerjungfrau, richtig?«

Wieder nickte ich.

»Und du bist …?«

»Eine Sirene«, vervollständigte sie meinen Satz.

»Natürlich.«

»Weißt du denn, was das ist?«, frage sie mich und grinste dabei breit.

Ich spürte, wie mir die Röte ins Gesicht stieg.

»Ich habe schon mal davon gehört«, log ich.

Sie schmunzelte. »Natürlich hast du das. Soll ich es dir zeigen?«

»Was zeigen?«, fragte ich und zog dabei meine hochrote Stirn in Falten. Mittlerweile ähnelte ich wohl mehr einer Krabbe als einer Meerjungfrau. Doch sie lächelte aufrichtig und ohne einen Hintergedanken zu haben.

»Den Unterschied zwischen uns beiden.« Als sie die Worte ausgesprochen hatte, setzte sie sich auf, kletterte ein Stück weiter auf die Felsen und sprang plötzlich in die Luft.

Ich keuchte auf, befürchtete, ihr Körper würde gleich auf den Steinen bersten und ich könnte nie wieder ihre Stimme hören.

Doch nichts davon geschah. Sie schwebte in der Luft, besser gesagt, sie flog. Hinter ihr hatte sich ein kräftiges Paar fedriger Flügel ausgebreitet – schwarz wie ihre Augen.

Mehrere Sekunden lang blickte ich sie wie erstarrt an, bis mir klar wurde, dass die Flügel zu ihr gehörten.

Das war sicherlich auch die Erklärung dafür, dass sich die Sirenen vorhin so lautlos an mich heranschleichen konnten.

»Ziemlich cool, was?«

Ja, das war es in der Tat.

Zart wie eine Feder kam sie zurück auf die Felsen und ließ sich dort nieder. Ich war in der Zwischenzeit ebenfalls zu dem Felsen geschwommen und stützte mich darauf ab. Als sie neben mir landete, kitzelten ihre Federn meinen Ellenbogen.

»Sie sind wunderschön«, bemerkte ich. »Kannst du also im Meer und an Land leben?«

»Mehr oder weniger. Die meiste Zeit verbringen wir auf Felsen. Ich kann keine weiten Strecken fliegen, und obwohl ich eine Schwanzflosse habe, fühle ich mich hier wohler. Wer will schon nasse Flügel? So geht es uns allen, glaube ich.« Sie zuckte mit den Schultern.

»Das sind übrigens Ligeia, Molpe und Peisinoe.« Sie deutete auf die anderen Sirenen, doch ich beachtete sie kaum. Das beruhte auf Gegenseitigkeit.

»Ihr lebt also alle zusammen? Seid ihr eine Familie?«

Thelxinoe kicherte.

»Schwestern. Und was ist mit dir? Wie lebst du?«

»Alleine. Also ich meine, ich habe Freunde, aber ich bin gerne alleine. Nicht immer, nur manchmal, weißt du?«

Hitze stieg in mir auf. *Wie konnte man nur so dumme Sachen sagen?*

Thelxinoe schien meine Unsicherheit nicht zu stören. Ganz im Gegenteil.

»Du bist lustig«, scherzte sie. Dann änderte sich ihr Ausdruck, und ihre Miene wurde steinhart. »Doch ich muss jetzt noch was mit den anderen besprechen.«

»Okay, kein Problem«, begann ich, brachte dann meinen ganzen Mut auf und fragte: »Wollen wir uns vielleicht Morgen wieder treffen? Oder heute Abend?«

Zum ersten Mal schien sich die Sirene nicht sicher zu sein, was sie erwidern sollte. Sie spielte an ihrem Haar und wich meinen Blicken aus.

»Ich weiß nicht, ob das so eine gute Idee ist«, druckste sie herum.

»Oh, schon verstanden.« Enttäuscht blickte ich auf meine Handflächen, da ich nicht wusste, was ich sonst tun sollte. »Dann verschwinde ich jetzt wohl besser?« Ich wollte mich bereits umdrehen, aber Thelxinoe legte mir eine Hand auf die Schulter und hielt mich so zurück.

»Warte, du verstehst nicht.« Ihre Stimme klang dünn, und ihre Augen waren groß vor Angst.

»Dann erklär es mir«, forderte ich sie auf. »Ich kann ziemlich intelligent sein, weißt du?«

Allerdings lächelte die Sirene nicht, ganz im Gegenteil.

»Wir sind verflucht«, sagte sie knapp und wartete auf meine Reaktion.

»Verflucht?« Unbewusst zog ich meine Augenbrauen nach oben. »Also, wenn du mich nicht mehr sehen willst, dann sag es doch einfach und komm nicht mit so einer billigen Ausrede an.« Ich ließ mich von den Steinen zurück ins Wasser gleiten, indes schwang sich auch Thelxinoe ins Wasser und war nun direkt vor mir.

Verblüfft sahen wir uns an, bis sie gespielt eingeschnappt meinte: »Wegen dir habe ich nun nasse Flügel.«

Beide prusteten wir los, Thelxinoe musste so sehr kichern, dass ihr Tränen in die Augen stiegen. Auch ich hielt mir nach einiger Zeit den Bauch und hatte bereits Schmerzen vor lauter Lachen. Doch Thelxinoes Ausdruck wurde wieder ernst.

»Komm heute Abend vorbei, aber sag nicht, ich hätte dich nicht gewarnt.«

»Ja, ja«, ich winkte ab. »Ich werde da sein, und du wirst mich nicht davon abhalten können.«

»Bis heute Abend«, flüsterte sie mir zu.

»Bis heute Abend«, erwiderte ich und tauchte unter, wo ich das Gespräch Revue passieren ließ. Ich hatte so viele dämliche Antworten gegeben, dass ich mich gar nicht entscheiden konnte, welche die Dümmste war. Und trotzdem wollte sie mich wiedersehen. Still lächelte ich in mich hinein und verschwendete keinen Gedanken an den *Fluch*.

Völlig in Tagträumen verloren, schwamm ich um Haaresbreite in eine Freundin hinein und konnte gerade noch anhalten.

»Ava, tut mir leid. Ich bin heute irgendwie abgelenkt.«

»Das merke ich. Du bist ganz rot im Gesicht; hast du dich etwa auf einen Seeigel gesetzt?«

»Haha«, ich schüttelte den Kopf und überlegte, wie viel ich ihr erzählen sollte. Aber sie durchschaute mich sofort.

»Roter Kopf, Verwirrtheit, das kann nur eines bedeuten. Ich sehe das Leuchten in deinen Augen. Also sag schon. Wen hast du kennengelernt?«

Mein Kopf wurde noch heißer, obwohl ich mir sicher war, dass das unmöglich wäre.

»Thelxinoe«, begann ich.

»Ein Mädchen?«, fragte sie erstaunt. »Das ist mir neu.«

Ich zuckte mit den Schultern. Für mich war es auch neu; doch ich merkte, wie ich sie bereits jetzt vermisste und den Abend herbeisehnte.

»Aber ein ungewöhnlicher Name für eine Meerjungfrau ist das schon. Also erzähl weiter.«

»Eigentlich ist sie keine Meerjungfrau«, druckste ich herum.

»Was sonst? Eine Seekuh?« Sie verfiel in schallendes Gelächter über ihren eigenen Witz.

Ihren Scherz ignorierend antwortete ich: »Nein, eine Sirene.«

Ich war mir sicher, sie würde diese Wesen genauso wenig kennen, wie ich. Doch als ihr Lachen plötzlich erstarb und sich ihre hellblauen Augen verfinsterten, merkte ich sofort, dass etwas nicht stimmte.

»Du solltest dich von diesen Wesen fernhalten, Rieella, hörst du? Geh nicht noch mal zu ihr!«

»Aber wieso denn? Sie war so nett und …«

Ava schnaubte genervt.

»Natürlich war sie das. Das ist ihre Geheimwaffe. Sie zieht alle Wesen in ihren Bann und lässt sie nicht mehr gehen.«

»Was meinst du damit?«

»Du musst an sie denken und bekommst sie nicht mehr aus dem Kopf?«

Ich nickte.

»Siehst du? Genau das meine ich. Es ist ein billiger Trick der Sirenen, um jeden zu kontrollieren.«

»Aber ich habe kaum Zeit mit ihr verbracht. Wie hätte sie das anstellen sollen?«

Ava schüttelte den Kopf.

»Versprich es mir einfach, okay? Geh nicht mehr zu diesem Wesen, denn du bedeutest ihr nichts, genauso wenig wie sie dir etwas bedeutet. Das ist alles nur Schein. Leider muss jetzt eine wichtige Nachricht überbringen, sonst würde ich bei dir bleiben. Also mach keine Dummheiten, ja?« Bevor ich antworten konnte, war sie schon mit bitterer Miene verschwunden.

Boten, dachte ich im Stillen, *immer in Eile.* Ich sollte also keine Dummheiten machen? Es war doch nicht dumm, sich mit jemandem zu treffen, den man näher kennenlernen wollte. Außerdem hatte ich Thelxinoe für heute Abend ja schon zugesagt. Es wäre unverschämt, nicht zu erscheinen. Andererseits stimmte es mich nachdenklich, was Ava über sie gesagt hatte. Waren Sirenen wirklich Blender? Oder sogar gefährlich? Hatte es etwas mit dem Fluch zu tun, den Thelxinoe erwähnt hatte?

Ich war verwirrt. Mein Kopf schwirrte vor Gedanken, und ich wollte nicht länger darüber philosophieren, was Ava gemeint haben könnte. Vor allem, wenn sie sich nicht einmal die Zeit nahm, mir ihr Problem zu erklären. Also beschloss ich, wie vereinbart, zu Thelxinoe zurückzukehren.

Es dauerte eine Ewigkeit, bis der Abend endlich anbrach. Ich schwamm umher, um mich abzulenken. Doch nichts konnte meine Gedanken von diesem Mädchen und ihrer unvergleichlichen Stimme ablenken. Nicht einmal die bunt schimmernden Korallenriffe, durch die ein Schwarm leuchtender Fische sauste.

So kam es, dass ich schon am frühen Abend gen Oberfläche schwamm. Immer wieder hielt ich an und machte eine Pause, um nicht zu früh zu erscheinen. Ich strich durch mein hüftlanges, türkisfarbenes Haar und kämmte es so lange mit meinen Fingern durch, bis es seidig durchs Wasser schwebte.

Als es sich nicht länger herauszögern ließ, durchstieß ich die Wasseroberfläche und atmete erneut Luft. Offenbar hatte mich die Strömung etwas abgetrieben. Ich hatte schon Angst, die Felsen verloren zu haben, da erblickte ich Thelxinoe, die mir freudig zuwinkte.

Ich hob ebenfalls die Hand und schwamm lächelnd zu ihr hinüber.

Die Sonne war bereits unter- und der Mond aufgegangen. Hell schien sein Licht auf dem Wasser und tauchte es in ein schimmerndes Silber.

»Hallo Thelxinoe«, sagte ich ein wenig schüchtern.

»Rieella.« Sie hatte eine Fähigkeit, meinen Namen auszusprechen, als wäre er der schönste im ganzen Ozean. Doch ihre Miene blieb ernst. »Ich sollte dir etwas sagen, weiß nur nicht, wo ich anfangen soll. Deshalb muss ich es dir zeigen, okay?«

»Okay.« Nichtsahnend wartete ich.

Die Sirenen schienen sich auf etwas vorzubereiten. Sie saßen dicht nebeneinander, starrten auf das Wasser und sangen in der schwülen Abendluft ein Lied, das ich nicht kannte. Für einen Moment ertappte ich mich bei dem Gedanken, gerne neben Thelxinoe zu sitzen und wurde eifersüchtig auf Molpe, deren Flosse ihre berührte.

Kurze Zeit später näherte sich ein Schiff. Es war aus Holz gebaut und hatte einen langen Mast, an den ein weißes Segel gespannt war. Ganz vorn war eine Galionsfigur in Form einer Jungfrau befestigt, die in ein blaues Kleid gehüllt war. Die Männer schrien und ruderten auf die Felsen zu. Hatten sie uns etwa entdeckt? Würden sie uns nun mit ihren hinterlistigen Netzen fangen und töten?

Instinktiv duckte ich mich hinter die Felsen und wollte Thelxinoe ein Zeichen geben. Doch sie hatte das Schiff ebenfalls bemerkt und schien keineswegs beunruhigt darüber. Ganz im Gegenteil. Sie lächelte. Wenn auch etwas wehmütig, wie mir schien.

Direkt vor den Felsen stoppte das Schiff, und ein Mann warf den Anker aus. Ein Zweiter schob eine Planke zu den Felsen und ging festen Schrittes hinüber.

»Thelxinoe«, flüsterte ich, doch der Wind trug meine Stimme nicht bis zu ihr. Ganz zu schweigen davon, dass die Männer einen Heidenlärm veranstalteten.

Die Sirenen sangen immer noch und nahmen die Männer herzlich in Empfang, als diese auf die Felsen stiegen. Es waren etwas mehr als ein Dutzend, die sich nun um Thelxinoe und ihre Freundinnen scharten und mir dadurch die Sicht versperrten.

Verdammt, sollte ich einschreiten? Andererseits was könnte ich schon ausrichten?

Plötzlich kippte die Stimmung. Der wundervolle Gesang stoppte abrupt, und die Männer fingen an zu schreien. Ich sah Molpe, wie sie ihren riesigen Mund öffnete und ihre spitzen Zähne im Mondlicht aufblitzten. Ein Freudenschrei entwich ihr, und sie stürzte sich mit aller Kraft auf den Mann vor ihr.

Voller Abscheu und Erschrecken sah ich mit an, wie Ligeia und Peisinoe sich mit jeweils einem Mann in die Lüfte erhoben und diese aus großer Höhe auf die Wellen aufschlagen ließen. Die restlichen Männer wollten fliehen, doch Thelxinoe versperrte ihnen den Weg.

»Thelxinoe«, schrie ich über den Lärm der sterbenden Männer hinweg und suchte nach ihrem Blick. »Thelxinoe, tu das nicht.« Ohne die Seemänner und die kämpfenden Sirenen zu beachten, schwamm ich auf den Stein zu, über dem sie gerade schwebte, und schrie erneut ihren Namen.

Verwirrt blickte sie umher, als würde sie nicht verstehen, wen ich meinte. Jedoch ließ sie zu meiner Erleichterung ihre Hand, in der sich ein Stein befand, sinken.

»Schau mich an«, flehte ich und hievte mich auf den Felsen. Unsere Blicke trafen sich, und eine vage Hoffnung glomm in mir auf.

Unbemerkt stürzte sich ihr Opfer in die See und schwamm so schnell davon, dass wir es bald nicht mehr in den Wellen ausmachen konnten. Thelxinoe stieß einen spitzen Schrei aus und hob erneut die Hand mit dem Stein, um einen Mann zu erschlagen. Doch bevor sie etwas Derartiges tun konnte, erhob ich meine Stimme und begann zu singen.

Dein Zuhause ist die See,
Du bist nicht mehr allein,
Hast du immer noch Fernweh?
Lass deine Träume endlich sein.

Nun ließ sie den Stein endgültig fallen, blinzelte einmal, zweimal, und ihr Blick klarte sich auf.

»Rieella«, flüsterte sie, als erwache sie aus einem Albtraum. Wir blickten uns um und waren umgeben von Chaos.

Ein Mann stürzte sich freiwillig in die Fluten, um dem Grauen zu entkommen. Ich sah nur Blut und schreiende Gestalten und Ligeia, die über einen Mann gebeugt war und ihm das Herz herausriss.

Thelxinoe blickte erschrocken umher, bis sie erschöpft auf den Felsen fiel. Ich fing sie sanft auf und schloss sie in die Arme. Es kostete mich große Überwindung, nicht ins Meer zu fliehen und das Blutbad hinter mir zu lassen, doch eine Stimme in meinen Kopf flüsterte, dass ich das Richtige tat.

Du bist nicht mehr allein.

Mit der Zeit wurden die Schreie leiser. Die Männer starben, und die siegestrunkenen Sirenen feierten zu dritt.

Ich brachte Thelxinoe etwas abseits der anderen Sirenen in eine kleine Bucht. Dort bettete ich sie auf einen Felsen und schlief bald in dem seichten Wasser neben ihr ein.

Der Morgen graute viel zu früh, zwar ich war erleichtert zu sehen, dass mein Traum noch immer neben mir lag. Doch auch Ligeia, Molpe und Peisinoe waren bereits da und sahen alles andere als glücklich aus.

»Was war gestern Abend mit dir los, Thelxinoe?«, fragten sie erzürnt, als diese aufwachte.

»Ich weiß es nicht«, gab sie ehrlich zu. Angst beschlich mich. Bereute sie ihr gestriges *Fehlverhalten*? Unwillkürlich zuckte ich zusammen.

»Egal. Wir konnten trotzdem alle fünfzehn Seefahrer töten«, erklärte Molpe. Dabei grinste sie so stark, dass ihr Mund eine widernatürliche Form annahm.

»Es waren siebzehn«, berichtigte Ligeia stolz.

Abschätzig blickte Molpe zu ihrer Schwester.

»Ich habe sie heute Morgen noch einmal gezählt, es waren fünfzehn.«

Nun war es Ligeia, die blass um die Nase wurde.

»Aber ich habe sie bei dem Angriff genau beobachtet. Da waren es siebzehn.«

Angewidert darüber, dass sie nun auch noch streiten mussten, wie viele sie getötet hatten, wandte ich mich wieder Thelxinoe zu. Doch auch diese schien beunruhigt.

»Vielleicht, konnten einige fliehen?«, kreischte Peisinoe plötzlich. »Wir haben versagt. VERSAGT!«

Nun wurde auch Molpe unruhig.

»Versagt«, wiederholte sie und verzog das Gesicht, als würde das Wort wie eine vermoderte Muschel schmecken.

»Oh nein«, stieß Thelxinoe leise hervor. »Wir müssen sie aufhalten«, flüsterte sie mir zu, doch ich verstand sie nicht.

»Vielleicht sind sie nur ins Meer gefallen, und die Wellen haben sie fortgetragen«, versuchte sie zu beruhigen. Molpe und Peisinoe schüttelten gleichzeitig den Kopf.

»Ausgeschlossen«, erwiderte Molpe.

Noch immer verstand ich nicht, was hier vor sich ging, bis sich die drei Sirenen plötzlich in die Luft erhoben und bedrohlich hoch über dem Wasser schwebten.

»Nein«, schrie Thelxinoe aufgebracht. »Wir haben nicht versagt, ich schwöre es euch!«

Die anderen schienen nicht überzeugt und blickten hinab auf die raue See. Da begann Thelxinoe zu singen. Eine Hohe Arie, von der ich nicht jedes Wort verstehen konnte. Doch ich spürte, dass das Lied von Freundschaft, Zusammenhalt und Liebe handelte. Etwas in ihrer Stimme beruhigte die anderen Sirenen, die zurück zu den Felsen kamen und sich dort niederließen. Es verwunderte mich kein bisschen. Thelxinoes Stimme war das Reinste und Schönste, das ich je hören durfte. Ich war ab der ersten Note wieder in ihren Bann gezogen.

Molpe saß zitternd auf dem Felsen und nuschelte undeutliche Worte vor sich hin. Ligeia versuchte, sie zu beruhigen, doch auch sie schaffte es nicht, einen klaren Satz zu formulieren. Peisinoe schien es nicht so schlimm zu gehen wie den anderen beiden, denn sie sang leise ein Lied neben ihren Schwestern.

Verwirrt blickte ich zu Thelxinoe.

»Was ist gerade passiert?«

Betrübt antwortete sie mir.

»Ich sagte dir doch, dass wir verflucht sind.« Sie ließ die Schultern hängen und blickte zu Boden. Vorsichtig hob ich ihr Kinn, sodass ich sie ansehen konnte. In ihren schwarzen Augen lag Traurigkeit.

»Erzähl mir von dem Fluch.«

Flüsternd, um die anderen nicht zu erzürnen, begann sie.

»Neptun selbst hat uns verflucht, auf Ewigkeiten zwischen Himmel und Meer zu wandeln und Seefahrer zu verführen und sie dann zu morden. Doch sollte es uns nicht gelingen – sollten wir versagen – so müssen wir sterben.«

»Was?«, stieß ich atemlos hervor. Sie nickte.

»Sollten wir nicht im Stande sein, die Seeleute zu betören, so müssen wir uns selbst vernichten, um unserer Schande Einhalt zu gebieten.«

»Das ist euer Fluch?«, brachte ich nur mühsam heraus. Mir wurde schlecht, und Galle stieg in mir hoch. Wie konnte ich verhindern, dass Thelxinoe sich nicht in die Wellen stürzte – wenn ein Schiff nicht anhielt?

»Thelxinoe«, flüsterte ich und griff nach ihrer Hand. Sie ließ es zu, doch ihr Blick blieb trüb.

»Es gibt kein Entkommen«, flüsterte sie.

Den ganzen Nachmittag verbrachte Thelxinoe in meinen Armen, und ich versuchte, eine Lösung zu finden. Immerhin war es ihr gelungen, die anderen drei durch ihren Gesang aufzuhalten. Das sagte ich ihr wieder und wieder, bis sie mir gestand, dass sie ohne mich nie auf die Idee gekommen wäre. Schließlich hatte ich bereits zuvor für sie gesungen. Ob das allerdings immer funktionieren würde, war fraglich. Irgendwann erloschen meine Ideen, nichtsdestotrotz meine Hoffnung blieb. Ich würde sie nicht einfach dem Tod überlassen, egal, wie viel es mich kostete.

Es wurde Abend, und der Himmel zog sich zu. Dicke Wolken schoben sich über den Mond, und die Wellen tobten unter mir. Als sich Thelxinoe kurze Zeit später zu den Sirenen gesellte, näherte sich erneut ein Menschenschiff. Am liebsten hätte ich Thelxinoe gepackt und wäre verschwunden. Jedoch war Flucht noch nie eine gute Lösung.

Allerdings wurde das Schiff nicht langsamer und hielt auch nicht wie gedacht an. Es umschiffte uns leichthin, obwohl die Sirenen aus Leibeskräften sangen. Der Wind trieb ihre Stimmen in meine Richtung, dabei vermisste ich Thelxinoes. Zum ersten Mal war ich erleichtert darüber, dass sie nicht sang. Voller Unglauben darüber, dass die Männer nicht anhielten, fingen die Sirenen an zu schreien und zu kreischen.

Das Schiff fuhr vorbei. Im Vorübersegeln sah ich einen Mann, der an den Hauptmast gefesselt war und ebenfalls aus Leibeskräften schrie. Neben ihm stand ein Matrose, der mir bekannt vorkam. Nur woher?

Der Anblick Thelxinoes war im Augenblick freilich viel wichtiger: Sie stürzte sich, gefolgt von den anderen in die stürmische See, die sie wie ein gieriges Maul verschlang.

»Thelxinoe«, schrie ich und schwamm zu ihr, so schnell mich meine Flosse trug. Selbst ich hatte in diesem Unwetter Schwierigkeiten, mich über Wasser zu halten. Wie mochte es da den Sirenen ergehen, die die meiste Zeit an Land verbrachten? Kurz sah ich Molpes Kopf aufblitzen, der gleich darauf wieder unter den Wellen verschwand.

Verzweifelt suchte ich im Wasser nach Thelxinoe. Als ich einige Meter von den Felsen entfernt war, trafen sich unsere Blicke. Außer Atem keuchte ich ihren Namen und versuchte, zu ihr zu gelangen. Im selben Moment hingegen traf sie eine Welle und brach über ihr zusammen.

Verzweifelt streckte ich die Arme aus, um sie aufzufangen. Glücklicherweise prallte ihr weicher Körper gegen mich. Doch die Welle schleuderte uns auf den harten Felsen, auf dem wir keuchend liegen blieben. Das Blitzen in Thelxinoes Augen vertrieb für einen Moment allen Schmerz, der durch meinen Körper schoss. Tränen rollten mir über die Wangen. Ich wusste nicht, ob es Tränen der Qual oder der Erleichterung darüber waren, dass Thelxinoe noch lebte und sich in meinen Armen befand.

Wir hatten überlebt. Als ich ihr eine feuchte Strähne aus dem Gesicht wischte, erinnerte ich mich mit einem Mal an den Matrosen des letzten Schiffes, der mir so bekannt vorgekommen war.

Es war der Mann, der fliehen konnte, als ich Thelxinoe durch das Lied abgelenkt hatte. Dieser musste aus den Wellen gerettet worden sein und hatte die Seeleute gewarnt. Wenn es die Besatzung dieses Schiffes wusste, wussten es bald alle und würden vorbeifahren. Hier war es nicht mehr sicher. Thelxinoe war dem Untergang geweiht. Ich schwor mir, sie davor zu bewahren. Es musste einen Weg geben.

Ich sah dem Schiff nach, das längst hinter dem Horizont verschwunden war. Die Sirenen, die ich nicht hatte retten können, ruhten im Meer.

»Rieella«, flüsterte Thelxinoe. In ihrem Blick lag unendliche Trauer. Sie wusste um das Schicksal ihrer Schwestern; ich musste nichts sagen.

Eine Weile schwiegen wir, dann wurde mir klar, was ich tun musste.

Dein Zuhause ist die See,
Du bist nicht mehr alleine
Hast du immer noch Fernweh?
Lass deine Träume endlich sein.

Thelxinoe stimmte in meinen Gesang mit ein, und so lagen wir im seichten Wasser, bis die Nacht verging und die Sonne im Osten erwachte.

»Geh mit mir fort.« Die Worte verließen meinen Mund, bevor ich darüber nachdenken konnte. Thelxinoe starrte mich stumm an. In ihrem Blick lag Unglauben.

»Ich meine es ernst«, sagte ich. »Geh mit mir fort. Wir finden einen Ort, an dem kein Schiff der Welt uns findet. An dem wir zusammen sein können und dein Fluch keine Macht mehr über dich hat.« Meine Stimme wurde immer stärker, je ausführlicher ich meinen Plan besprach. »Keine Schiffe, kein Fluch«, schloss ich.

Thelxinoe zögerte nicht.

»Du bist nicht mehr allein« flüsterte sie und zog mich an sich. Ich schloss die Augen und spürte ihre sanften, weichen Lippen auf den meinen.

In der Mythologie der Griechen erzählte niemand von der Meerjungfrau, die sich unwiderruflich in eine Sirene verliebte. Nein, sie erzählten vom Seefahrer Odysseus, der vor den Sirenen gewarnt wurde, die Ohren seiner Matrosen mit Wachs verschließen ließ und sich selbst an den Schiffsmast band, um den Gesang der Wesen wahrzunehmen. Sie erzählten nicht, dass Thelxinoes Stimme fehlte, als sich Odysseus gegen seine Fesseln wehrte. Denn ihre Stimme gehörte nur noch einer und niemandem sonst wollte sie diese mehr schenken.

Christina Gmeiner, geboren und aufgewachsen in Oberbayern, wollte von klein auf Autorin werden. Schon als Jugendliche schrieb sie Geschichten und möchte nun ihren Traum verwirklichen. Momentan arbeitet sie an mehreren Kurzgeschichten und an ihrem ersten Roman.

Iphis

Wolfgang Malischewski

I

»Hochzeit? Doch nicht mitten im Sommer. Es gibt zu viel zu tun auf den Feldern. Ihr habt euer ganzes Leben noch vor euch, warum die Eile?«, sagt Telethusa, die Mutter von Iphis. Und im Herbst: »Jetzt im Herbst? So ein Unverstand, die Ernte muss eingebracht werden.«

Soll ich der Mutter meines Bräutigams widersprechen? Ich heirate auch im Winter, wenn wir nur endlich heiraten. Ich tröste mich damit, dass es im Winter keinen Grund mehr gäbe, die Hochzeit zu verschieben.

Doch im Winter sagt Telethusa: »Tut mir leid, Ianthe, dass aus eurer Hochzeit nichts wird, ich kann euch nicht den Segen geben, nichts täte ich lieber, aber Iphis ist krank, ein schlimmes Fieber plagt ihn, er fühlt sich gar nicht wohl. Willst du einen kranken Mann heiraten? Ohne Rücksicht darauf, wie es ihm geht. Dass er mit dem Tode ringt. Woher soll da Freude kommen? Wartet bis zum Frühling. Wenn die kalten Winde nicht mehr den Körper auszehren.«

Es erstaunt mich, dass Iphis krank ist. Wenn ich mir seinen kraftvollen Gang vorstelle, seinen hellwachen Blick und seine klar tönende, feste Stimme – manchmal male ich mir in meiner verrückten Sehnsucht aus, seine Worte anfassen zu können, als könne ich sie in der Hand halten – kann ich kaum glauben, dass er so krank sein soll.

Im Frühling springt Iphis, vom Totenbett gerade aufgestanden, unverschämt lebendig und übermütig wie ein junges Tier umher. Welchen Grund könnte es noch geben, die Hochzeit aufzuschieben?

»Es stimmt schon«, sagt Telethusa, »es gibt keine schönere Zeit für eine Hochzeitsfeier. Wenn mir nur nicht die Göttin im Traum erschienen wäre und mich gewarnt hätte, dass eine Hochzeit jetzt nur Unglück brächte.«

Lieber nicht die Göttin herausfordern. Man weiß nicht, wozu sie imstande ist. Aber manchmal frage ich mich, wozu ist Telethusa, meine künftige Schwiegermutter, imstande? Sie erklärt, verspricht, entschuldigt, vertröstet. Sie ist es, die mit allen spricht: mit mir, meinen Eltern, mit Ligdus, ihrem Mann. Als ob Ligdus nichts zu sagen hätte. Mürrisch und polternd fügt er sich in das, was Telethusa sagt.

Und Iphis, ihr Sohn, mein Geliebter? Mir scheint, er versteht alles, er versteht alles zu sehr, was Telethusa sagt. Ich verstehe das nicht. Vor allem nicht seine grenzenlose Geduld. Wüsste ich es nicht besser, würde ich sagen, er liebt mich nicht. Aber er sucht meine Nähe, wann immer er Zeit hat. Manchmal berühren wir uns zufällig, wenn mich meine Verlegenheit ungeschickt und tapsig werden lässt, weil das Begehren übermächtig ist.

Zu oft bestimmen Väter ihren Töchtern einen viel zu alten Mann, der ihnen gänzlich zuwider ist und für lebenslanges Unglück sorgt.

Danke, Vater, danke, dass du mich verschont hast, verschont mit einem Mann, steinalt und stinkend schon nach Grab. Danke, dass du nicht nach Geld und Land für mich gesucht hast, sondern nur nach einem jungen Mann von Ehre, so jung, dass er sich unsterblich fühlt und alles Leben für viel zu klein für seine Wünsche hält. Wie ich.

Oh Iphis, deine Fackel hast du in mein Leben geschleudert und es angezündet, jetzt brennt es lichterloh. Weißt du, was du angerichtet hast? Wie könntest du es wissen, wirkst du doch so standhaft-männlich, so überaus beherrscht, so unverständlich maßvoll in deinen Blicken und Gebärden. Ich aber weiß nicht, wohin mit mir. Zwischen Brust und Bauch flattert meine Seele wie ein im Netz gefangener Vogel. Mein Herz tanzt schneller, als ich denken und es beruhigen kann. Wenn ich dich vor mir sehe, höre ich meinen Atem schneller gehen.

Unfassbar. Eine Ewigkeit sind wir uns schon versprochen. Sag nicht, erst seit einem Jahr. Es ist eine Ewigkeit, unerträglich, und wenn du das nicht weißt, liebst du mich nicht.

Hast du nicht manchmal Lust, unbändige Lust, mich mit Küssen auszutrinken, mir zärtlich in den Nacken zu beißen und mir Liebesworte ins Ohr zu flüstern, die mich rasend machen? Wie kannst du so festgehalten sein, so unmenschlich sittsam! Nein, das ist nicht die ganze Wahrheit.

Es ist deine Sanftheit, die mich anzieht, deine Vorsicht, dein scheues Werben. Sorglos fühle ich mich mit dir, wie im Schoße einer Freundin. Nie würde ich dir das sagen. Erst recht nicht gestehen, dass ich mich vor der Rohheit der Männer fürchte, vor der Gewalt, zu der sie imstande sind, vor der ersten Nacht. Und doch, wenn ich an deine schlanken und doch kräftigen Hände denke, den schmalen Mund, die scharf geschnittene Nase, den feinen Schweiß auf deiner Stirn, den energischen und gleichzeitig anmutigen Gang, der mich an einen Tanz erinnert, dann …

»Heh, Ianthe, du träumst. Statt deine Arbeit zu machen.«

Die Mutter schon wieder. Sie hat recht, ich sollte das Feld umgraben und sehe nur Iphis. Iphis, Iphis, Iphis! Als ob er eine andere Seite von mir ist, die ich ersehne. Die Mutter weiß, dass ich verliebt bin.

Verliebt. Ein viel zu kleines Unsinnswort. Wie: ein wenig tot. Ich kann nicht leben, weil ich liebe. Mit Haut und Herz. Meine Haut fühlt sich wie Wüste an. Solange Iphis sie nicht zum Garten macht.

»Die Arbeit geht vor«, sagt Mutter. »Schließlich willst du essen.«

Ich wundere mich manchmal, dass ich Hunger verspüre, weil ich genug mit meiner Liebe zu tun habe und ganz voll davon bin.

Endlich, endlich soll Hochzeit sein. Keine Aufschieberei mehr. Noch eine Nacht, dann werden die Ängste vor dem Unbekannten ein Ende haben, und meine Liebe wird ihren Weg finden.

Ja, Ligdus hat die Nase voll von Telethusas Traumgeschichten, Ausreden und prächtig blühenden Versprechungen und das schon lange überfällige

Machtwort gesprochen. Morgen soll die Hochzeit sein. Bei Donner, Blitz und Sturm, bei den schlimmsten plötzlich hereinbrechenden Krankheiten. Und selbst wenn die Göttin mit Pest, Hunger oder Krieg drohe, die Hochzeit werde stattfinden. Morgen.

Erstaunlich, wie lange Ligdus sich hinhalten ließ. Unerklärlich. Was musste ein Jahr lang verborgen werden? Warum hat Telethusa sich immer wieder etwas einfallen lassen, um die Hochzeit zu verschieben?

Überflüssige Fragen. Alles wird gut.

Oh Iphis, was auch immer kommen mag, unserem Glück steht nichts mehr im Weg.

II

Ich weiß nicht, was schlimmer ist: dass ich nach Ianthe verrückt bin und nicht erwarten kann, sie mit Haut und Haar zu verschlingen, oder dass morgen die Hochzeit ist.

»Wir werden eine Lösung finden«, sagt Mutter, »wir müssen eine Lösung finden.«

Dieses Mal lasse ich mich nicht beruhigen. Gewiss, Mutter hat mich schon oft gerettet. Ja, dass ich nicht gleich nach der Geburt erschlagen wurde, verdanke ich ihr. Diese Geschichte hat sie mir oft erzählt, flüsternd selbst noch im dunkelsten Zimmer, wenn ich nicht verstand, warum ich verbergen musste, Mädchen und nun eine Frau zu sein.

»Als ich schwanger war, hat dein Vater geschworen, dich zu ermorden, solltest du ein Mädchen sein. Er sei zu arm und könne sich ein Mädchen nicht leisten. Auf Knien habe ich ihn angefleht, seinen Schwur zurückzunehmen. Nichts, nichts konnte ihn erweichen. Dann kamst du und damit Freude und Entsetzen. Was sollte ich tun? Dein schreiendes Leben gleich erwürgen, dich den Händen des Vaters ausliefern, damit der die Untat beging? Du weißt, was ich getan habe. Nur die Amme, die mir bei der Entbindung beigestanden hat, weiß von unserem Geheimnis. Doch auf sie können wir uns verlassen. Dass du lebst, ist mein größtes Glück. Dass du lebst, ist meine verzweifelte Sorge. Die immer größer wird.«

Wer bin ich? Eine Laune der Götter, die sich wieder einmal einen Spaß erlauben und über einen Menschen ganz besonders lachen wollen?

Der Stier sucht die Kuh, der Mann die Frau – ich aber bin gegen alle Natur. Ein Unding, ein Ungeheuer, ein Verbrechen gegen alles Menschliche. Und doch bin ich ein Mensch. Und liebe vielleicht mehr als andere Menschen.

Oh Ianthe! Wenn ich mich dir offenbarte, wäre das mein Tod. Ich könnte deine Enttäuschung nicht ertragen, deinen Widerwillen gegen mein unnatürliches Begehren.

Meinen nächtlichen Träumen fühle ich mich völlig ausgeliefert. Im Licht der Sonne drehe ich mich manchmal wie ertappt um, als würden andere mir ansehen, was ich in meinen Träumen tat. Und mit welcher Lust. Wenn die anderen wüssten!

Ich schäme mich. Weil ich mich schämen soll. Nein, ich schäme mich nicht.

Ja, ich bin ein Monstrum, ich mag es, Mann zu sein. Ich bin lieber auf der Jagd als am Webstuhl. Ich gehe lieber fischen, als am Herd zu stehen. Wenn ich Brennholz hacke oder den Ochsen beim Pflügen führe, so schwer mir manchmal die Arbeit auch fällt, sie erfüllt mich mit Stolz.

Ich bin kein Mann. Ich werde keine Kinder zeugen. Keinen Sohn. Aber ich könnte einen gebären. Ein Possenspiel der Natur, wenn er von Ianthe wäre. Natürlich werde ich kein Kind von Ianthe bekommen. Was für wahnsinnige Gedanken ich habe. Ich kann nur krank sein, unheilbar krank.

Die Hochzeit bringt die Katastrophe. Will ich die hoffnungsfrohe Ianthe ins Unglück stürzen? Und meine treue Mutter? Es gibt nur eine Lösung. Ich muss mich in der Hochzeitsnacht umbringen. Am besten im Meer verschwinden. Man darf meinen Leichnam nicht finden.

III

Hier sitze ich gern. Auf halbem Weg zwischen unserem Haus und dem Meer, da, wo Felsbrocken und eine ausladende Pinie mich verbergen, wenn ich nicht gesehen werden will.

Es ist schön, allein zu sein und kein fröhliches Gesicht mehr zeigen zu müssen. Der Lärm der Hochzeitsgesellschaft ebbt langsam ab. Nicht mehr lange und die letzten Gäste werden sich auf den Heimweg machen. Ein warmer Wind kommt vom Meer. Unerreichbar und stumm wie immer, der Mond, bleich mit grauen Schlieren.

Was für eine Hochzeitsfeier! Einem unbefangenen Beobachter wäre wohl nichts Ungewöhnliches aufgefallen. Er hätte alles gefunden, wie es sich gehört: genug Wein, um Musik, Tanz, gutes Essen und Gelächter zu genießen, nicht zuletzt die derben Sprüche, die auf ihre Weise am bevorstehenden Schlafzimmerglück der Brautleute teilhaben und sie wenigstens erröten sehen wollen.

Aber als Iphis' Mutter sehe ich anderes: die angestrengte Heiterkeit meiner Tochter. Entgeistert bin ich, wenn Ligdus ihr zuruft, sie solle nur ja einen Jungen zeugen, schließlich habe er das auch hingekriegt, und sie so schrill lacht, dass es mir schier das Herz zerreißt.

Sind Männer blind oder wollen sie es sein? Wie blind muss ein Vater sein oder sich geben, dass er nicht sieht, dass sein »Sohn« eine Tochter ist. Hat Ligdus aus Furcht, seinen Schwur erfüllen zu müssen, seine Tochter nicht wahrhaben wollen? Und wie ist es mit den Verwandten, Freunden und Bekannten? Spielen sie alle dies Spiel mit? In der Hoffnung, es werde gut ausgehen, oder in der schadenfrohen Erwartung eines schmachvollen Endes?

Wer die Brautleute beobachtet, sieht, wie sie eng beisammen sitzen, sich manchmal anfassen, manchmal umarmen – aber wie? Ianthe erst zugreifend und sehnsüchtig, dann aber, als träfe sie auf einen unsichtbaren Widerstand, denn Iphis kommt den Umarmungen und Küssen durchaus entgegen, nimmt sie sich vorsichtig zurück, scheinbar zufällig. Aber ich weiß, Ianthe ist zutiefst verunsichert und versteht nicht, warum ihr Geliebter noch immer so zurückhaltend ist, jetzt, da doch alles erlaubt und sogar von allen Seiten gewünscht wäre.

Als ich schwanger war, bat ich die Göttin um Hilfe, mir nur ja keine Tochter zu schenken, weil sie sterben müsse.

Und ich meinte, ihre Antwort zu hören: Sorge dich nicht. Alles wird gut.

Ich vertraute der Göttin. Sie aber verriet mich. Es wurde eine Tochter. Wer sich auf Götter verlässt, ist verloren. Ich nahm das Schicksal in die Hand und gab ihm meine Richtung. Die Tochter kleidete ich wie einen Jungen, erzog ihn als solchen. Ich immer in Sorge, immer in Angst vor Entdeckung. Dennoch, kein größeres Glück gibt es für mich, als Mutter dieser strahlend schönen Tochter zu sein, die mit Geschick und Mut die Rolle des Sohnes spielt. Dass wir ein Geheimnis wahren müssen, macht unser Bündnis gegen Ligdus noch enger. Überhaupt gegen alle Männer. Von ihnen droht Gefahr.

Doch eine Frau, Ianthe, wird es sein, die in dieser Nacht alles entdeckt. Wird sie den Betrug dem sensationsgierigen Volk offenbaren? Ja, was sonst. Was bleibt ihr anderes übrig, sieht sie sich doch geprellt um all ihre Hoffnungen und Wünsche und gezwungen in etwas, das die Natur nicht vorsieht.

Ich mag Ianthe. Sie hat ein offenes, ehrliches Gesicht. Neugierig und ohne Arg ihre Augen. Lebenshungrig, kein Kind von Traurigkeit. Und das Tragische ist, sie scheint sich in Iphis vergafft zu haben. Umso brutaler wird die Enttäuschung sein.

Jemand verlässt das Haus und bewegt sich zum Strand. Erst schnell, als habe er es eilig, dann zögernd. Iphis! Allein. Sie bleibt stehen und schaut sich um – mich kann sie nicht entdecken –, zieht sich aus, watet ins Wasser und lässt sich treiben. Sie will doch nicht, sie wird doch nicht – in ihrer Verzweiflung ist ihr alles zuzutrauen.

Ich muss sie retten – ich bin ihre Mutter! – und will schon losstürzen …

Ianthe. Sie steht plötzlich da, wo Iphis die Kleidung abgelegt hat, schaut zum Meer und ruft: »Iphis! Iphis, wo bist du?«

Jetzt ist Iphis deutlich zu sehen. Sie schwimmt ans Ufer, verharrt ein paar Atemzüge lang noch liegend in den sich ausplätschernden Wellen. Selbst bei der Entfernung sehe ich die Verzweiflung auf ihrem Gesicht. Flieh, Iphis! Doch sie erhebt sich, steht da und wartet. Im Licht des Mondes ist für Ianthe nun zum Greifen klar: Iphis ist eine Frau.

Jetzt ist der Augenblick gekommen. Ianthe wird sich schreiend vor Wut und Enttäuschung abwenden und sofort ausposaunen, wie man sie betrogen habe. – Ich halte den Atem an.

Erst bewegt sich Ianthe nicht. Die Verwandlung ihres Iphis in eine Frau hat sie gewiss erstarren lassen. Dann, oh Göttin! zieht sie sich aus, nein, sie reißt sich die Kleidung vom Leib und wirft sie auf die von Iphis. Nackt stehen sich die beiden Frauen gegenüber, dann rennt Ianthe los – ein Schrei wie Jubel – Iphis ihr entgegen, sie stürzen sich aufeinander, umklammern sich, fallen und wälzen sich im Sand. Küssen sich.

Danke, Göttin! Wie konnte ich an dir verzweifeln. Du hast mich nicht verraten!

Die beiden Glücklichen. Sie sollen sich keine Sorgen machen. Ligdus wird keine Gefahr sein. Da er einen Enkelsohn braucht, um sein Gesicht zu wahren – lächerlich! –, werde ich ihm einen verschaffen. Soll er dran glauben oder nicht. Sein Problem.

Und sollte irgendeiner jemals einen Verdacht äußern – oh Ungläubiger, die Göttin ist für manches Wunder gut!

IV

»Vorhin, als ich mich aus dem Meer erhob, war ich starr vor Angst und wagte mich kaum aufzurichten. Auch du standst so still da – was hielt dich fest, als du mich sahst? Gewiss warst du erschrocken, aber warum bist du nicht davongerannt?«

»Deine Nacktheit hielt mich fest, das Mondlicht floss an dir herunter, über deine Brüste, deine Schenkel, deine Scham, und ich dachte: was für ein Geschenk! Für mich hat Iphis sich in eine Meerjungfrau verwandelt. Erschrocken? Ich glaube, wenn du ein Mann gewesen wärest, wäre ich davongerannt.«

»Glaub das nur«, sagte Iphis und lachte.

Wolfgang Malischewski wurde 1952 in Hannover geboren. Er studierte die Wissenschaft von der Politik und Germanistik an der TU Hannover und ist seit 1977 Lehrer an einem Berliner Gymnasium. Von ihm sind bereits einige Kurzgeschichten und Theaterstücke (letztere bei der Theaterbörse) veröffentlicht.

Flossenschlag und Mädchenkram

Sabine Maurer

»Ist das dein Ernst?« Die Hitze, die in Torben aufstieg und sich langsam in Wut verwandelte, wurde nicht von den aufgeheizten Wänden des grauen Wohnkomplexes oder dem stickigen Flur der kleinen Wohnung verursacht. Ungläubig starrte er seine Ex-Frau an. Und das, was sie ihm entgegenhielt. »Was ist das, ein toter Fisch?«

»Sehr witzig, wie immer«, sagte Karin, ohne eine Miene zu verziehen. »Es ist *dein* Besuchswochenende, also gehst du mit ihm. Es findet nun mal heute statt. Bezahlt ist schon alles.«

»Hättest du mir nicht wenigstens vorher Bescheid geben können? Ich habe nicht mal eine Badehose dabei.«

»Dann kauf dir eine. Am Eingang ist ein Shop.«

Torben seufzte und schluckte eine bissige Bemerkung über die vielen Alimente, die er regelmäßig zu zahlen hatte, hinunter. Er wollte hier und jetzt keinen Streit anfangen, nicht an einem der seltenen Tage, an denen er seinen Sohn sehen konnte.

»Wie heißt das noch mal?«

»Mermaiding.«

»Was für ein Schwachsinn«, brummte Torben und schüttelte den Kopf. »Ist das nicht Mädchenkram?«

»Alex freut sich seit Wochen darauf, also wirst du mit ihm hingehen. Mach ihm das nicht kaputt, klar?«, zischte Karin. »Und jetzt nimm schon!«

Sie wedelte mit dem geschuppten Ding vor Torbens Nase herum, während dieser fieberhaft nach einer Ausrede suchte. Er könnte Kopfschmerzen bekommen. Oder Magenschmerzen. Das wäre nicht einmal gelogen, denn sein Magen zog sich bei dem Gedanken an den Aufenthalt im Schwimmbad tatsächlich schmerzhaft zusammen. Mit diesem Tagesprogramm hätte er nicht gerechnet. Aber für

Ausreden war es zu spät – Karin würde ihm das niemals abnehmen.

»Gib her das Ding.« Genervt riss Torben seiner Ex-Frau den Fischschwanz aus der Hand.

»Hier, seine Tasche mit den ganzen Badesachen.«

»Und er will das *wirklich*?« Torben starrte auf das Ding mit den türkis-blauen aufgedruckten Schuppen. Es fühlte sich komisch an, wie Plastik, und verursachte ihm eine Gänsehaut. »Wie kommt er bitte auf so eine Idee? Ich meine, er ist doch ein Junge!«

»Was hat das damit zu tun?« Karin verschränkte die Arme vor der Brust und trommelte mit einem Fuß auf den Boden.

»Halloo! Es heißt Meerjung*frauen*!« Torben schüttelte den Kopf. »Warum muss *ich* da hin? Wir hätten das Wochenende tauschen können. Wie sieht das denn aus! Wenn mich dort jemand sieht!«

»Du hast dich nicht verändert«, fuhr Karin ihn an. »Verdirb ihm bloß nicht den Tag, du …« Plötzlich wurde sie unterbrochen.

»Papa!« Alex schoss an ihr vorbei und warf sich seinem Vater in die Arme. »Hallo Großer!« Für einen Augenblick vergaß Torben allen Ärger, drückte seinen Sohn an sich und versuchte dabei, die Flosse nicht fallen zu lassen. Er hatte Alex wahnsinnig vermisst. Seit der Scheidung konnte er nur wenig Zeit mit ihm verbringen. Damals waren lediglich zwei Besuchswochenenden pro Monat vereinbart worden, aber zum Glück sah Karin das nicht so eng. Dann und wann konnte er Alex auch zwischendurch für ein bis zwei Stunden besuchen. Aber seine Zeit war knapp, da er mehr arbeiten musste als früher, um alle seine Kosten decken zu können.

»Hat Mama dir schon alles erzählt?«, sprudelte es nur so aus dem Zehnjährigen heraus. »Ist das nicht klasse? Ich freue mich total! Und nachher werden noch Fotos gemacht!« Alex sah Torben mit glänzenden Augen an und strahlte über das ganze Gesicht. Nun musste Karin lächeln, und auch Torben ließ sich davon anstecken.

»Jetzt erzähl doch mal in Ruhe«, forderte er seinen Sohn auf. Aufgeregt sah Alex zwischen seinen Eltern hin und her.

»Heute gibt es einen Meerjungfrauen … Wie heißt das noch mal, Mama?«

»Mermaiding«, antwortete diese mit einem Schmunzeln.

»Ja genau, also heute ist so ein Kurs …«

»Workshop«, verbesserte Karin.

Alex nickte.

»Ich bin schon so aufgeregt. Ist das nicht ein toller Schwanz?« Er deutete auf das Ding, das Torben in der Hand hielt.

»Oh ja, sieht toll aus«, log der. In Wahrheit fand er ihn grässlich, genau wie die Vorstellung, dass sein Sohn darin stecken und damit durchs Wasser paddeln würde.

»Lass uns gehen, Papa. Komm schon! Bis später, Mama!« Alex winkte seiner Mutter zu und sauste die Treppe hinunter.

»Wollen wir nicht den Aufzug …«, rief Torben ihm nach, aber Alex war schon aus seinem Sichtfeld entschwunden. Er warf Karin ein »Bis nachher« zu, dann verließ er die Wohnung und folgte seinem Sohn.

»Viel Spaß euch beiden«, rief Karin ihnen nach, dann fiel die Tür mit leisem Klacken ins Schloss.

»Viel Spaß? Schönen Dank auch«, dachte sich Torben, als er die drei Stockwerke nach unten ging – die Badetasche in der einen, das Fischdings in der anderen Hand. Dabei wurde ihm klar, dass er aus der Sache nicht mehr rauskommen würde und gute Miene zum bösen Spiel machen musste.

»Papa!«, tönte es von unten.

»Komme ja schon!«

⭐✖⭐

Es war ein schöner Samstag im Juni. Als Torben aus dem Mietshaus trat, schlug ihm warme Luft entgegen. Alex hatte sein Auto bereits entdeckt und wartete dort auf ihn. Torben zog die Fernbedienung aus der Hosentasche und sperrte das Fahrzeug auf, während er langsam darauf zu schlenderte. Sein Sohn riss die Tür sofort auf.

»Boah, ich werde da drin schmelzen«, nörgelte er. »Gab's keinen Schattenplatz?«

Torben ignoriere das Gemotze, ging um das Auto herum und warf die Sachen in den Kofferraum. Als er auf dem Fahrersitz Platz nahm, saß sein Sohn schon angeschnallt auf der Sitzerhöhung und fächelte sich mit einer Hand Luft zu.

»Machst du die Klimaanlage an? Bitte!«

»*Du* willst dorthin, also hör auf, dich zu beschweren«, knurrte Torben. Er wollte nicht zugeben, dass die Klimaanlage kaputt war und ihm die Hitze ebenfalls zusetzte. Für eine Reparatur fehlte ihm allerdings das nötige Kleingeld. Er ließ den Motor an und fuhr aus der Parklücke. Er kannte den Weg genau. Früher waren sie oft zu dritt im Schwimmbad gewesen. »Hast du das schon mal gemacht? Meerjungfrau spielen?«

»Ich bin ein Meermann.«

»Quatsch, die gibt es nicht«, schnaubte Torben und trat so plötzlich auf die Bremse, dass er und Alex nach vorne geschleudert und von den blockierenden Gurten hart abgebremst wurden. »Vollidiot!«, schrie er, drückte auf die Hupe und gestikulierte anschließend wild mit der Faust. »Der hat mich geschnitten, hast du das gesehen? Und blinken beim Spurwechseln kann er auch nicht.« Wütend umklammerte Torben das Lenkrad, bis seine Fingerknöchel weiß wurden. Das war einfach nicht sein Tag.

Alex schwieg, bis sich sein Vater wieder beruhigt hatte. Dann sagte er: »Natürlich gibt es die.«

»Gibt es was?« Torben hatte vor lauter Ärger den Faden verloren.

»Wassermänner. Liest du keine Märchen?« Alex verschränkte die Arme vor der Brust.

»Alex, das ist Mädchenkram!«

»Ist es nicht!«

»Wie bist du überhaupt darauf gekommen? Hat deine Mutter dir das eingeredet?«

»Nein. Hab' ich auf YouTube gesehen«

»Auf YouTube?«

»Ja, bei Mavie.«

»Wer ist Mavie?«

»Die ist ein bisschen älter als ich und macht coole, lustige Videos. Da war mal was mit Mermaiding dabei, das war toll!«

Torben presste die Lippen zusammen und verkniff sich eine bissige Bemerkung darüber, warum sein Sohn überhaupt Zugang zu solchen Videoclips hatte. Er und Karin hatten vereinbart, in Anwesenheit ihres Sohnes nicht schlecht übereinander zu reden. Torben fand das auch vernünftig, es fiel ihm nur manchmal nicht leicht.

»Und ja, ich hab' es schon mal ausprobiert«, fuhr Alex fort. »Aber nur kurz. Das war super! Man kann mit der Flosse richtig toll durchs Wasser gleiten!«

Torben warf einen kurzen Blick auf seinen Sohn, der ganz aufgeregt wirkte.

»Mama hat mir dann sogar eine gekauft. Sie ist nicht neu, aber das ist egal. Die sind ziemlich teuer, weißt du? Darum haben wir im Internet gesucht, und die wollte jemand nicht mehr haben. Sie ist voll schön oder? Die Schuppen glitzern sogar in der Sonne!«

Torben konnte die Begeisterung in der Stimme seines Sohnes hören, sie jedoch nicht teilen. Im Gegenteil. Er fürchtete sich vor den Blicken der anderen Badegäste, wenn er mit Alex und diesem Glitzer-Fischschwanz auftauchte. Torben hoffte inständig, dass sich heute keiner seiner Bekannten im Schwimmbad aufhalten würde. Oder einer seiner Arbeitskollegen. Er beschloss, im Shop zusätzlich eine Kappe zu kaufen, die sein Gesicht gemeinsam mit der Sonnenbrille verbergen sollte. Das Gespött der anderen hätte er gerade nötig. Mermaiding, so ein Quatsch. Er zog die Augenbrauen zusammen und seufzte innerlich, als die Schwimmhalle auftauchte.

»Papa!«

»Wie?«

»Ob du das nicht auch findest?«

»Was?«

»Dass die Flosse voll toll aussieht!«

»Jaja, Alex. Sorry, ich konzentriere mich hier aufs Einparken.« In Wahrheit hatte Torben nur mit halbem Ohr zugehört. In Gedanken war er noch damit beschäftigt zu überlegen, wie er den Tag möglichst unerkannt überstehen könnte.

Nachdem er den Wagen in eine der wenigen freien Parklücken gezwängt hatte, öffnete er den Kofferraum und griff nach Alex' Sachen. Die Flosse fühlte sich durch die im Kofferraum entstandene Hitze warm und komisch an. Außerdem roch sie seltsam, fand Torben. Irgendwie ekelte er sich davor, doch Alex nahm sie ihm mit den Worten »Gib sie mir, ich trage sie«, sofort aus der Hand.

Torben war das nur recht. Er nahm die Sporttasche, schloss den Deckel, schloss das Auto ab und folgte seinem Sohn Richtung Eingang. *Die Schuppen glitzern tatsächlich in der Sonne*, dachte Torben. Sie erinnerten ihn an einen Film, den Karin ihn einmal gezwungen hatte mit anzusehen. Wie hieß der noch mal? Es wollte ihm nicht einfallen, irgendwas mit einem Vampir, dessen Haut im Sonnenlicht zu funkeln begann, und einem verliebten Teenie-Mädchen. Torben schüttelte die Erinnerung daran ab. Es war auch nicht wichtig.

Beim Betreten des Eingangsbereichs schlug Torben der typische Geruch von Chlor und Stimmengewirr entgegen. Alex stand bereits bei der Kasse und sah ihn aufgeregt an.

Wenigstens stehen keine Leute an, dachte Torben. »Hallo, wir kommen zum Workshop«, sagte er zur Dame am Schalter, nahm die Sonnenbrille ab und steckte sie mit dem Bügel in den Ausschnitt seines T-Shirts.

»Oh schön!« Die Frau lächelte und wandte sich zu Alex. »Das wird dir gefallen, das ist super. Also ein Erwachsener, ein Kind?« Sie sah Torben erwartungsvoll an.

»Äh, ja, aber bezahlt ist schon.«

»Der Workshop wird separat verrechnet, der Eintritt fürs Bad ist nicht dabei.«

Torben verzog das Gesicht und zückte seine Bankkarte. Er verzichtete seinem Sohn zuliebe auf eine Diskussion. Würde ja ohnehin nichts bringen.

»Hier sind Ihre Bänder. Haben Sie Kleingeld für die Kästchen in der Garderobe?«

Torben nickte, dann ging er mit Alex durch das Drehkreuz und steuerte den Shop an. »Warte hier kurz.«

»Beeil dich Papa, es geht in zwanzig Minuten los!«

»Jaja.«

Torben betrat das kleine Geschäft und sah sich um. Im Geiste ging er die Liste nochmal durch: Badehose, Kappe, Handtuch. Seine Sonnenbrille hatte er dabei, auf Badeschuhe würde er verzichten. Er steuerte den Ständer mit den Badehosen für Männer an. Größe S, M … L. Hier war er richtig. Er nahm die erste in schwarz, die ihm in die Hände fiel. Dann sah er sich nach den Kappen um, überlegte kurz und griff nach einer weißen mit dem Logo des Schwimmbades, da sie nur halb so viel kostete wie die anderen. Dann schnappte er sich noch das erstbeste Handtuch und ging zur Kasse.

»Möchten Sie die Hose probieren?« fragte die Verkäuferin. Torben schüttelte den Kopf.

»Nein, wird schon passen.« Er bezahlte und blickte auf seine Armbanduhr. Fünf Minuten waren vergangen, sie würden rechtzeitig zum Workshop da sein. Trotzdem hüpfte sein Sohn bereits ungeduldig von einem Bein aufs andere, als Torben zu ihm zurückkehrte.

»Komm, schnell«, drängelte Alex und lief in Richtung Umkleidekabine. Torben atmete nochmals tief durch. Ein flaues Gefühl machte sich in seinem Magen breit. Er fühlte sich unwohl, beschloss aber, sich das nicht anmerken zu lassen. Er setzte die neue Kappe und die Sonnenbrille auf, ergab sich seinem Schicksal und folgte Alex.

Zehn Minuten später betrat er mit Alex die Schwimmhalle. Torben sah sofort, wo der Kurs stattfinden würde. Am linken Rand des Nichtschwimmerbeckens tummelten sich fröhlich lachende Mädchen im Alter seines Sohnes. Einige hatten ihre Flosse bereits angezogen, andere waren gerade dabei. Alex lief sofort auf die Gruppe zu und setzte sich zu den anderen auf den Fliesenboden.

Wenigstens hat er keine in pink oder lila, dachte Torben. Als er bei der Gruppe angekommen war, zog er die Kappe tiefer ins Gesicht. Wer offensichtlich die Leiterin des Workshops war, konnte Torben gleich erkennen: Eine kleine Frau mit zusammengebundenen, braunen Haaren und einem weiten T-Shirt, unter welchem sie vermutlich ihren Badeanzug trug. Oder was auch immer man beim Mermaiding anhatte. Torben wandte sich an die Frau, die er auf Ende vierzig schätzte.

»Alex Müller, wir sind angemeldet«, sagte er.

»Hallo, ich bin Maike! Schön, dass ihr da seid, dann sind wir ja jetzt vollzählig.« Maike sah Torben freundlich an. »Wo ist ihre Tochter denn? Ich will mich ihr kurz vorstellen, bevor wir loslegen.«

»Nein, nein, das ist ein Missverständnis, Alex ist nicht meine Tochter.«

»Ach, Sie sind nicht der Vater? Eigentlich sollte ein Erziehungsberechtigter …«

»Doch«, fiel Torben ihr ins Wort, »natürlich bin ich der Vater.« Er drehte sich um und suchte die Gruppe nach seinem Sohn ab. Der plauderte gerade mit zwei Mädchen, die seine Glitzerflosse bestaunten. »Alex, komm mal her!«, rief er seinem Sohn zu, der auch sofort aufsprang. Torben legte ihm den Arm um die Schulter und wandte sich wieder an Maike. »Das ist Alex, mein Sohn. Alex, das ist Maike.«

Torben wartete darauf, dass die Leiterin seinen Sohn begrüßen wurde, doch die starrte diesen nur mit offenem Mund an. Das Lächeln war aus ihrem Gesicht verschwunden. Eine Sekunde verging, dann noch eine und noch eine. Torben war irritiert. Was war hier los? Alex unterbrach schließlich die Stille.

»Hallo Maike, ich geh mich dann mal umziehen, äh, die Flosse anziehen, ich freue mich schon!«

»Moment, Moment«, sagte Maike, »hier muss ein Irrtum vorliegen. Bei der Anmeldung dachte ich, Alex wäre ein Mädchenname. Der Workshop ist nicht für Jungen gedacht.«

Torben war erst überrascht, dann spürte einen Anflug von Erleichterung, weil noch jemand genauso dachte. Er sah eine Fluchtmöglichkeit aufblitzen. Würde er aus der ganzen Sache doch noch rauskommen? Seine Gedanken überschlugen sich – und blieben bei der Szene hängen, die Karin ihm machen würde, wenn er das hier verpatzte. Nein, dafür hatte er nun wirklich keine Nerven.

»Wie bitte?«, fragte er. Vielleicht hatte er sich ja nur verhört.

»Der Workshop ist nicht für Jungen gedacht«, wiederholte Maike und sah Torben ausdruckslos an. Dessen Blick wanderte von Maike zu Alex, der die Frau entsetzt anstarrte, während ihm Tränen über die Wangen liefen.

Nun wurde Torben wütend. Auch wenn er selbst nicht viel von diesem Meerjungfrauen-Zeug hielt, würde er nicht zulassen, dass man so mit seinem Sohn umsprang. Zumal sich dieser schon lange auf diesen Tag gefreut hatte. Er unterdrückte das Verlangen loszubrüllen und sagte so laut, dass es alle Umstehenden hören konnten: »Was heißt, der Workshop ist nicht für Jungen gedacht?«

Sofort drehten sich die Köpfe der umstehenden Eltern und Kinder in seine Richtung. Die Gruppe wurde still, das fröhliche Geschnatter war verstummt.

»Wo steht das? In der Anmeldung? In welchem Jahrhundert leben wir bitte? Schon mal was von Gleichberechtigung gehört?«

Der Frau schoss die Röte ins Gesicht. Ob vor Scham oder Zorn konnte Torben nicht ausmachen, und es war ihm auch egal.

»Aber«, stotterte sie, »das ist Mermaiding! Ich meine …« Sie musterte Alex von oben bis unten, was Torbens Ärger nur noch verstärkte.

»Na und?« Torben widerstand dem Impuls, die rechte Hand zur Faust zur ballen. Seine Linke hatte er nach wie vor um die Schultern seines Sohnes gelegt. Er warf ihm einen kurzen Blick zu. Alex ließ den Kopf hängen und weinte immer noch. Torben musste sein Gesicht nicht sehen, um sich vorstellen zu können, wie er sich gerade fühlte. Das durfte doch alles nicht wahr sein.

Da hörte er eine Frauenstimme sagen: »Na hören Sie mal, das können Sie doch nicht machen. Der arme Junge!«

Eine andere Mutter stimmte zu.

»Ja genau. Das Geschlecht ist doch völlig egal! Unglaublich!«

»Ich will auch, dass Alex mitmacht!« Eines der Mädchen war zu Alex gelaufen und hielt nun seine Hand. Der hob den Kopf und begann zu lächeln. Torben war erstaunt. Mit so viel Zuspruch der anderen hatte er nicht gerechnet. Langsam dämmerte ihm, dass dieses Mermaiding für Jungs doch nicht so ungewöhnlich war, wie er gedacht hatte. Und dass die Blamage, die er erwartet hatte, in Wahrheit keine war. Im Gegenteil! Man hielt ihn womöglich auch noch für einen coolen Vater.

Torben nahm seinen Arm von Alex' Schulter und sah Maike erwartungsvoll an, doch die schwieg. Er würde sicher nicht klein beigeben. Während sich die Sekunden wie Kaugummi in die Länge zogen, kämpfte Torben mit seinem schlechten Gewissen. Er hatte sich auf dem Weg hierher idiotisch verhalten, war selbst keinen Deut besser gewesen als Maike. Er würde sich nachher bei Alex dafür entschuldigen.

»Was ist denn los, Maike?« Eine hübsche junge Frau im rosa Bikini mit einer pinken Flosse in einer Hand tauchte plötzlich neben Maike auf. Die deutete auf Alex.

»Einer der Angemeldeten ist ein Junge.« Die junge Frau stutzte kurz, dann lachte sie.

»Oh, wie schön!« Sie streckte Alex die Hand entgegen. »Ich bin Julia, ich leite den Workshop und werde mit euch schwimmen. Du hast eine tolle Flosse! Wir werden dich beim Foto am Schluss in die Mitte nehmen, okay? Kommt ja nicht oft vor, dass wir einen Meermann dabei haben!«

Mit großer Freude beobachtete Torben, dass Alex endlich wieder lächelte, sich schnell über die Augen fuhr und dann Julias Hand ergriff.

»Komm, zieh dich um, es geht gleich los«, sagte Julia. Dann drehte sie sich zu ihrer Freundin um und flüsterte ihr etwas ins Ohr. Diese nickte und ging anschließend Richtung Ausgang, ohne ein weiteres Wort zu verlieren.

»Danke«, sagte Torben erleichtert.

»Tut mir leid«, antwortete Julia. »Meine Freundin hilft mir heute. Um diese Zeit gibt es immer besonders viele Anmeldungen, wissen Sie? Sie macht das heute zum ersten Mal. Ich werde nachher mit ihr reden. Selbstverständlich können Jungen genauso mitmachen. Ich habe hier eine Gruppe, die sich regelmäßig trifft. Da ist ein Junge in Alex' Alter dabei. Wenn ihm der Workshop gefällt, können Sie ihn gerne einschreiben. Wir fahren sogar auf Wettbewerbe.«

»Tatsächlich?«, staunte Torben. »Ich muss zugeben, ich hatte bis heute noch nie etwas von Mermaiding gehört.«

»Die Mädels in der Gruppe finden unsere Meermänner ganz toll! Und ich finde es super, dass Sie Ihrem Sohn das ermöglichen. Manche Väter würden das komisch finden.«

Nun war es an Torben, rot zu werden. Aber nicht wegen des Komplimentes, sondern vor Scham.

»Na klar mache ich das!« Er räusperte sich, um den Kloß im Hals loszuwerden. Julia grinste und zeigte auf ein paar Liegen in der Nähe des Beckenrands.

»Setzen Sie sich dort hin, dann können Sie alles genau sehen.« Dann rief sie den Kindern zu: »Los, alle ab ins Wasser!«. Rasch füllte sich das Becken mit begeisterten kleinen Meerjungfrauen – und einem Meermann.

Torben ließ sich auf eine der Liegen fallen, verschränkte die Arme im Nacken und sah dem bunten Treiben zu. Er hatte seinen Sohn schon lange nicht mehr so glücklich gesehen. Torben überlegte kurz, dann nahm er Kappe und Sonnenbrille ab und zückte sein Handy, um ein paar Fotos für Alex zur Erinnerung zu machen. Wenn es seinem Sohn wirklich so viel Freude machte, Meermann zu sein, sollte er doch in diesen Kurs gehen. Und eines war sicher. Zu den Wettbewerben würde Torben auf jeden Fall mitfahren!

Sabine Maurer wurde 1975 geboren und lebt in Österreich. Sie hat bereits drei Bücher für Eltern zu den Themen »Social Media«, »Sicheres Internet« und »Sicherer Schulweg« und einen Jugendroman veröffentlicht. Neben dem Schreiben gilt ihre Leidenschaft den Kampfkünsten.

Die Autorin ist auf diversen Social Media Kanälen (Instagram, Facebook, TikTok, Twitter, Pinterest) unter dem Namen SijeSabine und im Web unter www.sijesabine.com zu finden.

Eisvogel und Meerjungfrau

Andrea Maluga

»Willst du einen?«, fragte Suse und hielt ihrer Freundin eine geöffnete Packung Kaugummis hin.

»Sind die wieder von deiner Tante?«, fragte Yvi und schob Suses Hand weg. »Nee, danke, das letzte Mal habe ich mir fast einen Zahn rausgebrochen, so hart waren die!«

»Ich weiß, tut mir leid. Tante Ida lagert alles aus den Westpaketen ewig und drei Tage in ihrer Wäschekommode, bis es abgelaufen ist. Bei den Schallplatten, die für mich bestimmt sind, ist es ja egal. Aber das andere Zeugs … Meine Ma hat sich auch schon beschwert, weil der gute Westkaffee muffig schmeckt. Hej, was hast du mit deinen Haaren gemacht?«, fragte Suse und riss die Augen auf. Yvi fuhr sich in die noch feuchten Lockenspitzen, die unter der Mütze hervor lugten, und grinste.

»Gut, nicht? Hab' ich mir vorhin nach der Schule abgeschnitten, damit ich schneller bin.«

»Erzähl doch keinen Käse!« Suse schüttelte den Kopf und deutete auf die Schwimmhalle, aus der Yvi gerade herausgekommen war. »Wie viele Hundertstel machen lange Haare denn aus?«

Yvi schubste sie kumpelhaft und lachte laut los. Dann sagte sie: »Kannste vergessen, den Unterschied. Ich habe meine Haare sowieso unter der Badekappe.«

»Ach so, ich dachte nur … Ich hab' mal gehört, dass manche Schwimmer sich sogar eine Glatze scheren lassen, um schneller zu sein!«

»Jaja, und die knappen Badehosen, die die immer anhaben, was? Das ist doch alles Quark. Ich glaub den Quatsch nicht. Entweder du bringst Leistung oder eben nicht.« Yvis Stimme klang vergnatzt. Seit sie nachmittags wegen ihres Schwimmtrainings kaum noch Zeit miteinander verbrachten, schwang oft ein Misston in ihrer Unterhaltung mit.

»Ist ja gut«, murmelte Suse beschwichtigend. Sie rückte ein Stück von Yvi weg, die so tat, als bemerke sie es nicht.

»Gehen wir?«, fragte Yvi, »ich hab' Geld dabei.«

Suse nickte und fühlte sich leichter.

Sie nahmen die 49, besetzten ihren Stammplatz in der Straßenbahn ganz hinten und hielten sich die Ohren zu, als sie an der Kirche um die Ecke quietschte. Dann nahmen sie die Jungs in Augenschein, die am S-Bahnhof zustiegen.

»Haste den großen Schwarzhaarigen gesehen?«, fragte Suse und versteckte sich in ihrem zwei Meter langen Fußballschal. Sie hatte ihn sich in den Schulpausen selbst gestrickt, rot-weiße Blockstreifen, die nun in mehreren Lagen ihren Hals beschützten.

»Meinste den mit dem Union-Schal?«

»Klaro. Vielleicht ist der Typ auch Fußballfan?«

»Mach nich' so 'ne Stielaugen, ist ja total peinlich«, sagte Yvi und zog die Stirn kraus, als sei sie ihre Anstandsdame. Suse verschwand fast vollständig in ihren Blockstreifen, damit niemand ihre heißen Wangen bemerkte.

»Ich wüsste gern, seit wann du dich wie eine Nonne benimmst«, stieß sie hervor. »Hat das was mit deiner Schwimmkarriere zu tun?«

Eisvogel

»Na, Mädels, womit kann ich euch heute dienen? Erstmal jede einen Eiskuss, wie immer?« Der Chef des ‚Eisvogels' blickte über den Rand seines goldfarbenen Brillengestells, der Portionierer schwebte arbeitsbereit über den Eisbehältern. Suse und Yvi nickten. Sie hatten die Zeit des Wartens in der langen Spätfrühlingsschlange vor dem Laden mit regem Geplauder über den neuesten Lehrertratsch verbracht. Ob der Geschichtslehrer in der Staatsicherheit ist und sie alle aushorchen wollte, ob die Mathelehrerin früher Mitglied bei den Nazis war, bei ihren Methoden der Angst, mit denen sie unterrichtete. Am liebsten warf sie ihr nahezu zentnerschweres Schlüsselbund unbotmäßigen Schülern an den Kopf und Blicke wie Pfeile durch den Klassenraum. Aber die drängendste Frage blieb: ob ihre Klassenlehrerin schwanger sei und vor allem, von wem. Wahrscheinlich von dem neuen Sportfuzzi, der den alten Alkoholiker abgelöst hatte.

»Dann mal rein in die gute Stube, euer Dienstagslieblingsplatz ist frei!«, tönte der Chef und wandte sich den nächsten Wartenden zu.

Sie gingen durch die schmale Eisdiele, die nur Platz für den langen Tresen und drei kunstblumendekorierte Tischchen sowie einige Stühle mit weißen Metalllehnen bot. Alle waren besetzt. Im dahinter liegenden Raum war es fast genauso voll, die Luft war stickig und angefüllt mit lauten Gesprächen, aber der Chef hatte recht gehabt. Sie setzten sich an den letzten freien Tisch unter dem vergitterten Fenster mit Blick zum Hof. Die grauen, runden Mülltonnen quollen fast über, von den Wänden der Berliner Hinterhäuser bröckelte der Putz und legte die roten Backsteine der Jahrhundertwende frei.

Kaum hatten sie sich eingerichtet und Jacken und Taschen abgelegt, balancierte der Chef durch die Schar seiner Gäste und servierte ihnen zwei blaue kegelförmige Metallbecher, die vor Kälte beschlagen waren.

»So, dann auf zum ersten Streich, lasst es euch schmecken!«

Ganz oben, auf der mächtigen Sahnehaube thronte jeweils ein Negerkuss, der dem Eisbecher seinen Namen gab. Der Hit der Eisdiele, die deshalb republikweit bekannt war. Kein Mensch wusste, wie der Chef dem Leiter der Waffelfabrik die Ware aus den Rippen leierte, die größtenteils für den Export produziert und gegen harte Westmark nach drüben verkauft wurde.

Als er weg war, nahm Yvi ihre Strickmütze ab.

»Was ist denn mit deinen Haaren los?«, fragte Suse entgeistert.

»Haste doch vorhin schon gesehen, die sind kürzer.«

»Ja, aber nicht, dass sie grün sind!«

»Das kommt vom Chlor im Schwimmbecken. Blondierte Haare färben sich dann eben grün«, sagte Yvi und rollte ihre Augen nach oben, »die Punks auf'm Alex würden sich freuen über kostenloses Grün.«

Suse zog die Augenbrauen hoch, ihr Negerkuss neigte sich, die Sahne unter ihm begann zu zerfließen.

»Ist doch nicht normal, grüne Haare. Du bist einfach zu viel im Wasser«, murmelte sie und stopfte sich einen Löffel Sahne in den Mund. »Irgendwann wachsen dir noch Schwimmhäute zwischen den Fingern wie bei einer Meerjungfrau. Du trainierst eindeutig zu viel.«

»Tja, von nix kommt nix. Nächste Woche beginnen die Tests für die Vorauswahl in den Olympiakader der DDR«, sagte Yvi und biss krachend in ihren Negerkuss.

»Warum willst du überhaupt in den Olympiakader? Ich hab' gehört, die dopen sich, und dann hast du bald Schultern wie ein Kleiderschrank. Und außerdem musst du irgendwann in die Partei eintreten.«

Ein zweiter Bissen, und der Negerkuss war in Yvis Mund verschwunden.

»Das mit der Partei können die sowieso vergessen, dafür habe ich zu viel Westverwandtschaft.«

»Dann zwingen sie dich, keinen Kontakt mehr zu haben. Und essen darfst du dann sicher auch nichts mehr«, sagte Suse und verschlang ihren Negerkuss im Ganzen; sie hielt sich dabei die Hand vor den Mund, um nicht loszuprusten. Ein ganzer Mund voller süßem Schaumzeug, was für ein Leben.

Yvi grinste über den Anblick, legte den langstieligen Plastelöffel zur Seite und sprang auf. Die Gäste an den Nachbartischen schauten interessiert herüber. Sie warf sich in Pose wie ein Mannequin, strich theatralisch ihre grünen, kurzen Haare nach hinten und glitt mit den Händen an den Hosenbeinen hinab.

»Na und, wenn ich kein Eis mehr essen darf, dann passen mir wenigstens die blöden ‚Boxer' nicht mehr, und meine Oma muss mir Westjeans schicken!« Sie piekte besserwisserisch mit ihrem Finger durch die Eisdielenluft und riss die Augen auf.

Suse würgte noch einen Moment, dann hatte sie es irgendwie geschafft, den Negerkuss zu vertilgen und sagte schwer atmend: »Pflanz' dich wieder hin und träum weiter. Weißt du, wie viel die kosten? Deine Oma im goldenen Westen hat auch nur eine kleine Rente.«

»Na, bestimmt nicht nur 120 Ostmark, so viel wie die Scheißschlabberdinger hier kosten«, sagte Yvi, klemmte sich wieder auf das rote Kunstlederpolster ihres Stuhls, schob die Sahne beiseite und löffelte das Vanilleeis, als wäre nichts geschehen. Die anderen Gäste beruhigten sich und murmelten ihre eigenen Gespräche weiter.

»Im Intershop kosten die Levi's sechzig Westmark. Ergo dreihundertfünfzig Aluchips, wenn du Glück hast und jemanden findest, der schwarz mit dir Geld tauscht. Oder meinst du, deine Oma schickt dir so viel Knete?«, fragte Suse.

»Ich hab' keine Westknete. Und meine Eltern verdienen als Intelligenzler auch nicht viel, jeder Handwerker lacht die mit ihrem Gehalt doch aus. Ich muss unbedingt die Quali schaffen, dann hab' ich eine Chance. Bisschen Westgeld haben, neue Turnschuhe kaufen, vielleicht 'ne amerikanische Jeans, nicht den Mist aus der Jugendmode. Mal rauskommen, was anderes sehen. Paris oder so. Schwimmen ist für mich wie frei sein.« Yvi spürte, wie sich ein Knoten in ihrem Magen bildete. Ob der vom Eis kam?

»Ach Yvi. Das ist doch Augenwischerei. Wir werden nie frei sein. Und das Leben geht auch ohne Schwimmen weiter, kannste glauben. Ich bin auch keine Auserwählte wie du und lebe als Normalo so wie alle Anderen.«

»Ich hab' aber nichts anderes als Schwimmen, die haben mich irgendwann ausgewählt, und seitdem mache ich das. Wenn ich es mit den Zeiten nicht hinkriege, werfen die mich auch ganz schnell aus dem Trainingszentrum wieder raus.«

»Na und, dann suchst du dir eben ein anderes Hobby, eins, das dich nicht fünf Tage die Woche beschäftigt. Dann haben wir wieder mehr Zeit, uns zu treffen.« Suse grinste sie an und holte tief Luft, als ob sie weitersprechen und sofort Pläne schmieden wollte, was sie alles gemeinsam unternehmen könnten. Yvi schnitt ihr das Wort ab.

»Aber das ist kein Hobby, das ist mein Leben, kapierst du das? Und das Abi kann ich dann auch vergessen, wenn sie mich rausschmeißen.« Ihr Herz raste. *Warum kriegt Suse nicht mit, wie wichtig das alles für mich ist,* dachte sie. *Wir kennen uns aus dem Sandkasten, und sie weiß doch, wie toll das Schwimmen ist, sie war doch selbst mal eine Weile beim Training.*

»Was hat das denn mit dem Abi zu tun? Du hast doch wahnsinnig gute Zensuren und die Zusage zur Erweiterten Oberschule so gut wie in der Tasche, oder?«, fragte Suse und stocherte im Vanilleeis herum, als schmeckte es ihr heute fade.

»Nee, das hängt bei uns auch von den Leistungen im Schwimmen ab«, erwiderte Yvi.

»Was? Die haben doch 'nen Knall! Die Leistung bringst du doch locker!«

»Geht so.«

»Wieso das denn auf einmal? Bist du verknallt oder was lenkt dich ab?«

»Nix.« Yvi ließ den Löffel sinken, der Appetit war ihr endgültig vergangen, der Knoten in ihrem Magen wuchs von Minute zu Minute, als hätte sie einen ganzen Eisberg und nicht nur einen läppischen Eiskuss verdrückt, der sonst nur den Auftakt zu einer kleinen Orgie bildete.

»Ach, vergiss es einfach, Yvi. Seit wie vielen Jahren trainierst du schon? Und immer ging es aufwärts mit deinen Zeiten!« Suse winkte ab und widmete sich konzentriert den Resten ihres Eisbechers.

Sie kann es nicht lassen, dachte Yvi. *Immer will sie einen aufmuntern und einen Weg finden.* Sie musste sich zusammenreißen. Das taten alle anderen auch, so agitierte sie jedenfalls der Trainer immer, wenn er ihr ein schlechtes Gewissen machen wollte. Wenn sie nicht trainieren wollte wegen der Regelschmerzen oder wegen des Muskelkaters oder einfach wegen *ist nicht*. Mit der Begründung, dass ihr Training sehr viel Geld koste, welches sie niemals allein aufbringen könne und dass die sozialistische Gesellschaft Vertrauen in sie setze, das sie nicht enttäuschen dürfe. Dass man ihr dies ermögliche, ihr Talent zu entfalten. Und dafür müsse sie dankbar sein und ihr Bestes für das Kollektiv tun, jeden einzelnen Tag.

Der Feind im Westen schläft nicht. Der Kampf um Medaillen ist auch ein Kampf gegen den Imperialismus und unterstütze das Vorwärtskommen des Sozialismus. Ihre kleinen privaten Problemchen spielten da keine Rolle, die würden sich schon von selbst erledigen. Zudem stünde die Menschheit vor ganz anderen Herausforderungen, der Hunger in Afrika beispielsweise.

Yvi schüttelte sich und zählte an ihren Fingern ab.

»Wie lange ich trainiere? Seit der zweiten Klasse und dann seit drei, vier Jahren intensiv, so ungefähr.«

»Siehst du, dann ist das nur ein kleines Tief, du kommst schon drüber weg. Oder ist es wegen der Scheidung deiner Eltern?«

»Ach die, nee, die machen sowieso, was sie wollen. Aber ich hab' Bock auf studieren und dazu brauche ich unbedingt das Abi.«

»Und wenn du den ganzen Kram hinschmeißt und 'ne Ausbildung als Facharbeiter mit Abitur machst?«

»Da kommt man auch nicht so ohne weiteres ran. Außerdem gibt es doch kaum Auswahl. Was soll ich da machen? Betonfacharbeiterin? Elektromonteurin? Als einziges Mädchen bei so komischen Heinis, nee, lass mal. Außerdem steht in den Sternen, ob sie mich überhaupt nehmen.«

»Abendschule?«

»Da musst du tagsüber irgendeine Berufsausbildung machen und bei denen um Genehmigung bitten, damit du nach der Arbeit dein Abi nachholen darfst. Wird aber auch oft abgelehnt, das kenne ich schon von meiner Cousine.«

Suse legte Yvi die Hand auf den Arm und seufzte.

»So ein Mist, aber das wird schon. Was willste denn studieren? Immer noch Meeresbiologie?«

»Logo.«

»Ob die dich da nehmen? Da wird pro Jahrgang bestimmt nur einer in der DDR ausgebildet. Die vergeben immer nur so viel Studienplätze, wie später Arbeitsplätze vorhanden sind. Außerdem haben deine Eltern keine Beziehungen, dass die da irgendwas mauscheln können. Nimm doch lieber ein Lehrerstudium, Bio und Deutsch oder so. Da bist du auf der sicheren Seite, Lehrer werden immer gebraucht.«

»Ey, du redest schon so wie die Tante von der staatlichen Lenkung, ich finde Lehrer scheiße.«

»Wer nicht. Aber wenn du schon mal die Möglichkeit hast, Schüler zu triezen, würde ich es an deiner Stelle machen. Und wenn du dich erst mal als Lehrerin zum Studium bewirbst und es dann losgeht, sagst du: April, April, ich wähle was anderes?«

Suses Pragmatismus geht mir so auf den Senkel, dachte Yvi, *aber die meisten knicken ein und machen das so. Und verraten sich selbst.* Sie knallte den Löffel auf den Tisch. Er sprang noch einmal hoch und schlitterte bis zum Tischrand. Dann schob sie den Eisbecher weg, in dem noch mindestens eine Kugel als Sauce schwappte. Sie rief: »Das klappt niemals, du bewirbst dich ja schon in der Zwölften zum Studium, und wenn du nicht machst, was die wollen, lassen die dich nicht mal das Abi zu Ende machen. Das wird dir als Betrug ausgelegt. Wenn du Pech hast, wirst du danach Friedhofsgärtner oder so ein Schrott.«

Die ältere Dame am Nebentisch schüttelte verärgert ihre frisch ondulierten Locken, lila, wie die Frau des Staatsratsvorsitzenden.

»Nicht einmal im Kaffeehaus hat man Ruhe vor der heutigen Jugend. Benehmen sich wie Rowdies, an die frische Luft setzen sollte man die«, sagte sie in überlautem Ton zu ihrer Nachbarin, die ihr beipflichtete. Suse rückte näher an Yvi heran und senkte die Stimme.

»Meine Fresse, das hätte ich nicht gedacht. Woher weißt du das alles?« Sie nahm sich Yvis Becher und schlürfte den Rest des geschmolzenen Eises.

Ihr scheint die Sache nicht so an die Nieren zu gehen wie mir, dachte Yvi, *letztendlich ist doch jeder allein mit seinen Entscheidungen in diesem beschissenen Sozialismus.*

»Das mit dem Betrug?«, fragte Yvi, »Das weiß ich von Petras Bruder. Ihm hat es nicht mal genutzt, dass er sich vor dem Studium drei Jahre zur Armee gemeldet hat.«

»Echt? Ich dachte, bei den Jungs sind sie nicht so streng, die müssen ja sowieso drei Jahre zur Asche für's Studium. Überleg mal, wie alt die dann sind, wenn sie anfangen. Einundzwanzig, mindestens. Da könnten wir schon Kinder haben.«

»Würdest du so 'nen Uralten nehmen? Ich nicht!« Bei dem Gedanken an die greisen Väter ihrer Kinder in spe kringelten sie sich vor Lachen. Yvi hielt sich den Bauch, der zum Kloß angewachsene Knoten löste sich auf. Suse hatte schon Tränen in den Augenwinkeln und hieb mit der flachen Hand auf den Tisch. Die beiden Nachbardamen erhoben sich geräuschvoll und verließen schimpfend den Raum.

»Na, ihr Hübschen, ihr habt ja gute Laune. Was habt ihr denn mit den beiden alten Damen gemacht?« Der Chef stand wie aus dem Boden gewachsen vor Yvis und Suses Tisch. Sie hatten ihn nicht kommen sehen.

»Keine Ahnung«, sagten sie wie aus einem Munde und prusteten schon wieder vor Lachen. Der Chef winkte ab.

»Das sind sowieso komische Schrapnellen, auf die kann ich gut verzichten«, sagte er, »Zeit für unsere neue Spezialität? Spaghetti-Eis, meine Damen, das Rezept habe ich direkt von einem Italiener aus Westberlin.«

Suse fasste sich als Erste.

»In 'ner Viertelstunde vielleicht? Wir müssen uns erst mal wieder einkriegen! Was kostet der Spaß eigentlich?«

»Das erste Spaghetti-Eis eures Lebens ist selbstverständlich umsonst!«

Yvi lachte.

»Guck an, er trägt heute seine Spendierhosen!«

»Oder es schmeckt kacke!«, sagte Suse.

»Genau!« Yvi bog sich vor Lachen, ihr immer mehr errötender Kopf erheiterte Suse noch mehr.

Als sie sich ausgelacht hatten, wurde Yvi ernst und fragte: »Suse?«

»Ja?«

»Was du vorhin gesagt hast, das mit den Schwimmhäuten …«

Suse lachte schon wieder.

»War doch nur ein Scherz, du Knalltüte. Ist mir so in den Sinn gekommen. Vielleicht wächst dir auch 'nen Fischschwanz, soll auch schon vorgekommen sein. Ist doch fetzig, dann brauchst du kein Kostüm mehr zum Fasching.«

Yvi senkte den Blick. Jetzt oder nie.

»Es ist schon so weit.«

»Wie? Dir wächst schon ein Fischschwanz?«

Sie nimmt mich nicht ernst, dachte Yvi. *Immer zieht sie alles ins Lustige.* Sie ballte die Fäuste und sagte der Tischplatte ihr Geheimnis: »Ich rasiere mich jeden Tag.«

Suse atmete hörbar ein und aus. Sie lehnte sich zurück. Dann hatte sie sich wieder im Griff.

»Ja, hab' ich auch schon gehört, ist wegen der Schnelligkeit im Wasser. Machen viele.«

»Nee, ich meine nicht nur die Beine.«

»Sondern wo?«

»Im Gesicht.«

»Im Gesicht? Du spinnst doch!«

»Ich hab' immer das Rasierzeug dabei. Meine Wangen sind nur so glatt, weil ich mich morgens heimlich rasiere.«

Suse wurde blass. Sie wirkte, als würde ihr der Boden unter den Füßen wegrutschen. Sie schluckte.

»Warst du schon beim Arzt? Ist ja urst komisch. Du bist doch erst 16 und nicht 100, von wegen Damenbart und so. Vielleicht liegt das in deiner family? Haste deine Oma mal gefragt?«

»Nein, es ist wegen der Tabletten«, murmelte Yvi, darum bemüht, ihre Tränen nicht laufen zu lassen.

»Was für Tabletten? Bist du krank?«

»Nee, die geben uns welche im Trainingszentrum.«

»Die Vitaminpillen? Summavit forte, wie wir sie immer im Ferienlager von den Betreuern kriegen?«

Yvi hob die Schultern und wischte sich die Nase am Ärmel ab.

»Weiß ich nicht. Der Arzt hat es mir hinter vorgehaltener Hand gesagt, dass es an den blauen Pillen liegt, nachdem ich ihm das hier gezeigt habe.« Sie drehte sich zu Suse und zog mit einem Ruck Pullover samt Unterhemd hoch, so dass nur sie es sehen konnte. Yvi hatte Brusthaar wie ein Mann, dunkel und viel. Sie ließ den Pullover los. Suse verschlug es die Sprache, deshalb fuhr Yvi fort: »Ich darf aber eigentlich nicht darüber sprechen, sonst ist nicht nur mein Abi sondern auch die Schwimmkarriere futschikato.«

»Kannst dich auf mich verlassen, ich sag nichts«, wisperte Suse. »Aber wie geht's denn jetzt weiter? Was ist das für'n Zeug, das sie dir andrehen?«

»Hormone für den Muskelaufbau, hat er gesagt. Männliche Hormone.«

»Ist das nicht 'ne gefährliche Nummer? Du bleibst doch 'ne Frau, oder etwa nicht?«

»Weiß ich langsam selber nicht mehr. Es gibt Gerüchte, dass man nicht mehr schwanger werden kann.«

»Ist ja toll, dann brauchste keine Antibabypille mehr.«

Yvi schaute sie mit gerunzelter Stirn an. Keine Zeit für Scherze.

»Was sagen deine Sportkameradinnen«, fragte Suse.

»Ist verboten, untereinander darüber zu reden. Ich vertraue auch keiner. Die sind doch alle Hundertprozentige und petzen es dem Trainer.«

»Lass mich raten: und dann fliegst du raus, wenn du weiter fragst?«

Yvi nickte und knetete ihre Fäuste.

»Ich will nicht mehr darüber reden. Lass uns abhauen. Ich zahle.«

»Oh, danke! Wollen wir im Kino gucken, ob was Vernünftiges kommt?«, fragte Suse und zog sich ihre Jacke an.

»Bestimmt nur ein bescheuerter Russenfilm, wie immer.«

»Kann sein. ‚Dirty Dancing‘ läuft erst nächste Woche an, im ‚International‘ ein amerikanischer. Hab‘ ich im ‚Filmspiegel‘ gelesen. Mal gucken, ob wir Karten kriegen.«

»Also, ich stell mich nächste Woche am Kino an, wenn du willst«, sagte Yvi, ging in den Verkaufsraum und legte das Geld auf den Eistresen.

»Warte, ich will dir noch dein Geburtstagsgeschenk geben, sonst vergesse ich es wieder«, sagte Suse, die sie eingeholt hatte. Sie kramte einen hellblauen, handtellergroßen Plüschelefanten aus ihrer Tasche. »Hier, als Glücksbringer, bonne anniversaire nachträglich!«

»Bis nächste Woche!«, sagte der Chef. »Und denkt an das Spaghetti-Eis. Das Angebot steht!« Er strich das Geld in seine Handfläche und schaute Yvi und Suse nachdenklich hinterher.

Meerjungfrau

Am nächsten Dienstag steht Suse allein vor dem Eistresen.

»Was ist los, habt ihr euch gestritten? Oder Liebeskummer? Mach dir nichts draus. Du wirst sicher bald den Richtigen finden und zur Verlobung schenke ich euch eine Eisbombe aus eigener Produktion. Willst du dir schon die Deko aussuchen?«

Mit den Tränen kämpfend, kann sie nur auf die Fragen des Chefs nicken, dann verliert sie die Fassung.

»Sie ist drüben, glaube ich. In der Schule waren zwei von der StaSi und haben gefragt, wer mit ihr Kontakt hatte.«

»Und?«

»Jeder weiß doch, dass ich ihre Freundin bin.«

»Und dann?«

»Haben sie mich aus dem Unterricht geholt und komische Fragen gestellt. Wie Yvis Verhältnis zum Staat ist und ob sie mir ihre Pläne mitgeteilt hat. Ob ich ihr geholfen habe und solches Zeug.«

»Und was hast du geantwortet?«

»Dass ich nichts weiß, verdammte Scheiße!«, ruft sie, der Kummer bricht aus ihr heraus und lässt die anderen Gäste aufhorchen, die aufhören, mit ihren Löffeln zu klappern. Auch alle anderen Geräusche sind plötzlich gedämpft, das Scharren der Stühle und die Gespräche. Der Chef zögert und lächelt entschuldigend in die Runde.

»Komm mit nach hinten«, sagt er und geleitet Suse in den Aufenthaltsraum für die Angestellten hinter dem Tresen. Wie ein Automat gehorcht sie ihm. Aus einem Regal mit Ordnern, losen Quittungen und Aufträgen zieht er einen Zeitungsausschnitt heraus.

Bunt bedruckt, eine West-Zeitung, mit einem großen Bild von einer zerzausten Yvi als Aufmacher. Und über ihrem erschöpften Gesicht in großen Buchstaben: Fischern geht eine Ostberliner Meerjungfrau ins Netz.

Suse kann nichts anderes tun als zu starren. Ihr wird eiskalt, und sie steht wie ein Klotz auf der Stelle. Sie glotzt ihm dabei zu, wie er die Zeitung auseinander faltet und beginnt, den Artikel für sie zusammenzufassen. Als hätte er ihn schon hundertmal gelesen. Dass Yvi über die Ostsee flüchten wollte, weil sie keine Chance mehr in der DDR gesehen habe, wie sie sich gegen die Kälte gut eingefettet hat und dann auf ein Surfbrett gestiegen und los gepaddelt sei. Wie sie von dänischen Fischern gerettet worden ist und erstmal zu ihrer Großmutter nach West-Berlin geschickt wird.

Suse begreift kaum, was er sagt. Sie zittert und hat nur Yvis Bild vom Titelblatt vor Augen. Auf dem Foto hält Yvi den blauen Plüschelefanten in der Hand.

»Er hat ihr Glück gebracht«, stammelt Suse. Der Elefant, Yvis Gesicht und die Zeitung verschwimmen zu einem bunten Tränenschleier.

In die tödliche, eisstarre Stille sagt der Chef: »Die Ostsee ist zu klein für Meerjungfrauen, weißt du das nicht? Sie müssen raus auf die Weltmeere.«

Und Suse weint. Um ihre Freundin, die sie nicht mehr wiedersehen wird, bevor sie alte Frauen sind. Ein halbes

Jahrhundert ohne Yvi. Kein gemeinsames Lästern über die Lehrer, keine Kinobesuche mehr. Sie würden ihre Männer nicht kennenlernen und nicht zusammen das Mütterjahr verbringen. Nie mehr zusammen an die Ostsee fahren und im Strandkorb schlafen.

Vielleicht sollte sie sich doch wieder im Trainingszentrum zum Schwimmen anmelden.

In Berlin geboren, studierte **Andrea Maluga** nach beruflichen Ausflügen in den Technischen Zeichensaal, ins Kriminalgericht und in den Sightseeing-Bus Neuere Deutsche Literatur und Mittelalterliche Geschichte und darf sich Magistra artium nennen.

Sie verfasst nachdenkliche und heitere Kurzgeschichten für Erwachsene mit historischem Bezug und Geschichten für Kinder, die sie regelmäßig in Lesungen vorstellt. Zurzeit arbeitet sie an genreübergreifenden Jugendromanen und an ihrem ersten Roman für Erwachsene.

Um den literaturbegeisterten Nachwuchs kümmert sie sich in ihrer Schreibwerkstatt »ZeilenZauber«. Außerdem veranstaltet sie jährlich überregional den ZeilenZauber-Schreibwettbewerb für Kinder und Jugendliche im deutschsprachigen Raum.

2018/19 war sie Mitglied der Lesebühne Für_Wort. Im März 2019 gewann sie das Goldene Mikrophon der Buchmesse-Lesebühne des BvjA in Leipzig.

Verlags-Veröffentlichungen
- Fachbeitrag in der Fachzeitschrift für AutorInnen »Federwelt« Nr. 122, Februar 2017
- Zwei Kurzgeschichten in der Anthologie »Fremd«, Verlag Independent Bookworm 2019
- Kurzgeschichte in der Publikation des Museums für Naturkunde im Frühjahr 2020
  e-mail: andrea.maluga@alice-dsl.net
  blog: andreamaluga.wordpress.com

Ein Quilt mit losen Fäden

Anette Wicke

»Dem Alltagstrott entfliehen, das gute Meerklima genießen, kreativ sein, an eigenen Projekten arbeiten oder etwas gemeinsam schaffen«, so hatte es in der Beschreibung geheißen. »Handarbeiten auf Sylt«. In einer Kurzschlussreaktion hatte ich mich angemeldet. Mein Leben glich einer fallen gelassenen Masche; würde ich sie jetzt nicht auffangen, ginge alles kaputt. Das Loch, das sie gerissen hatte, würde größer und größer werden, nichts bliebe übrig. Kurzfristig war ich stolz auf meinen Tatendrang und Mut, aber schon kurz danach beschlichen mich wieder Zweifel. Inzwischen schlingerten sie wie ein unordentlicher Hexenstich mit losem Unterfaden in meinem Hirn.

Doch nun war es zu spät, ich hatte das Festland bereits hinter mir gelassen, der Hindenburgdamm erschien mir wie ein schwer einzunähender Reißverschluss: entweder ich würde das jetzt schaffen oder alles hinwerfen. Seufzend schaute ich aus dem Zugfenster, überall Wasser. *Nordsee Mordsee*, hallte es in meinem Kopf. Ich rief mich selbst zur Ordnung und beobachtete die anderen Fahrgäste.

Ob jemand von den Frauen im Abteil zum Kurs gehörte? Ich kannte keine der anderen Teilnehmerinnen. Ob auch Männer dabei waren? Reichten meine Fähigkeiten bezüglich Nähen und Handarbeiten überhaupt aus? Vielleicht waren dort alle gelernte Schneiderinnen oder Modedesignerinnen auf der Suche nach Inspiration oder zumindest pensionierte Handarbeitslehrerinnen? Aber ich musste und wollte ja niemandem etwas beweisen.

Ich spitzte die Ohren, um etwas vom Gespräch der Frauen am Vierertisch mitzukriegen. Sie warfen sich Worte wie »Friesentorte«, »Gosch« und »Taschen« zu, wie ein Wollknäuel, das geschickt von den Anderen aufgefangen und wieder weiter geworfen wurde. Aber ich konnte mir kein Ganzes daraus stricken, ich hörte nicht heraus, ob sie zu meiner Gruppe gehörten. Wäre ich die einzige Neue?

»Sylt wird dir guttun«, hatten sie mir zu Hause zugeredet. »Dann siehst und hörst du mal was anderes, inmitten von Menschen, die das gleiche Hobby haben wie du. Das ist doch schön.« Das war jedenfalls das, was laut ausgesprochen wurde.

Ich schaute wieder aus dem Zugfenster, hinaus auf das glitzernde Meer, froh um die verbleibende Zeit, in der ich mich, wie eine umgestülpte Socke, nach innen wenden konnte. Auf Sylt dehnte ich diesen Zeitraum noch ein wenig aus, indem ich das Abendessen ausfallen ließ. Hunger hatte ich sowieso nicht und wohl auch ein bisschen die Hoffnung, erst noch ein wenig Kraft zu sammeln, bevor ich den Anderen und ihren Fragen gegenübertreten musste. Morgen wäre es noch früh genug an meinem neuen Ich zu stricken.

Anstatt zu frühstücken, machte ich mich am nächsten Morgen auf den Weg zum Meer. Ich hatte mich gut eingepackt, dennoch fröstelte mich. Die Sonne ließ sich an diesem kalten Februartag nicht blicken, es nieselte sogar ein wenig. Rechts und links des Wegs wuchsen Kartoffelrosen und Heidebüsche, im Spätsommer sicher ein wunderschönes Farbenmeer. Warum bloß hatte ich mir diese Jahreszeit ausgesucht?

»Weil man sonst vor lauter Menschen wahrscheinlich nichts mehr sieht«, beantwortete ich mir die Frage gleich selbst. Tapfer stapfte ich die Düne hoch, bis ich es sah: das Meer. Kein atemberaubendes Blau, sondern dunkelgrau und schlammfarben wie der Strandhafer zu meinen Füßen. Möwen kreischten, Salzgeruch drängte sich in meine Nase, Regentropfen glitzerten am Ginsterbusch.

Wird schon werden, dachte ich und hörte exakt diese Worte schräg hinter mir. Ruckartig drehte ich mich um. Dort stand eine kleine, mütterliche Frau mit dunklem Teint und ein paar Kilos zu viel.

»Tschuldigung, ich wollte dich nicht erschrecken. Gehörst du auch zur Handarbeitsgruppe? Ich war voriges Jahr das erste Mal dabei – und wie du siehst – man darf mich Wiederholungstäterin nennen.«

Nun ging es also los. Smalltalk, zwei rechts, zwei links und bloß keine fallen lassen! Ich hörte mich Fragen über die Gruppe und den Ablauf stellen und erfuhr, dass die Fremde Basima, die Lächelnde, hieß. Der Name war Programm, sie lächelte mich warmherzig an und erzählte mir freimütig, was ich wissen wollte.

Basima wartete vor meiner Zimmertür, als ich die Stricknadeln und das Wollknäuel holte, und nahm mich mit in den Arbeitsraum. »Das ist Miriam«, sagte sie, setzte sich an ihre Nähmaschine und fädelte ihren Faden mit Hilfe eines Einfädlers genauso geschickt ein wie mich in die Gruppe. Es war alles ungezwungen, Nadeln klapperten, Nähmaschinen ratterten, Frauen plapperten. Fast vergaß ich mein eigentliches Projekt, das noch gut verschlossen in meinem Koffer wartete. Die vier aus dem Zug gehörten tatsächlich zur Gruppe, offensichtlich waren sie die Initiatoren und kamen schon viele Jahre. Eine ergriff das Wort, begrüßte alle und hieß uns willkommen.

»Wer mich noch nicht kennt, ich bin Dagmar. Ich freue mich sehr auf die kommenden Tage und auf unser Beisammensein und das gemeinsame Schaffen. Ihr wisst ja, jede kann machen, was sie möchte, aber wenn ihr Lust habt, würde ich mich freuen, wenn ihr Taschen näht, häkelt oder strickt. Nach den verheerenden Bränden in Australien gibt es viele Tiere, die auf neue Beutel«, sie setzte mit den Zeigefingern Anführungszeichen in die Luft, »angewiesen sind. Das macht bestimmt Spaß, und es würde gleichzeitig einem guten Zweck dienen.« Der Vorschlag wurde sofort mit Begeisterung aufgenommen.

»Müssen die Stoffe aus Baumwolle sein?«, fragte eine resolute Mitfünfzigerin.

»Das wäre günstig, Kerstin, das Material kühlt gleichzeitig ein bisschen. Es darf aber auch nicht zu fester Stoff sein«, mahnte Dagmar.

»Die armen Tiere, verwaist oder mit verbrannten Pfoten, weil sie sich an den glühenden Stämmen festgehalten haben«, jammerte eine pausbäckige junge Frau namens Maike. Dagmar und die anderen waren in ihrem Element. Ich hegte die Hoffnung, dass meine Entscheidung hierhergekommen zu sein, richtig gewesen sein könnte. Die Frauen machten einen netten Eindruck, vielleicht könnte ich meine Gedankenspirale für eine gewisse Zeit durchbrechen, indem ich mich auf diese armen Geschöpfe konzentrierte.

Der Nachmittag war frei. Die Frauen, die schon öfter hier gewesen waren, fuhren mit dem Bus nach Westerland, um Tee und Schokolade zu kaufen. Ich lehnte ihre Einladung mitzukommen dankend ab. Ich wollte lieber allein sein und machte einen langen Spaziergang.

Das Wetter hatte sich gebessert, sogar die Sonne schien. Ihre Strahlen spielten mit dem Wasser, das Glitzern erinnerte mich an die Flosse einer Meerjungfrau. Schon schossen mir die Tränen in die Augen, denn natürlich musste ich an Hans Christian Andersens Märchen denken, was ich dir, meinem kleinen Mädchen, immer vorgelesen hatte. Die kleine Meerjungfrau musste sich zwischen zwei Leben entscheiden. Würde sie ihren Schwanz gegen Füße eintauschen, gäbe es keinen Weg zurück. Sie müsste alles zurücklassen, was vertraut und geliebt war. Der Schritt in das neue Leben hingegen versprach die Liebe des Prinzen. So schwer sich die kleine Meerjungfrau auch mit ihrer Entscheidung tat, beide Leben wären schön gewesen, gleichgültig, welche Wahl sie traf. So war das im Märchen.

Zurück in meinem Zimmer öffnete ich den Koffer und schüttete alle Stoffe aus. Bereits zu Hause hatte ich sie mit Hilfe eines extra für diesen Zweck angeschafften Patchworklineals und eines Rollmessers in gleich große Quadrate geschnitten. Ich war wie von Sinnen gewesen. Im Nachhinein schäme ich mich fast ein wenig dafür. Für Mann und Sohn war ich sicher nicht leicht zu ertragen, doch ich konnte einfach nicht anders. Ich war froh, dass es hier kaum Handyempfang gab. Was sollte ich denn antworten auf Fragen, wie es mir geht, ob ich mit dem Projekt gut vorankomme usw.?

Tapfer nahm ich alles mit in den Arbeitsraum. Die Frauen waren bereits eifrig damit beschäftigt, Beutel für kleine Koalas mit verbrannten Pfoten oder für verwaiste Kängurubabys zu nähen. Kaum eine machte etwas anderes, sie überboten sich gegenseitig mit ihren Ideen.

Ich setzte mich still in eine Ecke und fing an, mit der Hand »die Fetzen« aneinander zu nähen. Nichts passte zusammen, kein einheitlicher Grundton, kein Muster: ein Stück Jeans, cremefarbener Kleiderstoff mit roten Ornamenten, ein Stück blau glitzernder Paillettenstoff, gelbe Krokodile, mit Glitzerfaden aufgestickte Buchstaben. Ich blickte stur nach unten, damit die anderen meine Tränen nicht sahen.

Auch Basima schwieg, hatte mich aber offensichtlich genau im Auge. Ungefragt begleitete sie mich am nächsten Morgen auf meiner Wanderung Richtung Meer. Zunächst schwiegen wir, dann bot sie mir ihre Nähmaschine zur Nutzung an.

»Bei einem Quilt näht man mindestens zwei Schichten, in der Regel sogar drei: Oberstoff, Unterstoff und in der Mitte ein Vlies. Mit der Maschine geht das leichter.«

»Nein danke, ich muss das mit der Hand machen«, wies ich sie schroff ab.

Ich spürte, dass sie gern bis zu meinem »Unterstoff« vorgedrungen wäre, aber sie ließ mich in Ruhe, sprach stattdessen von der Schönheit und Gewalt des Meeres.

»Weißt du, manchmal habe ich das Gefühl, der Ozean gibt mir Antworten auf Fragen, die ich gar nicht gestellt habe. Als ob alle Tränen der Welt darin versinken, durchgemengt werden und an einem anderen Strand auf einem anderen Kontinent als Freudentränen wieder angespült werden. Lach mich ruhig aus, aber ich glaube fest daran, dass es Meerjungfrauen gibt, die ohne Furcht in die tiefste Schwärze tauchen, vermengen und neugestalten und als Schaumkronen oder kondensierte Regentropfen den Menschen Hoffnung und Freude zurückbringen.«

Ich musste tatsächlich ein wenig lächeln, immerhin das hatte Basima, die Lächelnde, geschafft.

»Du meinst, bei jedem Glitzern auf dem Meer, jedem Spiegeln im Rinnstein inmitten des Straßenstaubs, die Regentropfen im Ginsterbusch und das Funkeln der Fäden in unseren Stoffen, da sind Meerjungfrauen am Werk?«, fragte ich leicht amüsiert.

»Ich bin felsenfest davon überzeugt.« Die patente, bodenständige Basima verwirrte mich.

In den nächsten Tagen waren die Handarbeitsfrauen nicht mehr ganz so zurückhaltend, der Umgang miteinander war vertrauter geworden.

Dagmar bemerkte spitz: »Deine Stoffquadrate sind viel zu klein für die geschundenen Tiere Australiens.«

Und Kerstin erkundigte sich beiläufig: »Ich dachte, du wolltest lieber was stricken?«

Maike, die ein eigenes Handarbeitsgeschäft führte, fühlte sich bemüßigt, mir Tipps für die Anordnung der Quadrate zu geben. Sie meinten es sicher gut, wollten mir helfen. Aber ich war schutzlos, hatte nicht einmal einen Fingerhut, der mich vor den feinen Stichen bewahrte.

»Ihr habt ja keine Ahnung!«, platzte es aus mir heraus. »Die Stoffquadrate sind nicht für Koalas oder Kängurus mit verbrannten Pfoten! Es soll eine Decke werden, die mein ewiges Frösteln vertreibt. Der cremefarbene Kleiderstoff mit den roten Ornamenten ist von dem Kleidchen, das sie an ihrem ersten Geburtstag trug, die gelben Krokodile hatte sie am ersten Kindergartentag an, und die mit Glitzerfaden aufgestickten Buchstaben zur Einschulung. Und die Jeans, die trug sie an ihrem letzten Tag. Hätte ich doch bloß mein Telefonat unterbrochen, meinen Gesprächspartner später zurückgerufen, vielleicht … So warf sie mir nur einen wütenden Blick zu, stieg auf den Roller, und weg war sie. Mein kleines Mädchen. Ich wollte mir ein Quilt aus ihren Sachen nähen, um mich darin einzuhüllen und ihr nah sein zu können, mich zu wärmen. Es war eine blöde Idee, es funktioniert nicht.« Ich nahm die Fetzendecke und riss sie kaputt, es war ganz einfach. Tagelanges Arbeiten binnen Minuten zerstört, ich war nicht sorgfältig genug gewesen. Beim Nähen nicht und im Leben auch nicht. Fünfzehn Jahre in Fetzen auf dem Asphalt. Ich warf den Frauen die Stoffreste buchstäblich vor die Füße. »Rettet damit die Tiere, sie haben es verdient.«

Ich stürmte hinaus, rannte keuchend, schreiend, heulend die Düne hinauf. Als ich auf die Knie sank, stellte ich verwundert fest, dass ich noch ein letztes Stück Stoff in der Hand hielt: den schimmernden Paillettenstoff! In dem Moment war ich nur wütend, dass es nicht das Rollmesser war, ich hätte mir an Ort und Stelle die Pulsadern aufgeschnitten.

Irgendwann bemerkte ich, dass Basima etwas Wärmendes um meine Schultern gelegt hatte. Ich hatte jegliches Zeitgefühl verloren, wusste nicht, wie lange ich schon hier kniete und wie lange sie schon bei mir war. Ich starrte auf das Stück Stoff in meinen Händen.

»Sieht aus wie ein Fischschwanz«, flüsterte Basima. »Wenn man es zulässt, sind die Meerjungfrauen immer um uns herum, besonders hier am Meer, aber nicht nur hier. Sie bitten uns, innezuhalten, ruhig zu werden und hinab zu sinken, in die eigene Tiefe, in die eigene Schwärze. Ich habe diese Erfahrung auf der Flucht gemacht. Ich kannte mich selbst nicht mehr. In Extremsituationen kommen Charaktereigenschaften zum Vorschein, die einem bis dahin völlig fremd waren, sowohl gute als auch schlechte.«

Erstaunt schaute ich diese warmherzige, einfühlsame Frau an. Ich konnte mir nicht vorstellen, dass sie jemals schlechte, böse Gedanken gehabt haben könnte. Und doch war es gewiss so gewesen. Ich lockerte ein wenig meine Arme, die ich schmerzhaft fest vor der Brust verschränkt hatte.

»Es gehört dazu.« Basima legte vorsichtig ihre Hand auf meinen Arm. Ich ließ es geschehen.

»Du hast mir erzählt, dass du einen Mann und einen Sohn hast. Nutze die verbleibenden Tage und nähe ihnen ein Kuschelkissen, mit dem Reißverschluss helfe ich dir gern. Oder stricke Socken oder Handschuhe. Auch sie brauchen etwas, das sie wärmt.«

Ich schämte mich. Sie hatte ja so recht. Ich war dermaßen in meinem Schmerz und meinen Schuldgefühlen gefangen, dass ich fast noch größere Schuld auf mich geladen hätte.

Basima hatte es nicht nur geschafft, meinen abgerissenen Faden wieder auf die Spule zu bekommen, sondern sie fädelte mich genau wie am ersten Tag wieder in die Gruppe ein. Alle behandelten mich, als sei nichts geschehen, keiner fragte, warum ich Socken strickte. Es gab ein stilles Einverständnis, dass meine Stoffquadrate, die Fetzen eines jungen Lebens, an denen ich mich hatte festklammern wollen, zu Beuteln für andere geschundene Kreaturen verarbeitet würden. Das wäre ganz im Sinne von meinem Mädchen gewesen.

Für den Abschiedsabend hatten wir Wein und Knabbereien eingekauft. Eigentlich wollte ich mich vor dem geselligen Beisammensein drücken, doch Basima hatte die richtigen Worte gefunden, um mich zu überreden, wenigstens kurz dabei zu sein.

Ich bewunderte gerade die entstandenen Werke der letzten Woche, die alle auf dem großen Tisch in der Mitte ausgebreitet waren. Plötzlich standen die Frauen im Halbkreis um mich herum, und Basima sprach mich leise an.

»Wir haben etwas für dich. Sie ist noch nicht fertig, das war in der Kürze der Zeit nicht machbar.« Hinter ihrem Rücken zauberte sie eine kleine Patchworkdecke hervor.

»Wann habt ihr …«, entfuhr es mir.

»Psst«, Basima legte ihren Zeigefinger an die Lippen.

»Es sind neun Quadrate, von jeder Frau eines. Es sind neun Schicksale. Sie sollen die nächsten zwölf Monate dein Herz wärmen und dir Kraft und Mut spenden, und nächstes Jahr nähen wir daran weiter, wenn du möchtest.«

Ich war sprachlos, die Tränen ließen sich nicht aufhalten. Doch dieses Mal schämte ich mich ihrer nicht. Ich versuchte die einzelnen Quadrate den Frauen zuzuordnen, der Blümchenstoff war sicher von Maike, das graphische Muster würde zu Dagmar passen, das Sternenglanzgelb hatte ich bei Kerstin gesehen. Als ich die gestickte, wunderschöne Meerjungfrau sah, ging mein Blick zu Basima.

»Meerjungfrauen behüten und bewahren unsere inneren Schätze. Wir selbst haben sie manchmal aus den Augen verloren, aus Scham, aus Sorge, aus Schuldgefühlen oder Verletzungen, oder wir fühlen uns ihnen nicht würdig. Doch sie gehen nicht verloren. Meerjungfrauen helfen uns, aus den Tiefen wieder aufzutauchen und den Menschen wiederzufinden, der man einmal war und der untergegangen zu sein schien. Sie schwimmen im Fluss des Lebens neben dir und tragen dich auf der Welle der Liebe.«

Ich kam nicht umhin, auf Basimas Füße zu starren, es hätte mich nicht verwundert, dort einen Fischschwanz zu sehen.

Anette Wicke wurde 1965 in Nordhessen geboren und ist dort immer noch heimisch. Nach dem Abitur machte sie eine Ausbildung zur Pharmazeutisch-Technischen-Assistentin, diverse Weiterbildungen im Bereich Ernährung, Phyto-, Aroma- und Schreibtherapie. Sie arbeitet in einer öffentlichen Apotheke.

Schreiben gehört schon lange zu ihren liebsten Hobbys. Dabei hat sie festgestellt, dass Worte manchmal ähnlich gut heilen können wie Medikamente. Geschichten von Anette sind bereits bei Wettbewerben auf vorderen Plätzen gelandet und in diversen Anthologien veröffentlicht worden.

Der Verschollene

Tara Flink

Es war einer dieser Tage, an denen die Hitze einem so drückend auf der Brust lag, dass sie jede Kraft aus den Gliedern presste. Während ich in meiner Suppe rührte, lief mir der Schweiß in Bächen den Rücken runter. Ich kochte gerne. Früher hatte ich mir an meinen freien Tagen immer viel Zeit genommen, um ausgefallene Gerichte zuzubereiten. Jetzt musste ich mich selbst zu dieser Suppe überwinden – wo ich sie nicht mehr mit jemandem teilen konnte.

Seit Monaten war mir alles zu groß. Die vier Zimmer meiner Wohnung waren zu viel, der Fünf-Liter-Topf war zu voll, und der angebrochene Kasten Bier stand noch immer in seiner Ecke in der Abstellkammer, ohne dass ihn in den letzten Wochen jemand angerührt hätte. Am liebsten wäre ich in ein kleines Apartment gezogen, wie ein Student in einer Stadt. Dann hätte ich den ganzen alten Kram wegschmeißen müssen, *seine* Sachen, unsere gemeinsamen Sachen.

Ich hätte ein großes Feuer gemacht, am Strand, und sämtliche Möbel, Kleider und Erinnerungen zu einem riesigen Turm aufgehäuft. Ich hätte ihn mit Benzin übergossen und angezündet, sodass man die Flamme noch hundert Meilen auf dem Meer gesehen hätte, und alles, was mich an *ihn* denken ließ, wäre in einer gewaltigen Aschewolke zu den Sternen aufgestiegen. Die alte Sonnenbrille, die mich an Ansgars dunkle Augen erinnerte, sein Lieblingsbuch, die Decken und Kissen, aus denen man seinen Geruch nicht herauswaschen konnte, so sehr man es auch probierte – alles wäre fort gewesen, und ich hätte nicht länger in diesem stickigen Mausoleum leben müssen. Aber dazu fehlte mir die Kraft.

Wir hatten uns beim Tanzen kennengelernt – ich war miserabel darin und er sogar noch schlechter. Der Unterschied zwischen uns war nur, dass ich den ganzen Abend auf einer Bank in einer Ecke saß und mich schämte, während Ansgar einfach durch den Raum sprang, als würde ihm niemand zugucken. Doch die Leute beobachteten ihn und schienen überhaupt nicht wahrzunehmen, wie mies er tanzte. Sie sahen seine Lebensfreude und ließen sich davon anstecken. Ein alter Sänger hatte sich mit seiner Gitarre auf einem Barhocker niedergelassen und schmetterte schief Volkslieder, während Ansgar meine Cousine Bea durch den Raum wirbelte.

Man hätte glauben können, dass *meine* Liebesgeschichte hier zu Ende war, bevor sie angefangen hatte. Doch ich war eine der wenigen, die wussten, dass Bea sich heimlich mit der Tochter des Pfarrers im Wald traf. Ich beobachtete das Treiben von der Bank aus und war vernarrt in die schiefe Musik, in die stolpernden Tänzer, in das bärtige Gesicht und die tatzigen Hände des jungen Fischers, der ein paar Monate später mein Mann werden sollte. Noch am selben Abend stellte Bea uns einander vor, und das Leben nahm seinen Lauf.

Als ich gerade vorsichtig mit den Fingerspitzen einige Chiliflocken in die blubbernde, rote Brühe gab, klingelte es. Der schrille Ton schreckte mich auf, und ich überwürzte mein Mittagessen – sei`s drum. Während ich mir mit dem Handrücken den Schweiß von der Stirn wischte, trottete ich langsam zur Tür und drückte die Klinke zaghaft herunter. Auf Besuch konnte ich verzichten. Doch als ich die Tür einen Spalt breit geöffnet hatte, erschrak ich kurz. Es war Enno.

»Hallo Maria, darf ich reinkommen?«, fragte er höflich mit seiner tiefen Stimme.

Ich nickte.

»Willst du einen Kaffee?«

»Bei der Hitze sicher nicht. Ein kühles Bier würde ich nehmen.«

»Wir haben noch nicht mal Mittag, und es ist Montag. Du bist doch heute im Dienst, oder?«

»Nein, heute nicht. Ich hab' frei, aber ich wollte trotzdem noch mal mit dir wegen Ansgar sprechen. Hab' dich im Laden gesucht, aber da war nur Anna hinterm Tresen. Hat gesagt, du hast frei. Ist das eine Tomatensuppe?«

Ich blickte schnell zu meinem Topf hinüber, während ich Enno sein Bier holte und es mit einer Gabel öffnete. Ich wollte nicht über die verdammte Suppe sprechen. Ich wollte, dass er von Ansgar erzählte. Hoffentlich etwas Neues.

»Ist noch nicht so weit.«

»Ach so, schade …«

»Was ist denn jetzt?«, fuhr ich ihn schärfer an als beabsichtigt.

»Maria, sie haben noch mehr Trümmer gefunden. Es ist nicht ganz sicher, ob es wirklich sein Boot war, aber sonst wird niemand vermisst. Es ist sehr wahrscheinlich. Johannes hat gesagt, du hättest gestern wieder auf der Wache angerufen. Es sind jetzt drei Monate. Du solltest langsam darüber nachdenken, seine Beerdigung zu organisieren. Er hatte viele Freunde, eine große Familie, Brüder und Neffen …«

»*Hat*. Wo auch immer er jetzt ist, sie bleiben seine Freunde und seine Familie.«

» … hat viele Freunde. Es wäre für alle besser, wenn sie damit abschließen könnten. Du bist noch jung, hast Temperament. Das mögen die Jungs hier im Ort. Aber auch außerhalb. Du findest wieder jemanden.« Er hielt kurz inne und guckte schuldbewusst. »Es wäre wirklich besser für uns alle. Er war auch mein Freund. Manchmal holt das Meer jemanden zu sich, und man findet nichts mehr. Tiere, Strömung … Na, das will ich dir ersparen. Er ist tot, Maria. Bitte schließ doch damit ab.«

Ich hatte Enno eigentlich ein zweites Bier auf den Tisch gestellt, weil ich ihn schon lange kannte und wusste, dass er selten mit einem zufrieden war. Jetzt öffnete ich es mir selbst und trank einen großen Schluck.

»Hör mal, ich schließe damit ab, wenn das Ganze abgeschlossen ist. Ich weiß, dass es unwahrscheinlich ist, aber ich kann nicht einfach einen seiner Schuhe, ein Hemd oder eine Schachtel Zigaretten beerdigen und so tun, als wäre das mein Mann. Das geht so einfach nicht. Und wenn Ansgar wirklich tot ist und wirklich da unten liegt …«, ich musste kurz Luft holen. »Dann wird er auch irgendwann wieder hochkommen, und dann erwarte ich, dass ihr ihn da wieder rausholt und mir Bescheid sagt, und wenn ich dann seinen Körper hier habe und – egal, wie eklig das aussieht – mir zu einhundert Prozent sicher sein kann, dann organisiere ich eine beschissene Beerdigung und basta.«

»Maria, vielleicht finden wir ihn nie …«

»Maria dies, Marias das, kümmer' dich um deine Arbeit, finde meinen Mann und hör auf, mir auf die Nerven zu gehen!« Während ich versuchte, die Tränen zu unterdrücken, stand ich auf, rannte regelrecht in den Flur und riss demonstrativ die Haustür auf. Der Lärm geschäftigen Treibens schlug mir entgegen, und die Hitze kroch herein, aber es war mir egal.

Enno schob langsam seinen Stuhl zurück und verließ meine Wohnung mit eingezogenem Hals und verschränkten Armen wie ein getretener Hund. Nachdem ich die Tür hinter ihm zugeschlagen hatte, setzte ich mich an den Küchentisch, legte den Kopf auf die Platte und weinte bitterlich, bis meine Nase in einer Pfütze lag. Ich glaubte nicht daran, dass Ansgar den Schiffbruch überlebt hatte und sich nun wie Robinson Crusoe auf einer einsamen Insel durchschlug. Dann wäre er schon längst gefunden worden. Es war einfach zu unwirklich, dass er fort war, spurlos verschwunden, so als hätte er nie existiert.

Obwohl ich mich von Besuchern wie Enno in meiner Einsamkeit gestört fühlte, war es manchmal beruhigend, wenn sie vorbeikamen und mich daran erinnerten, dass es ihn wirklich gegeben hatte. Vielleicht hatte Enno recht, und ich sollte mir jemand neues suchen. Jemanden, dem ich Ansgars Hemden anziehen und sein Bier auf den Tisch stellen konnte und der mich vergessen ließ, dass alles, was wir uns über die Jahre aufgebaut hatten, an einem Tag zusammengebrochen war. Aber mit wem sonst würde ich so herzlich streiten können?

★ ✕ ★

Als gegen Mittag die Sonne am höchsten stand, ebbte der Lärm der Straßen langsam ab. Die Menschen zogen sich in ihre Häuser zurück, um den heißesten Teil des Tages in ihren vier Wänden zu verbringen, wenn sie konnten. Die Sommer hier waren gewöhnlich mild, doch dieser legte sich über unsere kleine Hafenstadt, wie ein dickes, mottenzerfressenes Samttuch, das jede Lebensfreude im Keim ersticken wollte. Wie musste es erst im Binnenland sein?

Ich lag auf der Couch und zählte die Fliegen, die um das schmutzige Geschirr in der Spüle und um meinen benutzten Suppenteller kreisten, als es erneut klingelte. In der Hoffnung, dass Enno zurückgekommen war, um sich zu entschuldigen, rollte ich mich langsam von dem Polster und trottete schwerfällig zur Tür. Ich hielt ihn für einen Idioten, aber wir waren schon seit Kindertagen Freunde, und es tat mir doch ein wenig leid, ihn so forsch aus der Wohnung kommandiert zu haben. Mit einem aufgesetzten Lächeln öffnete ich die Tür zaghaft, so als könnte ich auf diesem Weg verhindern, dass noch mehr Hitze eindrang.

Auf halbem Weg stockte ich und hielt inne. Erst als mein Kopf realisierte, was meine Augen sahen, schrie ich kurz und heiser auf. Mitten auf der leeren Straße stand Ansgar. Die Sonne ließ die Wassertropfen in seinem Haar und Bart glänzen wie kleine Diamanten, und sein zerrissenes Hemd wehte keck im Wind. Erst als mir der süßliche Gestank auffiel, der von ihm ausging, war ich mir sicher, dass es keine Einbildung war. Er kam aus dem Meer. Er war eindeutig tot. Und trotzdem stand er vor mir und sah mich erwartungsvoll an.

»Kann ich reinkommen?«

Mit zittrigen Beinen tat ich einen Schritt zur Seite und öffnete den Mund, um ihn kurz darauf wieder zu schließen. Beschämt lächelnd schob sich Ansgar an mir vorbei. Ich kannte dieses Lächeln – er zeigte es mir immer, wenn er beim Spielen mit den Jungs in der Bar die Zeit vergessen hatte und zu spät zum Abendessen kam, wenn er mal wieder etwas umgestoßen hatte, wenn ich ihn dabei erwischte, wie er einem anderen Mädchen auf den Hintern glotzte …

»Hast du dir … Sorgen gemacht?«, fragte er und setzte sich an unseren alten Esstisch. Seine Stimme klang brüchig und heiser. Eben hatte er nicht so geklungen.

»Wo … Wo warst du?« Mir fiel nichts Besseres ein, als in den Schrank zu greifen und ihm einen Teller mit Tomatensuppe zu füllen. Kein Kuss, keine Umarmung, gerade hielt ich Suppe für das Richtige.

»Im Meer.«

Ich schaltete den Herd an, um ihm die Suppe wieder aufzuwärmen. Als es nichts mehr zu tun gab, drehte ich mich langsam um, sah zuerst auf seine nackten Füße und dann zaghaft an seinem Körper hoch. Es kam gelegentlich vor, dass Ertrunkene in den Hafen gespült wurden. Ich hatte schon ein paar Tote gesehen, und hier bestand kein Zweifel, vor mir saß einer. Einer, der sprach, lächelte und mein Mann war.

»Setz dich zu mir, bitte.«

Er schien mir plötzlich massiger. Aufgedunsen? Ich zog mir einen Stuhl zurück und erfüllte ihm seinen Wunsch. Zuerst starrte ich auf seine Hände, die er mir entgegenstreckte, dann zwang ich mich dazu, in sein Gesicht zu sehen. Dort hatten sich dunkelrote Flecken gebildet, und das Fleisch war so stark angeschwollen, dass ich ihn jetzt nicht mehr als Ansgar erkannt hätte.

»Ansgar, du … Deine Haut …«

»Ich weiß, damit hat *sie* mir gedroht.« Er klang resigniert, nicht ängstlich. »Aber ich musste dich noch einmal sehen.«

»Sie?«, keuchte ich kläglich. Ich stand auf, um ihm die Suppe einzugießen. Der Löffel fiel mir aus der Hand und rutschte scheppernd über die Fliesen.

»Lass gut sein … Es wäre verschwendet. Ja, sie. Ich kenne ihren Namen nicht, ich habe nicht danach gefragt. Als ich an jenem Morgen rausgefahren bin, da hab' ich eine Stimme gehört, so sanft wie … Es lässt sich nicht beschreiben. So wie wenn deine Cousine Bea singt, aber überirdisch. Dann hab' ich etwas Dummes gemacht. Nicht aufgepasst. Ein Fels hat mir den Bug zerschlagen. Ich fiel. Das Wasser war kalt und riss an mir. Ich fand nicht mehr zurück, hatte Oben und Unten verloren, und dann war da dieser Stich in meiner Lunge. Und schließlich sah ich sie. Sie hat mir ihre Hand hingehalten und war wunderschön …«

»Schöner als ich?«

»Ja … Nein. Anfangs. Sie hat mich gerettet und mich zu sich geholt. Sie sagte, ich werde leben. Solange ich bei ihr bleibe.«

»Du hast mich für eine Frau im Wasser verlassen?«, fragte ich entgeistert. Ich wäre wütend geworden, wenn ich nicht so furchtbar verwirrt gewesen wäre.

»Ich blieb eine Weile, aber sie war nicht echt … Mehr wie ein Schatten. Maria, ich bin gestorben … Aber ich musste dich sehen. Du bist meine Frau und meine beste Freundin. Ich habe dich mehr vermisst als die Luft, meinen Herzschlag, das Essen oder Bier. Ich liebe dich.« In seinen Augenwinkeln sammelten sich dunkle Tränen und rannen ihm in zähflüssiger Langsamkeit die Wangen hinunter.

Ich griff nach den aufgedunsenen Fingern, die sich kalt und weich anfühlten.

»Ich liebe dich auch.«

Er verzog die Lippen zu einem gequälten Lächeln. Aus seinen Augen, seiner Nase und seinem Mund brach gleichzeitig ein Sturzbach aus schwarzer Flüssigkeit hervor, flutete den Tisch, den Boden und meine Unterarme. Der Geruch nach Salzwasser und Algen erfüllte die Küche, als Ansgar zerfloss.

Nichts erinnerte mehr daran, dass er hier gewesen war, außer einer dunklen Pfütze auf den Fliesen. Ich konnte den Blick nicht von meinen Händen wenden, die ihn eben noch fest umklammert hatten und sich nun nass und klebrig anfühlten.

Heiße Wut stieg in mir hoch. Ich würde sie finden.

Tara Flink (*1993) hat vergleichende Literaturwissenschaften studiert und lebt mit ihrem Partner im Rheinland. Neben ihrer Arbeit als Texterin beteiligt sie sich im Rollenspiel-Bereich als Autorin und Lektorin an verschiedenen Projekten.

Die plätschernde Melodie der Freiheit

Medra Yawa

Kevin Strauss ließ seinen Chef still gewähren, als dieser den nächsten Kunden übernahm, der in ihre Filiale marschierte. Eigentlich hätte Kevin ihm helfen müssen, aber ein einziger Blick des gepflegten Fremden hatte jedes Vorhaben im Keim erstickt. Die Abscheu war Kevin aus den blauen Augen geradezu entgegengesprungen und so zog er sich lieber zurück.

Er wusste, dass er nicht der ansehnlichste Zeitgenosse war. Als Bankangestellter von *Brooks 'n Coal* aus der Hauptstadt Centy sollte er zwar ein ordentliches Erscheinungsbild an den Tag legen, doch wäre es einfacher, einen Löwen zu frisieren. Seine Haare glänzten mit jeder Dusche fettiger und seine Akne war ein Dämonenwerk für sich. Obwohl er bereits Mitte dreißig war, wollten die Pickel einfach nicht verschwinden! Zusätzlich dazu wirkte er in seinem Anzug eher wie ein formloser Kleiderständer und nicht wie ein menschliches Wesen. Selbst ein Blinder hätte erkannt, dass er hier nicht reinpasste!

Nachdenklich schielte er hinter sich aus dem Fenster des dritten Stockwerks und beobachtete einen umherfliegenden Vogel. Er war schwarz. Vielleicht eine Krähe? Das war selten zu dieser Jahreszeit. Sonst konnte er nur Möwen beobachten, die über dem glitzernden Fluss flogen. Die frei waren.

»Bis morgen«, verabschiedete sich der alte Sam von ihm und auch Thomas winkte kurz in die Runde.

Höflich nickte Kevin zurück. *Als ob ihre Abwesenheit irgendeinen Unterschied machen würde. Ferkel könnten produktiver arbeiten. Ach, was! Luft könnte das!* Kevin zuckte zusammen. Er umklammerte seinen Stift. Starrte auf die Zettel vor ihm. Eine Kontoeröffnung vom Morgen, die er nicht weggeräumt hatte. Er bemühte sich, Ruhe zu bewahren. Nur wusste er noch im selben Augenblick, dass es vergebliche Liebesmüh war. Er konnte es schon plätschern hören.

Verschwinde! schrie er in Gedanken. *Ich habe nicht um deine Meinung gebeten! Der alte Sam, Thomas und die anderen sind –*

Sind was? Etwa nett?

Die Sekretärin fluchte. Das plätschernde Geräusch wurde lauter. Es hallte unheilvoll in Kevins Ohren wider. Nachdenklich riskierte er einen Blick auf die Quelle.

Dort, hinter dem dicken Sam, der vor der Tür zu ihren Toiletten in seinem Stuhl schlief, stand Alina. Zeternd betrachtete sie die große Wasserlache am Boden, ehe sie ein paar Handtücher holte. Das wäre nun wohl die sechste Überflutung diese Woche. Seit einem Monat hielten die nassen Probleme in ihrer Filiale im dritten Stock an. Klempner waren gekommen und gegangen. Anfangs verhöhnten sie noch ihre Kollegen, ehe sie stets mit ratlosen Köpfen heimkehrten. Keiner konnte die Ursache finden. Keiner wusste das Problem zu beheben. Und so blieb es meist an der überarbeiteten Alina hängen, alles aufzuwischen.

Der picklige Bankangestellte überlegte, ob er ihr helfen sollte. Das letzte Mal war sie dankbar dafür gewesen. Allerdings hatte sie im Anschluss direkt wieder über sein unschickliches Gesicht gelästert. Und darauf hatte Kevin keine Lust. Außerdem …

Er atmete tief durch.

Hör damit auf, Sven!

Die Stimme in seinem Kopf lachte.

Wie soll ich mit etwas aufhören, für das ich nicht verantwortlich sein kann, kleiner Meermann?

Ich glaube dir nicht. Diese ganzen Probleme sind erst mit dir aufgetaucht. Was machst du eigentlich in meinem Kopf? Kusch! Zieh Leine!

Zieh Leine? Amüsiert echoten die Worte nach. *Und wohin soll ich dann bitte ziehen? Ich stecke hier ziemlich tief fest.*

Kevin ging nicht darauf ein. Er durfte nicht. Vor einem Monat war ihnen Marvin Toss als Chef vorgesetzt worden und in einem Anflug von Wut war Sven damals in ihm erwacht. Kevin hatte der Stimme einen Namen gegeben. Er hatte sich mit ihr gestritten. Er hatte sie verscheuchen wollen.

Denn seitdem Sven sich bemerkbar gemacht hatte, waren diese Wasserprobleme über ihn hergefallen. Egal, wohin Kevin ging, überall, wo er sich mit Sven stritt, folgten die plätschernden Auswirkungen. So vieles hatten sie Kevin im letzten Monat genommen. Sein Job stand wegen Marvin Toss auf wackligen Beinen, seine Wohnung sollte ihm wegen mehrerer Wasserschäden gekündigt werden und zusätzlich dazu hatte seine Freundin ihn wegen einigen von Svens Bemerkungen verlassen, die er hinterfragt hatte. Dass seine Arbeitskollegen – Thomas, der alte sowie der dicke Sam – ihre Arbeit auf ihn abwälzten, war nur das Sahnehäubchen auf dem Eisberg.

Er war noch nie glücklich in seiner Haut gewesen. Kevin hatte sich ständig gefangen gefühlt. Gefangen in den Meinungen und Erwartungen anderer. Gefangen in einer Welt, in der sein Gesicht keinen Platz fand. Aber nun wirkte alles so viel schlimmer. Es war bescheiden. Es war einfach nur beschei–

Die Tür öffnete sich und eine junge Frau trat ein. Ihr Schritt war sicher, ihre Statur von kräftigen Armen geprägt. Ihre Haare konkurrierten mit ihrem Sommerkleid um die kürzeste Länge. Das Kleidungsstück wirkte ziemlich frisch für einen Herbsttag in der Hauptstadt. Nur schien ihr das nichts auszumachen. Gezielt fand ihr Blick den seinen. Wundervolle verschiedenfarbige Augen sahen ihn an. Dann stolzierte sie zügig herüber.

Ein einzelner schwarzer Ohrring blitzte kurz auf.

»Ich möchte ein Konto eröffnen«, begann sie ohne Umschweife, »Für mich selbst. Können Sie mir weiterhelfen?«

Verdutzt brauchte Kevin einen Moment, um sich zu fangen. Er kratzte mit seinem Fingernagel über seine

Handfläche. Doch der zarte Schmerz bestätigte ihm nur, dass er sich die Fremde nicht einbildete. Sie war wirklich zu ihm gekommen. Zielsicher! Sie war die allererste Kundin, die keine Grimasse zog, sobald sie sein Gesicht erblickte. Und er arbeitete schon beinahe ein Jahrzehnt hier!

»Sicher doch, sicher doch!« Überrascht von sich selbst, stand er auf und deutete auf den Stuhl gegenüber. »Möchten Sie etwas trinken? Kann ich Ihnen einen Kaffee oder ein Glas Wasser anbieten?«

»Nein, danke«, zärtlich lächelte sie ihn an und Kevin glaubte, solch bedingungslose Zuneigung noch nie zuvor gespürt zu haben. Sie war anders als die anderen.

Eilig setzte er sich wieder. Er schob jegliche Papiere beiseite. Sie hätten wegen seiner auch auf dem Boden landen können, nur wollte er keine schlechten Manieren vor dieser Frau an den Tag legen. Stattdessen präsentierte er ihr diverse Flyer von *Brooks 'n Coal.*

Pass auf! Die will dich doch sicher nur übers Ohr hauen. Warum sonst sollte sie so nett sein? Das Lächeln stinkt so gewaltig, dass ganz Centy übel werden müsste!

Halt die Klappe! Du wirst mir nicht meine Kundin vergraulen!

Nicht deine Kundin vergraulen? Sven lachte tonlos auf. *Bei der fetten Schnepfe haben dich meine Sprüche auch nicht gestört. Findest du das Mädel etwa so heiß? Hast du fremde Aufmerksamkeit so nötig?*

Kevin ignorierte die spitzen Bemerkungen und begann, die verschiedenen Kontomodelle vorzustellen. Es war ein einstudierter Monolog, der sich in den vergangenen Jahren kaum verändert hatte.

»Zu welchem Konto würden Sie mir bei dem bescheidenen Gehalt einer Kassiererin raten, Mr. Strauss?«, las sie von seinem Namensschild, ehe sie die Stirn runzelte und den Kopf schüttelte, »Nein. Mr. Strauss klingt zu unpersönlich. Wenn ich Ihnen schon die Zukunft meines Geldes anvertraue, können Sie mir sicherlich ihre Vornamen verraten.«

Ihr Lächeln war bittersüß. Doch ihre Bitte, versetzte ihm einen tiefen Stich im Herzen. Würde er nun ein Gefangener seines Vornamens werden? Gefangener eines Namens, den er eh nicht ausstehen konnte?

»Ma'am, ich würde lieber …«

»Ach, was! Ma'am? Ich bin Marlena Tanja Tods. Aber meine Freunde nennen mich Marly. Das wäre doch auch für Sie in Ordnung, oder? Mich Marly zu nennen?« Sie wirkte beinahe flehentlich und so blieb ihm nichts anderes übrig als zu nicken.

Ihre unterschiedlichen Augen hatten es ihm angetan. Eines war himmelblau, das andere eher blattgrün. Eine wunderbare Mischung. Sie zauberten ihr ein so liebliches Lächeln auf die Züge.

»Ich … ich heiße Kevin«, offenbarte er ihr den Namen, den er seit seiner Kindheit verabscheute. Sein Vater hatte ihm den Vornamen geschenkt, ehe er sie sitzen gelassen hatte. Damals war Kevin nicht mal ein Jahr alt gewesen. Seine Mutter hatte ihn allein großziehen müssen und so verachtete Kevin alles, was ihn an seinen Erzeuger erinnerte. Einschließlich des Namens, der von so vielen Vorurteilen geprägt war.

»Einfach nur Kevin?«, sie schien etwas enttäuscht und lehnte sich weiter über den Tisch.

Also entweder ist das Mädel echt empathisch oder sie hat ein Ding an der Semmel. Welche normale Frau beugt sich so mit ihren Brüsten vor? Noch ein bisschen und die Teile fallen ihr raus!

Der Bankangestellte spürte, wie sein Gesicht warm wurde. Er wandte sich wieder den Flyern zu und bemerkte aus den Augenwinkeln, wie ihm sein Chef einen giftigen Blick zuwarf.

»Nur Kevin«, bestätigte er, »Meine Mutter hielt nichts vom Doppelnamentrend.«

»Hm«, Marlena spielte einen Augenblick mit ihrem schwarzen Ohrring. Sie blickte durch die Filiale. Auf Marvin Toss, der sich hastig abwandte. Auf den dicken Sam, der selig in seinem Stuhl schlief. Auf die Tür zum Bad, hinter der Alinas Meckern leise zu hören war. Auf das Fenster hinter ihm, das den einzigen Fluss präsentierte, der Centy durchquerte.

Wie gern wäre er jetzt am Wasser!

Dennoch nahm er es als Zeichen fortzufahren. Dabei bemühte er sich, sie mit Marly anzusprechen, um sie ja als zufriedene Kundin zu gewinnen. Vielleicht könnte ihm das den Job retten? Wenn Marvin Toss sehen würde, was Kevin für gute Arbeit machte, könnte er in eine höhere Gunst gelangen. Oder vielleicht hatte sie ja ein paar Freunde, die er durch sie anwerben konnte?

»Sind Sie immer so lieb und hilfsbereit?«, unterbrach sie ihn plötzlich mit einem goldigen Lächeln.

Kevin stockte der Atem. Sven lachte.

Ich sag doch: Sie will irgendwas! Guck sie dir an! Guck sie dir an! Guck sie dir-

KLAPPE!

Wie ein Peitschenhieb forderte er seine innere Ruhe ein. Keine Person im Raum konnte seinen stummen Aufschrei hören. Doch das bedeutete nicht, dass er folgenlos blieb.

Hinter Kevin knallte etwas. Sofort schloss er ängstlich die Augen. Nun erst bemerkte er, dass sein Rücken durchnässt war. Schreie erklangen. Giftige Worte, die in seinen Ohren keinen Sinn ergeben wollten. Auf die er sich nicht zu konzentrieren wusste. Erschrocken drehte er sich zur Toilettentür um.

»Der nächste Klempner, der die Rohre nicht gefixt kriegen will, kann sich nach Merichaven scheren!«, fluchte Alina und schob die beschwichtigenden Worte ihres Chefs ungeduldig beiseite.

Kevin staunte nicht schlecht über ihren Auftritt. Sie war klitschnass. Vom Scheitel bis zur Sohle triefte das nasse Element an ihr herab. Das Wasser musste aus irgendeinem Hahn herausgeschossen sein. Anders konnte er sich das Resultat nicht erklären. Wie sollte es ihn und den dicken Sam sonst getroffen haben? Er beobachtete, wie sich sein Kollege verdutzt schüttelte. Träge bot der große Kerl Alina seine Jacke an.

»Und was soll ich mit dem nassen Lumpen?«, ihre Stimme glich dem Kreischen einer Sirene, »Meinst du, der wäre auch nur im Entferntesten besser?!«

Schulterzuckend wandte sich der dicke Sam ab und griff nach seiner Aktentasche. Wahrscheinlich war ihm endlich aufgefallen, dass er seinen Feierabend verschlafen hatte. Ohne einen Abschiedsgruß zu verlieren, schlenderte er hinaus.

Kevin versuchte, die leisen Worte seines Chefs auszumachen. Von dem gepflegten Kunden gab es keine Spur mehr. Wahrscheinlich hatte dieser das Drama gerade verpasst. Es würde zumindest zeitlich hinhauen. Immerhin verriet ihm ein Blick auf die Uhr, dass sie bald schließen würden.

Und hinten war alles überflutet.

Ein Teil von Kevin fühlte sich schuldig für das Wasserchaos. Ein anderer war von der Situation amüsiert. Es tat fast schon weh, sich abzuwenden. Aber seine Kundin war die Nettigkeit in Person. Für sie würde er es gerne tun.

»Vergessen Sie's! Ich bin keine Putze!«, damit stürzte Alina aufgebracht an seinem Tisch vorbei.

Das … das hatte Kevin nicht erwartet. Die überhebliche Sekretärin war ihm immer so vorgekommen, als wäre sie aus härterem Holz geschnitzt. Und letztendlich war es doch nur Wasser, das sie erwischt hatte. Unsicher blickte er zu seiner Kundin. Er setzte ein entschuldigendes Lächeln auf und wog seine nächsten Worte sorgfältig ab. Zumindest schien sie trocken zu sein. Vielleicht hatte sein Körper ihren ja glorreich beschützt? Das wäre das Beste, was ihm je geschehen wäre! Nun musste er sie nur noch zufrieden stellen. Sie brauchte einen kompetenten Mitarbeiter, der ihr ein geeignetes Konto verschaffte. Ein Klacks für ihn, wenn er die Feuchtigkeit an seinem Rücken erfolgreich ignorieren konnte. Das plätschernde Wasserproblem würde ihn als Helden vor seinen Kollegen dastehen lassen. Was für ein Glück er doch hatte!

Glück? Mit Glück haben deine Fähigkeiten nichts zu tun, kleiner Meermann. Das war dein Werk!

Nur trafen Svens Worte auf taube Ohren.

»Entschuldigen Sie bitte die Unterbrechung, Marly. Ich hoffe, Ihnen ist nichts passiert«, erkundigte er sich höflich und neigte den Kopf zur Seite, »Leider haben wir seit ein paar Tagen Probleme mit den Rohren und die Klempner konnten uns bislang einfach nicht weiterhelfen«, erklärte er mit einem Lächeln, das nur seine Mutter als schön empfunden hatte.

Marlena strahlte übers ganze Gesicht.

»Nicht doch! So etwas kann immer mal vorkommen. Geht es Ihnen gut? Haben Sie etwas abbekommen?«

Die Fragen brachen Kevin beinahe das Herz. Wie konnte diese Fremde nur so freundlich und mitfühlend sein? Das war ihm bislang noch nie untergekommen!

»Halb so wild«, er beobachtete verträumt, wie sie wieder mit ihrem Ohrring spielte und glaubte, sich mit jedem Ticken der Uhr stärker in diese Frau zu verlieben, »Ist ja nur Wasser.«

Ihre Augenbraue zuckte kurz. Dann nickte sie bedächtig. Sie begann fröhlich, von einem verregneten Tag im August zu erzählen, an dem es in Strömen gegossen hatte und Kevin konnte nicht anders, als in ihren Worten zu versinken. Sie sprach so frei und offen. Nein. Das war es nicht. Sie sprach so frei und offen mit ihm!

Eine Hand klopfte auf seine Schulter und überrascht blickte Kevin in die Augen seines Chefs.

»Ich muss los. Kannst du gleich allein zumachen?«, erkundigte sich Marvin Toss mit einem Blick auf Marlena. Sofort nickte Kevin.

»Ja, kein Problem. Was ist mit der Überflutung?«

»Ich komme in ein paar Stunden noch einmal mit dem Klempner von gestern rum. Aber früher klappt's nicht«, erklärte der andere, »Bis morgen.«

»Bis morgen«, verabschiedete er sich von seinem Vorgesetzten. Er war erstaunt, wie freundlich sich dieser vor der Kundin benehmen konnte. Nachdenklich starrte er dem Mann hinterher.

Hatte Kevin ihn doch falsch eingeschätzt? Nein. Ein einziger Augenblick konnte nicht den gesamten letzten Monat ungeschehen machen! Sicherlich hatte Marvin Toss ihn nur auf sein Gesicht reduziert und deswegen dieses Fehlverhalten an den Tag gelegt. Genau! Das musste es sein! Und war das nicht noch böswilliger als ein simples Missverständnis? Immerhin hatte er Kevins Wert von dessen Pickeln abhängig gemacht und ihn somit zu einem Gefangenen seines Erscheinungsbildes gemacht.

»Friedliche Zeiten, oder?«

»Bitte?« Marlenas Worte überraschten ihn.

Sie winkte mit den Armen um sich.

»Ich mein ja nur. Es sind so friedliche Zeiten, in denen wir leben. Keine Kriege. Keine Toten. Keine Verletzten. Keine überfüllten Waisenhäuser. Wir sollten immer dankbar für unsere Umstände sein. Denn sie formen uns zu den Menschen, die wir sind.«

Ah. Deswegen kam sie zu dir. Sie ist sicherlich irre. Ich meine, mit dem Aufzug? Wenn sie nicht irre ist, dann ist sie eine Hu-

Halt die Klappe, verdammt nochmal!

Was? Willst du die Wahrheit etwa nicht einsehen? Sven lachte beherzt auf. *Dabei ist sie doch nicht mal das Verrückteste, was dir in den letzten Tagen passiert ist! Du befehligst Wasser, schwimmst wie ein Fisch und erinnere dich mal an das Mobbing zurück! Jeder andere wäre nach so langer Zeit ohne Luft ertrunken!*

Kevin zuckte zusammen. Ja. Er erinnerte sich. Er erinnerte sich an den Tag, an dem er sich ins Schulbecken geflüchtet hatte und erst nach einer Viertelstunde tropfnass aufgetaucht war. Er hatte es vergessen wollen. Hatte das Ereignis verschwiegen. Hatte zeitweise sogar geglaubt, dass er tot sein müsse, wenn er schon eine Stimme hörte. Nun jedoch hatte er eine bessere Antwort. So stupide Svens Sprüche auch waren, so trugen sie doch mehr als nur einen Funken Wahrheit in sich.

Er war ein Meermann.

Kevin setzte sich etwas seitlich. Seine Augen schweiften aus dem Fenster zu den entfernten Möwen und der einsamen Krähe, die noch immer ihre Runden drehte. Er glaubte, den Fluss dort draußen spüren zu können. Rief der Strom nach ihm? Aber wie sollte er dem Verlangen antworten? Er hatte keine Ahnung, wo sich seine Flosse versteckt hatte! Oder warum er Beine besaß! Vielleicht war es ein Fluch? Vielleicht ein Genfehler? Was wusste er schon! Er war ein Gefangener der Menschen.

»Ihre Umstände haben Sie auch auf einzigartige Weise geformt, nicht?«, durchbrachen Marlenas Worte seine Gedanken und für einen Moment schämte er sich, so verträumt zu sein. Zusätzlich dazu versetzte es ihm einen Stich, dass sie seine Akne ansprach. Er hatte die ganzen schäbigen Pickel beinahe vergessen und nun waren sie wieder in den Fokus gerutscht. Abweisend setzte er sich seine viel zu große Lesebrille auf, als müsste er sich dahinter verstecken.

»Sie meinen mein Gesicht, oder?«, fragte er nonchalant, »Es hatte seine Probleme, aber mittlerweile habe ich mich an meine derzeitige Situation gewöhnt.«

Ihr Lächeln wurde wieder liebreizend und ihre unterschiedlichen Augen zogen ihn in ihren Bann.

»Aber nicht doch. Ihr Gesicht ist, wie es ist. Ich spreche von Ihrer Magie.«

Das ließ ihn innehalten. Er spürte, wie Sven etwas sagen wollte. Die Worte drängten sich beinahe so sehr auf wie das Plätschern, das wieder lauter aus den Toiletten zu vernehmen war.

»Wie bitte?« Kevin lächelte höflich und neigte den Kopf fragend zur Seite.

»Magie. Sie müssen es doch sicherlich gespürt haben, oder, Kevin? Diese unglaubliche Macht. Sie wohnt in uns und lässt uns so viele Wunder vollbringen«, Marlena beugte sich weiter vor und ihre Brüste quollen ihm entgegen.

»Ich weiß nicht … Es … Es tut nichts zur Sache«, er schüttelte resigniert den Kopf, plötzlich wollte er sie nur noch loswerden, »Wollen Sie nun das Smart Modell mit

Kreditkarte haben oder lieber ein einfaches Sparbuch, Marly? Für die anderen Optionen schienen Sie sich ja weniger zu interessieren.«

»Was ist mit einer Macianoption?«

Die Krähe hackte gegen die Fensterscheibe hinter Kevin und erschrocken sprang dieser hoch. Risse hatten sich unter ihrem Schnabel gebildet, die sich mit jedem Schlag tiefer durch das Glas zogen.

Das Plätschern hallte in seinen Ohren wider.

Risse im Sicherheitsglas?, bemerkte Sven.

»Was zum–«

»Willst du wieder ohne uns anfangen?«, erklang eine männliche Stimme vom Eingang. Kevin wirbelte herum, um die beiden Neuankömmlinge zu betrachten. Es waren zwei Männer. Sportlich gekleidet. Einer mit einem Schwert auf dem Rücken, der andere mit einem Jo-Jo in der Hand. Sie gaben ein seltsames Pärchen ab. Vor allem mit den zwei Tieren neben ihnen. Ein komischer Hund und … Was war das andere? Eine katzengroße Echse? So etwas hatte er noch nie zuvor gesehen!

»Was kann ich dafür, dass ihr immer so lange braucht«, Marlena kreuzte die Beine und lehnte sich lässig zurück. Ihre Pose erschien ihm urplötzlich gar nicht mehr lieblich. Sie wirkte nun eher überheblich und eingebildet.

Kevin sah sich erschrocken um. Er hörte sich stottern. Silben, die keinen Sinn ergaben und – Wurde ihre Filiale etwa ausgeraubt? Von diesen Leuten? Das … Er musste das Protokoll befolgen. Immerhin war sonst keiner da!

»Wenn Sie Geld wollen, an den Tresor kommt kein Mitarbeiter alleine ran. Ich kann Ihnen nicht weiterhelfen und-«

Mit einem Krachen zersplitterte das Fenster hinter seinem Tisch und flatternd landete die Krähe neben Marlena.

»Mein lieber Kevin«, begann seine Kundin leise, während er den Vogel nur entsetzt anstarren konnte, »Wir sind nicht wegen des Geldes hier. Wir sind wegen dir hier.«

Sie schenkte ihm ein giftiges Lächeln. Ein Lächeln, das Kevin an Ort und Stelle gefror. Dann erhob auf einmal die Krähe das Wort.

»Absonderlichkeiten wie du es bist dürfen nicht existieren.«

DUCK DICH!

Kevin dachte nicht nach. Aus irgendeinem Grund überließ er sich seinen Instinkten und befolgte Svens Rat, ohne zu widersprechen. Und keinen Augenblick zu spät, denn schon zischte ein Blitz über seinen Kopf hinweg. Ängstlich stolperte er rückwärts an das zerbrochene Fenster.

»Ich verstehe nicht«, beharrte er, »Ich verstehe nicht, was … Ich –«

»Deinesgleichen bringen unsere Familien um, du Monster!«, schrie der Mann mit dem Schwert und verschwand – nur um direkt neben Kevin wieder aufzutauchen.

Erschrocken wollte Kevin die Hände hochreißen, als er spürte, wie etwas an ihm zog. Es war, als risse ihm jemand das Steuer seines Wagens aus der Hand. Sein Körper bewegte sich von allein. Er schrumpfte etwas. Seine Arme wurden dicker. Seine Sicht verschob sich, als müsste er plötzlich schielen. Seine Lesebrille flog zu Boden. Ihm war, als sähe er alles durch ein Fernglas, das ihm jemand vor die Nase hielt.

Das Schwert glitt unheilvoll über seinen Kopf, ehe der Mann wieder verschwand.

Kevin glaubte zu zittern.

»Wie seltsam«, hörte er Svens Stimme mit seinem Mund sagen. Nur bewegte er ihn nicht.

»Also doch«, Marlenas Lippen zogen sich zu dünnen Linien zusammen, sie tippte gegen ihren Ohrring, »Monster.«

Das war mehr, als Kevin ertragen konnte. Er schloss die Augen. Es verletzte ihn so sehr, dass ihm diese Frau nur etwas vorgemacht hatte. Dass sie so nett gewesen war und in ihm Gefühle geweckt hatte, nur um diese dann zu zertrampeln.

Sie war ein hinterhältiges, verabscheuungswürdiges, arrogantes –

Er hatte sich beinahe in sie verliebt.

Svens Keuchen klang in seinen Ohren wider. Er riskierte einen Blick auf die Situation vor ihm. Erinnerungen stiegen in ihm hoch. Erinnerungen an seine Schulzeit. An das Mobbing. An die Viertelstunde im Wasserbecken. An die Isolation und seinen Wunsch, auf ewig allein zu bleiben. Im Wasser hatte ihn noch nie jemand verletzen können. Im Wasser war er frei gewesen. Im Wasser konnte ihn nichts halten.

Aus dem Fenster. Spring aus dem Fenster in den Fluss. Wenn ich … Du … Ich bin ein Meermann. Ich werde nicht ertrinken. Und wenn du wirklich existierst, Sven, dann wirst du es bestimmt auch überstehen.

Der Fluss ist so dreckig.

Nicht dreckiger als mein Gesicht.

Die einstige Stimme in seinem Kopf, die nun seinen Körper steuerte, lachte beherzt auf.

Wie du meinst.

»Man sieht sich in der Hölle«, verabschiedete sich Sven von den Fremden und nahm Anlauf. Mehrere Blitze zischten an ihm vorbei und Kevin glaubte, das Jo-Jo aus dem Augenwinkel zu erblicken. Dann war nur noch Luft unter ihm.

Wir werden es so nicht schaffen. Der Fluss ist zu weit weg!, erklang Svens Stimme ängstlich in ihm und auf einmal war das Fernglas verschwunden. Kevin spürte den Wind in seinen Haaren. Er konnte wieder klar sehen. Er hörte Möwen. Straßenlärm. Marlenas Schreie!

»Wenn ich wirklich ein Meermann bin, komm zu mir, Wasser. Komm zu mir und hilf mir«, betete er, während er hastig mit den Armen ruderte.

Wie aus dem Nichts erhob sich das nasse Element und verschluckte ihn. Seine Lungen füllten sich mit der Flüssigkeit. Sie brannten. Dann erinnerte er sich an die Lektion aus dem Chemieunterricht.

Wasser war eine Kombination aus Wasserstoff und Sauerstoff. Und er war ein Meermann. Er musste sich bloß das benötige Element aus der Verbindung ziehen. Dann könnte er bestimmt atmen! Er musste sich nur fokussieren ...

Das Brennen in seinen Lungen verebbte langsam.

Kevin starrte zur Wasseroberfläche hinauf. Er glaubte, eine Krähe über dem Fluss zu sehen. Eine Krähe mit eisblauen Augen. Dann wandte er sich ab und tauchte in die Welt des Flusses ein.

Er war ein Meermann. Was auch immer die Fremden gemeint hatten, im Meer konnten sie ihn nicht mehr erreichen. Sein Chef konnte ihn nicht mehr erreichen. Seine Ex und die ganzen anderen Leute, die sich permanent über ihn lustig machten, konnten ihn nicht mehr erreichen.

Er würde die Welt über der Wasseroberfläche nicht vermissen. Hier war er endlich frei.

Gegen einen Unter-Wasser-Fernseher hätte ich dennoch nichts einzuwenden, bemerkte Sven und lachend stimmte Kevin ihm zu.

Medra Yawa, Jahrgang 1993, ist Berlinerin und Mutter zweier Kinder, die schon früh das Schreiben für sich entdeckte. Sie ist Autorin von Merichaven: Kidnapped und Merichaven: Getaway, schreibt auf ihrem Blog (medrayawa.com) und bringt im November 2020 ihr nächstes Buch auf den Markt. Außerdem kann man sie immer wieder auf Twitter (@MedraYawa) antreffen, wo sie ihre Veröffentlichungen bekannt gibt und gelegentlich Kleinigkeiten aus dem Alltag postet.

Blick jetzt zurück, Sirena Do
Mechthild Matthias

Holz. Wasser. Holz. Wasser. Holz.

Etwas in ihr wusste es bereits, wusste, wie es sich anfühlte, dieses reißende Feuer, heiß und kalt zugleich, das sie zu Boden zwingen würde. Sie wusste es, noch ehe das blitzende Licht sie traf. *Es gab keinen Weg fort von diesem Schmerz.*

Und doch stemmten sich ihre Armpaddel noch einmal gegen die Strömung, die mächtige Schwanzflosse teilte das Wasser wie ein Ruder. *Schwimm!*

Das Meer schäumte um das Schiff. Der Einschlag der Harpune hinterließ nicht einmal Kreise im aufgewühlten Wasser. Aber in ihr zuckte er wie ein Blitz und nahm ihr den Atem. Sie musste zur Oberfläche, musste Luft holen! Aber sie wollte nicht sterben. *Nicht so. Nicht durch ihn.* Sie blickte nicht zurück, sie schwamm.

Und der Schmerz schwamm mit ihr.

Dunkelheit jagte ihr nach. *Holz. Wasser. Holz. Wasser … Wasser … Wasser.* Auf ihrem Leib warfen die Haie bereits Schatten. Doch irgendwann gab es kein Holz mehr. Kein Schiff, keine schreienden Menschen. Aus Wasser wurde Leben *…Tod … Leben …* Dann holte die Dunkelheit sie ein.

»Aber du tust ihr nicht weh, Karl. Oder?«

Kleine, kalte Finger schoben sich in Karl Mohns Faust und zwangen ihn, an sich herab zu blicken. Kleine, kalte Finger an Bord? Karl schüttelte sich unwillig, ohne jedoch seine Faust zu öffnen.

»Was zum Henker!«

»Nein, Karl. Das tust du nicht! Oder etwa doch?«

Er stieß ein kehliges Geräusch aus, keinen ganzen Schrei. Aber es reichte. Das Mädchen zog seine Hand von selbst zurück. Karl sah sich suchend um.

»Jaaaakob!«

Jakob senkte den Blick. Sofort spürte Karl den alten Ekel in sich aufsteigen. Jakob – immer Jakob – weiß und geschmacklos wie Toastbrot! *Jakob, du bist kein Mann. Kein Wunder, dass Sirena dich verlassen hat! Aber warum hat sie dieses Kind nicht mitgenommen. Dieses Kind, das ihr gleicht wie die Wellen dem Meer …* Nein, das konnte er, Karl Mohn, nicht begreifen. Niemand, der *davon* wusste, hätte es begriffen! Genauso wenig wie die Tatsache, dass er selbst dieses Weißbrot eingestellt hatte – auf Sirenas Drängen natürlich. Dabei waren Karl Kerle suspekt, die unter diesem Himmel nicht braun wurden. *Vielleicht war es Instinkt.* Schließlich hatte er sich schon einmal auf einen Besserwisser eingelassen. Auf *diesen* Besserwisser! Aber das war lange her.

Sie waren noch halbe Jungen gewesen, damals. Freundschaft hatten sie sich geschworen. Und Stillschweigen. Auf ewig.

Pah! Karl spuckte Jakob vor die Füße. Dumme Kinder.

Das Mädchen stellte sich an Jakobs Seite und verschränkte die Arme. *Wie immer musste es seinem Vater zu Hilfe kommen. Wie schon die Mutter, bevor sie gegangen war, nachts. Ohne ein Wort – zumindest ohne ein Wort für Karl.* Jakob hatte natürlich Entschuldigungen gefunden.

»Sie konnte nicht anders, es war an der Zeit …« Ein Jahr war das nun schon her.

Unter den dunklen Brauen des Mädchens funkelten Karl Sirenas Augen an. Er musste den Blick anwenden.

»Karl Mohn! Hör sofort auf mit diesem Gebrüll!«

Mut hatte die Kleine ja!

»Jakob hat mich nicht auf deinen alten Klapperkahn geschmuggelt. Das war ich ganz und gar selbst! Und gefragt hab' ich dich auch was! Also?«

Backbord entwischte einem der Matrosen ein verstohlenes Kichern. Karl Mohn fletschte die Zähne.

»Und Manieren konntest du deinem Balg auch nicht beibringen, wie?« Er schnaubte. »Nein. *Ich* tue niemandem weh! Was die Harpune tut, ist etwas anderes. Das Beste wird sein … Ach, verschwinde! Das ist nichts für Kinder!«

»*Verschwinde!*« Das hatte Karls Vater auch zu ihm gesagt. Damals. Aber wohin sollte ein Kind auf diesem ausgedienten Bretterhaufen denn verschwinden? Karl warf Jakob einen warnenden Blick zu. *Immer und ewig! Kein Wort!* Mit Bluteid hatten sie es besiegelt. Natürlich war Jakob gleich danach in Ohnmacht gefallen. Später hatten sie dann gemeinsam über Jakobs Hang zum Blackout gelacht. Darüber und über anderes. Aber das war, bevor die Seekuh verschwunden und bevor Sirena zu ihnen gekommen war. Bevor Sirena Jakob gewählt hatte. Jakob – und nicht Karl Mohn.

Nein! Hier, auf diesem Schiff konnte kein Kind verschwinden. Höchstens vielleicht über Bord. Karl wusste das. Und Sirenas Mädchen wusste das auch. Also würde sie nun alles mit ansehen müssen, so wie er selbst, vor langer, langer Zeit. Sie würde die Frage stellen, die er selbst gestellt hatte.

»*Warum?*«

Und er würde sagen »*darum*«, so wie es sein Vater getan hatte. Weil es keine bessere Antwort gab. Oder vielleicht doch? *Ist es Rache? Ist dieses Gefühl, dieses Brennen irgendwo da drin – Hass? Doch nicht Liebe! Nein. Liebe will keinen Tod. Wenigstens wühlte das Feuer der Harpune jetzt in ihr, wie der Schmerz in ihm brannte, seit sie gekommen war. Und seit sie gegangen war.*

»Forschungsschiff«, so nannte Karl Mohn dieses schäbige Wrack unter seinen Sohlen. Karl hatte nicht das Zeug zum Forscher, das wusste er selbst am besten. *Jakob schon.* Zumindest kannte er sich aus mit Zahlen, all diesen Dingen. Deshalb hatte Karl ihn am Ende ja auch eingestellt – »der alten Sache wegen.« So konnte er Jakob wenigstens ein wenig im Auge behalten. Ihn und seine Familie. Nun arbeiteten sie also Seite an Seite, so wie damals. Wie alt war er gewesen? Vielleicht dreizehn, als Karls Vater ihn an Bord entdeckt und dadurch die Spur der Seekuh verloren hatte.

»*Dummes Kind! Du bist zu klein, um das zu begreifen!*« Das hatte sein Vater geschrien, während er ihn schüttelte.

Wieder und immer wieder waren die Worte aus ihm herausgespritzt, schäumend wie das Meer selbst. Schließlich packte einer seiner Matrosen Karls Vater am Arm.

»Nein, Mann. Klar ist er zu klein. Und nun lass gut sein, bevor du ihm noch das bisschen Grips raus schüttelst, das unsereins hat.« Aber dann hatte er Karl angesehen, selbst mit den großen, runden Augen eines Kindes, und es gesagt: *»Sie müssen sterben! Die Meermädchen müssen alle sterben. Sie oder wir. Oder willst du Sehnsucht nach dem Meeresgrund bekommen? Begreif's oder nicht.«*

⭐✶⭒

In der kleinen Bucht hinter den Säbelzahnfelsen hatte er sie schließlich gefunden. Aber einer war schon dort gewesen. Einer, der selbst unter dieser Sonne nie braun brannte – wie Karl etwa, der Junge vom Fangschiff. Einer, der wusste, was zu tun war. Sie hatten die Sirene im Wasser versorgt. Und sie wachten bei ihr, manchmal der eine, manchmal der andere, manchmal auch beide gemeinsam. Die Wunde war geheilt. Sie hatte überlebt. Sie wussten es alle drei. *Niemand sonst durfte von dem Geheimnis erfahren.*

Und dann, plötzlich – war sie fort. Aber dafür war Sirena da. Woher sie kam, wusste keiner im Dorf. Alle wussten nur, dass es schön war, wenn sie blieb! Sirena schwamm mit ihnen um die Wette. Sie rannte so schnell, wie die Möwen fliegen, auf geraden, gesunden Menschenbeinen. Sie war unbändig. Und wild. Aber auch sanft. Sie lachte – und ihr Gelächter klang wie Musik in Karls Ohren. Sie wuchsen, wurden erwachsen. Und eines nachts legte Sirena Jakob den Kopf in den Arm. Aus Sirena wurde Sirena Do. Nicht Sirena Mohn.

⭐✶⭒

»Darum!«, sagte Karl und hielt sich an der Reling fest.

»Darum ist keine Antwort!« Das Mädchen lachte, und dieses Lachen klang schmerzlich vertraut. Kinderfinger fanden zurück in Karls Faust. »Das weißt du doch. Und nun sei nicht so grimmig.«

Karl zog seine Hand zurück.

»Sie wird sterben!«, sagte er hart.

Über das Mädchengesicht huschte ein Schatten. »Aber …
dann musst du sie retten, Karl!«

Karl starrte hinab auf das Meer.

»Das kann ich nicht«, sagte er. »Das konnte ich noch
nie. Ich kann nicht einmal schwimmen.«

»Aber ich!« Die Augen des Mädchens begannen zu
funkeln.

»So gut nicht!«, Karl schüttelte sich. Dann schloss er
seine Lider. *Sirena …*

Im nächsten Augenblick riss ihn ein Laut in die
Wirklichkeit zurück. Es war ein Schrei, mehr dem Ruf
eines Tieres gleichend als dem eines Menschen. Jakobs
Gesicht war weiß, weißer noch als sonst, durchscheinend
fast. *War der Laut aus ihm gekommen?*

»Mann über Bord«, brüllte einer der Matrosen. »Ma …
Kind über Bord!«

Karls Blick flog über das Wasser, seine Finger krallten
sich in das Holz der Reling.

»Nein! Wo …« Er bekam keine Antwort. Das Meer
war wild an diesem Tag. An einem solchen Tag gab das
Meer nichts zurück.

»Jakob!« Karls Stimme zitterte, er hörte es selbst nicht.
Sonst fand er keine Worte. Wozu auch? Jedes Wort war
hier überflüssig. Jakob sah durch ihn hindurch. Dann
beugte er sich ein wenig nach vorne. Und fiel.

»Maaaann über Bord!«, brüllte der Matrose. »Scheiße,
Mann! Mann über Bord!«

★ ✂ ★

Karl Mohn wartete drei Wochen in der Bucht zwischen
den Felsen. *Worauf* – er wusste es nicht. Vielleicht auf
etwas, wovon er Abschied nehmen konnte. Darauf, dass
die Woge des Entsetzens verebbte. Dieses Entsetzen, das
die kleinen Siedlungen erfasst, wenn er einen von ihnen
trifft: *der Tod vor dem Alter.*

Karl wartete. Aber er fand nichts, außer das Vergessen,
das irgendwann zwischen die Gespräche und Gedanken
der Menschen kriecht. Nur nicht in seine eigenen.

Dann fuhr er wieder hinaus. Mit einem anderen Schiff. Mit einer anderen Crew. Mit nichts als dem Zittern in seiner Stimme, das ihm geblieben war.

Und hier stand er nun. Bleich. Mit hängenden Schultern an einer Reling, die nicht seine war. Mit Rauch vor dem Mund, der nicht geschmeckt hatte. Er sah hinüber zu den Felsen, die sich spitz gegen den dunkler werdenden Himmel reckten. Aber … Er stutzte, blies einen Ring aus, kniff die Augen zusammen.

»Na, Matrose«, sagte sein Kapitän und legte ihm die Hand auf die Schulter. Karl ertrug es meist, ohne sie fortzuschieben. Diesmal bemerkte er es nicht einmal. »Genug für heute. Fahren wir heim, was? Da wartet ja sicher auch eine Frau schon sehn …«

Karl schüttelte kaum merklich den Kopf.

»Dann vielleicht wenigstens ein Freund …«

Karl antwortete nicht. Dort, ganz hinten, hob sich ein Leib schemenhaft und unwirklich aus der spiegelglatten See. Karl atmete aus. Dann tauchte ein zweiter Körper an die Oberfläche, kleiner als der erste – und verschwand.

»Ich hatte einen Freund …« Karl Mohns Stimme war fast tonlos, und sie zitterte, wie immer seit jenem Tag im Sturm. Er wartete. Wieder. Oder noch immer? Wartete auf eine dritte Silhouette. Über ihm glitten schreiend Gewittervögel dahin. *Nein!* Das Sturmmeer gab nichts zurück, das nicht aus ihm selbst kam.

Die Hand des Kapitäns schwebte noch einen Augenblick über Karls Schulter. Dies war nicht die Art von belanglosem Austausch, den sie hier schätzten, an einem solchen Abend, kurz vor der glücklichen Heimkehr. Für einen Moment fiel dem Kapitän nichts Passendes ein. Dann aber kniff er die Augen zusammen und wischte sich mit seiner schweren Hand ein, zwei Mal darüber.

»Wenn mich nicht alles täuscht«, er zögerte, »weidet dort drüben in der Bucht eine Seekuh mit ihrem Kalb.«

Karl schüttelte den Kopf. Der Kapitän blinzelte noch einmal. *Er musste sich getäuscht haben.* Dort war nichts als Wasser. Und ein paar Felsen.

»Nun ja«, brummte er, »wird wohl Zeit, dass wir endlich heimkommen, was? Dann also: in Position, Matrose! Wir laufen gleich ein.« Der Kapitän wandte sich ab.

Tok tok tok … machte etwas in Karls Brust. *Tok tok …* Da! Bei den Felsen schob sich ihr Schatten noch einmal heraus. Das Atmen fiel Karl schwer.

Die Seekuh sang. Rief sie ihr Kalb?

»Blick jetzt zurück!«

Sie sah nicht hinüber zu dem kleinen Schiff beim Hafen. Sie holte Luft. Dann tauchte sie hinab. Tiefer. Immer tiefer. Bis Karl sie verlor.

Geboren im letzten Jahrtausend, ist **Mechthild Matthias** einer der glücklichen Menschen, deren Kindheitsbegleiter für sie und mit ihr gelesen haben. Von städtischen Parkbänken und dem heimischen Fußboden aus reiste sie mit ihren Eltern und Geschwistern in alle Welten, die die Kinder- und Jugendliteratur zu bieten hatte.

Nach dem Abitur studierte sie fernab belletristischer Rückzugsoasen, um einen Beruf zu erlernen, der voller Geschichten steckt. Der Frosch, der sie im dichtesten Arbeitsdschungel schließlich entdeckte, entpuppte sich zum Glück – puh! – nicht als Prinz (denn die Autorin ist ja auch gar keine Prinzessin). Gemeinsam ergänzten sie die inneren Expeditionen der Kindheit durch äußere Reisen um den ganzen Globus und hüpften schließlich in den Hafen – pardon! – die Sturmsee der Ehe.

Seit einigen Jahren füllt sich ihr Leben mit den großen und ganz großen Sorgen kleiner Menschen, vor allem aber mit sehr viel Kindergelächter.

Das Lied der Tiefe

Jasmin Fürbach

Als das Schiff den Hafen verließ kroch Nebel über das Wasser. Die Sicht der Seeleute beschränkte sich auf wenige Meter. Nachdem die Nacht über das Meer hereingebrochen war – der Himmel blieb unter einer düsteren Wolkendecke verborgen – sah sich die Mannschaft gezwungen zu ankern. Nichts Gutes kam dabei heraus, blind umherzufahren. Die geladenen Güter hielten auch einen Tag länger frisch. In der Kajüte ging der Kapitän auf und ab, zog Sternen- wie Seekarten gleichermaßen zu Rate und sah sich doch nicht in der Lage einen sicheren Weg durch die Meerenge zu finden, ohne sein Schiff an den Klippen zerschellen zu lassen.

Die Nacht wich bald dem Tag, doch auch dieser brachte keine Erlösung von der dichten Nebelwand. Ein weiteres Mal lag das Schiff vor Anker, ohne sich fortbewegen zu können. Die Tage wurden zu Wochen, die Vorräte gingen langsam zur Neige. Der Kapitän vermied weiterhin jede Entscheidung.

Die Mannschaft hatte beobachtet, wie der Kapitän des Nachts an der Reling stand und in die Fluten starrte, als hätte er etwas gesehen, das ihm den Verstand geraubt hatte. Ein sonst so rationaler, intelligenter Mann und was war aus ihm geworden? Glaubte man dem Seemannsgarn, das man sich hinter vorgehaltener Hand zuraunte, so war der Kapitän dem Zauber der See verfallen.

Ein älterer Maat, der bereits mit etlichen Schiffen auf große Fahrt gegangen war, berichtete von dieser Krankheit, einer Art Sinneswandel, dem selbst die stärkste Seele nicht standhalten konnte. Man munkelte während des Essens, immer mit Blick auf den in die Leere starrenden Kapitän, er habe seinen Verstand in den Wellen verloren.

Unter der Mannschaft kam Ärger auf, Verzweiflung. Der erste Maat hatte vergeblich versucht, auf den Kapitän einzuwirken, der Koch drohte zu rebellieren und selbst die treuesten Matrosen weigerten sich noch eine Minute länger bewegungslos an dieser Stelle zu verharren.

Der Kapitän indes schlich Nacht um Nacht an Deck, in Erwartung dessen, was ihn in dieser ersten Nacht verzaubert hatte. Diesmal jedoch, war er nicht allein. Drei Männer hatten ihn beim Verlassen seiner Kajüte beobachtet und wagten sich nun ihrerseits ins Freie. Die frische Luft an Deck schlug ihnen mit einer Kälte entgegen, die sie frieren ließ.

Da, plötzlich, als habe der Wind sie zu ihnen getragen, vernahmen sie Stimmen. Das Meer lag seltsam ruhig vor ihnen. Einer der Männer fragte sich tief in seinem Inneren, wo Instinkt waltete, ob er Hilfe rufen sollte. Etwas, so war er sicher, war an diesen Stimmen nicht geheuer. Und doch, er ließ nicht Alarm schlagen. Die Stimmen hatten zu schnell von ihm Besitz ergriffen. Tagelang, wochenlang auf See und nie hatten die Männer etwas derart Schönes gehört. Jede glückliche Erinnerung, jede warme Umarmung, all das lag in diesen Stimmen, die scheinbar nur für sie sangen.

Die Männer stürmten nach vorne an die Reling, begierig darauf näher zu kommen, den Ursprung des himmlischen Klangs zu erkunden. Doch unter ihnen war nur die See. Einsam. Verlassen. Der Gesang ertönte erneut an diesem Tag und wieder am Tag darauf. Mit jeder Stunde wurde er lauter, deutlicher. Der Kapitän konnte nicht umhin, sich verstohlen nach den Sängerinnen – oder war es nur eine – umzusehen. Die Mannschaft wurde erfüllt von einem Sehnen die Stimmen erneut zu hören. Wie eine Sucht herrschte der Gedanke an dieses Gefühl über die Männer. Erst waren es nur vier gewesen, doch bald schon war die gesamte Besatzung in Trance verfallen.

Tag um Tag standen sie alle an Deck, reglos bis auf den letzten Mann und horchten in die Fluten. Stundenlang verharrten sie unbeweglich und als wieder eine Nacht hereinbrach, kam ein kaltes Schaudern über die Männer.

Sie hatten nicht bemerkt, wie viel Zeit vergangen war. Der Wind tobte und drohte den Mast zu stürzen und doch verblieb die Mannschaft in angespannter Stille. Der Gesang war erloschen, die Stimmen fort.

Auch sonst war in dieser Nacht etwas anders. Es schien, als warteten die Männer – ohne zu wissen worauf – auf etwas, das nicht greifbar, nicht real schien und doch fesselte der Gedanke daran sie an Deck, zwang sie zu warten. Wie Statuen starrten sie in die Wellen hinab, als würde sich dort eine Antwort offenbaren.

Der Maat sah es zuerst. Das Glitzern einer Flosse in den Fluten, eine Hand, die sich nach dem Schiff ausstreckte als wolle sie hinaufgezogen werden.

Dann plötzlich, mit einem Mal, ertönte die Melodie erneut. Doch auch die Stimmen waren in dieser Nacht anders. Sie hatten ihre Schönheit nicht eingebüßt aber ihnen haftete etwas unendlich Schweres an. Ein Wehklagen, erfüllt von so großer Trauer, dass es den Männern das Herz zerriss. Und doch hatte es etwas Einnehmendes an sich, etwas, das es unmöglich machte wegzuhören. Sie traten noch näher, beugten sich gefährlich weit vor.

Ein Kopf tauchte aus den Fluten auf. Der Kopf eines Mädchens, wunderschön wie die See. Sie lächelte hinauf zu ihnen, als wolle sie sagen: »Kommt zu mir.«

Und sie kamen. Einer nach dem anderen sprang ins Wasser, ließ die Kälte an sich abprallen als hätte die Sonne das Meer erwärmt. Sie schwammen auf sie zu, begierig sie von Nahem zu sehen.

Als die Männer sie erreichten, lag das Schiff schon weiter hinter ihnen. Beinahe unmenschlich schien die Distanz. Das Mädchen lächelte immer noch. Der Kapitän streckte seine Hand aus, um nach dem Mädchen zu greifen. In dem Moment als er es berührte, veränderte es sich. Statt des strahlenden Lächelns erwartete ihn eine Fratze, geschmückt mit scharfen Zähnen, Hände mit Krallen so hart, sie könnten Stein zermalmen. Die Augen des Wesens waren schwarz wie die Nacht um sie herum und leer, so leer als wäre keine Seele darin. Der Kapitän zuckte zurück, versuchte mit aller Kraft die Flucht. Er schwamm schneller, immer schneller, seine Mannschaft dicht hinter ihm. Sie folgten ihrem Kapitän, würden ihm in die Hölle folgen, falls es nötig war. Doch sie waren nicht schnell genug. Die Hölle holte sie ein. Sie alle.

Der Kapitän erreichte die Seite des Bugs, hievte sich ein Stück nach oben und wagte nicht, sich umzudrehen. Als er es dennoch tat, lag das Meer still vor ihm. Von seiner Mannschaft war nichts zu sehen. Er war allein. Mit aller Kraft klammerte er sich an das Holz an der Seite des Schiffs, stemmte seine Beine dagegen und zog sich bereits an den Armen hinauf, als etwas ihn am Knöchel packte und fortriss. Sein Schrei ging im Lied der Wellen unter.

Kalter Wind strich über ihre Haut als sie an der Brüstung stand und in die Nacht blickte. Wolken verdeckten die Sicht. Kein Stern leuchtete am Firmament, nicht einmal der Schein des Mondes durchdrang die Dunkelheit. Sie waren orientierungslos, gestrandet, ohne Land zu sehen. Das Schiff trieb umher, gerüttelt von den Böen die immer stärker wurden. Sie klammerte sich an die Holzmaserung der Reling, unfähig loszulassen.

Hinter ihr wurden Stimmen laut. Der harsche Bariton des Kapitäns drang an ihr Ohr, ohne dass ihr seine Worte bewusst waren. Plötzlich packten sie vier grobe Hände, schleiften sie fort Richtung Kabine. Sie hatte nicht die Kraft sie abzuschütteln, wusste es wäre vergebens.

Als der Kapitän sein Urteil fällte, erhellte ein Blitz die Kajüte. Regen hatte eingesetzt und drohte nun, das Deck zu überschwemmen. Sie drehte sich nicht um, als sie auf die Planke geschoben wurde, wehrte nicht ab, kämpfte nicht mehr.

Ihr Schicksal war besiegelt gewesen, als ihr Vater sie auf dieses Schiff gebracht hatte. Sie hatte sich nichts vorgemacht, hatte nie geglaubt sie würde jemals auf dem Festland ankommen. Für einen kurzen Moment wunderte sie sich, welche Geschichte diese Männer erzählen würden. War sie während des Sturms über Bord gegangen? War sie gar selbst gesprungen? Ihr blieb nichts als die Hoffnung, ihr Vater möge nicht zu lange trauern.

Der Stoß in den Rücken kam unerwartet. Er nahm ihr alle Luft und ließ sie vornüber taumeln, bis sie das Gleichgewicht vollends verlor und fiel. Der Aufprall tat nicht weh. Wasser füllte ihre Lunge bis sie nicht mehr atmen konnte. Das Kleid, das ihren Körper umschlang zog sie rasch nach unten. Ihre Arme ermüdeten schnell, ihre Beine wollten nicht mehr treten. Kalt. Das Wasser war eisig kalt. Und doch umfing es sie wie eine sanfte Umarmung. Das Flattern ihres Herzens erstarb Schlag für Schlag. So lange bis es völlig verstummte.

Sie sank immer weiter in die Tiefe des Ozeans, fühlte Pflanzen und Fische an ihren Beinen entlanggleiten. Als würde sie schweben, federleicht, bewegte sie sich in den Fluten. Der Drang, nach Luft zu schnappen, das Brennen ihrer Lunge, jeder menschliche Instinkt, der sie an das Überleben erinnerte, war von ihr gewichen. Eine Art von Ruhe erfüllte sie. Statt des Ringens nach Luft spendete das Wasser plötzlich Sauerstoff, Kiemen flatterten an ihren Wangen. Ihre Beine, nun nicht länger getrennt und nutzlos, sondern zu einer Flosse verbunden und kräftig, ihre Finger, verbogen zu scharfen Klauen, überzogen mit der wundersamsten Haut, die sie jemals gesehen hatte. Metallisch glänzende Schuppen, blau, grün changierend zierten ihren Leib.

Die Fortbewegung schien leicht, das Atmen natürlich und doch so unbekannt. Konnte man es noch atmen nennen, fragte sie sich insgeheim, bevor ihr Gedankenfluss vollends versiegte. Nicht das Äußere war es, das die größte Änderung davontrug. Nein, es war ihr Innerstes, das den Wandel ermöglicht hatte. Die Angst vor diesen Männern, vor dem unausweichlichen Tod in den Wellen, vor einem nassen Grab, war verschwunden, gewichen einer Sicherheit, die sie in ihrem Leben nie gekannt hatte.

Langsam, in einem Moment gefangen, wandelte sich ihr Empfinden. Wo Schmerz versiegte, fühlte sie sich stark. Sie hätte nicht benennen können, was von ihr Besitz ergriff.

Ihr kam es so vor, als habe sie mit ihrem Kampf nicht nur ihre Menschlichkeit abgelegt. Die Beute wurde Jägerin. Sie fühlte sich unaufhaltsam und so überaus gefährlich.

Die ersten Schläge ihres Fischschwanzes glichen den ungeübten Schwimmversuchen eines Kleinkindes, ungelenk, beinahe lustig anzusehen. Es dauerte wohl eine gewisse Zeit, wenngleich jegliches Gefühl für derartige Maßeinheiten sie längst verlassen hatte. Doch bald arbeiteten die Muskeln zusammen, einer gut geölten Maschine gleich. Nahrung fand sich in Form kleiner Fische. Sie erkundete den Meeresboden mit einer zuvor selten verspürten Neugierde, ließ die Lichtstrahlen der Sonne auf ihren Schuppen tanzen, wenn sie sich nahe an die Oberfläche wagte.

Das Geräusch eines Kanonenschusses riss sie aus ihrer Faszination. Durch die Dämpfung des Wassers nahm sie vage den Klang einzelner Stimmen wahr.

Ein Schiff. Ganz nah.

Sie zwang sich dichter heranzuschwimmen, scheute sich jedoch davor, ihren Kopf zu weit aus den Fluten zu heben, aus Angst man würde sie entdecken. Etwas sagte ihr, sie würde es bereuen, falls jemand sie zu Gesicht bekäme und realisierte, was genau da unter ihm schwamm.

Das Schiff, das sich vor ihr erhob, schien einer Flotte anzugehören. Erst jetzt wurde ihr klar, dass sie sich inmitten eines Kampfes zweier Schiffe befand. Daher wohl der Kanonendonner. Während hinter ihr weitere Schüsse abgefeuert wurden, konnte sie in dem Pulvernebel eine weibliche Gestalt ausmachen, die weit über die Reling gebeugt stand und zu ihr herabstarrte. Schnell tauchte sie unter, bedacht darauf, das Wasser nicht zu sehr aufzuwirbeln. Das Mädchen würde denken, es hätte sich lediglich um eine Halluzination gehandelt, um einen Fisch, dessen Flossen das Licht gebrochen hatten.

An anderer Stelle, etwas weiter entfernt, tauchte sie erneut auf, sicher, das Mädchen würde sie von hier nicht sehen können. Was tat es eigentlich an Bord eines Schiffs das sich so offensichtlich in einer Schlacht befand? Nahm man neuerdings Mädchen zu solcherlei Dingen mit?

Ein schriller Schrei ließ sie jäh zusammenzucken. Eine weibliche Stimme lenkte ihre Aufmerksamkeit zurück an Bord. Die Szene, die sich nun abspielte, hatte etwas grotesk Verzerrtes an sich, beinahe wie ein Schatten ebenjener Ereignisse, die sich nicht lange zuvor in ganz ähnlicher Weise abgespielt hatten. Das Mädchen strampelte mit Händen und Füßen, während zwei Männer es fluchend in Richtung Planke schoben. Sie konnte lediglich Fetzen des Geschrienen aufschnappen und doch war ihr bewusst, was vor sich ging. Zu sehr glich die Szene ihrer eigenen Ermordung, als dass sie den Hergang je hätte ganz vergessen können.

Bereits als kleines Kind hatte man ihr von Seefahrern erzählt, von Seefahrern die den festen Glauben hegten, eine Frau an Bord eines Schiffes bringe Unglück. Sie hatte protestiert, als ihr Vater sie auf den Seeweg schickte, doch es war vergebens gewesen. Es war nicht das fremde Mädchen das von Männern über Bord geworfen wurde. Es war vielmehr sie selbst, die erneut den Tod fand. Als das Mädchen fiel, schrie es nicht. Auch sie – falls sie sich richtig erinnerte – hatte nicht geschrien. Der Aufprall auf den Wellen war hart, doch es schlug nicht um sich, hielt sich nicht über Wasser.

Für einen Moment schien es, als sähe sie sich selbst untergehen, verschluckt von ihrem eigenen Kleid, das ihren Beinen die Kraft geraubt hatte. Das Mädchen versank in den Fluten. Sie erkannte, während sie zusah, dass der Aufprall ihm das Genick gebrochen haben musste. Das Mädchen war tot noch bevor das Wasser seine Lunge füllte. In ihrem Kopf konnte sie nur einen klaren Gedanken fassen, während die Männer grölten. Ein weiteres Mädchen war Opfer der See geworden.

Sie tauchte hinab, so schnell sie konnte, gerade rechtzeitig um die Verwandlung aus nächster Nähe mitanzusehen. Sie hatte sich gefragt, in den wenigen Momenten der absoluten Klarheit, wie es ausgesehen haben mochte, als die See von ihr Besitz ergriffen hatte. Trotz ihrer Flosse war es nicht leicht, sich in den Fluten fortzubewegen. Der Krawall der Schiffe über ihr und die in ihrem sinnlosen Kampf aufgewühlten Strömungen ermüdeten sie rasch.

Da. Eine Hand. Noch war sie menschlich. Bedeutete das, das Mädchen würde sich nicht verwandeln? Nein. Nein, sie konnte sehen, wie die Haut langsam die Farbe wechselte. Die Beine des Mädchens wuchsen zu einer feuerroten Flosse zusammen – so anders als ihr blasses Grün. Sie beobachtete weiter, berührte das Mädchen nicht, aus Angst, sie könnte den Vorgang unterbrechen. Der Körper des Mädchens war noch immer in einer seltsamen Haltung verbogen, genauso wie es auf den Wellen aufgeprallt war. Es hatte etwas Groteskes an sich, wie der Körper leblos im Wasser schwamm, nicht untergehend und auch nicht an die Oberfläche steigend. Die junge Frau schien gefangen zwischen zwei Welten, als müsse sie sich erst entscheiden, zu welcher sie gehörte. Dann, mit einem Mal, schlug sie die Augen auf.

Ihr gesamtes Wesen hatte sich mit einem Schlag verändert, ebenso wie ihre Haltung. Fort war die Angst, die Unschuld des Kindes, fort waren auch Kleid und Schmuck. Stattdessen zierten Krallen ihre Finger und Fangzähne ihren Mund. Die unberührte Schönheit des Mädchens war gewichen, eingetauscht für das Abbild der Verführung, nur sichtbar für einen kurzen Moment, für ein Flackern lediglich, bevor ihr wahres Antlitz zum Vorschein kam.

Kein Mann würde dieser Frau widerstehen können, kein Seefahrer diesem Gesicht je Böses wollen. Solange sie den Männern auf ihren Schiffen diese Seite von sich zeigte, würde ihr kein Leid mehr geschehen.

Sie schwamm auf ihre neue Gefährtin zu, sah sie an und fand ihren Blick erwidert, mit ebenjener Härte, die in ihr selbst aufgekeimt war. Freude pochte in ihrem Herzen, wenn es denn Freude war. Heiß durchströmte sie der Gedanke nicht länger allein die Fluten zu durchqueren. Eine zweite Seele, ihrer gleich. Lange hatte sie sich nicht mehr so gefühlt. Auch wenn das Medium der verbalen Kommunikation ihnen längst genommen worden war – nicht erst seit sie den Tod in den Wellen gefunden hatten, denn ihnen als Frauen war auch davor nie Gehör geschenkt worden – konnten sie sich verständigen.

Der Rachedurst, der sie erfüllt hatte nachdem ihr vollends bewusst geworden war, wozu sie geworden war, wozu diese Tiere sie gemacht hatten, dieser Rachedurst war längst nicht gestillt. Das Verlangen an die Oberfläche zu schwimmen und ihr Lied zu singen, zu warten, bis Matrose für Matrose von Bord sprang und willentlich zu ihr kam, war stärker denn je. Überwältigt von der Freude, in ihrem Sehnen nicht länger allein zu sein, griff sie nach der Hand der anderen. Diese scheute vor dem Kontakt nicht zurück, erwiderte den Händedruck.

Lange brauchten sie nicht zu warten, bis die See über ihnen in Wallung geriet und die Anwesenheit eines weiteren Schiffes ankündigte. Es war bereits Nacht, als sie ihre Köpfe aus den Fluten erhoben. Ihre Stimmen ergänzten sich, wurden zu einer. Sie sangen ihr Lied, sangen es, bis sich wiederholte, was unvermeidbar war. Ein Matrose allein versiegelte seine Ohren vor ihnen, schien Nacht für Nacht zu widerstehen. Doch auch sein Wille war nicht endlos.

Die Mannschaft verließ das Schiff bis auch der letzte Mann ins Wasser glitt. Der Kapitän erreichte sie zuerst, ein schneller Schwimmer, groß wie ein Bär. Er berührte für einen kurzen Moment ihre Haut. Sie fühlte seine Wärme wie das Sengen der Sonne. Das wunderschöne Abbild flackerte, sie sah es im Spiegel des Wassers gänzlich verschwinden. Der Kapitän starrte sie an, unfähig zu begreifen, was mit dem schönen Mädchen geschehen war, das er eben noch in seinen Armen versucht hatte zu halten. Erst als sie ihre Zähne bleckte, drohte, seine Haut zu durchbohren, schien er zu begreifen. Das Blatt hatte sich gewendet.

Der Kapitän entwand sich ihrem Griff, schwamm so schnell er konnte zurück zum Schiff, seine Mannschaft dicht hinter ihm. Sie blickte zu ihrer Gefährtin, verstand das Lächeln um ihre Lippen als das, was es war. Die Beute war zur Jägerin geworden. Das Wasser war ihr Revier. Die See hatte sie beide aufgenommen, hatte sie einander, hatte ihnen neues Leben geschenkt. Sie würden es nutzen.

Einen Matrosen nach dem anderen ließen sie in den Fluten verschwinden. Der Kapitän versuchte gerade die Schiffswand zu erklimmen, sich in einem Anfall letzter Kraft hochzuhieven, da packte sie ihn am Knöchel und riss ihn herunter. Schreie gellten um sie herum, Blut färbte das Wasser rot.

Erst als Stille die Nacht erfüllte, verschwanden sie so rasch wie sie gekommen waren. Und als sie aufeinandertrafen, in heißer Umarmung umschlungen, entbrannte in ihrer beider Seelen ein Band so stark, es würde ewig halten.

Seit 2017 studiert **Jasmin Fürbach** an der Universität Wien für den Bachelor English & American Studies, sowie seit 2019, nach Abschluss ihres Bachelorstudiums, nun auch für den Master Deutsche Philologie. Sie ist begeisterte Leserin von Horror, Phantastik und Mystery und liebt das Schreiben von Kurzgeschichten. 2019 begann sie an Ausschreibungen für Kurzgeschichten teilzunehmen.

Ihre Geschichte »Du sollst nicht töten« fand Einzug in die Anthologie »Mörder, Diebe und Galgenstricke«, die für den Freiburger Krimipreis anlässlich 900 Jahre Freiburg ausgeschrieben wurde. Bei der Ausschreibung »Weltentor 2019« wurde ihrer Geschichte »Schau nicht in den Spiegel« der erste Platz verliehen. Beim Marburg Award für Phantastik erreichte sie mit der Geschichte »Asche zu Asche« den zweiten Platz.

Man findet sie auf Instagram unter @Jazz_2_chess.

Zwischen Worten und Wirklichkeit
die Wellen des Wandels

Jana Luisa Aufderheide

»Helge, hör auf zu träumen und komm endlich!«, ruft Vater.

Ich schrecke hoch und nehme meine Umgebung langsam wieder wahr. Um mich herum herrscht Trubel. Möwen balgen sich um Fischreste, und das Geschrei der Verkäuferinnen ist genau so eindringlich wie der Geruch, der sich mit den sterbenden und toten Leibern unzähliger Meereslebewesen seit Jahrhunderten in den Steinboden gräbt. Der Gestank überwältigt mich ein ums andere Mal, jeden Tag aufs Neue. Dabei müsste ich eigentlich längst dran gewöhnt sein. Es ist der Geruch meiner Heimat, meiner Familie, meines Lebens.

Der Ozean klatscht an die Kaimauern, und ich fühle mich von ihm verhöhnt. Hätte er einen Charakter, wäre dieser sicher von sarkastischer Natur. Sein beifälliges Klatschen lässt in mir das Gefühl aufsteigen, ein Niemand zu sein. Ein Niemand im Angesicht des Meeres, das sich endlos vor meinen Augen erstreckt und über das wir niemals siegen werden.

»Helge, verdammt!« Vaters Stimme lässt keinen Zweifel daran, was mir blüht, wenn ich jetzt nicht komme. Ich stehe auf, strecke mich und greife nach der Plastikbox mit meinem Essen. Obwohl ich es eilig habe, zwinge ich mich dazu, nicht zu rennen, denn der Boden unter meinen Füßen ist bedeckt mit Schuppen, Innereien und Fischhaut; eine Mischung, die sich hervorragend zum Schlittschuhfahren eignen würde, wäre sie nicht so glitschig. Wer hier versucht zu rennen, endet bäuchlings in diesem Massengrab des Meeres, nachdem er sich schlingernd und schlitternd in eine Richtung bewegt hat, in die er nie wollte.

Als ich bei der »Alicia« ankomme, löst Björn bereits die Achterleine vom Poller, und ich springe über den Spalt zwischen Kai und Boot. Er wirft mir einen missbilligenden Blick zu und brummt etwas unverständliches in seinen grauen Vollbart. Ich beachte ihn nicht weiter, bemerke seinen Griesgram nicht mal mehr und bringe mein Zeug ins Ruderhaus, in dem Vater bereits die Steuerung übernommen hat.

»Wenn du das nächste Mal so trödelst, kannst du zusehen, wie du dein Geld verdienst«, gibt er mir in gewohnt scharfem Ton zu verstehen. Ich verdrehe hinter seinem Rücken die Augen.

»Ja, Vater.«

Er dreht sich zu mir um, und seine eisblauen Pupillen blitzen unter den buschigen Brauen warnend.

»Nun geh endlich an die Arbeit, Junge!« Ich nicke und unterdrücke den Drang zu salutieren. Mein Vater, der ewige Kommandant.

✦ ✖ ✦

Die Wellen schaukeln uns gemächlich auf unser Ziel zu, die Felsenbank im Westen, unwissend, was wir dort vorhaben. Ich erledige meine Arbeit automatisch, bereite die Netze vor und versuche, nicht darüber nachzudenken, was wir heute damit fangen könnten. Wie jeden Tag zu dieser Jahreszeit bete ich, dass Vater heute erneut leer ausgeht, dass wir heute leer ausgehen. Es ist nicht mehr nur Vater, erinnere ich mich, nein, jetzt bin auch ich im Familiengeschäft tätig. Jetzt hängt unser Überleben auch von mir ab. Und ich bin mir im Klaren darüber, was das bedeutet. Ich weiß besser als jeder andere, was es bedeutet, leer auszugehen, was es bedeutet, ums Überleben zu kämpfen. Nichtsdestotrotz bete ich, bete um ein Wunder, um eine Flaute. Bisher hat das gut geklappt, diesen Winter haben wir noch keine einzige gefangen, und heute ist schon Weihnachten. Aber ich weiß, sie werden noch auftauchen. Das tun sie jedes Jahr. Und heute Abend werden wir ein großes Fest feiern, wie jedes Jahr. Ein Fest mit köstlichem Fleisch und teuren Weinen, ein Fest auf ihre Kosten.

Während ich die Seifenlauge mische, frage ich mich, wieso sie immer wieder herkommen. Jedes Jahr aufs Neue sterben

246

sie hier in Scharen, und doch scheinen sie nicht daraus zu lernen. Im Sommer gab es diesen Artikel, geschrieben von Professor Karlsen Lemming, einem Ozeanforscher, der beschrieb, wie schlau die Meerjungfrauen angeblich seien.

Meerjungfrau. Vater sagt, Lemming verwendet diesen Begriff, um Sympathie für die Nixen zu säen, weil er in jedem von uns Erinnerungen an schillernde Märchen und Liebesgeschichten weckt. Außerdem beinhaltet er den Ausdruck einer lebensschenkenden, menschlichen Mutter: der Frau. Er gab mir den Artikel zu lesen, nur um dann mit dem Finger auf das Bild des ernsthaft wirkenden Mannes zu zeigen und ihn einen Idioten zu schimpfen.

»Schlau!«, spuckte Vater das Wort aus und schüttelte den Kopf. »Diese Viecher sind nicht schlau. Sie sind vielleicht skrupellos, aber dumm wie Seetang. Eine Schande, dass er sie mit echten Frauen vergleicht, sie haben nichts Menschliches an sich, wirst schon sehen, Junge! Wenn du deine erste Nixe fängst, dann wirst du schon sehen!«

Hier auf den endlosen Weiten des Meeres, das uns umfängt wie blaues Seidentuch, bezweifle ich seine Worte. Was werde ich sehen? Wenn ich meine erste Nixe fange, was wird dann geschehen? Wird es mich verändern? Wenn Vater recht hat, dann dürfte es das eigentlich nicht. Immerhin habe ich schon so oft Fische gefangen, da sollte eine Nixe doch kein Problem sein. Wenn sie ein Unwesen ist, wie er sie nennt, dann müsste es einfach sein, sie zu töten, vor allem in Angesicht des vielen Geldes. Jedenfalls vom Gewissen her. Dass es kein Kinderspiel ist, weiß ich.

Er hat es mir an die tausend Mal eingebläut. *Lass dich nicht von ihrem Aussehen trügen, hör nicht auf ihren Gesang, lass dich nicht von ihnen in die Tiefe ziehen.* Doch die Worte aus Lemmings Artikel beschäftigen mich mindestens genau so sehr wie Vaters. *Die hier bekannte Gattung der Bunt-Meerjungfrauen sichert ihr Überleben durch die Paarung mit menschlichen Männern, ein Akt, der für uns Sauerstoff brauchende Landbewohner barbarisch und brutal wirkt, jedoch nichts als reiner Überlebensinstinkt ist.* Ich weiß nicht, was ich davon halten soll. Zwei so widersprüchliche Aussagen zweier so unterschiedlicher Männer.

»Junge!«, reißt Olsen mich aus den Gedanken, ein weiterer buschig-brummiger Seefahrer, der mit Vater bereits als Kind im Fjord gespielt hat und ihm nie von der Seite gewichen ist. Ob ich auch einmal so werde? »Prüf noch mal die Schupper, sind gleich da!«

Nickend lasse ich die Seifenlauge Seifenlauge sein und stapfe zum Bug, wo die Schupper liegen, größer als die zum Entschuppen von Fischen. Es sind fein gearbeitete Werkzeuge, darauf ausgerichtet, zu zerstören und gleichzeitig zu erhalten. Ich habe sie schon tausende Male in den Fingern gehabt, doch heute wiegen sie schwer in meinen Händen. Die scharfen Zacken blitzen in der kalten Sonne, und es gibt keinen Grund, sie ein weiteres Mal zu überprüfen. Olsen weiß das und ich auch. Diese Schupper poliere und prüfe ich seit Wochen. Sie sind bestens in Schuss, imstande, ihre Arbeit zu verrichten, ohne die Ware zu demolieren.

Ich fahre mit dem Daumen über die Klinge, die unter der zackigen Kante angebracht ist. Ein Tropfen Blut quillt aus meiner Haut, und trotz der seltsamen Schwere in mir breitet sich ein Grinsen auf meinem Gesicht aus, angesichts meiner einwandfreien Arbeit.

Als ich den Blick hebe, kann ich die Felsen unter der Wasseroberfläche erkennen. Graue, grün bewachsene Schatten, die sich unter den ab- und anschwellenden Wellen zu bewegen scheinen, und unzählige Tierchen, die hier zu Hause sind. Unseren Motor wahrnehmend flitzen sie davon, kriechen in ihre Verstecke zwischen den Steinen oder im Sand.

Ich werfe einen Blick zu den anderen und sehe, wie sie sich die Schürzen umbinden. Meine hängt im Ruderhaus, und ich steige hinein, um sie zu holen. Vater hat eine Pfeife im Mund und lächelt unter seinem Bart grimmig, ohne seinen Blick von den Felsen zu wenden.

»Sie sind da, Junge. Ich kann sie spüren. Heute fängt's an.«

Ich schlucke und sehe aufs Meer hinaus. Ich kann nichts sehen oder spüren, nichts als die Schwere in meinen Knochen und den eisigen Wind, den keine Kleidung dieser Welt abhalten kann.

Schnell binde ich die Schürze um und renne wieder an Bug. Olsen und Björn haben die Harpunen und Spannagel auf Anschlag und stehen vorne, den Blick wachsam aufs Wasser gerichtet.

»Schau genau hin, die Dinger sind schnell. Wenn du eine siehst, schieß!«, trichtert Björn mir ein, was ich längst auswendig weiß. Aber für mich sind dort unten nur Wellen, nichts als Wellen, genau wie all die Wochen zuvor.

»Hakt euch ein«, brüllt Vater und verlässt das Ruderhaus, sich hastig die Schürze umbindend.

Ich greife nach einem der Karabiner, die an der Reling angebracht sind, und hake ihn in die Halterung an meinem Overall. Die anderen wirken ruhelos, eine Nervosität liegt in der Luft, die ich nicht verstehe. Wieso haken wir uns ein, wenn nicht eine einzige Nixe gesichtet wurde? Doch ich bin klug genug, keine Fragen zu stellen und nehme den Spannagel, den Björn mir in die Hand drückt. Es ist eine Jagdwaffe, die tief in die Haut eindringt und sich dort verzahnt. Somit macht sie möglichst wenig der Oberfläche kaputt und ist, obwohl bereits im 19. Jahrhundert erfunden, perfekt zur Nixenjagd geeignet.

Die Waffe in den Händen zu halten ist seltsam. Komischerweise fühle ich mich damit nicht sicherer, nein, die Nervosität der Anderen und der Tod in meinen Fingern entfesseln auch in mir ein Gefühl der Unsicherheit. Eine bisher nicht gekannte Angst steigt in mir hoch, und ich bereue, von meinem Platz am Hafen überhaupt aufgestanden zu sein.

Vater gibt mir das Zeichen, die Ohrenschützer aufzusetzen, und ich krame hektisch in den Taschen meines Overalls, während um mich herum Chaos ausbricht. Olsen zeigt aufs Wasser und schreit ein paar Sätze, die der Wind davonträgt, die Vater jedoch aufgrund ihrer langen Zusammenarbeit mühelos zu verstehen scheint. Ich sehe hoch und vergesse die Ohrenschützer, denn vor mir im Wasser tummeln sich die Nixen. Sie springen wie Delfine kurz vor den Steinen aus den Wellen, tauchen dann erneut in die Fluten und schwimmen pfeilschnell unter den Felsen hindurch. Bei dem Anblick ihrer glitzernden Schuppen bleibt mir der Mund offen stehen. Ihre Regenbogenfarben leuchten in der Sonne so viel schöner als an den Kleidern der Frauen, an ihren Handtaschen und Schuhen.

Und auch die restlichen Körper sind schön, so schön, dass ich am liebsten die Hand nach ihnen ausstrecken würde, um ihre langen schillernden Haare um meinen Finger zu wickeln und die Ansätze ihrer schneeweißen Brüste zu streicheln.

»Helge!«, ruft Vater und reißt mich von der Reling weg. Ich schüttle die mir so fremden Gedanken und Sehnsüchte aus dem Kopf und nicke ihm kurz zu. Ein scharfer Blick, die Ermahnung, meine Ohrenschützer aufzusetzen, und schon ist er wieder bei der Arbeit.

Ich vermeide den Blick zu den Nixen und krame wieder in den Taschen. Verdammt, die Ohrenschützer müssen noch im Ruderhaus sein. Schnell renne ich in die Richtung, werde jedoch schmerzhaft von dem Haken an meinem Overall zurückgezogen. Vaters Stimme kommt mir in den Sinn, wie er mir an einem Abend vor dem Feuer einen seiner vielen Vorträge gehalten hat.

»Auf Nixenjagd überlebst du nur, wenn du die Kontrolle behältst. Es gibt nur zwei lebenswichtige Schritte, und wenn du die nicht einhältst, dann bist du verloren. Verstanden, Junge?«

Ja, Vater, verstanden, denke ich und schlucke, während ich den Karabiner aushake und mir die Hände auf die Ohren presse. *Zwei lebenswichtige Schritte. Ohrenschützer aufsetzen und sich einhaken.*

Als ich lossprinte, höre ich seine Stimme, in dem strengen Ton ein Anflug von Panik, doch ich schaue mich nicht um, springe über Netze und Taue und erreiche die kleine Treppe zum Ruderhaus problemlos. Als ich jedoch nach dem Geländer greifen will, höre ich es.

Die Stimme einer Nixe so weich und zart, so jugendlich und … jungfräulich. Sie ruft mich zu sich, betört mich, ich muss ihr folgen, muss ihr die Herrschaft über meinen Körper lassen, will in ihr sein, sie soll mein erstes Mal sein, die einzig wahre Liebe meines Lebens, ich fühle mich so geborgen in ihrem Gesang, ich …

Mein Gesicht prallt auf eiskaltes Wasser, und ich werde in die Realität zurückgeholt, merke panisch, wo ich bin und wie ich sinke und schlage mit den Armen um mich, um wieder an die

Oberfläche zu kommen.

Ich erreiche sie und schnappe nach Luft, versuche nach einem Tau an der Bootswand zu greifen, werde jedoch von der Strömung weiter aufs Meer hinausgezogen. Verschwommen erkenne ich die Männer an Bord und Vater, der mir etwas zuruft. Ein Rettungsring wird aufs Wasser geworfen, mehr geweht als geworfen, er ist außerhalb meiner Reichweite, und ich spüre Schuppen an meinem Bein. Einen Atemzug noch, und ich werde unter Wasser gezogen.

»Bloß nicht panisch werden«, sagt Vaters Stimme in meinem Kopf, und ich öffne vorsichtig die Augen, die nach einem Leben am Meer an Salzwasser gewöhnt sind. Nur ein paar Zentimeter von mir entfernt schwebt das Gesicht eines Mädchens im Wasser. Sie sieht jung aus, ein wenig jünger als ich, und ihre großen Augen sind so blau wie die Endlosigkeit um uns herum. Das Haar breitet sich golden um ihr blasses Antlitz aus, und die Schuppen, die ihre Brüste und ihren Schwanz bedecken, schillern in einem silbrigen Ton.

Eine Silbernixe, schießt es mir durch den Kopf, und ich will erstaunt einatmen, schlucke jedoch nur Wasser. Ein seltsames Lächeln breitet sich auf ihrem Gesicht aus, und sie berührt mit einem Finger meine Wange. Zwischen ihren Fingern spannen sich durchscheinende Schwimmhäute, die farblich ihrer zackigen Rückenflosse ähneln, doch ihre Haut ist genauso weich wie meine, fühlt sich keineswegs gefährlich an.

Sie öffnet ihren Mund, und ein runder, silberner Ton dringt heraus. Ich merke, wie sich etwas zwischen meinen Beinen regt. Diese Stimme fängt mich, bittet mich in ihrer fremden, singenden Sprache darum, mich mit ihr zu paaren. Doch meine Wahrnehmung lässt nach, mein Sichtfeld verengt sich, der Sauerstoff geht mir aus, und ich weiß, ich weiß, und es ist mir egal, ich werde sterben.

Auf einmal weitet sich der Blick der Meerjungfrau, sie erstarrt und lässt mich los, bevor ich überhaupt begreife, dass sie mich umfasst hat. Ihre Hand fährt zu ihrer Brust, und ich merke, während ich in die Dunkelheit hinabsinke, dass sich das Wasser um mich herum rot färbt.

»Junge! Verdammt, wach auf!« Ich schlage die Augen auf und würge einen Schwall Wasser auf den Holzboden der »Alicia«. Vater hat sich über mich gebeugt, und meine Wange brennt von seinem Schlag. Ich huste und kehre nach und nach ins Leben zurück. Langsam hebe ich den Blick und bemerke, dass die Planken nicht wie üblich nur nass, sondern auch rot sind.

Einen Meter entfernt von mir liegt ein silbern geschuppter Leib, über den sich Björn und Olsen beugen.

»Vater …«, murmle ich und will mich aufrichten, aber er legt mir beide Hände auf die Schultern und sieht mir tief in die Augen. »Ich hoffe, du hast deine Lektion gelernt, Junge. Zwei Dinge, zwei Dinge nur, wie oft hab' ich's dir gesagt?« Er streicht sich mit der Hand durch die Haare und lächelt dann grimmig. »Aber immerhin haben wir deiner Dummheit dieses prächtige Exemplar zu verdanken!« Er wirft einen Blick zu der Meerjungfrau hinüber, und ich setze mich endgültig auf. Ich weiß, sie ist es, aber ich muss mich davon überzeugen, und stemme mich hoch, taumle zu ihr hinüber und lasse mich neben ihr auf die Knie sinken.

Sie haben ihr die Hände gefesselt, und die Flosse steckt in der vorgesehenen Klemme. Der Spannagel in ihrem Rücken zerfetzt sie von innen. Noch lebt sie, doch ihre Augen wirken trüb, und ihre Kiemen erbeben in Sehnsucht nach Wasser. Wenn die Wunde sie nicht tötet, dann erstickt sie, erstickt an der Luft um sie herum, und ich kann viel zu gut nachvollziehen, wie sich das anfühlt. Ihr Blick gleitet zu mir herüber, und sie bittet mich wieder, diesmal um ihr Leben, fleht mich an, so unschuldig, dass mir das Herz gefriert.

»Vater!«, rufe ich und wirble zu ihm herum. »Wir dürfen nicht …! Bitte, Vater!«

Er wirft mir einen schneidenden Blick zu und gibt Björn ein Zeichen. Noch bevor ich mich versehe, erklingt hinter mir ein hartes Geräusch, und mir spritzt etwas Warmes ans Bein. Ich drehe mich nicht um, denn ich weiß, dass er sie ermordet hat. Natürlich hat er, das ist unser Job. Eine Silbernixe ist so viel wert wie zehn Buntnixen zusammen, und wir werden das prächtigste Weihnachtsfest seit Jahren feiern.

»Stell dich nicht so an. Du hast das schon hundertmal gesehen! Hol den Schupper«, gibt Vater klare Anweisungen, doch ich kann ihnen nicht nachkommen, denn er hat unrecht.

Ja, ich kenne die Schuppen, und natürlich weiß ich, wo sie herkommen; auf dem Markt werden oft entschuppte Schwänze angeboten, die Delikatesse schlechthin, doch niemals, niemals habe ich eine lebendige Nixe gesehen.

Meerjungfrau, durchzuckt es mich. *Sie heißen Meerjungfrauen.*

Niemals habe ich gesehen, wie ihre Schuppen in der Sonne leuchten, wie sie springen und lachen und singen. Ich hätte niemals gedacht, so viel Menschliches in ihnen wiederzuerkennen.

Die nächsten Stunden gleichen einem Albtraum, den ich nie zu erleben erwartet hatte und von dem ich wünschte, kein Teil zu sein. Doch ich bin Teil davon, habe den von mir polierten und gewetzten Schupper benutzt und mich übergeben, als Björn und Vater die Bügelsäge ansetzten, habe Abfälle über Bord geworfen und mich erneut übergeben. Und innerhalb von zwei Stunden, in denen das hämische Gelächter der Anderen mich beinahe in den Wahnsinn treibt, ist von der Meerjungfrau, *meiner* Meerjungfrau, nichts weiter übrig als Filets und silberne Schuppen, gesäubert durch Seifenlauge und auf die Weiterverarbeitung wartend. Doch sie haben ihr Strahlen verloren, sind nichts weiter mehr als Schmuck für sich kokettierende und dekorierende Damen auf der ganzen Welt.

In mir ist etwas Elementares zerbrochen, etwas, das mich mein ganzes Leben lang begleitet, geformt und zusammengehalten hat. Wissen keimt aus dessen Trümmern hervor und droht, mich zu verschlingen. Dieses unschuldige Mädchen, das ihrem Überlebenssinn folgte, wird in Bälde verspeist werden von eben den Wesen, denen es so ähnlich war. Und das Schlimmste daran ist, dass ich eins von diesen Wesen bin.

Als Kind war das seltene Nixenfleisch mein Lieblingsessen, und auch sonst hatte ich nie Skrupel, hier und dort etwas davon zu stibitzen. Nur habe ich dieses fertig gebratene Filet nie in Verbindung gebracht mit einem lebendigen Wesen, das atmet und begehrt. Das Wissen war in mir verborgen. Ich wollte es nicht sehen. Doch heute, jetzt, kann ich meine Augen nicht mehr davon abwenden. Ihren Blick werde ich nie vergessen, und Himmel, wie können wir etwas töten, das wir mit menschlichen, geschlechtsspezifischen Artikeln benennen?

Um diese und ähnliche Dinge drehen sich meine Gedanken während der gesamten Rückreise. Doch als die Arbeit getan ist und wir uns weit genug von der Felsenbank entfernt haben, höre ich immer noch die Schreie der Meerjungfrauen, die unseren Mord begleitet haben. Sie klingen wie Weinen, Schluchzen, Seufzen, so laut selbst durch die Ohrenschützer, so wehklagend, dass ich mehr als einmal versucht bin, mich ihrem süßen Tod hinzugeben. Aber Vater behält mich im Blick, hakt mich ein und kontrolliert meine Ohrenschützer. In seinen Augen sehe ich, dass er es ebenfalls hört, dass es ihn ebenfalls zu ihnen zieht, aber er ist erfahrener und kennt diese Qualen, weiß um die Gefahr dieser Klänge und nutzt sie zur Rechtfertigung seines Tuns.

Ich aber bin mir sicher, dass ich das nicht können werde. Ich werde es kein zweites Mal aushalten, diese Folter und den Egoismus, der uns dazu antreibt, solch wunderschöne Schöpfungen von der Erde zu tilgen. Ich weiß, ich kann nicht sein wie Vater, kann nicht zusehen und sie weiterhin Nixen nennen. Sie sind vielleicht tierischen Ursprungs, aber sind wir das nicht auch? Und wenn auch nicht, dann kann ich keinesfalls ihren menschlichen Teil übersehen. Denn er ist da, so offensichtlich wie das Meer und die Wolken, die sich nun darüber auftürmen und einen Sturm ankündigen, der dem in meinem Inneren in nichts nachstehen wird.

Sehnsüchtig wünsche ich ihn mir herbei, während ich auf einem Balken sitze, unfähig, etwas zu tun und innerlich wie äußerlich zu Eis erstarrt. Unmöglich kann ich die Sonne länger ertragen, will die Kälte des Schnees auf meinen Wangen spüren und mich ausgeliefert fühlen, denn nichts anderes habe ich verdient.

Die anderen lassen mich in Ruhe, beachten mich nicht, als wäre meine Anwesenheit nur erträumt, ein Alptraum meinerseits, aus dem ich aufzuwachen wünschte. Sie verpacken die Ausbeute, sortieren das Fleisch nach Qualität, füllen die gesäuberten Schuppen in abgemessenen Mengen in Beutel und schweißen sie ein, um nach Erreichen des Hafens und vor dem Weihnachtsfest noch einen Abstecher in die Kneipe machen zu können. Gelegentlich wirft mir einer einen verstohlenen Blick zu, und sie flüstern mit Vater, doch dieser schüttelt nur den Kopf, um eine Antwort verlegen angesichts seines schwächlichen Sohnes.

An mir geht das alles mit einer seltsamen Gleichgültigkeit vorbei, ich betrachte den sich wandelnden Himmel über uns, genieße die salzige Luft, die mich heilt, und lausche den Wellen, die mich noch immer verhöhnen und deren Sarkasmus ich nun nachvollziehen kann. Doch ihr Rauschen befreit mich auch von den schreienden Erinnerungen und hilft mir, ein wenig Hoffnung zu finden nach dem eben erlebten Leid. Für das Meer, das wir zu besegeln denken wie Könige, sind wir nicht größer als Staubkörner.

Hätte es einen Charakter, denke ich wieder, *wäre dieser sicher voller Wut, und es würde uns verschlingen wie wir die seinen täglich. Und es wäre im Recht, denn diese Welt wurde nie von einer größeren Plage heimgesucht als uns Menschen.*

Als wir im Hafen ankommen, packt Vater mich an der Kapuze und zieht mich hoch. Meine Beine fühlen sich fremd an, und ich bin klein neben seiner hoch aufragenden Gestalt. Für immer in seinem Schatten.

»Das reicht, Helge. Benimm dich wie ein Mann!« Er lässt mich los und stößt mich leicht gegen die Brust, woraufhin ich zurücktaumle, das eigene Gewicht zu schwer.

»Das erste Mal ist hart, aber du gewöhnst dich schon noch dran«, murmelt er und grinst unter seinem Bart. »Glaubst gar nicht, wie es mir damals ging. Sehen auf den ersten Blick doch menschlicher aus, als man denkt, was?« Er verpasst mir noch einen leichten Klaps, dann wendet er sich ab und ruft den anderen lachend etwas zu.

Ich nehme die unangerührte Plastikbox mit meinem Essen und versuche, keinen Blick mehr auf unsere Beute zu werfen, die Olsen und Björn von Bord tragen. Ich will nur noch nach Hause, mich in mein Bett legen, schlafen und nie wieder aufwachen. Doch ich weiß, das wird nicht passieren. Immerhin bin ich Teil einer Crew, die gerade eine Silbernixe gefangen hat und somit im Nu zu einer kleinen Berühmtheit am Pier geworden. Als ich am Heck ankomme, steht Vater schon inmitten der Menge, ein Bier in der Hand und lauthals die Geschichte des Fangs erzählend. Einen Moment lang überlege ich, von Bord zu springen, um entweder um die Leute herumzuschwimmen oder mich zu ertränken, aber die Sinnlosigkeit des Unterfangens ist allzu deutlich und das Wasser eisig. Ein paar bekannte Gesichter entdecken mich, und mir wird zugewunken.

»Da ist ja unser Wassermann!«, ruft jemand, und ein anderer nennt mich »Silberhecht«, was ich nicht ganz verstehe und woran sich mein Geist einen Moment lang aufhängt, bevor ich von verschiedenen Händen am Overall gepackt und von Bord gezerrt werde. Sie feiern mich, ziehen mich hierhin und dorthin und versuchen, mir ein Geheimnis zu entlocken, das ich nicht kenne.

»Bist du also einfach reingesprungen?« und »Vielleicht hat die Farbe deiner Haare sie angezogen« und »Welche Köder hast du genau benutzt?« So viele Annahmen und Theorien, eine Endlosschleife aus Tipps und Tricks, die ausgetauscht werden und die man aus mir herauszupressen sucht. Mein Körper in einem Meer aus anderen, immer noch nass und salzig. Der Fischgeruch meiner Kleidung hält sie nicht davon ab, mich zu belagern, in ihren Augen der Fänger einer Silbernixe, und das auch noch bei seiner ersten Jagd.

Irgendwann packt mich eine Hand, größer und schwieliger als die anderen, und Vaters Stimme, dunkel und grölend, zerstört fast mein Trommelfell, als er ruft: »Die Show ist vorbei! Jetzt geht's in die Kneipe!«

Um uns herum ertönt Jubel, und ich werde die paar Meter zum »Mermaids Murder« geschoben, dessen allegorischen Namen ich mein Leben lang witzig fand. Als ich jetzt dort eintrete, empfinde ich jedoch keinerlei Freude. Der kleine Raum ist dunkel, viel zu warm und stickig. Die, die noch nicht von unserem vermeintlichen Erfolg gehört haben, wissen es spätestens bei unserem Eintreten, denn Vater schiebt mich stolz zur Bar und brüllt: »Mein Sohn, der die Silbernixe gefangen hat! Gebt ihm ein Bier!«

Ich werde auf einen rissigen Hocker verfrachtet und bin selbst erstaunt über die Passivität meiner Fortbewegung. Ein riesiges Glas Bier wird vor mir auf das alkoholhaltige Holz des Tresens gestellt, und Susan, die Barfrau, lächelt mir zwinkernd zu. Gut gemacht, kann ich aus ihrem Blick lesen, einem Blick, der mich noch nie als männliches Wesen wahrgenommen hat und der mich nun zu verschlingen scheint.

Es sieht so aus, als mache mich das Dasein als Mörder attraktiver. Die Abscheu kriecht erneut in mir hoch wie ein Wurm, und ich bin mir sicher, dass sie ein weiteres

Mal aus mir herausbrechen wird, wenn ich auch nur einen Schluck dieses Biers zu mir nehme. Wenn ich nur eine Minute länger hierbleibe, übergebe ich mich direkt auf Susans frischgewienerte Spüle.

Ich stehe schwankend auf, betrunken vor Ekel und Wut, und stolpere auf den Ausgang zu, ein fernes Licht hinter diffusem Dunst aus Schweiß, Fisch und Alkohol.

»Hey, wo willst du hin, Junge?« Vater fasst mich beim Arm. Ich versuche mich loszureißen, doch sein Griff ist Stahl. Die Abscheu überwältigt mich, und ich würge, doch anstelle meines Mageninhalts kommen Worte heraus, von denen ich nicht einmal wusste, dass ich sie beherberge.

»Lass mich los!« Meine Stimme klingt anders als sonst, aggressiv und tief. Ein nie gekannter Hass schwingt in ihr mit, und ein Teil von mir würde sich am liebsten sofort die Hand auf den Mund pressen und wegrennen. Doch etwas anderes hat die Oberhand übernommen, kontrolliert meine Bewegungen und meine Gedanken, und ich fühle mich immer noch so passiv, werde gesteuert von meiner Wut.

Vaters Augen weiten sich einen Moment; in seinen dunklen Pupillen kann ich mein Spiegelbild sehen, salzig zerknittert, vom Meer verwaschen und wild wie die See selbst. Dann hat er seine Überraschung überwunden, und eine ganz ähnliche Wut wie die meine zeichnet sich in seinen Augen ab.

»Was hast du gesagt?«, zischt er, und mir wird bewusst, dass dieser Zorn vielleicht schon unser ganzes Leben lang in uns war. Eine Wut aufeinander. Er, der mir die Schuld an Mamas Tod gibt, und ich, der ich ihren Tod bedeute. Ich, der ich nie der Sohn war, den er sich vorgestellt hat und der heute eigentlich nichts als Schwäche gezeigt hat. Dass wir dadurch eine Silbernixe gefangen haben, hat ihn wohl für einen Moment vergessen lassen, wie schlecht sich sein Sohn heute und eigentlich doch immer schon angestellt hat.

»Lass mich los!«, wiederhole ich meine Worte, hoffe darauf, dass sie Wirkung zeigen, doch mein Vater ist niemand, der nachgibt. Mit dem freien Arm stoße ich ihn vor die Brust und, er stolpert ein paar Schritte nach hinten, ohne Zweifel eher eine Auswirkung seines Erstaunens, als meiner Kraft.

»Siehst du es nicht, Vater?« Ich breite die Arme aus. »Siehst du nicht, was das hier ist? Verdammt, ihr trinkt hier auf den Tod einer Meerjungfrau und …« Meine Stimme verliert sich im Gelächter der Männer um mich herum, die das umstrittene Wort verhöhnen, und Vater stimmt mit ein. Er greift nach seinem Bier und nimmt einen tiefen Zug.

Bevor ich mich versehe oder meinen Körper davon abhalten kann, habe ich ihm den Bierkrug aus der Hand geschlagen, und die schäumende Flüssigkeit breitet sich spritzend auf den Boden aus. Die Leute weichen einen Schritt zurück, aus Angst vor den schlitternden Scherben einer zertrümmerten Familie, und ich nutze den Moment, um meine Stimme erneut zu heben, diesmal nicht passiv, sondern aktiv, das Gesagte nicht bereuend, sondern endlich einmal sicher.

»Wir sind Mörder.«, sage ich, und die Leute verstummen. »Wir alle. Egal, ob wir die Meerjungfrauen selbst fangen und töten oder nur ihre Schuppen kaufen oder ihr Fleisch essen. Sie sind lebendige, atmende Wesen und uns so verdammt ähnlich! Vater, du hast gesagt, für dich war es das erste Mal auch schwer. Aber es ist nicht nur schwer, es ist falsch! Da draußen lebt eine ganze Welt in Einklang, nur wir arbeiten gegen sie!«

Vater fährt sich über den Bart und sieht sich um. Dann packt er mich am Kragen und schleift mich aus der Kneipe. An der frischen Luft angekommen, stößt er mich von sich und schreit mich an.

»In Einklang sagst du? Sie ertränken uns, um sich zu paaren, und das nennst du Einklang? Hast du denn gar nichts von mir gelernt? Hast du eben nicht gesehen, wie gefährlich sie sind? Hat sie dir den Kopf verdreht?« Er deutet in Richtung Boot.

Ich gehe einen Schritt auf ihn zu, vor Zorn bebend, doch die Stimme ganz ruhig. Seltsam, wie sehr ich auf einmal wie er klinge, in einem Moment, in dem ich zu jemand völlig anderem werde.

»Nein, Vater, das hat sie nicht. Und sie sind auch nicht gefährlich. Sie sichern ihr Überleben, wie jede Art es tun würde. Wir sind die Gefährlichen, die ewigen Mörder. Wir werden sie jagen und töten, bis kaum noch welche übrig sind und irgendein dummes Gericht sie unter Naturschutz stellen muss. So weit muss es scheinbar immer erst kommen, bevor wir ihren Wert und ihre Schönheit erkennen. Aber das ist Massenmord, verstehst du nicht?« Auf einmal bin ich erschöpft, trete zurück und fahre mir mit den Händen durch die filzigen Haare. Ich fühle mich verändert, und wenn ich in sein Gesicht schaue, merke ich, dass er es auch sieht.

Er schaut mich an wie einen Fremden, immer noch wütend und unverständig, doch so, als wäre ich ein Erwachsener. Bevor er zu seinem nächsten Schlag ansetzt, einem mich in meiner Erschöpfung vernichtenden, ergreife ich wieder das Wort.

»Ich denke, es ist an der Zeit zu gehen, denn ich gehöre nicht mehr hierher. Ich liebe dich, Vater.« Damit drehe ich mich um, gehe zur »Alicia« zurück und verabschiede mich von dem Boot, das Mamas Namen trägt und mir die einzige Mutter war, die ich je kannte. Ich nehme die Plastikbox mit dem Essen, kehre zu Hause ein, um das Nötigste zu packen und mache mich dann auf den langen, einsamen Weg in ein neues Leben auf der Pro- anstelle der Kontra-Seite, mit nichts als meinen neugewonnenen Prinzipien und Professor Lemmings Artikel in der Jackentasche.

In den Häusern, an denen ich vorbeikomme, brennen bereits die Weihnachtslichter, Familien sitzen beisammen, und das kostbarste Fleisch wird aufgetischt, während erster Schnee fällt und ich mich an *ihr* Lächeln erinnere.

Jana Luisa Aufderheide wurde 1998 geboren. Sie absolvierte ihr Abitur am Kopernikus-Gymnasium in Neubeckum, war danach ein Jahr lang als Freiwillige in Indien und begann dann ein Studium der Komparatistik und Anglistik an der Ruhr-Universität in Bochum. Da sie sich in der Berufswahl noch nicht völlig sicher war, wechselte sie zu Germanistik und Erziehungswissenschaften.

Neben dem Studium arbeitet sie als studentische Hilfskraft im Mendel Verlag in Bochum, um sich in dem Gewerbe schon mal ein wenig einzubringen und die Abläufe kennenzulernen. Außerdem gibt sie ehrenamtlich Nachhilfe für einen Geflüchteten.

Darüber hinaus liest sie in ihrer Freizeit viel und übt sich in kreativem Schreiben. Beim A. E. Johann Wettbewerb 2019 zum Thema »Reiseberichte« gewann sie mit einem Text über Indien den zweiten Platz ihrer Alterskategorie. Demnächst erscheint eine ihrer Kurzgeschichte in der Anthologie »Heldengeschichten« des Schreiblust-Verlags.

Die Meerjungfrauenbucht
Lea Baumgart

Der Trampelpfad, dem sie durch die Dünen folgten, war ganz und gar nicht das, was Jan erwartet hatte. Er hatte sich zu diesem Ausflug nur überreden lassen, weil er davon ausgegangen war, dass sie einen Touristenspot besuchen würden. Darunter verstand Jan große Glaskästen mit Landkarten und einem roten Punkt mit der Aufschrift »Sie sind hier« alle fünfzig Meter des Weges, klimatisierte Souvenirshops und mindestens eine bunte Statue aus billigem Kunststoff, neben der junge Familien mit kleinen Kindern für ein Foto posierten.

Alles, was er bis jetzt gesehen hatte, war jedoch ein laminiertes Schild mit der Aufschrift »Meerjungfrauenbucht« und einem Pfeil darunter. Das Schild hatten sie schon vor einer ganzen Weile hinter sich gelassen.

»Bist du sicher, dass sich das lohnt?«, fragte Jan und drehte sich um, damit er die Antwort mitbekommen würde. Statt ausdrücklich darauf einzugehen, hob Tri nur den Prospekt in die Höhe und wedelte auffordernd damit herum. Jan fragte sich, wo sie das Ding überhaupt gefunden hatte. Bei den Broschüren im Hotel hatte es jedenfalls nicht gelegen. Das Papier sah alt und abgegriffen aus.

Einen Moment lang überlegte Jan, einfach umzudrehen und alleine zum Hotel zurückzukehren. Aber dann lächelte Tri, und ihm fiel wieder ein, warum er diesem Wochenendtrip überhaupt zugestimmt hatte.

Vor drei Wochen war Tri in einem seiner Seminare aufgetaucht, und sie war ohne Untertreibung die schönste Frau, die Jan je getroffen hatte. Ihre Gesichtszüge waren ebenmäßig, ihre Augen hell und klar und ihre Lippen einfach umwerfend. Dasselbe galt für ihren Körper, den sie meist in enger Kleidung zur Schau stellte. Das einzige, was Jan an ihr störte, war der leichte Grünstich ihrer langen, blonden Haare. Es sah aus, als hätte eine Tönung sich allmählich herausgewaschen. Jan hätte sie mit rein blondem Haar noch besser gefallen, aber er hatte sich gehütet, sie darauf hinzuweisen. Tri war eine von diesen Alternativen, mit bunten Haaren und selbstbedruckten Leinentaschen. Jan mochte sie trotzdem. Vielleicht würde sich ihre Attitüde mit der Zeit ja noch legen.

Was ihm an Tri außerdem gefiel, war die Tatsache, dass sie stumm war. Ihr Gehör funktionierte offenkundig problemlos, doch sprechen konnte sie nicht. Jan hatte vor einigen Jahren an einem Einführungskurs in Gebärdensprache teilgenommen – er war der Meinung gewesen, es sei die Art von Fähigkeit, die alle seine Follower in den sozialen Medien enorm beeindrucken würde. Und seine Follower waren tatsächlich beeindruckt gewesen. Jan sei ja so ein guter Mensch, so sehr um Integration bemüht. Den Folgekurs hatte Jan allerdings nicht belegt. Es war ihm zu anstrengend gewesen.

Jetzt half ihm sein rudimentäres Verständnis sehr bei der Kommunikation mit Tri, obwohl sie sich oft auf unmissverständliche Gesten verlegte, die auch ohne wörtliche Entsprechung gut funktionierten, oder sie tippte auf ihrem Handy, wenn es sich um kompliziertere Sachverhalte handelte.

Jan war klar, dass ihre Beziehung auf diese Weise nicht bis in alle Ewigkeit bestehen konnte, aber zumindest bis ihm langweilig wurde – und ihm wurde in der Regel schnell langweilig mit Frauen – würden sie wohl zurechtkommen.

Er wandte sich wieder nach vorne, um weiter dem Trampelpfad zu folgen. Solange er vorneweg ging, konnte Tri ihn nicht ansprechen. Er musste sich zu ihr umdrehen, damit sie ihm etwas mitteilen konnte. Das war eine nette Abwechslung. Bisher hatten Jans Freundinnen in der Regel ununterbrochen auf ihn eingeredet. Doch mit Tri gab es nichts als Stille, in der Jan entspannt seinen eigenen Gedanken nachhängen konnte. Die meisten seiner Gedanken kreisten um Jan.

Der Weg stieg jetzt ein wenig an, und er machte die Kuppe eines niedrigen Hügels direkt vor ihnen aus. Mit etwas Glück hätte er von dort eine gute Aussicht. Jan hatte extra das Equipment für seine teure Kamera mitgenommen. Die Schlepperei sollte sich besser lohnen, denn der Rucksack auf seinen Schultern wog beträchtlich.

In Gedanken malte Jan sich schon eine verlassene, etwas felsige Küste aus. So abgelegen wie dieser Pfad lag, dürfte es immerhin nicht schwerfallen, ein Foto ohne Touristen im Hintergrund zu schießen. Auf Instagram würde er es dann taggen mit #nature, #loneliness und vielleicht sogar #mermaid. Je nachdem wie viel mystisches Potential die Aufnahmen lieferten.

Zu schade, dass es keine echten Meerjungfrauen gab, die sich in der Bucht tummelten. Ein solches Foto würde ihm sicherlich zu neuen Followern verhelfen und seine bereits eingeschworene Fangemeinde begeistern. Seine Follower liebten Jan, denn er war sensibel und vielschichtig und postete tiefgründige Sprüche wie »Lebe den Moment«. Sie nannten ihn den Prinzen. Zugegeben, Jan hatte sich diesen Benutzernamen selbst ausgesucht, und er hatte eine verdächtig lange Zahl anhängen müssen, die sogar ihn an seiner eigenen Originalität zweifeln ließ. Doch Jans Selbstzweifel hielten nie lange an, dafür war er viel zu sehr davon überzeugt, großartig zu sein.

Mit einem Schnaufen erreichte er endlich die Hügelkuppe. Oben angekommen wurde ihm erst einmal schwummerig. Der Hügel lief nicht sanft hinab in die Bucht. Stattdessen fiel er in Form einer Klippe steil ab, und unter sich sah Jan die Wellen. Er konnte nicht glauben, dass er ihr Rauschen bisher überhört hatte. Das hier war nicht das Geräusch des Sommertag-Meeres am Strand. Das hier war die graue See an einem windigen Tag. Weiße Schaumkronen spritzten gegen den Felsen unter ihm.

Instinktiv machte Jan einen Schritt zurück. Jan mochte das Meer auf Fotos. Oder vielmehr mochte er es, Fotos vom Meer zu machen, da das immer viele Likes einbrachte. Er hatte dabei aber immer gerne die Distanz einer Kameralinse zwischen sich und dem aufbrausenden Wasser.

Etwas berührte seinen Oberarm, und er zuckte zusammen. Er hatte ganz vergessen, dass Tri noch bei ihm war. Der Wind auf dem Hügel zerzauste ihr langes, grünliches Haar.

Aber es wirkte dadurch nicht unordentlich, obwohl Jan sich ziemlich sicher war, dass sie (im Gegensatz zu ihm) keinerlei Haarprodukte benutzte, um es in Form zu halten. Sie sah aus wie die Models auf Postern, bei denen der Wind nur dazu diente, ihr Haar elegant aufzublähen. Jan überlegte, ob sie ihn vielleicht heute Fotos von ihr schießen lassen würde. Normalerweise war sie strikt dagegen. Dabei gäbe sie ein großartiges Motiv ab. Seine Follower wären begeistert.

Jetzt streckte Tri ihre Hand aus und wies seitlich am Hügel hinab.

Jan folgte ihrer Geste mit dem Blick und sah die Meerjungfrauenbucht unter ihnen. Auch im Prospekt hatte es Aufnahmen von der Gegend gegeben, aber Jan war davon ausgegangen, dass man den Strand dafür geräumt und außerdem einen besonders günstigen Winkel gewählt hatte. Aber die Bucht war tatsächlich menschenleer, und nicht eine einzige Imbissbude beeinträchtigte in Sicht.

Der geschützte Halbkreis, den die Bucht bildete, war nicht besonders groß. Jan vermutete, dass man in zehn Minuten entspannt von einem Ende zum anderen spazieren konnte. Die Wellen spülten an einen flachen Strand, doch es war kein Sandstrand wie an den Touristenorten. Stattdessen bestand der Boden aus Steinen oder Kieseln, Jan konnte ihre Größe auf die Entfernung schlecht schätzen.

Tri zupfte energisch am Ärmel seines Oberteils und wies noch einmal in die Bucht hinunter.

Jan zögerte.

»Ich könnte von hier oben bessere Bilder schießen«, gab er zu bedenken.

Tri vollführte einige schnelle Bewegungen in Gebärdensprache, die Jan nur verstand, weil sie ihm damit schon gestern den ganzen Tag auf die Nerven gegangen war. Es hatte etwas gedauert, bis er endlich begriff, wofür die Gesten standen.

»Im Prospekt steht, es gäbe hier echte Meerjungfrauen. Vielleicht sehen wir in der Bucht welche.«

Jan schüttelte den Kopf.

Er konnte nicht verstehen, wie eine so kluge junge Frau wie Tri – obwohl es schwer war ihren Verstand anhand der bruchstückhaften Konversation, die sie führten, zu beurteilen – wie also eine so attraktive junge Frau wie Tri an einen Unsinn wie Meerjungfrauen glauben konnte. Aber Jan vermutete, dass die meisten Menschen sich in ihrem Alltag nach ein wenig Magie sehnten. Und vielleicht glaubte Tri in Wirklichkeit nicht so sehr an Meerjungfrauen, sondern hatte bloß die Hoffnung auf ein wenig Magie noch nicht ganz aufgegeben.

Er zögerte.

Tri gestikulierte unbestimmt in den Wind und fuhr sich durch die Haare.

Jan begriff, was sie sagen wollte. Hier oben war es zu windig, um vernünftig mit dem Stativ zu arbeiten. Außerdem hatten sie Essen für ein Picknick mitgebracht, und dafür war es hier oben eindeutig zu ungemütlich.

Jetzt rieb sich Tri demonstrativ die Arme, als wollte sie ausdrücken, dass ihr kalt wäre, und sah bittend zu ihm auf. Jan war noch nie gut darin gewesen, einer schönen Frau einen Wunsch abzuschlagen. Er zuckte mit den Schultern und machte sich an den Abstieg. Der Pfad war hier ganz verschwunden.

Tri beeilte sich, zu ihm aufzuholen, und hakte sich bei ihm unter. Ihr Weg fiel relativ steil ab, und sie stolperte ein wenig. Jan war bereits aufgefallen, dass sie sich manchmal seltsam ungeschickt bewegte. Ihr Körperbau legte rege sportliche Aktivität nahe, dennoch schien sie manchmal auf ihren eigenen Beinen zu straucheln, als habe sie Schwierigkeiten mit deren Koordination.

Mit einem unwilligen Brummen ließ Jan zu, dass sie sich bei ihm abstützte. Eigentlich hatte er mit seinem

Rucksack schon genug zu tragen. Nachher brachte Tri sie noch beide zu Fall, und Jan wollte nicht einmal daran denken, was das für seine Kamera bedeuten könnte. Es wäre ihm lieber gewesen, Tri wäre alleine gegangen. Aber ihr Körper lehnte sich warm gegen seinen Arm, und das gefiel Jan immerhin.

Gleichzeitig machte ihn Tris Anhänglichkeit auch ein wenig misstrauisch. Er wusste, was es bedeutete, wenn Frauen derart auf Körperkontakt außerhalb des Bettes drängten und wenn sie ihn anlächelten, so wie Tri ihn anlächelte. Sie hoffte, dass er bereit war, sich zu binden. Sie wollte romantische Bekenntnisse von ihm hören und dass er zu seinen Gefühlen stand. Sie wollte, dass er sich – ganz offiziell – in sie verliebte. Sie gab wirklich ihr bestes, aber so einfach bekam man kein »Ich liebe dich« von Prinz Jan.

Sie erreichten den Fuß des Hügels, und Jan stellte unzufrieden fest, dass er die Steine des Strandes sogar durch die Sohlen seiner Schuhe hindurch spüren konnte. Die Steine waren definitiv größer als Kiesel. Glücklicherweise ließ Tri ihn nun los. Auf dem unebenen Grund wurde ihr Gang noch unsicherer, aber Jan zog es vor, demonstrativ in die andere Richtung zu schauen.

Die Bucht war windgeschützt, dafür hörte man das Rauschen des Meeres deutlicher. Von hier unten wirkten die Wellen weniger bedrohlich. Eigentlich liefen sie ganz sacht am Strand auf. Jan senkte den Blick auf seine eigenen Füße, um nicht zu stolpern. Die Steine glänzten feucht, obwohl sie sich derzeit außer Reichweite des Wassers befanden – Jan achtete penibel darauf, dass es so blieb, denn seine Schuhe hatten ihn ein kleines Vermögen gekostet.

Tri zupfte ihn erneut am Ärmel und wies auf einen breiteren Felsen, der sich zwischen den übrigen Steinen erhob. Jan musste zugeben, dass seine Oberfläche recht eben wirkte und deshalb wohl eine angenehmere Sitzgelegenheit bot als der restliche Strand, aber er verstand nicht, warum sie sich nicht einfach weiter vom Wasser entfernten. Er konnte deutlich erkennen, dass die Steine in Richtung Inland kleiner wurden, und nur zwanzig Meter vom

Meer entfernt verwandelte sich der Bodenbelag bereits in grobkörnigen Strand.

»Wir sollten einfach weiter nach hinten gehen«, sagte er.

Tri schüttelte nachdrücklich den Kopf und wies auf das Meer.

Also schön, sie wollte in der Nähe des Wassers sitzen. Jan sollte es recht sein. Er hoffte nur, dass der Wind ihnen keine Wassertropfen ins Gesicht wehen würde. Sein Haar wellte sich bei Feuchtigkeit auf unvorteilhafte Weise, und er hatte vor, heute definitiv noch einige Selfies von sich vor dem idyllischen Meereshintergrund aufzunehmen.

Er trottete hinüber zu dem Felsen und stellte seinen Rucksack darauf ab. Dann sah er sich erst einmal um.

So schlecht hatte Tri den Platz dann doch nicht gewählt. Das Meer erstreckte sich vor ihnen, und wenn man sich nach links wandte, ergaben sich einige schöne Aufnahmemöglichkeiten der Bucht. Jan schwebte ein Post über die Schönheit der unberührten Natur vor, die noch nicht von den Menschen verunreinigt worden war. Das kam immer sehr wirkungsvoll.

Tri war in die Hocke gegangen und machte sich am Rucksack zu schaffen. Sie hatte darauf bestanden, eine Picknickdecke mitzunehmen und breitete sie nun über dem Felsen aus. Dann setzte sie sich, die Beine seltsam zur Seite abgeknickt, als wäre sie nicht ganz sicher, wo sie diese hinderlichen Körperteile denn nun lassen sollte. Sie packte die glutenfreien Cracker aus und den fair gehandelten Humus, ebenso wie die frischen Trauben und den Energydrink, auf den Jan bestanden hatte.

Jan sah ihr zu, bis sie fertig war, dann rückte er den Energydrink beiseite – dessen Konsum unter seinen Followern wahrscheinlich bloß zu Diskussionen führen würde –, dann schoss er erst einmal ein Foto von dem restlichen Gelage. Er benutzte sein Smartphone. Die Kamera würde er erst später auspacken. Ob er das Bild verwenden würde, wusste er noch nicht. Eine Flasche Wein hätte sich eindeutig gut auf dem Foto gemacht, aber Jan mochte keinen Wein. Vielleicht hätte er trotzdem eine Flasche einpacken sollen; der Optik wegen.

Erst nachdem er damit fertig war, setzte er sich neben Tri. Trotz der Picknickdecke spürte er die Feuchtigkeit des nassen Steins. Hoffentlich würde er sich heute keine Erkältung zuziehen. Erkältungen waren so eine prosaische Form der Krankheit, sie standen einem Prinzen nicht.

Als erstes öffnete Jan den Energydrink und leerte die Dose in wenigen Zügen. Die Wanderung hierher hatte länger gedauert als geplant, und er war durstig. Das Getränk schmeckte zu süß und zu chemisch, genauso wie Jan es mochte.

Er nahm sich einen Cracker und bereute sofort, die Dose schon geleert zu haben. Der Cracker war trocken. Jan spuckte die halbgekauten Reste auf die Steine neben sich.

Tri wirkte nicht begeistert, aber anders als seine Ex-Freundinnen konnte sie sich wenigstens nicht lautstark bei ihm beschweren.

Eine Weile beobachtete Jan sie beim Essen. Obwohl er sich oft gegen die Verkapitalisierung der Gesellschaft aussprach, wünschte er in diesem Augenblick sehr, es gäbe hier eine Imbissbude.

Tri starrte hinaus auf den Ozean. Ihr Blick war wehmütig und voller Sehnsucht. Jan fragte sich, ob sie wohl nach Meerjungfrauen Ausschau hielt.

»Bist du fertig?«, fragte er nach einer Weile unwirsch. Tri nickte.

Wenn er vernünftige Fotos von der Gegend schießen wollte, musste erst der Kram hier weggeräumt werden. Niemand wollte seine Portion Einsamkeit zusammen mit Humus serviert bekommen. Jan packte die restlichen Nahrungsmittel zurück in den Rucksack. Bei der leeren Dose des Energiedrinks zögerte er. Er hatte schon auf dem Hinweg so schwer schleppen müssen.

Er holte aus und schleuderte die Dose von sich fort ins Meer. Eine Welle trieb sie wieder in Richtung Bucht, und für einen Moment glaubte Jan, sie werde wieder auf den Steinen auflaufen, doch dann zog die Strömung sie zurück, und sie verschwand aus seiner Sicht.

Tri schlug ihre flache Handfläche auf den Stein.

Jan sah sie an und bemerkte, dass sie diesmal wirklich zornig wirkte. Richtig, sie gehörte zu diesen Ökofreaks.

»Wen kümmert's?«, sagte er schulterzuckend. »Das Meer ist groß, das verliert sich.«

Ärgerlich schüttelte Tri den Kopf. Sie gestikulierte wild in der Luft. Was auch immer sie gesagt hatte, hatte definitiv etwas mit Umweltverschmutzung und Tod zu tun, die restlichen Gebärden kannte Jan nicht. Er zuckte erneut mit den Schultern.

Für einen weiteren Moment wirkte Tri so aufgebracht, dass Jan ernsthaft glaubte, sie werde einfach aufstehen und gehen. Doch dann atmete sie tief durch und entspannte sich sichtlich. Ihr Lächeln wirkte noch immer etwas gezwungen, aber sie rutschte näher zu Jan und lehnte sich an ihn.

Das gefiel ihm am meisten an Tri. Manchmal schien sie sich wirklich über ihn zu ärgern, aber letztendlich beruhigte sie sich schnell wieder. Sie wusste offenbar, was sie an ihm hatte. Sie bemühte sich so sehr, ihm zu gefallen, als hinge ihr Leben davon ab. Jan fand diese Einstellung sehr nachvollziehbar. Er war ein prinzlicher Hauptgewinn.

Er sah zu Tri hinüber. Sie lächelte ihm verführerisch zu. Jan fragte sich, ob sie wohl zu ein wenig Spaß aufgelegt wäre. Immerhin waren sie ganz alleine hier am Strand. Er lächelte verführerisch zurück.

Tri zog einen Schmollmund, dann deutete sie auf das Meer und machte Schwimmbewegungen mit ihren Armen. Sie sah niedergeschlagen aus.

Jan warf einen prüfenden Blick aufs Meer. Auch wenn die Strömung innerhalb der Bucht harmlos wirkte, traute er den Wellen nicht, die er von der Klippe aus gesehen hatte.

»Das ist keine gute Idee«, sagte er. »Zu gefährlich. Und bestimmt auch zu kalt.«

Tri hob ihre Hände und malte etwas in die Luft, dass Jan als »in der Bucht ist es ungefährlich« interpretierte. Kurz zögerte Tri. Dann machte sie die Gebärde für

Meerjungfrauen, die Jan inzwischen schon zur Genüge kannte. Er seufzte und schüttelte den Kopf.

»Es gibt keine Meerjungfrauen«, sagte er. »Außerdem haben wir keine Badesachen dabei.«

Letzteres war eine ziemlich erbärmliche Ausrede. Jan dachte daran, sein Haar zu erwähnen und was das Meer mit seiner Frisur anstellen würde, aber er hatte das Gefühl, dass Tri dieses Argument noch viel weniger gelten lassen würde. Sie streckte ihre Hand aus und fuhr damit langsam über Jans Brust. Ihm gefiel das. Vielleicht war sie jetzt doch vom Schwimmen abgekommen.

Dann stand Tri plötzlich auf und zog sich ihr T-Shirt über den Kopf. Auch das gefiel Jan, grundlegend. Ihre Bewegungen wirkten allerdings unangenehm dynamisch. Er beobachtete sie aufmerksam, während sie ihre restliche Kleidung ablegte. Ihr Körper war wirklich fantastisch. Er hätte sich allerdings gewünscht, dass sie jetzt auf ihn zu käme und sich nicht stattdessen in Richtung Meer bewegte.

Einen Augenblick lang starrte er ihr fasziniert nach – fasziniert eher von ihrem Körper als von der Tatsache, dass sie sich gerade ins Meer begab. Sie zuckte nicht einmal, als das Wasser ihre Haut berührte. Vermutlich war es also doch nicht kalt. Jan sah zu, wie sie weiter ins Meer hinauswatete. Dann tauchte sie unter.

Er war kein Unmensch. Im Laufe seines Lebens hatte er bereits einige Entscheidungen getroffen, auf die er nicht besonders stolz war. Zum Beispiel hatte er sich (besonders zu Beginn seiner Instagram-Karriere) mehr Likes gekauft, als die Regeln des fairen Wettbewerbs es gestatteten. Manchmal, wenn er oben-ohne-Bilder von sich postete, retuschierte er außerdem ein wenig.

Aber er würde nicht so weit gehen, eine arme, hilflose Frau alleine den Wellen zu überlassen. Vor allem, wenn diese Frau bei Gefahr nicht einmal schreien konnte. Davon abgesehen wollte er wirklich nicht als Feigling dastehen. Und wenn er jetzt ebenfalls seine Kleidung ablegte und ihr ins Wasser folgte, wer wusste, wohin der Nachmittag sie noch führen mochte.

Er stand auf und entkleidete sich hastig. In der Entfernung sah er deutlich Tris grünlichen Haarschopf.

Die Steine schmerzten unter seinen bloßen Fußsohlen noch viel mehr. Wenn sie nass glänzten, sahen sie vollkommen glatt aus, aber der Schein trog. Jeder einzelne von ihnen war verdammt spitz.

Jan beeilte sich, ins Wasser zu kommen, in der Annahme, dass der Grund dort schlammig und weich sein würde.

Das Wasser war eisig. Nur mit Mühe unterdrückte er einen kleinen Aufschrei. Er schritt voran, bis das Wasser zu seinen Knien reichte, dann blieb er stehen, um sich erst einmal an die Kälte zu gewöhnen.

Er starrte auf das Wasser vor sich. Das Meer war ihm wirklich nicht geheuer. Es war riesig, dabei sah man immer nur die Oberfläche. Vielleicht glaubte Tri deshalb an Meerjungfrauen. Im Meer schien Magie noch möglich. Jan allerdings war kein Freund von Magie. Er hob den Blick wieder, um nach Tri zu sehen, doch sie war vollkommen aus seinem Blickfeld verschwunden.

Kurz fühlte er Panik in sich aufwallen und verspürte das dringende Bedürfnis, zurück zum Strand zu laufen, sich anzuziehen und die Bucht so weit hinter sich zu lassen wie nur möglich, um sich auf dem Weg am besten noch ein Alibi zurechtzulegen.

Aber dann fiel ihm ein, dass Tri vielleicht nur tauchte oder die Wellen ihren Kopf verdeckten. Es wäre besser, nach ihr zu sehen.

Widerwillig tauchte Jan ganz ins Meer, obwohl der Kälteschock dafür sorgte, dass seine Muskeln sich unangenehm zusammenzogen. Einen Augenblick lang ließ er sich nur treiben, um sich an das Gefühl zu gewöhnen. Dann vollführte er einige kräftige Schwimmzüge, die ihn weiter hinaus in Richtung des offenen Meeres beförderten.

In Gedanken war er schon damit beschäftigt, dieses Erlebnis in einen Post umzuwandeln. Jetzt war er froh, dass er Tri gefolgt war. Nacktschwimmen in einer einsamen Bucht. Das würde einen guten Bericht abgeben. Seine Follower würden vor Neid erblassen.

Jan bemühte sich, den Kopf über den Wellen zu halten, um nach Tri Ausschau zu halten. Er hatte inzwischen den Boden unter den Füßen verloren und spürte bereits den leichten Sog der Strömung, die ihn aus der Bucht heraustragen wollte. Hoffentlich war Tri nicht zu weit voraus geschwommen.

Einmal drehte sich Jan im Kreis, bis er wieder aufs offene Meer hinausblickte. Gerade wollte er sich eingestehen, dass Grund zur Beunruhigung bestand, als er eine Druckveränderung unter Wasser spürte. Etwas schien unterhalb der Wasseroberfläche mit enormer Geschwindigkeit auf ihn zuzurasen. Sein erster Gedanke galt einem Hai, sein zweiter Gedanke einem grausigen Tod.

Dann schoss Tri vor ihm aus dem Wasser, nur Zentimeter von seinem Gesicht entfernt. Sie lächelte auf eine Weise, die Jan noch nie an ihr gesehen hatte. Sie wirkte vollkommen glücklich.

»Ich dachte, du wärst ertrunken oder ins Meer rausgezogen worden«, versetzte Jan ärgerlich.

Tri hob die Hände. Ihr langes Haar klebte nass an Kopf und Schultern, und das Wasser schien es dunkler zu färben. Es war jetzt fast so grün wie Seetang.

»Ich Meerjungfrauen gefunden«, rekonstruierte Jan ihre Gebärden bruchstückhaft.

Verwirrt runzelte er die Stirn. Vielleicht wollte sie ausdrücken, dass sie nach Meerjungfrauen gesucht hatte.

Da hörte er ein lautes Klatschen hinter sich, als würde eine Flosse aufs Wasser schlagen. Er wandte den Kopf und entdeckte hinter sich zwei Frauen, obwohl sie doch zuvor ganz allein in der Bucht gewesen waren.

Jan fühlte sich stark beunruhigt, aber er musste zugeben, dass es ihn etwas entspannte, dass die beiden Frauen wirklich sehr hübsch waren. Ihre Gesichter waren von einer nicht ganz so ausgeprägten Schönheit wie Tris Züge, aber immer noch überaus ansprechend.

Jan lächelte sie ein bisschen blöde an. Man konnte ja nie wissen. Vielleicht gaben die beiden ihm ihre Telefonnummern, denn irgendwann wäre mit Tri mit

Sicherheit Schluss. Nur die Linke der beiden lächelte zurück. Erst jetzt fiel ihm auf, dass auch sie grüne Haare hatten, genau wie Tri.

Er wandte den Blick nach unten, doch das Wasser war trüb, und er konnte nicht viel erkennen. Er meinte Fischschuppen ausmachen zu können. Vielleicht existierte Magie im Meer ja tatsächlich noch.

Eine der Frauen legte ihm sanft die Hand auf die Schulter, dann spürte Jan einen plötzlichen Ruck an seinen Beinen, und er wurde unter Wasser gezogen. Gerade noch rechtzeitig dachte er daran, die Luft anzuhalten.

Eigentlich hatte er erwartet, dass es unter Wasser still sein würde, doch stattdessen vernahm er ein glasklares Lachen; genauso deutlich, als befände er sich an Land. Er blinzelte. Seine Sicht war getrübt, doch vor sich erkannte er eine der Frauen – die, die ihn vorhin angelächelt hatte. Er blickte an ihr herab. Ihr wohlgeformter Oberkörper lief unterhalb der Hüften in einen grüngeschuppten Fischschwanz aus. Der Schwanz war grazil, aber erstaunlich lang, und Jan konnte sich nur zu gut vorstellen, welche Muskelkraft in ihm steckte. Erschreckt schnappte er nach Luft. Da er sich unter Wasser befand, war das keine gute Idee.

Er strampelte mit den Beinen und schaffte es, wieder an die Oberfläche zu gelangen. Dort spuckte er Wasser und sog gierig die frische Luft ein. Fast sofort zogen ihn Hände, die er nicht sehen konnte, wieder unter Wasser.

»Ich wusste, dass Prinzessin Triana es schaffen würde, sich einen Mann zu angeln«, sagte eine melodische Frauenstimme.

Jan versuchte, wieder an die Oberfläche zu gelangen, doch eine Hand an seinem Knöchel hielt ihn zurück. Der Griff war nicht besonders fest, aber doch stark genug, um ihn unten zu halten.

»Natürlich ist sie gut im Männer angeln, die Prinzessin ist die hübscheste Frau im Meer«, erwiderte eine andere Frauenstimme.

Jetzt tauchte Tri in seinem Blickfeld auf. Ihr langes Haar trieb im Wasser hinter ihr und bauschte sich auf wie ein

Strahlenkranz. Jan wollte etwas fragen, doch er musste den Mund geschlossen halten. Hier unter Wasser war er derjenige, der stumm blieb.

Es ergab alles einen Sinn. Er starrte auf Tris Fischschwanz. Deshalb war sie stumm. Deshalb bewegte sie sich an Land so ungeschickt. Jan fragte sich, ob die Meerjungfrauen ihm wohl erlauben würden, ein Foto von ihnen zu machen. Aber wahrscheinlich würde man ihm die Echtheit der Fotografien ohnehin nicht abkaufen und ihn der billigen Bildbearbeitung beschuldigen.

Er wartete gespannt darauf, dass Tri etwas sagte und er endlich ihre Stimme hören konnte. Er wollte wissen, was hier vorging. Er wollte eine Erklärung.

Hatte Tri sich in ihn verliebt – in ihn, einen Menschen? War sie deshalb an Land gekommen? Und was hatte es mit dem Angeln auf sich? Mussten Meerjungfrauen einen menschlichen Gefährten finden? Konnte Tri nur durch ihn Erlösung erfahren?

Jan gestikulierte nach oben, um zu signalisieren, dass ihm allmählich die Luft ausging. Tri vollführte eine knappe Geste mit dem Kopf, und die Hand an Jans Knöchel verschwand. Diesmal war es anstrengender, an die Oberfläche zu gelangen. Sie hatten ihn zu lange festgehalten, und er spürte den Sauerstoffmangel. Er tauchte auf und schnappte erneut nach Luft. Seine Arme und Beine fühlten sich schwer an. Langsam wurde es Zeit für ihn, an den Strand zurückzukehren.

Tri tauchte ihm gegenüber aus dem Wasser auf. Die anderen beiden Meerjungfrauen blieben verschwunden.

»Warum?«, rief Jan ihr zu. »Warum ich? Warum hast du nichts gesagt?«

Er erwartete, wieder unter Wasser gezogen zu werden, damit Tri ihm endlich antworten konnte. Er wollte ihre Stimme hören, wollte sich richtig mit ihr unterhalten können, statt nur durch sein rudimentäres Verständnis der Gebärdensprache. Doch Tri hob die Hände über das Wasser und gestikulierte.

»Ich musste …« Dann benutzte sie eine Gebärde, die Jan nicht verstand.

»Was?«, fragte er.

Tri vollführte eine pantomimische Darstellung von jemandem, der eine Angelrute auswarf.

»Wir brauchen dich«, erklärte Tri mit ihren Händen.

Jan konnte nichts dagegen unternehmen, sich ein wenig geschmeichelt zu fühlen.

»Wofür braucht ihr mich?«, rief er, immer noch mit Armen und Beinen paddelnd, um sich mühsam über Wasser zu halten.

Vielleicht war sie auf der Suche nach einem Ehemann. Jan sah sich bereits als echten Prinzen. Herrscher über den gesamten Ozean. Oder vielleicht hatte sie sich in ihn verliebt, wie in dem Märchen. Vielleicht hing ihr Leben tatsächlich davon ab, dass er ihre Gefühle erwiderte.

Tri zögerte merklich.

»Wir brauchen dich …«, wiederholte sie und hielt dann inne. »An Land gibt es kein Wort dafür.« Sie schüttelte betrübt den Kopf. Sollte Jan etwa ein Amt bekleiden, das es an Land überhaupt nicht gab?

Tri schlug die flachen Hände auf die Wasseroberfläche und verursachte ein lautes Klatschen. Erneut spürte Jan Hände an seinen Knöcheln, diesmal an beiden. Heftig rissen sie ihn nach unten. Tri tauchte ebenfalls.

»An Land habt ihr kein Wort dafür«, wiederholte sie. Zum ersten Mal hörte Jan ihre Stimme. Sie war rein und klar und ähnelte in der Betonung einem leichten Singsang. Jan fand sie bezaubernd.

»Aber ihr habt eine Entsprechung«, fuhr sie fort.

Innerlich betete Jan, dass sie jetzt »Prinz« sagen würde. Auserwählt von einer Prinzessin des Meeres, aufgrund seiner schieren Großartigkeit. Es klang wie eine Geschichte, die Jan für sich selbst als passend empfand. Fragend blickte er Tri an. Seine Augen begannen zu brennen, weil er sie schon so lange im Salzwasser geöffnet hielt. Sobald er seine Antwort hatte, würden sie ihn hoffentlich an Land zurückkehren lassen. Sehnsüchtig blickte er zu dem hellen Sonnenschein über seinem Kopf.

Tri nickte einmal mehr mit dem Kopf, und der Griff um seine Knöchel verstärkte sich. Jan hörte noch klar und deutlich ein letztes Wort, bevor man ihn in die Tiefe riss.

»Sushi.«

Lea Baumgart wurde 1995 in der Umgebung von Köln geboren und wuchs dort auch auf. Derzeit studiert sie Literaturwissenschaft im Master an der Universität Siegen. Sie hat bereits Kurzgeschichten in zahlreichen Anthologien veröffentlicht, und seit 2019 wird außerdem ihre eigene Buchserie publiziert. Normalerweise sind ihre Geschichten im Genre der Phantastik zu finden, wobei sie sich immer um einen humoristischen Tonfall bemüht. Weitere Informationen zu ihren Werken findet man auf ihrer Autorinnenhomepage (leabaumgart.wixsite.com/autoren-website).

Die Nixe und die Kriegerin

Michael Voß

Langsam verlas der Fyrman die Namen der Toten. Zu jedem Namen wurde eine Fackel entzündet und in einen der eisernen Halter an der steinernen Gedenksäule gesteckt. Schließlich brannten dreiundsiebzig Lichter hoch über der Hafenmole und beleuchteten mit unruhigem Schein das heranbrandende Westmeer, in dem vor zwei Jahren die Helden der Seeschlacht von Arolath ihr nasses Grab gefunden hatten.

»Mögen die Götter ihnen gewogen sein!«

Schweigend folgten über tausend Frauen und Männer dem Beispiel des Fyrmans, der jetzt sein Trinkhorn erhob und in einem Zug leerte.

Zusammen mit den Leuten ihrer Schiffsgemeinschaft stand Ragnhild inmitten der anderen Trauernden, die sich hier in der Hauptstadt der Region Norgard versammelt hatten. Stumm rannen ihre Tränen die Wangen hinab, während sie einmal mehr an Ingvar dachte.

Ihre beiden Kinder an den Händen haltend, erinnerte sich Ragnhild an die Schlacht. Sie und Ingvar hatten zur Besatzung der Rotfisch gehört, die einen kühnen Angriff gegen die gamoranische Galeere gefahren war. Jener Galeere, auf der sich der berüchtigte Kampfmagier Aknan befand, der die Segel der norgardischen Drachenschiffe mit Feuerzaubern in Brand setzte. Die Norgarder waren längsseits gegangen und hatten Enterhaken geworfen. Als Rudergänger war Ingvar mit den Wachen auf der Rotfisch geblieben, während Ragnhild als Teil der Entermannschaft an Bord der Galeere geklettert war. Bevor sie die Leibwachen überwunden hatten und nah genug an den Zauberer herankommen konnten, hatte es einen gewaltigen Schlag gegeben – mit einem Donnerkeilzauber hatte der Magier ein Loch in den Rumpf der Rotfisch geschlagen. Doch unbeirrt waren die rauen Norgarder weiter vorgedrungen, hatten die verhassten Sklavenhalter aus dem Süden niedergemacht. Ragnhild hatte Aknan, der durch einen Schildzauber vor Stichen und Hieben geschützt war, zu Boden geworfen. An den Haaren hatte sie den vor Angst und Schmerz schreienden Zauberer über das Deck gezerrt, um mit ihm ins Westmeer zu springen und ihn zu ertränken. Sie waren schon halb über die Reling, als er sich in eine Ratte verwandelt hatte und quiekend davongehuscht war. Nach dem Sieg hatten die Norgarder das eroberte Schiff vom Kiel bis zur Mastspitze durchsucht, doch kein einziges Nagetier mehr gefunden. So setzten sie die Galeere in Brand, gingen an Bord eines befreundeten Drachenschiffes und fuhren nach Hause. Ingvar, so dachten sie, sei mit einem Teil der Wachmannschaft ertrunken.

»Und ich sach' euch, 's is' 'ne Fackel zu viel! Der Ingvar is' nich' tot, 'ne Nixe hatt'n mitjenommen!«, hörte sie die Stimme eines alten Mannes.

»Mach die Leute nicht verrückt, Tjure. Das war'n Delfin, den du damals gesehen hast!«, sagte jemand.

Ragnhild sah sich um. Dort stand die Besatzung der Orca, die seinerzeit ebenfalls an der Schlacht teilgenommen hatte.

»Meine Aug'n sin' vielleicht nich' mehr die besten, aber 'ne Meerjungfrau erkenne ich immer noch auf drei Meilen geg'n Wind!«, empörte sich der kleine Mann mit dem Holzbein.

»Is' ja gut, Tjure, stör' die Andacht nicht!«

Am nächsten Tag suchte Ragnhild den alten Kämpen auf.

»Was genau hast du damals gesehen, Tjure? Was geschah mit Ingvar?«

Der Alte erinnerte sich genau.

»Ein paar arme Teufel haben's nich' jeschafft, haben 'nen Armbrustbolzen abgekriegt. Stell' dir vor, Schiffbrüchige im Wasser zu beschießen – verdammte Barbaren!«

»Und Ingvar?«

»Dein Mann hat sich 'ne Planke geschnappt. Als der Beschuss anfing, ist er jetaucht und nur zum Luftschnappen raufjekommen.«

»Wieso habt ihr ihn nicht auch gerettet?«

»Bevor wir bei ihm war'n, wurden wir von 'ner anner'n Galeere gerammt. Dabei ging's Ruder zu Bruch, und wir war'n manövrierunfähig. Als alles vorbei war, hab' ich ihn mit dem Fernrohr gesucht. Hab' ihn auf den Arolath-Klippen entdeckt, wo diese Nixe sich um ihn jekümmert hat. Aber bis wir unser Ruder wieder heil hatten, war keiner mehr da. Sie hatt'n mitgenommen, ganz sicher.«

»Genauso sicher, wie du Ingvar erkannt hast?«

»Jetz' in Ernst, Kindchen. So oft wir uns in'n Haifisch die Nächte umme Ohren jeschlag'n ham, hm?«

Der Haifisch, die berühmteste Hafentaverne des Nordlandes. Hier hatten sie sich zum ersten Mal geküsst, hier hatten sie ihre Verlobung bekannt gegeben, hier …

Ragnhild riss sich zusammen.

»Aber warum glaubst du, dass er noch lebt?«

»Je nu, wenne Nixe 'n Kerl mitnimmt, dann nich', ummen zu ersäufen. Sie hatt'n ummen Finger jewickelt oder erpresst. Auf jeden Fall lebt'a jetz' im Meer mitt'em schönen Schuppenkleid untenrum.«

»Erpresst? Ingvar kann sich wehren!«

»Mit'te Streitaxt schon. Aber was machste, wenne ganz allein auf'm nackten Felsen im Meer hockst? Noch dazu ohne Trinkwasser? Nee, Süße, sie brauchte ihn nur vo're Wahl stellen: mitkommen oder vadurst'n.«

Ragnhild holte Luft.

»Wie krieg' ich ihn zurück?«

Tjure kratze sich am Ohr.

»Musst 'se frag'n, wasse für ihn ham will, die Nixe.«

⭐ ✖ ⭐

Sie glaubte dem Alten. Irgendwo da draußen im Meer nahe der heiligen Insel Arolath war Ingvar noch am Leben. Doch mit diesem Glauben war sie praktisch allein.

Immerhin durfte sie sich die Möwe nehmen, eine schwere, hochseetaugliche Jolle. Vor dem Langhaus ihrer

Gemeinschaft ging sie in die Hocke und nahm ihre Kinder in die Arme.

»Wenn es sein soll, werde ich ihn finden. Und wenn ich ihn finde, hole ich ihn uns wieder.« Sie stand auf. »In zwei Wochen bin ich zurück, versprochen.«

Nach zwei Tagen auf See kamen die Klippen von Arolath in Sicht. Wie alle Norgarder Seeleute wusste sie nicht nur um die Tücken der Felsen, sondern kannte auch den einzigen Platz, an dem man ein Boot gefahrlos anlanden konnte. Bevor sie die Möwe durch das Labyrinth der Felszacken steuerte, ließ sie einen Kamm aus Hirschhorn ins Wasser fallen.

Sie hatte eben das Boot festgemacht, als neben der Bordwand ein Frauenkopf aus dem Wasser auftauchte.

»Danke dafür.«

Das war schnell gegangen. Leicht verblüfft stotterte Ragnhild: »Gern!«

Neugierige violette Augen sahen in überraschte braune, Wasser und Land musterten sich.

»Du musst Ragnhild sein.«

Fast wäre die Seekriegerin ins Wasser gefallen.

»Woher weißt du das?«

»Mein Mann hat viel von dir erzählt.«

»Dein Mann? Woher kennt der mich denn?«

»Er war dein, bis wir uns hier begegneten.«

Ein kurzer Schwindel ließ Ragnhild schwanken. Dann zog sie eine Flasche Romstader aus der Bootskiste.

»Magst du?«

»Oh ja!« Die Augen der Nixe glitzerten.

In einer eleganten Bewegung tauchte die Meerfrau kopfüber in die Fluten. Die Seekriegerin blickte ihr hinterher und sah, wie sie in drei Schritt Tiefe wendete. Kräftige Schläge ihres geschuppten Fischunterleibs ließen sie steil nach oben schießen und die Oberfläche durchbrechen. Mit der Geschmeidigkeit eines Delfins drehte sie sich in der Luft und landete anmutig auf dem grauen Felsen. Ragnhild kam sich auf einmal seltsam ungelenk vor, als sie mit einem Satz an Land sprang und sich neben der Meerjungfrau niederließ.

Etwas verlegen öffnete sie die Flasche und goss den goldgelben Schnaps in zwei schlichte Gläser, von denen sie eines der Nixe reichte.

»Ragnhild.«

»Lhialyn.«

»Also … dann bist du es gewesen, die ihn damals gerettet hat, am Rande der Seeschlacht?«

Genüsslich nippte die Nixe an dem aromatischen Branntwein, bevor sie betont geziert das Glas auf dem Felsen abstellte und den Kopf in den Nacken warf.

»Ja! Das war ich!«

Wut und Eifersucht stiegen in Ragnhild auf. Was hatte sie getan, dass sie mit dieser Herablassung behandelt wurde? Wobei: Eigentlich war es die eigene Hilflosigkeit, die ihr zusetzte. Auf dem Schlachtfeld hätte sie gewusst, was zu tun wäre. Hier aber kam sie sich vor wie ein dummes Mädchen. Ein unansehnliches dummes Mädchen, wenn sie die Nixe so betrachtete.

Die Meerjungfrau war von einer seltsam fremdartigen Schönheit. Die hochstehenden Wangenknochen harmonierten mit der geraden Nase und den sanften Konturen ihres Kinns. Ihr hüftlanges, selbst im nassen Zustand noch gewelltes Haar ließ die Fülle erkennen, die es unter Wasser haben musste, eine Fülle, für die manche Frau einen Mord begehen würde. Und doch hätte kein Mensch sie als klassische Schönheit bezeichnet. Der grünliche Teint, die durchscheinenden Häute zwischen den unteren Fingergliedern und die leicht hervorstehenden Augen waren nicht das, was an Land allgemein als attraktiv galt. Außerdem hatte die Frau keine Beine. Stattdessen begann eine Handbreit unterhalb ihres Bauchnabels ein geschuppter Fischleib, der in einer delfinähnlichen, großen Schwanzflosse endete. Ließ man die menschlichen Maßstäbe jedoch außer Acht, war die Nixe ein über alle Maßen gutaussehendes Wesen, was seine Erscheinung mit einem Collier aus sanftroten Korallen und einer ebensolchen Kette um die Taille geschmackvoll zu betonen wusste.

Ragnhild schluckte ihren Neid herunter.

»Wo ist er jetzt?«

Lhialyn deutete ins Wasser.

»Da unten.«

»Unter Wasser? Kein Mensch kann dort atmen.«

»Meermenschen schon.«

Nach Tjures Erzählung hatte Ragnhild das bereits befürchtet. Der Fluch des Meeresgottes hatte Ingvar getroffen. So nannten es die Norgarder, wenn ein Mann durch den Kuss einer Meerjungfrau in einen Wassermenschen verwandelt wurde. Diese Magie war ein Geschenk des Meeresgottes an die Nixen, der es bei der Schöpfung der Ozeane versäumt hatte, den Nixen die dazugehörigen Männer zur Seite zu stellen. Doch es war eine giftige Gabe, denn in ihrer neuen Gestalt waren diese Männer ihren Meerjungfrauen hörig bis ans Ende ihrer Tage.

Eines war jedenfalls klar: Ingvar war deshalb nicht an der Oberfläche, weil Lhialyn es so wollte. Ragnhilds Herz zog sich schmerzhaft zusammen, aber sie ließ sich nichts anmerken.

»Hast du Angst, dass er dich verlässt, wenn er mich zu Gesicht bekommt?«

Die Nixe schnaubte verächtlich.

»Pff! Er macht, was ICH will.«

Ragnhild war stolz, eine norgardische Kriegerin zu sein, offen und geradlinig. Doch jetzt wünschte sie, sie wäre auch mit anderen Talenten gesegnet, etwa mit politischem Geschick oder Listigkeit. Sie wusste nicht, wie sie der selbstgefälligen Meerjungfrau begegnen sollte, wie sie sie dahin bringen konnte, Ingvar wenigstens einmal an die Oberfläche zu lassen. Da erinnerte sie sich an Tjures' Worte.

»Wirst verhandeln müssen. Das biste nich' jewohnt. Aber als Kriegerin kannste die Schwächen von dein'n Gegner erkenn' un' ausnutz'n. Is' beim Verhandln auch so. Denk imma dran, du bis' 'ne starke Frau.«

Aber was zum Henker war die Schwäche Lhialyns? Nun, hatte sie nicht missmutig geklungen, als sie sagte, dass Ingvar oft von Ragnhild erzählte? Offenbar hielt sich ihre Begeisterung für den starken Norgarder in Grenzen, den sie zu ihrem Sklaven gemacht hatte.

Scheinbar unbeeindruckt erwiderte Ragnhild: »Und wenn schon. Mir hat er stets jeden Wunsch von den Augen abgelesen!«

Neugierig fragte Lhialyn: »Wirklich jeden?«

Genüsslich lehnte sich die Kriegerin zurück, schloss die Augen und seufzte hingebungsvoll.

»JEDEN!«

Jetzt hing die Nixe an den vollen Lippen der Landfrau.

»Auch, äh, ich meine …« Sie machte eine eindeutige Geste mit den Fingern.

Verträumt lächelte Ragnhild. Bei dieser Frage brauchte sie sich nicht zu verstellen.

»Auch? Ganz besonders DIESE Wünsche! Zu jeder Zeit. Ich brauchte ihn nur auf eine bestimmte Weise anzuschauen, dann war er kaum noch zu halten!«

Scheinbar unwillkürlich wanderte eine Hand zwischen ihre Schenkel.

»Und eine Kraft und Ausdauer hat dieser Kerl! Noch heute träume ich jede Nacht davon.«

Neidisch betrachtete die Nixe die verzückte Kriegerin.

»Warum bleibt mir das versagt? Wo ich doch so viel schöner bin als du!«

Jetzt wurde das Eis dünn.

»Zweifelsohne. Aber wenn es zur Sache geht, ist Schönheit nicht so bedeutend.«

»Ach nein?«

Ragnhild beugte sich vertrauensvoll nach vorn.

»Unter uns Frauen: in dieser Sache sind die Kerle doch alle gleich. Sie wollen es! Aber sie unterscheiden sich darin, was sie wirklich rattig macht!«

»Rattig machen? Was ist das?«

»Hm, heiß machen, scharf, rollig.«

Die Verwirrung verschwand nicht vom Gesicht der Nixe. Die Kriegerin dachte nach.

»Naja, das, was in ihnen die Leidenschaft entfacht.«

»Ach so!«, sagte die Meerjungfrau verlegen. »Weißt du, wir haben kaum Männer hier bei uns.«

Vorsichtig fragte Ragnhild.

»Warum ladet ihr nicht das kleine Volk zu euch ein? Da hat´s Männer mehr als genug.«

Sie spielte auf die Tatsache an, dass bei den Zwergen auf etwa drei Männer nur eine Frau kam. Lhialyn machte eine wegwerfende Handbewegung.

»Ein Zwerg als Meermann? Wo denkst du hin – die sehen aus wie Kofferfische! Mit so einem kann ich mich bei meinen Freundinnen unmöglich blicken lassen!« Sie schüttelte sich, dann spitzte sie die Lippen. »Also, was macht Ingvar, hm, heiß?«

Ragnhild warf den Kopf in den Nacken und lachte.

»Mein südländisches Aussehen.«

»WAS? Wieso das?«

Die Kriegerin zuckte mit den Schultern.

»Vielleicht, weil in Norgard fast alle Menschen blauäugig und blond oder rothaarig sind. Dort bin ich eine Exotin, mit meinen braunen Augen und dunklen Haaren. Das bringt Ingvar in Wallung. Mehr noch: dann will er nicht irgendeine, dann will er mich. *Nur* mich.«

In Wahrheit hatte Ragnhild seinerzeit hart darum kämpfen müssen, die Aufmerksamkeit des umschwärmten Jungkriegers zu erringen, der wie die meisten Norgarder eine Schwäche für die kräftigen Blondinen seiner Heimat hatte. Im Vergleich zu ihnen war Ragnhild, die Aussehen und Körperbau von ihrer caldanischen Großmutter geerbt hatte, klein, beinahe schmächtig. Ingvar hatte sie erst ernst genommen, nachdem sie, selbst schwer bedrängt, ihm beim Kampf um die Stadt Orikholm genau den Ork vom Hals geschafft hatte, der ihm im nächsten Augenblick den Todesstoß versetzt hätte. Trotzdem war es nicht leicht gewesen, die ebenso selbstbewusste wie vollbusige Svala auszustechen. Der Gedanke daran ließ die femininmuskulöse Ragnhild innerlich lächeln und ein Stück zuversichtlicher werden. Sie würde Ingvar den Fängen der Nixe entreißen, die jetzt eher unglücklich aussah.

»Das wünsche ich mir so sehr – dass er mich so richtig will«, seufzte Lhialyn. »So ist es einfach fad, so fad, dass wir es kaum noch tun.«

Kaum noch. Also hatten sie es getan und taten es immer noch. Obwohl es ihr klar gewesen war, hatte Ragnhild den Gedanken daran bislang verdrängen können. Jetzt aber durchfuhr die Eifersucht sie wie ein glühender Stachel. Sie niederzukämpfen und sich dennoch nichts anmerken zu lassen, war ein härterer Kampf als der mit den Orks damals. Doch sie riss sich zusammen.

»Wenn ich dir einen anderen Kerl bringen würde, würdest du Ingvar dann freigeben?«

Nun hatte sie die volle Aufmerksamkeit der Meeresbewohnerin.

»Wenn er hübsch und etwas Besonderes ist.«

»Beim nächsten Neumond bin ich wieder hier.« Ragnhild bot ihr die Hand. Lhialyn schlug ein.

»Doch bedenke – einen Hässlichen nehme ich nicht!«

Grimmig antwortete die Kriegerin: »Du wirst zufrieden sein.«

Dann bestieg sie das Boot und setzte das Segel. Sie würde schon jemanden finden und Ingvar zurückbekommen. Wozu hatten die Kriegsgöttin und der Meeresgott ihren Mann überleben lassen, wenn sie nicht dafür sorgten, dass Ragnhild diese Prüfung bestehen würde?

»Welch ,ein Dummschwätzer!«, knurrte Ragnhild angewidert in Richtung des Barden Badilaco Flavo Furlani. Der Kerl war eine Plage. Darin stimmte sie mit den meisten Männern überein, obwohl sie aufgrund ihres caldanischen Erbes seine Musik und Sangeskunst durchaus schätzte. Abfällig musterte sie den gut gekleideten und sorgsam manikürten Badilaco, der jetzt einer Schankmaid schöne Augen machte, bevor er ein neues Lied anstimmte. Sie drehte sich wieder zu ihren Freunden, mit denen sie sich bei Branntwein und Met über die Befreiung Ingvars beraten wollte.

»Dieses Geschwafel vom Reisenden auf der Suche nach seiner Seelenverwandten, das ist doch alles nur Augenwischerei, um sich beim Weibsvolk interessant zu machen! Wäre mir ja gleich, wenn er damit nicht so viel Unglück über uns bringen würde. Die blöden Weiber buhlen um die Gunst dieses Hänflings und kratzen dabei sich gegenseitig die Augen aus. In den Familien hängt der Segen schief, weil die Männer es nicht mehr hören können, wie ihre Frauen von diesem Singvogel schwärmen. Ich wünschte, wir wären ihn wieder los.«

»Das erledigt sich bald von selbst.« Die blonde Svala langte nach ihrem Trinkhorn. »Einer der gehörnten Männer wird über kurz oder lang dahinterkommen, dass seine Holde ein Techtelmechtel mit dem Barden hat und dem Kerl eine Abreibung verpassen. Spätestens dann reist er weiter.«

»Besser heute als morgen! Dieser selbstsüchtige Hundsfott! Wie er allein über die Liebe singt! Der weiß doch gar nicht, wie das ist, dieser gefühllose Hurensohn!«

»Vielleich' doch«, meinte Tjure. »Neulich hatter's Wasser inne Augen jehabt.«

»Wie das?«, fragte Ragnhild den Alten.

»Na, Luchs und Selina waren hier und ham´ getanzt. Da hatter Stielaugen gekriegt, der Sänger. Nach sein Lied hatter sich zu mich jesetzt. Hat erzählt, so was wollter auch ham, sonne Liebe wie die beiden. Natürlich nur mit einer, die richtich was hermacht.«

Selina und Leif Luchsauge, die heißblütige Amazone und der halbelfische Späher, waren in Norgard fast schon eine Legende. Berühmt für ihre Kampfkunst und die Liebe, die sie füreinander hegten. Und für ihre Streitigkeiten. Wenn es ein Sinnbild gab für glühende Leidenschaft und Harmonie, dann war es, wie die beiden Seite an Seite auf dem Schlachtfeld fochten. Oder zusammen tanzten.

Ragnhild lächelte versonnen. Sie schloss die Augen und spürte einmal mehr dem unsichtbaren Band nach, das Ingvar und sie zusammenhielt. Da erklang eine caldanische Melodie. Sie legte die Waffe zur Seite, löste den Kriegerinnen-Zopf und schüttelte ihre Haarmähne aus. Leichtfüßig sprang sie auf den Tisch und begann, sich im Takt der mitreißenden Klänge zu bewegen.

✦ ✗ ✦

Badilaco gefiel es, wenn die Menschen zu seiner Musik tanzten und lachten. Solange sie IHN dabei anlachten. Doch jetzt umstanden alle den Tisch, auf dem sich diese Kriegerin so hinreißend bewegte und klatschten begeistert im Takt. Die Frau hatte ihm die Bewunderer gestohlen, so wie neulich dieses Paar, das er immer noch beneidete. Wieso jubelten die Leute dieser dunkelhaarigen Piratin zu, anstatt ihn, den Musikanten, zu bewundern?

Immerhin, das musste er ihr lassen: Sie hatte Feuer, die Geschmeidigkeit einer Wildkatze und sprühte vor Leidenschaft. Vor allem aber wurde sie gefeiert, und er, der Barde, lieferte nur die Musik dazu. Es ärgerte ihn, dass er zudem gute Miene zum bösen Spiel machen musste, sonst würden diese Leute noch ungehalten. Mit Norgardern war nicht zu spaßen. Naja, noch zwei Stücke, dann würde er eine Pause einlegen und danach mit ein paar Liedern aus den Wüstenländern weitermachen – es war unwahrscheinlich, dass eines dieser nordischen Trampeltiere bauchtanzen konnte und den Laden erneut zum Kochen brachte, ohne dass ihm, Badilaco gehuldigt wurde. Hoffentlich.

Aber sie ließen ihn nicht aufhören. Erst als die Tänzerin die Hände in die Luft warf und »Mir brennen die Füße!« rief, durfte der Barde sein Instrument beiseitelegen.

Teufel, was für eine Frau! Wie es wohl wäre es, sie an seiner Seite zu wissen? Doch umringt von diesen kräftigen Nordleuten, beachtete sie ihn nicht. Überhaupt nicht. Nicht mal ein verstohlener Blick! Jetzt nahm sie einer auf die Arme und irgendwer kippte kühles Met in ihre Stiefel, bevor sie wieder auf dem Boden abgesetzt wurde. Er würde sich etwas einfallen lassen müssen.

Das Glas mit der hellorangen Flüssigkeit in der Hand, ging er selbstbewusst auf sie zu.

»Wie wär´s zur Abwechslung einmal damit, schöne Frau?«

Die Piratin, den üblichen Humpen Met in der Hand, drehte den Kopf. Leicht herablassend blickte sie auf den Cumba, den er ihr galant offerierte.

»Was soll das sein? Drachen-Pipi?«

Die Taverne brüllte vor Lachen.

Doch dann ging die Sonne auf in ihrem Gesicht.

»Ach, der Barde. Bitte um Verzeihung! Hab´ dich nicht sofort erkannt. Dachte, 's nur wieder so 'n adeliger Schönling auf der Durchreise!« Sie nahm das Glas aus seiner Hand und leerte es in einem Zug, wobei sie ihm tief in die Augen sah. Himmel! Dieser glutäugige Blick! Wo um alles in der Welt hatte er den schon einmal gesehen?

»Ich heiße Ragnhild«, schnurrte sie.

Also doch! Schlagartig kehrte seine Siegesgewissheit zurück.

Aber dann warf sie ihm das leere Glas zu und verschwand inmitten ihrer Meute.

Fassungslos starrte er ihr hinterher.

Was war das? Und welch eine Verschwendung, den sündhaft teuren Cumba einfach so hinunter zu stürzen! Wie konnte sie nur!Was war das? Und welch eine Verschwendung, den sündhaft teuren Cumba einfach so hinunter zu stürzen! Wie konnte sie nur!

Jetzt fiel sein Blick auf das Schwert in dem Wehrgehenk, das sie so lässig über den aufregend taillierten Hüften trug. Einmal mehr musste Badilaco sich ins Gedächtnis rufen, dass sie eben auch nur eine Barbarin war. Leicht niedergeschlagen ließ er sich am Tresen nieder und bestellte ein Starkbier.

Jemand schob ihm ein tellergroßes Brett aus grob behauenem Treibholz hin. Darauf lagen ein Klumpen Butter, Schinken und ein Kanten frisches Brot.

»Damit schmeckt das Zwergenbier gleich noch mal so gut«, sagte Ragnhild.

Überrascht stellte er fest, dass sie recht hatte.

»Du bist ein guter Musikant. Aber das hörst du ja bestimmt zehn Mal am Tag.«

Sie lächelte ihn an! Schlagartig hellte sich seine Stimmung auf.

»Stimmt. Mein Ruf hallt ja auch landauf, landab.«

Ragnhilds Lächeln war die Wonne, ihre Worte hingegen schmerzlich.

»Landauf, landab? Nun, ich bin zumeist auf See. Dort ist nichts zu vernehmen vom Ruhme Badilacos.«

Sofort verfinsterte sich die Miene des Musikanten.

»Wie denn auch! Als ob Fische musikalisch seien! Die haben ja noch nicht mal Ohren!«

Ragnhild lachte.

»Wer redet von den Fischen? Ich denke an die Meermenschen und ihr Gefolge, die Delfine und Wale!«

»Meermenschen?«, fragte Badilaco ungläubig.

»Ja natürlich, Meerjungfrauen und die dazugehörigen Männer! Sag nicht, du hast noch nie dem Gesang einer Undine gelauscht!«

Verlegen murmelte er: »Nun, ähm, noch nicht. Sagt man nicht, dass sie einen Mann damit betören, unter Wasser ziehen und ihn dort ertränken?«

»Gerüchte der Landbewohner! Was jedoch stimmt, ist, dass die Nixen mit ihrem Gesang vor allem Männer in Verzückung versetzen. Aber keine dieser musischen Schönheiten hat je einen Menschen ersäuft.«

»Musische Schönheiten?«

»Was bist du doch für ein Landei, Sänger! Die Meerjungfrauen schätzen die schönen Künste über alles. Wenn du deinen Ruhm vergrößern möchtest, solltest du sie mit einer Darbietung überraschen.«

Der Barde seufzte.

»Das wäre schön! Aber wie soll ich das machen? Ich weiß nicht einmal, wo sie zu finden sind.«

»Ich kann dich zu ihnen bringen. Bis Arolath sind es zwei Tagesreisen mit dem Boot.«

»Arolath?«

»Die heilige Insel. In ihrer Nähe liegt ein Unterwasserberg, der den Mittelpunkt des westlichen Nixenreiches bildet. Seine Spitze ragt als Riff aus den Wellen. Dort sonnen sich die Nixen gern, halten Ausschau nach den Schiffen der Menschen und singen.«

»Ich nehme dein Angebot an!«

Zwar wurde der Barde nicht seekrank, doch dafür musste Ragnhild zwei Tage lang seine Selbstbeweihräucherungen und unbeholfenen Annäherungsversuche ertragen. Daher war sie froh, als sie endlich das Boot in der kleinen Felsenbucht festmachte. Sie holte gerade das Segel ein, als Lhialyns Kopf aus den Fluten auftauchte. Neugierig beäugte sie den Barden, der sich mit zweifelnden Blicken auf dem kahlen Felsen umsah.

»Hallo Ragnhild! Wen hast du denn DA mitgebracht?«, fragte sie mit einem lauernden Unterton.

»Hej Lhialyn! Darf ich vorstellen? Badilaco, der Barde. Lhialyn, Prinzessin des Westmeeres.«

Der Barde machte einen Kratzfuß. Mit seltsamem Gesichtsausdruck fragte er: »Eine echte Prinzessin?«

»Ich bin eine Tochter des Meeresgottes! Du hast die Erlaubnis, für mich zu singen.« Die Nixe warf sich in die Brust.

»Nur zu gern.« Der Barde winkte mit einer Fiedel. »Ich habe ein Violinenstück vorbereitet, das die Schönheit der Meeresbewohner besingt und sich zudem harmonisch in das Rauschen des Ozeans einfügt.«

Der Nixe entfuhr ein entzücktes: »Ooohhh!«

Ragnhild räusperte sich und warf Lhialyn einen strengen Blick zu.

»Hrm. Was ist mit deinem Gefährten? Möchtest du die Darbietung nicht mit ihm teilen?«

Die Meerfrau schien wenig begeistert, doch als Ragnhild unauffällig die Hand auf das Heft ihres Dolches legte und mit dem Daumen auf den Barden deutete, meinte sie: »Ich wollte ihn gerade holen.«

Mit einem eleganten Bogen tauchte sie in die Tiefe. Ragnhild bekam feuchte Hände – was würde geschehen, wenn Ingvar und sie sich gleich wiedersahen? Und würde der Barde sich von Lhialyn küssen lassen? Wobei, am Ende war es gleich – notfalls würde sie zum Schwert greifen und mit Ingvar zur Insel Arolath fliehen. Dort gab es eine kleine Siedlung, in der sie sich vor den erzürnten Meeresbewohnern in Sicherheit bringen und später auf einem Drachenschiff zum Festland gelangen konnte.

Ein Plätschern verriet die Ankunft von Lhialyn und Ingvar. Lässig ließen sie sich von einer Welle auf den Felsen spülen. Bewunderung erhellte Badilacos Gesicht.

»Welch ein schönes Paar! So lasst mich beginnen!«

Als Ragnhild, die nur Augen für ihren geliebten Ingvar hatte, aus den Augenwinkeln eine Bewegung bemerkte, war es zu spät. Mit schnellen Griffen hatte der Barde die Fiedel fallen gelassen und die Bespannung vom Geigenbogen gelöst. Jetzt hielt er den hölzernen Stab in der erhobenen Rechten, zielte damit auf die Nixe und sprach ein paar seltsam klingende Worte. Kurz war die Meerjungfrau in grünliches Licht gehüllt, dann war ihr Fischunterleib verschwunden. Stattdessen hatte sie jetzt zwei lange, schlanke Beine, die in ihrer blassen Nacktheit verletzlich auf dem Felsen lagen.

Ragnhilds Hand flog zum Schwert

»Kotzenschalk, verdammter …«

Blitze vor ihren Augen nahmen ihr die Sicht, ein Dröhnen in den Ohren raubte ihr auch die letzte Orientierung. Badilaco hatte sie mit einem Blendzauber belegt, bevor sie ihren Rundschild heben konnte. Vom Schwindel übermannt brach sie in die Knie und stützte sich mit den Händen am Boden ab. Zornig würgte sie ihre Frage heraus: »Was ist hier los? Wer bist du wirklich, Barde?«

Trotz des Rauschens in ihrem Kopf hörte sie die höhnische Stimme Badilacos, die das Schluchzen Lhialyns übertönte.

»Welcher Magier würde wohl in die Gestalt eines bekannten Barden schlüpfen, um sich von jener Norgarderin nach Arolath bringen zu lassen, die ihn seinerzeit ersäufen wollte?«

»Aknan!«, keuchte Ragnhild. »Was willst du, meineidiger Magier?«

»Die Tochter eines gamoranischen Legaten. Sie wurde mir versprochen, würde ich unserer Flotte zum Sieg über die norgardischen Drachenschiffe verhelfen, um Arolath zu erobern.«

»Hat wohl nicht geklappt«, keuchte die Seekriegerin.

»Wohl wahr. Wer konnte schon ahnen, dass die verfluchten Nixen euch Norgardern helfen? Ruder blockieren, Schiffe auf die Klippen laufen lassen und Haie auf Schiffbrüchige hetzen!«

»Selbst schuld! Seit Jahrzehnten sagen wir euch Gamoranern, ihr sollt mit dem Walfang aufhören und die Meeresbewohner achten. Und dann wolltet ihr auch noch deren heilige Insel besetzen!«

Der Magier lachte.

»Und die kriegen wir jetzt! Mit der Meerprinzessin bekommt mein Land eine wertvolle Geisel, die mir ohne ihren Schwanz nicht mehr davonschwimmen kann. Und ihren Mann und dich nehme ich als Beifang mit! Mal sehen, ob Norgard eine Galeere versenkt, wenn ihr an Bord seid!«

Ein Klatschen ließ Aknan herumfahren. Wie eine Robbe hatte sich Ingvar vorwärts katapultiert. Mit der Hand bekam er einen Knöchel Aknans zu fassen und riss den Überraschten von den Füßen.

»Pack' ihn, Rag!«

Halb blind warf sich Ragnhild auf den Magier und rammte ihm den Ellbogen quer über die Kehle. Panisch schnappte Aknan nach Luft, was die geübte Kriegerin nutzte, um ihren Dolch zu ziehen.

»Ein Mucks und du bist Fischfutter, stinkender Zauberer!«

Kurz darauf war der Magier gebunden und geknebelt, sodass er weder Finger noch Lippen bewegen und somit keinen einen Zauber mehr wirken konnte. Etwas später erlosch auch die Wirkung des Blendzaubers. Ragnhild verteilte drei Gläser Romstader.

»Auf das Glück!«

Sie tranken. Dann fasste die Norgarderin die Nixe in Auge.

»Nun zu uns. Ich habe dir einen ebenso hübschen und besonderen Kerl mitgebracht. Jetzt bist du an der Reihe.«

Lhialyn nickte verlegen.

»Ich gebe Ingvar frei.«

»Dann gib mir jetzt meine Beine wieder«, forderte der Krieger.

»Das kann ich nicht.«

»WAS? Heißt das, ich muss mir jetzt einen Zauberer suchen und ihm schweres Gold dafür geben, damit der in Ordnung bringt, was du angerichtet hast?«

»Bitte, das ist nicht nötig!« Abwehrend hob die Nixe die Hände.

Sie warf einen scheuen Blick auf die Seekriegerin.

»Der wahren Liebe Kuss löst den Zauber.«

Ragnhild stand auf einmal Zorn ins Gesicht geschrieben. Ingvar sah besorgt aus.

»Rag…?«

Da lachte die Angesprochene und schlang ihre Arme um den muskulösen Krieger mit dem geschuppten Unterleib.

»Keine Angst, Ingvar, ich musste eben daran denken, was uns zwei Jahre lang entgangen ist!« Zärtlich berührten sich die Lippen des ungleichen Paares. Dann hatte Ingvar seine Beine zurück. Verlegen schaute er an sich herunter. Mit einem schelmischen Blick zog Ragnhild einen Umhang aus der Bootskiste, behielt ihn aber in den Händen.

»Warum lässt du mich hier nackt rumstehen?«, brummte Ingvar.

»Ich erfreue mich daran, wie du mir zeigst, dass du mich nach zwei Jahren in einer anderen Welt noch immer willst.«

Lhialyn kicherte.

Ingvar grunzt nur und deutete auf den Magier, der seine Augen nicht von der Nixe lassen konnte.

»Was ist jetzt eigentlich mit Aknan? Er scheint ja einen Narren an dir gefressen zu haben, Lhialyn!«

Zufrieden blickte die Meerjungfrau zu dem Magier, der jetzt von den Hüften abwärts ein blauschillerndes Schuppenkleid und eine bogenförmige Schwanzflosse trug.

»Das wird sich noch geben, wenn er erst seine Strafe antritt.«

Ragnhild fragte: »Was für eine Strafe?«

»Lebenslanges Musizieren für mich und meine Freundinnen!«

Sie verabschiedeten sich und nahmen Kurs auf Norgard.

Ingvar meinte: »Bei uns wäre der Hundsfott zum Tode verurteilt worden. Hoffentlich lassen die Nixen ihn nicht so bald wieder laufen, äh, schwimmen.«

»Warum sollten sie das tun?«, fragte Ragnhild.

Ingvar grinste.

»Weißt du eigentlich, wie schräg eine Harfe unter Wasser klingt?«

Michael Voß, Jahrgang 1961, ist hauptberuflich Ingenieur. Von klein auf beschäftigte er sich mit Natur und Technik, später weckte die Kampfkunst sein Interesse an fernöstlicher Philosophie. Motorradreisen quer durch Europa gaben ihm neue Impulse, sie lenkten seine Aufmerksamkeit auf kulturelle Unterschiede und geschichtliche Entwicklungen. Eine Begegnung brachte ihn mit der Heilkunde in Berührung, eine andere mit der Welt des Mittelalters. Diese Eindrücke und Erfahrungen finden ihren Niederschlag in seinen Fantasy-Geschichten. Heute lebt der Patchwork-Familienvater mit seiner Frau in Bielefeld.

Blut in den Mangroven

Kornelia Schmid

Heute hörte Mirue wieder Stimmen. Sie wisperten in ihrem Kopf, mal lauter, mal leiser, meist jedoch voller Verachtung. An manchen Tagen schwiegen sie ganz. Sie tauchte ihr Paddel in das trübe Wasser, und ihr Boot glitt weiter voran durch die Mangroven.

Vogelrufe erfüllten die Luft. Im dichten Blattwerk über Mirues Kopf ringelten sich Schlangen. Krabben huschten über die dünn verzweigten Wurzeln der Bäume. Es roch nach Fäulnis und Salz. Andere nannten es Gestank, aber Mirue kam jeden Tag hierher und hatte sich daran gewöhnt. Eigentlich mochte sie es sogar. Die Schwere der Luft machte sie ruhig. Und normalerweise schwiegen im endlosen Grün der Mangroven auch die Stimmen.

Nicht so jetzt. Ein Schrei, voller Zorn, hämmerte an ihre Stirn. Mirue nannte die Stimme einen *Geist*, aber sie wusste nicht, um was es sich wirklich handelte. Sie hatte niemals versucht zu fragen.

Die Stimme wurde deutlicher, je weiter sie mit ihrem Boot in die Mangroven eindrang. Mirue hielt das Paddel ruhig in der Luft. Seltsam.

Der Rumpf blieb im Schlamm stecken, und Mirue stieg aus. Ihre Füße versanken bis zu den Knöcheln. Sie zog ihren Handschuh an und knotete sich die aufgewickelte Schnur an den Gürtel. Die Krebse versteckten sich in tiefen Löchern, doch Mirue wusste genau, wo sie suchen musste.

Es war eine mühselige Arbeit, aber sie bekam von den Ilaern gutes Geld für die Tiere. Ihr Arm versank bis zur Schulter in der weichen Masse. Der feuchte Schlamm durchweichte ihre Kleidung und klebte an ihrer Haut.

Der nächste Schrei des Geists durchzuckte sie stechend.

Mirue presste die Augen einen Moment lang zusammen und zog ihren Arm aus dem Boden, ohne den Krebs erwischt zu haben. Sie seufzte und setzte sich auf. Die Insekten summten lauter als sonst. Jetzt fiel ihr auch auf, dass in der Luft ein Geruch lag, der nicht hierher gehörte. Sie blickte sich um. Dichtes Wurzelwerk säumte das Ufer. Und ein Stück entfernt von ihr türmte sich ein blau schillernder Hügel auf, besetzt mit unzähligen Fliegen und huschenden Krabben.

Sie zog ihr Messer und näherte sich vorsichtig. Das Tier ähnelte einer Echse, nur groß genug, um Mirues Hütte im Dorf aufs Dach zu blicken. Doch die Flossen und der Fischgestank verrieten, dass es sich um ein Meereswesen handeln musste. Ein totes offensichtlich. Eine klaffende Wunde in der Flanke machte es allzu offensichtlich, woran es gestorben war. Geronnenes Blut klebte auf den Schuppen und färbte den Schlamm rostrot.

Es musste eine große Klinge gewesen sein, die die Meeresechse getötet hatte. Scharf, vermutlich aus Stahl, mit Kraft geführt. In Mirues Dorf besaß niemand eine derartige Waffe. Infrage kamen also nur das Inselvolk der Ilaer oder Fremde.

Nun, es konnte ihr gleich sein. Sie wollte sich abwenden und wieder auf Krebsfang gehen, als ihr Blick auf einen Gegenstand fiel, der unter dem Bauch des Wesens hervorragte. Ein dicker Ast vielleicht. Mirue ging in die Knie – und zuckte zurück.

Es war eine Hand, unter dem Schlamm bläulich schwarz.

Der Geist brüllte wieder, laut, als stünde er direkt neben Mirue. Sie massierte sich die Schläfen und atmete aus. Mit den Fingern berührte sie die dunkle Haut. Kalt. Wer auch immer dort lag, war tot.

Sollte sie einfach gehen? Aber Hinweise auf Fremde mit Stahlwaffen würden den Sprecher ihres Dorfs interessieren. Sie brauchte sich nicht einreden, sie hätte keine Verantwortung.

Mirue schluckte und steckte ihr Messer weg. Mit aller Kraft stemmte sie sich gegen den Kadaver. Die Anstrengung trieb ihr Schweiß auf den Körper und ließ ihr Herz hämmern. Nur langsam bewegte sich der tote Leib des

Wasserwesens. Als sie es endlich schaffte, ihn wegzurollen, kam darunter das schlammverkrustete schmale Gesicht einer Frau zum Vorschein.

Ihre schwarzen Haare waren zu einem strengen Zopf geflochten. Ein enganliegender, netzartiger Stoff verhüllte ihren Oberkörper. Das kostbare Rot der Fäden bildete einen auffälligen Kontrast zu ihrer Haut.

Mirue packte ihre Arme und zog die Fremde mit einem Ruck aus dem Schlamm. Unterhalb ihrer Hüfte befanden sich keine Beine, sondern ein Fischschwanz.

»Sirena«, murmelte Mirue. War das Meervolk doch mehr als nur eine Erzählung für Kinder?

Der Geist war ruhiger geworden, grollte nur noch. Mirue musterte die Kiemen am Hals der Frau und fragte sich, ob sie erstickt war.

In diesem Moment flatterten ihre Lider. Mirue erstarrte. Tatsächlich, die Brust der Frau hob und senkte sich kaum merklich.

Mirue betrachtete den reglosen Körper im Schlamm. Die Flut musste die Wasserfrau und ihre Echse hergebracht haben. Jetzt verhinderte die Ebbe, dass sie ins Meer zurückkehren konnte. Ihre Schuppen waren trocken, die Lippen spröde. Egal, ob sie bald aufwachte oder nicht - sie würde hier sterben, wenn Mirue sie liegenließ.

Seufzend packte sie erneut die kalten Arme. Es hieß, die Begegnung mit einer Sirena brächte Glück, also was konnte es schaden, ihr zu helfen.

Jetzt war der Geist seltsam still. Er war noch immer da, das konnte Mirue spüren, aber er schrie nicht mehr.

Vorsichtig zog sie die Meerfrau ins grüne Wasser, bis es ihren Körper bis zum Hals überspülte. Die Sirena regte sich nicht. Ihr Kopf hing schlaff zur Seite. Unschlüssig trat Mirue zurück. Vielleicht sollte sie später noch einmal nach der Wasserfrau sehen?

★✘★

Sie lag noch immer dort. Mirue ging vor der Sirena in die Hocke und betrachtete ihr Gesicht. Auf den ersten Blick war die Schönheit der Frau nicht erkennbar gewesen, aber jetzt sah Mirue sie deutlich. Ihre Züge waren scharf, und ihre Augen standen ein wenig schräg, aber gerade darin lag eine seltsame Harmonie. Bildete sie es sich ein oder wirkte die Haut der Meerfrau inzwischen gesünder?

Mirue warf das Bündel mit den zusammengeschnürten Krebsen in ihr Boot und schob es ins Wasser. Dann zögerte sie. Die Sonne würde bald untergehen und die Flut den Schlamm überschwemmen. Bis dahin war sie normalerweise zurück im Dorf. Aber konnte sie die reglose Sirena einfach liegenlassen? Der Geist knurrte in ihrem Kopf.

Kurz dachte sie darüber nach, die Frau mitzunehmen und den Sprecher zu bitten, sie zu untersuchen. Doch was sollte er finden? Es gab keine offensichtlichen Wunden. Wahrscheinlich hatte sie das Gewicht der sterbenden Echse im Schlamm festgehalten und ihr die Hitze derart zugesetzt, dass sie bewusstlos geworden war. Sie würde wieder aufwachen. Es war nur eine Frage der Zeit. Dann würde sie sich umsehen, verlassen, bis auf den Leichnam ihres Gefährten. Mirues Hals wurde eng bei dem Gedanken.

Seufzend band sie ihr Boot an die Wurzeln. Ein wenig konnte sie noch warten. Sie kannte den Rückweg gut genug, um ihn auch bei schlechtem Licht zu finden. Der Geist war nun ganz ruhig.

★✂★

Nach Sonnenuntergang schrien andere Vögel. Blaugrauer Abendschein drang durch das Blätterdach, sodass die Mangroven in schattengefleckter Dunkelheit versanken. Mirue setzte sich blinzelnd auf. Ihr Boot schaukelte im Wasser.

Die Sirena. Die Stelle, wo sie gelegen hatte, war leer. Nur die Rückenflosse der toten Echse ragte aus der Wasseroberfläche. Vielleicht hatte die Flut den Körper der Wasserfrau davongetragen. Ein Stich zuckte bei dem Gedanken durch ihre Brust. Mirue schluckte ein paarmal.

Ein Ruck ging durch die linke Seite des Bootes, und schwarze Hände klammerten sich ans Holz. Die Gestalt der Sirena verschmolz beinahe mit der Dunkelheit. Mirue erkannte kaum mehr als den Schimmer ihrer Augen. Einen

Moment lang starrten sie sich an. Keine von beiden wandte den Blick ab.

»Danke«, sagte die Wasserfrau schließlich. Ihre Stimme klang wie Meerschaum.

Überrascht hob Mirue die Brauen.

»Du sprichst meine Sprache.«

Die Sirena legte den Kopf schief.

»Es ist die Sprache der Ilaer.«

Die Ilaer, ja. Sie lebten nicht in den auf Stelzen gebauten Häusern am Strand wie Mirues Leute. Auf ihrer Insel blieben sie lieber unter sich und verschanzten sich in Bauwerken aus Stein – niemand wusste, woher sie ihn hatten. Oder woher sie das robuste Holz für ihre riesigen Schiffe nahmen. Der Sprecher sagte, sie handelten mit ihren Zauberkräften.

»Ich bin keine Ilaerin«, sagte sie nachdrücklich. Es war wichtig, dass die Meerfrau das wusste. Auch wenn Mirue selbst nicht ganz klar war, warum. Die Lippen der Sirena verzogen sich leicht.

»Ilaerinnen kleiden sich anders.«

Mirues Kleid war über und über mit Schlamm beschmiert. Hitze kribbelte in ihren Wangen. Sie strich sich eine lose Haarsträhne aus dem Gesicht – was es vermutlich nicht besser machte. Die Wasserfrau beobachtete sie schweigend. Was dachte sie in diesem Moment? Ihre Züge verrieten nichts. Kein Wohlwollen – keine Ablehnung.

Mirues Brust zog sich zusammen. Zögernd deutete sie auf die tote Echse.

»Tut mir leid wegen …«

Die Sirena nickte.

»Sein Name war Olu.« Ihre Augen zuckten nur kurz in Richtung des Kadavers. »Ilaer haben ihn getötet.«

Mirue war nicht verwundert. Wenn es um die Ilaer ging, wunderte sie nichts. Sie waren so anders als die Leute aus ihrem Dorf – oder gaben zumindest vor, es zu sein. Ihre Kleidung bestand aus Gold, kostbaren Federn und gefärbten Stoffen. Ihre Haut war heller, weil sie die dunklen Räume der großen Pyramide, in der sie allesamt lebten, nur selten verließen. Und sie trugen Waffen, obwohl sie auf ihrer Insel unter sich waren.

»Kommst du ohne ihn zurück in deine Heimat?«, fragte Mirue.

Das kaum merkliche Lächeln auf dem Gesicht der Wasserfrau erlosch.

»Ich kann nicht mehr zurück. Ich wäre das Verderben meiner Leute.«

Mirue runzelte die Stirn.

»Du siehst aber nicht aus wie Verderben.«

»Ein Dämon umhüllt meine Seele.« Die Sirena befeuchtete sich die Lippen mit der Zunge. »Ich weiß nicht, wie lange ich ihn noch kontrollieren kann. Wenn meine Beherrschung schwindet, wird er mich zwingen, mein Volk zu verraten.«

Dämon nannte sie den Geist also. Vielleicht war es passend. »Du hast recht. Ich kann ihn hören«, sagte sie.

»Du hörst ihn?« Die Stimme der Wasserfrau war lauter geworden. Sie zog sich an der Bordwand ein Stück aus dem Wasser. Ihre Schultern schimmerten feucht. »Kannst du ihn bannen?«

»Ich … nein. Vermutlich könnte es eine Ilaerin.«

Die Sirena nickte enttäuscht.

»Was hast du jetzt vor?«, fragte Mirue. Sollte sie ihr anbieten, mit in ihr Dorf zu kommen? Es war Unsinn, nicht wahr? Die Wasserfrau gehörte nicht in ein Stelzenhaus oder in den Sand des Strandes. Ihre Welt lag am Grund des Meeres – ein Ort, den Mirue nie erreichen würde.

»Ich werde erst einmal hierbleiben. Ich muss nachdenken.« Ihre Hände lösten sich von den Planken, und sie glitt zurück ins Wasser. Mirue blickte auf die Stelle, wo sich ihr Gesicht befunden hatte. Dann räusperte sie sich und nahm ihr Paddel in die Hand.

»Ich …« Ja, was? Würde sie nun heimkehren, sich eine Weile an die Begegnung erinnern und sie irgendwann vergessen? Würde sie sich später fragen, was passiert wäre, wenn …? Mirue blinzelte ein paarmal. »Ich … komme morgen wieder.«

»Vielen Dank, Menschenfrau. Du bist gut«, sagte die Stimme der Sirena irgendwo vom Wasser her.

»Wäre ja schlimm, wenn nicht«, murmelte Mirue und löste den Knoten, mit dem sie ihr Boot an die Wurzeln gebunden hatte.

»Mein Name ist Waraya.« Es passte. Wie sie es aussprach, klang es wie eine Meereswoge.

»Mirue.« Einige Herzschläge lang wartete sie darauf, dass die Sirena noch etwas sagte. Doch es war so still, als wäre sie ein Gespenst. Mirue tauchte das Paddel ins Wasser. Nächtliche Finsternis füllte die Mangroven. Auch die Vögel schwiegen.

✦✶✦

Die ersten Sonnenstrahlen malten einen gelben Schimmer an den Horizont. Mirue erreichte die Kaimauer. Sie musste sich hinstellen, um ihr Boot an einem Poller zu befestigen. Der Hafen der Ilaer war eindeutig für größere Gefährte gebaut worden.

Sie nahm das Bündel mit den zusammengeschnürten Krebsen in die Hand und kletterte die Wand hinauf. Fast rechnete sie damit, dass sie gleich jemand packen und zurück ins Meer werfen würde. Wie konnte eine wie sie einen Fuß auf diese Insel setzen? Wie konnte sie es wagen, in die Heimstätte der Ilaer einzudringen? Wie konnte sie sich anmaßen, sie anzusehen? Doch nichts passierte. Bis auf die Schreie der Möwen war es seltsam ruhig in der Stadt. Keine menschlichen Stimmen drangen durch die Gassen, aber eine Vielzahl wispernder Geister strich über Mirues Stirn. Gut, dass sie diesen Ort noch nie zuvor betreten hatte.

Eine Weile verharrte sie und sah sich um. Der Hafen war mit goldbraunem Stein gepflastert. Dieselbe Farbe hatten die Säulen und Wände, die die Gebäude stützten. Sie türmten sich aufeinander, sodass die Insel aussah, als würde nur eine einzige gewaltige Pyramide sie bedecken statt eines Gewirrs mehrstöckiger Häuser. Mirue wusste, dass sich der Markt hier in der Nähe, auf der untersten Ebene befinden musste. Ganz oben lagen die Häuser der

Adeligen. Aber die würde sie mit Sicherheit niemals zu Gesicht bekommen.

Sie straffte die Schultern und ging los. Nach wenigen Schritten war der Himmel verschwunden, und über ihrem Kopf befand sich Stein, manchmal von Öffnungen durchdrungen, die einen Blick auf höhere Ebenen erlaubten. Einige Leute bereiteten die Markttische vor. Die Auslagen würden bald mit den Fischen, Garnelen und Muscheln befüllt werden, die die Dorfbewohner den Ilaern brachten.

Mirue verkaufte ihre Krebse und schlenderte dann über den Platz. Ein Verkäufer breitete bestickte Stoffe auf einer Fläche aus. Ein anderer Jade- und Goldschmuck. Diebstahl schienen sie nicht zu fürchten. Vermutlich waren die Ilaer zu wohlhabend dafür. Aber wofür dann die Waffen an ihren Gürteln?

Unschlüssig blieb Mirue zwischen den Säulen stehen und überlegte, was sie tun sollte. Sie hatte gehofft, hier Informationen zu finden, die ihr helfen würden, Waraya von dem Geist zu befreien. Wahrscheinlich war es naiv gewesen zu glauben, sie könne der Wasserfrau helfen. Waraya musste ihren Kampf allein austragen. Der Gedanke stimmte Mirue traurig – dabei hätte es sie nicht kümmern sollen. Sie war nicht für die Sirena verantwortlich, nur weil sie sie gefunden hatte. Sie hatte ihr bereits einmal das Leben gerettet. Das sollte genügen, oder nicht? Nein, natürlich nicht.

Als Mirue den Kopf hob, fing sie einen Blick aus braunen Augen auf. Durch eine Öffnung in der Decke entdeckte sie einen Mann, etwa zwei Ebenen über dem Markt. Goldreife funkelten im Fackelschein an seinen Handgelenken. Sein Umhang bestand aus den rotorangen Federn von Ibissen. Mirue wollte sich gar nicht ausmalen, wie wertvoll dieses Gewand war. Nun schien ihm aufzufallen, dass sie ihn bemerkt hatte, und er wandte sich ab. Würde sie Schwierigkeiten bekommen, weil sie ihn angesehen hatte? Es war besser, sie verließ diesen Ort.

Mirue ging zurück zu ihrem Boot. Nun war der Hafen belebter. Ilaer gingen ihren täglichen Aufgaben nach.

Manche ignorierten sie, andere musterten sie missbilligend. Zwar trug Mirue ihr bestes Kleid und hatte ihre Haare zu einem ordentlichen Zopf geflochten, aber natürlich konnte jeder auf den ersten Blick erkennen, dass sie keine Ilaerin war.

Bevor die an der Kaimauer hinabklettern konnte, trat ihr ein Fremder in den Weg. Obwohl er direkt vor ihr stand, ging sein Blick an ihrem Gesicht vorbei. Er verschränkte die Arme hinter dem Rücken und straffte sich.

»Entschuldigt vielmals, aber darf ich Euch bitten, mir zu folgen, Herrin?«

Keiner reagierte auf seine Worte. Also sah sie sich um. Doch er hatte seine Augen starr auf eine Säule gerichtet. Da stand niemand.

»Ihr seid unserer Sprache mächtig?«, fragte er.

»Was?« Mirue zog die Brauen zusammen. »Herrin?«

»Der edle Erste Magier wünscht eine Unterredung mit Euch.« Noch immer ging sein Blick beharrlich an ihr vorbei.

»Mit mir?« Mirue räusperte sich. »Ich kenne ihn nicht.«

»Ihr habt kein Recht, seinen Befehl zu ignorieren.« Seine Lippen wurden schmal. »Doch Ihr seid mit Eurer Missbilligung durchaus nicht allein.« Er wandte sich von ihr ab und ging zurück in Richtung des Marktbereichs. Als sie ihm nicht folgte, blieb er stehen und drehte den Kopf. Kurz sah sie direkt in seine Augen, dann schweifte sein Blick weiter und blieb an einem Punkt hinter ihr hängen. »Euer Zögern wird meinen Herrn verärgern.«

Nun, der Ärger eines Ilaers war wahrscheinlich tatsächlich nichts, was sie anstreben sollte. Zaghaft setzte sie sich in Bewegung. Der Mann führte sie an den Marktständen vorbei zu einer Treppe, über die sie die nächste Ebene erreichten. Mirue hatte kaum Zeit, sich umzusehen, denn er stieg von dort aus weiter hinauf und führte sie zu einem Vorsprung, der unter freiem Himmel lag.

Mirue lehnte sich ans Geländer und blickte in die Tiefe. Der Hafen wirkte von hier aus viel zu klein. Der höchste Ort, den sie je erklommen hatte, war das Haus des Sprechers, dessen Stelzen ein wenig weiter aufragten als die restlichen im Dorf. Menschen sollten nicht so hoch klettern. Diese Sicht war den Vögeln vorbehalten.

Mirue schluckte und wandte sich ab. Der Fremde war verschwunden, dafür stand nun der Mann vor ihr, den sie zuvor durch die Öffnung in der Decke gesehen hatte. Er musterte sie seltsam ausdruckslos. Mirues Magen verkrampfte. Die Stille zwischen ihnen senkte sich schwer auf ihre Brust.

»Ich bin nur hergekommen, um meine Krebse zu verkaufen«, sagte sie nach einem unerträglichen Moment des Schweigens.

»Inadäquat«, sagte er.

Das Wort kannte sie nicht. Sie holte Luft, doch dann fiel ihr auf, dass sie nicht wusste, was sie erwidern sollte. Wenn der Mann wirklich der Erste Magier der Ilaer war, dann musste er sehr mächtig sein. Sein Leben und ihres lagen so weit auseinander wie die beiden Enden der Welt. Auch wenn sie sich derselben Sprache bedienten, würden sie einander nicht verstehen. Er starrte sie weiter an.

»Deine Mutter hat mich um mein Recht betrogen, Tochter. Aus dir hätte keine Fischerin werden dürfen.«

Was sollte das denn heißen? Mirue blinzelte ihn verwirrt an. Der Diener kehrte zurück, stellte einen Tisch neben sie und ging wieder. Mirue verschränkte die Finger ineinander.

»Krebsfängerin«, korrigierte sie verspätet und versuchte, die Erinnerung an ihre tote Mutter zu ignorieren. »Ich fische nicht.«

Der Mann trat auf eine Armlänge Abstand auf sie zu.

»Du musst doch gespürt haben, dass Magie dir liegt.«

Der Diener stellte eine Schale mit geschnittenen Ananas- und Papayastückchen neben ihr ab. Zu einem anderen Zeitpunkt hätte sie sich über das Obst gefreut. Jetzt hätte es nicht unpassender sein können.

»Ich …« Mirue schluckte. »Ich weiß nicht genau, was Magie ist. Ich … höre nur Stimmen.«

Er nickte.

»Die Stimmen der Magier, wenn sie ihren Geist aussenden.«

Tatsächlich war sie nie davon ausgegangen, dass sie verrückt war. Dennoch hatte sie niemandem von den Stimmen erzählt. Nicht einmal dem Sprecher.

»*Geist aussenden* klingt einfacher als *Magie*«, sagte Mirue.

»Es ist durchaus nicht einfach. Vor allem nicht über größere Distanzen.«

Zum dritten Mal trat der Diener neben sie und stellte einen Becher mit roter Flüssigkeit auf den Tisch. Einen nur. Wollte der Erste Magier sie vergiften? Warum die Mühe? Sie war eine Krebsfängerin. Eine Krebsfängerin, die Stimmen hörte.

»Ich habe dich gleich erkannt«, sagte der Erste Magier. »Mit der richtigen Kleidung würdest du hier nicht auffallen.«

Mirue griff nach dem Becher, damit sie etwas hatte, woran sie sich festhalten konnte. Die Flüssigkeit darin schwappte über den Rand und lief glänzend über das fein gezeichnete Muster auf der Keramik.

»Ich bin keine Ilaerin«, sagte sie.

»Noch nicht.« Die Spur eines Lächelns huschte über seine Lippen, aber nur für einen Augenblick.

Mirues Hals war trocken. Sie schluckte ein paarmal, drehte den Becher in der Hand und nahm einen Schluck. Ein kribbelnder metallischer Geschmack breitete sich auf ihrer Zunge aus. Die Flüssigkeit rann wie Feuer ihren Hals hinab. Doch ein plötzlicher Brechreiz beförderte sie zurück in ihren Mund. Mirue krümmte sich und spuckte aus. Hitze schoss in ihr Gesicht. Doch als sie den Blick hob, beobachtete sie der Erste Magier nur mit ausdrucksloser Miene, kein bisschen überrascht.

»Was ist das?«, fragte sie.

»Trink es aus.« Er nickte auffordernd. »Es wird deine Kräfte stärken.«

Mirue schnaubte.

»Es schmeckt wie Blut!«

Einen Moment lang schwieg er und verschränkte die Arme.

»Macht hat seinen Preis«, sagte er dann.

Macht. Die rote Flüssigkeit war also *Macht*? Auf einmal wusste sie, wovor Waraya geflohen war. Mit zitternden Händen stellte sie den Becher zurück auf den Tisch. Mirue sah den Ilaer nicht mehr an. Sie straffte die Schultern und ging an ihm vorbei auf die erstbeste Treppe zu, die sie entdeckte.

»Wohin willst du?«, rief er hinter ihr.

»Weg«, sagte sie.

Sein Federmantel raschelte, als er ihr folgte.

»Krebse fangen? Hier bei mir könntest du eine angesehene Magierin werden.«

»Mag sein.« Mirue beschleunigte ihre Schritte.

»Du wirst zurückkommen. Glaub mir, Mädchen, das wirst du.«

Vielleicht – aber nicht, um Magie von ihm zu lernen. Und nicht, um eine Ilaerin zu werden. Sie würde ihn niemals *Vater* nennen. Lieber würde sie sich im grünen Mangrovenwasser ertränken und sich von den Krebsen fressen lassen. Mirue eilte die Stufen hinunter, ohne sich noch einmal umzudrehen.

Ihr kleines Boot schnitt durch die Wellen. Mirue stieß das Paddel gleichmäßig und kräftig ins Wasser. Einen Moment lang hielt sie inne und blickte zurück. Die Stadt der Ilaer ragte hinter ihr auf wie ein Vulkan, innerlich brodelnd und unheilvoll. Eines der großen Schiffe fuhr hinaus. Die Leute hinter der Reling waren mit Harpunen bewaffnet.

Mirue biss sich auf die Zunge und begann wieder zu paddeln. Salzwasser spritzte auf ihre Haut. Die Schreie der Möwen klangen heute dunkler als sonst.

Als sie die Mangroven erreichte, war sie außer Atem. Das Kleid klebte ihr schweißfeucht am Körper. Der Geruch entspannte ihren Atem. Der Ruf eines Reihers zitterte über sie hinweg. Einen Moment lang hielt sie das Paddel still und schloss die Augen. Mirue atmete ein paarmal tief durch, während sie durch die vertraute Landschaft trieb.

Waraya war nicht mehr hier. Der tote Körper der Echse lag noch immer im Schlamm. Jemand hatte ihn mit einigen Blättern bedeckt, doch sie hielten die Fliegenschwärme und Krabben nicht ab.

»Waraya!« Mirue kletterte aus ihrem Boot. Ihre Füße versanken im Schlamm. Mit fliegenden Fingern knotete sie ihr Boot an den Wurzeln fest und lief dann am Ufer entlang. Sie umrundete die Echse. Der Verwesungsgestank ließ sie würgen. Sie presste die Lippen aufeinander und atmete flach.

Im Schatten des toten Tieres lag die Sirena. Reglos wie gestern, als Mirue sie gefunden hatte. Die erste Erleichterung wandelte sich in kaltes Erschrecken, als Mirue nähertrat. Warayas schwarze Haut glänzte matt im Dämmerlicht der Mangroven. Blut rann aus unzähligen Schnitten über ihren linken Arm und färbte den Schlamm. Neben ihr lag ein wohlbekanntes Messer. *Ihr* Messer. Mirue hatte nicht bemerkt, dass die Sirena es genommen hatte.

Mirue riss einen Stoffstreifen von ihrem Rock, um Warayas Arm damit zu verbinden. Ihre Finger zitterten so sehr, dass sie mehrere Versuche brauchte, einen Knoten hinzubekommen. Die Haut der Meerfrau war kühl, doch ihre Brust hob und senkte sich weiterhin. Einige Augenblicke lang hielt Mirue die Sirena im Arm und betrachtete ihr unbewegtes Gesicht. Immer noch schön, auch jetzt. Die Wasserfrau war deutlich mehr Mensch als Fisch, egal, wie fremdartig sie auf den ersten Blick wirken mochte. Wie konnten die Ilaer nur glauben, diese Wesen wären nicht mehr als Schlachtvieh, dessen Blut man bedenkenlos trinken konnte? Ein Kribbeln lief Mirues Rücken hinab und hinterließ Gänsehaut auf ihrem ganzen Körper.

Eine Weile glaubte sie, der Dämon, vor dem Waraya sich gefürchtet hatte, wäre verschwunden. Doch dann sickerte die Stimme sacht in ihren Kopf. Mirue schloss die Augen. Sie erkannte den Klang. Sie hatte ihn heute schon einmal gehört.

Geh weg!, fauchte sie stumm, und zu ihrer Überraschung zuckte die Präsenz des Ersten Magiers tatsächlich zurück und verschanzte sich wieder hinter Warayas Stirn.

Mirue schluckte hart. Sie zog die Sirena zum Wasser und schöpfte mit ihrer Hand ein wenig davon auf Warayas Haut. Sie hatte keine Ahnung, ob es etwas brachte, aber zumindest würde es der Meerfrau nicht schaden.

Warayas Lider hoben sich. Ihr Blick traf Mirue wie ein Speerstoß. Ihre Augen waren dunkelgrün wie der Mangrovenwald bei Nacht.

»Er ist noch da«, flüsterte die Sirena matt.

Erschrocken warf Mirue einen Blick über die Schulter, doch sie sah nur Dickicht. Natürlich. Der Feind, den Waraya meinte, war nicht in Fleisch und Blut anwesend.

Waraya versuchte sich aufzusetzen, und Mirue half ihr dabei. »Ich hatte gehofft, der Schmerz würde den Dämon vertreiben«, sagte die Sirena leise.

Mirue griff nach dem blutverkrusteten Messer und steckte es in ihren Gürtel.

»Du hättest sterben können.« Ihre Stimme war seltsam schwach.

Warayas Blick wanderte an ihr vorbei auf die Wasseroberfläche.

»Das wäre besser gewesen für mein Volk. Dann kann der Dämon mich nicht mehr gegen meine eigenen Leute verwenden.«

Was man von den Ilaern nicht sagen konnte, war, dass sie dumm waren. Sie würden ihre Kraft nicht an eine bedeutungslose Person verschwenden, nicht wahr?

»Wer bist du?«, fragte Mirue.

Schmerz huschte über Warayas Gesicht.

»Eine Prinzess… Eine Königin. Die Ilaer haben bei ihrem letzten Angriff meine Mutter getötet. Sie war stark. Wahrscheinlich haben die Ilaer angenommen, die Schwäche ihrer Nachfolgerin würde es ihnen leichter machen, uns alle zu versklaven. Vielleicht-«

»Nein.« Mirue holte Luft und nahm ihre beiden Hände in ihre. »Wir werden den Dämon vertreiben.«

»Wir?« Waraya sah sie an. Lange und ohne Schwäche. Mirue nickte langsam.

»Ich könnte es versuchen.«

»Ist es gefährlich für dich?«

»Das weiß ich nicht«, sagte Mirue achselzuckend. »Spielt das eine Rolle?«

Warayas Züge verhärteten sich.

»Wer bist *du*? Du schuldest mir nichts. Ich verstehe nicht, warum du mir hilfst. Warum du überhaupt wiedergekommen bist. Und jetzt willst du den Dämon vertreiben?«

Über ihnen raschelten die Blätter. Das konstante Summen der Fliegen füllte die Luft. Mirue strich sich die schweißnassen Haarsträhnen aus dem Gesicht und schluckte.

»Ja«, sagte sie leise.

Waraya blinzelte. Im nächsten Moment war ihre Miene wieder sanft.

»Verstehe«, sagte sie – aber Mirue wagte kaum zu hoffen, dass sie tatsächlich verstand. »Tu es.«

Mirue nickte. Sie legte Waraya die Handflächen auf die Schläfen. Die Berührung war vermutlich nicht notwendig, aber sie hatte das Gefühl, dass es so einfacher werden würde. Der Geist pochte unter ihren Fingerkuppen. Schweigend zwar, aber doch war er da. Wie er sie wohl wahrnahm? Wusste er, dass sie es war?

Mit geschlossenen Augen lauschte sie.

»Ich kann das«, flüsterte sie. Ilaerblut floss durch ihre Adern. Sie hatte diese Fähigkeiten geerbt, ob sie wollte oder nicht. Heute sollten sie ihr zum ersten Mal nützen.

Sie glitt durch Warayas Stirn. Bilder aus wirbelndem Blau und Wellenklänge hüllten sie ein. Warayas Herzschlag pochte auf einmal auch in Mirues Brust, und ihr Blut strömte durch ihre Adern.

Der Geist schoss auf sie zu. Er umschloss sie wie eine krallenbesetzte Hand. Mit kalten Fingern drückte er zu, sodass Mirue glaubte, ihr Kopf würde explodieren. Sie schrie und ballte die Hände zu Fäusten. Der Geschmack von Blut füllte ihren Mund.

Sie riss die Augen auf. Schmerz pochte heiß auf ihrer Zunge. Waraya vor ihr krümmte sich. Ihre Flosse schlug ins Wasser und ließ Tropfen auf den Schlamm regnen. Die Stimme lachte. Sie rauschte heran, verließ Waraya und bohrte sich in Mirues Bewusstsein wie ein Giftstachel.

Nein, bitte nicht. Die kalte Präsenz presste sich an sie und riss an ihren Gedanken wie an einer dünnen Schnur.

Doch dann fanden ihre Finger den lederumwickelten Griff ihres Messers am Gürtel. Auf der Klinge klebte Warayas getrocknetes Blut, eine braune Kruste. Sie schmeckte nach Eisen und Salz. Mirue schluckte und presste dann fest die Lippen zusammen, um sich nicht zu übergeben. Brennende Hitze durchströmte ihren Körper. Flammen wogten unter ihrer Haut und bissen sich in die Geisterklauen.

Sie zuckten, und der Druck ließ nach. Mirue schrie auf, raffte ihre verbliebene Kraft zusammen und drängte den Eindringling weiter zurück. Ihre Gedanken gehörten wieder ihr, sie bestanden nun aus Feuer. Sie schossen Funken auf den Geist und verbrannten seine Oberfläche. Mit einem Ruck verließ er ihren Körper.

Einen Moment lang hing seine Stimme noch in der Luft. Mirue verstand nicht, was sie sagte. Sie wusste nicht, ob er sie sehen konnte, doch sie glaubte seinen Blick zu spüren wie kalten Regen. Dann rieselte der Geist wie Sand auf den Boden. Wunderbare Stille herrschte in ihrem Kopf.

Fort. Mirue sackte in den Schlamm. Kalter Schweiß bedeckte ihre Haut. Ihre Hände hatten das Gewicht von Fels, sodass sie sie nicht bewegen konnte. Warayas Gesicht erschien über ihr. Mirue wollte etwas sagen, doch sie brachte die Lippen nicht auseinander. Der Geist war weg, doch er hatte kalte Schwere in ihr zurückgelassen. Warayas Anblick zerfloss und hüllte Mirue in endlose Schwärze.

✦ ✄ ✦

Blaue Weite umgab sie. Zu grün für den Himmel, zu schwer für die Luft. Unter ihr war feiner Sand. Über ihr zogen Fische hinweg. Auf ihren Lippen schmeckte sie

Salz. Mirue atmete tief ein. Sie wusste nicht, warum sich ihre Lungen nicht mit Wasser füllten. Vielleicht taten sie es. War sie tot?

Eine schwarze Hand lag auf ihrer. Diesmal war sie nicht kalt. Waraya saß neben ihr und blickte auf sie hinab. Ihre Lippen formten fast so etwas wie ein Lächeln.

»Wo …?« Mirue setzte sich auf. Ihr Haar wirbelte in der Meeresströmung. Sie befand sich auf der Spitze einer steinernen Stufenpyramide. Um sie herum breiteten sich ähnliche Bauwerke aus, nur kleiner. Wassermenschen schwammen zwischen ihnen. Manche ritten auf großen Echsen. Mirue schluckte. »Wie … kann das sein?«

»Du hast mein Blut aufgenommen«, sagte Waraya. Sie hob das Gesicht und blickte nach oben. Lichtsäulen fielen gerade herab. Die Sonne, von der sie stammten, war fern. Eine andere Welt. »Keine Schatten, dort oben. Während ich fort war, ist es meinen Leuten gelungen, die Schiffe zu zerstören. Ich wusste, sie würden kämpfen.«

»Warum hast du mich hergebracht?«, fragte Mirue.

Waraya wandte sich wieder ihr zu.

»Der Ozean heilt alle Wunden. Daran glauben wir. Und jetzt bist du wach.« Diesmal lächelte sie wirklich. Mirue spürte ihre Berührung auf einmal so deutlich, als bestünde Warayas Hand aus Flammen. Dann glätteten sich Warayas Züge. »Ich bringe dich zurück an den Strand.«

»Und … wenn ich das nicht möchte?« Mirue hielt Warayas Finger fest, bevor sie sie zurückziehen konnte. »Der erste Magier wird erneut versuchen, dich mit Magie zu fesseln. Ich kann helfen.«

Einen Moment lang klirrten um sie herum nur die hellen Töne der Wellen. Waraya betrachtete Mirues Gesicht auf eine Weise, die ihr das Blut in die Wangen schießen ließ.

»Ich hatte gehofft, du würdest das sagen«, meinte sie schließlich. »Nenn mich eigennützig.«

»Vielleicht bin auch ich eigennützig«, sagte Mirue.

»Nein. Du bist gut, Menschenfrau.« Kurz herrschte Schweigen zwischen ihnen. Dann räusperte sich Waraya. »Mirue«, sagte sie etwas verlegen. Es war das erste Mal, dass sie ihren Namen aussprach. Keine von ihnen zog ihre Hand fort.

Kornelia Schmid wurde 1993 in Regensburg geboren und studiert dort inzwischen Germanistik, Kunstgeschichte und Philosophie. Ihren ersten Roman begann sie im Alter von zwölf Jahren. Seitdem schreibt sie hauptsächlich im Bereich der Fantastik. Neben Ausflügen in alltägliche, historische oder futuristische Settings taucht sie besonders gerne in magische Welten ab – egal ob Unterwasserlandschaft, Wüste oder Dschungel. Ihre Kurzgeschichten sind in verschiedenen Anthologien erschienen.

Auf ihrer Facebook-Seite (www.facebook.com/KorneliaSchmidAutorin) informiert sie über ihr Schreiben.

Herzmuschel

David Pawn

Eine Sirene schwamm den beiden Ermittlern voran und verkündete mit ihrer durchdringenden Stimme, dass etwas Schwerwiegendes geschehen sein musste in Karallis, der größten Stadt der Meerleute in den Fluten der Nordsee. Ihr unmittelbar folgte Oberuntersucher Rosko. Ein Meermann mit einem schlanken durchtrainierten Körper, wehenden blonden Haaren und einem Schnauzbart, der ihn wie ein Walross wirken ließ, und das ohne den Blubberzauber, der Meerleute wie der Glamour die Elfen vor der Entdeckung durch die Menschen schützte. Die Nachhut bildete die junge Untersucherin Parell. Sie war, wie Rosko erst gestern in einer Bar erzählt hatte, ein wenig zu dürr und knochig, besaß aber einen wachen Verstand. Sie werde es mal weit bringen, hatte Rosko seinen Drink schwenkend erklärt.

Sie erreichten ein Haus aus Muschelschalen in einer hübschen Vorstadtsiedlung. Ein Schwarm Schulkinder in Begleitung einer Aufsicht schwamm vorbei und grüßte, die Flossen schwenkend, ehe er Richtung Oberfläche abdrehte.

Ein weiterer Untersucher erwartete sie. Er wippte nervös mit der Flosse, als er den sich nähernden Oberuntersucher erblickte.

»Varius«, stellte er sich vor. »Ich war als erster vor Ort.«

»Was haben wir?«, fragte Rosko ohne Einleitung.

»Weibliche Leiche, vermutliche Todesursache ist eine Muschelschale im Herzen«, erwiderte Varius eifrig.

»Führen Sie uns hin!«

Der junge Meermann stieß die Tür auf und schwamm voran.

Die Leiche dümpelte im Wohnzimmer in der Nähe eines Fensters, durch das man auf einen Steingarten hinter dem Haus sehen konnte. Bunte Felsen waren um einen kleinen unterseeischen Vulkan gruppiert. Die Tote war nach

Roskos erstem Eindruck nicht viel älter als Fünfundzwanzig. Ihr langes, schwarzes Haar wand sich schlangengleich in der Strömung um ihren Kopf. Sie besaß eine sportliche Figur. Ihr im Tod erstarrter Gesichtsausdruck sprach von Überraschung.

Rosko wandte sich zu dem Beamten um, der sie hergeführt hatte.

»Wer ist sie?«

»Sie heißt Grinella. Besitzt eine große Algenfarm vor der Stadt.«

»*Die* Grinella?«, entfuhr es Parell überrascht. Rosko runzelte die Stirn und starrte sie an. »Sie kennen sie bestimmt auch«, fuhr die Meerfrau fort. »Jedermann kennt doch die Algen von Grinella. Iss jeden Tag Grinella, dann schwimmst du dreimal schneller.«

»Ich bevorzuge eine ordentliche Fischmahlzeit«, sagte Rosko. Er zog ein kleines Gerät aus der Tasche, von dem sich Bläschen Richtung Zimmerdecke schlängelten. Er öffnete eine Klappe, zog einen Stift an der Seite heraus und begann, damit auf der Oberfläche des Kastens Notizen zu machen. Jeder in Karallis besaß heutzutage einen Notator. Früher war es für Meerleute nicht leicht gewesen, Sprache festzuhalten. Das von den Beinigen benutzte Papier löste sich im Wasser auf.

»Was wissen wir sonst noch?«

»Jemand scheint sich unbefugt Einlass verschafft zu haben. Die Tür war aufgebrochen, ich vermute mit einem Schwertfisch. Wahrscheinlich nahm der Eindringling an, niemand wäre zu Hause. Einbruch, der aus dem Ruder gelaufen ist.«

»Fehlt etwas?«

»Wissen wir nicht. Grinella war allein.«

»Keine Hausangestellten? Solche Leute leisten sich immer ein paar dienstbare Geister, die für sie die harte Arbeit erledigen«, knurrte Rosko. Ein paar zusätzliche Luftblasen stiegen von seinen Kiemen auf.

»Es gibt ein Hausmädchen. Sie hat die Leiche gefunden, als sie heute früh zur Arbeit kam.«

»Wo ist sie?«

»Oben.«

»Gut, ich spreche nachher mit ihr.«

Rosko wandte sich ab und schwamm durch den Raum. Während er die Inneneinrichtung inspizierte, hier eine Schublade aufzog, dort eine Schranktür öffnete, strömten zwei weitere Meerfrauen herein. Beide trugen enge weiße Anzüge, die sie als Beobachter auswiesen, deren Aufgabe darin bestand, sowohl die Tote als auch den Raum nach Spuren der Tat zu durchforsten. Rosko kannte die kleine Dicke. Sie hieß Zenda und war in erster Linie für den Körper der Toten verantwortlich. Sie würde genau prüfen, ob die Muschelschale im Herzen tatsächlich die Todesursache gewesen war. Erst wenn sie das bestätigte, war es amtlich. Sie begannen sofort mit der Arbeit.

»Seit wann ist sie tot?«, fragte Rosko.

Zenda hob den Kopf und antwortete: »Wie oft wollen Sie das noch sofort fragen, obwohl Sie genau wissen, dass Sie sich wenigstens bis zum Folgetag gedulden müssen? Aber so fürs erste würde ich sagen, etwa sechs Stunden.«

Rosko sah zur Uhr an der Wand. Sie zeigte zehn Uhr in der Früh.

»Seltsam«, murmelte er. »Das wäre mitten in der Nacht gewesen.«

»Was ist daran seltsam?«, fragte Parell. »Die meisten Verbrechen geschehen mitten in der Nacht.«

»Ja, natürlich.« Rosko wandte sich in Richtung Durchschlupf zum oberen Stockwerk und schwamm hinauf. »Ich rede erst einmal mit dem Mädchen«, hörte Parell ihn aus der Röhre. Sie wandte sich von der Betrachtung der Leiche ab und folgte ihrem Vorgesetzten.

Die Vernehmung des Hausmädchens brachte nichts ein. Sie erfuhren nur, was sie ohnehin wussten. Die einzigen interessanten Entdeckungen von Rosko und Parell bestanden in dem Bild einer jungen Meerfrau mit kurzen dunklen Haaren auf dem Nachtschrank der Ermordeten und dem Prospekt eines Reisebüros. Sie fragten, ob das

Hausmädchen von einer Liebesbeziehung wisse, aber diese verneinte.

»Vielleicht eine Schwester«, vermutete Parell.

Rosko zögerte einen Augenblick. Er dachte wirklich über diese Variante nach, dann entgegnete er: »Kennen Sie jemanden, der sich ein Bild seiner Geschwister auf den Nachtschrank stellt? Also ich nicht.«

Auf dem Weg aus dem Haus wedelte er mit dem Reiseprospekt. »Dardanella – Wir machen Ihnen Beine!«, stand in blauen Lettern vor der Kulisse einer Menschenstadt. Es hatte dunkle Zeiten gegeben, da Meerleute für den Luxus von zwei Beinen für einen kurzen Abstecher an Land ihre Seele oder mehr an böse Hexen hatten geben müssen. Heutzutage genügte eine ausreichende Menge Geld.

Rosko blätterte durch den Katalog. Es gab sogar Angebote für Schwangerschaftsaufenthalte. Manche Meerfrauen konnten es sich leisten, nicht einfach nur ein Ei in einer Bruthöhle abzulegen, sondern ein Kind wie die Beinigen zu zeugen und neun Monate an Land zu warten, bis es zur Welt kam. Reiche Meerfrauen wie Grinella.

»Sie hat eine Reise geplant«, stellte er fest. »Vielleicht nicht allein.«

»Warum nicht? Sie muss eine hart arbeitende Frau gewesen sein. Grinella-Algen ist eine große Firma.«

»Sie wissen doch, wie es mit den Reisen auf Beinen ist, Parell. Tradition ist Tradition.«

»Sie denken, sie kannte jemanden an Land?«

»Nicht unbedingt. Aber da ist noch dieses Foto. – Das sind allerdings alles Vermutungen, die uns nicht weiterbringen. Wir schwimmen jetzt zu dieser Farm und hören uns dort ein wenig um.« Er wandte sich an Varius. »Sie suchen in der Nachbarschaft nach Zeugen. Vielleicht hat jemand etwas gesehen, was uns weiterhilft.«

Sie traten aus dem Haus. Eine Dame führte gerade ihren Hummer an der Leine spazieren. Sie warf den Beamten einen abschätzigen Blick zu. Sie passten nicht in die feine Gegend. Rosko winkte der Sirene, und sie setzten sich in Bewegung.

Grinellas Algenfarm befand sich eine Schwimmstunde vom Haus entfernt vor der Stadt. Sie ließen sich von einem Meermann am Tor den Weg zum Büro der verstorbenen Inhaberin weisen. Dort wurden sie von einer Meerfrau mit blau gefärbtem Haar empfangen. Sie erkannten die junge Dame als die auf dem Foto im Schlafzimmer der Ermordeten. Sie hieß Emailla und firmierte als persönliche Assistentin Grinellas. Nachdem sie erklärt hatten, weshalb sie vorsprachen, brach das Mädchen in Tränen aus.

»Sie kannten Grinella persönlich?«, fragte Rosko.

Die junge Frau schniefte, ihre Kiemen bebten.

»Wir hatten eine Beziehung, wie man so sagt.« Sie senkte kurz den Kopf, hob ihn wieder und stieß hervor: »Ich habe sie geliebt, wirklich geliebt!«

»Hatte sie Feinde?«

»Feinde?« Emailla schüttelte den Kopf. »Konkurrenten ja, aber Feinde, nein. Das heißt …« Sie zögerte.

»Ja?« Rosko gab den guten Onkel, der sich die Sorgen seiner Nichte anhört.

»Vor ein paar Tagen war Horatio da. Horatio, der Algenbauer, wie er sich selbst nennt. Er und Grinella waren aus dem Büro bis ins Vorzimmer zu hören. Sie haben sich angeschrien. Grinella hat ihm vorgeworfen, seine Algen mit unerlaubten Substanzen zu behandeln, die er von den Beinigen kauft. Sie sagte, sie besitze Beweise.« Wieder zitterten ihre Kiemen, als sie schluchzend Luft holte.

»Hört sich nach einem Motiv an«, stellte Rosko fest. »Wir müssen Ihnen leider noch eine Frage stellen. Wo waren Sie in der letzten Nacht? Sagen wir so zwischen Mitternacht und sechs Uhr am Morgen.«

Emailla riss die Augen auf.

»Glauben Sie etwa … Soll das heißen …« Sie konnte keine der Fragen aussprechen.

»Wir müssen das jeden fragen, der Grinella gut kannte«, wiegelte Rosko ab.

Emailla schniefte.

»Ich war daheim im Bett. Wo soll ich auch sonst gewesen sein?«

»Bei sich zu Hause? Sagten Sie nicht, Sie und Grinella seien ein Paar gewesen?«, mischte sich Parell ein.

»Ich war nicht oft bei ihr daheim. Manche Meerleute verstehen nicht, was zwischen uns war. Wir wollten unsere Liebe nicht mit dem Tritonshorn hinausposaunen. Sie meldete sich über den Notator bei mir, und dann schwamm ich rüber. Ich wohne nur zwei Querstraßen entfernt. Aber in der letzten Nacht …« Wieder brach sie in Tränen aus. »Ach, wäre ich nur da gewesen.«

»Ja, nicht wahr.« Rosko schien wenig beeindruckt vom Ausbruch der jungen Meerfrau. »Wir müssen uns mit ein paar weiteren Mitarbeitern der Firma unterhalten. Wer hatte besonders oft Kontakt zu der Ermordeten?«

»Unser Chefgärtner natürlich, Emasko. Und auch die Damen von der Buchhaltung. Luvitia und Canaria. Sie finden sie den Gang hinunter links. Emasko ist sicherlich draußen bei den Algen.«

»Das wäre vorerst alles«, sagte Rosko und wandte sich ab. Parell folgte ihm. An der Tür drehte er sich jedoch noch einmal um. »Ach, jetzt hätte ich es fast vergessen. Eine Frage noch. Planten Grinella und Sie einen gemeinsamen Urlaub an Land?«

»Nein.« Emailla wirkte ehrlich überrascht. »Aber … oh.« Sie hob den Zeigefinger der Rechten. »Sie sagte mir vor zwei Tagen, sie plane eine Überraschung. Vielleicht, ja, vielleicht hatte sie vor, mich einzuladen.« Sie schüttelte den Kopf. »Das ist alles so schrecklich.«

Unterwegs zu den Algenplätzen gab Rosko sich schweigsam. Nur einmal wandte er den Kopf, sah zum Bürogebäude zurück und murmelte: »Es wäre eine Möglichkeit.«

»Wovon reden Sie?«

»Von nichts, Parell, nur die Gedanken eines ziemlich verwirrten Ermittlers.«

Nach einigen Minuten suchenden Herumschwimmens zwischen den Algen stießen sie auf Emasko. Er sah aus, wie man sich einen Meermann vorstellt, der in frischem Wasser harte Arbeit leistet. Er besaß eine breite Brust mit sich deutlich abzeichnender Muskulatur, kräftige Arme, präsentierte bei einem Lächeln gesunde Zähne und strich sich eine kecke Locke aus der Stirn, als sich die Ermittler näherten.

»Mit dem reden Sie?«, sagte Rosko.

»Warum?«

»Weil er so aussieht, als könnte er bei Ihnen weich werden, Parell.«

»Finden Sie nicht, dass Sie sexistisch denken?«

»Ich denke praktisch«, sagte Rosko. »Haben Sie sich nicht so. Welche Meermaid würde sich mit dem nicht zur Eiablage verkrümeln wollen?«

»Macho!«, fauchte Parell.

Sie schwammen näher. Ungeachtet ihrer letzten Worte übernahm Parell die Vorstellung und erklärte auch sofort, weshalb sie gekommen waren.

»Das ist nicht möglich«, sagte Emasko. »Ich war …« Er schloss den Mund.

»Was waren Sie?«

»Nichts. Ich bin erschrocken, traurig. Alle mochten die Chefin. Sie war stets freundlich, kümmerte sich um ihre Angestellten, stand mit Rat und Tat zur Seite, wenn es Probleme gab. Auch privat.«

»Hat sie Ihnen mal geholfen?«, mischte sich Rosko ein. Parell wandte den Kopf und runzelte die Stirn. In ihrem Gesicht war abzulesen, dass sie wenigstens nicht gestört werden wollte, wenn man ihr diese Vernehmung schon nur aus dem Grund überließ, weil der Meermann blendend aussah.

»Als meine Schwester verstarb. Sie kam bei einem Unfall ums Leben, geriet in eine Schiffsschraube.«

»Oh, furchtbar«, kommentierte Parell.

»Ja, wirklich. Grinella gewährte mir Urlaub, bis ich meinen Schmerz verarbeitet hatte. Sie hat mich auch daheim besucht, um sich zu erkundigen, wie ich zurechtkomme.«

»Wo wohnen Sie?«

Emasko deutete zu einem Hügel hinter den Algen. »Dort oben bei dem Wrack.« Die Beamten erkannten in der angedeuteten Richtung ein einsam stehendes Gebäude, hinter dem die geborstenen Reste eines Schlachtschiffes aufragten.

»Sind Sie und Grinella sich nähergekommen? Privat?«, fragte Parell.

»Reden Sie davon, ob wir ein Paar waren?«

»Ja.«

»Wenn Sie es so nennen, nein.« Emasko schüttelte den Kopf. »Grinella war keine Frau für eine feste Bindung. Sie war mit der Farm ein Paar. Hat täglich zwölf Stunden und mehr hier zugebracht. Die Algen waren ihre Kinder, die Angestellten ihre Familie.«

»Das hört sich alles sehr malerisch an. Aber ihre Chefin ist tot. Irgendjemand scheint das Idyll nicht geschätzt zu haben.« Parell blickte ihr Gegenüber skeptisch an. »Wo waren Sie in der vorigen Nacht zwischen Mitternacht und sechs Uhr morgens?«

»Glauben Sie, ich habe sie ermordet?«

»Wir müssen das fragen, Herr Emasko.«

»Ich habe geschlafen. Zu Hause. Allein.«

»Keine Zeugen?«

Emasko schüttelte den Kopf. Dann blickte er der Untersucherin fest in die Augen.

»Ich hätte sie niemals töten können.«

»Das hören wir viel zu oft«, stellte Parell fest. Sie schaute zu Rosko. »Haben Sie noch Fragen?«

»Ja, eine noch. Wohin wollten Sie und Grinella in den Urlaub? Auf Beinen?«

»Nach Venedig«, sagte Emasko lapidar. »Das war, außer erfolgreichen Verkäufen, ihr einziger Traum. Sie wollte einmal nach Venedig. Sie hat mich gefragt, ob ich mitkäme, meinte, in diese Stadt führe niemand allein.«

»Haben Sie zugesagt?«

»Noch nicht.«

»Wann hat Sie Ihnen davon erzählt?«

Emasko legte die Stirn in Falten. Ein paar zusätzliche Blasen kräuselten sich aus seinen Kiemen.

»Vorgestern«, sagte er schließlich. »Sie kam wie üblich zur morgendlichen Visite der Plantagen. Und während wir uns die Schösslinge ansahen, rückte sie damit heraus.« Er nickte den eigenen Worten zur Bekräftigung zu. »Ja, so war es.«

»Dann wäre alles geklärt«, sagte Rosko.

Als er und Parell ein Stück weggeschwommen waren, raunte er seiner Partnerin zu: »Er lügt.«

»Glauben Sie, er war es?«

»Ich weiß nicht. Möglich wäre es.«

»Woher wussten Sie eigentlich, dass er es war, mit dem die Grinella verreisen wollte?«, fragte Parell.

»Ich habe nur versucht, einen Einsiedlerkrebs herauszulocken«, erwiderte Rosko. »Hat doch funktioniert.«

Als sie auf dem Weg zurück zum Hauptquartier der Ermittler waren, meldete sich Varius über den Notator. Er hatte eine Zeugin aufgetrieben, die von einem Meermann berichtete, der um drei Uhr in der Früh das Haus der Grinella verlassen habe. Sie sei noch einmal mit ihrem Hummer Gassi gewesen. Die Dame meinte, sie würde den Mann wohl wiedererkennen. Sie erklärte, jede Meerfrau, die gesund und zur Eiablage fähig wäre, würde sich an diesen Typen erinnern, der wie eine Götterstatue ausgesehen habe, die von ihrem Sockel gestiegen sei, um Glück in der Damenwelt der Meere zu verbreiten. Sie sei ja keine Zwanzig mehr, aber den Kerl hätte sie nicht aus der Brutkammer gejagt.

Rosko kratzte sich am Kopf. Er fragte sich … ja, er fragte sich, ob da die Lösung des Falles verborgen lag.

Im Büro angekommen setzte sich Rosko sofort mit Zenda in Verbindung und fragte nach, ob diese schon mehr über die Tote herausgefunden habe, als der flüchtige Augenschein verriet. Er erfuhr, dass sie tatsächlich zwischen drei und vier Uhr in den Morgenstunden verstorben war. Den Tod hatte eine halbe Herzmuschel verursacht, die man ihr durch die Brust direkt ins Herz gerammt hatte.

»Sie war sofort tot«, sagte Zenda in dem ruhigen Ton, den sie stets gebrauchte, wenn sie über ihre Patienten, wie sie die Leichen nannte, sprach. Ein Ton, wie das Schließen eines Sargdeckels.

»Eine halbe Herzmuschel«, murmelte er, nachdem das Gespräch beendet war. »Gebrochen, vermute ich.«

»Wovon reden Sie?«

»Von den Wirren des Herzens, Parell. Sie haben Glück, sich noch nicht unsterblich verliebt zu haben.« Er erhob sich. »Kommen Sie, wir müssen mit diesem Horatio sprechen. Auch wenn ich sehr bezweifele, dass er unser Mann ist.«

Roskos Sicherheit wurde untergraben, als er den Algenbauern zu Gesicht bekam. Genau wie Emasko war er ein von der Natur verwöhnter Meermann. Ganz offensichtlich hielt auch er sich oft bei seinen Algen auf dem Feld und seltener im Büro auf. Obwohl er zehn Jahre älter als Grinellas Chefgärtner sein mochte – die Fältchen an seinen Augen verrieten es –, wirkte er noch immer, als könne er mit Haien um die Wette schwimmen und Walen auf den Barten herumtanzen. Er reichte den Beamten die Hand und fragte, worum es ginge. Nachdem sie geschildert hatten, was sie zu ihm führte, wirkte er sehr bestürzt.

»Ich werde mich bemühen, Ihnen auf jede erdenkliche Weise zu helfen«, beteuerte er.

»Das ist erstaunlich«, sagte Parell, die annahm, auch bei diesem Schönling die Führung übernehmen zu dürfen. »Wir haben gehört, sie hätten Streit mit Grinella gehabt.«

»Wer hat Ihnen das erzählt?« Der Algenbauer blähte die Kiemen.

»Seine Assistentin. Angeblich waren sie durch die geschlossene Bürotür zu hören.«

»Das ist Unsinn. Sie hat das frei erfunden.« Horatio wedelte mit der Schwanzflosse. »Worum soll der Streit gegangen sein? Was hat die erzählt?«

»Sagen *Sie* es uns«, erwiderte Rosko.

Horatio verschränkte die Arme vor der breiten Brust und starrte die beiden Beamten an. Seine Schwanzflosse ruderte ruhig hin und her. Er sah nicht so aus, als würde er etwas sagen wollen.

»Also gut«, sagte Rosko. »Grinella hat Ihnen, soweit wir wissen, vorgeworfen, Ihre Algen mit unerlaubten Substanzen zu düngen. Wollen Sie wenigstens dazu was sagen oder weiter nur die Flosse schwingen?«

»Das ist nicht wahr«, sagte Horatio lapidar.

»Die Assistentin sagte, sie habe gehört, wie Grinella von Beweisen gesprochen hat,« sagte Rosko und schwamm ein Stück näher an Horatio heran.

»Das saugt sie sich aus den Flossen.« Horatio sah zu Parell, dann zu Rosko zurück, der ziemlich bedrohlich wirkte. »Hören Sie, ich sage Ihnen, wie es war.« Ein paar zusätzliche Luftblasen lösten sich aus seinen Kiemen. »Grinella hatte mich kontaktiert. Ich schwamm also rüber zu ihr. Und ja, sie hat mir vorgeworfen, ich würde Stickstoff einbringen. Ich habe ihr gesagt, sie spinnt. Sie meinte, wie sonst sollte ich meine Algen zu solchen Preisen verkaufen können. Das würden meine Erträge sonst gar nicht hergeben. Ich habe ihr gesagt, wie ich es mache.«

»Und wie machen Sie es?«, fragte Parell, als Horatio nicht weitersprach.

»Mit Licht. Das ist nicht verboten. Ich habe Strahler.« Er ließ die Flosse aggressiv vor und zurückschwingen.

»Das verstört die Fische«, erzürnte sich Parell.

»Bei mir hat sich noch keiner beschwert.« Der Algenbauer lachte.

»Das ist nicht lustig«, knurrte Rosko. »Sie haben ein Motiv. Haben Sie ein Alibi?«

»Für wann?« Horatio blies wieder eine Wolke Luftbläschen aus den Kiemen.

»Zwischen drei und vier Uhr morgens«, sagte Parell. Sie nahmen Horatio in die Zange, setzten ihm abwechselnd zu.

»Da war ich im Bett, wie es sich für einen braven Meermann gehört. Allein. Meine Arbeit gibt mir nicht oft Gelegenheit, mit einer Meerfrau anzubändeln. Die

Algen brauchen mich jeden Tag von früh an.« Er atmete noch einmal tief durch und wandte sich dann Rosko zu. »Darum habe ich auch keinen Grund gehabt, der Grinella etwas anzutun. Sie hat mich auf dem Notator kontaktiert. Abends, so um zehn. Sie wollte, dass ich auf das Licht verzichte.«

»Das hört sich für mich aber nicht nach einem Argument an, das Sie entlastet«, sagte Rosko.

»Sie hat mir im Gegenzug angeboten, ein paar Monate ihre Farm an mich abzutreten. Samt ihren Leuten. Sie hat viel mehr Mitarbeiter als ich. Und ihre Farm bewirtschaften und den Gewinn einstreichen, das wäre wie ein Geschenk gewesen. Sie wolle was für die Fische tun. Das waren ihre Worte. Sie hatte keine Beweise für Düngung. Sie konnte keine haben und wusste das auch.« Horatio verschränkte erneut die Arme vor der Brust und ließ sich ein Stück weg von Parell und Rosko rückwärts treiben. »Wäre das dann alles? Ich habe eine Algenfarm zu bewirtschaften.«

»Die Grinella wollte nach Venedig«, sagte Rosko.

»Schön für sie. Also … ich meine … es wäre schön gewesen. Sie suchte also eine Vertretung, die ein Auge auf ihren Grund hat, ja? Darum ihr Angebot.«

»Sieht so aus.« Rosko wandte sich bereits ab. Nachdem sie sich ein Stück entfernt hatten, raunte er: »Wir müssen noch mal mit Emasko reden. Und diesmal sollte er besser die Wahrheit sagen.«

»Ich habe Ihnen alles gesagt«, erklärte der junge Mann, als er der beiden Ermittler ansichtig wurde.

»Sie haben uns Lügen aufgetischt«, sagte Rosko und schwamm energisch näher. »Versuchen wir es noch einmal. Sie und Grinella hatten eine Liebesbeziehung. Das stimmt doch, oder?«

»Nein.« Der Chefgärtner schüttelte energisch den Kopf.

»Und warum wollte Grinella dann ein Kind von Ihnen?«, fragte Rosko. Parell starrte ihren Vorgesetzten mit weit aufgerissenen Augen an. Woher nahm der seine Vermutung?

Zu ihrer Überraschung stritt Emasko nichts ab.

»Sie wollte einfach ein Kind. Von wem war ihr ziemlich egal. Und ich sehe zumindest ganz gut aus, hat sie gesagt.« Er bemühte sich, weder Parell noch Rosko anzusehen. Seine Flosse wippte nervös hin und her. Sein Atem ging kurz und stoßweise.

»Sie waren gestern Abend bei ihr. Wir haben eine Zeugin.«

»Sie wollte mit mir alles besprechen. Verstehen Sie, die Reise, die Befruchtung und wie wir hinterher weiter verfahren. Sie wollte nicht, dass ich mich als Vater des Kindes fühle.« Der Blick des jungen Mannes zuckte nervös von einem Ermittler zur anderen. Er rang die Hände.

»Das hat Ihnen nicht gefallen, oder? Immerhin wäre es Ihr Kind gewesen.«

Emasko wiegte den Kopf.

»Glücklich war ich nicht«, sagte er schließlich. »Aber so war Grinella. Sie sagte, was sie wollte, und sie bekam es. Was hätte ich tun können?«

»Ablehnen«, sagte Parell.

»Zehn Monate Urlaub an Land? Mit einer wunderschönen Meerfrau? Und … naja …«

»Sie haben Grinella geliebt.« Keine Frage, sondern eine schlichte Feststellung Roskos.

»Ja, verdammt, ja. Ich hätte alles getan, um in ihrer Nähe bleiben zu dürfen. Ich wusste doch, dass sie nicht auf Männer stand. Aber sie wollte eben ein Kind, da musste sie dieses Zugeständnis machen.«

»Sie hätte ein Ei ablegen können.«

»Sie war hoffnungslos romantisch. Sie wollte es auf die alte Weise machen. Sie wissen schon, wie damals, ehe wir ins Meer zurückkehrten. Wie die mit Beinen. Ich habe nicht versucht, es ihr auszureden.« Er griff sich an den Kopf. »Und jetzt ist sie tot.« Er brach in Tränen aus.

»Kommen Sie«, sagte Rosko zu Parell. »Ein letztes Gespräch.«

»Sie wissen, was passiert ist?« Parell wirkte ungläubig.

»Sie nicht? Zählen Sie alles zusammen. Den staunenden Blick, den Katalog, das Bild, die Aussagen. Wohin weist das?«

»Wenn Sie es so sagen …« Parell nickte. Gemeinsam schwammen sie in Richtung von Grinellas Büro.

Emailla schnellte beinahe an die Decke, als die beiden Ermittler ins Zimmer schwammen.

»Sie haben mich erschreckt«, stammelte sie. »Was wollen Sie denn noch?« Langsam sank sie wieder tiefer.

»Wir würden gern wissen, wieso Sie Ihre Geliebte getötet haben«, sagte Rosko völlig ruhig, als frage er nach der Uhrzeit.

»Ich … aber …« Emailla keuchte. Blasen stiegen von ihr wie von einem Siphon auf.

»Sehen Sie«, erklärte Rosko. »Da ist dieser überraschte Ausdruck im Gesicht der Toten. Wenn ein Einbrecher wirklich für den Mord verantwortlich gewesen wäre, hätte es eher Erschrecken gezeigt. Nein, nein. Der Tod kam für Grinella ganz überraschend und von jemandem, bei dem sie es bestimmt nicht erwartet hätte. So kamen für mich nur Sie oder Emasko in Frage. Und der scheidet inzwischen aus.«

»Wieso?« Mehr ein zorniger Ausruf als eine Frage.

»Wegen der Tatwaffe. Eine halbe Herzmuschel. Ein Liebespfand, aber zerbrochen.«

»Ja. Eben.« Ein weiterer Schwall Blasen. »Sie wollte sogar ein Kind von ihm. Aber er hat nicht ertragen, dass sie mich nicht vergessen konnte«, sprudelte Emailla schließlich hervor.

»Unsinn.« Rosko schüttelte den Kopf. »Emasko war nur ein Mittel zum Zweck.« Er schwamm näher zum Schreibtisch, wo die Assistentin inzwischen in sich zusammengesunken war. »Aber das wussten Sie nicht, nicht wahr? Sie dachten, Grinella wolle Sie verlassen. Ist es nicht so?«

Emailla hob den Kopf.

»Wegen eines Mannes!«, keifte sie. »Sie wollte mit ihm nach Venedig. Ein Kind! Ha! Sie wäre nie zu mir zurückgekommen, nie!«

»Doch, Emailla, sie hat Sie geliebt. Ihre Tat war völlig sinnlos.«

Schluchzend legte die junge Frau den Kopf auf den Schreibtisch.

»Was ist passiert?«

Die Assistentin hob den Kopf.

»Sie hat mich kontaktiert. Mitten in der Nacht. Sie wolle mir etwas erzählen, es sei wichtig. Also schwamm ich zu ihr. Ich sah Emasko das Haus verlassen. Da beschlich mich bereits die Furcht. Was wollte der Kerl mitten in der Nacht bei ihr? Sie empfing mich auf der Schwelle und führte mich ins Wohnzimmer. Nachdem ich mich gesetzt hatte, drückte sie mir den Katalog in die Hand und erzählte mir davon, dass sie mit dem Gärtner nach Venedig wollte und ein Kind plane. Ich sah rot. Was bildete Sie sich ein? Dass Sie mich so einfach abservieren konnte? Die Herzmuschel lag auf dem Tisch. Ich hatte sie ihr geschenkt. Ich griff danach, und schmetterte sie ihr in die Brust. Dabei ist sie zerbrochen. Ich habe die Reste einfach eingesteckt. Langsam wurde mir klar, was ich getan hatte. Was ich mir angetan hatte? Ich hatte meine Liebe getötet. Aber ich wollte nicht ins Gefängnis. Also schwamm ich eilig hinaus und zur Algenfarm. Dort liegt Werkzeug herum. Ich kehrte mit einem Schwertfisch zurück und brach die Tür auf. Ich dachte, man würde einen Einbrecher suchen.«

»Nicht bei einer Toten, die so dreinschaut«, sagte Rosko. »Jedenfalls wäre ich nie auf die Idee gekommen, nach einem zu suchen.« Er schaute Parell an. »Sie etwa?« Die schüttelte eilig den Kopf.

Emailla sah Parell an.

»Sie verstehen mich, oder? Sie verstehen mich doch? Wie konnte sie mir das antun? Wie konnte sie glauben, ich würde das so einfach hinnehmen. Ein Mann!«

Parell antwortete: »Liebe bedeutet Verständnis. Kommen Sie.« Sie griff nach dem Arm der Anderen.

»Das wär's«, sagte Rosko und klatschte in die Hände. »Ich rufe eine Sirene.« Er zog den Notator aus der Tasche.

David Pawn, geboren 1961 in Magdeburg, lebt heute in Dresden, ist glücklich verheiratet und stolz auf seine beiden erwachsenen Kinder. Der studierte Diplom-Ingenieur arbeitet hauptberuflich als Softwareentwickler in Leipzig und ist somit gezwungen, täglich zu pendeln. Die Zeit im Zug vertreibt er sich sinnvoll mit dem Schreiben seiner Geschichten. Während er in jungen Jahren im Horror-Genre unterwegs war, schreibt er jetzt hauptsächlich Fantasy, hat sich aber auch im Westerngenre versucht.

Im Netz ist er zu finden unter www.davidpawn.de und auf Facebook. Er ist aktives Mitglied der Autorenvereinigung »Qindie« – www.qindie.de.

Meeresrauschen
Mathilde Pernot

21. Juli 1982

»Wir müssen sie abgeben! Sie hat bei uns keine Chance!«

Ihr herzzerreißender Schrei war das letzte, was er hörte, als er ihr das frisch geborene Baby aus dem Arm riss und sich entfernte. So schnell er konnte. Es war ein warmer Sommerabend, als er das Kind ganz sanft am Strand ablegte. Der Sand war noch warm. Er wartete, bis sie wieder normal atmete. Sein Mädchen.

Er wusste, es war ein Abschied für immer. Neben sie legte er eine kleine, weiße, glänzende Muschel. Eingraviert in die Oberfläche konnte man in einer geschnörkelten Schrift »Joylita Nereide« lesen. Er schaute ein letztes Mal auf sein Kind. Seine Tochter. Er schrie laut um Hilfe und verschwand.

21. Juli 2019

Joylita sah das Auto an der Kreuzung nicht kommen. Sie fühlte nur den Aufprall. Ein lauter Knall. Das Auto überschlug sich und glitt mehrere Meter über die Straße. Ein Funkenregen erleuchtete die Dämmerung. Bevor sie bewusstlos wurde, sah sie das Meer kopfüber. Auf seiner unruhigen Oberfläche schwammen Laternenlichter. Sie dachte daran, dass sie heute Geburtstag hatte.

Um das Auto herum lagen Scherben, Stühle und Tische. Erdbeereis schmolz auf dem noch warmen Asphalt. Touristen und Einwohner, die an dem schönen Sommerabend einen Ausflug gewagt hatten, standen geschockt und fassungslos da.

21. Juli 2019

»Bist du wieder oben gewesen?«, fragte sie traurig.

»Sie hat doch heute Geburtstag!«, antwortete er melancholisch.

»Jedes Jahr tust du das. Ich kann es nicht verstehen. Du bringst dich und unsere Welt in Gefahr. Seit 38 Jahren. Es bringt nichts. Du hast sie weggebracht. Du hast unser Kind aufgegeben.« Die Stimme war kaum hörbar. Jedes Wort trug Verletzlichkeit in sich.

»Melusine«, sprach er beruhigend auf sie ein. *»Sie hätte es nicht geschafft. Du weißt es genauso wie ich. Sie hatte die Gene nicht. Und sie hätte sie nie bekommen. Wir hätten sie begraben müssen. Oben hat sie sicherlich ein schönes Leben.«*

26. August 2019

Sie lag wochenlang auf der Intensivstation. Der Schmerz, der sie umhüllte, war weniger geworden. Eine starke Gehirnerschütterung, eine Quetschung der Wirbelsäule und mehrere Rippenbrüche als Folgen des Unfalls. Sie wurde nach ein paar Wochen in die Reha verlegt. Dort sollte sie wieder gehen lernen und in Ruhe genesen. Sie konnte sich noch immer nicht an das Geschehen erinnern.

Warum hatte sie an der Kreuzung nicht gebremst? Sie war wegen des Schmerzmittels die meiste Zeit benebelt und schwebte zwischen Traum und Realität. Wobei die Träume eher Alpträumen ähnelten. Immer wieder ertrank sie. Sie schnappte unter Wasser nach Luft und spürte, wie salziges Wasser in ihre Lunge drang und alles brannte. Immer wenn sie im Traum das Gefühl hatte, beinahe tot zu sein, wachte sie auf.

28. August 2019

Ein Mann betrat ihr Zimmer. Er war groß, um die vierzig und trug ein hellblaues Hemd. Gestern war es ein grünes und vorgestern ein weißes gewesen. Sie hatte den Mann seit ihrer Ankunft in der Reha vor drei Tagen jeden Tag gesehen. Jeden Tag machte er mit ihr einige Übungen. Jeden Tag hing sein Namensschild – Philipp Falk – genau an der gleichen Stelle. Jeden Tag lächelte er auf die gleiche Art und Weise.

Seit seinem gestrigen Besuch hatte sie krampfhaft versucht, sich an den verhängnisvollen Tag zu erinnern.

Gestern Abend, kurz bevor sie einschlief, hatte sie für den Bruchteil einer Sekunde das Meer durch die Frontscheibe ihres Autos gesehen. Etwas sprang aus dem Wasser. Etwas Großes. Etwas, das ihr seltsam vertraut vorkam. Menschlich. Und dann war alles schwarz.

»Haben Sie eine ruhige Nacht gehabt? Konnten Sie sich erinnern?«, fragte er interessiert und mit sanfter Stimme, während er ihre Beine hin- und herbewegte.

Sie verzog das Gesicht. Schmerz. Ihr rechtes Bein fühlte sich schwer und unbeweglich an.

»Ich habe …« Sie zögerte. Sie war sich überhaupt nicht sicher, ob sie dieses Detail erwähnen sollte. Es war sowieso nichts. Nur der Bruchteil einer Sekunde kurz vorm Schlaf. Nichts Wichtiges. Sie sah ihn an und log. »Nein, immer noch nichts …«

Herr Falk machte noch weitere Übungen mit ihr. Er sagte, sie solle sich ausruhen. Morgen würden sie mit der Wassertherapie beginnen, um wieder in Bewegung zu kommen. Er ging und schloss die Tür hinter sich.

Beim Wort *Wassertherapie* schauderte sie. Sie konnte nicht schwimmen und hatte unheimliche Angst vor Wasser. Wasser war so kraftvoll und gewaltig. Blaue Unendlichkeit. Als Künstlerin war es eine wichtige Inspirationsquelle für sie: eine unerklärliche Hass-Liebe. Sie berührte die Muschel, die an ihrer Halskette hing und auf deren Oberfläche ihr Name in geschnörkelten Buchstaben zu lesen war: »Joylita Nereide«.

Ihr Name auf dieser Muschel war das Einzige, was sie von ihren Eltern hatte. Sie war achtunddreißig und hatte sich ihr Leben lang die Frage gestellt, wer ihre Eltern waren. Lebten sie noch? Wo? Vielleicht in einer kleinen Wohnung oder irgendwo auf dem Land? Waren sie überhaupt ein Paar gewesen oder war sie ein ungewolltes Kind? Vielleicht waren sie Fischer oder Seeleute? Sie hatte sich oft ausgemalt, dass sie sehr arm waren und sie deswegen am Strand abgegeben hatten. Alle Versuche, nach ihren Eltern unter dem Namen Nereide zu suchen, führten ins Nichts. Niemand auf dieser Erde trug diesen Nachnamen. Diese Muschel war alles, was sie besaß und jedes Mal erschien es ihr wie eine Lüge. *Nicht mal mein Name ist echt,* dachte sie. Jedoch hielt sie daran fest. Wegen dieser Muschel hatte Wasser in ihrer Kunst einen gewaltigen Platz eingenommen. Wasser zog sie an, und gleichzeitig fürchtete sie es sehr.

Als die Tür ins Schloss fiel, lief ihr eine Träne über die Wange. Sie wollte das Weinen zurückhalten, aber es gelang ihr nicht. Tränen liefen ununterbrochen, und der Schmerz in ihrem Körper wurde lebendig. Sie wusste nicht, warum sie weinte. War es die Angst vor der Therapie oder waren es ihre Träume? Die gestrigen Gedanken und Erinnerungen? Was hatte sie gesehen? Sie war sich selbst nicht sicher. Vielleicht hatte sie auch nur geträumt?

Seit ihrem ersten Tag in der Reha war Philipp Falk jeden Tag bei ihr gewesen. Irgendwie tat ihm die Frau leid. Seit sie im Krankenhaus lag und jetzt in der Reha, hatte sie niemand besucht. Er mochte sie, obwohl er sie nicht kannte. Er wusste, dass sie Joylita mit Vornamen hieß. Achtunddreißig Jahre alt, Wohnort Windland an der Ostsee, ledig, keine bekannten Familienangehörigen, Beruf: Künstlerin, Künstlername: Melusine.

Philipp hatte nach der Arbeit gegoogelt, welche Art von Kunst die Frau produzierte. Überdimensionale Leinwände. Die kleinsten Bilder waren 8x10 Meter groß. Sie musste ein riesiges Atelier haben. Alle Bilder zeigten das gleiche Motiv: Wasser. Ob Meer, Flüsse, Tropfen … Literweise Wasser, das sich auf meterlangen Bildern erstreckte. Die Bilder waren online schon atemberaubend. Er würde sie gerne leibhaftig sehen. Er dachte über die Bilder nach, als ihm etwas einfiel. Genau das brauchte sie: Farbe und Leinwand. Sie konnte derzeit zwar nicht laufen, aber malen schon. Vielleicht würde es ihr helfen, sich besser zu fühlen.

29. August 2019

Joylita schlief schlecht und blieb erschöpft. Wie in den letzten Nächten holten sie ihre Alpträume immer wieder ein. Sie wachte außer Atem auf. Schweißgebadet. Ihr Körper schmerzte.

In ihren Träumen war es dunkel und kalt. Sie hörte immer wieder eine dumpfe Stimme, fühlte eine Hand an ihrem Körper, die sie behutsam festhielt. Und doch spürte sie nur Angst. Ihr war kalt, und sie konnte nichts sehen oder erkennen. Sie versuchte, nach Luft zu schnappen, aber nie gelang es ihr. Sie war hilflos. Diese Hand um ihren Körper war das einzige, was ihr Trost spendete. Dann wurde es immer heller, und die Hand ließ sie los. Sie spürte nichts mehr außer Luft und salziges Wasser auf ihrer Haut. Sie hörte einen Schrei und wachte auf.

Jede Nacht der gleiche Traum. Ein Traum, der so real war und doch so fern. Sie konnte es nicht verstehen. Beim Aufwachen versuchte sie, sich zu erinnern, aber es fiel ihr schwer. Sie war sich nicht sicher, ob sie mit Herrn Falk darüber reden sollte. Letztendlich war er kein Psychologe, sondern Physiotherapeut. Was, wenn er sie für verrückt erklärte?

Sie wunderte sich, als es an der Tür klopfte. Es war acht Uhr, und die Wassertherapie sollte erst eine Stunde später starten. Sie war nervös, und die schwierige Nacht tat ihr übriges. Als er ihr Zimmer betrat, lächelte sie jedoch. Die Nervosität legte sich ein wenig. Sie fühlte sich wohl in seiner Anwesenheit. Er trug eine Kiste, aus der eine Leinwand und Farben herausragten.

»Ich dachte, die Zeit vergeht vielleicht schneller, wenn Sie malen.«

»Woher wissen Sie …«

»In Ihrer Akte steht, dass Sie Künstlerin sind. Wenn es stimmt, dachte ich …«

»Es stimmt«, unterbrach sie ihn. »Seit ich denken kann, male ich. Ich habe mein Hobby zum Beruf gemacht, und es gibt keinen Tag, an dem ich das bereue. Kurz vor dem Unfall bin ich sogar umgezogen, um näher an meinem Atelier zu wohnen. So kann ich dem Malen noch mehr Zeit widmen.« Sie war selbst überrascht, wie lebendig und fröhlich ihre Stimme klang. »Mein Atelier ist direkt am

Meer und meine neue Wohnung nur zwei Minuten zu Fuß entfernt. Vorher musste ich immer mindestens vierzig Minuten fahren. Und jetzt liege ich hier, eingesperrt in meinem eigenen Körper. Meine Beine scheinen nicht mehr den gleichen Weg mit mir gehen zu wollen«, sprudelte es aus ihr heraus. Sie holte tief Luft. Sie dachte an das »Wesen«, das übers Meer gesprungen war und das sie vielleicht gesehen hatte, vielleicht aber auch nicht, zögerte und sagte nur: »Ich vermisse den Anblick des Meeres.«

Diese plötzliche Redseligkeit schien ihn zu überraschen. Er hielt inne, als wartete er darauf, dass sie noch was sagte. Tat sie aber nicht.

»Sie werden schnell wieder auf die Beine kommen. Das versichere ich Ihnen! Es wird Sie viel Kraft und Durchhaltevermögen kosten, aber ich unterstütze Sie dabei. Es ist mein Job, und ich bin gut darin.«, fügte er mit einem Augenzwinkern hinzu.

»Danke. Auch für die Farben und die Leinwand.«

»Ich hole Sie gleich ab.«

Die Wassertherapie. Es fiel ihr wieder ein. Sie wollte noch sagen: »Ich kann nicht schwimmen.« Aber schon hatte er das Zimmer verlassen.

»Legen Sie Ihren Arm um mich. Auf drei hebe ich Sie hoch und setze Sie in den Rollstuhl.«

Sie legte ihren Arm um seine Schultern. Ihre Wange streifte dabei leicht seine schwarzen kurzen Haare. Sie konnte seine Hände an ihrem Körper fühlen. Für einen kurzen Moment dachte sie an ihren Traum, an die Hand, die ihr so viel Sicherheit gab. Er ließ sie wieder los, als sie im Rollstuhl saß.

»Herr Falk. Ich …«

»Wissen Sie was? Nennen Sie mich Philipp. Und lassen Sie das *Sie* sein.« Er gab ihr die Hand.

»Ich bin also Philipp.«

»Joylita«, antwortete sie und lächelte.

»So, was wolltest du sagen?«

»Ich kann nicht schwimmen, und Wasser ist nicht mein Element.« Immer wenn sie diesen Satz sagte, wunderten sich die Menschen. Sie malte nichts als das unendliche Blau. Wie konnte jemand, der sich ausschließlich damit befasste, Angst davor haben?

»Du bist aber vom Wasser fasziniert! Ich habe deine Kunst gesehen. Vielleicht ist es an der Zeit für dich, dieses Element auf eine andere Art und Weise kennenzulernen. Du hast es schon aus so vielen verschiedenen Facetten betrachtet. Ich stelle dir das Wasser vor. Ich liebe es. Ich bin ein richtiger Fisch.« Er parkte den Rollstuhl am Rand des Beckens. »Joylita, das ist Wasser. Wasser, das ist Joylita«, sagte er theatralisch und zeigte auf das Wasser.

Sie schmunzelte, doch ihr Herz pochte vor Angst.

»Ich lasse dich außerdem nicht alleine *mit ihm*. Du sitzt gleich in diesem kleinen Aufzug und wirst behutsam ins Wasser heruntergefahren. Ich warte unten auf dich. Dann werde ich dich vorsichtig auf die Oberfläche legen. Ich werde dich die ganze Zeit halten und keine Sekunde loslassen.« Seine Stimme klang sanft, aber bestimmt.

Sie spürte Angst in sich aufkommen, jedoch vertraute sie ihm. Sie ließ sich tragen und schloss die Augen. Sie trieb an der Oberfläche. Seine Arme waren unter ihrem Nacken und ihren Beinen. Sie schwebte. Er redete beruhigend auf sie ein. Die ersten Minuten war sie sehr angespannt. Er erklärte ihr, dass die Angst von alleine zurückgehe, wenn sie sich ihr stelle. Nach ein paar Minuten lockerte sich ihr Körper, und sie konzentrierte sich auf das Gefühl auf ihrer Haut. Sie konnte das Wasser unterhalb ihres Körpers spüren. Es war warm und schien sie zu tragen. Das Wasser streichelte sie sanft an der Hüfte und am Hals. Endlich vergaß sie den Schmerz.

Sie fragte sich, ob sich das Meer auch so anfühlte.

30. August 2019

Sie hatte die Leinwand großflächig dunkel angemalt. Nur das oberste Fünftel war heller und die Pinselstriche dort sanfter. Der Rest des Bildes war mit gröberen Pinselstrichen versehen worden und wirkte stürmisch, unruhig und chaotisch. In der Mitte des Bildes konnte man sie selbst erkennen. Ihre langen, rötlich lockigen Haare breiteten sich im Dunkeln aus. Sie wirkte so hilflos und verloren.

Eine riesige Hand schien sie sanft Richtung Oberfläche zu drücken. Die Hand war zehnmal größer als ihr Körper. Im Hintergrund des Bildes, über die gesamte Fläche, war in dunkleren Farben ein Wesen zu sehen. Man konnte es nur wahrnehmen, wenn man das Bild von Weitem betrachtete.

Joylita hatte die Farbe so eingesetzt, dass durch die Aufnahme des Lichtes nur die Konturen des Wesens erkennbar waren. Es war das Wesen, das übers Wasser gesprungen war. Sie war sich plötzlich ganz sicher, und doch war es unmöglich. Sie konnte es nicht aussprechen, aber malen: Ein Wassermann.

Das Bild hatte sie über Nacht gemalt. Sie wollte dem Traum keinen Platz mehr in ihrem Inneren gewähren. Sie wollte ihm einen Platz in ihrer Welt verschaffen und ihn greifbar machen. Sie wollte ihn verstehen.

10. November 2019

Nach längerem Aufenthalt in der Reha und nach viel zusätzlicher Therapie konnte Joylita wieder gehen. Philipp hatte sie wieder fit gemacht, und sie verdankte ihm viel. Sie hatten sich in der Zeit angefreundet und während der Therapie viel miteinander gesprochen. Über ihre und seine Vergangenheit. Sie wussten Vieles übereinander. Am Wochenende, wenn keine Therapie stattfand, besuchte er sie oft. Sie picknickten häufig im Park der Klinik. Die langen Unterhaltungen und das viele Lachen begleiteten sie auf dem Weg der Besserung und gaben ihr Kraft.

Seit einer Woche war sie wieder zu Hause und malte in ihrem Atelier. Philipp war sogar schon zwei Abende mit ihr gewesen. Sie hatten gemeinsam gekocht und gegessen. Sie träumte immer noch schlecht. Er wusste es.

Die Träume belasteten sie aber nicht mehr. Sie waren Teil ihrer Kunst und ihres Selbst geworden, ein Teil ihrer

Vergangenheit und ihrer Gegenwart, nicht mehr fremd, sondern zum Greifen nah.

06. Mai 2020

Seit ihrer Entlassung hatte Joylita unermüdlich gearbeitet. Eine ganze Serie Gemälde war entstanden. Heute Abend würde ihre Ausstellung eröffnet: »Auf Spurensuche«. Sie stellte in ihrem Atelier aus, eine Art, sich voll und ganz zu zeigen. Das erste Bild der Serie war das, was sie damals in der Reha gemalt hatte.

Die Muschel an ihrer Halskette fand einen Platz in fast jedem ihrer Bilder. Der Wassermann schwebte stets im Hintergrund. Das Wasser wirkte jedoch anders als auf ihren alten Gemälden. Es war immer noch stark, gewaltig und vermittelte ein Gefühl der Unendlichkeit. Doch es gab mehr Struktur. Wenn man vor einem Bild stand, glaubte man, man könne Meersalz riechen und die Gischt spritze einem entgegen.

Die Bilder waren lebendig.

Philipp war auch da. Er entführte sie nach der Vernissage spät am Abend an den Strand und küsste sie. Zum ersten Mal.

21. Juli 2020

»Kommst du heute mit? Sie wird 39.«
   »Nein«. Sie schwamm davon.

21. Juli 2020

Philipp hatte ein kleines Boot gemietet. Sie wollte schon seit Monaten aufs Meer, auch wenn sie noch nie auf einem Boot gewesen war. Seitdem sie gelernt hatte, dem Wasser zu vertrauen, wollte sie es unbedingt. Doch die Arbeit an der Ausstellung hatte ihre Zeit sehr beansprucht.

Er holte sie ab und verband ihr die Augen. Im Kofferraum des Autos stand der vorbereitete Picknickkorb. Sie fuhren zum kleinen Hafen. Als sie dort ankamen, trug er sie aus dem Auto und stieg mit ihr auf dem Arm aufs Boot. Er entfernte die Augenbinde, und sie schaute überrascht um sich. Sie lächelte und umarmte ihn.

Sie fuhren eine halbe Stunde vom Hafen fort und hielten mitten im Meer an. Von dort aus konnte man die Küste gerade noch sehen. Die Dämmerung war wunderschön. Windland schien vom Meer umarmt und vom Nachthimmel geküsst zu werden. Sie aßen und tranken, lagen auf dem Deck unter einer Decke nah beieinander und schauten in den Nachthimmel. Das Wasser rauschte.

»Es ist schon ein Jahr her. Ein komisches Gefühl«, flüsterte sie.

Sie hatte ihm erzählt, was sie glaubte, gesehen zu haben. Warum sie nicht gebremst hatte. Er liebte sie, aber dieses Detail konnte und wollte er nicht glauben. Es kamen oft Patienten in die Reha, die nach einem Unfall versuchten, das Geschehen zu rekonstruieren. Viele schafften es nie. Andere klammerten sich an einem Gedanken fest, der für sie Sinn ergab. Für Joylita war dies der Wassermann. Es war unmöglich und doch egal. Dieser Gedanke hatte ihr geholfen, sich ihrer Angst zu stellen. Dieser Gedanke hatte ihr neue Inspiration für ihre Kunst gegeben. Dieser Gedanke hatte sie wieder lebendig gemacht, und das war alles, was für Philipp zählte.

»Ich weiß. Das Leben kann manchmal überraschend sein.«, antwortete er.

Plötzlich hörten sie ein Platschen im Wasser. Ziemlich laut.

»Das muss aber ein großer Fisch gewesen sein«, lachte Philipp und stand auf.

⭐✖⭐

Sie schauten beide neugierig über Bord. Und dann wusste Joylita: Sie hatte vor einem Jahr nicht geträumt. Glasklar sah sie ihren Wassermann vor sich. Er sprang ein zweites Mal über die Wellen. Sie nahm Philipps Hand und drückte sie fest. Mit der anderen griff sie nach ihrer Halskette. Die kleine Muschel schien zu pochen. Philipp hielt sich an der Reling fest, die Augen ungläubig aufgerissen.

⭐✖⭐

»Melusine, sie war es dort oben! Ich habe sie gesehen!«, rief er aufgeregt und schwamm auf sie zu.

»Ich weiß«, sagte sie. »Die andere Muschel hat gepocht.« Jeder Wassermann, jede Meerjungfrau besaß eine Muschel. Eine Art Vernetzung. Eine Art Symbol der Zusammengehörigkeit. Eine Muschel, die dafür sorgte, den Weg zu seinen Liebsten wiederzufinden, wenn man sich verirrt hatte. Diese Muschel war all die Jahre ihre Verbindung zu ihr gewesen. Doch neununddreißig Jahre lang hatte sie geschwiegen.

»Sie war noch nie so nah am Wasser«, sagte sie.

Melusine schwamm nach oben und hielt kurz unter der Wasseroberfläche an. Sie konnte zwei verschwommene Silhouetten an Deck des Bootes sehen. Sie hielt die Muschel in der Hand und lächelte.Sie lebt, dachte sie.

21. Juli 2025

Joylita feierte ihren vierten Geburtstag über Wasser. Joylita feierte ihren vierten Geburtstag *mit Philipp* über dem Wasser. Joylita feierte ihren vierten Geburtstag *mit Philipp und dem Sprung des Wassermanns* über dem Wasser.

Seit vier Jahren war er jedes Jahr da gewesen. Jedes Mal sprang er zweimal an die Oberfläche. Jedes Jahr pochte die kleine Muschel an ihrer Halskette. Jedes Mal schien er sie anzuschauen. Sie, Joylita. Dieses Jahr sprang eine zweite Gestalt an seiner Seite. Die kleine Muschel an Joylitas Halskette pochte stärker.

Mathilde Pernot schreibt mit Freund*innen in einem Literaturclub. Von Beruf ist sie Kulturvermittlerin. Wenn sie nicht schreibt, ist sie im Garten, sitzt hinter ihrer Nähmaschine oder ist mit ihrem Hund, ihrem Kater und ihrer Frau unterwegs.

Sie wohnt in Hildesheim und hat in Deutschland eine zweite Heimat gefunden. Ab und an reist sie nach Frankreich, um ihre Familie zu besuchen.

Blue Light

Corinna Rössling

Lea stand vor der geschlossenen Tür zu ihrem Büro. Mit zittrigen Beinen hielt sie sich am Türrahmen fest, die Hände schweißnass. Das war jetzt der dritte oder vierte Versuch, das Zimmer zu betreten, in dem es passiert war. Sie erinnerte sich nicht. Sie hatte es bis jetzt nicht geschafft, diese eine letzte Bewegung zu machen: die Klinke herunter zu drücken und die Tür zu öffnen. Ihr Herz schlug wie ein gefangener Vogel in ihrer Brust.

Ich kann das nicht. Ich kann da nicht reingehen.

Ihre Hand glitt in die Tasche ihres Bademantels und schloss sich um die gläserne Meerjungfrau, die ihre Großmutter ihr zum Schulabschluss geschenkt hatte. »Du bist stark, Lea!«, hatte sie gesagt und sie fest in den Arm genommen. »Du kannst alles schaffen, wenn Du du es wirklich willst! Ich bin so stolz auf dich!«

Ach, Omama, ich vermisse dich so sehr …

Die Erinnerung an die resolute Frau, die sie aufgezogen hatte, gab Lea die Kraft, die sie brauchte. Sie holte tief Luft und öffnete die Tür. Ihr Blick fiel auf Strömungsdiagramme und Tiefseezeichnungen an der Wand und dann auf den kaum sichtbaren, unregelmäßig geformten Schatten auf dem Fußboden vor den bodentiefen Fenstern. Dabei hatte Peter alles versucht, das Blut von den alten Holzplanken zu beseitigen, dort, wo ihr Traum von einem eigenen Baby endgültig gestorben war.

Ein stechender Schmerz fuhr durch ihren Unterleib, und sie krümmte sich nach vorn, die Hände auf die Schreibtischkante gestützt. Am liebsten hätte sie sich zu ihrer Tochter gelegt, die jetzt so tief unter den Zistrosen schlief, wie es der felsige Boden an der Küste von Baggers Cove zuließ. Bis jetzt hatten sie noch niemandem von der Fehlgeburt erzählt.

Ich habe versagt, dachte Lea. *Schon wieder.* Sie ließ sich vorsichtig auf ihrem Stuhl gleiten und schob mit fahrigen Händen die alten Seekarten, die ausgebreitet auf der riesigen Platte lagen, zu einem Stapel zusammen. *Nichts habe ich geschafft. Gar nichts. Zehn Jahre Forschung – und ich bin nicht einen Schritt weiter.*

Ihr Blick fiel auf die reißerische Schlagzeile der Baggers Cove News: Promovierte Meeresbiologin sucht nach Meerjungfrauen!

Sie fragte sich, wie dieser Teil ihrer Forschung an die Öffentlichkeit kommen konnte. Unwichtig. Alles war unwichtig.

Es gab keine Meerjungfrauen. Die Häufung von alten Legenden und Märchen über sie in Baggers Cove hatte sie vor einem Jahrzehnt hergelockt. Nirgends waren mehr Schiffe gesunken als hier. Trotz des Leuchtturms. Sie hatte die große Liebe ihres Lebens gefunden hatte, aber im Moment ersehnte sie sich nichts sehnlicher, als in die blaue Unendlichkeit des Meeres zu verschwinden.

Tränen verschleierten ihren Blick, als sie durch das Fenster nach draußen blickte, auf der Suche nach der kräftigen Gestalt ihres Mannes. Sah ihn mit einer verzweifelten Intensität Holz hacken. Die Späne der klobigen Buchenklötze flogen durch die Wucht der Axthiebe meterweit. Der Winter stand vor der Tür. Die erste Kaltwetterfront des Jahres war auf dem Weg. Tief liegende grauen Wolken jagten über den Himmel und zogen ihren Blick zurück auf das aufgewühlte Meer. Die Wellen donnerten auf den Strand. Gischtflocken tanzten kurz durch die Luft und zerplatzten an den Klippen. Bobo, ihr Schnauzer, drehte den Kopf in den Wind und bellte die Flocken fröhlich an. Dieser Hund liebte den Sturm. Und das aufgewühlte Meer.

Sollte sie Peter rufen? Sie zögerte. Die Diskussionen zwischen ihnen waren schärfer geworden. Bitterer. Es fielen Worte, die sie beide hinterher bereuten. Der Kinderwunsch hatte sich zur Obsession entwickelt, denn ihre Zeit lief ab. Mütter über vierzig gehörten zur Hochrisikogruppe. Sie zog die Schreibtischschublade auf und suchte nach dem Brief der Adoptionsbehörde. Vielleicht war das doch eine Lösung. Vielleicht hatte Peter recht. Vielleicht würde doch noch alles gut.

Sie fuhr mit dem Zeigefinger in den Briefumschlag, riss ihn auf und zog die Antragsunterlagen heraus. Und sah, dass sie bereits ausgefüllt waren. Wie konnte Peter ihr das antun!

Sie musste raus. Ans Meer. Dort würde sie entscheiden, wie sie weitermachen würde – und ob überhaupt. Sie stand auf, ging zurück in ihr Schlafzimmer, zog sich an und steckte die Meerjungfrau in die Hosentasche. Im Flur schnappte sie sich die dicke Winterjacke und einen Schal von der Garderobe, schlüpfte in die Gummistiefel, öffnete die Tür und trat hinaus in den tosenden Wind.

Der Sturm hatte an Stärke zugenommen, der Wind trieb ihr die Gischt fast waagerecht ins Gesicht und zerrte an ihren Haaren. Suchend blickte sie um sich. Sie brauchte den Hund. Ohne ihn würde sie keinen einzigen Schritt in diesem äußeren und inneren Chaos machen.

»Bobo! Hier! Bobo!!!« Fröhliches Bellen beantwortete ihr Rufen, und der Schnauzer schoss um die Ecke. Er kam kurz vor ihr schlitternd zum Stehen und setzte sich hin, seine braunen Augen fest auf sie gerichtet. Wie immer hatte sie das Gefühl, dass er ihre Gedanken lesen konnte. »Komm, wir gehen an den Strand. Wasser!«

✦ ✕ ✦

Peter hörte Bobo bellen. Er drehte sich zum Haus und sah seine Frau aus der Tür treten. Das erste Mal seit Tagen hatte sie sich angezogen, um das Haus zu verlassen. Blass war sie und schmal. Ihm tat das Herz weh. Die letzte Fehlgeburt hatte Lea fast das Leben gekostet. Kurz überlegte er, ob er die Axt beiseite stellen und sie in den Arm nehmen sollte. Sie war so mutlos geworden. Als wenn mit dem kleinen Mädchen, das sie verloren hatten, auch sie gestorben wäre.

Nachdem er eine Adoption vorgeschlagen und ihr die nötigen Unterlagen gezeigt hatte, sagte sie nur: »Ich bin noch nicht so weit. Und ich weiß nicht, ob ich jemals so weit sein werde. Vielleicht gibt es ja doch noch eine Möglichkeit …«

Kurzzeitig hatte er ein schlechtes Gewissen, dass er die Unterlagen schon ausgefüllt hatte. Er musste doch etwas tun! Ein positiver Bescheid hieß ja noch nicht, dass sie ein Kind adoptieren würden. Aber Lea würde wissen, dass es die reale Chance gab, ihren Herzenswunsch zu erfüllen. Er würde alles für seine Frau tun. Und wenn er ein paar Formulare ausfüllen musste, um sie wieder glücklich zu sehen, würde er das tun.

Lea sagte etwas zu Bobo, und der Hund stürmte Richtung Strand davon. Dann schlang sie die Arme um sich, als wollte sie sich festhalten, und ging langsam hinter Bobo her. Lea wollte ans Meer. Peter entspannte sich. Er wusste, dass Lea am Meer Ruhe fand.

✫✖✫

Der Weg hinunter zum Strand schlängelte sich durch die steilen Klippen und war schon bei normalem Wetter nicht ungefährlich. Mit einer kurzen Geste schickte sie den Hund hinter sich und begann den Abstieg. Sie brauchte das Wasser fast so sehr wie die Luft zum Atmen. Am Meer hatte sie immer die wichtigsten Entscheidungen getroffen. Vorsichtig stieg sie die letzten Stufen hinunter, und als sie mit beiden Beinen fest im Sand stand, entließ sie den Hund.

»Geh!«

Wie ein geölter Blitz schoss er an ihr vorbei, laut bellend, die pure Freude und Lebenslust. Langsam ging sie in Richtung Wasser, um dort für ein paar Minuten stehenzubleiben. Welche Richtung sollte sie nehmen? Rechts war die Höhle, bei Ebbe ruhig und geschützt, links die Landzunge, wo der Wind ungehemmt tobte. Sie hatte das Gefühl, diese Entscheidung würde ihr ganzes zukünftiges Leben beeinflussen. Rechts entschied sie sich für Sicherheit und Akzeptanz. Ging sie nach links, wählte sie Freiheit, Wildsein.

Aus den Augenwinkeln sah sie, wie der Hund auf einmal stehen blieb und die Nase witternd in die Luft hielt. Und dann nahm ihr Bobo die Entscheidung ab. Mit einem

Satz war er aus dem Wasser und rannte auf die Höhle zu. Ok, dann Sicherheit und Akzeptanz. Zumindest für den Moment.

Langsam folgte sie Bobo durch den Sturm. Als sie sein Doppelbellen hörte, wurde sie schneller. Was konnte er in der Höhle gefunden haben, dass er ‚Person gefunden‘ anzeigte? Peter und sie bewohnten das einzige Haus auf der Landzunge, und der Schiffsverkehr war schon seit gestern Abend eingestellt. Sie suchte in der Jackentasche nach ihrem Handy, fluchte leise, als sie feststellte, dass sie es, wie fast immer, vergessen hatte.

Mit wenigen Schritten erreichte sie den Eingang der Höhle. Sie schickte einen prüfenden Blick zum Wasser. Die Flut kam. Was auch immer Bobo gefunden hatte, sie musste sich darum kümmern, bevor sie die kleine Höhle nicht mehr verlassen konnten. Bald würde die Flut den Eingang unpassierbar machen. Es gab zwar einen zweiten Zugang unter Wasser, aber der nützte ihr in dieser Situation nichts. Bobo gab erneut Laut.

Sie stützte sich an der Wand ab, bückte sich und betrat die Höhle. Es wurde schlagartig ruhig, der Sturm kaum mehr als leises Murmeln hinter ihr. Ihr Blick flog suchend durch den kleinen Raum. Bobo saß neben einer Frau, die regungslos auf dem Boden lag. Wo zum Teufel kam die her?

»Bobo. Gut! Release!« Schwanzwedelnd kam der Hund auf sie zu. Sie streichelte kurz seinen Kopf und näherte sich der Frau ohne große Hoffnung. Der Sand um ihren Körper war mit Blut getränkt. Sie konnte unmöglich noch am Leben sein.

Lea kniete sich vorsichtig neben den Körper und legte ihren Zeigefinger an die Halsschlagader der Fremden. Oh Gott, sie hatte noch Puls. Sehr schwach, aber spürbar.

»Hallo? Können Sie mich hören?« Vorsichtig strich sie ihr das lange Haar aus dem Gesicht. »Ich hole Hilfe. Alles wird gut!« Sie spürte den Atem ihres Hundes im Nacken. Normal würde er sie nie alleine lassen in solch einer Situation. Aber er musste Peter holen. Sie selbst war noch zu schwach. Sie konnte die Frau nicht aus der Höhle tragen. Sie drehte sich zu Bobo um.

»Such Peter! Schnell!« Der Schnauzer schaute erst sie an und dann die Frau auf dem Boden. Er zögerte, beugte den Kopf und schnüffelte vorsichtig über das fremde Gesicht. Dann schaute er wieder Lea an, als wolle er sagen: »Du weißt schon, dass sie wahrscheinlich stirbt, oder?«

»Ja, ich weiß ... – SUCH Peter!« Sie stupste ihn fest in die Seite. »Geh!« Als Bobo die Höhle verließ, wickelte sie sich den dicken Schal ab und und legte ihn, zu einem kleinen Kissen gefaltet, unter den Kopf der Frau. Mehr konnte sie im Moment nicht machen. Ihr Blick wanderte über den geschundenen Körper. Die Jeans hing in Fetzen an ihren Beinen. Sie hatte Schnittwunden am Oberkörper und eine Schussverletzung am Arm. Was war ihr nur zugestoßen?

»Es wird alles gut. Hilfe ist auf dem Weg. Wir werden Sie hier rausbringen.« Ihr Blick wanderte zurück zu den Beinen. Irgendetwas war seltsam. Nicht offensichtlich falsch, aber merkwürdig. Die Haare an ihren Armen stellten sich langsam auf.

In diesem Moment stöhnte die Frau, und Leas Blick ging zurück zu ihrem Gesicht. Flatternd öffnete die Fremde ihre Augen.

»Bitte, retten Sie mein Baby!«

Lea erstarrte. Baby? Was für ein Baby? Ihr Blick scannte die Höhle. Es war nichts zu sehen. Und vor allem war nichts zu hören. Sie wandte sich wieder der vor ihr liegenden Frau zu.

»Wo? Sagen sie Sie mir, wo das Baby ist. Ich sehe kein Baby.« Lea blickte in die vor Schmerz trüben Augen und nahm vorsichtig ihre Hand. »Hallo, reden Sie mit mir. Wo ist das Baby?«

Aber die Frau konnte nicht mehr reden. Kraftlos versuchte sie, ihre Hand aus Leas zu befreien.

»Wollen sie Sie es mir zeigen?« Lea ließ die Hand vorsichtig los. Die blutigen Finger kratzten über den nassen Sand, formten eine Pfeilspitze, die in den hinteren Teil der Höhle wies. Lea überlegte. Auch wenn sie bei der oberflächlichen Inspektion vorhin nichts gefunden hatte, war die drängende Angst der Frau so stark, dass sie sich entschied, einen zweiten Versuch zu wagen. Immerhin ging es um ein Baby.

Im Moment stieg die Flut nur durch die kleinere Öffnung, die sowieso unterhalb des Wasserspiegels lag. Aber sie musste sich beeilen. Wenn das Wasser den landseitigen Eingang erreichte, würde die Höhle bis fast zur Decke überschwemmt werden. Das Wasser hatte den Körper der Frau schon fast erreicht. Ein Flackern hing in der Luft über ihr.

Lea schüttelte den Kopf. Dafür war keine Zeit. Es war eigentlich sowieso keine Zeit für irgendetwas. Hier konnte kein Baby sein. Wenn sie die Frau nicht vor dem Höhepunkt der Flut aus der Höhle bringen konnte, würden sie beide sterben. Für den Moment würde es reichen, sie etwas höher auf den Sand zu zerren. Aber wenn Peter nicht bald da wäre, müsste sie die Frau aus der Höhle ziehen. Egal wie.

»Hören Sie mich? Ich muss Sie etwas höher hinauf ziehen. Das Wasser hat sie Sie schon fast erreicht! Sie werden ertrinken!« Die Frau schüttelte den Kopf, versuchte nach ihrer Hand zu greifen.

»Nein!! Das Baby ...« Die Frau holte tief Luft und formte mit den Lippen einen Kreis. Lea hörte nichts, aber jetzt sah sie das Flackern deutlicher. Es umgab den ganzen Körper der Frau, lief in unregelmäßig geformten Wellen aus tiefen Blautönen über ihren Körper. Im Bereich ihrer Beine war das Pulsieren dichter, gleichmäßiger. Sie verschwammen, veränderten sich.

Mit offenen offenem Mund starrte Lea auf das Unmögliche. Was zum Teufel passierte hier?

Leises Weinen erklang aus dem hinteren Bereich der Höhle. Sie folgte dem Geräusch, und als sie sich entschied, erneut den hinteren Teil der Höhle abzusuchen, wusste sie tief im Innern, dass sich ihr Leben damit unwiederbringlich verändern würde. Sie konnte der Frau im Moment nicht helfen, aber sie konnte nach dem Baby suchen. Mit wenigen

Schritten hatte sie das Ende der Höhle erreicht. Im blau flackernden Dämmerlicht, das inzwischen die Höhle füllte, entdeckte sie eine Öffnung, die vorher definitiv noch nicht da gewesen war. Das Mädchen, das sie dort fand, war vollständig in hellblaues Licht gehüllt. Bis auf ein großes Amulett, das um ihren Hals hing, war es komplett nackt. Die Nabelschnur war mit Seegras abgebunden.

Lea nahm sie vorsichtig auf den Arm. Schlagartig hörte die Kleine auf zu weinen, öffnete bernsteinfarbene Augen und schaute sie an – sah ihr direkt ins Herz. Kurz ging Lea durch den Kopf, dass das in dem Alter noch gar nicht möglich sein sollte. Sie drehte sich um und hob das Baby hoch. Das dunkelblaue Flackern über der verletzten Frau verlöschte. Lea ging zu ihr und legte ihr das Mädchen vorsichtig in die Arme. Die küsste das Kind und hielt es ihr wieder entgegen. Ihre Arme zitterten.

»Nehmen Sie sie. Bitte–. Beschützen Sie sie! Und gehen Sie. Schnell!«

Lea nahm das Baby. Wärme breitete sich in ihr aus. In dem Moment schoss Bobo durch den Eingang, rannte zu ihr und schleckte ihr durchs Gesicht. Gott sei Dank! Dann war auch Peter auf dem Weg. Zusammen würden sie beide retten können; Mutter und Kind. Die Flut hatte die Frau fast erreicht, aber mit dem Baby auf dem Arm konnte sie ihr nicht helfen. Peters Stimme klang gedämpft, als er nach ihr rief. Sie traf eine Entscheidung. Sie würde erst das Kind nach draußen bringen, weg von der steigenden Flut.

»Alles wird gut! Die Hilfe ist schon fast da. Ich bringe Ihr Kind schnell vor der Höhle in Sicherheit. Dann komme ich zurück!« Lea stand auf. Vorsichtig schützte sie das Kind unter ihrer Jacke. Mit wenigen Schritten hatte sie den Ausgang erreicht und drehte sich um, da Bobo zurückgeblieben war. Der Hund stand regungslos neben der Frau, die wieder in flackerndes, blaues Licht gehüllt war. Sehr viel schwächer dieses Mal.

Mit einer unglaublich fließenden Bewegung bäumte sie sich auf und warf sich in die steigende Flut. Ihre Beine verwandelten sich in einen Fischschwanz, dann wurde sie durchsichtig und verschwand im Wasser.

Lea stand vor der Höhle und war unfähig zu gehen. Die Wissenschaftlerin in ihr wollte der Frau folgen, aber die Flut hatte den oberen Eingang endgültig erreicht. Sie konnte nichts mehr machen. Außerdem rannte Peter laut rufend durch den Sturm auf sie zu.

»Lea, was ist passiert? Wieso schickst du Bobo?« Außer Atem sah er sie an.

Lea wusste nicht, wie sie ihm die Situation erklären sollte, und so öffnete sie ihre Jacke ein Stück und sagte: »Schau.«

»Lea, um Gottes willen? Wo kommt das Baby her?« Peters Augen weiteten sich so entsetzt, als glaube er, sie hätte die Kleine gestohlen. Warum hatte sie beim Streit am Morgen auch gesagt: *Wir müssen auch kreative Lösungen ins Auge fassen.*

»Schreien ist keine Lösung, Peter. Das Baby war in der Höhle. « Zusammen mit seiner Mutter, die sich erst in eine Meerjungfrau verwandelte, um dann im Wasser zu verschwinden. »Lass uns nach Hause gehen! Bitte. Ich habe nichts falsch gemacht.« Lea sah sich suchend nach Bobo um. Der Hund stand schräg hinter ihr und hatte den Blick fest auf das Baby in ihren Armen gerichtet. Gut. Einen Beschützer hatte die Kleine schon. Jetzt musste sie nur noch Peter überzeugen.

Lea zog die Jacke wieder über dem Kind fest und machte sich auf den Heimweg. Peter schüttelte den Kopf und ging hinter ihr her. Er zog seine dicke Regenjacke aus und berührte sie sanft an der Schulter. Obwohl er verwirrt und verzweifelt schien, waren seine Worte sanft.

»Lea, gib sie mir kurz und zieh dir die Jacke an. Wir reden zu Hause.« Sie zögerte kurz, legte ihm dann aber das Mädchen in den Arm. Er streichelte es leicht an Wange. »Sie ist so winzig.«

Lea zitterte am ganzen Körper. Schnell zog sie die dicke Jacke an und streckte die Arme nach dem Mädchen aus. Das Baby fest an sich gedrückt, stemmte sie sich gegen den peitschenden Wind. Nach kurzer Zeit hatten sie alle das Haus erreicht.

Peter öffnete die Tür und ließ Lea als Erste hinein. Der Wind presste gegen das alte Holz, und er brauchte seine ganze Kraft, um sie zu schließen. Schlagartig war es still, der Sturm nur noch ein Rauschen vor dem Haus. Lea steckte die Hand aus und strich über Peters Arm.

»Machst du uns einen Kakao, bitte? Ich zieh ihr nur schnell etwas an und komme sofort wieder runter.« Kakao. Ein Friedensangebot. Eine Erinnerung an die Zeit, als sie stundenlang geredet, geplant, gelacht und sich geliebt hatten. Bevor es schwierig wurde, etwas zu sagen, ohne den anderen zu verletzten. Lea hoffte, dass Peter sich daran erinnern würde. Sie ging langsam die Treppe hinauf, in das vollständig eingerichtete Kinderzimmer, ließ ihren Blick über die Tapete mit den Seesternen und die Vorhänge mit den Seejungfrauen gleiten und legte das Baby auf der Wickelkommode ab.

»Als wenn wir es geahnt hätten, meine Süße … Jetzt ziehe ich dir erst einmal etwas Warmes an. Dann überlege ich mir, wie wir deinem zukünftigen Vater beibringen, dass du hierbleibst und dass du eine Meerjungfrau bist.« Das Baby gluckste fröhlich vor sich hin, die bernsteinfarbenen Augen fest auf sie gerichtet. Lea zog ihr einen Strampler an und nahm sie wieder auf den Arm. »Und jetzt gehen wir zu Papa.«

Als Lea die Küche betrat, strahlte sie so viel Glück aus, dass es Peter fast das Herz brach. Sie konnten das Kind nicht behalten. Es musste doch irgendjemandem gehören. Er sah seine Frau an, die, eingehüllt in einen dicken Pullover, in der Tür stand, das Baby auf dem Arm.

»Es ist nicht so, wie du denkst, Peter.« Ihr Lächeln erinnerte ihn an früher, an bessere Zeiten.

»Was denke ich denn, Lea? Was *soll* ich denken, wenn du nach dem Streit heute morgen Morgen das Haus verlässt, mit der Drohung, eine Lösung zu finden, egal, ob mir das gefällt oder nicht? Legal oder auch nicht. Das waren deine Worte. Und jetzt habe ich Angst vor dem, was du mir sagen wirst.«

Leas braune Augen schauten fest in seine. Sie ging einen Schritt auf ihn zu und nahm eine Hand fest in ihre.

»Bobo hat sie gefunden. In der kleinen Höhle. Er hat ‚Person gefunden‘ angezeigt. Du weißt, dass er sich noch nie geirrt hat. Und da war sie.«

»Willst mir allen Ernstes erzählen, dass Bobo in dieser Höhle ein ausgesetztes Baby gefunden hat? Ohne Mutter? Bei diesem Wetter?«

Lea holte tief Luft und sagte: »Nicht ganz ohne Mutter. Am Anfang war auch die Mutter noch da. Eigentlich hat Bobo *sie* gefunden, nicht das Baby. Sie war schwer verletzt.«

Peter rutschte das Herz in die Hose. Unterlassene Hilfeleistung? Mord? War das noch seine Frau?.

»Du hast die Verletzte in der Höhle gelassen? Bist mit dem Baby raus, und hast sie zurückgelassen? Was hast du dir dabei gedacht? Du wusstest, dass die Flut kommt.« Er entzog Lea seine Hand und raufte sich die Haare. »Wir müssen morgen nach der Leiche suchen.«

»Es gibt keine Leiche.« Sie zog das Amulett aus der Tasche und ließ es über dem Baby kreisen. Die Luft begann zu flackern und verdichtete sich zu einem kräftigen blauen Leuchten, das in Wellen über Lea und das Baby lief.

»Was zum Teufel …« Peter starrte sie an.

»Nicht Teufel. Meerjungfrauen, Peter. Ihre Mutter war eine Meerjungfrau. Sie hat sich vor meinen Augen verwandelt und ist im Meer verschwunden. Aber vorher hat sie mir das Versprechen abgenommen, dass ich ihre Tochter beschütze.« Lea liefen die Tränen über das Gesicht. Sie zog aus der anderen Hosentasche ihre geliebte gläserne Meerjungfrau. Es fiel Peter schwer, sie ausreden zu lassen. »Genau so sah sie aus, als sie ins Wasser glitt. Man kann sie nicht sehen …«

Peter wusste nicht, was er glauben sollte.

»Niemand wird merken, dass sie nicht unser Kind ist. Noch weiß keiner, dass ich schon wieder eine Fehlgeburt hatte. Wir könnten einfach so tun, als wäre es unser Baby.«

Peter sah sie an, wie sie mit dem Baby auf dem Arm, eingehüllt in blaues Licht, in der Küche stand. Sie hatte nie schöner ausgesehen. Und sie hatte recht, es könnte funktionieren. Es musste funktionieren.

Das Baby öffnete die Augen, sah ihn an und lächelte. Dann wurde es für den Bruchteil einer Sekunde durchsichtig.

Corinna Rössling war Sängerin, Reiterin, Verkäuferin, Ingenieurin und Hundebesitzerin. Sie war Gast auf einer jemenitischen Hochzeit, Tauchen in der Nordsee und Bergwandern in Korea.

Seit dreißig Jahren arbeitet sie in einem Flugzeug, liest alles, was ihr in die Finger kommt und liebt ihr Macbook, an dem sie seit einiger Zeit ihre Geschichten selbst schreibt. Sie zieht ihr eigenes Gemüse und träumt davon, mit einem Van und einem Hund die Welt zu bereisen.

Ihre erste Veröffentlichung war das Sachbuch *Scrivener 3, Kurzanleitung für MacOS*, das bei Amazon erhältlich ist. Sie lebt in München und schreibt weltweit, momentan an ihrem ersten Roman.

Mehr Informationen finden sich auf ihrer Homepage (corinnaroessling.de).

Sie sagen, geh nicht zu der Hexe am Riff

Anastasia Prieschev

Sie sagen, geh nicht zu der Hexe am Riff, du kommst nie mehr zurück.

Sie sagen, sie erfüllt dir einen Wunsch zum Preis deiner Seele. Sie sagen, sie frisst dein Herz, sie ertränkt dich im Meer, wenn der Zorn sich in ihre Augen schleicht.

Sie sagen geh nicht.

Sie geben ihr die Schuld an den Stürmen und den schlechten Ernten.

Sie sagen viel, aber keiner glaubt, und kaum jemand traut sich an die Höhle, die Klippen heran.

Du bist einsam, wenn du ehrlich bist. Das Dorf ist warm im Licht der Sonne, aber kalt sind seine Leute, und du glaubst nicht ihren Geschichten.

Du kennst andere Mer, du kennst andere Hexen.

Die in der Großstadt sind weder gut noch böse, eher Gewalten mit Unfug im Kopf und Macht, verborgen zwischen ihren Fingern, die sie für Gefälligkeiten und kopierte Hausaufgaben eintauschen. Oder dafür, dass du ihnen hilfst, wieder einmal ihren Zauberstab zu finden. Vielleicht ist diese gar nicht so anders.

Es knirscht unter deinen Füßen, entblößt und brennend auf dem Sand, eine Erinnerung daran, dass du noch nicht komplett verloren bist.

Du findest die Höhle schnell genug, es ist nicht schwer, dem Atem des Meeres zu folgen, dem leichten Windzug aus Salz und Wasser, nassen Steinen und dem leicht fischigen Gestank von plattgetretenem Seegras. Der Weg ist mehr ein Trampelpfad in den Fels hinein, entlang eines kleinen Flusses, der tief genug ist, um bequem darin schwimmen zu können. Erstaunlich hell ist es in der Höhle, bis du dich tiefer wagst, bis es dunkler und dunkler wird, deine

Finger sich fester um den Riemen deiner Tasche krallen und du plötzlich in einer Grotte stehst.

Natürlich verschlägt es dir dort die Sprache. Da liegt ein kleiner See, kaum mehr als ein Becken, strahlend hell erleuchtet von der Sonne, deren Licht sich durch die Löcher im Klippengestein schleicht, einzelne Strahlen wie Scheinwerfer auf einer Bühne. Das Wasser indigoblau, sanft schillernd, zärtlich zwielichtig, romantisch. Dieser Ort ist wie ein Traum, und du übersiehst fast die Hexe selbst, in deinem Unglauben. In deinem Staunen.

Es sind ihre Augen, die du auf dir spürst, das Starren, das sich unter deine Haut gräbt, das Schauern und der Unwille, dich umzudrehen. Dennoch, du tust es und wow! Du willst sie malen.

Die Sonne taucht ihre dunklen Farben in ein sattes Tannengrün, ein sanfter Schimmer über dem Tiefschwarz ihrer Haut und dem schwachen Gold, das sich über ihren Schweif, die Rückenflosse, durch Haare und Haut zieht. Du glaubst, dass sie fast schon leuchten, aber es ist zu hell, um es wirklich zu wissen, und es ist dir egal. Sie ist keineswegs schön. Nicht im klassischen Sinne, weil ihre Haare mehr Korallen als Haare sind, weil ihr Schweif der eines Rotfeuerfisches ist, nur nicht farbenfroh, eher giftig und grausam. Weil sie mehr aus Kanten und langen Linien besteht als aus Kurven. Weil ihre Augen eine Kälte ausstrahlen, die von langen Jahren des Hasses zeugen, die die Dorfbewohner dieser Ecke ihres Strandes entgegenbringen.

Du bist hier nicht willkommen. Geh weg, sagen sie.

Ihr Gesicht ist spitz und elegant, die Augen golden, eine einzige Iris. Du willst sie malen, aber du weißt, wann du dich zurückziehen musst, und sie will dich nicht hier, ganz gleich, wie schön es hier ist.

Du gehst.

Und du drehst dich nicht um, egal, wie sehr die Neugier an dir nagt. Der Blick in deinem Rücken reicht.

★✖★

Sie geht dir nicht aus dem Kopf, weder die Grotte noch die Mer. Leuchtet sie, wenn es dunkel ist? Was isst sie in dieser Grotte, wo sie sie laut den Dorfbewohnern kaum verlässt? Was tut sie dort den ganzen Tag?

Es juckt in deinen Fingern, du willst sie malen, sie in Kohle und Aquarell fassen, und dein Skizzenbuch füllt sich mit Zeichnungen von Augen und geraden Nasen, und Kälte krümmt deine Fingerspitzen.

Herumfragen hilft dir wenig, zuerst. *Sie sagen, sei nicht töricht, Kind, bleib weg von der Hexe, bevor sie dich verflucht. Geh nicht zurück, ihre Art wird dir kein Glück bringen.*

»Sei nicht töricht, Mädchen«, flüstert der verrückte Alte am Rand des Dorfes. »Sie sagen schreckliche Dinge über schreckliche Wesen, über die sie nichts wissen. Sie ist einsam, unsere Hexe, allein da draußen. Ich habe sie gefunden damals, verletzt und allein, unser Strand rot vor Blut, und es hat mich Tage gekostet, bis sie sich hat helfen lassen. Sie nahmen ihr die Stimme, Kind, sie nahmen ihr ihre Flosse. Für dieses Mädchen gibt es kein Zurück mehr.«

Du hörst ihm zu, und du träumst von Gold und Rot und dunklem Grün, so finster wie die Tiefen der See. Du malst das Meer, malst die Schritte im Sand, helle Bilder, warme Bilder, aber keines ist gut genug für dich.

Du besuchst den Alten in seinem Garten, trinkst Tee, so bitter wie deine Verwirrung, und du stehst immer, immer wieder vor der Höhle und wagst nie den ersten Schritt hinein.

Bilder entstehen am Rand der Welt, kleine Werke ohne Bedeutung, die du in Massen in deinem Zimmer stapelst, unter Farbtuben und Stiftekästen vergisst. Ein Meer ohne Leben, ein Strand ohne Freude, immerzu fehlt etwas, und du kannst dir nicht vorstellen, was es nur sein könnte.

Irgendwann kaufst du ein Säckchen Bonbons, die aussehen wie Sterne, du legst sie auf deine Fensterbank, und du träumst. Von Korallen und Flossen, von Sonnenlicht auf Schuppen und einer Grotte verborgen im Fels.

»Er hat gesagt, du magst die.« Du hebst das Säckchen hoch, die Bonbons fallen neu zusammen, und die Augen der Mer leuchten auf. Sie streckt eine Hand aus, vier Finger, lang und fein, die Schwimmhäute dazwischen sind golden. Ähnlich schmalen Fledermausflügeln, nur mit Krallen. Du bist dir fast sicher, eine würde problemlos um deinen Hals passen.

Sie zieht die Hand sofort zurück und greift zur Seite, nach einer Perlenkette, als wäre die Kette ein Schild zwischen ihr und dir. Du kennst die Magie der Mer, du hast sie gesehen, also trittst du zurück, legst das Säckchen auf den Boden, rollst es zu ihr und versuchst zu lächeln.

»Ich weiß ehrlich gesagt nicht, warum ich die gekauft hab. Der Verkäufer meint, die schmecken nach nichts als Zucker, und ich habe sie nicht probiert. Aber Lukan meinte, du magst sie, also … ja.« Du ziehst dich weiter zurück, und es ist dir plötzlich unangenehm, hier hereinzuplatzen. Das ist ihr Zuhause, und du bist einfach reinspaziert. Sie starrt dich an, und du kannst endlich ihr Gesicht richtig sehen, nicht nur ihre Augen. Sie sind riesig, auffällig, ja, aber ihr Gesicht selbst ist schmal und kantig, winzig im Vergleich. Die Nase dünn und gerade, fast nicht vorhanden. Sie besteht aus glatten Linien, schmalen Kurven und einem sanften Glanz und du … kannst einfach nicht aufhören, sie anzustarren.

Die Mer in der Stadt sehen nicht so aus. Sie sind bunter, heller, fröhlicher. Sie singen und lachen und bringen ihr Umfeld zum Tanzen, und sie stellen Fragen.

Diese Mer, mit ihrem Korallenhaar und den dunklen Farben, mit den goldenen Malen, die sich wie Kintsugi über ihre Haut ziehen, sieht nicht aus wie ein Paradiesfisch, eher wie …

Oh.

Natürlich.

»Oh Gott, was wurde dir nur angetan?« Der Schock setzt sich fest wie ein Schwall Wasser über deinen Schultern. Du zitterst, weil du endlich verstehst.

Sie trägt Narben am Hals.

Ihre Flossen zeigen Spuren von Ketten. Narben, schwielig und grausam, Perlen des Hasses unter ihrer Haut. Es sollte seit Jahren eigentlich keine Wilderer mehr geben, die Mer aus ihrem Zuhause zerren und so zurichten. *Wie konnten sie nur?*

»Du kommst aus der Tiefsee.« Tränen fallen. Schock gräbt sich in deine Adern, du stolperst zurück. »Es tut mir so leid.« Diesmal bist du es, die wählt, was geschieht.

Du fliehst.

Du rennst, rutschst über den Sand, Bonbons und Sonnenlicht vergessen, und du brichst in deinem Atelier zusammen, Schmerz in der Brust, Schmerz in den Seiten. Dein Herz bricht für eine Frau, die ein Leid dieses Ausmaßes nicht verdient hat.

Der Alte schickt dich immer wieder zu ihr zurück.

»Sie fragt nach dir.«

»Du hast es verstanden, nicht wahr?«

»Rennst du davon?«

Antworten liegen auf deiner Zunge, Ausreden parat, aber dein Gesicht verrät dich, lange bevor du den Mund aufmachst.

Sie sagen, die Hexe wird dir den Kopf verdrehen, verrückt wirst du werden, ganz wie der Alte.

Deine Bilder verlieren an Leben, du wirfst sie wochenlang beiseite, Aquarell und Öl, Acryl, Kohle. Nichts fügt sich deinen Fingern. Nichts folgt deinem Kommando, und du weißt, was helfen könnte, aber du bist feige. Du bist nur ein Mädchen, das keine Ahnung hatte, was sie da tat, und du willst diese Mer wiedersehen. Du willst sie noch immer malen, aber keines deiner Bilder passt. Keines weckt dieselbe Ehrfurcht und Sehnsucht, wie es diese Frau tut.

Also gibst du auf.

Du packst deine Tasche. Du wirfst die Farben rein, die du zu brauchen glaubst, und du läufst aus der Wohnung, bleibst in der Tür stehen und flüchtest gleich wieder rein.

Jeden Tag aufs Neue.

Und jeden Tag aufs Neue kommst du weiter, bis du wieder einmal vor der Höhle stehst. Sie schwimmt dir entgegen, die Mer, deren Namen du nicht kennst und deren Geschichte du glaubst zu kennen, die Mer, die dir nicht mehr aus dem Kopf geht.

»Verdreht mein Herz, verrückt mein Verstand …«, flüsterst du in den Wind und hebst die Hand, und sie lächelt dich an, Zähne scharf und weiß, glatt und spitz und grausam, und du kannst nicht mehr atmen, weil sie lächelt.

Weil sie lächelt.

Sie schwimmt zu dir, an den Rand des Wegs, der in die Höhle führt, zupft an deinem Kleid und zupft dich voran, zurück in die Grotte, zurück in ihr Reich, und du folgst ihrem Ruf. Natürlich folgst du ihrem Ruf.

Die Grotte hat sich kaum verändert, aber nun, da du nicht nur von Sonne und einer schönen Frau abgelenkt bist, kannst du dich umsehen. Der kleine Strand, an dem die Mer bisher saß, ist voller glitzerndem Plunder: Muscheln und Perlen und zig leuchtende kleine Bonbonverpackungen. Du siehst das Funkeln des Wassers und die kleinen Schaumkronen, die Sonnenstrahlen, wann immer sie durch die Wolkendecke draußen und durch die Löcher im Fels dringen. Kleine Pflanzen, winzige Blumen wuchern in den hellsten Ecken, und das Wasser ist so klar, du kannst die Korallen darunter sehen, die paar, die im Zwielicht überlebt haben.

Die Mer zieht sich am Strand hoch und greift nach den Perlen, nach etwas, das aussieht wie eine Tafel.

Hallo, steht darauf, und sie reicht dir die Tafel, *Wie heißt du?*

»Hallo.« Du grinst schief. »Ich habe nicht daran gedacht, wie wir kommunizieren sollen. Äh, Moment, ich … Lian. Ich heiße Lian.«

Sie zieht die Tafel zurück, *Lukan nennt mich Artalin. Nenn mich Art.*

»Okay. Hallo, Art. Freut mich.« Du grinst, breit wie nie, und sie lächelt zurück.

Ihre Finger wischen die Kreide weg, weiße Flecken auf schwarzgrüner Haut, das Schuppenmuster darauf so glatt, man kann es kaum erkennen. *Lukan hat mir von dir erzählt. Er sagt, du wärst nicht wie die Anderen. Er sagt, du wärst anders. Bist du das wirklich?*

Was soll man darauf antworten?

»Finde es selber heraus? Ich meine …« Du suchst nach Worten. »Ich weiß es nicht. Ich … Ich war nur neugierig, sie haben alle so dumme Sachen gesagt, als hätten sie noch nie Mer getroffen, und ich wollte wissen, wie du wirklich bist, und dann … Es tut mir so leid!« Sie brechen heraus, ungeplant und durcheinander, du greifst in der Luft nach Strohhalmen. »Ich wollte dir keine Angst machen oder in dein Zuhause platzen, ich war unhöflich …«

Es ist okay. Ich verstehe schon.

Es fühlt sich an wie Erlösung. Du fällst neben sie, und ihr Schweif spritzt mit Wasser nach dir, und ihr sitzt beide im Sonnenlicht, und es passt. Ein bisschen, als würdest du nach Hause kommen.

Bald schon wagst du es, sie über die Grotte auszufragen, über die Blumen, die Lukan gepflanzt hat, über den Krims in der Ecke, darüber, wieso jeder die Mer eine Hexe nennt.

Weil ich eigentlich eine bin. Sie schließt die Augen, ihre Korallen eine Kaskade über ihrem Rücken, Blumen gewoben zwischen einzelne Stränge. *Ohne meine Stimme ist meine Macht nicht mehr stark. Und ich habe zu viel Magie verbraucht, um sie wieder nutzen zu können. Lukan bringt mir immer Dinge, um zu testen, ob ich nicht doch zur alten Macht zurückfinde. Ich versuche es, aber sie folgt nicht meinem Ruf. Die See folgt nicht mehr meinem Ruf.*

Sie erzählt dir, dass Tiefsee-Mer ursprünglich mächtig sind, im Wasser, in der Tiefe, in ihrer Heimat, und du verstehst. Art ist zu weit weg, zu kaputt, um wirklich jemandem zu schaden. Um wirklich schuld an irgendwas zu sein. Die Dorfbewohner reden, und es bricht dir das Herz, aber Art schüttelt nur den Kopf.

Es macht ihr nichts aus. So hat sie ihre Ruhe in der Grotte.

Du erzählst ihr von deinem Kunststudium, davon, dass du ein Jahr hier draußen verbringst, als Praxisjahr, weil du dich in das Meer und die idyllische Aura der

Inseln verliebt hast. Du erzählst ihr von der Uni, von den Mer dort, von den Werwölfen und Werbären und den Warlocks in deinem Kurs, die mit ihren Fingern und ihren Dämonen Meisterwerke schaffen. Und manchmal den Saal anzünden. Von den Fae und ihren Partys, von den Skandalen, weil diese Kreaturen des Unfugs schon wieder jemanden entführt haben und ihn oder sie nicht wieder hergeben.

Art hört dir zu, stellt ihre Fragen. Sie spielt mit den Perlen, zieht sie durch ihre Finger, immer vorsichtig, um die Schwimmhäute nicht zu beschädigen. Sie ist so anders als bei euren vorherigen Treffen, und du versprichst dir selbst, Lukan ein Bild zu malen.

Als Dank.

✦✶✦

Lukan nimmt das Gemälde der Grotte so vorsichtig entgegen, als wäre es aus Glas. Du hast einen guten Moment erwischt. Einen, in dem Art nicht da gewesen ist und die Sonne golden rot durch den Vordereingang strahlte und alles in ein Feuer tauchte, das dir in den Fingern juckte, es einzufangen. Es ist nicht perfekt, aber du bist stolz darauf.

Beinahe könnte man meinen, er weint, als er sich bei dir bedankt, aber ihr sagt beide nichts dazu. Er ist der einzige Bewohner neben den Händlern, der noch mit dir spricht, und sein Stolz ist so bekannt wie die Tatsache, dass du dich nun öfter mit Art triffst.

Verloren, das Mädchen, flüstern sie hinter deinem Rücken, und Lukan schließt seine knochendürre Hand um deinen Arm, ein warmes Zeichen der Solidarität. *Eine Schande, verschwendet ihr Talent.*

Du willst sie nehmen, sie beide und mit ihnen in die Stadt zurück, aber wo eine gewöhnliche Mer problemlos an Land kann, solange sie nie ihre Wurzeln vergisst und zumindest manchmal zurückkommt, so kann es fatal für eine Mer der Tiefsee enden, ihre Gewässer zu verlassen.

Und Art hat genug erlebt. Du willst gar nicht wissen, wie weit die Wilderer sie gezerrt hatten, dass sie so schwach geworden ist.

»Es geht ihr besser als damals«, erzählt Lukan dir beim Tee und lächelt dein Gemälde an, das umrahmt von Efeu im Wintergarten hängt. Du drehst die Teetasse in deinen Händen und bewunderst die goldenen Spuren darauf. Sie erinnern dich an Arts Haut.

Lukans Augen ruhen auf dir.

»Und ich habe sie noch nie so glücklich erlebt, wie seit du hier bist. Ich denke, ich schulde dir ebenso Dank.«

Sie sagen, die Hexe hat dich mit einem Zauber belegt.

Du verdrehst die Augen, während du durch die Stadt schlenderst, die Tasche über die Schulter geworfen und eine Blumenkrone im Haar. Art hat sie dir geflochten, aus den weißen Blumen, und sie hat gelacht. Dieses atemlose Lachen, das klingt wie ein Windzug im Gras an einem Sommertag. *Sie sehen gut aus. Du hast so dunkle Haare, da strahlen sie heraus. Ich mag das,* stand auf der Tafel, und du weißt genau, wie rot du geworden bist.

Ihr verbringt Wochen so, du kannst Art nicht jeden Tag besuchen, und an den Tagen, an denen du nicht bei Art bist, ist oft Lukan bei ihr. Du hast Aufträge von der Uni, die du malen musst. Du musst trotz allem lernen, und deine Freunde verlangen, dass du dich öfter bei ihnen meldest.

Dennoch, die Stunden bei Art sind dein Schatz, deine wertvollsten Momente. Du merkst nicht einmal, wie dein Herz aussetzt, wenn Art nach dir greift, ihre Haut kühl und nass, Hände klamm und schmal und lang und wunderschön in ihrem Kontrast zu deiner hellen Haut.

Sie freut sich über alles, was du ihr bringst: über die Muscheln, die du am Strand findest, über die kleinen Skizzen, die du in die Ecken von Seiten kritzelst, über die eine Perle, die du einem Händler abkaufst, weil sie nicht perfekt rund ist, ein Makel, das er sonst nicht verkauft bekommt, aber das der Mer ein Strahlen ins Gesicht zaubert, und plötzlich kommt es an.

Es ist so einfach zuzugeben, dass du verliebt bist.

Und du nimmst es einfach hin, weil dieser Moment einfach passt.

Du hast es fast schon kommen sehen.

✦✕✦

Ich war dumm, damals, schreibt Art eines Abends, *Ich wollte nur den Mond sehen. Manche Perlen entfalten ihre Macht besser im Mondlicht, und ich wollte es testen. Das Schiff hatte mich einfach überrascht. So weit fährt niemand raus, dachte ich. Ich lag falsch. Ich mochte das kleine Becken nicht, in das sie mich sperrten, aber sie hatten keine Ketten dort. Doch danach, das große Becken, das war schrecklich. Es war bunt und hell, und ich hatte nicht, wie hier, eine Grotte, in der ich mich verstecken konnte. Die Männer nahmen mir meine Perlen und die See, und eine Frau nahm mir meine Stimme. Sie war grausam. Sie wollte, dass ich für sie tanze, mit ihren falschen Meerjungfrauen in ihren grausigen Geschichten, sie wollte mir eine falsche Stimme geben, und ich war so wütend.*

So wütend.

Ich konnte nichts gegen sie tun, ich war zu schwach und zu allein. Ich hatte keine Hoffnung. Eines der Mädchen dort, sie war so dumm wie ich.

Ich war wütend, Lian. So, so wütend. Und sie hatte eine Perle. Keine aus Glas, eine echte. Ich stahl sie, und als der Mond durch die Fenster schien … Ich wollte nur da raus. Ich vergaß die Ketten, ich vergaß das Glas. Damals zählte für mich nur der Sturm.

Jetzt bin ich frei, aber mein Schweif ist zerstört und meine Stimme fort.

✦✕✦

Sie sagen, du wärst verhext, und du sagst ihnen offen, dass das ein Zauber ist, in den du mit offenen Augen gelaufen bist. Du lachst über ihre Gesichter des Schocks, und du flüsterst, dass Unwissen keine Entschuldigung dafür ist, dass sie eine gebrochene Frau im Stich gelassen haben.

Du skizzierst spielende Kinder auf dem Spielplatz, und sie verlangen Geschichten über die Hexe. Du erzählst ihnen von Wilderern, Schleppnetzen und einer Meerfrau ohne Stimme, die nicht mehr nach Hause kann.

Es ist ein langsamer Prozess, an dem du arbeitest, aber du willst Art und Lukan das Leben wenigstens ein bisschen erleichtern. Deine Freunde schicken dir Bilder, und du zeigst voll Stolz die Arbeiten deiner Freunde herum und redest und erzählst, bis selbst dir die Stimme versagt.

Es ist ein unglaublich langsamer Prozess.

Aber er ist jede Sekunde wert.

✦ ✕ ✦

Art lässt zu, dass du ihre Korallen nachfährst, die Konturen in ihrem Gesicht. Der Mond strahlt zarte Schimmer, kühle Schatten über ihre Schuppen, und du bist fasziniert, wie kalt ihre Haut im Vergleich zu deiner ist.

Sie sitzt halb im Wasser, du hast dich im Schneidersitz neben sie gesellt, deine Malutensilien schon seit Stunden vergessen in einer Ecke, in der sie nicht in der Nähe des Wassers sind. Es ist Ebbe, das Wasser schwappt gerade noch so über die Wasserpflanzen.

Ihre Augen sind so viel heller zu dieser Tageszeit, die Grotte getaucht in Blau und Grau, das goldene Leuchten von Arts Malen ein Farbfleck im Gemälde.

»Darf ich dich malen?« Es rutscht dir heraus, die Frage, die dir auf der Zunge brennt, seit du sie zum ersten Mal gesehen hast. Art erstarrt unter deinen Händen, ihre Augen noch größer als sonst, aufgerissen und erschrocken. Sie zeigt auf sich selbst, die Tafel zu weit weg, und du ziehst die Schultern hoch.

Du nickst. Greifst nach ihrer Hand, drückst sie kurz, ehe du loslässt.

»Du kannst natürlich nein sagen, aber ich wollte das schon vor Monaten fragen und hab … mich nicht getraut …«

Eine Hand legt sich um dein Gesicht, vorsichtig und langsam, tastend, als würde Art darauf warten, dass du sie von dir wegschiebst. Als könntest du das je tun. Als könntest du ihr je etwas abschlagen. Zärtliche Finger auf deinem Gesicht, deinem Hals, sie fahren tiefer und bleiben über deinem Herzen stehen, das droht, aus deiner Brust zu springen und ihr in die Arme.

Ihr brecht beide in Gelächter aus, und sie nickt. Sie *nickt,* das ist ein *Ja.*

Beinahe schneidest du dich an ihrer Rückenflosse, als du ihr um den Hals fällst, dein stetiges »Danke, danke, danke« ein Mantra, ein Echo in der Grotte. Sie lacht in deine Schulter, und sie ist kalt, und du bist warm, und du willst am liebsten sofort anfangen. Schließlich liegen die Farben seit Monaten in deiner Tasche, aber das Licht ist ganz falsch. Und der Moment zu kostbar.

Du betest, dass es morgen sonnig ist.

⭐✸⭐

Als Art endlich wieder Magie wirkt, der erste Funke, der erste Segen, ist es nur eine Kleinigkeit, ein bisschen Wärme, der in deine Knochen sinkt.

Du lachst und ziehst sie zu dir, und sie spritzt dir Wasser ins Gesicht. Ihr lacht, bis Art sich in deine Seite rollt, ihr Schweif über deinen Beinen, das goldene Leuchten eure einzige Lichtquelle, bis weitere Funken folgen.

Wie Glühwürmchen.

Wie Sterne.

⭐✸⭐

Sie sagen, du siehst glücklich aus.

Sie sagen, die Hexe sei am Strand gesehen worden, mit dir.

Lukan erinnert dich daran, dass das Jahr bald vorüber ist. Aber noch hast du Zeit. Noch sind es ein paar Monate. Noch willst du nicht daran denken, dass euch ein Lebewohl bevorsteht.

Du malst sie, während Artalin die Sonne am Strand genießt, während sie kleine Talismane flicht, die du später überall in der Grotte verteilen musst, kleine Steine, die im Licht funkeln, Windspiele, die ihre Melodien im Wind singen, bemalte Muscheln, die vor bösen Geistern schützen, und Perlen, die Wünsche in sich tragen. Ihr bringt gemeinsam Leben in die Höhle, in die Grotte.

Du malst Art, während sie vorsichtig auf Menschen zu schwimmt, die sich ihr ebenso vorsichtig nähern. Du bist dabei, als der erste Bewohner, eine junge Frau, die Frau des Bäckers, wie du glaubst, auf sie zugeht und Art ein Kompliment über ihren Schweif macht, der hier in der Sonne, in der prallen Sonne, dunkelgrün strahlt. Das Gold darin funkelt, und du bist verliebt, und Art ist wunderschön.

Sie füllt Seiten über Seiten, du kommst endlich dazu, deinen Freunden von ihr nicht nur zu erzählen. Endlich kannst du sie ihnen zeigen, und Hana, die in ihrem Rollstuhl winzig ist, ist begeistert, eine entfernte Verwandte zu sehen.

Du füllst die Tage mit Licht, so gut du kannst, und ihr zählt beide bald die Tage, die euch noch bleiben.

Sie sagen, die Hexe sei anders geworden. Sie sagen, sie Sonne ist heller, wenn sie lacht, und ihre Segen bringen Glück.

Sie sagen, geh zu ihr, wenn du Hilfe brauchst, aber sei achtsam, dass du die Künstlerin nicht störst.

»Ich komme wieder. Lukan hat versprochen, dass ich bei ihm wohnen kann, wenn ich euch besuchen komme. Es ist nur bis Mittwinter. Ich komme wieder. Versprochen, versprochen, versprochen …« Du betest fast schon in ihre Schulter, und Art schließt ihr Arme fester um dich, ihr Gesicht vergraben in deinen Haaren, ihr Schweif fest um deine Hüfte gewickelt. Deine Hände klammern sich an ihren Rücken, und du ziehst Muster über die Schuppen, immer achtsam, dass du ihr nicht wehtust.

Die Narben an ihrem Schweif streifen gegen deine Haut, und du schluchzt auf, Art zieht sich fester um dich, und der Damm ist gebrochen. Du willst dich nicht verabschieden.

Aber bald …

Aber bald.

Aber bald.

Du malst Art ein letztes Mal, nur Tage vor deiner Abreise, und sie sagen, es ist dein Meisterwerk.

Sie sieht sanft aus auf dem Bild, eine Hexe der Tiefsee im Zwielicht der untergehenden Sonne, mit Magie in den

Fingern, blassen Funken, die eine wiederkehrende Kraft versprechen.

Du bist stolz auf dieses Bild.

Sie fragen, ob du alles hast.

Du zählst zum hundertsten Mal alles auf, und Lukan ist derjenige, der dich an den Strand schickt, um ein letztes Mal Art zu sehen. Sie wartet vor dem Eingang zur Höhle, und du lächelst das Windspiel an.

Art zupft an deinem Kleid, zieht dich runter, und ihre Arme sind klatschnass und kalt, und du musst lachen, weil du nun mit einem nassen Kleid zurück in die Stadt fahren musst. Es macht dir nichts aus. Art drückt dich kurz und zerrt an deiner Hand, bis du vor ihr kniest, auf dem Trampelpfad.

Sie taucht unter, ein dunkler Schatten im klaren Wasser, der blitzschnell in die Grotte huscht und dich in einem Luftzug zurücklässt, der nach Salz und Wasser, nassen Steinen und fischigem, plattgetretenem Seetang riecht.

Es kommt dir vor wie eine Ewigkeit, bis Art zurück ist. Sie taucht aus dem Wasser und greift nach deiner Hand, legt etwas hinein und schließt deine Finger darum, klopft darauf, als würde sie sagen: »Schau es später an.«

Sie lächelt. Du lächelst zurück, und diesmal ist keine Verzweiflung und Trauer in deiner Stimme.

»Bis bald. Versprochen.«

Sie lässt los.

Du stehst auf.

Sie sagen, die Hexe am Riff erfüllt dir Wünsche, wenn du zu ihr gehst, zum Preis einer Geschichte. Sie sagen, ihre Grotte ist gefüllt mit Licht: Hoffnung, für die, die keine Hoffnung mehr haben.

Sie sagen, die Künstlerin, die auf der Klippe wohnt, ist die Einzige, die keinen Preis zahlen muss. Schließlich hat sich ihr Wunsch schon lange erfüllt.

Anastasia Prieschev, geb. 1996 in Russland, lebt heute am Bodensee und bastelt sich aus Momentaufnahmen und bunten Bildern ihre Geschichten zusammen. Wenn sie mal nicht mit der Nase in den Seiten eines Buches steckt, erkundet sie ihre Umgebung mit Spielen und Musik und fasst das in Worte.

Zu finden ist sie immer mal als Fanfiction- Autorin im Internet oder in den Anthologien »Zeitentanz« mit der Kurzgeschichte »Geschichten alter Tage« und »Über Mut-Über leben« mit der Kurzgeschichte »Jemand in ihrer Ecke«.

Meeresmagie

Katharina Gerlach

Selbst im Ei wusste ich, dass ich irgendwie anders war. Meine Eltern, die außerhalb der glibberigen Masse zu uns sprachen, um uns mit unserer Sprache und anderen Dingen vertraut zu machen, flüsterten Sachen wie »Das hier sieht aber komisch aus« und »Warum ist die obere Hälfte so groß?«

Ich konnte ihnen noch nicht antworten, aber unbewusst verstand ich sie. Immerhin war das die Art und Weise, wie wir lernten. Mein Herz schwoll vor Liebe, und ich prägte mir ihren salzigen Schweißgeruch ein. So würde ich sie überall wiedererkennen.

Als es Zeit wurde, fraß ich, was von meiner Eihülle übrig war und benutzte meine Hände und die beiden Schwänze, um auf die Oberseite des Kelpblattes zu krabbeln, welches das Gelege meiner Eltern beschützte. Die Oberfläche war rutschig, aber feine Kanten am Ende meiner seltsamen Flossen und an meinen Händen klebten am Blatt, und so fiel mir das Klettern leicht. Etwas in der Strömung kitzelte auf meinen Armen. Es war ein angenehmes Gefühl, so als wolle mich das Wasser willkommen heißen.

Als ich den höchsten Punkt des Kelpblattes erreicht hatte, sah ich mich um. Die Welt war wunderschön. Farbenfrohe Fische schwammen hin und her, Korallen bewegten sich sanft mit der Strömung, Anemonen winkten mit ihren Tentakeln, um Fische anzulocken, und tanzende Sonnenstrahlen ließen Felsbrocken glitzern. Einer Korallenschnecke war es gelungen, sich an eine Seeanemone anzuheften, um sie zu fressen. Mein Oberkörper, mein Bauch, meine Arme und die beiden Schwänze hatten die gleiche Farbe wie ihr Schneckenhaus.

Der Anblick des Riffs wäre noch schöner gewesen, wären nicht die seltsamen Steine gewesen. Aber waren es überhaupt welche? Ihre Farben waren unnatürlich grell. Manche hatten scharfe Bruchkanten, andere waren von der Strömung rund gewaschen. Viele waren flach, kaum dicker als die Flosse eines Clownfischs, einige waren unförmig. Die Größe variierte, von winzig bis größer als ich. Einige waren sogar transparent und hingen an Korallen. Sie bewegten sich in der Strömung wie Quallen. Ich war mir ganz sicher, dass keiner dieser Steine natürlichen Ursprungs war. Aber wer stellte solche Steine her und wozu? Meine Eltern hatten sie in ihrem Unterricht nie erwähnt.

Sie wiegten sich in der Strömung und glitten über den Meeresboden. Ich fürchtete mich vor ihnen. So friedvoll das Riff auch ansonsten wirkte, der Anblick dieser namenlosen Dinger machte mir klar, wie gefährlich das Riff für einen winzigen Meermann wie mich sein konnte. Wo blieben nur meine Eltern?

Ein junger Hai schwamm gemächlich auf mich zu. Vermutlich hielt er nach Beute Ausschau. Da er wenigstens ein dutzend Mal größer war als ich, schlüpfte ich in das sichere Versteck unter dem Blatt zurück. Der Gestank von verrottendem Fisch ging dem Raubtier voraus. Ich hielt die Luft an.

Neben mir war eine meiner Schwestern gerade mit dem Schlüpfen fertig geworden und begann, nach oben zu schwimmen. Ich packte ihre Schwanzflosse – Moment mal, warum hatte sie nur eine? – und flüsterte: »Hai!«

Meine Stimme überraschte mich. Obwohl ich alle Worte schon im Ei gelernt hatte, war mir nicht klar gewesen, dass ich schon so bald nach dem Schlüpfen würde reden können. Es überraschte auch meine Schwester.

»Stimmt was nicht, Bruder?« fragte sie und drehte sich zu mir um. Ihre Augen weiteten sich, und ihr Mund mit den gleichen Doppelreihen scharfer Zähne wie ich sie hatte öffnete sich zu einem Schrei. Sah ich so furchterregend aus, nur weil ich zwei Schwanzflossen hatte anstatt einer?

Keine Zeit für Unwichtiges. Ich zog sie nach unten und presste meine Hand auf ihren Mund. Schmerz schoss durch meine Finger, als sie versuchte, mich zu beißen, aber ich ließ sie nicht los.

»Hai!« Ich flüsterte und nickte zu dem glatten, grauen Fisch, dessen Schwanzflosse den Seetang so in Bewegung versetzte, dass meine Schwester die Gefahr endlich erkannte. »Nicht schreien, ja?«

Sie nickte. Ihr Blick flackerte zwischen mir und dem Hai hin und her. Irgendetwas musste mit mir wirklich nicht stimmen, dass sie so reagierte. Ich ließ sie los und hielt wieder Ausschau nach dem Hai. Er war wieder umgedreht, als wüsste er, dass wir hier waren. Ich sah über meine Schulter, um abzuschätzen, wie viele von uns noch in ihren Eiern steckten. Etwa die Hälfte der Meerkinder wanden sich in ihren Eihüllen und waren somit kurz vor dem Schlüpfen. Sie wären leichte Beute für das hungrige Raubtier. Und wenn sie alle auf mich so reagierten wie meine erste Schwester, wären wir alle verloren.

Vielleicht könnte ich den Hai ja fortlocken. Bei dem Gedanken, vor einem Hai zu fliehen, selbst wenn es ein Jungtier war, schien mir das Herz in den Hals zu springen. Aber das war die einzige Möglichkeit, meine Geschwister zu retten. Also nahm ich allen Mut zusammen und sagte zu meiner ältesten Schwester: »Warne die anderen. Ich werde das Biest ablenken.«

Ohne auf ihre Antwort zu warten, setzte ich meine beiden Schwänze ein und schwamm in die Höhe. Zu meiner Verärgerung war ich nicht besonders schnell. Offensichtlich reduzierte die Tatsache, dass ich zwei Schwänze hatte, meine Schwimmgeschwindigkeit enorm. Und Haie waren schnell. Ich hätte also keine Chance, sobald mich das Tier ins Visier nahm. Trotzdem drehte ich nicht um. Vielleicht könnte ich mich ja verstecken, bevor es mich bemerkte. Und Mutter und Vater wären sicherlich auch bald da.

Ich schwamm also weiter. Seltsamerweise sagte mir das Kitzeln auf der Haut meiner Arme und meines Bauchs, dass alles gut werden würde. Vielleicht wusste die Strömung etwas, das ich nicht einmal ahnte. Als ich aus dem Schutz des Seegrases schwamm, sah ich mich gleich nach einem geeigneten Versteck um und überlegte gleichzeitig, ob es einen Weg gäbe, schneller zu schwimmen.

Der Hai bemerkte mich sofort und beschleunigte. Sein Gestank wurde mit jedem meiner Herzschläge intensiver. Ich schwamm um mein Leben. Das Kribbeln auf meiner Haut wurde immer stärker, bis es ein wenig schmerzte, aber es schien mich voranzubringen. Ich nahm Tempo auf, obwohl ich nicht wusste, wie ich das machte. Wenn mich das schmerzhafte Kribbeln genug beschleunigt hatte, könnte ich mich möglicherweise zwischen den Korallen verstecken. Ich nutzte den Schub und strampelte mit meinen beiden Flossen so kräftig ich konnte. Das Wasser hinter mir verwirbelte, aber der Hai kam unerbittlich näher. Gerade als er das Maul aufriss, zerrte mich die kribbelnde Strömung seitwärts, als wäre ich eine Puppe. Die scharfen Zähne des Hais verpassten mich um wenige Zentimeter. Das Wasser, das von seinem kräftigen Biss verdrängt wurde, schleuderte mich in eine Gruppe Seeanemonen.

Autsch, brannten ihre Tentakel. So schnell ich konnte, wand ich mich zwischen ihnen hindurch und schlüpfte zwischen ihre Füße, wo ich auf einem dieser seltsamen Nicht-Steine landete. Als der Hai begriff, wo ich war, brach er seinen Angriff ab. Ich rieb mir die schmerzenden Arme, den Körper und die Flossen und sah ihm nach, wie er den Grund nach Fressbarem absuchte und sich dabei gemächlich entfernte.

Als er ganz verschwunden war, untersuchte ich das Ding, das eben kein Stein war. Es war so groß wie meine Handfläche, flach und mehr oder weniger rechteckig mit scharfen Kanten. Die Farbe war grell orange und die Oberfläche überraschend glatt. Zu meiner Überraschung war es auch sehr stabil und dabei flexibel. Trotz aller Anstrengung konnte ich es nicht durchbrechen. Ich hob es an die Nase und schnupperte daran. So nah roch es ganz schwach nach etwas, das nicht zum Meer gehörte. War das möglich? Ich war mir sicher gewesen, dass es außer dem Meer nichts gab. Aber was wusste ich schon. Ich war ja gerade erst geschlüpft.

Ich ließ den Nicht-Stein fallen, biss die Zähne zusammen und drängelte mich an den wedelnden Tentakeln der Anemone vorbei. Als ich heil, aber juckend aus meinem Versteck herauskam und zu meinen Geschwistern zurückkehrte, umarmte mich meine älteste Schwester kräftig.

»Vielen, vielen Dank«, flüsterte sie mir gerade ins Ohr, als das Wasser meinen absoluten Lieblingsduft zu uns trug.

»Oh, Xolotl, sie sind schon ausgeschlüpft.« Wir drehten uns alle gemeinsam zu Mutters Stimme um, und dann begann ein Rennen in ihre Arme. Natürlich verlor ich.

»Ach du meine Güte«, sagte Vater, als er bemerkte, wie ich mit meinen beiden schuppenlosen Schwänze strampelte. »Dieser hier ist verkehrt herum. Er hat einen Fischkopf und menschliche Beine und Füße anstatt anders herum.« Er zog mich in seine starken Arme und küsste mich auf den Kopf, während ich mir die Bezeichnungen für meine unteren Extremitäten einprägte. »Wir lieben dich trotzdem, mein Junge. Du wirst dich nur bei allem, was ihr lernen werdet, ein wenig mehr anstrengen müssen als deine Geschwister, um zu überleben. Und jetzt lasst uns eure Namen abholen.«

Unsere Eltern versammelten uns in zwei Netzen aus Seetang und schwammen in die Tiefe, fort von der oberflächennahen, lichten Welt, in die wir geboren worden waren.

***

Auf dem Weg in die immer dunkler werdenden Regionen des Meeres, erzählte mir Vater, dass alle paar Generationen ein magisches Ereignis ein oder zwei Veränderte wie mich entstehen ließ. Manchmal waren die veränderten Meereskinder ganz Fisch, waren aber intelligent und konnten sprechen. Ein anderes Mal waren sie ganz menschlich, konnten aber unter Wasser atmen.

»Wir wissen nicht, warum das geschieht«, sagte er. »Die Auguren bestehen darauf, dass Meermenschen wie du für Großes bestimmt sind, aber bisher hat sich das noch nicht bewahrheitet.«

Wir näherten uns einer hohen Felswand mit einer Öffnung, die gerade die richtige Größe hatte, dass Meermenschen hindurch schwimmen konnten. Ich sah andere Familien darauf zu schwimmen, und das Wasser um uns war erfüllt von ihren Gerüchen. Dazu kam das konstante Kribbeln der Meeresströmungen auf meiner Haut, als wollten sie mir jeden einzeln vorstellen. Es war alles ein bisschen viel.

Direkt vor dem Loch hielten zwei muskulöse Meermänner mit Speeren jeden an, sprachen kurz mit ihnen, untersuchten ihre Seetangnetze und ließen sie hinein. An einem Vorsprung nicht weit vom Eingang hing eines dieser transparenten, beutelähnlichen Dinger, die ich an einigen Korallen bemerkt hatte. Darin befanden sich viele dieser komischen Nicht-Steine und weitere transparente Beutel. Ich fragte Vater, was die Wachen damit wohl wollten.

»Die Oberflächenbewohner schicken sie zu uns, und sie verschmutzen den ganzen Ozean. Wir sammeln sie ein und schicken sie zurück.« Er seufzte. »Es ist ein ungleicher Kampf. Für jedes Stück dieses merkwürdigen Materials, das wir zur Oberfläche schicken, erreichen zehn weitere das Meer.«

»Ssschhhh«, zischte Mutter, und Vater schwieg. Sie schlossen sich der Warteschlange der anderen Meermenschen an. Als wir an der Reihe waren, weiteten sich die Augen des Wachmannes bei meinem Anblick, aber er sagte nichts und ließ uns weiter schwimmen. Ich schmeckte seinen Ekel. Er war wie Essig im Wasser. Die kribbelnde Strömung vermittelte ihn mir besser, als es Worte gekonnt hätten. Ich biss mir auf die Unterlippe, um nicht zu weinen. Mit meinen spitzen Zähnen tat das ziemlich weh, aber es lenkte mich ab. Es half auch, dass der Tunnel, in den wir geschwommen waren, atemberaubend war.

»Mensch, ist das schön«, sagte meine älteste Schwester und sah sich mit großen Augen um. Die Wände waren mit Perlmutt überzogen und magisch beleuchtet. Kleine

Büschel Seegras wuchsen in Nischen und gaben dem Ganzen eine gemütliche Note.

Hier würde uns mit Sicherheit kein Leid widerfahren. Trotzdem zitterte ich. Das Wasser war viel kühler als dort, wo wir geschlüpft waren, und roch abgestanden. Auch war das Kribbeln, an das ich mich so gewöhnt hatte, hier viel schwächer.

Wir erreichten eine Halle, die groß genug für alle Besucher gleichzeitig war. Unter der Decke hingen leuchtende Bälle, die alles erhellten und die Perlmuttwände zum Schimmern brachten. Selbst das Seegras wirkte in diesem Licht grüner als normal.

Unsere Eltern ließen uns aus den Netzen und befahlen uns, in einer Reihe auf unsere Namensgebung zu warten. Es war langweilig und für mich auch sehr unangenehm. Alle schienen mich anzustarren. War ich wirklich so merkwürdig?

Ein Junge vor uns zeigte auf mich und flüsterte seinen Geschwistern etwas zu. Dabei grinste er breit, was ihn wegen seiner Zähne bösartig aussehen ließ. Ich grinste zurück und zeigte dabei meine eigenen Zähne. Als nichts passierte, zog ich ein wenig des Kribbelns an mich und nutzte es, um ein paar meiner Reißerchen im hellen Licht der Bälle blitzen zu lassen. Der Junge wurde blass.

Hah, dieses kribbelige Zeug war eindeutig nützlich. Ich könnte es sicher dafür nutzen, dass sich die älteren Kinder nicht über mich lustig machten, nur weil ich anders aussah. Ich musste für mich einstehen. Also streckte ich mich und stellte meine Füße auf den Boden. Der Perlmuttuntergrund presste sich glatt und kühl gegen meine Haut, als ich endlich stand. Alle Kinder vor uns drehten sich um und starrten mich wortlos an. Das Kribbeln, so schwach es hier auch war, schien mich anzufeuern.

Die Schlange bewegte sich vorwärts, und ich ging ein paar Schritte. Die Situation war schon komisch. Immer wenn sich ein Fuß mit schmatzendem Geräusch von der glatten Oberfläche löste, zuckten die Kinder zusammen. Ich lächelte und zeigte dabei so viele Zähne wie möglich.

Ich konzentrierte mich so sehr darauf, die Sache mit dem Gehen richtig zu machen, dass ich den fetten Meermann auf der erhöhten Plattform mit den vielen Seegraskissen gar nicht bemerkte. Ich sah erst auf, als Vater meine Schulter berührte und mir zuflüsterte: »Verbeuge dich vor König Aardoub.«

Der König starrte mich an und kratzte sich am Kinn.

»So einer also …« Er sah Mutter und Vater an. »Euer Erster?« Sie nickten schweigend.

»Nun gut. Ich werde mir einen Namen für ihn überlegen. Lasst uns eure anderen Kinder ansehen.« Er winkte meine Geschwister näher und schenkte ihnen nacheinander ihre Namen. Alle begannen mit dem gleichen Laut: Xelina, Xuhra, Xellata, Xenosius und so weiter.

»Wir gehören zur X-Familie«, flüsterte Vater, als er meinen fragenden Blick bemerkte. »Die A-Familie ist die wichtigste.«

Ich verstand. Wenn ich den Namen des Königs bedachte, war er aus der A-Familie und somit besonders wichtig. Ich fragte mich, ob es auch eine Z-Familie gab, denn ich hatte im Ei beim Alphabet besonders gut aufgepasst, aber als ich an Mutter vorbei sah, wartete dort niemand mehr.

Endlich war ich an der Reihe. Das Kribbeln des Wassers verband sich mit meiner Nervosität. Ich stand kurz vorm Platzen. Der König seufzte und starrte mich wieder an.

»Da du der erste deiner Art in deiner Familie bist, brauchen wir einen Namen, der das widerspiegelt«, sagte er. »Ich taufe dich Axl.«

Ich öffnete den Mund, um zu protestieren. Warum nicht Xal? Warum musste er mich mit seinem solchen Namen noch einmal extra hervorheben? Aber bevor ich etwas sagen konnte, legte Vater mir eine Hand auf die Schulter und verbeugte sich. »Vielen Dank für diese Ehre, Majestät.«

Ehre? Wieso das denn? Mein Mund klappte zu, und ich folgte meinen Eltern wortlos aus dem Saal des Königs durch ein verwirrendes Labyrinth aus sanft beleuchteten Tunneln, bis wir unser Zuhause erreichten. Ich schmollte die ganze Zeit. Unsere Zimmer waren wesentlich weniger großartig, mit mehr Seegras und weniger Licht, aber das Wasser schmeckte frisch, und das Kribbeln auf meiner Haut wurde wieder stärker. Eine leichte Strömung lief aus einer Ecke des Küchenbereichs durch die Zimmer bis in den Flur draußen. Eine Quelle! Ich war so begeistert, dass ich meinen Ärger vergaß.

Mutter zeigte meinen Geschwistern ihre Schlafbuchten, kleine Zimmer mit Seegrasgardinen, die Rückzugsmöglichkeit boten. Die kleinen Höhlen waren aus der Wand unseres Wohnzimmers gebrochen worden, und die Gardinen verschmolzen wunderbar mit den Algen, die auf den meisten Felsen dieser Höhle wuchsen.

Vater zog mich zu einem kleinen Sandhügel in einer kleineren Höhle, um mit mir zu sprechen. »Die Erfahrung hat mich gelehrt, dass Kinder denen gegenüber, die anders sind, sehr gemein sein können. Unser Stamm hat bisher alle deiner Art verloren, weil sie dadurch so traurig wurden, dass sie die Gefahren nicht mehr rechtzeitig bemerkten.« Er lächelte mich an, und mir wurde warm von der Liebe, die ich in seinen Augen erkannte. »Deshalb hat dich der König in seine Familie aufgenommen. Das hat er durch das A in deinem Namen deutlich gemacht. Und das X zeigt, dass du weiterhin auch Teil unserer Familie bist. Dein Name wird sicherstellen, dass dich niemand wegen deines Aussehens aufziehen wird. Ein Wort von dir zum König, und sie würden furchtbar bestraft.«

Ich war wie vor den Kopf gestoßen. Ich gehörte zur königlichen Familie? Und alle anderen, die so waren wie ich, waren gestorben? Als der Schock langsam nachließ, umarmte ich meinen Vater. Sein Nacken war so glatt wie meine Beine, aber seine Kiemen und Haare kitzelten meine Wange. Als ich mich zu meiner eigenen Schlafnische begab, schwor ich mir, ihn niemals zu enttäuschen. Ich würde der Besonderheit meines Namens alle Ehre machen. Für meinen ersten Tag hatte ich vieles, über das ich nachdenken musste. Kein Wunder, dass ich fast sofort einschlief.

Die Tage vergingen. Natürlich hielt die Tatsache, dass ich zur königlichen Familie gehörte, die Kinder nicht davon ab, mich zu ärgern, aber Xelina, meine älteste Schwester, stand mir immer bei. Und wenn es zu schlimm wurde, konnte ich immer das Kribbeln der Strömung nutzen, um mich irgendwohin zu katapultieren, wo mich die anderen nicht finden konnten. Dann war ich schneller, als es je ein Meermensch war. Seltsamerweise konnten sich die Kinder nie daran erinnern, dass ich so vor ihnen geflohen war. Es war mein Geheimnis, und das teilte ich nur mit Xelina. Wir waren unzertrennlich.

Als klar wurde, dass meine Defizite im Schwimmen ohne die Unterstützung der kribbelnden Wellen immer größer wurden, je mehr ich wuchs, schlug sie vor, mir eine künstliche Flosse zu bauen.

»Damit würdest du auch mehr wie die anderen aussehen«, sagte sie und lächelte mich an. Ihre gelb-grünen Haare wogten sanft in den Meereswellen. Schade, dass wir so weit unten leben mussten. Mit Sonnenschein in der Mähne wäre sie bestimmt noch mal so hübsch.

»Ich kann doch immer das Kribbeln nutzen.« So ganz überzeugte mich ihre Idee nicht.

»Darum beneide ich dich so sehr. Warum kann ich dieses Kribbeln nicht spüren? Oder Mutter und Vater? Ich mein, die benutzen doch auch alle Magie.« Sie drehte eine schnelle, perfekte Pirouette. »Egal … Ich dachte, du wolltest das Kribbeln geheim halten.« Xelinas Lächeln und Drängeln überzeugte mich schließlich. Es war dann auch das einzige Mal, dass die seltsamen Nicht-Steine nützlich waren. Sie waren biegsam, stabil und glatt und konnten in jede Form gebracht werden, die ich brauchte. Wir bauten zwei flache Paddel, die ich mir an die Füße binden konnte. Mit ihnen und etwas Training war ich bald fast genauso schnell wie Xelina.

Während wir damit beschäftigt waren, glücklich aufzuwachsen, sammelten die Meermenschen immer mehr dieser Nicht-Steine. Für uns Kinder waren die größten davon oft recht interessant. Es gab transparente Dinger, die mich an die Vasen im Palast erinnerten, nur dass sie oben schmal zuliefen. Wir staunten über Netze, die so fest waren, dass wir sie nicht einmal zerbeißen konnten. Einmal fand ich sogar etwas, das wie ein Meermensch aussah, nur dass es wie ich Beine hatte. Aber keinen Fischkopf. Und dann gab es noch unendliche viele verbundene Ringe – immer sechs zusammen. War sechs eine magische Zahl für die Oberflächenbewohner? –, die sich um alles schlangen: Korallen, Fische, Seegras, Steine, sogar um Delfine oder kleinere Wale. Es war widerlich. Als wir groß genug waren, halfen wir beim Sammeln des Unrats. Wir steckten alles in die aufblasbaren durchsichtigen Beutel, die überall herum schwebten und stapelten die vollen Behälter vor unserer Kolonie.

Wenn der Berg hoch genug war, setzten wir uns auf ein paar abgerundete Steine – echte – und sahen unseren Eltern dabei zu, wie sie als Gruppe Magie benutzten. Gemeinsam schickten sie die gefüllten Beutel zurück zu den Oberflächenbewohnern. Dann intensivierte sich das Kribbeln des Ozeans und erschuf einen kleinen Wirbel zwischen den ausgestreckten Armen der Meermenschen, die in einem Kreis um die gesammelten Nicht-Steine standen.

Meine Haut prickelte dabei immer so stark, dass es fast wehtat. Wenn die gesammelten Nicht-Steine verschwanden, hörte das Prickeln für einen kurzen Moment auf, dann setzte das normale Kribbeln wieder ein.

Wenn sie die unerwünschten Nicht-Steine fortgeschickt hatten, waren meine Eltern immer sehr, sehr erschöpft. Leider wurde der Unrat nie weniger und verursachte immer mehr Probleme. Die scharfen Kanten schnitten das Seegras unserer Felder und machten es anfällig für Verwesung. Die transparenten Beutel wickelten sich um alles Mögliche und hielten Meermenschen und Fische gleichermaßen fest. Einmal fanden wir sogar einen Delfin, der in einem Netz aus ineinander verdrehten Fasern aus dem Nicht-Stein Material festhing. Wir konnten ihn gerade noch rechtzeitig freischneiden. Noch ein paar Minuten länger, und er wäre ertrunken. Seine ganze Schule sang ihre Freude, als er zu ihnen zurückkehrte.

So vergingen die Jahreszeiten, und wir wurden erwachsen. Am Ende meines fünfzehnten Sommers wurde es Zeit für unsere erste Anlandung, eine unserer liebsten Traditionen. Wenn wir, die jungen Meermenschen, erfolgreich auf der Erde außerhalb des Wassers gehen konnten, wären wir offiziell erwachsen.

Ein Fest wurde vorbereitet, und alle Familien brachten ihre Lieblingsspeisen: Seegraskuchen, Fischwürfel, Seepockeneis, Algensuppe und vieles mehr. Der flache Stein, auf dem die Speisen abgestellt wurden, war übervoll, und doch kam es mir so vor, als wäre es weniger als im letzten Jahr. Immer leckerere Düfte verbreiteten sich im Wasser, und mir lief der Speichel im Mund zusammen. Doch vor dem Fest musste ich meinen Eltern noch zum Land folgen. Zum Glück waren die ersten Bissen den neuen Erwachsenen vorbehalten, also uns.

In dem Moment, als unsere Köpfe die Oberfläche durchbrachen, war ich verzaubert. Das Meer über uns, Mutter nannte es Himmel, war unglaublich blau, und überall war Licht. Nicht weit von uns erhob sich eine kleine Sandbank aus den Wellen, gerade groß genug für zwei Personen. Wellen leckten am Strand und rauschten rhythmisch. Das so in Geräusche verwandelte Auf und Ab des Meeres war eine unendlich faszinierende Erfahrung.

Als einige meiner Geschwister sofort auf den Strand zurasen wollten, hielt Vater sie zurück, um ein letztes Mal die Regeln durchzugehen.

»Denkt daran, dass euch niemand beistehen darf. Eure einzige Hilfe ist das Geschwisterkind, das mit euch das Wasser verlässt.« Er lächelte. »Aber keine Sorge. Wie ich euch schon gesagt habe, ist die Erfahrung zwar unangenehm, aber nicht gefährlich.«

»Warum müssen wir das überhaupt machen?« fragte Xelina. »Ich will kein Oberflächenbewohner werden.«

»Das ist der einzige Weg, sich mit der Magie des Meeres zu verbinden.« Mutter strich ihr über die Haare. »Und zum Überleben brauchst du sie, ob du nun im Meer bist oder nicht.«

»Na dann … Komm, Axl.« Sie schoss vorwärts, und ich folgte ihr auf den Fersen – ähm auf der Schwanzflosse. Natürlich erreichte Xelina den Strand zuerst. Als sie sich über den sandigen Boden aus der Brandung zog, begann das Wasser zu schäumen. Bald sah es aus, als würde es kochen, obwohl sich die Temperatur nicht änderte. Mit den Füßen fest im Sand unter der Wasserlinie vergraben, stand ich auf und sah fasziniert zu.

Xelina drückte den Rücken durch und stöhnte, als sich ihre Schwanzflosse teilte und die Schuppen verschwanden. Die floppenden Muskelstränge festigten sich, und aus den halben Flossen wurden Füße. Mit wenigen Schritten war ich an ihrer Seite, um ihr auf die Beine zu helfen.

Ich konnte nicht atmen. Meine Kiemen schienen nicht in der Lage, Sauerstoff aus der Luft zu ziehen. Mein Mund öffnete und schloss sich, und instinktiv griff ich nach dem Kribbeln des Ozeans. Es war verschwunden. Von den Seiten kroch Schwärze in mein Gesichtsfeld, als ich nach Luft rang. Zu benommen zum Denken streckte ich die Arme nach dem Wasser aus. Warum lag ich im Sand? Mein Körper zuckte unkontrolliert, und Feuer brannte in Brust und Hals.

Da.

Tropfen platschten auf meinen Arm. Ich sah hoch. Xelina kippte Wasser aus ihren Händen auf meine Haut. Ein winziges Kribbeln kehrte zurück, und ich nutzte es, um Sauerstoff in meine Kiemen zu zwingen. Für einen wunderbaren Herzschlag lang konnte ich atmen. Als das Kribbeln endete, rang ich wieder nach Luft.

»Mehr«, flüsterte ich, so gut es eben ging und streckte beide Arme nach dem Meer aus. Wortlos rutschte Xelina auf dem Bauch zur Wasserlinie und spritzte in meine Richtung. Selbst die kleine Menge Wasser, die mich erreichte, war genug, um den Schmerz zu beenden. Ich rollte mich auf den Rücken und atmete – erleichtert, dass ich es endlich wieder konnte.

Doch um den Test erfolgreich zu bestehen, musste ich einmal um die Insel herumgehen, ohne das Wasser zu berühren. Ich schloss die Augen und spürte nach dem Meer. Zu meiner Überraschung war das nicht die einzige Magie, die ich wahrnahm. Alles war miteinander verbunden. Das Wasser des Ozeans – und damit auch seine Magie – stieg auf, bis es den Himmel berührte und weite Strecken reiste. So sah ich Dinge, die noch kein Meermensch gesehen hatte: riesige Städte, Korallen, deren grün befiederte Äste in den Himmel ragten und deren Stämme breit und unbeweglich im Boden verankert waren, vierfüßige Kreaturen jeder Größe und winzige mit sechs oder acht Beinen, Wesen, die wie Xelina in ihrer zweibeinigen Form aussahen, schlankes, kurzes Seegras, das sich im Wind bewegte, Pflanzen, die mir nicht einmal bis ans Knie reichen würden, stünde ich in ihnen, und vieles mehr.

Dann waren da magische Wesen, die meine Berührung spürten und mich grüßten. Dryaden, Elfen, Gnome, Trolle, Wasserpferde, Flussdrachen und viele mehr vereinten ihre Magie für den Bruchteil einer Sekunde mit der meinen, stellten sich so vor und zeigten mir ihre Freude, mich kennenzulernen. Selbst ein Phoenix, den ich in der Nähe der Sonne entdeckte, verband seine Magie mit meiner für die Dauer eines Herzschlags.

Wie der Wirbel, den die Meermenschen erschufen, war es überwältigend. So viel Leben. So viele Gefühle. Ich verlor das Bewusstsein.

Doch die Magie, die ich berührt hatte, wirkte in mir weiter. Als ich die Augen wieder öffnete, konnte ich normal atmen, obwohl der Ozean nicht länger meine Haut berührte. Xelina saß neben mit und hielt meine Hand.

»Es geht mir gut.« Ich stand auf. Endlich konnte ich ihr helfen zu stehen, so wie ich es von Anfang an vorgehabt hatte. Zunächst schwankte sie erheblich, aber ich konnte sie leicht stützen.

»Ich bin so froh.« Sie klammerte sich an mich, als sei ich ihr Felsen. »Ich weiß nicht, was ich ohne dich getan hätte.«

Mein Lächeln war Antwort genug. Sanft brachte ich ihr bei, einen Fuß vor den anderen zu setzen, und bald umrundete sie die kleine Insel ohne meine Hilfe. Bevor wir ins Wasser zurückkehrten, legte sie den Kopf schief und sah mir in die Augen. »Es tut mir leid, dass dies für dich nicht so gewirkt hat wie für mich.« Ihre Finger streichelten meine Wange, fuhren das Muster meiner Schuppen nach. Ich zuckte mit den Schultern. Ich konnte das Wasser verlassen, ohne zu ersticken, und die vielen Leben, die ich getroffen hatte, waren mit mir verbunden. Das Kribbeln war in meinen Gedanken zu einem konstanten Brummen angeschwollen, als sänge mir die ganze Welt ein Lied. Da störte mich mein Gesicht kein bisschen.

⭐✳⭐

Tage vergingen, und ich wurde in den Kreis der Erwachsenen aufgenommen, die den Wirbel erschufen. Es machte mir Spaß, den ganzen Unrat an Land zu schicken, und ich wurde nie so müde und erschöpft wie meine Eltern. Es gelang mir sogar, ihnen und den anderen Erwachsenen des Kreises ein wenig Energie zurückzuschicken, wenn sich der Strudel auflöste. Das fiel den anderen schon auf, aber niemand ahnte, dass es mein Zutun war.

Eines Tages schwamm ich zum neuen Riff, einem Ort, an dem eines der Transportfahrzeuge der Oberflächenbewohner gesunken war. Ich wollte dort weitere Nicht-Steine suchen. Das metallene Ungetüm war riesig, aber jetzt verschwand es unter Korallen, Anemonen und Fischen und wirkte wie ein natürlicher Felsen. Ich liebte diesen Ort, und ihn sauber zu halten machte mich glücklich.

Eine Schule Meerkinder tanzte im Wasser und genoss mit ihrer Erzieherin das Sonnenlicht. Ein kleines Mädchen erinnerte mich sehr an Xelina. Sie tanzte mit ausgestreckten Armen und drehte sich rasend schnell im Kreis. Ihr Kichern hallte vom Riff zurück, und ich konnte mir ein Lächeln nicht verkneifen.

Ein Schatten zog über uns hinweg. Es war ein weiteres Ungetüm der Oberflächenbewohner. Die Erzieherin mahnte die Kinder, sich in einer engen Spalte des künstlichen Riffs zu verbergen, aber das tanzende Mädchen hörte sie nicht. Bevor die Erzieherin oder ich etwas tun konnten, raste eine schwere Kiste von dem Schatten zu uns herunter und schmetterte sie in den Boden.

Die Kiste kippte um und verteilte Essensreste, zerbrochene Besitztümer der Oberflächenwesen und vieles mehr im vormals hellen Sand. Ölschlieren verteilten sich in der Strömung, aber mein Blick klebte an der Kleinen.

Ein steter Blutstrom erhob sich vom zerdrückten Unterleib des Kindes.

Innerhalb eines Herzschlags war ich bei ihr und schubste die Kiste mit Kraft und Magie beiseite. Ohne darüber nachzudenken hielt ich die vom Blutgeruch anlockten Haie und die Erzieherin auf, denn weitere Kisten krachten in den Boden um mich und das sterbende Mädchen.

So sanft ich konnte, hob ich sie hoch und untersuchte sie. Ihre Schwanzflosse war zerquetscht, ihr Blick starr ins Leere gerichtet. Sie atmete kaum noch. Die Flamme ihres Lebens war nahezu erloschen.

Wut stieg in mir auf, wie ich sie noch nie erlebt hatte. Ja, wir verloren Kinder an Raubtiere oder Krankheiten, aber das hier war nicht dasselbe. Das, was die Oberflächenbewohner taten, war gedankenlos und brutal. Etwas in meinem Herzen zerriss. Ich sammelte Magie, als wolle ich alleine einen Wirbel erschaffen. Stattdessen lenkte ich die Magie in das Kind.

Ihre Gräten und Knochen verbanden sich wieder, Blutgefäße fanden zueinander, Muskelfasern reparierten sich, und der Schwanz nahm seine alte Form an. Sie atmete leichter, und in ihre Augen kehrte das Leben zurück. Sie würde überleben. Aber meine Wut wuchs weiter. Als sie mich ansah, huschte Angst über ihr Gesicht. Ich versuchte, ihr beruhigend zuzulächeln, war aber vermutlich nicht sonderlich erfolgreich. Sie eilte zur Erzieherin, kaum dass ich sie auf den rettenden Spalt zu schob.

Ich konzentriere den Schmerz in meiner Seele auf die Oberflächenbewohner, die uns jeden Tag solche Probleme bereiteten. Warum konnten sie nicht dort bleiben, wo sie hingehörten und ihren Kram bei sich behalten? Mit einer Idee im Kopf streckte ich mich der Oberfläche entgegen. Ich rief die Magie zu mir und drehte mich im Kreis, als wäre ich das Zentrum eines Wirbels.

Immer mehr Magie strömte ich mich. Hitze brannte in meinen Adern, und ich sehnte mich danach, den Oberflächenbewohnern die Kehlen herauszureißen, aber ich kämpfte gegen dieses Gefühl an. Würde ich ihm nachgeben, wäre ich nicht besser als sie.

Getrieben von Wut schob ich den Unrat aus der Kiste samt Behälter und allen Müll, der sonst noch um uns herumschwamm, in die Höhe und band das auslaufende Öl an kleine Wassertropfen. Mit Hilfe der Meeresmagie, die mir gehorchte, erhoben sich Wasser und Abfall aus den Wellen und schwebten in den Himmel. Das Einzige, das zurückblieb, war das gesunkene Fahrzeug, denn es bot Meerestieren Schutz.

Immer höher schwebte der Müll. Ich folgte ihm mit erhobenen Armen. Wut leuchtete um mich auf und verwandelte das Wasser und die Luft in einen blitzenden, donnernden Gewittersturm. Das riesige Schiff, so groß wie eine kleine Insel, tanzte wie eine Nussschale auf den Wogen. Zwei sehr blasse Menschen standen an einem dünnen Metallband, das einmal um das ganze Fahrzeug ging, und klammerten sich an eine weitere Kiste.

Ich ließ den gesamten Müll auf sie herabregnen und flocht feine Netze aus Magie, die den Dreck daran hindern würden, wieder ins Meer zurück zu fließen. Gleichzeitig brachte ich mich auf einer Säule aus dunklem Wasser auf ihre Höhe. Obwohl ich den beiden Männern kaum bis ans Knie gereicht hätte, stünde ich neben ihnen, waren ihre Augen und Münder vor Angst weit aufgerissen. Ich funkelte sie wütend an und stemmte die Hände auf die Hüften, sonst hätte ich sie geschlagen. Stattdessen nutzte ich etwas Magie, damit sie mich verstanden.

»Mörder! Dafür werdet ihr bezahlen.«

Einer schrie auf, fiel zu Boden und rollte sich zu einem Ball zusammen. Der andere presste die Hände gegen seine

Ohren. Die Kiste fiel und landete auf dem Kerl, der am Boden lag. Er stöhnte, bewegte sich aber nicht. Jetzt, wo meine Wut kalter Verachtung wich, ließ das Unwetter ein wenig nach. Auch wenn es noch aus dunkelsten Wolken schüttete, zogen Blitz und Donner allmählich davon.

Ein helles, rundes Licht wurde eingeschaltet und gedreht, bis es mich anstrahlte. Ein weiterer Mann stand daneben. Er richtete etwas Langes, Spitzes auf mich. War das eine Harpune? Mit einem Schnippen meiner Magie verdrehte ich sie zu einem komplizierten Knoten.

»Mensch!« Meine Stimme dröhnte lauter als das Gewitter, das ich heraufbeschworen hatte. »Sag deinen Anführern, dass wir genug haben. Ihr seid in unserem Reich nicht länger willkommen. Keine Fahrzeuge auf der Oberfläche mehr und kein Müll und kein Gift mehr in den Wassern, sonst schicken wir alles zurück.«

Bevor der Mann etwas sagen konnte, nutzte ich die Magie, die immer noch in mich strömte, um das ganze Gefährt aus dem Wasser zu heben. Das Brennen wurde schmerzhaft. Lange konnte ich das nicht durchhalten. Doch da verband sich Magie von der Oberfläche mit meiner. Andere magische Wesen kamen aus ihren Verstecken und fügten ihre Wut der meinen hinzu. Zwar war es immer noch anstrengend, aber das Fahrzeug schwebte über die Wellen dem Land entgegen.

Ich suchte nach einem guten Ort, um es abzusetzen. Die Menschen mussten wissen, dass wir es ernst meinten. Man musste den Menschen auf dem Fahrzeug unbedingt Glauben schenken, wenn sie von Meermenschen und Magie erzählten. Also wo wäre die beste Stelle für dieses Gefährt?

Ein Stück nördlich von euch gibt es eine angemessen große Stadt. Die Stimme in meinem Kopf zischte und blitzte. Konnte das der Phönix sein, den ich in der Nähe der Sonne gesehen hatte? Die Stimme war gleichermaßen erfüllt von Freude und Ernsthaftigkeit, als sie sprach. *Die Menschen müssen mit eigenen Augen sehen, dass das Schiff mit Magie bewegt wird.*

Ich folgte dem Rat des Phönix und setzte das Fahr …
das Schiff auf einem großen, freien Platz in der Mitte einer
großen Stadt ab. Ohne noch einmal mit den Menschen
zu reden, sank ich in die Fluten zurück, wo mich die
Erschöpfung überrollte. Ich merkte kaum noch, dass mich
die Erzieherin zu Xelina nach Hause schleppte. Ich fiel ins
Bett und schlief.

Ich wachte von Xelinas und Vaters Stimmen auf.

»Er hat bereits fünf Sonnenuntergänge verschlafen«,
sagte er. »Es wird Zeit, ihn zu wecken.«

»Er hat das größte magische Wunder aller Zeiten
vollbracht.« Xelina stand im Eingang meiner winzigen
Höhle, unverrückbar wie ein Berg. »Er wird so lange
schlafen, wie er es nötig hat. Welches Fest ihm der König
auch immer ausrichten will, es kann warten.«

»Streitet euch nicht«, sagte ich und schwang meine Beine
aus meiner Schlafecke. »Ich bin ja schon wach.«

Sofort war Xelina an meiner Seite und schob sich
unter meinen Arm, als ich aufstehen wollte. Zu meiner
Überraschung gaben meine Beine nach, und ich plumpste
aufs Bett zurück. Ich hatte nicht erwartet, so schwach zu
sein. Nun ja, dann würde ich wohl in absehbarer Zeit
keine Magie benutzen können, auch wenn das Kribbeln
auf meiner Haut nach wie vor vorhanden war.

Vater schwamm in meine Höhle, kaum mehr als ein
Schatten im Dunkeln. Xelina musste die leuchtenden
Quallen, die normalerweise mein Heim erhellten,
hinausgeschickt haben.

»Das hast du sehr gut gemacht, mein Sohn. Wir sind
alle sehr stolz auf dich.« Er nahm meine Hände. »Aber
jetzt braucht dich der König. Die Menschen haben eine
Abordnung geschickt und bitten um eine Audienz …
mit dir.«

Oh weh. Was hatte mir meine Wut da nur eingebrockt.
Ich lehnte mich zurück, schloss die Augen und seufzte.

»Lass sie noch ein paar Tage warten. Ich muss meine Kraft zurückgewinnen, oder sie werden mich nicht ernst nehmen.«

»Es wird mir eine Freude sein, ihnen das zu sagen.« Vater grinste zahnreich. Als er meine Höhle verließ, wurde mir klar, dass dies der Anfang eines ganz neuen Abenteuers war … nein, einer ganz neuen Welt! Mit einem Lächeln schlief ich wieder ein.

Katharina Gerlach wuchs mit drei jüngeren Brüdern mitten in einem Wald im Herzen der Lüneburger Heide auf. Schon früh verschwand sie tagelang in magischen Abenteuern, vergangenen Zeiten oder unheimlichen Märchenwäldern, denn auch junge Wilde lernen irgendwann Lesen.

Es blieb nicht beim Lesen und so erschienen bald die ersten Kurzgeschichten. Einige Zeit störte die Realität ihre Träume vom Schreiben, aber nach einem abgeschlossenen Forstwissenschaftstudium und einem Dr. in Naturwissenschaften kehre sie zu ihrer Berufung zurück. Sie schreibt am liebsten Fantasy, Science Fiction und Historische Romane für alle Altersgruppen.

Zurzeit lebt sie mit ihrem Mann, drei Kindern und einem Hund in einem Häuschen nicht weit von Hildesheim und – na, was wohl – schreibt an ihrem nächsten Roman. Sie ist aktives Mitglied von »Qindie, das Autorenkorrektiv« (www.qindie.de). Besuche Katharina Gerlachs Webseite (de.katharinagerlach.com), ihre Facebook Seite (www.facebook.com/KatharinaGerlach.Autorin), oder folge ihr auf Pinterest (www.pinterest.de/catgerlach/).

UPSea Frust

Corina B. Lendi

Das ist doch zum aus den Flossen fahren! Jetzt ist der Träger meines BHs gerissen! Das dauert wieder eine Ewigkeit, bis ich was Passendes finde. Dabei wollte ich für das Date mit Matthias gut aussehen. In einer Woche ist es so weit, das wird knapp! Genervt klebe ich die beiden losen Enden zusammen, ich kann ja nicht nackt rumschwimmen.

Als Meerjungfrau ist der BH das einzige Kleidungsstück, um das ich mir Sorgen machen muss. Trotzdem habe ich nur den einen. Klar wäre es schön, mehr Auswahl zu haben, aber ich bin praktisch veranlagt und ziehe dann doch immer den bequemsten BH an. Irgendwann müssen wohl alle anderen einer Entsorgungsaktion zum Opfer gefallen sein.

Das ist ärgerlich! Es ist es ein Ding der Unmöglichkeit, auf Anhieb den passenden BH zu finden. Das wissen alle Frauen, egal ob Mensch oder Fisch. BHs sind Teufelszeug! Sie kneifen, pieken, quetschen und hinterlassen unschöne Streifen, wenn sie nicht perfekt passen.

Genervt logge ich mich im Meernet ein. Die Auswahl an BHs ist riesig, leider schrumpft das Angebot massiv, sobald man die Größe 85D eingibt. Ja meine Dinger sind ziemlich groß. Darum ist es umso wichtiger, dass der BH sitzt. Seufzend bestelle ich einige Modelle. Als ich im Warenkorb auf die Kasse klicken will, sehe ich die Lieferzeiten. Drei Wochen? Das darf nicht wahr sein! Die Homepage informiert gleich weiter: *"Unsere BHs sind die hochwertigsten im ganzen Atlantik. Sie werden mit den schönsten australischen Muscheln bestückt und dann durch den Suezkanal, direkt zu Ihnen, transportiert"*

Argh! Schön und gut, es sind die besten BHs. Ich bestelle immer bei Bellapesce, auch wenn es etwas teurer ist, aber es lohnt sich. Knurrend scrolle ich noch mal durch die Bestellung. Ein Nackenträger-BH hat tatsächlich eine Lieferzeit von nur vier Tagen. Den bestelle ich als Teillieferung. Dann hätte ich wenigstens einen neuen BH fürs Date mit Matthias. Ungeduldig klicke ich auf "Bestellung absenden". Jetzt heißt es wohl abwarten und Algen-Tee trinken.

⭐✂⭐

Die nächsten Tage sind schwierig. Ständig muss ich den Träger neu verkleben, und bei jeder Bewegung habe ich Angst, dass ich oben ohne dastehe. Sport musste ich aus meinem Programm streichen, das macht der arme BH nicht mehr mit. Nach vier Tagen hat UPSea immer noch nicht geliefert. Im Tracking steht *"Verzollung Suezkanal"*, ich verdrehe missmutig die Augen. So was blödes! Die Verzollungs-Beamten picken sich einzelne Pakete raus, zur Kontrolle. Ausgerechnet mein Paket scheint betroffen, das ist pures Pech. Gefrustet puste ich mir meine langen Haare aus der Stirn. Zack, schon wieder reißt der Träger. Himmel-Neptun-noch-mal! So ein Mist aber auch!

⭐✂⭐

Am nächsten Tag starre ich gebannt auf den Trackingstatus, wann immer ich Zeit habe. Nur noch ein Tag bis zum Date, und das blöde Paket hängt im Zoll fest. Zu allem Unglück ist es nicht einmal sicher, dass der BH passt. Als der Status am Nachmittag zu "Zollabfertigung läuft" wechselt, schwimme ich einen Freudentanz durchs Wasser. Bis mir bewusst wird, dass ich jetzt nicht viel mehr weiß als vorher.

Gestresst rufe ich die UPSea-Kundenhotline an. Nach fünfzehnminütiger Wartezeit habe ich erfolgreich meine Sprache gewählt. Es geht nicht vorwärts. Der Song nervt! Ungeduldig trommle ich mit meinem Fischschwanz auf den Boden. Das Gedudel reißt nicht ab. Wo bleibt der versprochene Kundenkontakt? Bin ich als Fisch kein ernst zu nehmender Kunde? Nach dreißig Minuten Wartezeit gebe ich auf!

Wenn ich an die blau schimmernden Schuppen von Matthias denke, wird mir heiß. Völlig unerwartet hat er mich vor einigen Tagen zum Essen eingeladen. Mein Kopf ist sofort tomatenrot angelaufen, und meine Antwort war ein kaum verständliches Flüstern. Mehr bekam ich einfach nicht raus. Die Erinnerung macht mich noch nervöser. Ein letztes Mal prüfe ich den Tracking Status. UPSea lässt sich Zeit, der Status bleibt unverändert, "Zollabfertigung läuft".

Bestmöglich klebe ich den Träger zusammen, style mein grünes Haar und setze ein fröhliches Lächeln auf.

Noch in dieser Nacht haben wir den zweiten Träger des BHs ruiniert. No regrets!

Corina B. Lendi ist gelernte Kauffrau, hat eine Weiterbildung zur kaufmännischen Berufsmaturität und eine weiterführende Ausbildung zur Marketingfachfrau absolviert.

Schreiben ist ihr Hobby, da sie dort alles sein kann.

Alles ist möglich, nichts ist verboten.

Meeressinfonie

Niklas Nissen

Denke ich an meinen Opa, sehe ich das Meer. Vor meinem inneren Auge kriechen die Wellen über das Ufer und lassen feine Rinnsale im Sand zurück. Muscheln liegen verstreut umher, hier und da strecken Krabben ihre Köpfe heraus und rennen dem Wasser hinterher. Über allem thront das zerfurchte Gesicht meines Opas, das in die blaue Unendlichkeit blickt, die sich ihm entgegenstreckt. Er sitzt auf einer Bank, das Kinn auf seinen Gehstock gestützt, die Augen stets den Wellen zugewandt.

Jeden Tag saß er da, bis zu seinem Tod.

Auch heute noch befindet sich die Bank an diesem Ort. Ein Trampelpfad durch die mit Gras überwachsenen Dünen weist den Weg. Dort, auf der höchsten Düne, steht sie. Und wenn überhaupt möglich, sind die Füße noch verrosteter, die Planken noch vermoderter als damals schon. Doch sie hält der Witterung stand. Meine Hand fährt über das Holz. Es ist etwas feucht. Trotzdem setze ich mich und starre auf das Meer. Der Wind fährt mir durch die Glieder und übertönt beinahe das Wellenrauschen. Für einen Moment schließe ich die Augen. Warum bin ich hierher zurückgekommen?

Ich war elf Jahre alt, als mein Opa nicht mehr laufen konnte. Das Alter hatte ihm erst seine Kraft und schließlich sogar das Gehen genommen. Meine Mutter kaufte einen Rollstuhl, mit dem wir ihn überallhin mitnahmen. Es machte für uns allerdings kaum einen Unterschied, ob Opa mit von der Partie war oder nicht. Denn seit ich denken konnte, sprach er kaum. Wenn er etwas sagte, erinnerte seine Stimme an Gestein, das schwerfällig einen Abhang hinunterrollte. Bedächtig, rumpelnd, fast wie nicht von dieser Welt. Ich mochte ihn trotzdem. Er sah mir und meiner Schwester gerne zu, wenn wir im Sand spielten und Sandburgen bauten. Dann saß er wie immer auf seinem Platz auf der Bank und beobachtete uns mit einem Lächeln auf dem Gesicht.

Ich fragte meine Mama oft, wieso er jeden Tag auf die Düne wollte, doch sie konnte es mir nicht erklären. Für sie war Opa ein Rätsel, das sie schon lange aufgegeben hatte zu lösen. Sie fand sich damit ab und widmete sich lieber Erwachsenendingen, die es zu bewältigen galt. Für mich im Kindesalter gab es jedoch nichts Spannenderes, als über Opa und sein Mysterium nachzudenken. Ab und zu, besonders an Feiertagen, wenn Mama ein wenig roten Saft aus einer Flasche trank, die auf dem obersten Regal stand, erzählte sie von Opa aus früheren Tagen. In ihrer Kindheit musste er ein vor Kraft strotzender Mann gewesen sein, der viel lachte und viele Freunde besaß. Doch als Oma starb und Mama etwas später auszog, änderte sich alles.

Opa verbarrikadierte sich in seinem Haus. Er sprach mit niemandem mehr, ignorierte das nahe liegende Dorf. Besuche von Freunden wurden seltener, bis sie schließlich ganz ausblieben. Er vereinsamte so sehr, dass Mama wieder zu ihm zog, mit meinem einjährigen Ich und einem weiteren Kind im Bauch. Papa wollte nachziehen und besuchte uns so oft wie möglich. Das funktionierte anfangs sehr gut, allerdings fuhr er mit der Zeit immer seltener zu uns. Ich war fünf, als Papa sich entschloss, nie mehr wiederzukommen.

Mama weinte in dieser Zeit oft. Sie versuchte zwar, es vor mir zu verstecken, doch die geröteten Augen, die Ringe darunter und das Zittern in ihrer Stimme machten es offensichtlich. Nach zwei Jahren nahm sie einen Job im Dorf an, der es ihr unmöglich machte, jederzeit zu Hause zu sein. Ihr Arbeitgeber ließ sie glücklicherweise meine Schwester Lisa mitnehmen, doch ich blieb mit Opa alleine im Haus. Ich machte es mir zur Aufgabe, ihm so viele Wörter wie möglich am Tag zu entlocken. Wir spielten gemeinsam Karten, wenn ich nachmittags von der

Schule kam. Mama hatte vor der Arbeit meist schon Essen vorbereitet, das ich mir bloß noch warm machen musste.

Es war nicht so, dass Opa nicht sprechen konnte. Er entschied sich lediglich dafür, zu schweigen. Doch mochte er es, wenn ich ihm aus meinen Büchern vorlas. Märchen liebte er, das konnte ich an seinem Lächeln erkennen. Doch hielt das nie lange an.

Den einen Moment schien er hellwach und konzentriert, nur um im nächsten völlig apathisch ins Leere zu starren. Dann schlich sich eine tiefe Traurigkeit in seinen Blick, die mich als Kind beunruhigte. Ich konnte damals nicht ergründen, was in ihm vorging. Dieser Zustand hielt oft bis in die Abendstunden an. Dann kam Mama aus dem Dorf zurück, machte uns Abendessen und öffnete das Fenster am Küchentisch. Das tat sie selbst im Winter, wenn es draußen bitterkalt war. Opa bestand darauf. Einmal vergaßen wir es, als er schon lange im Rollstuhl saß. Es tat einen Schlag, und wir fanden ihn ausgestreckt am Boden liegen, die Hand dem Fenster zugewandt.

War das Fenster geöffnet, schloss Opa stets die Augen, als hörte er eine Melodie, die nur er verstehen konnte. Ab und zu summte er leise vor sich hin, flüsterte stumme Worte. Sobald er damit aufhörte, wusste Mama, dass es Zeit war.

Sie zog mich und meine Schwester an, hievte Opa in den Rollstuhl, und gemeinsam gingen wir zur Düne hinauf. Der Pfad war glücklicherweise nach all den Jahren ausgetreten und fest, anderweitig hätte Mama den Rollstuhl niemals hinaufrollen können. Oben angekommen, setzte sie ihn auf die Bank und blickte mit ihm gemeinsam aufs Meer hinaus.

Ich stieg die Düne hinab und spielte am Strand. Als Lisa alt genug war, begleitete sie mich, und wir rannten am Ufer entlang, jagten den Wellen hinterher und flohen, sobald sie kehrt machten. Im Sommer genossen wir das kühle Wasser um unsere Beine, im Herbst ließen wir Drachen steigen. Ich bekam viel Übung darin und flog die wildesten Schneisen in der Luft, während Opa auf seiner Bank saß und zusah.

Für unsere Mutter bedeutete das Leben an Opas Seite allerdings ein Leben voller Entbehrungen. Ich bin mir bis heute nicht sicher, ob sie ihm all das verziehen hat. Sie gab ihr Leben aufgrund seines Verhaltens auf, ihre Ehe ging in die Brüche. Und trotzdem kümmerte sie sich aufopferungsvoll um ihn, zog zwei Kinder groß und besaß einen Job. Sie liebte ihn, so viel war sicher. Ich sah es in der liebevollen Art, wie sie seine Hand hielt, wenn sie gemeinsam auf der Bank saßen oder wie sie ihm das Haar jeden Morgen kämmte und mit den Händen glattstrich.

Eines Abends sah ich sie ein Fotoalbum durchblättern. Ich setzte mich zu ihr und staunte, denn auf den etwas ausgeblichenen Fotografien erkannte ich Opa als jungen Mann. Er grinste in die Kamera und hielt ein junges Mädchen auf den Schultern.

»Bist das du?«, fragte ich und zeigte auf das Mädchen.

»Ja«, gab Mama lächelnd zurück. »Das ist schon lange, lange her. Damals haben wir alle gerne am Strand gespielt. Jeden Tag waren wir draußen.«

»Gibt es auch Fotos von Oma?«, hakte ich nach.

Das Lächeln verschwand von ihrem Gesicht.

»Leider nein. Er hat sie alle verbrannt. Nach ihrem Tod war er einfach nicht mehr derselbe.«

»Oh.«

Sie wuschelte mir durchs Haar.

»Mach dir keine Sorgen, Kleiner. Mich wirst du so schnell nicht los!« Sie drückte mir einen Kuss auf die Wange.

»Mama!«

»Was denn?«, fragte sie und lachte. Ich stimmte in ihr Lachen mit ein, und gemeinsam blätterten wir das gesamte Album durch. Ich weiß noch heute, wie stark und glücklich mir Opa auf den Fotos vorkam. Je weiter wir blätterten, desto häufiger wechselten sich Gruppenfotos mit Aufnahmen des Strandes und des Meeres ab. Auf den letzten Seiten herrschte nur noch das Blau, immer gleich und sich doch stets verändernd.

Abends saßen wir wieder am Tisch. Mama öffnete das Fenster, und kühle Meeresluft strich durch den Raum. Da es ein besonders heißer Sommer war, tat die Frischluft gut, und ich seufzte auf. Opa schloss für einen Moment die Augen und lächelte sein geheimnisvolles Lächeln. Ein besonders kräftiger Windstoß brachte sein Glas zum Umfallen, und ich erschrak. Es schien, als ob der Wind eine Melodie ins Haus getragen hätte, die mich erfüllte und gebannt lauschen ließ. Ein Chor aus Dutzenden Stimmen erscholl rings um mich, und obwohl ich die Worte nicht verstand, spürte ich die tiefen Gefühle, die darin lagen. Glück, Trauer, Liebe, Angst – all das durchströmte mich in einem Atemzug. Doch so schnell, wie die Melodie gekommen war, verschwand sie wieder, und Stille kehrte ein.

»Habt ihr das gehört?«, fragte ich keuchend.

Mama und Lisa sahen mich an.

»Was ist?«

»Na, die Musik. Die Stimmen. Ich schwöre, da war etwas!«

»Was redest du denn für Zeug? Da hat wohl jemand zu viele Gruselgeschichten gelesen?«

Lisa kicherte. Ich verschränkte die Arme vor der Brust.

»Ich habe es ganz genau gehört. Da war etwas!«

»Tut mir leid, Kleiner. Ich habe nichts gehört, deine Schwester auch nicht.«

Ich nahm die Gabel und stocherte damit in meinem Essen herum. Plötzlich ergriff Opa meinen Arm und streichelte ihn sanft. Alle am Tisch hielten inne und sahen ihn verblüfft an. Opa sah mir ins Gesicht.

»Du hast es auch gehört, nicht wahr?«

Verdattert nickte ich.

»Es dauert also nicht mehr lange«, sagte er und zog die Hand wieder zurück. Hatte ich das gerade geträumt? Dem überraschten Ausdruck auf Mamas Gesicht nach wohl nicht.

Den Rest des Abendessens aßen wir schweigend und hingen unseren Gedanken nach. Selbst während des Aufstiegs zur Düne im Anschluss sowie dem Spielen am Strand sprach niemand ein Wort. Ich ertappte mich, wie ich häufig auf das Meer hinaus starrte, als erwartete ich, dass etwas passierte.

Natürlich geschah nichts. Die Wellen kamen und gingen wie sie es immer taten, der Wind strich durch die Dünen, als ob er nie etwas anderes im Sinn gehabt hatte. Nichts schien anders, und doch glaubte ich nicht daran. Ich sah hinauf zu Opa und Mama, die nebeneinander auf der Bank saßen. Zwei stumme Statuen, den Blick aufs Meer gerichtet. Mama hatte seine Hand in die ihre gelegt. Sie sagte etwas zu ihm, doch ich war zu weit weg, um hören zu können, um was es ging. Irrte ich mich oder antwortete er ihr? Er drehte zumindest den Kopf in ihre Richtung, sein Mund bewegte sich. Kein Zweifel, er sprach zu ihr!

Ich rannte auf sie zu, doch als ich bei ihnen ankam, redeten sie nicht mehr. Mamas Gesicht kullerten Tränen hinunter, die sie schnell wegwischte, als sie mich sah.

»Alles gut, Kleiner. Lass uns zurückgehen. Opa ist müde.«

Ich nickte und rief meine Schwester, die ebenfalls die Düne hinaufkletterte. Mama hievte Opa in seinen Rollstuhl und schob ihn vorwärts. Schweigend gingen wir zurück ins Haus. Ich horchte noch einmal nach der Musik, aber das Einzige, das ich hören konnte, war das Pfeifen des Windes.

»Geht es Opa gut?«, fragte ich Mama, als sie mich ins Bett brachte.

»Aber natürlich. Wie kommst du darauf?«

»Naja, du weinst doch nur, wenn etwas Schlimmes passiert ist, oder?«

Sie strich mir durchs Haar.

»Alles ist gut, mach dir keine Sorgen. Mama war einfach nur ein bisschen durcheinander, weißt du?«

»Ok«, sagte ich wenig überzeugt.

»Möchtest du, dass ich dir aus Opas Märchenbuch vorlese?«

»Oh ja!«, sagte ich voller Freude und vergaß meine Skepsis völlig. Sie schlug ein bereits zerfleddertes Buch auf und begann zu lesen. Schon verlor ich mich in den Weiten unbekannter Welten und phantastischer Wesen. Mitten in meiner Lieblingsgeschichte schlief ich ein.

In meinem Traum flog ich über das Meer, das sich bis zum Horizont erstreckte. Wohin auch immer ich den Kopf wandte, das Wasser war schon da und wartete auf mich. Ich betrachtete die Wellen, wie sie unter mir hinwegschossen, und verlangsamte meinen Flug. Etwas blitzte hell auf und brach das Tiefblau, das ringsum herrschte. Ich stieß hinab. War das nicht eine Hand? Ohne zu zögern ergriff ich sie.

Eine ungeheure Kraft zog mich hinab in die Tiefe. Ich durchstieß die Oberfläche und tauchte tiefer. Die Finger hielten mich fest umklammert. Selbst wenn ich wollte, schien es unmöglich, mich loszureißen. Ich sank so schnell, dass mir keine Zeit zur Orientierung blieb. Weder erkannte ich, was um mich herum geschah, noch welches Wesen mich mit sich nahm. Ich sah bloß einen Schemen, der sich meinem Blickfeld entzog.

Ich bemerkte Fische aller Arten, Farben und Größen, die um mich herum schwammen und kaum Notiz von mir nahmen. Zu meinen Seiten dehnten sich Ansammlungen riesiger Korallen aus, die rot leuchteten und allerlei Meeresgetier ein Zuhause boten.

Allmählich klarte die Sicht weiter auf. Ein riesiges Gebilde ragte vor uns in die Höhe. Mit einem Mal erkannte ich die Türme eines Schlosses, so gewaltig, als ob sie die Wasseroberfläche durchstoßen wollten. Die Zinnen der Außenmauer leuchteten grün und blau, Algen bedeckten das Mauerwerk und bewegten sich sachte hin und her. Ich richtete meine Aufmerksamkeit wieder auf meinen Führer und erschrak.

Zwar schien seine Hand menschlich, doch der Rest war es mit Sicherheit nicht. Statt Haut überzogen silberfarbene Schuppen seinen Körper, und statt zweier Beine schwang eine Flosse im Wasser auf und ab. Sein Kopf war kahl, seine Haut schimmerte bläulich. Er drehte sich kurz zu mir um. Gelbe Augen starrten mich freundlich an. Seine fast schwarzen Lippen bogen sich zu einem Lächeln. Ich lächelte zurück. Als er sich wieder nach vorne drehte, bemerkte ich Kiemen, die sich zu beiden Seiten seines Kopfes befanden. Mit meiner freien Hand fasste ich mir hinter das Ohr und erschrak erneut. Auch ich besaß Kiemen! Fasziniert und ein wenig angeekelt führte ich meine Finger daran entlang und spürte, wie sie sich weiteten und zusammenzogen.

Wir hatten das Schloss nun fast erreicht. Noch immer spürte ich keine Angst, sondern freudige Erwartung. Ein gewaltiges Tor öffnete sich und gab den Blick auf eine riesige Eingangshalle frei. An den Wänden brannten riesige Fackeln mit blauem Feuer, das im Wasser hin und her wogte. Der Wassermann zog mich weiter mit sich. Überall sah ich Wassermänner und -frauen eilig hin und her schwimmen. Manche trugen einen Dreizack wie in Opas Märchen, andere wiederum hielten Fischnetze in Händen. Der Wassermann führte mich eine gewundene Treppe hinauf und hielt vor einer Tür, die mit Muscheln behängt war. Respektvoll klopfte er. Die Tür öffnete sich, und er gab mir einen Klaps. Ich schwamm hinein und drehte mich noch einmal um. Er winkte mir zum Abschied zu, und schon fiel die Tür ins Schloss.

»Ah, du bist das also«, sagte eine Mädchenstimme.

Verwundert sah ich mich um. Der Raum wurde nur spärlich von den bläulichen Fackeln erleuchtet. In seiner Mitte erkannte ich aber eine riesige, weiße Muschel. Vorsichtig bewegte ich mich auf sie zu.

»Du kennst mich?«, fragte ich.

»Aber natürlich. Ich sehe dich jeden Tag am Strand.«

Verblüfft blieb ich stehen.

»Woher weißt du das?«

»Wenn wir unser Lied singen, bist du immer da. Ich sehe dir gerne zu, wenn du Sandburgen baust.«

»Wieso spielst du nicht mit?«

Die Stimme zögerte für einen Moment.

»Das würde nicht gehen.«

»Wieso nicht?«

Statt einer Antwort, öffnete sich die Muschel. Ein Wassermädchen entstieg ihr und schwamm auf mich zu. Sie richtete sich vor mir auf und zeigte auf ihre Kiemen.

»Hast du in deiner Welt schon mal einen Fisch gesehen, der über Wasser atmen kann?«

»Hm, nein, ich glaube nicht«, überlegte ich, »aber irgendwie hast du es geschafft, dass ich Kiemen habe. Kann also sein, dass du es auch andersrum kannst!«

»So einfach ist das nicht. Das hier ist ein Traum. Hier kann ich machen, was ich will. Um in eurer Welt zu laufen, müsste ich für immer von zu Hause weg.«

»Wieso für immer?«

»Wenn man sich einmal für ein Leben da oben entscheidet, gibt es kein Zurück.«

»Oh, das tut mir leid.«

»Schon in Ordnung. Ich würde manchmal nur gerne wissen, wie es sich anfühlt, auf zwei Beinen zu stehen und die Sonne auf der Haut zu spüren.«

Ich wusste nicht, was ich sagen sollte. Sie schien kurz ihren Gedanken nachzuhängen.

»Aber das ist jetzt nicht wichtig«, meinte sie kopfschüttelnd. »Du hast unseren Ruf gehört, letzte Nacht.«

»Du meinst die Musik?«

Das Mädchen nickte.

»Du bist seit deinem Opa der Erste, der unseren Ruf hört.«

»Aber wieso ich? Wieso Opa?«

»Dein Opa ist einer von uns.«

»Du meinst ein Wasserwesen? Wie die Meerjungfrauen aus den Geschichten?«

»So ungefähr, ja.«

»Aber er hat doch gar keine Flossen. Und Kiemen auch nicht«, protestierte ich. Das Mädchen lächelte wieder ihr trauriges Lächeln.

»Das liegt daran, dass er das größte Opfer gebracht hat, das man bringen kann.«

»Was meinst du?«

»Er hat sein Leben hier aufgegeben, um als Mensch nach oben zu gehen.«

»Wieso denn das?«

Sie seufzte.

»Vor langer Zeit wurde seine Frau, deine Oma, sehr krank. So krank, dass sie unter Wasser nicht überleben konnte. Nichts konnte ihr mehr helfen, unsere Heiler waren hilflos. Ihre Kiemen versagten nach und nach. Dein Opa konnte all das nicht mitansehen. Er überredete sie, zusammen in die Welt da oben zu gehen. Sie wussten beide, dass sie nie mehr hierher zurückkonnten. Aber es war die einzige Chance, deine Oma zu retten.«

»Meine Oma«, flüsterte ich und wusste wieder nicht, was ich sagen sollte.

»Sie verließen ihr Zuhause, ihre Familie. Sie bauten ihr Haus an der Küste, und tatsächlich ging es ihr besser und besser. Sie bekamen sogar ein Kind!« Ihre Stimme verdüsterte sich, als sie fortfuhr. »Aber es half alles nichts. Die Krankheit kam wieder, und sie starb. Seitdem singen wir jeden Abend ein Lied für sie, und dein Opa hört uns zu.«

»Wie … Wie war meine Oma denn so?«

»Das weiß ich leider nicht. Ich war damals noch nicht auf der Welt.«

»Und wieso erzählst du mir das alles?«

»Ich fand es immer so traurig, ihn auf der Bank sitzen zu sehen. Ich dachte, du solltest wissen, wieso.«

»Danke«, sagte ich mit erstickter Stimme.

»Schon ok«, erwiderte sie und drückte meine Hand. Da ertönte eine leise Melodie aus dem Inneren des Schlosses. Eine Sinfonie, so einfühlsam und leicht, dass sie meine Trauer im Keim erstickte.

»Ah, es ist so weit«, sagte das Mädchen.

»Was ist so weit?«, fragte ich.

»Wir singen. Ein letztes Mal.«

»Ein letztes Mal?«

Sie strich mir mit der Hand über die Wange. Das Bild von ihr, der Muschel, des Raumes, des Schlosses und des Meeres verblasste, und ich wachte auf. Keuchend lag ich in meinem Bett, die Augen weit aufgerissen. Mein Fenster stand offen, und kühle Nachtluft wehte herein. Auf meiner Zunge lag der Geschmack von Meerwasser.

Mit einer urplötzlichen Intensität prasselte die Erinnerung an meinen Traum auf mich ein. Ich schlug die Decke zur Seite und blickte nach draußen. Der Mond stand hell am Nachthimmel, und ich wagte nicht, mich zu rühren. Gespannt lauschte ich in die Stille hinein. War da nicht …? Ja! Ganz leise, kaum hörbar, vernahm ich den Chorgesang. Die Wörter entzogen sich immer noch meiner Kenntnis, aber es war unverkennbar dieselbe Musik wie während des Abendessens. Ich trat ans Fenster und starrte in die Dunkelheit. Das Mondlicht beschien den Weg bis zu den Dünen. Auf der Bank saß eine gebeugte Gestalt, die aufs Meer hinausblickte.

Ich zweifelte keine Sekunde daran, dass es sich bei der Silhouette um meinen Opa handelte. Kein Mensch ging sonst dorthin, und schon gar nicht mitten in der Nacht. So leise wie möglich schlich ich durch den Flur, die Treppe hinab und zur Haustür hin. Mein Blick fiel auf den Rollstuhl, der unberührt in der Ecke stand. Ich zog mir meine Schuhe über, öffnete die Tür und trat hinaus. Eilig stapfte ich durch den Sand und die Düne hinauf. Die Musik nahm an Lautstärke zu. Inzwischen war sie kaum zu überhören. Ich wollte meinem Opa etwas zurufen, ließ es aber bleiben. Etwas sagte mir, dass ich nicht das Recht hatte, mich hier einzumischen.

Schon hatte ich den Fuß der Düne erreicht. Ich erkannte einzelne Fußstapfen im Sand, die von Opa stammen mussten. Er war also tatsächlich selbst hoch gelaufen. Ich erreichte die Spitze der Düne und blieb einen Moment stehen, um der Musik zu lauschen. Sie wehte vom Meer her zu mir hin und erfüllte mich mit einem Gefühl der Geborgenheit. Langsam stand Opa von der Bank auf. Ich rannte auf ihn zu, war aber noch ein gutes Stück von ihm entfernt. Da sah ich aus den Augenwinkeln mehrere Punkte, die sich auf dem Wasser bewegten. Sie schossen aufs Ufer zu, und mit jeder Sekunde konnte ich sie besser erkennen. Verblüfft blieb ich stehen.

Es waren die Wassermenschen aus meinem Traum!

Sie streckten ihre Köpfe aus dem Wasser, sprangen Delfinen gleich in die Luft und tauchten wieder unter. Währenddessen sangen sie weiter und erfüllten die Luft mit ihrem Gesang. Es waren unzählige von ihnen im Wasser, die allesamt auf den Strand zuschossen. In Ufernähe hielten sie an. Nur ihre Oberkörper blieben über Wasser, der Rest darunter. Im Mondschein erkannte ich, wie Torso und Kopf menschliches Aussehen annahmen. Die Schuppen verschwanden, ebenso wie der bläuliche Schimmer ihrer Haut. Selbst Haare bildeten sich auf ihren Köpfen.

Plötzlich hörten sie auf zu singen. Allesamt starrten sie zu meinem Opa, der sie freudig lächelnd ansah. Schon machte er einen ersten, wackligen Schritt auf sie zu. Er stützte sich wieder auf seinen Gehstock, den er schon Jahre nicht mehr genutzt hatte. Dann noch einen. Und noch einen. Selbst aus der Entfernung konnte ich sehen, wie schwer es ihm fiel weiterzugehen. Er erreichte zitternd den Rand der Düne. Da verstand ich.

Ich ging auf ihn zu. Er bemerkte mich, wie ich zu ihm aufschloss.

»Ah«, sagte er mit brüchiger Stimme. »Hast du ihren Ruf also wieder gehört?«

»Ja«, erwiderte ich, zu mehr war ich nicht in der Lage. Ich griff ihm unter die Arme, und gemeinsam machten wir uns an den Abstieg. Verwundert merkte ich, wie leicht er in den letzten Jahren geworden war.

Schritt für Schritt kämpften wir uns voran, die Wassermenschen warteten auf uns. Mit einer letzten Anstrengung erreichten wir den Strand. Wir gingen gemeinsam noch einige Meter, bis der Sand, auf den wir traten, feucht war von den Wellen, die sich am Ufer erbrachen. Opa blieb stehen.

»Von hier an muss ich alleine gehen.«

»Musst du denn wirklich fort?«, fragte ich und konnte nur mühsam die Tränen zurückhalten. Er legte mir die Hand auf die Schulter.

»Alles hat nun einmal ein Ende, mein Junge. Da gibt es nichts dran zu rütteln. Pass gut auf deine Mama auf, sie wird es nicht verstehen. Und gib Lisa einen Kuss von mir. Ich bin froh, dass du weißt, woher du kommst.«

»Nimm mich doch mit dir«, bat ich ihn.

Opa schüttelte den Kopf.

»So einfach ist das leider nicht. Man kann nicht zwei Dinge auf einmal haben. Manchmal muss man sich entscheiden. Deine Familie hier braucht dich. Es würde deiner Mama das Herz brechen, wenn du sie einfach verlässt. Ich aber bin alt, ich sehne mich nach meiner alten Heimat. Ich möchte sie ein letztes Mal wiedersehen.«

Ich drückte ihn fest an mich, schloss meine Arme so fest um seine Taille, als ob ich ihn so zum Bleiben bewegen könnte.

»Du bist ein toller Junge. Ich bin sehr stolz auf dich«, flüsterte er mit tränenerstickter Stimme. Dann löste er die Umarmung und trat einen Schritt zurück.

»Hier, nimm meinen Stock. Der ist mindestens so alt wie ich. Ich vermache ihn dir.«

Mit beiden Händen hielt ich seinen Gehstock in Händen und sah zu ihm hinauf.

»Bitte«, flüsterte ich.

»Es muss sein«, antwortete er, wuschelte mir ein letztes Mal durchs Haar und schritt in Richtung Meer. Ich sah ihm hinterher, wie das Wasser seine Beine umspülte und er tiefer und tiefer hineinging, bis es ihm zum Bauch reichte und er zu den Wassermenschen aufschloss. Der Vorderste von ihnen legte seine Hände um Opas Kopf und beugte sich nach vorne. Ihre Stirnen berührten sich für einige Sekunden. Dann ließ sich Opa ins Wasser sinken, und der Wassermann tauchte seinen Körper in die Tiefe. Einer nach dem anderen verschwanden sie, bis keiner mehr zu sehen war und das Meer still wogte.

Ich war allein. Den Stock drückte ich fest an mich.

Da bemerkte ich einen Kopf, der zwischen den Wellen hervorlugte und auf mich zusteuerte. War das vielleicht das Mädchen aus meinem Traum?

Ich legte den Gehstock vorsichtig in den Sand und ging auf sie zu. Auch sie kam näher und näher. Das Wasser reichte mir jetzt bis zum Kinn, weiter wagte ich mich nicht hinein. Auf Zehenspitzen wartete ich, bis sie zu mir aufschloss.

»Hi.«

»Hi.«

Verlegen schwiegen wir uns an. Ihre Haut hatte jetzt einen milchigen Ton angenommen, selbst vereinzelte Sommersprossen erkannte ich auf ihrer Nase. Statt Kiemen saßen nun Ohren links und rechts am Kopf, die von nassem, blondem Haar eingerahmt wurden.

»Also … ist das wirklich passiert?«, fragte ich.

»Was meinst du?«

»Na, der Traum.«

»Ach so«, sagte sie und lächelte. »So in etwa, ja.«

»Werde ich Opa wiedersehen?«

Sie schüttelte den Kopf.

»Das ist seine letzte Reise.«

»Oh.«

»Es tut mir leid«, sagte sie in mitfühlendem Tonfall.

»Ist er jetzt glücklich?«

»Ganz bestimmt«, antwortete sie und nickte. Sie nahm mein Gesicht in beide Hände. »Geht es dir gut?«

Dann endlich kullerten die Tränen, und ich weinte um meinen Opa, den ich nie mehr wiedersehen würde, und um das Schicksal meiner Oma, die der Krankheit nie hatte entfliehen können. Das Mädchen umarmte mich fest.

Als sich der Sturm in mir legte, löste ich mich von ihr.

»Danke«, murmelte ich.

»Keine Ursache!«

Einen kurzen Moment wusste keiner, was er sagen sollte. Ich räusperte mich.

»Ich muss jetzt zurück. Werden wir uns wiedersehen?«

Sie ergriff meine Hand und drückte sie.

»Aber klar. Komm morgen um dieselbe Zeit wieder, nach dem Abendessen. Ich werde da sein.«

»In Ordnung!«

Wir umarmten uns noch einmal schüchtern, und ich watete zurück. Schnell drehte ich mich noch mal um.

»Wie heißt du eigentlich?«

»Toja!«

Ich winkte ihr noch einmal zum Abschied, trat aus dem Wasser und hob den Gehstock auf. So schnell ich konnte, ging ich nach Hause und legte mich wieder ins Bett.

Ich erinnere mich noch gut an den nächsten Morgen. Lisa und ich wurden von den erschrockenen Rufen Mamas geweckt. Sie konnte Opa nirgends finden und vermutete, er hätte sich alleine des nachts nach draußen begeben. Sie hatte schon den Hörer in der Hand, um die Polizei anzurufen. Ihr Blick fiel auf mich, als ich die Treppe herunterkam. Sie ließ das Telefon sinken.

»Er ist ins Wasser gegangen, nicht wahr?«

»Ja«, sagte ich mit einem Nicken. »Nach Hause.«

Lisa sah mich fragend an.

»Was heißt das?«

Mama zog uns an sich heran.

»Woher weißt du das?«, flüsterte sie mir ins Ohr.

»Er hat es mir gesagt.«

»Ich werde ihn vermissen«, murmelte sie und drückte uns noch fester.

»Ich ihn auch, Mama.«

Sie löste sich von uns und sah Lisa an.

»Mach dir keine Sorgen, Kleine. Er ist jetzt an einem besseren Ort.«

»Mama, kann ich kurz hoch zur Düne?«, fragte ich.

Sie sah mich mit einem langen Blick an, ehe sie antwortete.

»Ist gut. Aber bleib nicht zu lange. Es wird wieder kälter.«

Ich nickte und stürmte aus dem Haus. Oben auf der Düne angekommen, suchte ich das Meer mit den Augen ab. Doch ich hörte sie, ehe ich sie entdeckte.

Toja sang dasselbe Lied, das ich am Abend zuvor vernommen hatte. Der Wind trug ihre Stimme über die Wellen hinweg zu mir und ließ mich erschaudern. Ihr Gesang klang so hell und leicht und berührte mich doch zutiefst. Da sah ich ihren Kopf auftauchen. Schon eilte ich auf sie zu und tauchte ins Wasser ein.

So vergingen die nächsten Tage, Wochen und Monate. Ich traf Toja jeden Tag. Sie erzählte mir von ihrem Leben Unterwasser und ich ihr von dem darüber. Wir wurden innerhalb kürzester Zeit beste Freunde, erzählten uns alles. Ich erfuhr jedes Detail ihrer Welt, all die Wunder, die außerhalb unserer menschlichen Wahrnehmung existierten. Genauso erschienen ihr alltägliche Dinge aus meiner Welt als etwas völlig Neues und Einzigartiges. Jeder Tag entwickelte sich so zum Erlebnis.

Doch je älter ich wurde, desto mehr schweiften meine Prioritäten ab. Die Pubertät setzte ein, wodurch meine Interessen sich eher landeinwärts verlagerten. Die Nachmittage mit Toja nahmen ab, auch weil sie ebenfalls seltener an der Küste auftauchte.

Irgendwann zog es mich überhaupt nicht mehr hin zum Strand, und Toja schien nichts weiter als eine verblassende Erinnerung zu sein, die sich beinahe wie ein Traum anfühlte. Ich zog aus meinem Elternhaus aus, um zu studieren und besuchte meine Mama nur noch in den Semesterferien. Zwar ging ich hin und wieder noch an den Strand, doch nicht, um nach Toja Ausschau zu halten. Ein Teil in mir hatte sie als Hirngespinst abgeschrieben.

✦✦✦

Jetzt, knapp zehn Jahre später, stehe ich wieder hier. Auch wenn das Haus schon lange verkauft und meine Mama ins Dorf gezogen ist, sieht alles noch so aus wie damals. Der ausgetretene Pfad, die Düne, die Bank. Meine Hand streicht noch einmal über das feuchte Holz. Ich atme tief ein, spüre, wie das Salz in der Luft meiner Lunge guttut. Sachte setze ich mich auf das Holz, voller Angst, es würde unter meinem Gewicht zusammenbrechen. Es ächzt zwar, aber noch hält es.

Opas Gehstock lege ich auf meine Knie. Ich habe ihn bis zum heutigen Tage behalten. Meinen Blick zieht es hinaus übers Meer, und beinahe kann ich Opas Präsenz neben mir spüren, wie er stumm neben mir sitzt und ebenfalls auf die See starrt. Langsam geht die Sonne unter und taucht das Wasser in glitzerndes Rot. Ich lächle, denn jetzt wäre Abendessenszeit.

Ich habe in den letzten Jahren viel erlebt. Das Studium ist längst abgeschlossen, ich bin erfolgreich im Beruf. Zwei langjährige Beziehungen sind zu Bruch gegangen, die letzte noch gar nicht so lange her. Doch egal, was ich erlebe, es zieht mich immer wieder an diesen Ort zurück und in die Zeit, als mein Opa noch lebte und auf seiner Bank saß. Wie gerne möchte ich, dass es wahr ist. Die Geschichte von meinem Opa, meiner Oma und den Wassermenschen.

Wenn ich jetzt die Augen schließe, trägt der Wind nicht sanft die Melodie von damals an mein Ohr? Und wenn ich jetzt die Augen öffne, sehe ich dann nicht Toja dort vorne im Wasser?

Ich stehe auf und mache einen Schritt auf das Wasser zu. Es ist Zeit.

Ursprünglich als Journalist angefangen, hing **Niklas Nissen**s Herz schon immer mehr am fiktionalen Erzählen. Egal ob Fantasy, Horror oder Science Fiction – er liest (und schreibt) alles. Momentan hält ihn jedoch die Arbeit als Regie-Assistent am Filmset auf Trab, weshalb er weniger in die Tasten haut, als ihm lieb ist.

Trotzdem ist das Schreiben und Erzählen von Geschichten seine Leidenschaft. Gerade arbeitet er an seinem ersten Roman, dessen Fertigstellung sich endlich auf der Zielgeraden befindet! Immer ein Wort nach dem anderen. Es ist so einfach und doch gleichzeitig so schwer.

Man findet ihn auf Twitter als @ni_nissen und seine Filmkritiken auf seiner Webseite (tribblewookie.de).

Haben dir diese Geschichten gefallen? Dann empfehle das Buch bitte deinen Freunden oder schreibe bitte eine Rezension bei deiner Online-Buchhandlung oder einer Rezensionsseite. Sie muss nicht einmal lang sein, nur ehrlich deine Meinung darstellen. Rezensionen und Empfehlungen sind der beste Weg, die Autor*innen zu unterstützen, deren Geschichten du gerne liest.

Ein Sommerbuch des Verlags

Ein vergnüglicher Fantasy-Roman mit einer vielschichtigen Heldin aus einer ungewöhnlichen Zeit. Besonders interessant waren die komplexe martiarchalische Gesellschaft und die Feinheiten der Welt der Götter. Gerlachs Sprache vermittelt eine mythische Grundstimmung während sie mühelos zwischen der Realität und der Welt der Geister wechselt.

Kirkus Review (USA)

ein Fantasy-Liebesroman aus dem steinzeitlichen Afrika

Die Sonne brennt auf Juma hernieder, als sie ihre Familie zum größten Dorf des Stammes führt. Nichts und niemand soll sie daran hindern, Schülerin der Stammesführerin zu werden. Also ignoriert sie die Hitze. Am See wird alles besser sein. Doch die Felder, die jetzt eigentlich grünen sollten, liegen trocken vor ihr; die Erde ist rissig und spröde. Sogar der See, dessen Quellen endlos schienen, schwindet langsam.

Juma entdeckt, dass der Feuergott Mubuntu daran Schuld hat und dass die Regengöttin immer noch schläft. Doch nur Netinu, der Sohn der Stammesführerin, glaubt ihr, und er scheint mehr Interesse daran zu haben, sie zu umwerben, als dem Stamm zu helfen.

Während ihre Träume in Flammen aufgehen, bereitet sich Juma darauf vor, gegen den Feuergott zu kämpfen und die Göttin zu wecken – und vielleicht, um zu beweisen, dass sie die richtige Wahl für eine Nachfolgerin der Stammesführerin wäre.

Das eBook enthält auch die Novelle "Die Regentrude" von Theodor Storm

ISBN: 978-3-95681-047-3
auch als eBook erhältlich